KNAUR

Über die Autorin:

Julia Lange ist Jahrgang 1983 und Ingenieurin für Nachrichtentechnik. Das zeigt sich auch an ihrer Neigung, ihren phantastischen Welten möglichst viel Realismus mitzugeben. Neben dem Schreiben arbeitet sie in einem Rechenzentrum, begeistert sich für unnützes Wissen und teilt sich den Garten mit mindestens dreißig Spatzen. »Irrlichtfeuer« ist ihr Debütroman.

JULIA LANGE

IRRLICHT FEUER

ROMAN

KNAUR

Besuchen Sie uns im Internet:
www.knaur.de

FSC
www.fsc.org
MIX
Papier aus verantwortungsvollen Quellen
FSC® C083411

Originalausgabe September 2016
Knaur Taschenbuch

Ein Imprint der Verlagsgruppe Droemer Knaur
GmbH & Co. KG, München

Redaktion: Hanka Jobke
Umschlaggestaltung: Guter Punkt, München
Umschlagabbildung: Katarzyna Oleska
Satz: Wilhelm Vornehm, München
Druck und Bindung: CPI books GmbH, Leck
ISBN 978-3-426-51943-1

2 4 5 3 1

KAPITEL 1

Für einen Moment erstarb das Heulen des Sturms, und in die Stille hinein erklangen die seit Jahrzehnten verstummten Glocken.

Alba ließ Ahle und Ledergurt auf den Tisch fallen, sprang auf und eilte zum Fenster. *Krieg!* war das Erste, das ihr durch den Kopf schoss, aber die Beziehungen Ijsstedts zu den Nachbarstaaten waren ihres Wissens gut. Vielleicht war die Thein nach all dem Regen über die Ufer getreten. Dann fiel ihr die Ursache der letzten Katastrophe ein: das Irrlicht!

Sie drückte die Stirn gegen das Glas und sah, verschwommen durch Ruß und Dreck, die vom Alter geschwächten Dächer der Fachwerkhäuser. Der Rauch ihrer Kamine zerstob im gleichen Sturm, der die leuchtenden Wolken über den Himmel jagte. Kein Blau des Irrlichts, und auch sonst nichts Auffälliges. Vielleicht doch der unerwartete Tod Königin Katrienas oder …

Alba blinzelte. Das Licht, es war falsch. Das war kein Sonnenaufgang. Nicht um kurz vor Mitternacht und nicht in dieser Richtung. Hastig entriegelte sie das Fenster. Der eisige Wind fuhr herein, riss ihr den Rahmen aus der Hand und schlug ihn scheppernd gegen die Wand.

Sie beugte sich hinaus, und der Sturm griff nach ihr. Über dessen Heulen und Pfeifen hinweg erklang unvermindert das Läuten der Glocken.

Alba warf einen kurzen Blick Richtung Norden, dort verschlang die Nachtschwärze den Himmel. Nicht so im Süden, wo hinter dem schnurgeraden Giebel eines der neuen, mehrstöckigen Wohnhäuser ein goldener Schimmer die Wolken überzog.

Alba lehnte sich weiter vor, doch das massive Gebäude versperrte ihr die Sicht.

Eine Böe ergriff sie und brachte sie aus dem Gleichgewicht. Alba klammerte ihre Finger um das rauhe Holz des Fensterrahmens, und ihr Blick ging wie von selbst in die Tiefe, wo die Straße vier Stockwerke weiter unten in der Dunkelheit lag.

Hastig stolperte sie nach hinten, drückte das Fenster zu und legte mit zitternden Fingern den Riegel vor. Durch die dreckige Scheibe verblassten die leuchtenden Wolken. Alba hatte so etwas noch nie gesehen und auch noch nie von einem derartigen Phänomen gehört, aber die nach all den Jahren erwachten Glocken nahmen dem Himmel das Märchenhafte.

Draußen im Treppenhaus polterten Schritte.

Männerstimmen.

Ein kurzes, hartes Lachen direkt vor ihrer Werkstatt.

Albas Blick wanderte zu der gespannten Armbrust auf dem Tisch. Dann zu der Tür, an die sie nach dem ersten Einbruchsversuch Metallplatten geschraubt und genagelt hatte.

Doch die Schritte wurden leiser und ertönten kurz darauf über ihr, bevor sie das Pfeifen des Winds verschluckte.

Alba entspannte sich. Sie überlegte, ob sie sich hinaus auf die Straße wagen sollte, um dem Leuchten nachzugehen, als ihr etwas einfiel: Vom Dach aus sah man über das Nachbarhaus.

Sie eilte zu dem Tisch, der beinahe die Hälfte der Wohnküche einnahm, und schob einige Skizzen zur Seite, unter denen sie ihren Schlagring fand. Sie streifte ihn über ihre fingerlosen Handschuhe, bevor sie nach der Kappe auf dem Bücherstapel griff und diese über ihre Zopfkrone zog.

Nach einem kurzen Lauschen öffnete sie die Tür und horchte hinaus in das Treppenhaus. Erst hörte sie nichts, dann vernahm sie rechts aus der Dunkelheit ein abgehacktes Schnarchen. Es war nicht das erste Mal, dass hier jemand Obdach suchte oder seinen Rausch ausschlief. Und da das Getrampel gerade eben nicht ausgereicht hatte, bestand kaum Gefahr, dass sie ihn weckte.

Sie schlich hinaus und schloss die Tür so leise wie möglich hinter sich ab. Dann wandte sie sich nach links und suchte in der Schwärze nach dem Geländer, an dessen hölzernem Lauf sie sich entlangtastete.

Das Schnarchen wandelte sich in ein Röcheln und setzte dann unvermindert laut wieder ein.

Alba ging langsam weiter, bis ihre Schuhspitzen gegen den Treppensockel stießen. Die Stufen knarzten, als sie Schritt für Schritt in die Höhe stieg. Die Tür am Ende der Treppe stand offen, ein schwach leuchtendes Viereck in der Dunkelheit.

Auf dem Dachboden dahinter pfiff der Wind durch die Lücken zwischen den Dachziegeln und zerrte an den gebleichten Laken, die über den Leinen hingen. Sie huschte zwischen ihnen hindurch über die rissigen Dielen bis zu der Luke im Dach, unter der Eisentritte in die Wand zum Nebenhaus eingelassen worden waren.

Sie hielt inne und lauschte. In das Heulen und Glockenläuten mischte sich eine Männerstimme. Vielleicht auch zwei. Hoffentlich nicht mehr.

Mit klopfendem Herzen stieg Alba in die Höhe. Auf der Hälfte des Weges zog das erste vertraute Kribbeln durch ihre Arme. Die Zähne zusammengebissen kletterte sie weiter, bis sie auf allen vieren auf das in der Mitte flache Dach kriechen konnte.

Langsam richtete sie sich auf und zog die Mütze tiefer ins Gesicht. Vergeblich versuchte sie, das verhasste Schwächegefühl in ihren Fingern zu ignorieren, das ihr wie so oft die Illusion der Sicherheit raubte, die ihr der Schlagring geben sollte.

Alba sah zuerst den Hünen, nur wenige Meter von ihr entfernt bei den Kaminen an der Dachkante. Daneben stemmten sich ein weiterer Mann und eine Frau mit gebeugtem Rücken in den Wind.

Zwischen ihnen stand der Himmel in Flammen.

Die Hände in den Taschen verborgen und den Kopf gesenkt schob sich Alba vorwärts. Auffallen war riskant, wenn man nicht wollte, dass die Wahrheit herauskam. Trotzdem trieb die Neugier Alba direkt auf die Rücken der drei zu, da neben den Kaminen und einem zusammengefallenen Bretterverschlag nicht viel Platz auf dem Dach blieb.

Der Sturm zerrte an ihren Kleidern und an den Strähnen, die ihrer Mütze entkommen waren. Hastig schob Alba die weißblonden Haare, die im Dämmerlicht leuchteten, zurück unter den Stoff.

Die Frau drehte den Kopf, ihr Blick huschte über das Dach, verharrte einen Herzschlag lang auf Alba. Diese ließ die Schultern nach vorn sacken, um kleiner auszusehen, doch die Nachbarin – Alba glaubte, sie schon einmal im Treppenhaus gesehen zu haben – wandte sich sogleich wieder ab.

Einen Schritt noch. Oder zwei. Dann lag die Stadt vor ihr. Hier auf der Nordseite in Rothentor überzog nur ein Leuchten Firste und Kamine, doch südlich der Thein, die wie flüssiges Gold glänzte, fraßen sich die Flammen durch Lichtemaad.

»… will nicht wissen … Tote.« Der Wind zerriss die Worte des Hünen.

»Viel zu viele.« Die Stimme der Frau klang emotionslos.

Alba versuchte, die Gedanken an die überfüllten Wohnhäuser und Arbeiterbaracken zu verdrängen. Genauso wie die

Erkenntnis, dass der Sturm das Feuer nach Osten und damit durch Lichtemaad hindurch auf die Elendsviertel zutrieb.

Für einen Lidschlag floss ein blaues Leuchten über das Flammenmeer, und Albas Blick schoss zu dem filigranen Eisenturm, der sich aus dem Qualm erhob. Ein weiteres Leuchten jagte über das Metallgestänge, bevor es ebenso schnell verblasste, wie es erschienen war.

Die Regierung hatte immer versichert, es würde zu keiner zweiten Irrlichtkatastrophe kommen. Auch wenn Alba damals sehr jung gewesen war, wusste sie, dass vor gut zwei Jahrzehnten eine der drei Irrlicht fördernden Manufakturen – und mit ihr eine Handvoll Straßenzüge – zerstört worden waren.

»Schaut … ist das?«

Alba wich einen Schritt zurück, bevor sie begriff, dass die Worte nicht ihr galten. Der Kleinere der beiden Männer deutete in den Schatten des Kamins, wo sich etwas bewegte.

Der Widerschein des Infernos reichte kaum aus, um etwas zu erkennen, doch dann machte Alba eine Krähe aus, die dort Schutz suchte.

»… Braten … morgen.« Der Hüne ging auf den Vogel zu, der mit hängendem Flügel weghopste. In der Mitte des Dachs blieb er stehen, Wind fuhr unter sein Gefieder.

Der Hüne ging langsam vorwärts. »… putt … Vögelchen, putt …«

Die Krähe hopste ein Stück weiter, doch eine Böe brachte sie zum Straucheln.

Alba sah zwischen dem Mann und dem Vogel hin und her. Sie mochte die Krähen, die am Tag über Rothentor im Wind tanzten und sich auf der Schlächterei zusammenfanden. Sie mochte ihr Krächzen und das rauhe Gurren, wenn man nahe genug herankam.

Ihr Blick blieb an den Pranken des Hünen hängen, während sie ihre eigenen, leicht kraftlosen Finger zu Fäusten ballte. Langsam und bedächtig ging sie rückwärts, um die Aufmerksamkeit nicht auf sich zu ziehen. Den Blick hielt sie stur auf die leuchtenden Wolken gerichtet, während sie versuchte, die Gedanken auf das Inferno und nicht auf den Vogel zu lenken.

»Verdammtes Vieh!«

Sie senkte ihren Blick wieder auf das Dach. Die Krähe hopste geradewegs auf Alba zu, der Flügel schleifte beinahe am Boden.

Ohne zu überlegen, ging sie in die Hocke, griff nach dem Vogel und klemmte ihn zwischen Arm und Mantel. Sie erhob sich –

– und sah geradewegs in die Gesichter der beiden Männer. Den Hünen kannte sie nicht, der Einäugige wohnte hier.

Dieser grinste und entblößte gelbe Zähne. »Willst den Braten ganz allein, Junge?«

»So wie er aussieht, hat er's auch nötig.« Der Hüne hatte die Pranken vor der Brust verschränkt.

Alba machte einen Schritt rückwärts. Zu viel Aufmerksamkeit war riskant.

»Sollen wir dem Vieh den Hals umdrehen? Siehst nicht so aus, als ob du's selbst schaffst.«

Sie schüttelte den Kopf und wich weiter zurück, den reglosen Vogel unter dem Mantel an sich gedrückt, die andere Hand in der Tasche um den Schlagring geschlossen. Doch diesmal kam kein Gefühl von Sicherheit auf.

»Is' nur ein Angebot.«

Der Sturm zerrte an Alba, ließ sie stolpern. Mühsam erlangte sie das Gleichgewicht wieder, ohne die Männer aus dem Blick zu lassen, die jedoch entspannt auf der Stelle verharrten. Sie waren keine direkte Gefahr – nur wenn sie zu ahnen begannen, dass ihr Nachbar nicht der Arbeiterjunge war, der er vorgab zu sein.

Aus den Augenwinkeln sah sie den mehrschlotigen Kamin neben der Luke. Mit dem Fuß tastete sie nach der Kante des Lochs.

Die Frau hinkte neben die Männer, ihr Gesicht so leer wie ihre Stimme vorhin.

»Sicher, dass du keine Hilfe brauchst?«, rief der Hüne.

Alba nickte, während sie in die Knie sank und mit dem linken Bein über die Kante rutschte, die durch den Hosenstoff hindurch eine brennende Spur über das Schienbein zog. Dann fand sie den ersten Tritt.

Sie drückte die Krähe fester an sich und streifte den Schlagring in der Tasche ab, bevor sie sich einhändig in die Tiefe kämpfte.

Schweiß lief ihren Rücken hinab, als sie endlich die Holzdielen unter den Füßen spürte. Ihr freier Arm fiel kraftlos herab.

Sie hastete zwischen den flatternden Laken hindurch zur offenen Tür, stieß diese mit der Schulter hinter sich zu, bevor sie die Stufen hinabpolterte und sich in der Dunkelheit am Geländer entlang zu ihrer Werkstatt tastete. Bis auf das Schnarchen, das sie selbst über ihren eigenen, keuchenden Atem hinweg hörte, war das Treppenhaus still.

Der Schlüssel fiel beinahe aus ihren kraftlosen Fingern, als sie ihn aus der Hosentasche zog und aufschloss. Hastig schlüpfte sie hinein, warf die Tür hinter sich zu und sank gegen das verstärkte Holz.

Ein leises Krächzen und ein Zappeln rissen Alba aus der Starre. Sie lockerte ihren Griff ein wenig und ging zum Schreibtisch, wo sie mit der freien Hand Notizen, Stifte, Werkzeug und die Armbrust beiseiteschob. Dann setzte sie den sich windenden Vogel neben die Öllampe.

Die Krähe plusterte sich auf und schüttelte mit einem leisen Rascheln ihr Gefieder, blieb jedoch sitzen. Der linke Flügel berührte beinahe die abgenutzte Tischplatte, das Tier starrte Alba aus schwarzen Augen an.

Sie starrte zurück. Und nun? Sie hatte den Vogel vielleicht vor dem Tod bewahrt, aber in die Freiheit konnte sie ihn so nicht entlassen. Doch kein Doktor, den sie kannte, würde sich um eine Krähe kümmern.

Aber falls es nur eine Verstauchung war …

Sie lief zu der Kommode hinüber, die neben dem bullernden Kanonenofen mehr an der schäbigen Wand lehnte als stand. Alba zog die verklemmte Schublade auf, nahm einen der sauberen Verbände heraus und ging zurück zum Tisch, wo sie sich auf den Hocker setzte. Sie tastete zwischen Notizen und Zeichnungen nach ihrem Vergrößerungsglas, das sie sich, nachdem sie es neben den Bleistiften gefunden hatte, ins Auge klemmte.

Die Krähe hatte sich auf den Bauch gelegt, ihre Lider flatterten.

Ohne den Vogel anzufassen, glitt Albas Blick konzentriert über Körper und Flügel. Zu ihrer Erleichterung war kein Blut auf dem Gefieder zu sehen.

Sie streckte die Hände aus, ihre Finger bebten. Nein, sie hatte keine Ahnung von Medizin, dafür aber von Flügeln.

Ihr Blick wanderte von der Krähe zu den Schwingen, welche die komplette linke Wand der Wohnküche ihrer Werkstatt einnahmen. Sie hatte jedes Detail in ihrem Kopf – genauso wie die Anatomiezeichnung des Vogelflügels, den sie mit Holz, Metall und Leinenstoff nachgebildet hatte.

Alba holte tief Luft und legte ihre Finger um den zitternden Vogelkörper, wobei sie den größtmöglichen Abstand zum Schnabel hielt, der plötzlich deutlich gefährlicher wirkte. Bedächtig drehte sie die Krähe ein Stück auf die Seite, bis der Flügel schlaff herabhing. Ohne diesen zu berühren, tastete sie mit dem Blick Feder für Feder ab, betrachtete aufmerksam die

Stellen, wo sich Gelenke und Knochen unter dem Flaum verbargen, doch sie konnte nichts Ungewöhnliches erkennen. Was hätte sie jetzt für eine Irrlichtlampe für mehr Licht gegeben.

Mit einer Hand drückte sie den erstarrten Vogel sanft auf den Tisch, mit den bebenden Fingern der anderen griff sie nach dem herabhängenden Flügel und schob ihn wie ihre nachgebauten Schwingen vorsichtig zusammen.

Eine Mischung aus Krächzen und Gurren, der Vogelkörper zuckte.

Alba hielt die Krähe fest. »Tut mir leid.« Ihr Murmeln ging im Klappern des Fensters unter, an dem der Sturm rüttelte. »Deinen Flügel wirst du eine Weile ruhig halten müssen.« Sie ließ los und griff nach dem Verband.

Mit dem Daumen fixierte sie den Flügel, während sie den schneeweißen Stoff um den Vogelkörper wickelte. Die Krähe wurde immer schwerer und unhandlicher, doch schließlich gelang es Alba, den Verband zweimal um Flügel und Körper zu führen.

Langsam lockerte sie ihren Griff.

Der Vogel blieb liegen, die Augen geschlossen.

Hastig knotete sie den Verband zusammen. Mit einem Seufzer entfernte sie das Vergrößerungsglas und wischte sich mit dem Ärmel über die Stirn. Das Gefieder der Krähe hob und senkte sich gleichmäßig.

Für einen Moment verstummten das Heulen und das Pfeifen. In der Stille hörte sie ein Kind weinen. Vage erinnerte sie sich daran, dass eine der Nachbarinnen letzten Monat sichtbar schwanger gewesen war.

Dann setzte der Sturm wieder ein, rüttelte an der Scheibe und dem Rahmen.

Alba sah über ihre Schulter hinaus zu den glühenden Wolken. Für einen Moment glaubte sie, den Rauch zu riechen –

obwohl sie genau wusste, dass der Wind dafür aus der falschen Richtung kam.

Als sie gähnen musste, wurde ihr bewusst, wie müde sie war. Und wie viel ihrer kostbaren Zeit sie der Katastrophe und der Krähe geopfert hatte, ohne dass sie mit ihrer Arbeit weitergekommen war.

Sie rieb sich kräftig über die Augen und fischte Lederriemen und Ahle aus dem zusammengeschobenen Haufen auf dem Tisch. Sie hatte vor der Unterbrechung gerade einmal zwei Löcher geschafft. Langsam, da ihr immer noch Kraft im Arm fehlte, begann sie, ein Loch nach dem anderen zu weiten. Der erste von acht Gurten.

Das Werkzeug fiel aus ihrer Hand und polterte über den Tisch.

Die Krähe blinzelte.

Alba verfluchte ihre Müdigkeit, aber sie hatte die letzten Tage nicht ausreichend Zeit zwischen ihren Verpflichtungen gehabt, um hierherzukommen, sodass ihr nur die heutigen paar Stunden vor Mitternacht geblieben waren.

Sie streckte ihre kraftlosen Finger ein bisschen, dann griff sie wieder nach der Ahle. Die Brustgurte hatte sie beinahe fertig. Danach fehlten nur noch die Riemen für Taille und Hüfte sowie ein paar Feinjustierungen an der Mechanik. Und dann …

Mit einem Lächeln sah sie zu der Krähe, die den Schnabel unter den gesunden Flügel gesteckt hatte.

Dann würde auch sie endlich fliegen.

Die Hitze brannte sich in Karels Gesicht, obwohl er sie so gut es ging mit dem Arm abschirmte. Eisige Böen zerrten an seinem Mantel und dem breitkrempigen Hut, bevor sie die Glut in den Ruinen der Irrlichtmanufaktur weiter entfachten. Flammen zuckten in den Nachthimmel und leckten an den Eisenträgern des Turms, dessen leichte Schieflage seine filigrane Symmetrie zerstörte.

Auf seinen Gehstock gestützt hinkte Karel durch die Menge, die sich auf der Westseite des Platzes zusammendrückte und nur durch einen glühenden Zaun von dem Gelände der Manufaktur getrennt war. Unter gesenkten Lidern wanderte sein Blick über die Gesichter. Keines kam ihm bekannt vor – bis auf das eine, dessen Augen ebenso suchend über die Menge glitten.

Karel blieb stehen.

Grada berührte kaum merklich seine Schulter.

»Nordwesten, knapp drei Meter«, wisperte Karel.

Unter Gradas weit in die Stirn gezogenem Kopftuch machte er ein kaum merkliches Nicken aus.

Die leichte Berührung verschwand, und er hinkte bewusst langsam weiter. Ohne das Gesicht, das einem von Wolfs Männern gehörte, aus dem Blick zu lassen, schob er sich durch das Gedränge näher an das Inferno heran. Beißend fuhr der Rauch in seine Nase, brannte sich einen Weg Karels Rachen hinunter.

Mit Hilfe seiner Ellbogen und des Gehstocks bahnte er sich den Weg durch die gaffenden Männer, Frauen und Kinder. Vielleicht war es keine gute Idee gewesen, selbst in Wolfs Revier einzudringen und die gute Nachbarschaft aufs Spiel zu setzen. Aber er musste das Geschehen mit eigenen Augen sehen und wollte nicht auf die Gerüchte und verfälschten Berichte warten.

Schließlich hatte Karel den Mann so weit umrundet, dass er ihn aus dem Blick verlor. Er schlug einen Bogen, weg von dem Inferno und zum Rand des Platzes, wobei er hin und wieder über die Schulter sah. Doch die Menge hatte das Gesicht verschluckt.

Vor ihm tat sich eine Gasse zwischen den rußgeschwärzten Mietshäusern auf, durch die immer mehr Menschen auf den Platz strömten. Jeder von ihnen lebensmüde oder unwissend. Auch wenn Karel in den brennenden Überresten der Manufaktur nichts hatte erkennen können – die Spalte, durch die das gasförmige Irrlicht an die Oberfläche gelangte, lag nun offen.

Er wich einem zusammengekauerten Jungen aus, dessen Lippen stumme Worte formten. So sehr Karel die Irrlichtförderung und -verarbeitung auch verabscheute, da sie dem Export und der Oberschicht vorbehalten war, sah er ein, dass sie bis zu einem gewissen Grad für Sicherheit sorgte. Jedenfalls hatte sie das bis heute.

Ein Ächzen ertönte, das in ein gequältes Kreischen überging.

Karel sah aus den Augenwinkeln eine Bewegung und wandte den Kopf. Langsam begann der Turm zu kippen, dann fiel er.

Schreie setzten ein, die sich im Nu über den ganzen Platz ausbreiteten.

Mit einem Krachen und in einer Wolke aus Funken und Asche zerschmetterten die Eisenträger die Häuserreihe am Nordrand, die das Inferno bisher verschont hatte. Ein blaues Leuchten huschte über das zerfetzte Metall.

Unter dem Regen aus Stein und Staub setzte sich die Menge in Bewegung.

Karel wurde angerempelt und mitgerissen. Hastig gab er die Tarnung als alter Krüppel auf und ließ sich mehr stolpernd als rennend von dem Gedränge in die nächste Gasse drücken.

Mit seinem Gehstock schlug er nach Händen, die sich an ihm festklammern wollten. Vor ihm gingen Menschen zu Boden, er stolperte fluchend über die sich windenden Körper, verzweifelt darum bemüht, nicht deren Schicksal zu teilen.

Er kollidierte mit einer Hauswand und konnte seinen Fall gerade noch mit dem Gehstock aufhalten. Schmerzen jagten durch seine Schulter.

Ein Stoß erwischte ihn im Rücken.

Karel taumelte, sah sich schon im Straßendreck liegen, als Grada seinen Arm ergriff und ihn zurückzog. Sie stieß eine

Frau mit Asche im Haar, die in Karels Richtung torkelte, zur Seite, dann schloss sie zu ihm auf und schirmte ihn mit ihrem Körper ab.

Endlich öffnete sich die Gasse auf eine der Hauptstraßen Lichtemaads, und die Menge verlor ihre reißende Kraft.

Karel kämpfte sich zum Straßenrand durch, raus aus den taumelnden Leibern. In einem zugenagelten Hauseingang stützte er sich auf den Gehstock und zog die Krempe des Hutes tiefer ins Gesicht.

»Wolf hatte garantiert seine Finger im Spiel«, murmelte Grada, die neben ihm wieder zu der krummen Bettlerin zusammengesunken war. Etwas, das Karel schon immer bei ihrer Größe bewundert hatte.

Er sah zu der Gasse, aus der sie gerade gekommen waren. Immer noch stolperten Menschen heraus. Hinter ihnen leuchtete das Inferno, aus dem das verbogene Eisenskelett ragte.

»Ich hoffe nur, dass es nach außen hin wie ein gewöhnlicher Unfall aussieht.«

Ein kurzes, rauhes Lachen. »Er hat mit dem Feuer gespielt. Oder soll ich besser sagen: mit dem Irrlicht? Denn das werden sie herausfinden.« Grada spuckte aus.

Er vermutete, dass sie es längst wussten. Wie auch alles andere.

Karel löste sich aus dem Hauseingang und humpelte mit den letzten Flüchtenden die Straße hinab. Aus den Augenwinkeln sah er Grada, die gebeugt hinter ihm her schlurfte. Auch wenn er Lichtemaad und damit Wolfs Revier gern verlassen hätte, gab es noch einen Informanten, den er aufsuchen wollte.

Nicht nur der Sturm übertönte die Glocken, sondern auch die anklagende Stimme eines Mannes, die vor ihnen durch die Straße hallte.

»… geschickt für eure Gottlosigkeit!« Der Wind blähte sein ehemals weißes Gewand. »Ihr habt euch abgewandt und nun müsst ihr dafür bezahlen!«

Karel machte wie die anderen Menschen einen großzügigen Bogen um den Pfaffen. Wer als Priester in Ijsstedt blieb, war entweder stur oder nicht ganz dicht. Karels Erfahrungen nach galt meist das Zweite.

Drohend streckte der Mann sein Holzkreuz in den leuchtenden Himmel. »Das Feuer wird eure sterbliche Hülle reinigen, nicht jedoch eure Seelen!«

Eine Gruppe lärmender Straßenkinder streunte heran.

Um ihr Grölen und Lachen zu übertönen, hob der Pfaffe seine Stimme: »Es wird keine Entschuldigung für eure Sünde geben! Gott wird euch richten, Gott wird euch strafen!«

Spucke traf ihn mitten auf der Brust.

Lautes Johlen ersetzte das Gelächter.

»Verschwindet, verdorbene Brut! Gott wird euch keinen Platz an seiner Seite gewähren, sondern euch mit euren Familien in die ewige Verdammnis schicken!« Der Gottesmann schlug mit seinem Kreuz in die Richtung der Kinder, doch diese blieben außerhalb seiner Reichweite.

Weitere Flecken erschienen auf seiner Robe.

Karel schüttelte den Kopf, während hinter ihm der Sturm die Stimme des Pfaffen verschluckte. Er bedauerte selten, dass die Religion und ihre Prediger in den letzten Jahrzehnten verschwunden waren, denn ihr Fortgang hatte ihm mehr Einfluss und Macht gegeben.

Sie nahmen nicht den kürzesten Weg durch das Straßenlabyrinth, sondern gingen den einen oder anderen Umweg, auch wenn Karel nicht glaubte, dass ihnen jemand folgte. Hin und wieder kamen sie an diskutierenden Menschen vorbei, doch so angestrengt Karel auch lauschte, niemand schien etwas zu wissen. Er hasste es, in einem fremden Viertel – in einem fremden Revier – unterwegs zu sein und nicht auf seine Informanten zurückgreifen zu können.

Auf seinen Stock gestützt stemmte er sich gegen die Windböen, die ihm Asche und Straßenstaub ins Gesicht trieben. Er glaubte nicht an einen Unfall, wie er vor gut zwei Jahrzehnten geschehen war. Wolf trieb schon viel zu lange sein gefährliches Spiel mit illegalem Irrlicht.

Neben Karel zerbarst ein Dachziegel auf dem gesprungenen Pflaster.

Hastig wechselte er die Straßenseite und blieb in den Schatten, welche die Gebäude gegen den leuchtenden Nachthimmel warfen. Ein Mann mit schreiendem Säugling auf dem Arm und einer Frau an der rußgeschwärzten Hand rannte an ihm vorbei.

Zwischen zwei Häusern hindurch schlüpften Karel und Grada auf einen menschenleeren Platz. Jenseits des gesprungenen Brunnens erhob sich der Turm einer alten Kirche. Bretter verschlossen das Portal und die hohen Fenster. Nicht nur hier waren die Glocken wieder verstummt, und es blieb nur das Heulen und Klappern des Sturms.

Immer wieder scheinbare Verschnaufpausen einlegend, in denen er sich ebenso scheinbar auf seinen Stock stützen musste, bewegte sich Karel in leichten Schlangenlinien auf das Fachwerkhaus zu, das sich an die Wand des ehemaligen Gotteshauses drückte.

Vor der Tür mit der abgeblätterten Farbe blieb er stehen. Er sah zu Grada, die einmal knapp nickte. Trotz ihrer gebeugten Haltung und den in den Taschen vergrabenen Händen erkannte er ihre Anspannung.

Karel fasste unter seinen viel zu großen Mantel und tastete nach dem Messergurt über der Brust. Er zog eine der Klingen heraus und ließ sie im Ärmel verschwinden. Dann hämmerte er mit der Faust gegen das Holz.

Es dauerte einige unerträglich lang erscheinende Momente, bevor sich die Tür einen Spaltweit öffnete und dahinter ein mit Furchen und Falten übersätes Gesicht erschien. »Ja?«

»Zwei Bedürftige auf Durchreise.«

Der Alte, dessen Namen Karel nicht kannte, öffnete die Tür und trat zur Seite. Karel folgte Grada aus der Kälte raus in einen Raum mit niedrigen Deckenbalken. Im Kamin flackerte ein Feuer, das bei jeder Böe funkensprühend in die Höhe fuhr. In einem zerschlissenen Sessel davor schlief ein Mädchen, kaum mehr als ein zusammengerolltes Bündel aus Haut und Knochen.

Der Alte führte sie an einem schnarchenden Köter vorbei und zwischen mehreren Gestalten hindurch, die in löchrige Decken gewickelt waren. Trübe Blicke folgten ihnen, bis sie ins Nebenzimmer traten. Der hereinfallende Schein des Kaminfeuers erhellte kaum mehr als ein Rechteck auf den dreckigen Dielen, doch der Alte griff zielstrebig nach einer Öllampe, die in einer Nische stand, und entzündete sie.

Er drückte sie Grada in die Hand und schloss eine Tür auf, die im flackernden Licht unter der schmalen Holzstiege kaum sichtbar war.

Grada schlurfte in die Schwärze dahinter. Licht huschte über rissigen Putz und spröde Balken. Auf ihr kaum sichtbares Nicken hin folgte ihr Karel in den Raum.

Hinter ihnen fiel die Tür zu, mit einem leisen Knirschen drehte sich der Schlüssel im Schloss.

Seufzend streckte Karel seinen Rücken, bevor er den Hut aus dem Gesicht schob. Auch Grada richtete sich zu ihrer eindrucksvollen Größe auf und lockerte die Schultern. Mit der freien Hand streifte sie das Kopftuch ab, darunter kamen eng an den Kopf geflochtene Zöpfe zum Vorschein.

Sie hielt die Lampe in die Höhe. Licht glitt über die Pistole in ihrer Hand, dann über die von unzähligen Füßen glatt gescheuerten Dielen und blieb auf der mit aufwendigen Schnitzereien versehenen Eichentür in der gegenüberliegenden Wand des leeren Zimmers hängen.

Die Tür schwang trotz der verrosteten Angeln lautlos auf.

Karel folgte Grada in die dahinterliegende Kirche. Das Licht der Lampe verlor sich im Inneren. Nur hier und da fiel ein fahler Schimmer von draußen durch die Ritzen zwischen den Brettern der zugenagelten Fenster.

Ihre Schritte und das Klacken des Gehstocks hallten auf den ausgetretenen Bodenplatten wider. Regelmäßig gab die Dunkelheit Steinsäulen frei und verschluckte sie gleich darauf wieder. Über dem Geruch von Moder und Rauch hing das Echo kalten Weihrauchs.

Am Ende des Schiffs wich die Schwärze dem Zwielicht, da dort einige Bretter am Rosettenfenster fehlten. Glassplitter leuchteten in den verbogenen Fassungen, und Karels Erinnerungen ergänzten die bunten Bilder, die vor knapp drei Jahrzehnten zerschmettert worden waren. Damals, als er Wolfs Schwäche entdeckt hatte: dessen Ignoranz gegenüber der aussterbenden Religion, die dieser bis heute nicht abgelegt hatte.

Mit einem letzten Blick hinaus zu den glühenden Wolken folgte Karel Grada unter die notdürftig abgestützten Holzbalken der halb heruntergebrochenen Empore. Kurz wanderte der Lichtschein ihrer Lampe über steinerne Blätter und Blüten, bevor er auf dem Durchgang und der aus den Angeln gerissenen Tür liegen blieb.

Dahinter befand sich ein Raum, in dem sich unter herabhängenden Seilen zerschlagene Gemälde und Figuren türmten. Nur eine schmale Schneise zum Fuß der ausgetretenen Wendeltreppe war frei.

Grada löschte die Lampe und stellte sie in die Laibung des zugenagelten Fensters neben der ersten Stufe ab. Dann stieg sie voran. Karel folgte dem Geräusch ihrer Schritte, immer mit dem gesunden Bein zuerst.

Durch die Fensterschlitze sickerte das Licht der leuchtenden Wolken, das die Umrisse des verbogenen Geländers und der Glockenseile aus der Dunkelheit holte.

Ein Zwicken machte sich in Karels Hüfte breit. Zwischen zusammengebissenen Zähnen hindurch verfluchte er erst Wolfs leicht sitzendes Messer, dann seine eigene Dummheit an einem Abend vor vielen Jahren, an dem sie gemeinsam zu viel gesoffen hatten.

Mit einer weiteren Reihe Flüche stützte er sich auf den Gehstock, der zu seinem Unmut nicht immer nur der Tarnung diente, und hinkte die unzähligen Turmstufen hinauf.

Unter der massiven Falltür zur Glockenstube blieb Grada stehen und wandte sich um. Karel nickte. Sie hämmerte mit dem Griff der Pistole den ausgemachten Rhythmus gegen die Tür.

Nur das stetige Heulen und Pfeifen des Winds antwortete.

Karels Hand schloss sich fester um sein Messer, und er versuchte vergeblich, durch die Löcher für die Glockenseile hinauf zu lauschen. Es wäre denkbar ungünstig, wenn Wolf sein Interesse an Kirchen – und damit Karels Stützpunkt – ausgerechnet jetzt entdeckt hätte.

Grada hämmerte ein zweites Mal gegen das Holz. Diesmal schwang die Tür auf.

Für einen Herzschlag sah Karel Stahl aufblitzen, dann nur noch das breite Grinsen Tjards. Wortlos trat dieser zur Seite.

Grada, in der Hand immer noch die Pistole, überwand die letzten Stufen und ging an Karels Kundschafter vorbei. Dann nickte sie kurz.

Karel lockerte den Griff um das Messer und steckte es zurück in den Gurt. Dann stieg er nach oben und durch die Tür, wo der eisige Sturm sofort an seinem Mantel und Hut zerrte und durch die zwei mannshohen Glocken pfiff.

Er ging zu einem der vier offenen Bogenfenster, die nur wenige Meter über den durchgebogenen Dächern lagen und einen Rundblick über Lichtemaad ermöglichten. Einen Blick über Wolfs Revier, ohne dass dieser davon wusste.

Karel sah zu Tjard. »Was weißt du über den Unfall?«

»Noch nich' viel. Das Irrlicht hat plötzlich gebrannt, dann stand auch schon alles in Flammen.«

»Von einem Mann mit deinen Fähigkeiten hätte ich mehr erwartet.«

Tjard schluckte sichtlich. »Ich weiß, aber … aber es ging einfach viel zu schnell. Bis morgen sollte ich mehr haben.«

Karel sparte sich eine Erwiderung und griff nach dem Fernrohr, das an der Brüstung hing. Durch die Linse hindurch sah er zu einer Reihe schiefer Fachwerkhäuser, an deren Ende sich ein Gemischtwarenladen befand. Unter den Gebäuden lag der Wolfsbau, ein Labyrinth aus Kellern, Gängen und Ruinen, dessen erfolglose Erkundung Karel schon einige Männer gekostet hatte. Doch heute wirkte die ganze Häuserzeile wie ausgestorben.

Er senkte das Fernrohr wieder. »Was ist mit Wolf?«

»Bisher keine Spur. Heute Mittag war ein Kommen un' Gehen. Seit dem Beginn des Brands isses ruhig.«

Karel hoffte, dass Wolf klug genug gewesen war, unterzutauchen. Die Frage war, welche Auswirkungen die verdammte Katastrophe, deren Auslöser ziemlich sicher in der Verantwortung der Wölfe lag, für Rothentor hatte. Wenn Karel Glück hatte, gar keine. Aber wie immer würde alles an den verfluchten Schatten hängen. Sie würden hoffentlich wissen, dass er und seine Männer die Finger vom Irrlicht gelassen –

Ein Hämmern an der Falltür, das der Wind zerriss.

Karels Hand fuhr zu seinem Messergurt. Es konnte der richtige Rhythmus gewesen sein. Konnte.

Grada schob sich vor Karel, während Tjard, die Finger in seinen Manteltaschen, sich der Tür näherte.

Beim zweiten Klopfen übertönte das Heulen den Großteil des Rhythmus.

Tjard öffnete die Falltür mit einem Ruck. Die Klinge in seiner Hand verschwand mit einem kurzen Aufleuchten sofort wieder, und er machte den Durchgang frei.

Rafael betrat die Glockenstube und tippte sich an die Hutkrempe. »Einen wunderschönen Abend, die Herren. Und die Dame natürlich.«

Karel ließ seine Hand sinken. »Ich hoffe, du hast einen verdammt guten Grund, ohne meine Anweisung in Wolfs Revier einzudringen.«

Rafael schlenderte zur Brüstung. Ein Lächeln huschte über den Mund, den er von seiner Mutter geerbt hatte. Genauso wie die dunklen Augen, die beinahe versonnen auf die Ruinen der Irrlichtmanufaktur gerichtet waren. Selbst nach all den Jahren vermisste Karel Alicia.

Rafael lehnte sich mit verschränkten Armen gegen einen der Pfeiler und sah Karel an. »Vertrauenswürdige Quellen sagen, Wolf hat es erwischt.«

Auch wenn Karel das schon befürchtet hatte, versetzte es ihm einen Stich, seinen langjährigen Rivalen und Freund verloren zu haben.

»Seine Männer verstecken sich. Einige haben wohl sogar Lichtemaad verlassen und sind …« Rafael blickte nach unten. Das Lächeln verschwand.

Karel hielt seinen Hut fest und beugte sich ebenfalls ein Stück nach vorn, ohne den Schutz der Säule zu verlassen.

Die Menschen verließen hastig die Straße, in deren Mitte eine Frau mit hoch erhobenem Kopf schritt, deren Haare leuchteten wie das Flammenmeer nur wenige Häuser weiter. Auch wenn Karel auf die Entfernung im Dämmerlicht nur wenig erkannte, wusste er, dass ihre zu einem Pferdeschwanz gebundenen Haare ausrasierte Seiten offenbarten. An ihr war keine Spur von der feigen Heimlichkeit, mit der ihresgleichen sonst die Menschen jagten, die gegen die Irrlicht-Gesetze verstießen.

»Verfluchtes Schattenpack!« Tjard spuckte aus.

Die Frau blieb stehen und drehte sich um. Wie zu erwarten schimmerten eisblaue Narben an Kinn und Unterlippe auf – dank deren Größe waren sie selbst von hier oben erkennbar. Sie war einer der wenigen Schatten, die Karel bekannt waren. Überheblichkeit und Unauffälligkeit funktionierten selten gut zusammen.

»Wolf kann froh sein, dass sie ihn nicht mehr lebend erwischt«, murmelte Rafael.

Aus einer der Gassen trat ein zweiter Schatten, suchend wie der verdammte Bluthund, der er war. Irrlichtnarben zogen sich großflächig über seine Stirn und durch die leere Augenhöhle. Gemeinsam schritten sie die Straße hinab, ignorierten die an Hauswände und in Eingänge gedrückten Bewohner.

Tjard spuckte erneut aus. »Als ob Lichtemaad jetzt ihnen gehört.«

»Es ist doch sowieso schon ihre Stadt.« Rafael zuckte mit den Schultern. »Einzig die Krone scheint es noch nicht zu wissen.«

Karel schüttelte den Kopf. »Sie wissen es. Es interessiert sie nur einen Scheißdreck.«

»Das wird es spätestens dann, wenn die Schatten nach der Macht greifen.«

»Ein gut erzogener Hund begehrt nur selten gegen seinen Herrn auf.« Eine Böe verschluckte Gradas leise Worte beinahe.

Karel setzte das Fernrohr wieder an sein Auge. Unten in den Straßen stieg eine Patrouille des königlichen Militärs in den Dreck des Rinnsteins, um den Schatten auszuweichen, die zielstrebig auf die Kneipe zwei Häuser neben dem Gemischtwarenladen zuhielten.

Karels Mundwinkel zuckten. Es war zu schön, um wahr zu sein.

»Sie wissen es nicht …«, murmelte Rafael.

Ohne zu zögern oder sich umzusehen, betraten die beiden Schatten die Kneipe.

Tjard lachte auf. »Das Schattenpack fällt ernsthaft auf den falsch'n Wolfsbau rein?«

Karel setzte das Fernrohr ab. Es waren Momente wie diese, in denen er das Gefühl hatte, doch noch eine winzige Chance zu haben. Er selbst hatte nur dank eines Zufalls sowie gezielter Bestechung und einer gut platzierten Drohung von dem echten Wolfsbau erfahren.

Unten in den Straßen traten die Menschen nach und nach aus dem Schutz der Häuser, Eingänge und Gassen. Doch obwohl es ein Großteil von ihnen eilig hatte, wechselten sie vor der Kneipe die Straßenseite oder wichen über Hinterhöfe aus.

Rafael drehte dem Geschehen unten den Rücken zu und sah zu Tjard. »Wann hat Wolf das letzte Mal Ware bekommen?«

»Gestern Vormittag.«

Er lehnte sich gegen eine der Säulen. Nachdenklichkeit lag in seinem Blick. »Wie lange sie wohl brauchen werden, den falschen Wolfsbau zu durchsuchen?«

»Je nachdem, ob sie nur Wolf oder auch seine Ware suchen. Aber eine halbe Stunde sicher. Eher mehr.«

»Also genug Zeit.« Rafael verschränkte die Arme vor der Brust. »Was denkst du, Karel? Sollen wir es wagen?«

Karel war hin- und hergerissen. Irrlicht bedeutete Reichtum und Macht, was nicht zu unterschätzen war, wenn man nicht wusste, ob das Gleichgewicht Ijsstedts nach so einer Katastrophe kippen würde. Aber es konnte einen auch schneller, als einem lieb war, die Aufmerksamkeit der Schatten einbringen, der er bisher recht erfolgreich entgangen war.

Sein Blick wanderte zurück zu dem falschen Wolfsbau, in dem die Schatten verschwunden waren. »Wie viele Männer hast du mitgebracht?«

»Zwei warten unten. Mehr wären zu auffällig.«

Karel sah wieder zu Rafael. »Eine Viertelstunde. Egal, ob ihr was gefunden habt oder nicht.«

Dieser öffnete den Mund, als ob er etwas sagen wollte, dann salutierte er jedoch mit einem breiten Grinsen.

Tjard öffnete die Falltür und trat zur Seite. »Viel Erfolg.«

Karel griff nach Rafaels Arm, als dieser gehen wollte. »Keine unnötigen Risiken. Rothentor ist wichtiger als drei Männer. Auch wenn einer davon mein Stellvertreter ist.«

Erste eisige Tropfen hinterließen brennende Spuren auf Albas Wangen.

Die Hände in den Manteltaschen vergraben stemmte sie sich mit hochgezogenen Schultern gegen den kalten Wind, der ungebremst durch die enge Straße fegte und die wenigen Passanten wie auch Alba in den kaum spürbaren Schutz der Hausfassaden trieb.

Aus den Augenwinkeln sah sie eine Bewegung, dann bekam sie einen Stoß in die Seite. Der Geruch von altem Schweiß nahm ihr den Atem. Sie stolperte nach vorn. Im letzten Moment fing sie sich und ballte die Hand, sodass sie durch die fingerlosen Handschuhe die Sicherheit des Schlagrings spürte.

Mit erhobener Hand wich sie zurück, aber die dürre Gestalt torkelte an ihr vorbei vor einen Pferdekarren und schwankte dann unter der Schimpftirade des Fahrers in die entgegengesetzte Richtung.

Alba entspannte ihre Finger, doch das Zittern blieb. Irgendwann würde der Tag kommen, an dem sie sich wirklich wehren musste, und dann wäre ihr Schlagring genauso nutzlos wie ihr schwacher Körper. Eine namenlose Tote mehr, die man aus der Thein fischte – und ihre Familie würde nie erfahren, was mit ihrer Tochter geschehen war.

Hastig schüttelte sie die Gedanken ab und eilte weiter. Sie hätte es vorgezogen, eine Droschke zu ihrer Werkstatt zu nehmen, aber abgesehen davon, dass niemand einem Arbeiterjungen abnahm, sich das leisten zu können, reichte das Geld, das sie unbemerkt auftreiben konnte, gerade so für die Wohnung selbst.

Alba bog an der nächsten Kreuzung ab auf eine der Hauptverkehrsadern Rothenthors. Zu gern hätte sie eine Werkstatt, die näher an ihrem Zuhause lag, doch das neue Mietshaus war ideal: ein Vermieter, der keine Fragen stellte, keine allzu gefährliche Gegend und eine gewisse Anonymität dank der vielen Bewohner.

Sie schlängelte sich zwischen Karren und Kutschen hindurch über die gepflasterte Straße und mischte sich unter die Passanten. Am liebsten hätte sie wie früher zu Hause gearbeitet, aber das sperrige Material und der Lärm dessen Bearbeitung ließen das nicht zu.

Das vertraute Gefühl wie von tausend Nadelstichen kroch in ihre Waden. Sie ignorierte es und hielt ihr Tempo bei. Sie hatte nur maximal zwei Stunden, bis man sie zum Mittagessen erwartete. Hoffentlich genug Zeit, um die Gurte fertigzustellen, für die es gestern zu spät geworden war.

Vor ihr blockierten lautstark diskutierende Männer und Frauen den Weg.

Die Menschen um Alba herum rückten enger zusammen, um sich zwischen der Gruppe und der Fassade mit dem abblätternden Putz hindurchzuzwängen.

»… und was soll ich tun?« Die Augen der Frau waren gerötet, die Kleidung fleckig. »Hoffen, dass die Königin sich ausnahmsweise für uns interessiert?«

»Sie hat doch recht. Wir sind denen da oben egal. Genauso wie unsre toten Familien, Freunde und Kollegen.«

»Ihre verdammte Gier nach Irrlicht!« Die Rotäugige spuckte genau vor Alba aus.

Sie wich aus und stieß mit anderen Passanten zusammen, die sie weiterschoben.

»Wir sollten das nicht länger hinnehmen. Wir sollten …« Die Diskussion verschwand im Klappern von Hufen.

Alba unterdrückte den Impuls, stehen zu bleiben. Es lag in der Natur der Menschen, Misstrauen vor Neuem und vor Fortschritt zu haben. Doch auch hier in Rothentor und auf der Südseite würden sie noch lernen, dass sie alle mehr oder weniger direkt vom Irrlicht profitierten.

Sie wich wie die Frau vor ihr einem Haufen Pferdeäpfel aus.

»Anschlag oder Unfall?«, hallte eine Stimme heran. »Erfahren Sie nur heute im Ijsstedter Tagblatt, wie es zu dem verheerenden Feuer kam!«

Alba löste sich aus dem Menschenstrom und ging auf den Jungen am Straßenrand zu, der die bedruckten Seiten wild in der Luft schwenkte. Sie gab ihm eine Münze und steckte die Zeitung in die Manteltasche, bevor sie weitereilte. Anschlag oder Unfall – beides erschien ihr unglaubwürdig, denn auf der einen Seite waren die Manufakturen viel zu gut bewacht, auf der anderen Seite hatte es seit gut zwanzig Jahren keinen nen-

nenswerten Unfall mehr gegeben. Aber vielleicht stand ja etwas im Tagblatt.

Immer mehr Tropfen klatschten Alba ins Gesicht. Sie zog die Kappe tiefer und drückte sich wieder zu den anderen Passanten in den Schutz der Häuser. Vor sich sah sie einen Schrank von einem Mann, zu dem sie mit wenigen Schritten aufschloss. Sie fühlte sich hinter seinem breiten Rücken, der fast ihr gesamtes Gesichtsfeld einnahm, zwar noch kleiner und zerbrechlicher als sonst, aber immerhin hielt er den Großteil des Winds und Regens ab.

Langsam wich das Kribbeln in ihren Waden einer beinahe angenehmen Taubheit, die jedoch die Kraft aus Beinen und Füßen saugte.

Alba verlangsamte widerwillig ihr Tempo und senkte den Kopf, als sie den Schutz des breiten Rückens verlor. Sie konzentrierte sich auf das Pflaster, in dem unzählige Steine fehlten und die Lücken mit Dreck gefüllt waren. Sie konzentrierte sich auf die Tropfen, die die Straße langsam dunkel färbten.

Als sie vor dem verblassten Mietshaus ankam, fühlten sich ihre Beine schwer wie Blei an. Einen Moment blieb sie vor dem Eingang stehen, bevor sie die massive Holztür aufdrückte.

Über die schmierigen Fliesen schlurfte sie unter dem Vorderhaus hindurch in den Innenhof. Hier türmten sich Unrat sowie die Bretterverschläge und gewachsten Planen weiterer Anwohner. Sie war sicher, dass es seit gestern mehr Menschen geworden waren. Vermutlich die Überlebenden des Feuers, die irgendeine Bleibe suchten.

Eine zweite Tür, die ihre ganze Kraft kostete. Dann stolperte Alba in das dämmrige Treppenhaus des Hintergebäudes und fuhr – halb tastend, halb stützend – mit der Hand über die Wand. Die erste knarzende Stufe brachte das Gefühl in ihre Oberschenkel zurück. Ein Stockwerk höher war dieses wieder

der Taubheit gewichen. Stufe für Stufe schleppte sie sich hinauf. Sie unterdrückte den Wunsch, kurz innezuhalten und zu verschnaufen. Die Erfahrungen hatten gezeigt, dass sie sich anschließend kaum wieder aufraffen konnte.

Zwischen dem dritten und vierten Stock musste sie das Geländer loslassen. Eine in Lumpen gehüllte Gestalt, die sich stumm vor und zurück wiegte, war gegen die Streben gesunken.

Schwankend und die Hand gegen die Wand gepresst nahm Alba die paar Stufen vor der Gestalt, dann klammerte sie sich wieder an den Handlauf. Als Kind hatte sie den Worten des Doktors geglaubt, dass sie lernen würde, mit der Krankheit zu leben, doch inzwischen war da nur noch der Hass auf ihren kaputten Körper, dessen Fesseln einzig ihre Medizin zu sprengen vermochte. Für winzige Momente der Freiheit.

Mit zitternden Beinen erreichte sie den fünften und letzten Stock. Sie wischte sich das Blut von der aufgebissenen Lippe, bevor sie den Schlüssel aus der Hosentasche fummelte und die Tür aufsperrte.

Alba stolperte in die dämmrige Werkstatt, schloss hinter sich ab und sank gegen das kühle Metall der verstärkten Tür. Nur einen Moment, bis ihr Puls sich wieder beruhigt hatte …

Aus dem Schlafzimmer ertönte ein forderndes Krächzen.

Alba drückte sich von der Tür ab und schlurfte zu dem Hocker, der im Moment einladender als jeder Ohrensessel war. Sie ließ sich nieder und streckte die Beine aus. Mit beiden Händen knetete sie den rechten Unterschenkel, um den das Hosenbein schlackerte. Sie fühlte sich schwach wie ein Säugling. Nicht, dass es je anders gewesen war oder sein würde.

Mit einem Knurren wechselte sie zum linken Bein. Langsam verschwand die Taubheit, und sie hatte das Gefühl, dass ein Teil der Kraft in die kaum vorhandenen Muskeln zurückkehrte.

Alba hielt sich an der Tischplatte fest und stemmte sich in die Höhe. Einen Moment blieb sie stehen und starrte auf ihre unter Stoff verborgenen Knie. Bis auf ein kurzes Zittern passierte nichts. Vielleicht hätte sie doch länger als einen halben Tag warten sollen, bevor sie wieder hierherkam. Aber heute Vormittag würde sie niemand vermissen, und sie wollte endlich fertig werden sowie sich um die Krähe kümmern.

Sie zog die Mütze vom Kopf und warf sie zusammen mit dem Schlagring auf den Tisch, dann ging sie zu der Truhe, aus der sie die Armbrust und einen der Bolzen nahm. Mit der Kurbel spannte sie die Waffe und legte sie zwischen die Notizen auf die Tischplatte. Sie gab ihr ein Gefühl von Sicherheit, auch wenn sie bisher lediglich auf das löchrige Brett an der Wand geschossen hatte.

Begleitet vom Trommeln der Tropfen an der Scheibe schlurfte sie in das winzige Schlafzimmer, wo auf der fleckigen Matratze eine Kiste stand, aus der es erneut krächzte. Alba bog die Drahtabdeckung auseinander und legte sie auf den Boden. Sie streckte ihre Hände nach der Krähe aus, stockte dann aber mitten in der Bewegung aus Angst, das Tier könnte nach ihr hacken. Doch der Vogel hielt still, die schwarzen Augen auf ihr Gesicht gerichtet.

Alba umfasste die Krähe, nahm sie vorsichtig aus der Kiste und trug sie in die Wohnküche zum Tisch. Sanft setzte sie den Vogel, der bereits seine Beine ausgestreckt hatte, auf eine der wenigen Stellen, wo keine Notizen, Bücher oder Materialien das zerkratzte Holz bedeckten.

Ein Rascheln ging durch das Gefieder, dann stolzierte die Krähe zu dem Untersetzer mit Wasser, der noch von gestern dastand.

Alba ließ sich auf dem Hocker nieder und beobachtete fasziniert, wie der Vogel immer wieder den Kopf hob und das Wasser die Kehle herunterrinnen ließ.

Nach einem zweiten Aufplustern zupfte die Krähe einige der Federn zurecht, dann am Verband, dessen Enden zerfleddert waren.

Alba streckte die Hände aus und untersuchte den Sitz des Verbands, der weder zu eng noch zu lose saß. Der Knoten dagegen war fast aufgegangen.

Als sie danach griff, hackte die Krähe in Richtung Albas Finger.

Sie zog hastig ihre Hände zurück. »Willst du wieder fliegen oder nicht?«

Der Vogel legte den Kopf schief und sah sie an.

Bedächtig langte sie erneut nach dem Verband, zog ihn sanft fest, ohne den Schnabel aus den Augen zu lassen.

Der Vogel schüttelte sein Gefieder, die schwarzen Augen wanderten kurz von Alba zu dem Knoten und zurück.

Sie zog aus der Innentasche ihres Mantels zwei Stücke Weißbrot und den Rest Käse, den sie heute Morgen vom Servierwagen mitgenommen hatte. Noch während sie das Essen kleinbrach, riss ihr die Krähe die ersten Stücke aus den Fingern und schlang sie hinunter.

Alba zog den Mantel enger um sich. Es war kühl in der Werkstatt, doch die Arbeit mit dem Ofen lohnte sich kaum, wenn sie nur so kurz da war. Außerdem reichte die Vorstellung, Kohlen schleppen zu müssen, um sich gegen die Wärme zu entscheiden.

Sie streifte die Krümel von ihren fingerlosen Handschuhen. Dann zog sie das Ijsstedter Tagblatt aus der Manteltasche und breitete es auf den Notizen und Werkzeugen aus. Ihre Finger verharrten neben der Zeichnung auf der ersten Seite, bevor sie zu dem Irrlichtturm inmitten des erstarrten, grauen Flammenmeers fuhren. Etwas war vorhin anders gewesen …

Alba drückte sich in die Höhe und schlurfte zum Fenster. Die filigrane Eisenkonstruktion, deren Spitze gestern hinter dem mehrstöckigen, neuen Wohnhaus aufgeragt hatte, fehlte. In der Ferne, gerade noch Schemen hinter Dunst und Regen, standen die anderen zwei Türme.

Sie wandte sich ab und setzte sich wieder auf den Hocker.

Die Krähe stolzierte heran und legte ihren Kopf schief, wie um auf die Zeitung zu sehen.

Alba überflog den Artikel unter der Zeichnung. Der Großteil des Textes bestand aus dem Bedauern Königin Katrienas, dass es zu der Katastrophe gekommen sei, sowie dem Versprechen, dass die Sicherheit der Manufakturen erhöht würde, damit so etwas nicht noch einmal passiere. Nur am Rand wurden Diebe erwähnt, die sich bereichern hatten wollen. Anscheinend hatte es beim Eingreifen der Irrlichtkinder einen Unfall mit dem Irrlichtfeuer gegeben.

Ein rauhes Gurren kam aus der Kehle des Vogels.

»All die Toten und die Zerstörung nur wegen der Gier ein paar Einzelner«, murmelte Alba mehr zu sich selbst. »Ich hoffe, sie bekommen ihre Strafe. Wenn sie noch leben.«

Die Krähe drehte sich um und pickte die Weißbrotkrümel auf.

Alba warf die Zeitung in die Kiste unter dem Tisch. Dann griff sie nach dem Leder zwischen ihren Skizzen und begann mithilfe einer Metallschiene, einem Messer und dem abgegriffenen Meterstab, die Riemen für die Taillengurte zurechtzuschneiden.

Als der Wind für einen Moment verstummte, ertönte im Treppenhaus das Keifen einer Frau. Dessen schrille Steigerung verlor sich in der nächsten Böe.

Alba korrigierte die Position der Metallschiene am Lederrand und zog das Messer mit Druck bis zum Ende durch. Sie legte die Klinge weg und knetete das Schwächegefühl aus ihren Finger.

Mit der nächsten Böe verstummte das Trommeln des Regens für einen Moment. Die Straße und auch das Haus waren so still wie noch nie.

Die Krähe machte zwei Hopser nach vorne und sah an Alba vorbei, die zum Fenster ging. Die tiefhängenden Wolken waren bleigrau, der goldene Schein nicht wieder aufgeflammt. Hinter den trüben Scheiben der gegenüberliegenden Fachwerkhäuser hingen bleiche Gesichter, den Blick nach unten gerichtet.

Alba tat es ihnen gleich und sah hinunter in die Straße. Der schmale Ausschnitt, der sich ihr darbot, war verlassen. Selbst der Alte in den Kartons vor der zugenagelten Tür des leerstehenden Ladens fehlte.

Sie entriegelte das Fenster, öffnete es und lehnte sich bedächtig nach vorn. Tropfen klatschten in ihr Gesicht, und sie musste die Augen verengen. Dennoch sah sie das Irrlichtkind, das in der Mitte der Straße herankam. Wie so oft fragte sie sich, warum man ihnen damals nicht einen anderen Namen gegeben hatte. Vielleicht hatte man einfach nicht geglaubt, dass die Kinder, die den ersten großen Irrlichtunfall vor gut zwanzig Jahren überlebt hatten, erwachsen werden würden.

»Mörder!«, ertönte eine Frauenstimme.

Der Mann – das Irrlichtkind – ging unbeirrt weiter, sein Blick wanderte beständig von rechts nach links.

Neben ihm klatschten Küchenabfälle aufs Pflaster.

Er sah kurz auf. Im Grau des Morgens leuchteten die großflächigen Narben auf seiner Stirn und in der leeren Augenhöhle. Es war seltsam, eines der Irrlichtkinder mitten in Rothentor zu sehen, abseits ihrer Posten und ohne Uniform. Aber vielleicht war er privat unterwegs.

Er erreichte die Kreuzung und verschwand aus Albas Sicht.

Sie schloss das Fenster, wischte sich die nassen Strähnen aus dem Gesicht und wandte sich um.

Die Krähe stand auf den Lederriemen, der Blick aus den schwarzen Augen schien Alba zu durchbohren.

»Nur ein Irrlichtkind. Nichts Schlimmes.«

Als ihr die Bedeutung der eigenen Worte klar wurde, drückte sie ihr Gesicht noch mal an die kalte Scheibe. Das Stück Straße, das sie von hier oben sah, war leer.

»Nur ein Irrlichtkind«, murmelte sie. »Wächter und Sicherheit, keine Monster, keine … Mörder.«

Unten wagten sich vereinzelt Menschen aus den Häusern, Schatten und Nebengassen heraus. Der Alte kroch zögernd und um sich schauend zurück in die Kartons.

Alba ging zu ihrem Hocker und setzte sich an den Tisch, wo der Vogel die Tischplatte zwischen Skizzen, Ledergurten und Werkzeug nach den letzten Krümeln absuchte.

»Dass man in diesen Vierteln hier so viel Angst vor dem Gesetz hat. Als ob die ganzen Diebstähle, Prügeleien und Sachbeschädigungen da oben irgendwen interessieren.«

Die Gasse zwischen den Fachwerkhäusern verengte sich so sehr, dass seine Jacke über den Putz schabte. Kass zog sich an der niedrigen Mauer hoch, die seinen Weg blockierte, und landete auf der anderen Seite in einem dunklen Innenhof.

Er ging über die bemoosten Platten und trat durch einen mit Efeu überwucherten Durchgang hinaus auf eine menschenleere Gasse, hinter deren Kehre der steinerne Doppelpfeiler mit zwei Fächern aus Eisenseilen aufragte.

Gelächter drang heran.

Im Zwielicht unter der Himmelsbrücke, die sich hier nur knapp über die durchgebogenen Dachfirste und schiefen Schornsteine spannte, traten zwei Männer um die Ecke. Als ob ihre breiten Schultern die Gasse nicht genug versperrten, torkelten sie die verbleibende Handbreit hin und her.

»... ich kenn ... kenn noch einen ...«

Kass stieß einen lautlosen Fluch aus. Seine Blicke huschten über die Fassaden, doch die Mauern schlossen hier dicht auf dicht. Er konnte ein Stück zurück, sich sichtbar machen und wie ein gewöhnlicher Passant an den Betrunken vorbeiquetschen. Doch verspürte er keine Lust auf eine mögliche Konfrontation.

»Wie ... wie viele Schatten braucht man, ein Lam ... Lampendocht su wechseln?«

Kass rollte mit den Augen und huschte über das Pflaster direkt auf die Männer zu. Zwischen zwei Häusern drückte er sich in einen Spalt, der nach Pisse und Moder roch, und verschmolz mit dem Schatten, der er für so viele Menschen war.

»Kein. Sie komm'n im Schatten!«

Der andere brach in gackerndes Gelächter aus. »Sie kom ... komm'n im Schatten! Der ... der is' gut.«

Nein, er war immer noch genauso schlecht wie letztes Jahr.

Die Trunkenbolde torkelten vorbei. Ihr Kichern verhallte.

Kass trat hinaus auf die Gasse, wo der Wind die Schnapsfahne noch nicht verweht hatte, und eilte weiter in Richtung Brücke, die sich vor ihm hinter die Fachwerkhäuser absenkte.

Die Gasse machte einen weiteren Knick und endete auf der Allee, die schnurgerade durch die Altstadt gebaut worden war. Rechts von Kass, der im Schutz des letzten Hauses stehen blieb, ging die Straße nahtlos in die Himmelsbrücke über.

Eine Schlange an Bediensteten, Karren, Lieferanten und Zugtieren hatte sich vor dem rechten der beiden Tore gebildet, die den Doppelpfeiler durchbrachen. Am linken stand nur eine der Brückenwachen. Zwei nicht einmal nussgroße, blau schimmernde Narben prangten über der Braue des Irrlichtkinds, dessen Leuchten kaum sichtbar war.

Kass zögerte. Ziemlich sicher würden ihn die Wachen dank des Irrlichtschleiers nicht spüren, geschweige denn sehen. Aber er vermutete, dass das Kommen und Gehen aller Irrlichtkinder – und ganz speziell seiner Einheit – protokolliert wurde. Es würde womöglich unangenehme Fragen geben, wenn ihn niemand zurückkehren sah.

Er zog sich in die Gasse zurück und blickte sich kurz um. Der einzige Passant hatte ihm den Rücken zugewandt. Kass ließ den Irrlichtschleier fallen.

Die Hände in die Tasche seiner abgewetzten Jacke gesteckt schlenderte er auf die Straße und zum Aufgang der Himmelsbrücke. Er ging an der Reihe der wartenden Menschen vorbei auf das linke Tor in dem hochaufragenden Doppelpfeiler zu.

Münder öffneten sich, setzten zum Protest an, schnappten aber wieder zu, als die Wartenden Kass' ausrasierte Seiten über den Ohren bemerkten. Dann starrten sie ihn unter gesenkten Lidern oder ganz unverhohlen an. Einzig die irritierten Gesichter, als sie nicht fanden, wonach sie suchten, gaben ihm auch noch nach all den Jahren eine gewisse Befriedigung.

Kass ballte die Hände in den Taschen, spürte Narbenwülste und Metall. Auch wenn er als einer der wenigen die Zeichnung nicht offen im Gesicht trug, war sie da und in Form eines Leuchtens für jedes andere Irrlichtkind sichtbar. Immerhin brauchte er so keinen Passierschein.

Er ging an den zwei Brückenwachen vorbei, die gerade die Papiere eines Muskelprotzes mit speckiger Lederschürze kontrollierten.

Mit einem Nicken grüßte am anderen Durchgang das Irrlichtkind, dessen Name Kass dank des wenigen Kontakts zwischen den Einheiten vergessen oder nie gekannt hatte.

Er ignorierte die Wache, so wie normalerweise die anderen Irrlichtkinder ihn und seine Einheit ignorierten, und trat durch die offen stehenden Flügel des Eisentors. Er wich einem mit Fässern beladenen Fuhrwerk aus und folgte der Brücke, die sich über die Dächer der Altstadt erhob und direkt auf die Felswand im Dunst vor ihm zustrebte.

Der kalte Wind griff nach ihm, zerrte an seinen Kleidern und brachte die Holzbohlen unter seinen weichen Sohlen zum Vibrieren, fing sich singend in den Eisenseilen, die sich zur Spitze der beiden Doppelpfeiler zogen.

Vereinzelte Bedienstete und der eine oder andere Handwerker kamen ihm entgegen. Sie alle wechselten die Seite und drückten sich beinahe an das gegenüberliegende Geländer.

Kass unterdrückte den Impuls, den Irrlichtschleier um sich zu ziehen. Stattdessen zog er seine Kapuze ins Gesicht und sah hinunter auf die Altstadt, deren unzählige Fachwerkhäuser sich zwischen den Stadtmauern und der Thein zusammendrängten und scheinbar an der senkrechten Felswand vor ihm emporkrochen.

Ein Zweispänner mit Wappen und Federschmuck klapperte an Kass vorbei. Unter dem Rand seiner Kapuze hindurch sah er die Fräuleins an die Scheibe gedrängt, die Gesichter halb hinter ihren Spitzenfächern verborgen.

Mit einem Schnauben wandte er den Blick ab. Vor ihm schälte sich die Himmelsbrücke aus dem Dunst von Torf und Kohle und strebte direkt auf Aeria zu. Kunstvolle Eisentürmchen und gewundene Metallspitzen, die ein blauer Schimmer überzog, krönten Paläste und Villen am Rand der Felswand, nur wenige Meter über den Dächern Ijsstedts. Ausreichend weit weg vom Pöbel, damit die Bewohner nicht daran erinnert wurden, wem man den Wohlstand zu verdanken hatte.

Kass' Hand wanderte über das Eisengeländer, das hier oben – ebenso wie die gefächerten Seile der Hängebrücke – für einen normalen Menschen höchstens von einem schwachen Schein umspielt wurde, für ihn aber hell strahlte. Das Irrlicht unter seinen Fingern kitzelte, flüsterte, lockte. Er verschmolz nur einen Teil seines eigenen Irrlichts mit dem Metall. Wenn er wieder ging, würde er es sich zurückholen. Und vielleicht ein bisschen mehr.

Er löste seine Hand von dem eisigen Geländer und durchschritt das rechte der beiden Tore im zweiten Doppelpfeiler. Links und rechts standen zwei Brückenwachen. Irrlichtkinder mit stattlichem Erscheinungsbild, aber kaum vorhandenem Leuchten. Manchmal fragte er sich, was die Herrschaften hier oben sagen würden, wenn sie wüssten, dass ihre Wachen wenig mehr als normale, wenn auch fähige Soldaten waren.

Wie zu erwarten schenkten sie Kass kaum mehr als einen flüchtigen Blick. Nicht nur, dass sein Leuchten ihn für sie wie ein Signalfeuer von den Menschen um ihn herum abhob, zu gern hielten sich die meisten Wachen – genauso wie die königliche Leibgarde – für etwas Besseres als die Mitglieder von Kass' Einheit.

Vor ihm endete die Himmelsbrücke auf einem großzügig angelegten Platz, der halb über die Felswand hinausragte. Die andere Seite säumten schlanke Pappeln, deren Skelette die Säulen der umgebenden Gebäude widerspiegelten.

Kass ging an dem abgedeckten Brunnen vorbei, dessen gravierte Metallplatten dank des Irrlichts beinahe wie Wasser schillerten. Manchmal hatte er das Gefühl, dass all der Aufwand, der mit Förderung, Schutz und Strafen betrieben wurde, einzig der Zurschaustellung des Irrlichts diente. Der Export in die Nachbarstaaten und die Beleuchtung privilegierter Haushalte schien nur praktischer Abfall zu sein.

Die Schultern gegen den Wind hochgezogen, der hier oben kräftig um Ecken und Türmchen pfiff, eilte er auf die Allee zu, die nach Aeria hineinführte. Braune Blätter tanzten mit vereinzelten Ascheflocken zu seinen Füßen.

Obwohl er in die Nebenstraßen einbog und die Wege der Dienstboten wählte, kamen ihm unzählige Menschen entgegen. Er spürte ihre Blicke, wie sie über den abgenutzten Stoff und den Ruß auf seiner Kleidung streiften, wie sie versuchten, unter die Kapuze zu sehen. Doch niemand hielt ihn auf. Wer hier oben war, hatte die Kontrollen bestanden.

Er bog in eine von schmalen Rasenstreifen gesäumte Straße ein, an deren Ende sich ein schmuckloser und dreiflügeliger Bau erhob. Die königliche Flagge mit dem blauen Rand der Irrlichtkinder flatterte über dem offen stehenden Tor, dessen Eisen nicht blau schimmerte. Kein Irrlicht für die, die für dessen Schutz das Leben riskierten.

Kass schob die Kapuze zurück und ging zwischen den vier gewöhnlichen Wachen hindurch, die wie Statuen links und rechts des Tors standen. Voller Erwartung sah er hinauf zu dem Fenster im zweiten Stock des Hauptflügels und erhaschte einen kurzen Blick auf Hisas Gesicht und ihr Lächeln. Er eilte über das Pflaster des zweckmäßigen Innenhofs und dann die Stufen zum rechten Nebenflügel hinauf.

Die Tür schwang unter dem leichten Druck seiner Hand auf. Er trat ein und sperrte den Wind aus. Stille und der Geruch der unzähligen Öllampen, die das Streifenmuster der Seidentapete unterbrachen, hüllten ihn ein.

»Kass.« Das Flüstern hallte unnatürlich laut durch die Eingangshalle.

Mit einem Lächeln drehte er sich um und eilte auf Hisa zu, die aus dem Schatten einer der Säulen trat.

Sie ergriff seine Hände. »Ich hatte mir Sorgen um euch gemacht, als ich von dem Unfall gehört habe.«

Er drückte ihre Finger. »Wir waren nur zum Aufräumen da.«

Erleichterung machte sich auf ihrem Gesicht breit.

»Und Sora wird sich sicher melden, sobald er zurück ist. Du kennst doch deinen Bruder.«

»Ja, aber das macht es nicht leichter.« Sie trat direkt an ihn heran. »Wann hast du Zeit?«

»Wie sieht es gleich nach meiner Besprechung aus?«

Hisa schüttelte den Kopf. »Da habe ich Schicht am Hafen, aber danach.«

Er hauchte einen Kuss auf ihre Lippen. »Ich werde warten.«

Sie strahlte ihn an, dann entließ sie seine Hände und eilte auf die Tür zu, die in den Hauptflügel führte. Kurz drehte sie sich noch einmal um, winkte, dann verschwand sie.

Kass stieg über die geschwungene Steintreppe mit dem eisblauen Teppich hinauf in den ersten Stock. Dort folgte er dem Gang, begleitet vom Trommeln erster Regentropfen an der langen Reihe Fenster.

Er drückte die Doppelflügel am Ende des Korridors auf und betrat den Salon mit seinen protzigen und schweren Möbeln. Das Licht der unzähligen Lampen, die auch hier das Nachmittagsgrau vertrieben, ließ Valentinas kupfernes Haar aufleuchten, als diese sich umwandte. Ihr Blick verharrte nur kurz auf Kass, bevor er hinter ihm suchend in der Luft hängen blieb.

Kass schloss die Tür, und Valentina drehte das Gesicht mit zusammengepressten Lippen wieder dem Fenster zu. Sora war wie zu erwarten noch nicht da, aber auch Elimar fehlte zu seiner Verwunderung. Der Rest der Einheit war da – bis auf Dorien, der sicher wieder der Königin und dem Rat in den Allerwertesten kroch.

Er ging an Valentina vorbei und ignorierte Franzis, der an dem Tischchen neben dem brennenden Kamin saß und sein Schwert polierte, das er ziemlich sicher nur besaß, weil die königliche Leibgarde welche trug. Als vermutlich letzte in Ijsstedt.

Kass ließ sich in den Sessel vor den Bücherregalen fallen. Dort, wo das Licht der Öllampen am schwächsten war, und ihr tanzender Schein manchmal mehr verbarg als offenbarte. Schon als Kind hatte er Schatten als Verbündete gesehen, weswegen er die abwertende Benennung seiner Einheit – im Gegensatz zu anderen – mochte.

Er schloss die Augen und gab sich der Vorfreude hin, in ein paar Stunden Hisa zu sehen. Zusammen mit dem Regen und dem leisen Schaben aus Franzis' Richtung hatte es etwas Einlullendes. Doch noch war nicht die Zeit, der Müdigkeit nachzugeben.

Widerwillig zwang er die Lider wieder auseinander, und sein Blick fiel auf Lili, die wie so oft in der Fensterlaibung saß. Ihre leeren Augen starrten ins Nichts, die mit sauberen Verbänden umwickelten Hände hingen schlaff herab. Ihr Leuchten war mal wieder viel zu schwach für einen der ihren. Dabei war es so einfach, wenn auch ein bisschen riskant, sich hier in Aeria am Irrlicht zu bedienen – außer sie war mit Franzis unterwegs gewesen.

Für einen Herzschlag fokussierten ihn Lilis Blicke, und Kass erwiderte ihr flüchtiges Lächeln. Dorien würde sich freuen, den Papierkram auszufüllen, damit es für sie Irrlicht gab. Es war der einzige offizielle Weg, da man wohl hoffte, so Kontrolle über die Irrlichtkinder und ihre Macht zu haben.

Paranoide Idioten.

Kass sah zu der Standuhr, deren leises Ticken beinahe im Trommeln des Regens unterging. Jemand anderes als er hätte sich schon Sorgen um Dorien gemacht. So auch Franzis, der sich genau in dem Moment erhob, zur Tür ging und diese öffnete.

Eine Weile sah er auf den Gang hinaus, bevor er die Tür wieder schloss und stattdessen auf das Zifferblatt schaute. Exakt fünf Minuten später öffnete er die Tür ein weiteres Mal.

Valentina wirbelte herum. »Kannst du das bitte lassen? Dorien wird dich schon nicht vergessen haben.«

Franzis schloss die Tür hastig und lief unter der bemüht neutralen Miene rot an. »Er kommt nie zu spät.«

»Auch wenn du es nicht glauben magst: Er ist nur ein Mensch!« Damit wandte sie ihnen wieder den Rücken zu.

Sichtlich unschlüssig blieb Franzis in der Mitte des Salons stehen. Dann strich er seine dunkelblaue Uniformjacke glatt. Er und Dorien waren die Einzigen ihrer Einheit, die aus irgendwelchen scheinbar ehrenhaften Gründen auf den Vorteil normaler Kleidung verzichteten. Ein Vorteil, den sogar die Regierung erkannt hatte.

Kass starrte in die tanzenden Flammen des Kaminfeuers, während er gegen den Wunsch ankämpfte, hier und jetzt einzuschlafen. Die Nacht war lang gewesen, und nun musste er auf Dorien warten, dem diese verdammten, regelmäßigen Termine so wichtig waren wie anderen die Liebste.

Schritte näherten sich, und Dorien betrat in einer ungewohnt zerknitterten Uniform den Salon. »Es tut mir leid, die Versammlung wollte kein Ende nehmen.« Er schloss die Tür und war mit wenigen Schritten bei einem der Sessel, in den er sich fallen ließ. Dunkle Schatten unter den Augen und das Blau der Irrlichtnarben, die sich großflächig über seine rechte Schläfe und den Haaransatz zogen, ließen seine Haut ungesund fahl erscheinen.

»Kann ich dir etwas bringen? Ein Glas Wasser? Oder einen Tee? Etwas Härteres?«

Als Dorien den Kopf schüttelte, setzte sich Franzis auf das Sofa, ohne seine Augen auch nur einen Moment von ihrem Kommandanten zu nehmen.

Kass unterdrückte ein Schnauben.

Doriens Blick wanderte durch den Salon, blieb an jedem von ihnen kurz hängen. »Wie ihr euch sicher denken könnt, laufen gerade Beratungen bezüglich der Folgen des Unfalls und dem weiteren Vorgehen.«

»Weiß man denn schon, was genau passiert ist?«, fragte Franzis, der sich ein Stück vorbeugte.

»Es gibt nur … Vermutungen. Eine der Manufakturwachen hatte Verstärkung geholt, weil es wohl eine größere Anzahl Eindringlinge gab. Beim Eingreifen dieser Verstärkung muss dann etwas schiefgelaufen sein, sodass Irrlicht entzündet wurde. Aber da es keine Überlebenden gibt, wird es unmöglich sein, das je herauszufinden.«

Oder es gibt die Informationen nur für uns nicht.

»Königin Katriena und der Rat sind sich einig – und ich unterstütze ihre Überlegungen in dieser Sache –, dass wir die nächsten Wochen …« Dorien stockte. Sein Blick suchte den Raum ab. »Sind Elimar und Sora noch nicht zurück?«

Erst jetzt wandte sich Valentina um. »Elimar wollte noch einer Spur nachgehen, nachdem wir im Wolfsbau Hinweise auf frisches Irrlicht gefunden hatten.«

»Und was ist mit den Wölfen?«

Ihr Gesicht verfinsterte sich. »Der Wolfsbau war vermutlich nie unter der Kneipe, sondern zwei Häuser weiter. Aber als wir das herausgefunden hatten, war er schon geräumt und verlassen.«

Dorien rieb sich die Augen. »Weiß jemand, wo Sora steckt?«

Valentinas Blick bohrte sich in Kass, doch er zuckte mit den Schultern. Nach all den Jahren waren die Ausreden überflüssig geworden, mit denen er und Sora sich den Rücken deckten. Am Ende interessierte doch nur der schriftliche Bericht.

»Das bringt mich zurück zur eigentlichen Sache.« Dorien fuhr sich durch das kurz geschnittene Haar und über die noch kürzer geschorenen Seiten. »Königin Katriena ist besorgt, dass zurzeit selbst kleine Fehler unsererseits die Bevölkerung gegen uns aufbringen könnten, weswegen sie die Anweisung erteilt hat, dass wir uns die nächsten Wochen zurückhalten.«

Das versprach zusammen mit dem Tod von Wolf und möglichen Revierkämpfen spannend zu werden.

Valentina zog ihre perfekt geschwungenen Augenbrauen hoch. »Dass die immer gleich so einen Aufstand machen müssen. Was glauben diese ... diese Würmer denn, was passiert wäre, wenn eine der Banden größere Mengen Irrlicht in ihren Besitz bekommt?«

»Valentina ...«

»Vermutlich noch ungesichert in irgendwelchen Löchern oder gleich als Billigware für die –«

»Valentina, bitte. Hunderte von toten Unschuldigen können selbst damit nicht gerechtfertigt werden. Wir werden wie gewünscht beobachten und nur eingreifen, wenn die Sicherheit konkret gefährdet ist.«

»Dann frag mal deine Königin, wie sie unter diesen Bedingungen das Irrlicht zurückbekommen will, das vermutlich noch im Besitz der Wölfe ist.«

»Dein Pflichtbewusstsein in allen Ehren, Valentina, aber Politik ist nicht unsere Aufgabe.«

Nein, unsere Aufgabe ist, ohne zu denken und zu fragen Befehle auszuführen.

Valentina zuckte mit den Schultern. »Gut, dann mach ich mir ein paar schöne Tage.« Damit drehte sie sich wieder dem Fenster zu.

Franzis öffnete den Mund, doch Dorien schüttelte den Kopf. Er stemmte sich aus dem Sessel hoch und strich vergeblich den Uniformrock glatt. »Ich werde mich verabschieden und den Schlaf der letzten Nacht nachholen. Oder gibt es noch etwas?«

»Ja, tut mir leid, Dorien, aber ich bräuchte dich noch kurz.« Franzis deutete zu dem zweiten Fenster. »Kannst du dir bitte

Lilis Hände anschauen? Sie wird wieder einen Arzt und dann auch Irrlicht brauchen.«

Kass' Blick wanderte zu der jungen Frau, die regungslos und mit leerem Blick in der Fensterlaibung saß.

»Ich dachte, die alten Verbrennungen waren noch nicht abgeheilt.«

»Waren sie auch nicht. Aber ... du weißt doch, sie lässt sich von mir nichts sagen.«

Würde ich auch nicht.

Lili ließ sich in dem Zusammenhang aber von niemandem etwas sagen.

»Darf ich mir deine Hände ansehen?«, fragte Dorien.

Ohne jegliche Regung hob die Angesprochene die rechte Hand und hielt sie ihm hin. Vorsichtig wickelte Dorien den Verband ab. Nur das erste kurze Stück des Stoffs war schneeweiß, den Rest verschmierten gelbe und rote Flecken. Lilis Hand darunter war wie so oft bedeckt von verbrannter Haut, die sich zwischen wulstigen Narben vom blanken Fleisch abschälte.

Der Anblick löste seit Jahren kein Mitleid mehr in Kass aus. Lili wollte es nicht anders. Es lag einzig und allein an ihr, ob und vor allem wie sie ihr Irrlichtfeuer einsetzte, das sie wie kein anderer beherrschte.

Kass erhob sich. Ein kurzer Schwindel erinnerte ihn daran, dass sich das Irrlicht im Geländer der Brücke statt in seinem Körper befand, um seine eigentliche Stärke zu verheimlichen. Geräuschlos ging er in Richtung Tür.

Valentinas finsterer Blick richtete sich auf ihn. »Wo ist Sora?« Ein kaum hörbares Zischen.

Kass sah kurz über die Schulter, doch Dorien und Franzis diskutierten über eine Einsatzpause für Lili, die wie automatisch den Verband wieder um ihre Hand wickelte.

Er senkte seine Stimme zu einem Flüstern. »Ich habe ihn das letzte Mal kurz vor Mitternacht an der Löwenbrücke gesehen, am Südufer.«

Ihre Augen wurden zu schmalen Schlitzen, doch sie sagte nichts. Sie beide wussten, dass Sora viel zu gern allein und viel zu lange unterwegs war. Vor allem wenn er jagte.

Kass wandte sich ab und verließ den Salon. Er schloss die Tür hinter sich und atmete tief kühle Luft ein, die den Schwindel aus seinem Kopf vertrieb. Er folgte dem Gang zurück in das Treppenhaus und stieg hinauf in den zweiten Stock. Öllampen wechselten sich hier mit schlichten Türen und hohen Fenstern ab.

Kurz bevor der Korridor einen Knick machte, öffnete er die Tür zu seiner Rechten, trat ein und schloss sie leise hinter sich. Seine Augen brauchten einen Moment, um sich an das Zwielicht des Zimmers zu gewöhnen, das in Vierteln wie Rothentor oder Lichtemaad eine Großfamilie beherbergt hätte.

Sein Blick steifte den speckigen Holzdrachen mit den Glubschaugen und den abgebrochenen Schnurrhaaren auf der Kommode, den ihm Hisa kurz nach dem Unfall damals geschenkt hatte, als keiner wusste, ob sie es überleben würden; dann über den Schlüssel in der Schranktür, über sein zerwühltes Bett, über das Papier, das Tintenfass und die Federn auf dem Schreibtisch am Fenster.

Kass zog seine Jacke aus, deren beißender Geruch ihm dabei bewusst wurde. Er streifte auch den Rest seiner Kleider ab, warf sie in die Ecke, doch der Rauch klebte an seiner Haut und in seinen Haaren.

Er ging zu der verglasten Außentür und öffnete sie. Eine Böe fuhr herein und peitschte eisige Tropfen über Kass' Haut, bevor sie das Papier vom Tisch raschelnd über den Boden verteilte. Kass trat hinaus auf den Balkon, wo Kälte von den rauhen Platten in seine Fußsohlen kroch. Rinnsale liefen ihm aus den Haaren ins Gesicht, als er sich auf die steinerne Balustrade stützte und in die Tiefe sah. Lichter sprenkelten Ijsstedt. Doch während die Altstadt und Schönau die anderen Viertel überstrahlten, zog sich südlich der schwarzen Thein eine lichtlose Narbe bis hinüber in die Elendsviertel. Noch nie hatte der Ausblick die Stadt treffender beschrieben.

Ein Zittern rann durch seinen Körper, und Kass wandte sich ab. Die Hand schon auf dem Türrahmen, suchte er den Himmel ab, doch außer dem Regen, der mit der hereinbrechenden Dunkelheit verschmolz, war nichts zu sehen.

Kass kehrte in sein Zimmer zurück und schloss die Balkontür. Eine Spur aus Pfützen hinter sich herziehend ging er zum Waschtisch, wo er sich mit dem kleinen Handtuch trocken rieb. Geblieben war nur ein Echo des Rauchgeruchs, das so schnell schwinden würde wie das Interesse der Oberschicht an der Katastrophe.

Er ging zu der eleganten Sitzgruppe, ergriff den Stuhl mit der abgeschabten Rückenlehne und klemmte ihn unter die Türklinke, bevor er zu Bett ging. Seine Hand schob sich unter das Kissen, wo ihn die Kälte der Messerklinge willkommen hieß, als er die Augen schloss und an Hisa dachte.

KAPITEL 2

Alba stolperte durch die Tür in ihre Werkstatt und schaffte es irgendwie abzusperren, bevor sie auf die Dielen sank. Sie schloss die Augen und konzentrierte sich auf ihren Atem. Während das Zittern langsam abebbte, verfluchte sie ihre Krankheit. Und ihren Bruder Ruben, der heute Morgen zu Besuch gewesen war und auf den Spaziergang bestanden hatte.

Wenigstens hatte er ihr damit eine Ausrede geliefert, scheinbar den ganzen Tag im Bett verbringen zu müssen.

Sie hob die Lider und tastete nach der Innentasche ihres Mantels, bis sie das kühle Glasfläschchen fand. Ein Zittern ging durch ihre Finger. Nur einen Schluck, dann würde es ihr besser gehen ... Mit einem Ruck zog Alba die Hand zurück. Noch nicht. Sonst käme die Müdigkeit, wenn sie sie am wenigsten brauchte.

Auf beide Arme gestützt drückte sie sich hoch und zog sich an der Türklinke in die Höhe. Einen Moment klammerte sie sich an dem kühlen Metall fest, dann schlurfte sie ins Schlafzimmer, wo sie wie in den letzten sieben Tagen die leise krächzende Kiste empfing.

Der Vogel starrte Alba durch das Drahtgitter hindurch an, das sie entfernte. Er hielt völlig still, als sie ihn vorsichtig heraushob und zum Tisch der Wohnküche trug. Er blieb da sitzen, wo sie ihn absetzte, sah zu ihr auf. Beinahe so, als wüsste er, dass heute sein – und ihr – großer Tag war.

Sie schob die Skizzen und das Werkzeug zur Seite, bevor sie die eingeschlagene Pellkartoffel, das Stückchen Weißbrot sowie die Handvoll Haselnusskerne aus der Manteltasche zog und auf dem Tisch ausbreitete.

Die Krähe musterte sie mit schiefgelegtem Kopf, dann machte sie sich über das Festmahl her.

Alba ließ sich auf den Hocker nieder, legte die Hände in den Schoß. So sehr sie hoffte, dass der Flügel geheilt war, wünschte sich ein kleiner Teil in ihr das Gegenteil. Es war schön, jemanden zu haben, dem man alles erzählen konnte und der zuhörte, ohne eine wertende Meinung abzugeben. Nun würde es wieder still werden.

Als die letzten Krümel sorgfältig zwischen dem Papier aufgelesen waren, blieb der Vogel vor Alba stehen, die schwarzen Augen auf ihr Gesicht gerichtet.

Bedächtig streckte sie ihre Hände aus, löste den Knoten des Verbands und wickelte den fast noch schneeweißen Stoffstreifen ab.

Die Krähe plusterte das Gefieder auf und schüttelte sich. Dann streckte sie die Flügel, gefolgt von einem weiteren Schütteln, bevor sich die Federn wieder glatt und glänzend anlegten. Kein Zeichen mehr von einer Verletzung.

Alba atmete auf.

Mit einem Satz warf sich die Krähe in die Luft und gewann mit kräftigen Flügelschlägen an Höhe. Notizen wirbelten durcheinander, stoben zu Boden.

Ein breites Grinsen breitete sich auf Albas Gesicht aus.

Nach vier Runden in der kleinen Wohnküche landete der Vogel wieder auf dem Tisch. Seine Brust hob und senkte sich, als er begann, die Federn durch den Schnabel zu ziehen und zu sortieren.

Mit steifen Beinen erhob sich Alba und ging zum Fenster.

Ihre Finger lagen wie Blei auf dem Griff. Über die Schulter sah sie zu der Krähe, die sie erwartungsvoll anblickte.

Alba öffnete das Fenster mit einem Ruck und trat zur Seite. »Deine Freiheit wartet.« Ihre Stimme war unerwartet rauh.

Der Vogel segelte mit einem kräftigen Flügelschlag auf das Fensterbrett. Er trippelte kurz hin und her, dann stieß er sich ab. Schnell gewann er an Tempo, bevor er einen Bogen flog, zu Alba herabschoss und vor ihr wendete.

Sein Krächzen mischte sich unter das Geplauder der Krähen auf dem Schlachthof.

Er flog eine weitere Schleife und stieg in die Höhe, bis Alba ihn aus dem Blick verlor, so sehr sie sich auch aus dem Fenster lehnte.

Die blasse Sonne verschwamm vor ihren Augen. Mit einem Blinzeln wandte sie sich ab und schloss entschieden das Fenster. Sie musste sich nun auf ihr eigenes Vorhaben konzentrieren.

Alba griff nach dem Hocker und trug ihn zu der Wand, an der die ausgebreiteten Flügel hingen. Sie stieg hinauf und löste die Mechanik der Gelenke, sodass Leinstoff und Eisenstreben sich zusammenfalteten. Nachdem sie sich vergewissert hatte, sicher zu stehen, hob sie die Schwingen aus der Halterung und ließ sie sinken, bis sie auf den Dielen standen.

Ein leichtes Prickeln wanderte Albas Arme hinauf. Kurz fragte sie sich, ob es eine gute Idee war, in ihrem heutigen Zustand dieses Gewicht durch die Stadt zu tragen. Aber sie wollte endlich fliegen, und selbst wenn sie hier ausreichend Platz gehabt hätte, gab es zu viele Augen und Ohren.

Alba stieg vom Hocker und schob ihn beiseite. Dann ging sie ein wenig in die Knie, bis sie an ihrem Rücken die gepolsterte Mitte der Flügel spürte. Mit zitternden Fingern griff sie nach den Lederriemen, die sie einen nach dem anderen über Brust, Taille und Schultern befestigte.

Nachdem sie die letzte Schnalle geschlossen hatte, richtete sich Alba langsam auf. Wie schon bei der letzten Anprobe zogen die Schwingen spürbar, aber nicht schmerzhaft an ihren Schultern. Sie würde es schaffen. Es war gar nicht so weit.

Sie stellte sich vor den Tisch in die Mitte der Wohnküche und entfaltete die Flügel, bis die Spitzen an die Wände stießen. Mehrmals schloss und öffnete sie die Flügel, achtete dabei auf die Mechanik und die Gelenke, doch alles funktionierte reibungslos.

Alba atmete tief durch. Es war an der Zeit, ihren Traum vom Fliegen wahr zu machen.

Sie nahm den abgetragenen Umhang von dem dreibeinigen Stuhl und zog ihn mit einigen Verrenkungen über die gefalteten Flügel. Auch wenn sie nun aussah, als hätte sie einen Buckel, so verbarg der Stoff alles.

Sie griff nach der Türklinke – und zögerte. Aber sie hatte nun zwei Jahre auf diesen Moment hingearbeitet.

Entschlossen trat Alba hinaus in das Zwielicht des Treppenhauses und schloss hinter sich ab. Erst langsam, dann immer schneller, als sie sich an das Gewicht auf dem Rücken gewöhnt hatte, stieg sie die Stufen hinab.

Mit einem leichten Kribbeln in den Beinen eilte sie durch den Innenhof und unter dem Vorderhaus hindurch auf die Straße, wo sie sich unter die Passanten mischte. Auch wenn sie das Gefühl hatte, dass jeder sehen konnte, was sie unter dem Umhang verbarg, schenkte ihr keiner mehr als den üblichen flüchtigen Blick. Wenn überhaupt.

Fahles Sonnenlicht offenbarte den Dreck zwischen dem aufgebrochenen Pflaster und die Leere auf den bleichen Gesichtern, vermochte jedoch nicht das Grau aus den Straßen und Gassen zu vertreiben, denen Alba durch Rothentor auf die Südseite folgte. Bald begannen die Träger in die Schultern zu schneiden und auf die Hüftknochen zu drücken. Es war nicht weit …

Alba setzte einen Fuß vor den anderen, versuchte, sich nur auf den Weg zu konzentrieren und das Schwächegefühl in ihren Oberschenkeln zu vergessen. Dafür wuchs die Versuchung, auf das nächste Dach zu steigen und zu fliegen. Aber sie wollte so wenig Zuschauer wie möglich.

Nach und nach verschwanden die Löcher im Pflaster und die undefinierbare Schmiere im Rinnstein. Ebenso die Schritte und Stimmen der Passanten um sie herum.

Alba sah auf. Stuckverzierte und pastellfarbene Fassaden säumten die Straßen Königsgardens, viele der Sprossenfenster waren blind. Vor ihr umrahmten Läden mit leeren Schaufenstern den Eingang der überdachten Passage, die von zwei Türmchen gekrönt wurde.

Sie schleppte sich in die Dämmerung, die durch einen Belag aus Ruß und Dreck durch das Glasdach sickerte. So vorsichtig sie auch auftrat, ihre Schritte hallten unnatürlich laut wider.

Um sie erhob sich das Klatschen unzähliger Taubenflügel. Helle und dunkle Schatten stoben auf, um sich gurrend auf den floralen Geländern und ausladenden Leuchtern niederzulassen. Weiße Kotspuren überzogen das angelaufene Messing, das hier und da aufschimmerte.

Unter ihren Schuhen knirschten Glassplitter, als Alba durch den schmalen Gang neben einer ehemaligen Teestube schlurfte. Mit letzter Kraft drückte sie die rostige Metalltür auf und stolperte in das Treppenhaus, wo sie gegen die Wand sank. Fahrig fummelte sie das braune Glasfläschchen aus der Innentasche ihres Mantels und nahm mit bebenden Fingern einen Schluck der bitteren Flüssigkeit.

Alba schloss die Augen und begann zu zählen, während das Zittern ihrer Beine schwand, dann die Schwere und schließlich der Großteil der unterdrückten Bedenken.

Sie öffnete die Augen und ging mit steifen Beinen zur Treppe. Die Hand an der Wand stieg sie Stufe für Stufe hinauf. Auch wenn das Taubheitsgefühl gewichen war, spürte sie die nachlassende Kraft. Trotzdem würde sie die sechs oder mehr Stockwerke schaffen.

Nach einer gefühlten Ewigkeit taumelte Alba durch die Tür auf den Balkon, stolperte zu der steinernen Balustrade und stützte sich darauf. Unter ihr breitete sich das blinde Glas der Passage aus, bis es mit den Dächern und Firsten der Nachbarhäuser verschmolz. Dunst verschleierte den Himmel, wo heute keine Krähen im Wind tanzten. Heute gehörte er ihr allein.

Sie streifte den Umhang ab, ließ ihn zu Boden fallen. Fein säuberlich kontrollierte sie die Gurte um ihre Brust, Taille und Schultern. Dann zog sie die Flügel ein Stück weit auf. Sofort spürte sie das lockende Zupfen des Winds.

Mit zusammengefalteten Schwingen kletterte sie auf die Balustrade. Kurz flackerte die Erkenntnis auf, dass es einige Meter bis zum Glasdach waren. Aber war es ein Unterschied, ob ihre Knochen hier zerschmetterten oder ihr Körper sie früher oder später von selbst im Stich ließ?

Sie schloss die Augen, ließ die Schwingen aufschnappen – und sich mit ausgebreiteten Armen nach vorn fallen.

Für einen Herzschlag fiel sie wie ein Stein, dann ging ein Ruck durch die Flügel.

Alba öffnete die Augen. Das Glasdach lag wenige Meter unter ihr. Ein Lächeln breitete sich auf ihrem Gesicht aus. Die Hände um die Stangen geschlossen, die an ihren Armen befestigt waren, versuchte sie zu steuern. Es brauchte mehr Kraft als erwartet, dann gehorchten ihr die Schwingen, und sie beschrieb eine Kurve.

»Ich fliege!«

Ein Krächzen antwortete ihr, und eine Krähe schoss vorbei. Der Vogel zog enge Kreise direkt vor ihrem Gesicht, als ob er sie überprüfen wollte. Sie glaubte, im Rückengefieder einen weißen Fussel auszumachen.

Das Lächeln wurde zu einem breiten Grinsen. Alba streckte das Gesicht in den Wind und ließ sich von ihm tragen, beschrieb Kurven um die Türme der Passage – bis sie entdeckte, dass der Balkon ein ganzes Stück über ihr lag.

Sie sah nach unten auf das Glasdach, das zu ihrer Enttäuschung näher gekommen war. Sie – ausgerechnet sie – war zu schwer. Aber wenn sie größere Flügel konstruierte … die weiteren Monate Erschöpfung, Heimlichtuerei und Lügen würde es wert sein.

Sie drängte die Ideen für neue Schwingen beiseite und schloss die Augen. Der Wind spielte mit ihren gelösten Haarsträhnen, strich über die Haut und hinterließ ein sanftes Prickeln.

Ein Luftzug, und ein Krächzen vor ihr.

Sie hob widerwillig die Lider. Aus den Augenwinkeln sah sie noch einen schwarzen Schatten, bevor sie begriff, dass sie nur einen guten Meter über dem Dach schwebte. Es war vorbei.

Als ihre Füße das dreckige Glas berührten und sie die Flügel zusammenfaltete, schwand alle Leichtigkeit. Ihre Beine gaben nach, und sie sank in die Knie, die Arme um den Körper geschlungen. Ein Schluchzer entstieg ihrer Kehle.

Ihre Schritte wurden langsamer, als Meret sich der Stelle näherte, wo das Mietshaus gestanden hatte. Hassparolen gegen die Irrlichtkinder und die Königin zogen sich durch den Ruß an Mauern und Fassaden. Manchmal würde sie am liebsten ihre eigene hilflose Wut dazuschmieren, doch dies half weder ihr noch ihrer Familie.

Sie straffte die Schultern und ging, den Blick starr nach vorn gerichtet, durch die Straße, in der nach wie vor der beißende Geruch zwischen den Häuserzeilen hing. Sie beschleunigte ihre Schritte, bis sie beinahe rannte, aber die paar Meter an der Stelle vorbei, die sie noch vor einer Woche Zuhause genannt hatte, zogen sich endlos.

Dann riskierte sie doch einen kurzen Blick auf die geschwärzten Mauern und leeren Fenster. Bilder stürzten auf sie ein. Wie sie aus der Nebengasse auf das brennende Haus gestarrt hatte. Wie jemand sie festgehalten hatte, als sie hinrennen wollte. Die Tage, die sie vergeblich auf Sophie, Janne und Godo gewartet hatte.

Das Ziehen in ihrer Brust war wieder da. Genauso wie der Kloß im Hals, der ihr den Atem abzudrücken drohte.

Meret schnappte nach Luft, stolperte weiter – bis ihr der Stapel Zettel, um den sich ihre Finger gekrampft hatten, wieder einfiel.

Sie wischte sich hastig über die Augen und schluckte Erinnerungen und Tränen hinunter. Stattdessen zwang sie ein Lächeln auf ihr Gesicht und verlangsamte die Schritte, um die Flugblätter Nachbarn, Anwohnern und Helfern in die Hand zu drücken. Sie hoffte, dass die wenigen und einfachen Worte für die meisten lesbar waren.

Meret näherte sich dem Straßenende, wo von den Häusern kaum mehr als die Fundamente geblieben waren. Sie ging zwischen Männern und Frauen mit versteinerten Mienen hindurch, die Schubkarren über schwarzen Schlamm und aufgeplatzte Pflastersteine schoben, während aus allen Richtungen das Scharren der Schaufeln heranhallte.

Schließlich betrat sie den Platz der Irrlichtmanufaktur, an deren Zaunresten mindestens drei Meter hohe Latten befestigt worden waren. Dahinter erhoben sich bereits die von einem

Gerüst umhüllten neuen Eisenträger in die Höhe. In wenigen Tagen würde hier wieder ein Turm stehen, der das aus dem Boden kommende Irrlicht ableitete, aber …

Meret sah über die Schulter, wo sich lange Risse durch die Mauern des Mietshauses mit dem zerschmetterten Dachstuhl zogen und frische Wäsche vor den scheibenlosen Fenstern hing. Waren nicht auch die Menschen wichtig? Interessierte sich die Königin überhaupt ein bisschen für sie oder nur für die Sicherheit des Irrlichts?

Sie wandte sich ruckartig ab, als die hilflose Wut wieder in ihr aufstieg, und verteilte weitere Flugblätter. Wenn die Königin sie nicht sah, dann würde Meret eben dafür sorgen müssen, dass man sie erhörte. Dass es wenigstens etwas Gerechtigkeit für die Lebenden und die Toten gab.

Stimmen übertönten das Hämmern und Klopfen und formten sich zu wiederholenden Rufen.

Meret sah sich suchend um. Auf der Westseite, wo das Inferno und der gefallene Turm die Häuser verschont hatten, versammelten sich Männer und Frauen vor einer Lücke in dem Lattenzaun. Unter ihnen machte sie die Eltern ihrer toten Nachbarn aus, aber auch die Kinder des Schuhmachers von zwei Straßen weiter. Der Größte hielt ein Schild mit *Bringt Papa zurück* in die Luft. Die Mutter stand mit roten Augen und zusammengepressten Lippen dahinter, das Kinn herausfordernd vorgestreckt.

An ihr vorbei sah Meret sechs Männer und Frauen in Uniformen, die den Eingang der Manufaktur Schulter an Schulter blockierten. Normale Soldaten, keine Irrlichtkinder. Auch wenn denen die Hauptschuld zugesprochen wurde, so machten sie nur ihre Arbeit. Die Verantwortung lag allein bei Königin Katriena, die nur von neuen Sicherheitsvorkehrungen sprach. Kein Ton über die unzähligen Toten, keine Beileidsbekundung oder

Anteilnahme, geschweige denn Unterstützung der Hinterbliebenen.

Für einen Moment erstarben die Rufe, setzten dann wieder lauter ein: »Stoppt das Irrlicht! Stoppt den Tod!«

Einer der Männer löste sich aus der Gruppe und kam auf sie zu. »Hallo Meret.«

Sie schenkte Thorben, der ein Stück die Straße hinab gewohnt hatte, eines der inzwischen automatischen Lächeln. »Hallo.«

»Schon was vor? Wir brauchen jeden.« Er deutete auf die Gruppe hinter sich.

»Wir auch.« Sie drückte ihm eines der Flugblätter in die Hand. »Gemeinsam können wir sicher mehr erreichen.«

Thorben sah auf den Zettel in seinen Fingern. »Gut zu sehen, dass wir nicht die Einzigen sind, die für Gerechtigkeit kämpfen. Werd es mal dem Rest vorschlagen.«

»Würd mich freuen, euch nächste Woche zu sehen.«

»Ich werd schauen, was sich machen lässt. Pass auf dich auf, ja?« Damit ging er, die Faust in die Höhe gereckt, zurück zu der Gruppe.

Ihre Rufe folgten Meret über den Platz, entlang der Irrlichtmanufaktur und bis in die Gasse zwischen den geschwärzten Fassaden. Ein Mann in einer Dienstbotenuniform wich ihr aus, als sie ihm eines der Flugblätter reichen wollte. Sie wurde es bei einem alten Ehepaar los, kurz bevor sie die belebte Hauptstraße Lichtemaads erreichte – und ihr Blick wie von selbst zum Laden des Spielzeugmachers wanderte.

Merets Schritte erstarben. Puppen, Hunde und Soldaten starrten sie aus toten Augen an und beschworen das Echo von Sophies Quietschen herauf, wann immer sie hier vorbeigegangen waren. Und Jannes Lachen, wenn er seine Schwester aufzog.

Die Hand vor den Mund gedrückt stolperte sie in einen der dunklen Hofdurchgänge. Sie presste die Flugblätter an sich und versuchte vergeblich, die Schluchzer zu unterdrücken. Sie musste stark sein. Sie musste kämpfen. Niemand sonst würde dafür sorgen, dass ihren Kindern und ihrem Mann Gerechtigkeit widerfuhr.

Meret blinzelte ein paar Mal heftig und zog die Nase hoch, bevor sie wieder auf die Straße trat. Sie konzentrierte sich allein auf ihr Lächeln und die Gesichter der Menschen, denen sie die Flugblätter in die Hand drückte. In wenigen Augen glomm die Spur echten Interesses auf. Trotzdem machte sie weiter. Sie musste.

»Meret!« Eine Frau mit rot gefärbten Haaren eilte auf sie zu. Fleur. Sie hatten noch vor einer Woche zusammen in der Näherei gearbeitet, die wie so vieles dem Feuer zum Opfer gefallen war.

Fleur umarmte Meret. »Mein Beileid! Hab erst gestern mitbekommen, dass es auch deine Familie getroffen hatte. Dachte, du wohnst noch drüben im Akkerweg.«

Meret schüttelte nur ihren Kopf, da Fleur jegliche Luft aus ihr herausdrückte.

Diese löste die Umarmung und trat einen Schritt zurück. »Hast du eine Bleibe? Wir haben zwar kaum genug für uns, aber wenn du einen Platz brauchst …«

»Danke, Fleur, aber ich bin bei meinem Schwager untergekommen.«

»Gut. Wenn du doch irgendwas brauchst, und sei es auch nur wen zum Reden, du weiß ja, wo ich wohn.«

»Du hast doch sicher genug eigene Sorgen.«

»Papperlapapp. Komm vorbei, Meret. Und wenn wir nur über die alten Zeiten plaudern.«

»Ich … danke.«

»Dann bis bald. Lass dich nicht unterkriegen, ja?«

»Bis bald.«

Fleur ging davon, drehte sich kurz darauf noch mal um. Sie winkte mit einem Flugblatt, das ihr Meret nicht gegeben hatte.

Meret musste lächeln. Das erste echte Lächeln seit ihre … seit dem Feuer. Sie spürte, wie ihr Herz ein wenig leichter wurde. Auch wenn sie es nicht vorgehabt hatte, sollte sie Fleur vielleicht doch besuchen.

Mit der frisch gewonnenen Energie fuhr Meret fort, die Flugblätter an Männer, Frauen und ältere Kinder zu verteilen. Sie machte einen großen Bogen um einen der Priester, die inzwischen nur noch Hass predigten, anstatt wie früher den Trauernden Trost zu spenden und den Bedürftigen zu helfen, von denen es mehr als genug gab.

Den letzten Zettel reichte sie einem Köhler mit Karren, der ihn vor Merets Augen in den Straßendreck fallen ließ. Sie unterdrückte den Impuls, das Flugblatt aufzuheben, zog stattdessen das Schultertuch fester und eilte die Hauptstraße Lichtemaads entlang.

Je weiter sie nach Westen kam, desto mehr ließ der Strom aus Menschen, Tieren und Karren nach, bis sie nach Königsgarden kam. Schilder am Straßenrand wiesen auf zum Verkauf stehende Häuser hin, doch die einzigen, die sich hier etwas hätten leisten können, waren in den letzten Jahren nach Schönau oder gleich nach Aeria gezogen.

Ihr Blick wanderte zu der Felswand, an deren Oberkante sich die Märchenschlösser der Reichen aneinanderreihten. Die blasse Wintersonne verschwand beinahe hinter dem Leuchten des Zierrats voller Irrlicht, das mit dem Leben unzähliger Menschen bezahlt worden war – was keinen dort oben auch nur eine Spur interessierte.

Meret spuckte die hilflose Wut aus, die sich wieder bildete. Trotzdem musste sie sich eingestehen, dass sie gern mal nach Aeria gehen und die Pracht aus der Nähe sehen würde. Aber eine einfache Näherin bekam keinen Passierschein für die Himmelsbrücke.

Sie überquerte einen Platz, in dessen Mitte der Wind eine zerfetzte Papiertüte in dem leeren Springbrunnen hin und her schob, und folgte der Allee, die von einer gleichmäßigen Reihe Baumskelette und pastellfarbenen Fassaden eingerahmt wurde, bis sie zu einem schmalen Durchgang kam, der sich zu einem stillen Innenhof öffnete. Laub raschelte unter ihren Füßen, als sie die unscheinbaren Stufen betrat, die ein halbes Stockwerk in die Tiefe führten.

Die Tür am Ende öffnete sich einen Spalt, bevor sie ganz aufschwang, und Geertje mit ihrem zahnlosen Grinsen Meret hereinwinkte.

Sie ging an der stummen Alten, die stets das Kommen und Gehen überwachte, vorbei in das Dämmerlicht des Flurs, das mit dem Klacken des Schlosses erlosch. Mit ausgestreckten Händen tastete sie sich an der Wand entlang und die schmale Holzstiege empor in den zweiten Stock, wo sie durch eine schmale Tür in eine andere Welt trat.

Rosa Blumentapete, verkratztes Parkett und ein staubiger Lüster schimmerten im Feuerschein des stuckverzierten Kamins, vor dem eine Handvoll Mitglieder der Gerechtigkeit saßen.

Meret schob die Tür zu, die fast mit der Wand verschmolz, und durchquerte den Salon.

Derk, dessen Lachfalten trotz des Verlustes seiner Werkstatt und Mitarbeiter geblieben waren, zwinkerte ihr zu und rutschte ein Stück zur Seite, sodass sie neben ihm Platz nehmen konnte. »Guten Abend, Meret.«

Sie ließ sich auf der Wolldecke nieder und streckte ihre kalten Finger der Wärme entgegen. »Die Flugblätter sind alle verteilt. Aber ich weiß nicht, ob sie viel bewirken werden.«

»Jeder Einzelne, den wir erreichen, ist ein Gewinn.«

»Derk hat recht, Meret.« Sanders ganze Person drückte Zuversicht aus. »Wir werden immer mehr, und dadurch erreichen wir weitere Menschen. Irgendwann wird Königin Katriena uns und unser Anliegen nicht mehr ignorieren können.«

»Und wann soll das sein?« Lucie schnaubte. Ihre unzähligen Sommersprossen verzogen sich vor Unmut. »In ein paar Jahren, wenn der Alltag zurückgekehrt und die Toten vergessen sind? Nein, wir müssen jetzt handeln!«

»Ja, wir müssen endlich was tun.« Feuer stand in den Augen des schlaksigen Jungen, der erst gestern zu ihnen gestoßen war und sich als Emilian vorgestellt hatte. Bis jetzt hatte er seine Geschichte nicht mit ihnen geteilt, aber manchmal brauchte es dafür einfach Zeit und Vertrauen.

»Und was?«, fragte Derk. »Unsere letzte Demonstration haben sie aufgelöst.«

Meret nickte. »Weil wir noch zu wenige sind. Wenn wir die Flugblätter in der Altstadt –«

»Das bringt mal gar nichts.« Lucie schüttelte entschieden den Kopf. »Die werden die Zettel nicht mal anschauen!«

»Und was schlägst du stattdessen vor?«

»Etwas, das uns und unserer Sache wirklich Aufmerksamkeit bringt. Was Großes wie … wie eine Blockade der Himmelsbrücke.«

Einige nickten zustimmend.

»Ich gebe dir ja recht, dass wir mehr machen müssen.« Meret sah Lucie, die ihr Kinn kampflustig vorgestreckt hatte, fest an. »Aber so bekommen wir die Aufmerksamkeit höchstens so lange, bis sie uns in das nächste Arbeitshaus gesteckt haben. Aber garantiert keine Gerechtigkeit für unsere Familien.«

»Mit Warten aber auch nicht! Damit werden meine Eltern höchstens komplett vergessen!«

Meret konnte und wollte Lucie nicht zustimmen, aber sie verstand die junge Frau. Sie selbst war es leid, zu warten und zu hoffen, während die Königin und der Rest der hohen Herrschaften – ja selbst ihre eigenen Leute – die Toten einfach vergaßen.

Sander lehnte sich vor, sein Blick blieb auf jedem von ihnen für einen Moment hängen. »Ihr habt beide recht. Wir müssen mehr machen als nur die Flugblätter verteilen, aber wenn wir uns gefährden, ist niemandem geholfen.«

»Du hast eine Idee?«, fragte Derk neugierig.

»Wir werden eine zweite Demonstration organisieren.«

Lucie rollte mit den Augen. »Die werden sie wieder auflösen.«

»Diesmal nicht. Wenn wir uns mit den anderen Gruppen zusammentun, wenn wir Freunde und Kollegen um diesen einen Gefallen bitten, den sie uns schulden, dann werden wir nicht mehr so einfach zu vertreiben sein.«

»Wir müssen es aber dann irgendwo machen, wo sie uns sehen.«

»Deswegen werden wir auf der Regierungsinsel demonstrieren.« Sander sah zu Meret. »Dort werden sie uns hören. Dort werden wir die Gerechtigkeit für unsere Kollegen, Freunde und Familien bekommen.«

Alba wusste nicht mehr genau, wie sie die Schwingen in ihre Werkstatt gebracht hatte, und auch nicht, wann sie das Gefühl des Fliegens vergessen hatte. Stattdessen gab es nur noch tanzende Flecken vor ihren Augen und ein unkontrolliertes Zittern in ihrem Körper.

Einen Fuß vor den anderen schleppte sie sich durch die Lichtkegel der Straßenlaternen. Immer weiter. Bloß nicht stehen bleiben. Dann würde sie nicht mehr vom Fleck kommen.

Sie sah von dem sauberen und akkurat verlegten Pflaster auf. Die Stelle der Straße, wo die Laternen eine elegante Kurve zogen, schien unendlich weit entfernt.

Alba krampfte ihre zitternden Finger fester um das leere Glasfläschchen und konzentrierte sich wieder auf die Schritte. Einen Fuß vor den anderen. Zwei Reihen Steine, dann die nächsten beiden und immer weiter.

Die flirrenden Punkte wurden mehr, tanzten zwischen dem Licht der Laternen vor Albas Augen.

Sie blieb stehen und hielt sich an dem weiß lackierten Zaun fest, bevor sie die Lider fest zusammenpresste. Für einen Moment kehrte die Schwärze zurück und mit ihr ein Teil des Gefühls von Freiheit und Leichtigkeit.

Sie wollte die Arme ausbreiten, doch das Fliegen hatte trotz der starren Konstruktion und der Riemen alle Kraft aus ihr herausgesaugt.

Dann gab eines ihrer Knie nach.

Hastig klammerte Alba sich an den Zaun, der sich beißend kalt durch die dünnen Handschuhe fraß. Sie musste weiter. Sie konnte nicht hier bleiben. Niemand würde sich um sie kümmern, wenn sie vor den zu Schwänen geschnittenen Buchsbäumen zusammenbrach.

Sie ließ den Zaun los und nutze den Schwung, um wieder einen Schritt an den anderen zu setzen. Immer weiter. Vorbei an dem massiven Tor mit den steinernen Löwen. Vorbei an vergoldeten Mauerkronen.

Hufe klapperten, ein Zweispänner trabte vorüber.

Kurz zog der Gedanke durch ihren Kopf, dass Bettler und Hausierer in dieser Gegend unerwünscht waren. Und dass man gern die Polizei rief, um diesen Makel von den Straßen entfernen zu lassen. Aber es war nicht mehr weit. Bald hatte sie es geschafft.

Schließlich erreichte Alba die Stelle, an der die Straße einen eleganten Bogen machte. Sie schlurfte über das Pflaster auf das hohe, schmiedeeiserne Tor zu. Lichter, die durch die nackten Linden der Allee schimmerten, mischten sich mit den tanzenden Flecken. Langsam wich die Taubheit aus ihren Beinen – aber auch die letzte Kraft.

Hastig klammerte sie sich an den eiskalten Zaun. Ohne ihn loszulassen, zog sich Alba vorwärts zu dem unscheinbaren Nebeneingang. Dann musste sie doch eine Hand lösen, um den Schlüssel aus ihrer Tasche zu ziehen und aufzuschließen.

Ein Stoß, und das Tor stand offen.

Alba löste sich von dem Pfeiler und taumelte auf den Weg. Sie gab dem Tor nur einen sanften Schubs, doch das Scheppern erklang viel zu laut.

Sie schlurfte über die Steinplatten, entlang der Beete mit den sorgfältig zurückgeschnittenen Rosen, deren Skelette das Licht vom Haus aus der Dunkelheit holte. Sie sah zu den erleuchteten Fenstern, doch kein Schatten bewegte sich hinter den Scheiben. So verlockend ausgestorben es auch erschien, wusste Alba, dass dem kurz vor dem Abendessen nicht so war. Sie konnte nur hoffen, dass wie üblich niemand ihren Ausflug bemerkt hatte.

Sie erreichte den Dienstboteneingang. Wie immer presste sie ihr Ohr dagegen und wie immer war nichts durch das dicke Holz zu hören.

Bedächtig drückte sie die Klinke herunter und schob langsam die Tür auf. Das karge Treppenhaus lag leer vor ihr, aus der Küche ertönte das Klappern von Geschirr und Gesprächsfetzen.

Alba schob sich durch den Spalt und schloss die Tür, bevor sie über den Flur torkelte. Jede Bewegung jagte ein Zittern durch ihren Körper.

Erleichtert griff sie nach dem Treppenpfosten –

– und vernahm, wie sich Schritte näherten. Von oben. Von dort, wohin sie wollte.

Sie stolperte an der Treppe vorbei, griff vergeblich nach der Wand und fiel auf die Knie. Auf allen vieren kroch sie über die Fliesen in die dunkle Ecke unter den Stufen und umschlang ihren zitternden Körper.

Der Saum eines Rockes und einer gestärkten Schürze eilten vorbei in Richtung Küche.

Als die Schritte verklungen waren, kroch Alba unter der Treppe hervor und zog sich an deren hölzernen Streben in die Höhe. Sie konzentrierte sich einzig und allein darauf, ihre Füße zu heben und immer weiterzugehen. Alles andere war im Moment unwichtig.

Sie erreichte den ersten Stock. Durch eine schmale Tür schlurfte sie von dem zweckmäßigen Treppenhaus in den eisblauen Schein der Irrlichtlampen, taumelte über den Gang mit der vertrauten cremefarbenen Seidentapete, an der sie sich immer wieder abstützte, vorbei an einer Tür, bevor sie bei der nächsten die Klinke herunterdrückte.

Die Tür schwang schnell auf, und Alba stolperte vorwärts in den Raum.

Mit bebenden Fingern schloss sie die Tür so leise wie möglich hinter sich und sank gegen das Holz. Die bleierne Schwere ihrer Beine hatte sich im ganzen Körper ausgebreitet. Ihr Herz hämmerte bis in den Hals, ließ die Lichtpunkte tanzen.

Alba zog die Kappe vom Kopf und erlaubte sich für einen Moment die Augen zu schließen – bis der Stoff aus ihren Fingern fiel. Sie konnte sich nicht aufraffen, sich danach zu bücken.

Stattdessen schlurfte sie durch das Zimmer bis zu der Frisierkommode und hielt sich an dem zierlichen Stuhl fest.

Mit zitternden Fingern drückte sie den Zünder der Irrlichtlampe, die das Zimmer kurz darauf in eisblaues Licht tauchte. Sie starrte in die Flamme, bis das Irrlichtfeuer die tanzenden Flecken vor Albas Augen verschluckte.

Sie wandte den Blick ab und streifte den Mantel von ihren Schultern.

Glas zersprang.

Alba sah auf den Boden. Neben ihren Füßen lagen die Scherben des Medizinfläschchens. Der Irrlichtschein tanzte über die Bruchkanten.

Auf dem Gang ging eine Tür.

Alba starrte noch einen oder zwei Herzschläge auf die vereinzelten Tropfen, die auf dem gewachsten Parkett abperlten, bevor sie versuchte, den Mantel zwischen ihre Unterröcke zu stopfen.

Es klopfte an ihrer Tür, die im gleichen Moment geöffnet wurde.

»Ist alles in Ordnung? Ich habe –« Fienes Worte gingen in ein hörbares Einatmen über.

Alba umklammerte den Stuhl fester und drehte sich um.

Fiene sah sie mit aufgerissenen Augen an, die Hand vor den Mund gepresst.

Albas Gedanken brauchte einen Moment, dann folgte sie dem Blick ihrer Schwester, herab an den abgerissenen und fleckigen Kleidern, die um ihren dürren Körper schlackerten. Hosen. Auch wenn manche Frauen in Rothentor sie inzwischen trugen, ziemte sich das für ein Fräulein wie sie nie und nimmer.

Sie wusste nicht, was sie sagen sollte. Fiene war nur ein Jahr älter als sie und würde ihr sofort versprechen, nichts zu verraten – jedoch konnte ihre Schwester weder lügen noch Geheimnisse bewahren. Ein falsches Wort, und Alba würde nie wieder fliegen.

Sie spürte, wie ihre Augen zu brennen anfingen.

Fiene schloss die Tür und kam näher. Sie griff nach Albas Arm und schob sie sanft auf den Stuhl, bevor sie in einer Wolke aus altrosa Batist in die Hocke sank. Sie nahm Albas Finger in die Hände und drückte sie sanft. »Was hast du gemacht, Alba? Du bist ganz kalt. Und die … die Kleider? Ich dachte, du bist im Bett und ruhst dich aus.«

Alba fehlten die Worte. Ihr Körper schrie nur nach Schlaf.

Ihre Schwester legte den Kopf schief, goldene Locken – nicht Albas farbloses Weißblond – rutschten über die Schulter. »Du triffst dich doch nicht heimlich mit einem Mann?«

Alba blinzelte. Endlich kamen die Worte. »Wie kommst du darauf?«

Ein Lächeln huschte über Fienes Lippen. »Du hast so ein seltsames Leuchten in den Augen.«

»Nein. Kein Mann.« Alba erhob sich. Ihre Knie gaben nach, und sie sank zurück in den Stuhl. Ihre Beine schienen in Flammen zu stehen. Zu gern hätte sie etwas von ihrer Medizin genommen, die sich in der Schublade ihres Nachtkästchens befand, aber sie würde sie nur noch schläfriger machen, und sie würde womöglich am Tisch –

»Soll ich Doktor Neufville kommen lassen?« Besorgnis lag in der Stimme und dem Blick ihrer Schwester.

»Nein … nein, bitte nicht. Ich bin einfach nur müde.« Alba rang sich ein Lächeln ab.

»Wirklich? Du bist ganz bleich.«

»Mutter ist ständig dieser Meinung, das weißt du doch.« Sie versuchte, die Knöpfe des Hemds zu öffnen.

Fiene ließ Albas Hände los und erhob sich. »Komm, ich helf dir.«

Sie öffnete die Knöpfe, streifte Alba sanft Hemd und Weste ab. Im Spiegel sah Alba die gerümpfte Nase ihrer Schwester. Mit Fingerspitzen ließ diese die abgenutzte Kleidung auf den Boden fallen.

»Wie kannst du so etwas nur tragen?«

»In einer Werkstatt sind Seide und lange Röcke unpraktisch.« Und auf dem Weg dorthin zu auffällig.

»Was machst – nein, ich will es gar nicht wissen.« Fiene beugte sich vor und sah Alba tief in die Augen. »Versprich mir, dass du das nie wieder machst. Du musst gesund werden, nicht …« Sie zuckte hilflos mit den Schultern.

»Ja …« Das Fliegen half ihr. Es ließ sie vergessen, dass sie ihre Gesundheit nie wiedererlangen würde. Wenn sie nun noch eine Möglichkeit fand, die Schwingen zu verbessern, um länger in der Luft zu bleiben und die Leichtigkeit –

»Kannst du aufstehen?« Fiene nahm das silbergraue Hauskleid aus dem Schrank.

Alba nickte, auch wenn sie ihren Beinen nicht traute. Aber alles war besser als ein Besuch von Doktor Neufville. Er hatte die letzten Jahre sowieso nichts Neues mehr zu sagen gehabt. Sie klammerte sich am Stuhl fest, während Fiene ihr in das Kleid half.

»Herzogin Keyserlingk hat mir heute beim Tee ihren jüngsten Sohn vorgestellt.«

»War das nicht der Idiot, der …« Erst als sich das Gesicht ihrer Schwester verdunkelte, merkte Alba, dass sie ihre Gedanken ausgesprochen hatte.

»Tizian ist ein einfach gestrickter Mann, und er ist wirklich sehr reizend gewesen. Es hat durchaus Vorteile, wenn der Gatte nicht ganz so gesprächig ist.« Fiene schloss die Knöpfe auf dem Rücken. »Mama war natürlich ganz entzückt, da die Familie Keyserlingk dank der Irrlichtförderung der Regierung nahe steht und sicher die Wartezeit für eines der begehrten Grundstücke in Aeria verkürzen könnte, was eine wunderbare …«

Alba schaffte es nicht, sich auf die Worte ihrer Schwester zu konzentrieren. Sie brauchte ihren gesamten Willen, um die Lider oben zu halten. Wenn sie diese nur für eine Sekunde schließen könnte …

Der Schmerz, als Fiene mit dem Kamm an einem Haarknoten hängen blieb, ließ Alba die Augen aufreißen.

»… und die Bälle, die man dort oben geben kann. Schwebend, über der Stadt. Zusammen mit einem reizenden Ehegatten.«

Alba hatte gehört, dass Tizian Keyserlingk nicht einmal selbständig seine Mahlzeiten zu sich nehmen konnte.

Fiene steckte Albas letzte Haarsträhne nach hinten und legte den Kamm beiseite. »So siehst du doch viel hübscher aus als in diesen Lumpen. Das ist einfach keine Kleidung für eine junge Dame aus gutem Hause.«

Die Worte hätten von ihrer Mutter stammen können.

Alba ließ den Stuhl los und straffte die Schultern, versuchte die Schmerzen und die Müdigkeit zu ignorieren.

Sie ging langsam zum Fenster. Unter ihr fielen Lichtstreifen in den nächtlichen Garten und holten beschnittene Hecken sowie den efeubewachsenen Pavillon aus der Dunkelheit. Ihre Finger ruhten für einen Lidschlag auf den Eisblumen, die in der Ecke der Scheibe blühten, dann öffnete sie das Fenster, atmete die eisige Luft ein. Es roch nach Schnee.

Dann schloss sie das Fenster, drehte sich um und nickte ihrer Schwester zu. »Gehen wir.«

Langsam verblasste das letzte Grau des Tages, und die Dunkelheit senkte sich über sein Zimmer. Nur noch Momente blieben ihm, dann würde er sich bis aufs Innerste ausziehen müssen. Wie alle zwei Wochen seit über fünfzehn Jahren.

Kass schloss die Augen und konzentrierte sich auf das Leuchten seines Irrlichts. Er war sicher, dass die Menge passte, trotzdem blieb diese Spur Unsicherheit, die seine Nerven jedes Mal blank legte. Aber es war vor vielen Jahren seine eigene Entscheidung gewesen, den offiziellen Stellen wie auch seiner Einheit weniger Irrlicht im Körper vorzugaukeln.

Ein kaum hörbares Klacken störte die Stille.

Geräuschlos setzte er sich auf und horchte in die Schwärze.

Es wiederholte sich, und diesmal erkannte er es: Die Balkontür – von dem Zimmer nebenan. Soras Zimmer.

Mit dem leichten Schwindel von zu wenig Irrlicht stand Kass vom Bett auf und schlich zur Tür, die er lautlos öffnete. Das Licht der Öllampen blendete ihn, als er auf den Gang trat, wo sich seine Augen kurz darauf anpassten. Niemand war zu sehen.

Während er auf leisen Sohlen zu Soras Zimmer huschte, zog er den Irrlichtschleier um sich. Kaum näherte er sich der Tür, spürte er das Leuchten des Irrlichts dahinter.

Leise öffnete Kass die Tür.

Sora, der am Boden neben der Kommode kniete, erstarrte, dann schnellte er in die Höhe. Ein schmales Messer leuchtete in seiner Hand auf.

Kass ließ mit einem Grinsen den Irrlichtschleier fallen.

Erleichterung erschien auf dem Gesicht seines Gegenübers, und die Klinge verschwand im Bund der Hose, die er als Einziges trug. »Du solltest dir abgewöhnen, dich an Leute anzuschleichen.«

»Du weißt doch, ich und mein Misstrauen.« Er grinste breiter.

»Wen hast du diesmal verdächtigt? Dorien? Die Königin selbst?« Dunkle Schatten lagen unter Soras Mandelaugen, die trotz des Lächelns müde wirkten. »Wie viel Zeit habe ich noch?«

»Wenig.« Kass schloss die Tür. »Du hast zu viel Irrlicht im Körper.«

»Sicher? Und ich dachte, es passt …« Er ging wieder in die Hocke, wo neben der Kommode ein Stück der Diele fehlte, und griff in das Loch. In einer sanften Welle pulsierte das Irrlicht durch ihn hindurch und schwächte das verräterische Leuchten.

»Besser?«

Kass nickte.

Sora fügte das Stück Diele wieder sorgfältig in den Boden ein, bevor er sich erhob. »Normalerweise ist mein Gefühl recht gut.«

»Das Gefühl verändert sich bei Phasen längerer Abstinenz.«

Sora sah ihn fragend an.

Mit verschränkten Armen lehnte Kass sich gegen die Tür. »Du solltest dir lieber überlegen, was du Hisa erzählst.«

»Ach verdammt, sie hat sich wieder Sorgen gemacht, oder?«

»Du kennst deine Schwester. Vor allem, wenn du tagelang ohne Vorankündigung verschwindest.«

»Hat sie gerade Dienst?«

Kass schüttelte den Kopf.

»Ich werde sie gleich nach der Kontrolle besuchen.«

Das war es dann wohl mit meinem Treffen mit Hisa.

Sora band sich das dunkle Haar zu einem Pferdeschwanz und strich sich über die abrasierten Stellen hinter den Ohren, wo die Stoppeln einen viel zu langen Bewuchs bildeten.

»Wo warst du?«, fragte Kass.

»Bei den Rothen. Ich bin mir sicher, Carrasco hat Irrlicht.«

»Du willst mir doch nicht allen Ernstes erzählen, dass du fast sieben Tage bei den Rothen warst, ohne dich um Carrasco zu kümmern oder wenigstens mehr zu erfahren.«

»Es gab … Komplikationen. Aber er hat genug Schwachstellen, vor allem was Frauen betrifft. Da werde ich schon an ihn rankommen.«

»Das wird nicht mehr so einfach sein. Du brauchst jetzt Beweise, dass Ijsstedts Sicherheit gefährdet ist, bevor du was unternimmst.«

Sora zog die Brauen hoch.

»Die Königin – und natürlich auch Dorien – sind der Meinung, wir sollten uns zurückhalten, bis die Bevölkerung sich wieder beruhigt hat.«

»Dann sollten sie hoffen, dass die Öffentlichkeit nichts davon erfährt, sonst werden die Banden für ausreichend Aufruhr sorgen.«

»Das habe ich auch schon versucht zu –«

In der Ferne wurden Stimmen laut.

»Ich sollte wohl besser los.« Kass griff nach der Klinke. »Beeil dich, bevor Franzis einen Suchtrupp losschickt.«

Sora grinste. »Bis gleich.«

Kass verließ das Zimmer und eilte über den Gang zum Treppenhaus. Im Erdgeschoss verschwand die Delegation der königlichen Verhörmeister gerade im Untersuchungsraum. Immer zwei Stufen auf einmal nehmend eilte er in den ersten Stock und von dort in den Salon. Elimar blickte mit finsterer Miene von dem Spielbrett zwischen sich und Lili auf, während Valentina bedächtig Papierblüten faltete, ohne einen Moment innezuhalten. Dorien löste seinen Blick von den Protokollen und Berichten, die vor ihm auf dem Tisch ausgebreitet waren.

»Guten Abend, Kasimir.« Er legte einen Stapel beschriebenen Papiers in eine der dünnen Ledermappen. »Dein Bericht ist wie immer exzellent.«

Und mindestens genauso geschönt wie die Informationen, die wir von der Königin bekommen.

Kass ließ sich in seinen Lieblingssessel fallen. Nicht mehr lang, und es ging los …

»Weiß jemand etwas von Sora?«, fragte Franzis.

Scheinbar interessiert beobachtete Kass, wie Elimar einen Zug machte und Lilis letzten Soldat entfernte. »Der hat verschlafen. Sollte gleich kommen.«

»Er ist wieder da? Er hat sich gar nicht zurückgemeldet!«

Damit du brav alles protokollieren kannst?

Kass verzichtete darauf, es laut auszusprechen.

Vom Rascheln des Papiers und dem Knacken des Kaminfeuers begleitet, folgten weitere Spielzüge in Stille. Selbst von seinem Platz aus erkannte Kass, dass Lili Elimar gewinnen ließ.

Es klopfte an der Tür, die sich kurz darauf öffnete. Einer der Handlanger des Arztes trat gerade so weit ein, dass man ihn sah. »Doktor Peters wäre so weit.«

Dorien nickte. »Danke.«

Damit verschwand der Mann wieder, die Tür fiel hinter ihm ins Schloss.

Lasst die Erniedrigung beginnen.

Mit Franzis' Hilfe sortierte Dorien die Protokolle und Berichte in die dünnen Ledermappen, die er anschließend zu einem exakten Stapel aufschichtete. Er stand auf und klemmte ihn sich unter den Arm.

Sein Blick wanderte durch den Raum, streifte jeden der Anwesenden kurz. Am Anfang hatte Kass geglaubt, dass es irgendein System in der Reihenfolge gab, und eine Zeitlang sogar vermutet, dass die Auswahl nach Auffälligkeiten in Aussagen oder Einsätzen erfolgte, aber das hatten Versuche schnell widerlegt gehabt.

»Kasimir, wärst du so nett, anzufangen?«

Als ob ich eine Wahl hätte.

Kass erhob sich betont gemütlich und folgte Dorien aus dem Salon hinaus. Während sie den Gang zum Treppenhaus entlangliefen, sah er aus den Augenwinkeln, wie Dorien mehrfach den Mund öffnete, als wolle er etwas sagen, dann aber zu Kass' Freude schwieg.

Sie stiegen die Stufen hinab ins Erdgeschoss, das wie ausgestorben dalag. Die Tür zum Vorzimmer war angelehnt; dahinter empfing sie der seit Jahren gleich eingerichtete Raum mit seinen drei Holzstühlen und der einen Öllampe, die kaum das Nötigste an Licht spendete.

Ihre Schritte hallten auf dem Fliesenboden wider, als sie auf die zweite Tür zugingen. Dorien klopfte und verharrte mit kerzengeradem Rücken. Es faszinierte Kass, dass ihr Kommandant trotz Ausbildung, Einsätzen und Arbeit immer noch glaubte, ein ehrenhafter Wächter wie die anderen Irrlichtkinder zu sein. Aber keine Uniform konnte den Umstand verschleiern, dass er wie der Rest seiner Einheit für die Drecksarbeit zuständig –

Ein dumpfes »Herein« erklang von der anderen Seite.

Hastig fuhr sich Dorien durch die kurzen Haare, dann öffnete er die Tür und trat ein. »Guten Abend, die Herren.«

Kass folgte ihm und schloss die Tür hinter sich. Wortlos ging er zu dem einzelnen Holzstuhl in der Mitte des kahlen Raums. Die Blicke der Anwesenden hinter dem schweren Tisch gegenüber sowie die der zwei königlichen Leibgarden folgten jedem seiner Schritte.

Dorien legte den Stapel Ledermappen vor Peters, der wie immer in der Mitte thronte. Glatze und Brillengläser glänzten im Licht der Öllampe auf, als er nickte und dann die Mappen aufschlug.

Während dessen Augen über das Papier huschten, zog sich Dorien zu dem freien Platz am Ende des Tischs zurück und faltete die Hände auf der Tischplatte. Kass hasste ihn für die Bereitwilligkeit, mit der er diesen ganzen Zirkus mitmachte und unterstützte.

Der Handlanger, der vorhin oben gewesen war, kam heran und stellte mit einem Scheppern einen ausgebeulten Blechnapf unter Kass' herabhängende rechte Hand.

Mit einem kleinen Messer setzte er einen kurzen Schnitt zwischen die unzähligen identischen Narben, die die Wülste und die eingewachsenen Metallsplitter seiner Arme ergänzten.

Ein kurzes Brennen, dann quoll Blut hervor und lief über die Haut. Hörbar fielen die Tropfen in den Blechnapf.

Der Handlanger trat aus Kass' Blickfeld.

Peters zupfte sich die makellos weißen Ärmelschoner zurecht, bevor er nach der Feder griff und sie in das Tintenfass tauchte. »Wie geht es Ihnen, Kasimir?«

Kass unterdrückte den Impuls, mit den Schultern zu zucken. »Gut.«

»Irgendwelche Auffälligkeiten, Probleme oder anderweitige Veränderungen?«

»Nein.«

Und dir würde ich das sowieso als Letztes erzählen.

Das Rascheln, als Peters nach einigen Notizen weiterblätterte, erfüllte den Raum. »Dann kommen wir zu Ihren einzigartigen Fähigkeiten: Konnten Sie seit letzter Woche die Reichweite der Irrlichtübertragung via Luft auf mehr als die zwei Meter ausweiten?«

Schon seit Jahren …

Kass schüttelte den Kopf. Außerdem war einzigartig eine unpassende Beschreibung, denn es gab durchaus Ähnlichkeiten zwischen den unterschiedlichen Fähigkeiten, die meist aus den verzweifelten Versuchen resultierten, das Irrlichtfeuer unter Kontrolle zu bekommen.

Ein leichtes Ziehen breitete sich vom Schnitt in Richtung Ellbogen aus.

»Haben sich Ihre Fähigkeiten verändert oder haben Sie etwas Neues gelernt?«

»Ich hatte weiterhin die Infusion auf dem gleichen Weg geübt, aber Entfernung bleibt wohl einfach eine unserer größten Hürden.« Dabei war es ein Leichtes. Er hatte einfach nur keine Lust, zum Irrlichtschmied degradiert zu werden, um den Herrschaften ihren Protz zu vermehren.

Diesmal schrieb der Arzt einen halben Roman auf, und auch der königliche Sekretär machte einige Notizen.

Baron Odenvall, der diese Woche mal wieder den Rat und damit die Königin vertrat, ließ seinen Blick wandern, ohne Kass anzusehen. Seine Angst vor den Irrlichtkindern zusammen mit seiner Macht und seinem Einfluss machte ihn gefährlich.

Die beiden Handlanger Peters' traten vor. Während der eine Kass' Handgelenk verband, trug der andere die blutgefüllte Schüssel zu dem kleinen Tischchen. Dort brannte eine Lampe unter einem kleinen Metallgestell, auf das der Mann den Blechnapf mit dem Blut stellte und ein fingerlanges Stück Kupfer hineinlegte. Nicht mehr lang und der widerwärtige Geruch kochenden Bluts würde den Raum füllen.

Wieder raschelte Papier.

»Bitte entkleiden Sie sich.«

Vielleicht sollte ich einen Tag mal direkt nackt kommen …

Unter den Blicken der Männer zog er sich aus. Die Kälte des Raums kroch über seine Haut.

Peters erhob sich und kam um den Tisch herum auf ihn zu.

Wortlos streckte Kass seine Arme nach vorn, und der Arzt befingerte die Narben und das eingeschlossene Metall. Er untersuchte jedes Stück Haut bis über die Ellbogen hinauf, genauso wie die paar Narbenflecken auf seiner Brust, die geblieben waren, als Kass vor vielen Jahren mit Soras Hilfe einige der leuchtenden Metallstücke entfernt hatte.

Nach einer weiteren Umrundung trat Peters einen Schritt zurück. »Danke, Sie können sich wieder anziehen, Kasimir.«

Scheinbar gelassen schlüpfte Kass in Hose und Hemd, auch wenn es ihm eigentlich nicht schnell genug gehen konnte. Er hasste die Kontrolle und die Schikane dieser Untersuchungen, aber solange es den Herrschaften vorgaukelte, dass sie die Irrlichtkinder in der Hand hatten, musste er mitspielen. Nicht auszudenken, wenn man begann, ihn – und den Rest vermutlich gleich mit – als gefährlich einzustufen.

Peters ging hinüber zu dem Tischchen, wo die beiden Handlanger wie Statuen standen. Aus der abgenutzten Ledertasche auf dem Boden zog er eine Holzschachtel, aus der er das fingerlange Metallstück von vor zwei Wochen holte und auf den Tisch legte.

Mit einer kleinen Zange nahm er das neue Metallstück, mit dem sich das Irrlicht des Bluts verbunden hatte, aus dem Napf, klopfte es auf einem Tuch ab und legte es neben das andere. Beide leuchteten in beinahe gleicher Intensität. Ein mustergültiges Ergebnis. Vor allem, da Kass seit Jahren mit weniger als der gewünschten und komfortablen Normalmenge im Blut erschien.

Peters ergänzte etwas in den Unterlagen. »Danke, Kasimir, das war alles.«

Kass sah zu Dorien.

»Wärst du so nett, Lili Bescheid zu geben?«

Er nickte und wandte sich um, schlenderte zur Tür, die er bedächtig hinter sich schloss.

Für einen Moment blieb Kass stehen und atmete tief durch. *Auf weitere zwei Wochen!*

Es klopfte an der Tür.

Karel sah von dem Wochenbericht auf. »Herein.«

Fero betrat das Arbeitszimmer und blieb vor dem Schreibtisch stehen. »Die Ware ist wie gewünscht verstaut und gesichert.«

»Danke.« Mit einem Nicken entließ Karel den Mann, der für einen Moment mit seiner massigen Gestalt die Tür blockierte, bevor er diese hinter sich schloss. Nach drei Zwischenstationen war das Irrlicht also endlich hier. Kurz hatte er überlegt, es in einem der anderen Lager zu lassen, doch keines war so sicher wie das Hauptquartier und die Folgen bei einer Entdeckung überall gleich katastrophal.

Er las den Bericht zu Ende, der trotz des Feuers vor einer Woche kaum Änderungen für Rothentor enthielt. Voller Erleichterung legte er die Papiere auf den Stapel für Erledigtes und erhob sich. Seine verdammte Hüfte protestierte wegen der Bewegung, doch Karel ging zur Tür, trat auf den Gang mit den niedrigen Deckenbalken und schloss hinter sich ab.

Mit beinahe gleichmäßigen Schritten folgte er den Öllampen bis zu einer Abzweigung. Nach einer kurzen Versicherung, dass er allein war, bog er ab und nahm die zweite Tür rechts. Beim Anblick der ausgetretenen Holztreppe wäre er am liebsten umgedreht, doch es war seine Pflicht, die Sicherheit seiner Leute und damit auch die seines Viertels zu gewährleisten.

Er nahm die Öllampe aus der Halterung und hinkte Stufe für Stufe hinab in einen der weniger genutzten Lagerräume, vorbei an Kisten, Fässern und Säcken, und betrat ein zweites Gewölbe. Obwohl auch hier der Geruch von Geräuchertem in der Luft hing, türmten sich an den Wänden Schrott, Ersatzteile und Baumaterialien.

In dem flackernden Lichtschein ging er in die hinterste Ecke, wo im Schatten einiger sich durchbiegender Regale ein Schrank gegen die Wand gesunken war. Und der nicht abgeschlossen war!

Geduckt stieg Karel hinein. Das Licht huschte über eine massive Eisentür, die sich statt einer Rückwand des Schranks zeigte. Auch hier gab die Klinke unter seinen Fingern nach.

Karels Laune sank drastisch. Er hatte Schlampigkeit noch nie ausstehen können, aber hier war es gefährlich. Ein neugieriges Mitglied, ein falsches Wort – und die Schatten würden über Rothentor herfallen.

Er schloss beide Türen ab, bevor er der schmalen Stiege in die Tiefe folgte. Unten ging sie in einen gleichförmigen Gang aus Ziegeln mit ebenso gleichförmigen Holztüren über. Kein Staub, der darauf wartete, Spuren aufzuzeichnen, lag auf dem Steinboden.

An der Abzweigung mit weiteren vier identischen Gängen ging Karel geradeaus, vorbei an Türen, bis zu einer, die einen Spalt offen stand.

Karel stieß sie mit Schwung auf, sodass sie gegen die Wand knallte.

Rafael, in der Hand einen Glaswürfel, fuhr herum, die Augen weit aufgerissen – und rettete sich in ein breites Grinsen. »Guten –«

»Ich dulde keine Schlampigkeit.« Karel verschränkte die Arme. »Vor allem nicht, wenn es um Irrlicht geht.«

»Eigentlich wollte ich gleich wieder gehen, nachdem wir die Ware hierhergebracht hatten.« Rafael legte den Behälter vorsichtig in die Kiste zurück. Sein zerknirschter Gesichtsausdruck täuschte Karel schon seit Jahren nicht mehr.

»Die Türen haben immer – und damit meine ich: immer! – abgeschlossen zu sein.«

»Es waren nur ein paar Minuten!«

»Deine verdammten Ausreden sind mir egal, du bist hier vorrangig ein Mitglied der Rothen und nicht mein Sohn. Beim nächsten Mal wird es Konsequenzen haben. Genauso wie bei jedem anderen auch.« Sonst bekäme Rafael genau die Sonderbehandlung, die man von einem Vater erwartete – weswegen es Karel geheim hielt.

Wider Erwarten nickte Rafael stumm.

Karel trat näher und warf einen Blick in die Kiste, in der die Glaswürfel sorgfältig in Holzwolle gebettet lagen. Hier und da lief ein blauer Schimmer durch das scheinbar leere Innere.

»Jeden zweiten Tag eine kurze Kontrolle. Und du wirst jedes Mal die verdammten Türen hinter dir abschließen.«

Rafael nickte wieder und zog die Holzwolle über die Glaswürfel, bevor er den Deckel zuschob. Dann nahm er seine Lampe vom Boden auf, und gemeinsam verließen sie den Keller, den Karel sorgfältig hinter sich verschloss, wie auch die beiden Türen des Schranks.

»Seit dem Feuer sind praktisch keine Schatten mehr gesehen worden«, sagte Rafael in die Stille des Lagerraums hinein.

»Ich weiß.« Karel ging weiter.

»Glaubst du, es ist Zufall, oder steckt mehr dahinter?«

Karel hinkte die Holzstufen hinauf. Bei solchen Dingen gab es keine Zufälle. Stattdessen hatte es die letzten Jahre fast so etwas wie Spielregeln zwischen den Schatten und dem Parlament gegeben, aber wenn sich diese jetzt geändert hatten, wurde die Situation unberechenbar. Und Karel sowie der Rest des Parlaments würden garantiert den Kürzeren dabei ziehen.

Er trat hinaus auf den Hauptgang und bemühte sich um gleichmäßige Schritte, während er den Wunsch nach seinem Gehstock genauso verfluchte wie Rafaels Leichtsinn – und die Schatten sowieso.

Auf dem Gang vor seinem Arbeitszimmer stand einer der Küchenjungen, dessen Gesicht sich bei Karels Anblick erhellte. »Wäre es dem Herrn Grafen recht, nun zu speisen?«

Karel nickte, und der Bursche flitzte davon.

Kurz überlegte Karel, ob er nicht doch seinen Gehstock holen sollte. Aber das gemeinsame Mahl war etwas anderes als ein Ausflug in den Keller. Verdammt, er war der Graf, kein alter Krüppel!

Bemüht schlenderte Karel den Gang hinab. Er war kein verweichlichter Adliger, der sich gleich in einer Sänfte tragen ließ. Nein, die Menschen hier in Rothentor hatten ihm vor vielen Jahren diesen Ehrentitel verliehen, und dem wollte er gerecht werden – ohne verfluchten Stock.

Aus den Augenwinkeln sah er Rafael, der Karel erstaunlich stumm folgte. Manchmal verstand sein Sohn doch, dass er Mist gebaut hatte. Hoffentlich lernte er noch, diesen Mist gänzlich zu vermeiden, bis er irgendwann Karels Platz einnahm.

Auf halbem Weg erklang der Gong, dessen Dröhnen die Rothen aus allen Ecken des Hauptquartiers heranströmen ließ.

Karel nickte seinen Leuten zu, während er an ihrer Spitze in den Saal mit den dunklen Holzbalken marschierte. Er ging an einer der beiden Seitentafeln vorbei zu dem Tisch, an deren Kopfende er seinen Platz in dem hochlehnigen Stuhl einnahm, derweil sich Rafael rechts von ihm setzte.

Karel verlagerte das Gewicht von der ziehenden Hüfte auf die Armlehne. Um ihn herum erhoben sich Gespräche und Gelächter. Nichts deutete mehr auf das Feuer vor einer Woche hin. Er konnte seine Zufriedenheit, dass die Katastrophe praktisch spurlos an Rothentor vorbeigegangen war, nicht leugnen.

Als einer der Letzten betrat Jante den Saal, dessen vernarbtes Gesicht gerötet war. Mit einem kräftigen Durchatmen ließ er sich zu Karels Linker nieder. »Gut, dass du heute später dran bist.«

»Die Ware ist angekommen«, sagte Karel.

»Ich verstehe. Ich werde dann eine zusätzliche Patrouille einsetzen.«

»Danke. Ist bei dir alles glattgelaufen?«

»Besser als gedacht.«

Die Lautstärke im Saal ging zurück, als die Köchin und ihre beiden Burschen die Platten mit Fleisch, Gemüse und Brot auf den Tischen verteilten.

»Wie sieht es aus in Lichtemaad?«, fragte Karel.

Einer der Jungen legte ein Stück Braten auf Karels Teller und übergoss ihn mit einer dunklen Soße, die zwischen die glasierten Karotten lief.

»Es ist so, wie du vermutet hast«, antwortete Jante. »Der junge Wolf hat die Führung übernommen und wieder Ordnung in den Sauhaufen gebracht.«

»Der Welpe?« Rafael lachte. »Wie alt ist der Bursche? Fünfzehn? Sechzehn?«

»Vierzehn«, korrigierte ihn Jante. »Und die Männer an der Löwenbrücke gestern, die mit den zerschlagenen Beinen, das war er.«

»Der Welpe?«

Jante nickte. »Er hat angeblich alle Deserteure der Katastrophennacht aufgespürt.«

»Er scheint auf jeden Fall zu wissen, wie er seine Welpenzähne zeigen muss.«

»Er zeigt damit vor allem uns, dass er nicht sein Onkel ist.« Karel sah zu Rafael. »Und auch Welpenzähne können gefährlich werden.«

Er war gespannt auf das nächste Treffen des Parlaments. Es versprach, interessant zu werden.

Karel schob einen in Soße getränkten Bissen zusammen mit den glasierten Karotten in den Mund. »Was ist mit unseren Männern?«

»Immer noch unbemerkt.«

»Gut, das hätte uns sonst um Jahre zurückgeworfen.« Karel spülte mit einem Schluck Wein nach. Der Tag wurde immer besser.

»Ob der Welpe sich wohl an die Reviergrenzen hält?«, fragte Rafael.

»Am Anfang sicher. Irgendwann wird er beginnen, sie auszutesten.« Karel nahm sich noch ein Stück Braten. »Aber es ist erst mal wichtiger, dass auf der Südseite der Alltag zurückkehrt.«

»Was mir deswegen seit vorhin schon im Kopf herumspukt …« Rafael drehte das Weinglas zwischen seinen Fingern. »Warum willst du den Aufruhr beruhigen? Es wäre doch sicher einfacher, das Irrlicht in all dem Chaos zu verkaufen.«

»Es ist zu riskant. Wir wissen nicht, ob die Schatten wirklich weniger unterwegs sind oder uns in falscher Sicherheit wiegen, damit wir eben einen Fehler machen.«

Rafael schnaubte. »Wenn sie uns wegen dem Irrlicht im Verdacht hätten, wären sie schon vor Tagen hier gewesen. Sprich mit unserem Mann in der Gerechtigkeit, die sollen ein paar Unruhen anzetteln, und wir haben freie Bahn.«

Karel schüttelte den Kopf mehr zu sich selbst. »Rafael, du bist gut, und das weißt du.«

Auf dessen Gesicht erschien ein selbstgefälliger Ausdruck.

»Aber das führt in letzter Zeit öfters dazu, dass du deine Gegner unterschätzt. Wenn du nicht aufpasst, kann dich das schneller als dir lieb ist deinen Kopf kosten.«

KAPITEL 3

Alba zerknüllte die Skizze und warf sie in die Ecke neben der beinahe leeren Kohlenschütte. Die unzähligen Papierknäuel dort demonstrierten ihr Unvermögen, die verdammten Flügel zu verbessern.

Sie ließ ihren Kopf auf die Arme sinken. Seit sicher zwei Stunden saß sie nun schon hier und hatte einen Versuch nach dem anderen gestartet. Nicht zu vergessen die ganzen Entwürfe, die die letzten drei Tage zu Hause in das Kaminfeuer gewandert waren. Wenigstens hatte Fiene bisher – entgegen aller Erwartungen – dichtgehalten.

Alba richtete sich wieder auf und rieb sich über die Augen. Ihr blieb eigentlich nur die Möglichkeit, die Flügel anders zu falten, da sie im geschlossenen Zustand nicht mehr Länge als ihre eigene Körperhöhe zur Verfügung hatte.

Sie begann eine neue Skizze, die mit einem Gelenk mehr pro Stange vielleicht die Tragfläche –

Ein Schlag brachte die Scheibe zum Klirren.

Alba ließ den Stift fallen und ergriff die Armbrust. Noch während sie aufsprang, zielte sie auf das Fenster.

Auf dem Sims saß die Krähe und sah mit einem Auge durch die dreckige Scheibe.

Alba atmete auf und legte die Waffe zurück auf den Tisch. Dann kam ihr der Gedanke, dass sich der Vogel vielleicht wieder verletzt hatte, und mit fliegenden Fingern entriegelte und öffnete sie das Fenster, vereinzelte Schneeflocken trudelten herein.

Ihr Blick fiel auf einen faustgroßen Glaswürfel neben der Krähe. Der Vogel flog mitsamt dem Gegenstand an Alba vorbei und landete mit einem Poltern auf der neusten Skizze.

Sie schloss das Fenster und ging zum Schreibtisch. Sie hatte nicht erwartet, dass die Krähe wiederkam.

Sie sah Alba erwartungsvoll an. Dann zu dem Glaswürfel neben sich.

Vorsichtig griff sie nach dem Gegenstand, der unerwartet leicht in ihrer Hand lag. Feine Metallbänder wanden sich um das Glas herum, wie um es zusammenzuhalten. Alba hielt ihn gegen das graue Tageslicht. Eine klare Flüssigkeit, über deren Oberfläche ein kaum sichtbares hellblaues Leuchten lief, bewegte sich träge im Inneren.

Alba ließ sich auf den Hocker sinken, die Finger fest um den Glaswürfel geschlossen. »Woher hast du das?«

Die Krähe begann, sich zwischen Stiften, Werkzeug und aufgeschlagenen Büchern zu putzen.

Sacht setzte Alba den Glaswürfel vor sich auf den Tisch. Sie wusste so wenig über das Irrlicht, dem Ijsstedt so viel zu verdanken hatte. Als gewöhnlicher Bürger bekam man das Gas nicht in diesem rohen Zustand in die Hand, aber sie war sich dank des feinen Leuchtens sicher, dass sie Irrlicht vor sich hatte.

»Wo hast du das nur her?«, wiederholte Alba, während sie über das Glas strich und fasziniert beobachtete, wie die Flüssigkeit langsam zu einem unsichtbaren Gas wurde. Nur hier und da verriet ein kaum sichtbarer Schimmer das Irrlicht. Dafür nahmen also Menschen harte Strafen auf sich, riskierten ihr Leben und opferten die halbe Südseite den Flammen. Und ihr war es einfach in die Hände … auf den Tisch gefallen.

Sie sah zu der Krähe, die feinsäuberlich eine Feder nach der anderen durch den Schnabel zog. Was sollte sie mit dem Irrlicht anfangen, das sie eigentlich nicht besitzen durfte? Würde jemand davon erfahren? Es gab keine Spur zu ihr. Oder?

Alba ergriff den Glaswürfel und eilte zu der massiven Truhe in der Ecke der Wohnküche. Hastig klappte sie den Deckel auf und wickelte das Irrlicht in ihre Ersatzhemden. Das Bündel stopfte sie ganz nach unten, unter alte Notizbücher und die Armbrustbolzen.

Sie atmete erst auf, als der Deckel zu und der Schlüssel umgedreht war. Reichte das, falls Irrlichtkinder danach suchten? Sie wusste es nicht. Sie wusste sowieso viel zu wenig über Irrlicht.

Unschlüssig blieb sie neben der Truhe stehen. Einerseits wollte sie den Glaswürfel möglichst schnell loswerden, andererseits faszinierte sie, wie der eisblaue Schimmer durch das Innere tanzte und dabei an die Feenlichter der Märchen und alten Geschichten erinnerte. Aber wollte sie etwas Illegales behalten, weil es hübsch war?

Sie beobachtete die Krähe, die sich ausgiebig am Kopf kratzte, während die Gewissheit wuchs, dass sie herausfinden musste, wie man das Irrlicht unbemerkt entsorgen konnte.

Alba durchsuchte erst die Bücherstapel auf dem Tisch, dann die auf dem ungenutzten Herd. Doch es bestätigte nur, was sie geahnt hatte: Sie hatte zwar Unmengen Nachschlagewerke über Mechanik, Ornithologie und handwerkliches Arbeiten, aber nichts über Irrlicht. Sie öffnete die Truhe wieder, um das kostbare Familienlexikon durchzublättern, aber dieses enthielt nur einen allgemein gehaltenen Eintrag. Somit blieb ihr nur der Gang zur Bibliothek.

Wie auf ein Kommando wanderte ein zartes Kribbeln durch Albas Oberschenkel. Ein Fußmarsch in die Altstadt dürfte eine Herausforderung werden. Kurz überlegte sie, ausnahmsweise eine Droschke zu nehmen, aber sie würde sich nie verzeihen, wenn das Fahrtgeld nachher bei der Miete fehlte.

Sie griff nach der Armbrust, entspannte und verstaute sie zusammen mit der einen halbwegs brauchbaren Skizze in der Truhe, die sie sorgfältig abschloss. Mehr um sich selbst zu beruhigen, hängte sie noch die zerschlissene Wolldecke darüber.

Sie öffnete das Fenster, trat zur Seite und wandte sich zu der Krähe um. »Raus mit dir, ich muss gehen.«

Der Vogel sortierte noch einen Moment sein Brustgefieder, dann flatterte er auf die Fensterbank, von der er in die Tiefe sprang, die Flügel entfaltete und auf der anderen Straßenseite knapp über die Dächer durch die Schneeflocken schoss.

Alba schloss das Fenster wie auch die Luftzufuhr des Kanonenofens, dann streifte sie hastig Mantel, Handschuhe und Kappe über. Nach einem letzten Blick auf die verdeckte Truhe war sie schon halb zur Tür hinaus, bevor sie noch einmal umdrehte und eines ihrer Notizbücher einsteckte.

Als sie den Schlüssel aus ihrer Manteltasche zog, berührten ihre Finger die eingewickelten Butterkekse, die sie für die Krähe mitgenommen hatte, aber vor lauter Aufregung wegen des Irrlichts vergessen hatte. Der Vogel würde schon nicht verhungern.

Ihre Schritte hallten im Treppenhaus wider, als sie die Stufen hinabeilte. Trotzdem hörte sie die Stimmen, die von unten heraufklangen. Sie überlegte, sich das letzte halbe Stockwerk herunterzustehlen, doch Hester entging selten etwas. So behielt Alba das Tempo bei und setzte eine möglichst geschäftige Miene auf.

»… nichts getan nach dem Feuer. Die armen Menschen, die jetzt im Winter kein Dach über dem Kopf haben!«

Die zwei Frauen standen im Erdgeschoss, direkt neben dem letzten Treppenpfosten.

»Hab gehört, gibt ’ne Widerstandsbewegung. Gelegenheit, Gerechtigkeit oder so was.«

»Ja, die Hofmeierin hat das gestern auch erzählt. Ihr Sohn hat sich denen angeschlossen und …« Hesters Blick richtete sich auf Alba. »Ah, wenn das nicht mein unauffälliger Nachbar ist.«

Alba tippte sich kurz an die Kappe, hastete an den beiden Frauen vorbei über den von der hereingetragenen Nässe rutschigen Terazzoboden und drückte die schwere Haustür auf.

»Immer so beschäftigt, die Jugend.« Hesters Kopfschütteln war beinahe zu hören. »Übrigens, die Hofmeierin meinte auch, dass der Kollege von deinem Mann wieder fremdgeht und –«

Dann fiel die Tür zu, und Alba atmete auf. Sie durchquerte den Innenhof mit seinen unzähligen Behausungen, wo der erste Schnee eine gefährliche Schmiere bildete, und ging unter dem Vorderhaus hindurch auf die Straße. Dort reihte sie sich zwischen den Passanten ein, die sich wie so oft in den Schutz der Fassaden drückten. Alba senkte den Kopf gegen die vereinzelten Flocken, die ihr ins Gesicht klatschten, und schob die Hände in die Taschen, wo ihre Rechte den Schlagring spürte.

Sie blieb auf den Hauptverkehrsstraßen, die sie einmal quer durch Rothentor und auf die Schatten der Klippe auf Aeria zuführten. Eigentlich wäre es eine Schande, das Irrlicht zu vernichten. So etwas würde sie nie wieder in die Hand bekommen.

Ein Karren holperte vorbei, und Wasser spritzte auf, als er durch die aufgeweichten Furchen in den Löchern des Pflasters fuhr.

Alba machte einen Satz zur Seite, der ihr sofort ein Zittern durch die Beine jagte. Die Zähne zusammengebissen ging sie weiter, immer einen Schritt nach dem anderen, und versuchte, sich auf die eine, vielleicht brauchbare Skizze in ihrer Truhe zu konzentrieren. Nicht auf das Schwächegefühl, das ihre Waden hochkroch.

Irgendwann wurden die Menschen vor ihr langsamer und rückten dichter zusammen.

Alba hob den Kopf. Vor ihr verengte sich die Straße und zwängte sich durch das Tor der alten Stadtmauer. Sie ließ sich weiterhin von der Menge mittragen, während sie versuchte, ihren rasselnden Atem zu beruhigen.

Eine Frau mit traurigem Lächeln drückte Alba ein Flugblatt in die Hand. Sie warf einen kurzen Blick auf die Ankündigung einer Demonstration, die in nicht einmal einer Stunde begann. Dann ließ sie das Papier zwischen die unzähligen Füße fallen. Sie hatte keine Zeit für Gerechtigkeit.

Hinter dem Roten Tor verteilten sich die Menschen ein wenig, und Alba folgte der Hauptstraße in Richtung Regierungsinsel. Kurz darauf stand sie vor dem säulengetragenen Eingang der Bibliothek, welche Königin Katriena vor einigen Jahren dem Volk gestiftet hatte.

Alba lehnte sich gegen einen eisernen Laternenpfosten direkt davor und rieb über ihre Oberschenkel, die schwer wie Blei waren. Dann griff sie in die Innentasche ihres Mantels und nahm mit zitternden Fingern eines der braunen Glasfläschchen heraus, die Doktor Neufville speziell für sie mischen ließ.

Ein Schluck, und der bittersüße Saft rann ihre Kehle herab. Sie unterdrückte das Verlangen nach mehr und steckte die Medizin wieder weg.

Einige rasselnde Atemzüge blieb sie an der Laterne stehen und starrte auf die gewaltigen, offen stehenden Holzflügel am oberen Ende der Stufen vor ihr. Eine Frau mit zierlichem Schirm ging hinein, zwei Männer in ausgebeulten Hosen kamen heraus.

Schließlich wich das Schwächegefühl weitgehend aus ihren Beinen, sodass Alba die kurze Treppe vor sich in Angriff nehmen konnte. Oben angekommen löste sie die verkrampften

Finger vom Geländer und schlurfte auf den Eingang zu. Sie trat durch den hölzernen Windfang in eine andere Welt, deren Ruhe Albas Schritte auf dem Marmorboden störten.

Eingehüllt in den Geruch von Alter, Papier und Staub ging sie an dem wuchtigen Tresen vorbei, hinter dem der Bibliothekar von einem Stapel Papier aufsah. Sein Blick über die Goldrandbrille hinweg bohrte sich einen Moment lang in Alba, bevor er über ihre Kleidung glitt und sich der Mund des Mannes kaum merklich verzog.

»Guten Tag«, sagte Alba mit möglichst tiefer Stimme.

Das Gesicht des Bibliothekars glättete sich und er nickte, ließ sie jedoch nicht aus den Augen. Was er wohl sah? Einen fuchsgesichtigen Arbeiterjungen? Eine junge Frau, die sich erfolglos versuchte zu tarnen?

Alba glaubte, seinen Blick immer noch zu spüren, als sie den Katalog erreichte. Sie ging an dem riesigen Schrank mit seinen unzähligen Schubladen entlang, bis sie die Sortierung nach Stichworten fand. Nur drei Bücher waren unter dem Stichwort Irrlicht gelistet. Anscheinend war dies ein Thema, das man für die Bevölkerung als unwichtig erachtete.

Die Regalnummer stumm wiederholend schob Alba die Schublade zu und machte sich auf die Suche nach den Büchern. Schneller als erwartet fand sie die Reihen mit den Naturwissenschaften, wo sie Regal für Regal abging, bis sie die drei Bücher fand. Eines von ihnen ließ sie stehen, da es nur ein dünnes Faltblatt zum Ausbau der Irrlichtmanufaktur war. Die anderen zwei Bücher nahm sie mit zu einem der Lesetische, möglichst weit entfernt von dem Pärchen, das die Finger über den Seiten verschlungen hatte und sich wispernd unterhielt, ansonsten waren die Plätze in dieser Ecke leer.

Alba betätigte den mechanischen Zünder mehrmals, bis das Irrlicht in dem Metallkäfig aufflammte. Im eisblauen Schein schlug sie das erste Buch auf. Das Inhaltsverzeichnis sah vielversprechend aus, da die ersten Kapitel die Grundlagen des Irrlichts behandelten. Hastig blätterte sie über die Einleitung und begann zu lesen. Zu ihrem Entsetzen verstand sie nicht mal die Hälfte davon, da sie keinerlei Ahnung von Alchemie hatte.

Frustriert übersprang sie die Kapitel über die Eigenschaften und Giftigkeit des Irrlichtes sowie dessen Förderung, bis sie bei den Anwendungen für Irrlicht anlangte. Der Schwerpunkt lag eindeutig auf der neu entdeckten industriellen Nutzung als Energiequelle.

Sie wollte das Buch schon zuklappen, als ihr Blick auf eine Zwischenüberschrift fiel:

Die Leichtigkeit infusionierten Metalls

Hastig las sie den ersten Absatz. Dann den zweiten und den dritten, bevor sie ungläubig auf die Seite starrte. Wenn sie es richtig verstand, dann wurde Metall durch diese Behandlung leichter. Dann konnte sie es für ihre Flügel verwenden und –

Alba klappte das Buch mit einem Knall zu, der das Pärchen zusammenzucken ließ. Nein, sie musste das Irrlicht loswerden. Wenn es jemand in ihrem Besitz fand … aber vielleicht würde sie dann endlich fliegen können. War es das nicht allemal wert?

Sie schlug das Buch wieder auf und blätterte an die Stelle, wo sie die Lektüre eben unterbrochen hatte. Sie verschlang die nächsten Seiten, doch sie fand einzig die brauchbare Information, dass infusioniertes Metall von Irrlichtkindern hergestellt wurde.

Ihre Hände ballten sich. Das durfte nicht wahr sein. Da war sie so knapp vor einer Lösung und dann das! Sie spürte, wie Tränen der Enttäuschung aufstiegen, und wischte sich hastig mit dem Ärmel über die Augen. Ausgerechnet Irrlichtkinder, die für die Einhaltung der Gesetze zuständig waren. Die nie erfahren durften, was sie in ihrer Truhe verbarg.

Mit einem Seufzen ließ sie sich im Stuhl zurücksinken – und ihr Blick begegnete dem des Bibliothekars von der Theke. Er stand in der Nähe des nun stummen Pärchens und sortierte einen Stapel Bücher. Hatte er Angst, dass sie die Seiten beschmutzte oder gar herausriss?

Betont nachdenklich kratzte sie sich am Kopf, bevor sie das zweite Buch aufschlug. Aus den Augenwinkeln sah sie, wie der Bibliothekar die Bücher in das Regal direkt neben den Tischen einsortierte und jedes besonders sorgfältig gerade rückte.

Auf den Seiten vor ihr schlug ihr sofort eine Warnung bezüglich des Besitzes von Irrlicht entgegen. Aber plötzlich war sie Alba egal. Bei ihrem sowieso nur noch kurzen Leben machte es keinen Unterschied, ob man sie erwischte.

Alba ignorierte das leise Schaben und Poltern der Bücher sowie das Geräusch der Schritte und überblätterte Vorwort sowie Einleitung. Es folgten die alchemistischen Ausführung, die weiterhin keinerlei Sinn für sie ergaben, und nach der Hälfte endlich ein Kapitel über die Infusion von Irrlicht. Im Großen und Ganzen stand dort nichts Neues. Bis auf eine halbe Seite gegen Ende.

Sie las aufmerksam Satz für Satz. Es war eine kurze Ausführung, wie man die Infusion früher, vor den Irrlichtkindern, gemacht hatte!

Unter dem Blick des Bibliothekars zog sie das Notizbuch aus ihrem Mantel und schrieb die wichtigsten Details auf. Sie hoffte, dass sie es trotz der unzähligen Fachbegriffe und ihrem fehlenden Hintergrundwissen richtig verstand. Im Grunde musste man nur das zu infusionierende Metall ausreichend erhitzen und dann das Irrlicht zugeben. Das Problem hierbei war wohl der relativ hohe Verlust an Irrlicht, aber das konnte Alba nicht ändern.

Sie schob das Notizbuch in ihre Manteltasche, während sie über ihren Glaswürfel nachdachte, der ein gängiger Behälter für Irrlicht war und eine genau abgemessene Menge enthielt. Alba hatte keine Ahnung, ob diese Menge viel oder wenig war. Was, wenn es nicht für die Schwingen reichte?

Alba schüttelte den Kopf, um den Gedanken zu vertreiben, und kassierte einen weiteren Blick des Bibliothekars. Bedächtig klappte sie die beiden Bücher zu und erhob sich, bevor sie nach der Irrlichtlampe tastete.

Ihre Hand stoppte mitten in der Bewegung. Zuhause brachten die Leitungen unendlich Irrlicht, das sie doch sicher … aber wie bekam sie es in einen Behälter? Sie konnte es nicht ausreichend kühlen, damit es flüssig wurde, und das Gas selbst war ihr zu gefährlich. Da musste sie nur an das Feuer vor nicht einmal zwei Wochen denken. Mist.

Sie schloss das Ventil der Lampe, nahm die beiden Bücher und ging, ohne noch einmal in Richtung des Bibliothekars zu sehen, einige Umwege, bevor sie die Bücher wegräumte. Dann ging sie an dem unbesetzten Tresen vorbei hinaus in das beinahe grelle Grau und den Lärm der Stadt.

Über den Dächern der anderen Straßenseite erhoben sich die Klippen und darüber das schimmernde Aeria. Dort hinauf würde sie fliegen, wenn alles klappte. Sie würde frei sein wie die Krähen, die als schwarze Punkte über ihr tanzten.

Mit schwachen Beinen machte sie sich auf den Heimweg, auch wenn das Irrlicht und die Pläne in ihrem Kopf sie in die Werkstatt lockten. Unter all der Vorfreude, bald richtig fliegen zu können, verschwanden die letzten Bedenken wegen des illegalen Besitzes.

Karel ging durch den Windfang aus dunkelrotem Loden und blieb neben Grada stehen, als die stickige Luft ihm für einen

Moment den Atem nahm. Der vertraut bittere Geschmack legte sich wie ein Willkommensgruß auf seine Lippen und erinnerte ihn daran, dass er lange nicht mehr hier gewesen war.

Mit einem Hauch Winterluft trat auch Rafael ein. »Ah, der Duft von unerfüllten Träumen und süßem Vergessen.«

Karels Augen gewöhnten sich nach und nach an das Dämmerlicht der geschickt plazierten Öllampen, deren Schein der im Raum hängende Dunst dämpfte. Zwischen dem Rauch, der sich aus Pfeifen und Mündern kräuselte, trippelte ein dünner Mann mit ebenso dünnem Zopf heran.

Jian blieb vor ihnen stehen und verbeugte sich. »Willkommen, die Herrenschaften. Es ist mir eine Ehre.«

Karel nahm seinen Zylinder ab. »Wir werden heute zu dritt sein.«

»Ich habe da eine wunderbare Platz für Sie. Bitte folgen Sie mich.« Jian trippelte voran über die abgeschabten Teppiche und zwischen den dicken Kissen hindurch, auf denen Männer und Frauen lagen. Trübe Blicke glitten über Karel und seine Begleitung, doch nur selten schienen die Augen etwas zu sehen.

»Wie laufen die Geschäfte?«, fragte Karel beiläufig.

»Wunderbar!« Jians Mandelaugen verschwanden beinahe komplett, als er grinste. »Ich hatte erst Einbußen. Stammkunden sind … ausgeblieben. Aber jetzt wieder alles normal.«

»Das ist gut zu hören.« Es beruhigte Karel, dass in Rothentor der Alltag einkehrt war. Er hatte deutlich mehr und stärkere Auswirkungen wegen des Feuers erwartet.

Jian führte sie in das hintere Viertel des Raums, das einen guten Meter erhöht lag. Er stieg als Erster die Stufen hinauf und deutete mit einer ausladenden Handbewegung auf eines der Separees aus geschnitzten Paravents und drapierten Stoffbahnen. »Was sagen die Herrschaften zu diese wunderbare Platz?«

Karel nickte. »Genau das Richtige.« Es war ihr Stammplatz, den Jian freizuhalten hatte.

»Wunderbar! Ich wünschen einen angenehmes Aufenthalt.« Er verbeugte sich erneut und trippelte an den Separees entlang, bis er zwischen zwei der Raumteiler verschwand.

Karel glitt auf seinen üblichen Platz in den tanzenden Schatten und setzte seinen Zylinder auf den Tisch. Die niedrigen Kissen weckten zusammen mit der Winterkälte, die inzwischen permanent in seinen Knochen steckte, das Pochen in der rechten Hüfte. Er zog die Beine zum Schneidersitz heran und lehnte sich möglichst unauffällig gegen den mit dem Boden verschraubten Paravent.

Rafael lümmelte sich ihm gegenüber in die Polster. »Glaubst du, dass er kommen wird?«

Grada ließ sich mit dem Rücken zu ihnen auf einem der runden Sitzkissen etwas abseits nieder, sodass sie – im Gegensatz zu Karel – den Eingang im Blick hatte.

Karel wandte sich an Rafael. »Simeon lässt sich garantiert keine Einladung entgehen, wenn er das Geld klingeln hört.«

»Ich bin mal gespannt, was er zu unserer Ware sagt und ob er –«

Ein Krachen ließ Karel zusammenzucken, und seine Hand fuhr zum Messergurt unter dem Mantel.

Eine von Jians Töchtern sank vor dem Separee in einer Wolke aus königsblauer Seide zu Boden und begann mit zitternden Fingern die Bruchstücke eines Teeservices aufzulesen. Schwarzes Haar hing vor dem Gesicht der jungen Frau, trotzdem war Karel sicher, dass er sie noch nie gesehen hatte. Eine Spur von Neugier keimte auf, welche der Töchter sie ersetzt hatte, denn beim letzten Mal waren sie alle makellos gewesen.

Über das leise Klirren hinweg erhob sich das Gemurmel zu dem gewohnten Klangteppich, der zusammen mit dem gedämpften Licht und dem Dunst die Vorsicht der Geschäftspartner gern ein wenig schwinden ließ.

Cho schwebte mit einem Silbertablett heran, und Karel sah ihren anklagenden Blick, mit dem sie ihre am Boden kniende Schwester bedachte, bevor sich wieder das feine Lächeln auf ihr Gesicht legte.

Vor dem niedrigen Tischchen blieb Jians Tochter stehen und verbeugte sich. In einer fließenden Bewegung kniete sie sich auf das Kissen am Tischende, wo sie das Tablett abstellte. Mit der gleichen Anmut nahm Cho die Kanne und füllte eine der drei Teeschalen, die sie Karel beidhändig reichte.

Er legte seine Finger um das Steingut und wünschte sich, er hätte die gleiche Wärme für seine Hüfte.

Jians Tochter befüllte eine zweite Teeschale, die sie Rafael hinhielt.

Dieser schenkte ihr ein strahlendes Lächeln. »Danke, meine Schöne.«

Chos Mandelaugen leuchteten kurz auf, dann senkte sie den Blick und faltete die Hände im Schoß. Die weiten Ärmel des Kimonos legten sich wie Vogelflügel an ihren Körper.

Karel sog den Duft des Tees ein, der für einen Moment das Kratzen des allgegenwärtigen Rauchs milderte.

Rafael drehte seinen Kopf, und Karel folgte seinem Blick. Hinter Cho, die regungslos auf dem Kissen kniete, hatte sich mit einem leisen Klingeln der Scherben auf dem Silbertablett die andere von Jians Töchtern erhoben. Mit kleinen Schritten floh sie beinahe. Nicht nur an ihrer Geschicklichkeit, sondern auch an ihrer Anmut würde Jian noch arbeiten müssen.

»Willst du mit der Ware immer noch warten?«, fragte Rafael.

Karel setzte die Teeschale ab. »Diese Sachen hatten wir bereits ausreichend geklärt.«

»Ich mein ja nur, wenn Simeon eh schon da ist …«

»Ohne ausreichend Vorlauf wird er Transportplatz und Kontakte nicht frei haben. Außerdem tut das eine oder andere Pläuschchen den Geschäftsbeziehungen gut.«

Karel lehnte sich gegen das geschnitzte Holz des Paravents und beobachtete, wie träger Rauch aus dem Separee neben ihnen aufstieg. Ein paar kostbare Momente der Ruhe, bevor ihn die Pflichten wieder einholten.

Jian trippelte heran, hinter ihm die Tochter, die das Teegeschirr hatte fallen lassen. Obwohl diese den Blick gesenkt hielt, verschleierte ihr Haar nicht mehr das fein geschnittene Gesicht. Hübsch war sie, wie alle von Jians Töchtern, auch wenn sie für Karels Geschmack ein zu breites Kinn hatte.

Karel richtete sich auf und verbarg seinen Unmut, dass er nun ein weiteres Mal gestört wurde, hinter einer neutralen Miene. Zu gern würde er Jian eine seiner überflüssigen Entschuldigungen sonst wohin schieben.

Neben Cho blieb Jian stehen und verbeugte sich tiefer als gewöhnlich. »Ich entschuldige mir für der Ungeschicklichkeit meiner jüngsten Tochter.«

Karel sah zu der Frau, die den Blick zu Boden gesenkt hatte. »Sie wird noch viel Übung brauchen.«

»Es tut Mei leid, dass sie belästigt hat die Herrenschaften.«

Rafael zog eine Braue hoch. »Kann sie nicht für sich selbst sprechen?«

»Mei ist stumm, mein Herr. Es betont aber ihres Anmut und Verschwiegenheit.«

Karel war sicher, dass die jüngste Tochter im Gegenzug schreiben konnte. Wie wäre sie sonst von Nutzen für Jian, dessen Gäste gern die Anwesenheit der jungen Frauen vergaßen?

»Wir werden uns dessen gerne versichern, wenn sie so weit ist.«

»Alles ist wieder wunderbar?«

Karel nickte und griff nach seinem Tee, der nun genau die richtige Temperatur hatte. Dazu jetzt einen netten Plausch mit Simeon über die alten Zeiten und ein gutes Gefühl, was einen Handel in naher Zukunft betraf …

»Moment, Jian«, unterbrach Rafael die Gedanken.

Karel sah auf, direkt in die aufgerissenen Augen des Mannes. Hinter ihm senkte seine Tochter gerade den Blick wieder auf ihre im Kimono gefalteten Hände.

»Ich möchte, dass Mei uns jetzt schon bedient.« Rafael sah unverwandt die junge Frau an.

Karel war herzlich egal, wer sie bediente, solange das Theater hier endlich ein Ende nahm.

»Meine jüngste Tochter muss noch viel lernen, ich widersprechen. Verzeihung. Sie kann beleidigen die Herrschaften ein weiteres Mal.«

Rafael schenkte Jian ein breites Lächeln. »Das wird schon nicht passieren.«

»Cho, meines Täubchen.«

Die Angesprochene erhob sich in einer fließenden Bewegung, die direkt in eine Verbeugung überging. Dann ging sie mit zierlichen Schritten um Grada herum und verschwand hinter dem Paravent aus Karels Gesichtsfeld.

Mei trat vor, und Karel bemerkte, wie Jian ihren Arm berührte und ihr einen eindringlichen Blick zuwarf. Dann verbeugte er sich und trippelte davon.

Mit dem leisen Rascheln der königsblauen Seide ließ sich Mei auf dem Kissen nieder und legte ihre Hände auf die Knie. Wie bei allen von Jians Töchtern konnte Karel ihr Alter nicht einschätzen – sie alle waren jung und hübsch. Dass Jian sie deswegen regelmäßig austauschte, fiel vermutlich kaum einem Gast hier auf.

Karel stellte die Teeschale ab und lehnte sich wieder zurück, wobei er erfolglos versuchte, seine stechende Hüfte zu entlasten. Ihn tröstete das bevorstehende Treffen mit Simeon, an dem die Zeit auch nicht spurlos vorbeigegangen war.

Meis winzige Bewegungen erinnerten Karel regelmäßig daran, dass sie da war. Anders als Cho, die durch ihre regungslose Stille unsichtbar wurde. Jian wusste, warum er seine … Jüngste nicht die Gäste bedienen ließ.

Rafaels Blick ruhte ebenfalls auf Mei, die den Kopf ein Stück zu weit gesenkt hatte, sodass das Haar einen Teil ihres Gesichts verschleierte. Mit einem Zug kippte er den Tee runter und stellte die Schale auf den Tisch.

Bewegung kam in Mei, die nach der Kanne griff und die dampfende Flüssigkeit nachfüllte.

»Danke, meine Schöne.« Er schenkte ihr das Lächeln, mit dem er jedes weibliches Wesen um den Finger wickelte. Doch Mei zeigte keinerlei Reaktion, als sie die Kanne wieder absetzte und in ihre kniende Haltung zurücksank.

Karel sah in Rafaels Augen die Vorfreude einer Herausforderung, die Jians Töchter sonst nicht boten. Er griff nach seinem Stock und stieß Rafael unter dem Tisch sacht an. Als dieser herübersah, schüttelte Karel kaum merklich den Kopf.

Denk an die Ware, formten seine Lippen.

Rafael grinste und lümmelte sich wieder in die Kissen. Auch wenn er sich sichtlich bemühte, wanderte sein Blick immer wieder zu Mei, die einfach nicht still sitzen konnte. Karel erinnerte das an Rafael, dessen Ungeduld ihm irgendwann den Kopf kosten würde – wenn dessen Selbstüberschätzung oder eine schöne Frau nicht schneller waren.

Schließlich erlöste Gradas dezentes Räuspern Karel aus der Warterei. Er richtete sich ein Stück auf und schob den Gehstock mit dem Fuß in den Schatten des Sitzkissens, dann lauschte er.

Erst hörte er außer dem Gemurmel der Gäste und dem verhaltenen Kichern einer der Töchter nichts, dann knarzte das Holz der Erhöhung.

Kurz darauf schob sich Simeon ins Sichtfeld. Eine Brokatweste mit Goldknöpfen spannte sich über seinen dicken Bauch, der sich wie ein Blasebalg hob und senkte. »Karel, mein alter Freund!«

»Es freut mich, dass du gekommen ist, Simeon.«

Aus seiner Tasche zog dieser ein schneeweißes Taschentuch und wischte sich über das runde Gesicht, bevor er es wieder wegpackte. Umständlich setzte er sich auf die Kissen direkt neben Rafael, den er mit unverhohlener Neugier musterte.

»Und wer ist der junge, gut aussehende Herr neben mir?«

»Rafael Carrasco, Alicias Sohn und mein Stellvertreter. Du erinnerst dich sicher noch an ihn.«

Mei nahm die dritte Teeschale auf, schenkte ein und reichte sie Simeon.

»Ah! Als du mir das letzte Mal von ihm erzählt hast, hatte er gerade dem ersten Mädel das Herz gebrochen. Haben wir uns wirklich so lange nicht mehr gesehen?«

»Und genau deswegen habe ich dich eingeladen. So kurz vor dem Lichterfest, da wird man im Alter manchmal sentimental.«

»Du und sentimental.« Simeon lachte. »Bei dir hatte immer alles einen Anlass.«

»Eben, deswegen bist du auch hier.« Er wandte sich an Jians Tochter. »Mei, ich würde gerne mit meinem alten Freund anstoßen.«

Die junge Frau deutete ein Nicken an, erhob sich und entfernte sich einige Schritte rückwärts, bevor sie sich umdrehte. Beinahe wäre sie mit dem breitschultrigen Mann zusammengestoßen, der am Eingang des Separees stand. Simeons Leibwächter.

»Hübsche Dinger haben sie hier.«

Karel wandte sich wieder Simeon zu. »Du weißt doch, man muss sein Niveau halten.«

»Immer noch der Alte, wie? Außer, dass sie inzwischen nicht mehr uns hinterhersehen.«

»Und du wirfst mir vor, sentimental zu werden?« Mit einem Grinsen beugte sich Karel vor und stützte sich auf seinen Unterarm. »Was hältst du von einem kleinen Geschäft der guten alten Zeiten wegen?«

Simeon lachte, dass sein ganzer Körper bebte. »Ich wusste es doch, du altes Schlitzohr. Als ob wir uns jemals ändern.«

»Und deswegen bist du immer noch der beste Schmuggler Ijsstedts.«

Simeon strahlte ihn an. »Und du hast mir ein nettes Angebot zu machen?«

»Nicht ganz. Ich bekomme in ein paar Wochen Ware, die schnellstmöglich und unauffällig die Stadt verlassen muss.«

»Noch habe ich Kapazitäten frei, aber das bleiben sie nur mit einer Anzahlung.«

Karel nickte. »Die kannst du haben. Und den Gefahrenzuschlag.«

Simeons kaum vorhandene Brauen wanderten in die Höhe. »Du machst mich neugierig, alter Freund. Wirst du mir einen Hinweis geben?«

»Wenn es so weit ist, sicher. Bis dahin solltest du nur schauen, dass die besten deiner Kontakte …« Aus den Augenwinkeln sah Karel, wie Grada ihre Schultern lockerte. »Ich werde mich dann mit dir in Verbindung setzen.«

Simeon nickte und wollte gerade den Mund aufmachen, als Mei wieder erschien. Sie balancierte ein kleines Tablett, auf dem drei hauchdünne Trinkschalen und eine bauchige Tonflasche standen. Geräuschlos setzte sie es ab, bevor sie selbst wieder Platz nahm.

»Für einen alten Freund immer doch, Karel.«

Jians Tochter schenkte eine klare Flüssigkeit in die drei Schalen, bevor sie die Flasche neben die Teekanne stellte. Mit beiden Händen nahm sie das erste Trinkgefäß auf und reichte es mit einer angedeuteten Verbeugung Karel.

Während der stechende Geruch in seiner Nase stieg, bekamen die anderen beiden ihre Schale von Mei gereicht und Karel gestattete sich einen Blick zu Rafael, der sich wie zugesagt beim Gespräch zurückhielt. Dies lag vermutlich nicht nur an dem Versprechen, denn seine Augen folgten jeder von Meis Bewegungen.

Mit einem weiteren »Danke, meine Schöne« nahm Rafael die Trinkschale entgegen, und versuchte, den Blick von Jians Tochter mit einem strahlenden Lächeln zu fangen, doch Mei wich ihm aus. Etwas, das er als noch herausfordernder empfand. Keine Frau hatte dem Charme des Herrn Carrasco zu widerstehen.

Karel hob die Schale. »Auf unsere Freundschaft.«

»Auf viele weitere erfolgreiche Jahre.« Simeon kippte das Getränk hinab und sackte in die Kissen, während Mei ihm nachschenkte.

Karel nippte nur kurz, und für einen Moment klärte das Brennen Hals und Nase, bevor der allgegenwärtige Rauch wieder überhandnahm. Trotzdem füllte Jians Tochter auf, als er die Schale absetzte und nach dem angenehm warmen Tee griff. So wie er sich und Simeon kannte, würden sie hier durchaus noch ein Weilchen sitzen.

Meret blieb am Ende der Brücke stehen. Sie wusste nicht, was sie erwartet hatte, aber erhofft hatte sie sich mehr als diese Handvoll Menschen, die vermutlich alle in eines der neuen Mietshäuser passen würden und hier auf dem Platz der Regierungsinsel verloren wirkten.

Sie schloss die kalten Finger fester um den rauhen Griff ihres Schildes und ignorierte das Brennen in ihren Augen. Stattdessen setzte sie das Lächeln auf, das sie seit zehn oder elf Tagen wie eine Maske trug, und ging auf die Männer, Frauen und Kinder zu. Bekannte und unbekannte Gesichter hellten sich auf, Begrüßungen hallten ihr entgegen. Ein Mädchen, unter dessen Mütze blonde Locken hervorquollen, streckte beidhändig ihr Schild in die Höhe:

Gerechtigkeit für alle!

Mit einem Nicken begrüßte Meret das Ehepaar, mit dem sie letzte Woche auf der Straße ins Gespräch gekommen war und das die Schwiegertochter verloren hatte. Sie gab dem Schmied aus der Brosegasse und einem Alten in farblosen Lumpen die Hand und winkte Lucie zu, die in ein Gespräch mit einem gutaussehenden jungen Mann vertieft war.

Schon bald bemerkte Meret, dass sie sich in ihrer ersten Schätzung geirrt hatte. Es waren sicher doppelt oder gar dreimal so viele, und regelmäßig stießen Einzelne, Familien oder kleine Gruppen dazu. Ihre Forderung nach Gerechtigkeit war sichtbar.

Ein Stück weiter entdeckte Meret Emilian, der mit den Händen in den ausgebeulten Manteltaschen und finsterer Miene zum Regierungspalast starrte. Meret folgte seinem Blick zu dem klobigen Kasten mit seinen Schießscharten und dem eisenverstärkten Portal. An der abweisenden Wirkung konnten auch die zwei eleganten Nebenflügel sowie die verspielten Erker und Türmchen, die man in den letzten Jahrzehnten angebaut hatte, nichts ändern.

Sie schob sich in Emilians Richtung, schüttelte weitere Hände und nickte dem einen oder anderen grüßend zu. Auch wenn der schlaksige Junge während der Planung sehr still gewesen war, so hatte er nicht verheimlicht, dass er sich deutlichere Taten wünschte. Wie so oft die letzten Tage fragte sich Meret, was vorgefallen war und ob er bereit sein würde, seine Geschichte zu teilen, bevor er irgendeinen Blödsinn –

»Meret!« Fleur kam auf sie zu, die Arme ausgebreitet, so weit es in der Menge ging. Ihr rot gefärbtes Haar leuchtete selbst im Grau des Vormittages.

»Ich wusste gar nicht, dass du kommen …« Die restlichen Worte erstickte die Umarmung.

Fleur trat einen Schritt zurück, ließ aber nicht los. Ihre sonst so strahlenden Augen waren dunkel. »Meine Familie hatte zwar Glück, aber viele meiner Freunde und Kollegen nicht.«

»Wir werden für sie alle Gerechtigkeit bekommen.« Meret drückte Fleurs Hand.

»Mir würde es schon reichen, wenn von der Königin mehr als das Gelaber wegen mehr Sicherheit käme. Man kann doch sein eigenes Volk nicht einfach so ignorieren. Dabei brüsten sich die hohen Herrschaften sonst immer mit ihrer guten Erziehung und ach so wichtigen Etikette.« Fleur spuckte aus. »Aber lass dich nicht von mir aufhalten, du wirst sicher woanders gebraucht.«

»Und wir laufen uns bestimmt noch ein paar Mal über den Weg.« Meret schenkte Fleur eines ihrer seltenen echten Lächeln und sah sich nach Emilian um, aber er war nirgends mehr zu sehen. Dafür entdeckte sie Derk, der mit hochgeklapptem Mantelkragen am Rand des abgedeckten Springbrunnens stand und ihr zuwinkte.

Meret ging zu ihm. »Hallo Derk.«

»Ich sehe schon, du willst alle Menschen hier persönlich begrüßen.«

Sie spürte, wie ihre Mundwinkel zuckten. »Das ist mein Dank an jeden von ihnen, dass er gekommen ist und uns unterstützt.« Sie ließ ihren Blick schweifen. »Auch wenn ich keine Unmengen erwartet habe, es sind trotzdem so wenige …«

»Ein paar werden sicher noch kommen. Der Volksküchenverein von Rothentor hat mir zum Beispiel noch zugesagt.«

»Ich dachte, das sind nur vier oder fünf Leute.«

Derk grinste. »Erzählst du mir nicht immer, dass jeder Anwesende und jede Stimme zählt?«

»Ja schon, aber …« Sie zuckte mit den Schultern. »Der Unmut der Bevölkerung ist beinahe greifbar, wenn man durch die Straßen geht und mit den Leuten redet. Jeder Einzelne von ihnen hat jemanden in dem Feuer verloren. Warum kommen sie nicht?«

»Vielleicht glauben sie nicht, dass noch irgendwas passiert, nachdem Königin Katriena nur ihre Ankündigung wegen mehr Sicherheitsvorkehrungen gemacht hat.«

»Aber deswegen dürfen wir erst recht nicht aufgeben! Wir müssen zeigen, dass wir da sind und dass uns dieses Schweigen nicht passt.«

»Ja, irgendwann muss sie antworten.« Doch in seinen Augen stand etwas anderes.

Meret berührte kurz seinen Arm. »Sie wird es, Derk, das wirst du sehen.«

»Ah, dein unerschütterlicher Glaube an das Gute im Menschen. Wie Sander.«

»Ist der eigentlich schon hier? Ich habe ihn noch gar nicht gesehen.«

»Ich auch nicht, aber der wollte noch ein paar Gefallen einfordern. Ein paar Minuten hat er ja noch.«

Meret nickte und hielt nach Sander Ausschau, doch die Menge um sie herum versperrte die Sicht. Sie lehnte ihr Schild gegen den Rand des Brunnens und kletterte, die Röcke gerafft, kurzerhand auf den schmalen Rand, den die Holzabdeckung frei ließ. Auf dem Platz standen und plauderten Männer und Frauen, Alte und Kinder, Arbeiter und Obdachlose. Zwischen ihnen ragten Schilder und Banner in den grauen Himmel.

»Siehst du ihn?«, fragte Derk von unten.

Sie schüttelte den Kopf und setzte ihr Lächeln hastig auf, als sie merkte, wie viele Leute zu ihr hochsahen. Sie erkannte Erwartung in den Gesichtern, Hoffnung und Wut. All das, was sie auch in ihrem Inneren spürte. Es wurde Zeit, dass Sophie, Janne und Godo Gerechtigkeit widerfuhr.

Die Uhr des blau schimmernden Metallturms auf dem Regierungspalast schlug zehn. Die Zeit, die auf den Flugblättern, Plakaten und im Tagblatt stand und die sie in Kantinen, Opiumhöhlen und Märkten bekannt gemacht hatten.

Sie suchte erneut die Menge ab, die zwar gewachsen war, auf dem riesigen Platz aber immer noch verloren wirkte. Links von sich entdeckte sie ihre Schwester mit Mann und dem Jüngsten, der beinahe in seinem Schal versank und der darauf bestanden hatte, ein eigenes kleines Schild zu basteln. Sie winkte ihnen zu und suchte noch mal nach Sander, doch sie entdeckte ihn nirgends.

Meret wollte gerade wieder vom Brunnen heruntersteigen, als sie Emilian sah. Dieser stand mit zwei Dutzend Männern und Frauen etwas abseits der Menge, direkt vor dem meterhohen Tor des Eisenzauns mit seinen vergoldeten Spitzen. In dem abgesperrten Hof zwischen dem alten Bau und den neuen Flügeln des Regierungspalasts stand bewegungslos die königliche Leibgarde.

Hastig raffte Meret die Röcke und kletterte vom Brunnenrand, während sie sich wünschte, Sander wäre schon hier. Er war der Richtige für so eine Situation, er fand immer die passenden Worte.

Derk trat mit einem aufmunternden Lächeln neben sie. »Du glaubst doch nicht etwa, dass Sander uns im Stich lässt?«

Meret schüttelte den Kopf. »Emilian plant was.«

Sein Lächeln erlosch. »Verdammter Idiot.«

»Kannst du bitte Lucie suchen gehen? Falls sie nicht eh schon mit drinhängt, möchte ich nicht, dass sie das mitbekommt.«

Auf sein Nicken hin nahm Meret ihr Schild auf und schob sich durch die Menge in Richtung Regierungspalast. Sie reduzierte die Begrüßungen und das Händeschütteln auf ein Minimum, doch sie kam nur langsam voran. Würde Emilian wirklich ihrer aller Hoffnung auf Gerechtigkeit aufs Spiel setzen? Sie wusste es nicht, aber sie wollte kein Risiko eingehen.

Durch Köpfe, Hüte, Schilder und Banner hindurch erhaschte sie einen Blick auf sein Gesicht. Janne hatte den gleichen Ausdruck gehabt, kurz bevor er etwas Dummes angestellt hatte.

Bitte nicht heute und nicht jetzt, flehte sie stumm.

Kälte fraß sich in die Finger, mit denen Meret ihr Schild umklammerte. Aber auch ihre Gedanken schienen wie gelähmt. Sie wusste nicht, wie sie diese Männer und Frauen mit ihrer beinahe spürbaren Entschlossenheit aufhalten sollte. Wenn nur Sander da wäre.

Einige von ihnen schoben ihre Hände in die Taschen, die – wie Meret jetzt auffiel – verdächtig ausgebeult waren.

Hastig umrundete sie eine Gruppe Schornsteinfeger und wich einem zotteligen Hund aus, bevor sie die letzten Meter in Richtung schmiedeeisernes Tor beinahe rannte.

»Emilian!«

Er drehte sich um, eine bekannte Mischung aus Trotz und schlechtem Gewissen auf seinem Gesicht.

Meret blieb vor ihm stehen und sah ihm fest in die Augen. »Was macht ihr da?«

»Nichts.« Er presste seine Lippen zusammen.

»Der verdammten Königin einen Denkzettel verpassen.« Ein Mann mit Schal vor dem Gesicht sah zu der Leibgarde im Innenhof, unter der Meret zwei Irrlichtkinder ausmachte. »Die Mörder sind in Ijsstedt unerwünscht.«

»Wir können nicht einfach Menschen verdächtigen, weil sie ihre Arbeit machen.« Sie schüttelte den Kopf. »Damit werden wir garantiert nichts erreichen.«

Emilian deutete wütend auf den Regierungspalast. »Ohne ein Zeichen, dass wir es ernst meinen, werden die aber auch nie reagieren!«

»Mit so einem Zeichen wird die einzige Reaktion aber sein, dass sie uns ins Gefängnis oder ins Arbeitshaus stecken. Damit ist niemandem und vor allem nicht unseren Familien, Kollegen oder Freunden geholfen.«

»Und diese Versammlung hier werden sie ignorieren!« Er spuckte aus. »Genau wie den Mord an viel zu vielen Unschuldigen.«

»Es war ein Unfall«, sagte sie mit mehr Überzeugung, als sie selbst spürte.

»Gut, dann war es ein Unfall. Aber ich wette, keiner von denen« – er deutete wieder auf den Palast – »hat Familie verloren, begraben unter dem Haus, das eben diese Lügner als sicher verkauft haben, weil es wichtiger war, die verfluchte Manufaktur wiederaufzubauen!« Tränen liefen über seine vor Kälte geröteten Wangen. »Wir sind ihnen scheißegal, solange sie ihr Irrlicht –«

Meret ließ das Schild fallen, trat einen Schritt vor und zog ihn in die Arme.

Emilian schluchzte auf.

Sie sah an ihm vorbei zu den Männer und Frauen, deren wilde Entschlossenheit Unschlüssigkeit gewichen war. »Wollt ihr, dass noch mehr Menschen ihre Ehegatten, Väter,

Mütter und Freunde verlieren? Wollt ihr wirklich, dass eure Familien heute vergeblich auf die Rückkehr ihrer Liebsten warten?«

»Bei mir wartet niemand mehr«, murmelte eine Frau mit Schultern wie ein Schrank.

»Und deswegen bist du bereit, das Leben für andere, für die es eh schon schwer genug ist, praktisch unmöglich zu machen? Willst du das wirklich verantworten?«

Die Frau öffnete ihren Mund, schloss ihn dann aber wieder und schüttelte kaum merklich den Kopf. Betreten wandten sich neben ihr einige der anderen ab.

»Aber so wird doch nichts passieren!« Der Mann mit dem Schal vor dem Gesicht zeigte auf die Menge, die geduldig auf den Beginn wartete.

»Doch, früher oder später werden sie uns nicht mehr ignorieren können.« Meret strich über den bebenden Rücken von Emilian. »Wir sind viele, dadurch haben wir Macht.«

»Die haben die verfluchten Schatten.«

»Wir haben keine Gesetze gebrochen, und damit ist das einzige, was die Königin machen kann, uns zuzuhören.«

»Richtig«, erklang Sanders Stimme hinter ihr. »Wir sind und werden nie eine Bedrohung für sie sein.«

Emilian drückte sich von Meret ab und wischte sich mit dem Ärmel über Augen und Nase. »Und was machen wir, wenn eben doch nichts passiert?«

»Du wirst sehen, es wird was passieren.«

Mit einem letzten Blick auf Emilian drehte sich Meret um. Hinter Sander sah sie nicht nur Derk und Lucie, sondern so viele Menschen, dass sie nun fast den kompletten Platz füllten.

»Woher …« Sie schüttelte den Kopf. Es waren so viele!

Er grinste. »Ein bisschen Überzeugungskraft hier und dort und der eine oder andere Gefallen.«

Die Menschen kamen näher und umschlossen sie. Erwartungsvolle Blicke ruhten auf Sander, aber auch auf Meret, Derk und Lucie.

»Dann wollen wir mal.« Sander ging direkt zu dem schmiedeeisernen Tor, wo er seine Tasche absetzte und einen metallenen Trichter hervorzog.

Gelächter und Stimmen klangen zu einem Gemurmel ab, und die Menge rückte näher ran und enger zusammen.

Hastig hob Meret ihr Schild auf und reckte es in die Höhe, um es kurzerhand Emilian in die Hand zu drücken, der sie verwirrt ansah.

»Wenn du Gerechtigkeit willst, musst du alles dafür geben, gesehen und gehört zu werden.«

Er nickte und seine Lippen formten stumm ein Wort, das ein Danke hätte sein können.

Vor dem Tor stieg Sander auf eine Kiste, die ihm Derk hingestellt hatte. Wie immer strahlte er eine Zuversicht aus, die Meret bis in den letzten Winkel ihres Körpers mit Hoffnung erfüllte. Heute würden sie es schaffen. Heute bekamen sie ihre Gerechtigkeit!

»Es ist schön, dass so viele unserem Ruf gefolgt sind.« Sanders Stimme klang blechern, hallte aber im Hof des Regierungspalastes wider. »Wir haben uns heute hier versammelt, damit man uns und unseren Wunsch nach Gerechtigkeit hört.«

Meret pflichtete ihm aus voller Kehle bei, wie unzählige andere Männer, Frauen und Kinder. Um sie herum reckten sich Schilder und Fäuste in die Luft, Stoffbanner entrollten sich mit den ersten Schneeflocken.

»Wir fordern von Königin Katriena, dass wir Gerechtigkeit für unsere Familien, Freunde und Kollegen bekommen. Für die vernichteten Unterkünfte und Arbeitsplätze. Für unsere hungernden Kinder.« Er machte eine Pause, in der man fast eine

Stecknadel hätte fallen hören können. »Denn was ist bisher passiert? Nur mehr Schutz für das Irrlicht!«

Voller Überzeugung stimmten Meret und die Menge Buhrufe an.

»Aber so kann es nicht weitergehen. Auch wir sind ein Teil von Ijsstedt. Nein, wir sind Ijsstedt!«

»Wir sind Ijsstedt!«

»Und was wollen wir?«

»Gerechtigkeit!« Ihre gemeinsame Stimmmacht erfüllte den Platz.

»Und eher werden wir nicht gehen!« Sander reckte seinen Metalltrichter in die Höhe.

»Gerechtigkeit!«

Die gedämpften Rufe nach Gerechtigkeit füllten die Stille des Thronsaals, doch außer Kass war niemand zugegen, der sie hätte hören können. Mit leisen Schritten eilte er über den weißen Marmor, der im Dämmerlicht hier drinnen schimmerte und dem Raum etwas Geisterhaftes gab.

Die Stimmen von draußen verloren sich, als er die ebenso stillen Vorräume mit ihren Wandteppichen, Lüstern und schweren Möbeln durchquerte. Sie waren endgültig verstummt, als er an den starren Herrschaften in ihren goldenen Rahmen vorbeiging. Aber es hätte diese sowieso nicht interessiert. Weder jetzt noch zu Lebzeiten.

Kass trat hinaus auf den Gang, an dessen Ende zwei der königlichen Leibwächter standen. Ihr Leuchten war zwar nicht so stark wie seines, aber einige hatten echt hässliche Fähigkeiten. Auch wenn diese Irrlichtkinder sich zu gut waren, mit Doriens verrufener Einheit zu trainieren, hatte Kass sie hin und wieder bei ihren Übungen beobachtet. Es war immer gut, einen potenziellen Gegner zu kennen.

Jeden Schritt bedächtig gesetzt ging er auf die beiden zu. Kass wusste, dass diesen Männern und Frauen nichts entging, aber er hatte einen entscheidenden Vorteil: Sie rechneten nicht mit ihm.

Kass hielt den Atem an, als er zwischen ihnen hindurchging. Der wache Blick der beiden Leibwächter flackerte nicht einen Moment. Nach vielen Jahren versuchter Unsichtbarkeit hatte man diese als unmöglich abgetan. Dabei bestand der Trick lediglich darin, dass man das Licht ablenkte, anstatt sich verschwinden zu lassen. Und der Schleier half sogar gegen das verräterische Irrlicht in seinem Körper, welches sonst von anderen Irrlichtkindern gespürt wurde.

Erst ein ganzes Stückchen weiter erlaubte er sich, wieder Luft zu holen und seine Schritte zu beschleunigen. Auch wenn er es als recht klein einschätzte, blieb das Risiko, entdeckt zu werden. Er hoffte, dass es in diesem Fall nicht auf alle Irrlichtkinder zurückfiel – doch dazu hatten Leute wie Odenvall dann sicher zu viel Paranoia vor weiteren verschwiegenen Fähigkeiten.

Zwischen zwei weiteren Leibwächtern und unter einem meterdicken Torbogen hindurch wechselte Kass von dem modernen Flügel des Regierungspalastes in die jahrhundertealte Burg. Auch wenn er die Demonstration draußen schon eine ganze Weile nicht mehr hörte, so hatte er hier zwischen den massiven Mauern das Gefühl, endgültig von der Außenwelt abgeschnitten zu sein.

Von dem Empfangsraum mit den überdimensionalen Gemälden irgendwelcher vergangenen Ruhmestaten schritt Kass die breite Treppe hinunter in den Kleinen Saal, der dank der Stufen und der dunkelroten Vorhänge etwas von einem Theater hatte. Was durchaus passend war.

Da er anscheinend der Erste war, ging Kass hinüber zu der mit Schnitzereien verzierten Flügeltür und legte das Ohr an das Holz. Wie zu erwarten: Stille. Aber im Theater kam man nicht zu spät, wenn man die ganze Vorstellung genießen wollte.

Kass schlenderte zu einem der mit Samt gepolsterten Sessel, der nicht im vollen Schein der Irrlichtlampen, aber nah genug am Eingang zum Ratssaal stand. Kein Zeitpunkt war besser, um hinter die Maske des Rats zu blicken, als die paar Minuten vor der Sitzung. Zuweilen standen die Herren ihren Damen im Klatschen in nichts nach.

Sein Blick wanderte zu der Lampe an der Wand gegenüber. Um die Flamme lag eine Aura der Leere, wo das Irrlichtfeuer auch das Gas verbrannte, das sonst immer in der Luft lag – mal mehr, mal weniger, doch immer in so geringen Maßen, dass es für Kass und andere Irrlichtkinder nicht nutzbar war.

Außer …

Er jagte etwas von seinem Irrlicht durch den Raum, nutzte den Hauch Gas als Träger und ließ für einen Sekundenbruchteil das Irrlichtfeuer aufflammen. Irgendwann würde er vielleicht auch diese kaum spürbaren Mengen Gas direkt beherrschen, denn sein Feingefühl war über die Jahre immer besser geworden.

Kass lehnte sich in dem Stuhl zurück. Vielleicht käme vorher auch einer von ihnen endgültig hinter die Geheimnisse der Irrlichtmagie. So lange würde es spannend bleiben, auf welche Art sich das Irrlicht beeinflussen, formen und nutzen ließ.

Herzog Keyserlingk, vielleicht die mächtigste Person Ijsstedts, war wie immer der Erste. Die Hände hinter dem Rücken verschränkt schlenderte er durch den Kleinen Saal, während ihm sichtbar Dinge durch den Kopf gingen. Ob er manchmal daran dachte, dass er nicht der Wohltäter war, den er gern gab, sondern dass er damals die Straßenkinder und Waisen überhaupt erst in der Irrlichtmanufaktur eingesetzt hatte?

Und mich zu einem Gefangenen machte.

Kass ballte die Hände. Die Narben spannten und die Metallsplitter drückten sich tiefer ins Fleisch. Auch wenn der Käfig golden war, er sich keine Sorgen über die nächste Mahlzeit oder ein Dach über dem Kopf zu machen brauchte, so bestimmten Leute wie Keyserlingk sein Leben.

Kurze Zeit später hallten Stimmen heran und Odenvall sowie Winterberg-Martinek kamen die Treppe hinab.

»… und das Feuer hat gezeigt, wie gefährlich sie werden können.« Odenvalls Gesicht war gerötet. »Das können wir doch nicht einfach unter den Teppich kehren!«

Volltreffer.

»Sehen Sie doch nicht zu schwarz, Baron.« Winterberg-Martinek schüttelte den Kopf. »Wir hatten auch schon vor den Irrlichtkindern den einen oder anderen Unfall.«

Die beiden erreichten das Ende der Treppe, wo Keyserlingk wartete.

»Baron Odenvall, Graf Winterberg-Martinek.« Er nickte ihnen zu. »Ich möchte Sie daran erinnern, dass wir uns letzte Woche geeinigt hatten, dass die derzeitigen Kontrollen und Vorsichtsmaßnahmen bezüglich der Irrlichtkinder ausreichen.«

»Da hatten wir noch nicht die Protokolle vorliegen. Ein Mitglied aus Doriens Einheit war für eine ganze Woche verschwunden! Wäre er untergetaucht, hätten wir das viel zu spät gemerkt.«

Wenn das so einfach wäre, dann wäre ich schon lange weg.

»Lieber Baron, wir haben bisher jedes flüchtige Irrlichtkind aufspüren können«, erwiderte Winterberg-Martinek. »Ich sehe nicht, warum das in Zukunft ein Problem darstellen sollte.«

Und genau deswegen entkommt man nur, wenn man tot ist.

»Aber es spricht auch nichts gegen mehr Kontrollen.« Odenvall streckte seinen Ziegenbart herausfordernd vor.

Das waren Momente, in denen Kass das Bedürfnis hatte, Odenvall in seinem schicken Palast zu besuchen und ihn für immer zum Schweigen zu bringen. Doch er wollte das Ende für die Irrlichtkinder nicht durch eine Tat, deren Folgen einfach nicht abschätzbar waren, vorzeitig heraufbeschwören. Er brauchte die Zeit.

»Kontrollieren wir sie nicht schon ausreichend?«, fragte Winterberg-Martinek. »Sie würden doch sicher protestieren, wenn Sie sich alle zwei Wochen untersuchen lassen müssten und jede Ihrer Bewegungen protokolliert würde.«

Odenvall öffnete den Mund, doch Keyserlingk schnitt ihm mit einer Geste das Wort ab.

»Wir brauchen die Irrlichtkinder auf unserer Seite, Baron. Ohne sie würde das lächerliche Parlament wieder die frühere Macht bekommen und sich unrechtmäßig am Irrlicht bereichern. Das schadet uns allen.«

Es war immerhin beruhigend, dass man in den Irrlichtkindern noch Nutzen sah. Aber irgendwann würden die Herrschaften die Bedrohung erkennen, die ein Haufen Straßenkinder mit beachtlichen Fähigkeiten durchaus werden konnte. Bis dahin musste er einen Ausweg finden. Nicht unbedingt für sich, denn er würde dank des Irrlichtschleiers untertauchen können, aber für Hisa.

»Wir sollten trotzdem nie vergessen, dass sie keine von uns –«

Schritte näherten sich, und Dorien betrat den Kleinen Saal über die Seitentür. Er blieb mit respektvollem Abstand stehen und salutierte.

Und damit ist der interessante Teil zu Ende.

Keyserlingk nickte ihm zu. »Wir hatten gerade darüber gesprochen, welch gute Arbeit Sie und Ihre Einheit leisten.«

Kass hätte am liebsten gelacht.

Odenvalls rotes Gesicht hatte jegliche Farbe verloren, und er machte ein paar beiläufige Schritte von Dorien weg, wobei er beinahe mit Gronenhagen zusammenstieß, der die Treppe herunterstürmte.

»Guten Tag, die Herrschaften. Verzeihen Sie meine Verspätung, aber dieser krakeelende Pöbel hat ein Durchkommen fast unmöglich gemacht.«

Die Königin schritt mit dem Rascheln unzähliger Lagen Seidenstoff heran. Auch wenn die Haltung stolz und das spitze Kinn leicht angehoben war, schien die wuchtige Krone die zierliche Gestalt zu erdrücken.

Wie praktisch, dass die Jüngste die Krankheit überlebt hat, die vor ein paar Jahren in der königlichen Familie grassierte.

Hinter ihr folgte der Hauptmann der Leibgarde, dessen Leuchten Kass Konkurrenz machte. Doriens Vorbild und der loyalste Hund in ganz Ijsstedt – aber selbst das wollte Odenvall nicht wahrhaben.

»Ihre Majestät.« Die vier Herren des Rats verbeugten sich galant, während Dorien erneut salutierte.

Königin Katriena schritt auf die Flügeltür zu, der Rest blieb hinter ihr. »Haben die neuen Sicherheitsmaßnahmen an den Irrlichtmanufakturen schon Erfolg gezeigt, Herzog Keyserlingk?«

»Wir haben seit dem Bau der neuen Zäune und der Wachverstärkungen keine Einbruchversuche festgestellt.«

»Ich möchte, dass Sie das entsprechend bekannt machen, damit das Volk sich wieder beruhigt und die Lage sich –«

Die Tür fiel hinter dem Rat ins Schloss, und Kass blieb allein im Kleinen Saal zurück. Solange man nur das Volk falsch einschätzte und nicht die Irrlichtkinder, blieb ihm Zeit, einen Ausweg zu finden. Mit seiner und Hisas Rettung war es nicht getan. Sie würde die anderen nicht im Stich lassen.

Das Poltern der Kohlenschütte, die regelmäßig gegen die Holzstufen schlug, begleitete Alba hinauf in den fünften Stock, wo sie den halbvollen Behälter kurzerhand über den Boden zu ihrer Werkstatt zog. Sie schloss auf und hob die Kohlen über die Schwelle, dann schloss sie die Tür hinter sich.

Die Krähe blinzelte träge von dem Stapel Bücher herab, den die letzten Krümel der Pastete umgaben.

Alba atmete ein paar Mal tief durch, schlurfte zu ihrem Mantel und zog das braune Glasfläschchen hervor. Ein Schluck und weitere Atemzüge später verschwand das Ziehen in ihrem Arm genauso wie das Zittern in den Beinen. So konnte sie sich an die Arbeit machen.

Aus der Kiste unter dem Tisch zog Alba eine alte Zeitung, die sie mit zum Kanonenofen nahm. Sie öffnete die untere Klappe und schob das zerknüllte Papier sowie einige Handvoll Reisig hinein. Neue Kratzer hinterlassend zog sie die Kohlenschütte über die Dielen und schaufelte einen Teil der schwarzen Eier in den Ofen, bevor sie das Feuer entzündete.

Alba wischte sich die Hände an der Hose ab und beobachtete die Flammen, die sich gierig in Papier und Holz fraßen. Dann schloss sie die Klappe. Bis der Ofen ausreichend warm für die Infusionierung war, würde sie den Rest vorbereiten.

»Weißt du, so kalt und grau der Winter auch ist, ich will nicht, dass der Frühling kommt.« Sie entzündete eine zweite Öllampe, obwohl draußen hinter dem Nebel seit einer guten Stunde die Sonne aufgegangen sein musste. »Dann wird es wieder schwerer, längere Zeit ungestört scheinbar auf dem Zimmer zu bleiben, denn das ach so kranke Fräulein muss regelmäßig raus an die frische Luft.«

Sie ging zur Wand und schob die Schwingen zusammen, bevor sie diese von der Halterung nahm. Auf dem Boden breitete sie die Konstruktion mit ihren Eisenstreben und Leinenstoff wieder aus. Aus dem Werkzeugkasten unter dem Tisch kramte sie einen Schraubenschlüssel hervor und ließ sich auf die Knie nieder.

»Dann wird keine Zeit zum Fliegen bleiben. Das ist dann wie in der Zeit, als ich deine Flügel binden musste. Wie das wohl für dich war, nicht mehr fliegen zu können?«

Die Krähe hüpfte mit einem kurzen Flügelschlag, der das fettige Pergamentpapier zu Boden warf, auf den Hocker, wo sie mit schief gelegtem Kopf sitzen blieb.

Alba setzte den Schraubenschlüssel an und wollte die Halterung der Streben lösen, doch auch wenn sie das Schwächegefühl in ihren Armen nicht mehr spürte, war es noch da. Sie versuchte es mit der linken Hand, aber mit der hatte sie statt der Kohlenschütte das Geländer umklammert.

»Und dann überleg ich mir wirklich, wie es wäre, hier zu wohnen«, murmelte sie, während sie den Schraubenschlüssel ein weiteres Mal ansetzte. Aber ihr Arm weigerte sich, das Gewinde zu lösen, das sie sorgfältig festgezogen hatte, als sie Kraft gehabt hatte.

Scheppernd fiel der Schraubenschlüssel zu Boden, was die Krähe zu einem kleinen Hüpfer veranlasste.

Alba sank zusammen und vergrub ihre kraftlosen Arme zwischen den Beinen. Sie wusste nicht, ob sie weinen oder lachen sollte. Um den Fesseln ihres Körpers zu entfliehen, brauchte sie diesen – aber er ließ sie im Stich. Er tat dies schon ihr Leben lang, aber jetzt lief ihr die Zeit davon. Sie musste endlich fertig werden – koste es, was es wolle.

Als sie wieder nach dem Schraubenschlüssel griff, sah sie in die intelligenten Augen der Krähe. Diese schienen Alba geradewegs in die Seele zu blicken.

Dann warf sich der Vogel in die Luft und flatterte zum geschlossenen Fenster.

»Schon genug von meiner jämmerlichen Darbietung? Oder war es zu wenig Pastete?«

Die Krähe trippelte auf dem hölzernen Fensterbrett hin und her.

Alba zog sich am Tisch in die Höhe und öffnete das Fenster, wodurch sofort die Kälte hereinsickerte. Eisige Finger krochen unter Albas Kleidung und ließen ihren Atem gefrieren.

Der Vogel hopste hinaus auf den Sims, bevor er in die Tiefe sprang und erst kurz über den Passanten seine Flügel entfaltete. Eine kurze Kehrtwende, dann schoss die Krähe durch die neblige Straßenschlucht und als Schemen um die Hausecke.

Hastig schloss Alba das Fenster und rieb sich über die Oberarme, dann ließ sie sich wieder neben den Schwingen auf den Boden sinken. Mit den Knien hielt sie das Rohr am Platz, während sie mit beiden Händen an dem Schraubenschlüssel abwechselnd zog und drückte.

Als das Werkzeug ihr erneut aus den Händen fiel, klebten Albas Kleider am Rücken. Sie schüttelte ihre verkrampften Finger, was sie das Gleichgewicht verlieren ließ. Sie fand sich auf dem Rücken wieder, den nassen Stoff kalt auf ihrer Haut. Vielleicht hatte sie die letzten Tage zu viel von ihrem Körper gefordert. Vielleicht hätte sie sich einfach ein bisschen Ruhe gönnen sollen, auch wenn ihr die Zeit zwischen den Fingern zu zerrinnen schien. Aber mit neuer Kraft käme sie wiederum schneller voran …

Alba rollte sich zur Seite und griff nach dem Hocker, mit dessen Hilfe sie sich in die Höhe zog. Sie löschte die zwei Öllampen und schlurfte hinüber zum Ofen, der eine angenehme Hitze abstrahlte. Kurzerhand sperrte sie die Luftzufuhr und versuchte, nicht an die Arbeit zu denken, die das Ausräumen beim nächsten Mal machen würde.

Mit zitternden Fingern schloss sie die Truhe, als ihr die Armbrust auf dem Tisch einfiel. Doch sie wollte nur noch nach Hause. Wenn es nur nicht so weit wäre … Nein, sie durfte nicht an den Heimweg denken, sondern immer nur an das nächste kleine Stück, nur an den nächsten Schritt. Wenigstens funktionierten ihre Beine noch einigermaßen.

Alba ging zu dem einladend aussehenden Stuhl und griff nach ihrem Mantel, den sie erst nach mehreren Versuchen anbekam. Auch wenn sie sich weniger Arbeit und mehr Ruhe schwor, wusste sie, dass sie dieses nur einhalten würde, so lange ihr Körper streikte.

Sie verließ die Werkstatt und fummelte den Schlüssel hervor, der ihr prompt aus den kraftlosen Fingern fiel. Die Hand um die Klinke geklammert hob sie ihn auf, zog sich wieder in die Höhe und schloss ab.

Mit wenigen Schritten war sie beim Treppenabsatz und nahm eine ausgetretene Stufe nach der anderen. Nach einem halben Stockwerk wollte sie nach dem Geländer greifen, doch ihr Arm gehorchte ihr nicht. Stattdessen erinnerte sie das Ziehen in der Schulter an das Gewicht der Kohlenschütte, die sie vor nicht einmal einer Stunde hier hochgeschleppt hatte. Aber sie konnte gerade genug Geld für die Werkstatt abzweigen, nicht auch noch für einen Dienstboten.

Alba wechselte die Treppenseite, wo sie sich mit Arm und Schulter an der Wand abstützte, da die Finger der Rechten immer noch verkrampft vom Schraubenschlüssel waren. Aber der Rest des Gefühls von Leichtigkeit versprach, dass all die Strapazen es mehr als wert waren.

Im vierten Stock unterbrachen Türen und zwei Gänge die Wand, und langsam setzte sie einen Fuß vor den anderen – bis das altbekannte Kribbeln in ihre Waden stieg. Mit ihm kamen die Zweifel, ob sie es diesmal bis nach Hause schaffte. Vielleicht sollte sie ausnahmsweise doch eine Droschke nehmen. Irgendwie würde sie das Geld wieder reinbekommen. Aber dafür musste sie erst einmal bis hinaus kommen.

Alba lehnte sich gegen die fleckige Wand vor dem nächsten Treppenabsatz und tastete mit steifen Fingern nach der Manteltasche, bis sie das Glasfläschchen spürte. Ein kleiner Schluck, und Schmerzen und Zweifel würden schwinden. Einerseits hatte sie erst vor kurzem etwas von der Medizin genommen, und der Doktor hatte sie davor gewarnt, es zu übertreiben. Auf der anderen Seite war sie seit Wochen schon über seinen Empfehlungen und es hatte ihr nicht –

Durch das Geländer hindurch sah sie eine Bewegung kein Stockwerk unter sich. Erst dann fielen ihr die kaum hörbaren Schritte auf, nicht das sonstige Gepolter von genagelten Sohlen auf Holz.

Alba steckte beide Hände in die Taschen und drückte sich von der Wand ab, auch wenn es sie viel Kraft kostete. Ihre Finger berührten das kühle Metall des Schlagrings, doch sie hatte nicht einmal den Schlüssel halten können.

Die Schultern nach vorn gesackt und den Blick auf die ausgetretenen Stufen gesenkt konzentrierte sie sich auf jeden ihrer Schritte, die ohne Stütze viel wackliger waren. Aber wenn sie unten … wenn sie an dem anderen vorbei war, dann konnte sie einen kleinen Schluck nehmen.

Beine in einer ausgebeulten Hose, über deren Bund das Hemd hing, kamen ins Sichtfeld. Vielleicht der Dürre aus dem vierten Stock, dessen Alkoholproblem selbst Alba bemerkt hatte.

»Entschuldigung, ich hätte eine Frage.« Die leise Stimme gehörte nicht dem Säufer, der dem Treppenhaus regelmäßig seine Geschichten mitteilte.

Alba blieb stehen. Nicht nur, dass sie in ihrer Verfassung keinen Ärger riskieren wollte, sondern auch, weil sich Unhöflichkeiten nie auszahlten. Kleine Gefälligkeiten dagegen schon eher.

Wie beiläufig lehnte sie sich an die Wand, bevor sie auf und in ein ihr gänzlich unbekanntes Gesicht mit feinen Zügen sah. Die im Zwielicht des Treppenhauses schwarzen Mandelaugen blickten Alba offen an, und forderten sie heraus, nach den dunklen Geheimnissen zu suchen, die jeder Mensch hatte.

Das Kribbeln in den Oberschenkeln erinnerte Alba an den weiten Weg, der zwischen ihr und ihrem weichen Bett lag. »Ja?«

»Ich … ich suche eine Krähe.«

Alba setzte einen leicht dümmlichen Gesichtsausdruck auf. »In einem Haus?«

Er nickte. »Ich hab meine Krähe gestern und heute hierherverfolgt, weil sie in letzter Zeit so oft verschwunden ist.«

Damit bestätigte er, was sie die letzten zwei Wochen erfolgreich verdrängt hatte, um sich dem Traum hinzugeben, dass ein freies Geschöpf des Himmels ihre Gesellschaft genoss.

»Du hast eine Krähe als Haustier«, sprach sie das Offensichtliche aus. Der Vorteil einer gespielten Einfältigkeit war, dass man sich immer Zeit mit den Antworten lassen konnte. Zeit, die sie gerade dringend brauchte und die vermutlich trotzdem nicht reichen würde.

Er zuckte mit den Schultern. »Das ist doch auch nichts anderes als ein Spatz oder ein Rotkehlchen.«

Das Ziehen in Albas linker Schulter kroch bereits bis in den Ellbogen. Sie wollte ihm nicht von der Krähe erzählen, da sie dann oben in der Werkstatt immer noch ihre Krähe bleiben würde. Aber sie verstand seine Sorgen, die sie selbst schon gehabt hatte, wenn der Vogel seine täglichen Leckerbissen nicht abholen gekommen war.

Plötzlich erhellte sich sein Gesicht. »Du weißt etwas.«

Alba starrte ihn an. Nicht nur, weil es zu einem Idioten passte, sondern weil sie wusste, dass sie sich nicht verraten hatte. Vielleicht hatte er auch nur ein sehr feines Gespür, was wirklich rar war. So oder so musste sie sich nun entscheiden.

Erwartungsvoll sah er sie mit großen Mandelaugen an. Er wirkte so jung. Seine Offenheit und Jugendlichkeit erinnerte sie an Fiene, sodass es ihr schwer fiel, ihm direkt ins Gesicht zu lügen. Sie beschloss, ihm einen Teil der Wahrheit zu sagen.

»Ich füttere die Krähe manchmal am Fenster.«

»Ah, da kommt er natürlich gerne hierher.«

»Er?«

Ihr Gegenüber nickte.

»Und wie heißt er?« Mit dieser einen Frage, die sie ihrer Neugier erlaubte, brachte Alba ihn aus dem Gleichgewicht – und stand für einen Herzschlag einem anderen Menschen gegenüber.

Ihre schwachen Finger schlossen sich automatisch um den Schlagring in der Tasche. Ihr Gegenüber hatte nichts mehr mit dem Wesen ihrer Schwester gemein. Vielmehr spürte Alba den Hinweis auf etwas Taxierendes, schon fast Kaltes.

»Corvin heißt er.« Mit einem Grinsen stand wieder der junge Mann vor ihr, auch wenn Alba sein Alter nun mindestens ein Jahrzehnt höher einschätzte.

Der Name gefiel ihr, doch Alba wollte nur noch weg von ihrem Gegenüber. Auch wenn er im Vergleich zu normalen Menschen schlank war, so hätte sie in einer Auseinandersetzung keine Chance. Wie immer dank ihres verdammten, schwachen Körpers.

Er legte den Kopf schief. »Danke, ich mach mich mal wieder auf den Weg.« Ohne ihre Verabschiedung abzuwarten, wandte er sich um und stieg die Stufen hinab. Erst jetzt fiel ihr auf, dass er barfuß war.

Mit zitternden Knien sank sie gegen die Wand. Sie wusste nicht, ob die Wahrheit ein Fehler gewesen war. Noch wusste sie … Er hatte ihr nicht seinen Namen genannt. Aber er kannte auch nicht ihren. Doch Hester würde ihm das bereitwillig erzählen.

Alba drückte sich gerade so weit ab, dass sie mit der Schulter an der Wand abgestützt die Treppe hinuntersteigen konnte. Ihre Gedanken, Konzentration und Kraft galten nun nur noch einer Stufe nach der anderen.

»… und in unsrer Straße is' jetzt auch noch einer aufgetaucht. Belästigt uns und unsre Kinder.« Der Mann mit der Halbglatze sah hoffnungsvoll auf.

»Ich werden jemanden schicken, der sich darum kümmert.« So freundlich Karels Worte auch klangen, der Ärger in ihm wuchs. Nicht nur auf die Pfaffen, die seit dem Feuer wie Ratten aus den Löchern krochen und genauso schwer loszuwerden waren, sondern auch auf Rafael, dessen Aufgabe die Beseitigung dieses Problems war.

Der Mann und seine Frau verbeugten sich ungelenk. »Vielen Dank, Herr Graf. Wir sind Ihnen wie immer höchst dankbar.«

Karel entließ die beiden mit einem Nicken.

Der Mann mit der Halbglatze und seine Frau wandten sich zum Gehen, und Karel sah das Ich-hab-es-dir-doch-gesagt auf ihrem Gesicht. Er unterdrückte ein Schmunzeln, während die beiden den Saal verließen, der wie der Rest des Fachwerkhauses seine öffentliche Residenz war.

Als das Schloss einrastete, sah Karel zu Rafael, der auf der rechten Seite zwischen zwei der bunt verglasten Fenster regungslos verharrte. Doch so vorbildlich die Haltung auch war, verriet sein Blick, der ins Nichts ging, dass er weder seine derzeitige Funktion als Leibwächter noch die des Stellvertreters wahrnahm. Hinzu kamen die Pfaffen, die entgegen Karels Befehlen ungehindert ihren Hass in Rothentor verbreiteten.

Kurz erwog Karel, seinen Sohn zurechtzuweisen, doch außer Grada, die mit wachem Blick an der linken Wand stand, befanden sich an der Tür zwei weitere seiner Männer. Je weniger von Rafaels – und damit auch Karels – Unfähigkeit mitbekamen, desto besser.

Die Doppelflügel der Tür schwangen erneut auf.

Karel stützte sich auf die gepolsterte Armlehne des hochlehnigen Holzstuhls, um seine Hüfte zu entlasten. Mit dieser scheinbar entspannten Haltung konnte er den Großteil seiner Leute und auch sein Volk täuschen. Wenn es jetzt noch bei Jante oder Grada funktionieren würde …

Hendriks, dessen Lieferung seit fünf Tagen überfällig war, betrat den Saal. Allein der gesenkte Kopf und die Finger, die eine Mütze zerknüllten, erübrigten jegliche Frage.

Karel sah dem Mann entgegen, das Kinn auf die Hand gestützt. »Du enttäuschst mich, Hendriks.«

Die Schritte des Mannes wurden langsamer, bis er mit mehreren Metern Abstand vor der niedrigen Empore stehen blieb. »Ich …« Er starrte hilflos vor sich hin.

»Ich hatte mein Wort gehalten.« Karel ließ seinen Ärger in der Stimme mitschwingen. »Aber du bist immer noch in der Schuld.«

Hendriks nickte heftig. »Das habe ich garantiert nicht vergessen, Graf, aber es gab Komplikationen. Wegen dem Feuer. Ein Angestellter hat gekündigt und … und die Rohstoffpreise sind so in die Höhe gestiegen. Ich … noch ein kleiner Kredit, dann schaff ich es auch. Versprochen.«

Karel zog seine Brauen hoch. »Du hast einmal dein Wort gebrochen und willst mir nun weismachen, dass du es diesmal hältst?«

Der Mann lief trotz seiner gegerbten Haut rot an, sein Mund öffnete und schloss sich wie bei einem Fisch kurz vor dem Krepieren.

»Ich möchte meine Lieferung in einer Woche. Komplett. Sonst lasse ich deine Werkstatt pfänden.«

Hendriks schluckte sichtlich, dann nickte er. Die Mütze zwischen seinen verkrampften Fingern zusammengeknüllt, drehte er sich um und schlurfte in Richtung Tür.

Karel sah ihm hinterher. Ein fähiger Messerschmied, aber leider geschäftlich wie auch organisatorisch die größte Niete. Er konnte für Hendricks nur hoffen, dass dieser die Bestellung lieferte. Und Karel würde entscheiden müssen, ob er seine Aufträge weiter an jemanden vergab, der nicht mal sein Wort halten konnte.

Kaum war die Tür hinter dem Mann zugefallen, veränderte Karel wie beiläufig die Sitzposition. Aber das Ziehen in seiner verdammten Hüfte wollte heute einfach nicht nachlassen, was den Genuss der Audienzen spürbar schmälerte.

Die hölzernen Flügel öffneten sich erneut, und Nelie betrat den Saal. Das Mädchen mit den Sommersprossen stapfte auf Karel zu, das Gesicht finster. »Ich will mich beschweren, Graf.«

Karel schenkte ihr ein Lächeln. »Auch dir einen guten Tag, junge Dame.«

»Unwichtig.« Sie zog eine kurze Grimasse. »Piet will mal wieder die Ziegelhofstraße übernehmen. Dabei sind die Grenzen klar festgelegt.«

»Vor einem halben Jahr von mir, ja.«

»Dann müssen Sie sich drum kümmern.« Nelie zog die Nase hoch. »Sonst kommen ab nächster Woche weniger Abgaben von uns.«

»Das werde ich, da kannst du dir sicher sein.« Der Bursche wollte sich wohl mal wieder beweisen. Aber indem er Abmachungen brach, erreichte er höchstens das Gegenteil. Vielleicht sollte Karel jemand anderen an die Spitze der Flussratten setzen.

»Danke, Graf.« Mit einem Grinsen stapfte sie davon. Er mochte das Mädchen, das sich mit Ellbogen und einer spitzen Zunge bei den Straßenkindern hochgearbeitet hatte und das ihn jedes Mal an Rafaels Kindheit erinnerte. Nur, dass der seine Kindheit immer noch nicht hinter sich gelassen zu haben schien.

Erneut verlagerte er sein Gewicht, doch das Zwicken in der Hüfte wurde nur stärker und zog nun auch in seinen Oberschenkel. Lautlos fluchte Karel, während er den Impuls unterdrückte, sein Bein zu reiben. Als ob sein nichtsnutziger Sohn gerade nicht reichen würde.

In dem Fachwerk direkt neben Grada öffnete sich eine Tür, die für ein unwissendes Auge nahezu unsichtbar war, und Jante trat in den Saal. »Nelie war für heute die Letzte.«

Karel atmete auf und entließ mit einem Nicken die beiden Männer an der Tür. Dann stemmte er sich mit einem Ächzen in die Höhe und bewegte vorsichtig seine Beine, bevor er von dem Podest stieg. Für den Moment verblasste das Zwicken zu einem dumpfen Pochen.

Jante blieb mit einem Stück Papier in der Hand vor ihm stehen. »Das macht heute drei neue Kredite, eine Verlängerung und eine letzte Chance für Hendriks. Das mit den Pfaffen wird wie bisher gehandhabt?«

Karel nickte.

»Die Steuern beim Zerbrochenen Krug und den Roten Lilien habe ich für diesen Monat ausgesetzt sowie den Polizisten am Kelternplatz ihren Sold gezahlt. Was soll ich wegen der Flussratten veranlassen?«

»Rafael wird sich darum kümmern.«

Dieser starrte Löcher in die Luft, während er vermutlich davon träumte, wie er die Tochter Jians um den Finger wickeln konnte, anstatt zu überlegen, wie er die Pfaffen unauffällig loswürde.

»Rafael?«

Diesmal zuckte er zusammen und sah Karel an. »Ja?«

»Ich möchte, dass du dich um Piet und die Flussratten kümmerst.«

Rafael blinzelte. »Was … ah, die Kleine. Ja, geht klar.« Immerhin hatte er etwas mitbekommen.

»Das wäre dann alles.« Jante faltete den Zettel sorgfältig zusammen und schob ihn in die Hosentasche.

Karel klopfte ihm auf die Schulter. »Danke.«

»Immer gern, Herr Graf.« Jante grinste breit, was sein narbiges Gesicht zu der gewohnten Fratze verzog. »Erstaunlich, wie nach nicht mal ganz zwei Wochen wieder der Alltag eingekehrt ist.«

»Die Menschen lieben Routine.« Karel ging mit ihm in Richtung Tür. »Vergessen ist unsere Stärke: Je größer das Problem oder die Katastrophe, desto schneller ist es weg.« Aus den Augenwinkeln bemerkte er, dass sich Rafael ihnen erst anschloss, als sie den Saal verließen.

»Wölfchen, Vandemer und der Rattenfänger haben laut unseren Informanten immer noch alle Hände voll zu tun auf der Südseite.«

»Und Wieseltje?«

»Viel zu ruhig, wenn du mich fragst.« Jante sah ihn an. »Mir gefällt das nicht, Karel. Sie war schon immer ehrgeizig, und eigentlich hat man immer etwas von ihren Plänen mitbekommen. Nur jetzt, wo sich das Machtgefüge neu sortiert, scheint sie die Hände in den Schoß zu legen. Schwer zu glauben.«

»Ich hatte überlegt, unsere Frau in Wieseltjes innere Reihen vorstoßen zu lassen, aber mit all der Unruhe im Moment ist mir das Risiko zu hoch.«

»Wenn sie was Größeres plant, wird sie es nicht lange verheimlichen können.«

Sie traten hinaus in den Vorraum, der die ehemals einzelnen Fachwerkhäuser zu einem Gebäude verband und durch eine breite Holztreppe mit dem Erdgeschoss verbunden war.

Karel blieb stehen. »Ich muss noch kurz was überprüfen und komme gleich nach.«

Grada sah ihn durchdringend an, doch er entließ sie mit einem kaum merklichen Kopfschütteln. Manchmal fragte er sich, wie viel seine treuste Rothe hinter ihrer stillen Maske wirklich wusste – außer die wachsenden Probleme mit seiner verfluchten Hüfte. Trotzdem schickte er sie weg.

Er ging ein Stück in die andere Richtung, dorthin, wo die Öllampen und das hereinfallende Licht nur noch Schatten erzeugten. Er lehnte sich an die Rückseite einer der dicken Holzsäulen, um seine Hüfte ein wenig zu entlasten, bevor er über die schmerzende Stelle rieb. Vielleicht sollte er mal wieder was von der Medizin nehmen, aber er mochte nicht, wie schnell das Zeug abhängig machte.

Unter dem sanften Druck seiner Hände bewegte er die Hüfte ein wenig und wünschte seinen Gehstock herbei, den er trotz besseren Wissens und dank seiner Eitelkeit mal wieder im Hauptquartier gelassen hatte.

Als er durch den Vorraum zurückkehrte, tarnte er seine langsamen Bewegungen als betont gemütliches Schlendern, das er jedoch aufgeben musste, als er die ausgetretenen Stufen hinabstieg. Mit jedem seiner Schritte verfluchte er seinen jugendlichen Leichtsinn. Und Wolf – egal, ob dieser nun tot war.

Im Erdgeschoss lachte jemand. »Die Schlitzaugen sehen doch alle gleich aus.«

»Für einen Bauerntölpel wie dich vielleicht.« Rafaels Grinsen war regelrecht zu hören. »Nein, so was wie Meis Anmut suchst du bei unseren Frauen vergeblich. Dazu ihre Zurückhaltung und Schüchternheit … ich wette, drunter ist sie eine ganz Heiße.«

»Du hörst dich so was von verliebt an, Carrasco.«

»Natürlich bin ich verliebt! Mein Herz gehört ihr. Bis ich sie erobert habe.«

Karel nahm die letzte Stufe und schlenderte gemütlich um die Treppe herum. Vor der offenen Tür zum Nachbarhaus standen Rafael und die zwei anderen Leibwächter im Schein einer Öllampe.

»So lang wie die hat dich aber noch keine hingehalten.«

»Leider schon. Einmal Robbes Schwester, die der Drecksack vor mir gewarnt hat, und dann noch dieses Blumenmädchen auf dem –« Rafael brach ab, als er Karel entdeckte. »Der Graf wird euch sicher bestätigen, dass Mei die Schönste von Jians Töchtern … nein, die Schönste aller Frauen ist.«

Karel zog wortlos die Brauen hoch.

Der eine Rothe knuffte den anderen in den Oberarm. »Wir sollten Robbe echt nicht länger warten lassen, sonst dürfen wir wieder extra Runden laufen.«

»Oder die Zielscheibe halten.«

Zusammen flüchteten sie beinahe durch die Tür ins Nachbarhaus.

»Spielverderber«, murmelte Rafael.

»Das will ich nicht gehört haben, junger Mann.« Karel baute sich direkt vor ihm auf, und sein Sohn, obwohl einen halben Kopf größer, wurde kleiner. »Du bist die ganze verdammte Audienz nicht anwesend, und wenn du dann klar im Hirn bist, prahlst du wie ein notgeiles Straßenbalg?«

Rafael verschränkte die Arme vor der Brust und lehnte sich an die ehemals weiß gekalkte Wand. »Das sagst gerade du? Du, der sich immer mit seinen ganzen Liebschaften brüstet?«

»Ich war aber nicht Stellvertreter. Im Gegensatz zu dir.«

»Außer, dass damals schon klar war, dass sich dein Bruder in den Tod säuft und du –«

»Mach so weiter, Rafael, entschuldige dein Fehlverhalten mit den Fehlern anderer, und du bist sofort frei von allen Pflichten.«

Dieser starrte Karel an. Dann blickte er betreten zu Boden, was ausnahmsweise echt wirkte. »Tut mir leid, so war das doch gar nicht gemeint.« Er sah durch die langen Wimpern, die er von Alicia geerbt hatte, wieder auf, und ein Teil des Ärgers in Karel verrauchte.

»Dann benimm dich wie mein Stellvertreter und nicht wie ein verzogenes Gör, verdammt!« Karel machte einen Schritt zurück und entlastete seine Hüfte. »Erledige deine Pflichten, und es ist mir scheißegal, wie viel du bei Jian rumhängst.«

Rafael salutierte. »Ich werde mein Bestes geben, Graf.« Damit stieß er sich von der Wand ab und schlenderte davon, drehte sich nach einigen Schritten noch mal um. »Und Mei wird sich in ein paar Tagen erledigt haben. Ich spüre schon, wie ihre Zurückhaltung schwindet und sie sich mir öffnet wie eine Blüte den lang ersehnten Sonnenstrahlen.«

Alba versuchte sich aufzusetzen, doch ihre Arme gaben nach, und sie sank zurück in die Kissen. Das Ziehen in ihrem Arm breitete sich prompt über die Schulter hinweg aus, sodass Alba sich am liebsten zusammengerollt hätte. Wenn ihr Körper nicht streiken würde.

Sie atmete tief durch, bis die Schmerzen wieder zu dem dumpfen Pochen geworden waren, dann rollte sie sich auf den

Bauch und zum Rand des Bettes. Der Streifen grauen Lichts, der durch den Spalt zwischen den Vorhängen fiel, holte aus der Schwärze die Umrisse des Nachtkästchens, das knapp außerhalb ihrer Reichweite stand.

Ihre zitternden Finger fanden den Griff der Schublade, die Alba erst im zweiten Anlauf aufbekam. Hinter ihrem Notizbuch und einem Stapel Stofftaschentücher ertastete sie Glas.

Ein Lächeln breitete sich auf ihrem Gesicht aus, als sie danach griff, und gefror umgehend. Das Fläschchen war viel zu leicht. Trotzdem nahm sie es heraus und brauchte mehrere Anläufe, bis ihre kraftlose Rechte den Korken herausbekam. Hastig setzte sie es an die Lippen. Nur zwei Tropfen der bittersüßen Medizin.

Das Glasfläschchen entfiel ihren Fingern und polterte zu Boden.

Alba unterdrückte einen Schluchzer und robbte an den Matratzenrand. In ihrem Mantel hatte sie vielleicht noch mehr. Oder unter den Haarschleifen in der Frisierkommode.

Sie schob die Decke zurück und glitt halb aus dem Bett, bevor sie sich am Bettpfosten in die Höhe zog. Sie ließ los, machte einen Schritt – und ihre Knie gaben nach.

Halt suchend griff Alba nach dem Bettvorhang, der ihren Fall in ein hilfloses Taumeln verwandelte. Sie rutschte von der Matratzenkante ab und landete vor dem Bett auf dem Hintern. Das Ziehen in ihrem Arm fuhr bis in die bebenden Finger.

Alba ließ den Kopf nach hinten gegen die Matratze sinken und schloss die Augen. Wie sollte sie je ein zweites Mal fliegen? Warum ließ ihr Körper sie immer dann im Stich? Wenn sie ihn am nötigsten brauchte? Warum?

Schritte eilten heran, dann wurde die Tür aufgerissen. Stoff raschelte, und der eisblaue Schein der Irrlichtlampe biss durch Albas geschlossene Lider.

»Albertina!«

Widerwillig öffnete sie die Augen und sah in das Gesicht ihrer Mutter, die die Hand vor den Mund geschlagen hatte.

»Ich wollte gerade aufstehen.« Alba gelang ein Lächeln, obwohl ihr Körper steif und kalt war.

»Komm, lass mich dir helfen.« Ihre Mutter beugte sich herab und umfasste Albas Oberarm, bevor sie dieser in die Höhe half. Das prompte Zittern der Knie pflanzte sich durch den ganzen Körper fort. »Du bist ja ganz ausgekühlt, Kind! Ich lass dir gleich eine Wärmflasche bringen.«

Als Alba mit ihrer Hilfe zurück ins Bett und unter die Decke kroch, entdeckte sie Doktor Neufville neben der Tür. Obwohl er eine neutrale Miene aufgesetzt hatte, verbargen seine Augen die Sorge im Gegensatz zu sonst nicht, was Alba ein wenig Angst machte.

Ihre Mutter setzte sich auf die Bettkante und strich über Albas Haare, die diesbezügliche Proteste schon vor Jahren aufgegeben hatte.

»Doktor Neufville wird nun die längst überfällige Untersuchung machen.«

»Mir geht es gut, Mutter.«

»Ich mach mir aber Sorgen, Albertina. Du verbringst in den letzten Wochen viel zu viel Zeit im Bett. Ich weiß, du brauchst viel Schlaf und Ruhe, aber …« Sie zuckte hilflos mit den Schultern. »Und du musst mehr essen. Du bist heute schon wieder nicht zu den Mahlzeiten erschienen.«

»Wie spät ist es?« Die Ausflüge und die eine oder andere Nachtschicht hatten ihr Zeitgefühl komplett durcheinandergebracht.

»Gleich zwei. In einer halben Stunde will dein Bruder Ruben mit Gattin zu Besuch kommen.«

»Oh …«

»Du wirst sehen, Albertina, der Doktor weiß sicher einen Weg, damit es dir bald besser geht und du auch am Winterball teilnehmen kannst.«

Alba antwortete nicht. Wie viele Jahre ihre Mutter wohl gebraucht hatte, bis sie selbst an diese Worte glaubte? Es war lange her, dass sich das verräterische Zittern in ihre Stimme gemischt hatte.

Ihre Mutter erhob sich und schob die Vorhänge auseinander. Blasses Sonnenlicht, das im Schein des Irrlichtfeuers beinahe unterging, fiel herein. »Herr Doktor, wären Sie dann so lieb?«

Der hagere Mann in dem exakt sitzenden Anzug trat von der anderen Seite ans Bett. »Guten Tag, Fräulein Veenstra, wie immer ein erfreulicher Anblick für das Herz eines alten Mannes.«

Alba senkte den Blick und errötete wie verlangt. Dabei war das eine der wenigen Sachen, die Doktor Neufville wirklich so meinte, wie er sie sagte, und hinter denen sich nicht unausgesprochene Teilinformationen verbargen.

Er stellte die Tasche am Fußende ab und zog seine Handschuhe aus, die er sorgfältig danebenlegte. »Ich muss gestehen, ich war ein wenig … überrascht, Sie am Fußboden sitzen zu sehen.«

»Ich wollte gerade aufstehen und mich erleichtern.«

Doktor Neufvilles Blick sagte ihr, dass er etwas anderes gesehen hatte, aber er ging zur nächsten Frage über: »Wie ich sehe, haben Sie mit dem Sprechen keine Probleme.«

Alba schüttelte den Kopf.

»Das ist hervorragend.« Sacht ergriff er ihre linke Hand, die sich in der seinen eisig anfühlte. »Wenn Sie einmal so fest Sie können drücken würden?«

Sie schloss ihre Finger um seine Hand, doch schon ein leichter Druck ließ das Ziehen in ihrem Arm aufflammen, und die Finger erschlafften.

Der Doktor legte ihre Hand ab und griff nach der anderen. »Und bitte noch einmal.« Seine Stimme klang neutral, aber in seinen Augen stand die Sorge, die Alba mehr beunruhigte, als sie sich eingestehen wollte.

Nur ein kurzes Zittern, und ihre Finger blieben regungslos auf der Hand des Doktors liegen. Dabei war die Beanspruchung durch die Kohlenschütte und den Schraubenschlüssel doch schon gestern gewesen. War auf ihren Körper nur noch so wenig Verlass? Oder wusste sie einfach nicht mehr, was normal war?

Doktor Neufville öffnete seine Ledertasche, und als er ein hölzernes Rohr hervorzog, fiel ihr Blick auf einige braune Glasfläschchen. Hastig steckte sie ihre bebenden Finger zwischen Körper und Matratze.

Über Alba gebeugt setzte der Doktor das Rohr oberhalb der Rüsche ihres Nachthemds auf die Brust und legte an das andere Ende sein Ohr. »Sind Sie ein klein wenig aufgeregt, Fräulein Veenstra?«

»Das ist sicher noch vom Aufstehen gerade eben.«

»Ihre Mutter hat recht, Fräulein. Sie sollten die Ruhezeiten, die Ihrem Körper erwiesenermaßen gut tun, nicht zu sehr ausdehnen.« Er richtete sich wieder auf. »Gehen Sie noch wie empfohlen jeden zweiten Tag ein kleines Stückchen spazieren?«

Alba riss ihren Blick von den Glasfläschchen los und sah ihn mit großen Augen an. »Das würde ich so gerne, Herr Doktor, aber danach habe ich so oft dieses Zittern in den Beinen.«

»Ich kann Ihnen etwas dagegen geben, Fräulein, wenn Sie mir versprechen, mehr an die frische Luft zu gehen.«

»Sind Sie sicher, Herr Doktor?«, fragte ihre Mutter. »Albertina wird auf ihre Medizin immer so müde.«

»Solange das Fräulein es nur nach einem Spaziergang nimmt, wird da schon nichts passieren.« Er griff in seine Tasche und reichte Alba eines der Fläschchen.

Sie musste sich zwingen, es ihm nicht aus den Händen zu reißen. Dann vergrub sie es zusammen mit ihrer zitternden Linken unter der Decke und strahlte ihn an. »Danke, Herr Doktor.«

»Nehmen Sie meine Ratschläge – und auch die Ihrer Mutter – ernst, und Ihnen wird es bald besser gehen.«

Sie nickte, die Finger um das Glas gekrampft.

Ihre Mutter erhob sich vom Bett. »Vielen Dank, dass Sie sich die Zeit genommen haben, Doktor Neufville.«

»Immer gerne, Frau Veenstra.« Er klappte seine Tasche zu und nahm sie ebenso wie seine Handschuhe vom Bett. »Einen schönen Tag noch, Fräulein.« Er tippte sich an die Krempe des Hutes und ging zur Tür, die er öffnete.

Ihre Mutter eilte um das Bett herum, bevor sie mit einem aufmunternden Lächeln zu Alba sah. »Ich schick kurz nach Marieke für eine Wärmflasche und einen Teller Suppe. Ich bin gleich wieder da.« Damit schloss sie die Tür hinter sich und Doktor Neufville.

Alba lauschte einen kurzen Moment mit angehaltenem Atem, dann fummelte sie hastig den Korken von dem Glasfläschchen und nahm einen tiefen Schluck. Bittersüß rann der Saft die Kehle hinunter, und sie schloss die Augen. Bald würden Schwäche, Schmerzen, Zittern und Zweifel schwinden. Bald …

Vor der Tür erklang ein unterdrückter Schluchzer.

Alba hob widerwillig die Lider, nahm einen zweiten Schluck und verkorkte das Fläschchen wieder. Ohne es aus den Fingern zu lassen, robbte sie zur Bettkante und ließ sich auf das kühle Parkett gleiten. Auf allen vieren kroch sie zu der Tür, an die sie ihr Ohr presste.

Gedämpft erklang die Stimme des Doktors: »… Ihrer Tochter ein schönes Leben, damit sie die verbliebene Zeit noch genießen kann.«

»Wie … wie lange …« Die Worte ihrer Mutter gingen in einen Schluchzer über.

»Schwer zu sagen. Ein, vielleicht zwei Jahre, falls die Schwäche nicht auf den Geist von Fräulein Veenstra überspringt. Dann wären es nur Monate.«

»Ich … ich möchte nicht, dass meine Tochter in eine dieser … Institutionen eingesperrt wird.«

»Darum brauchen Sie sich im Moment keinerlei Sorgen zu machen, gnädige Frau. Es ist nur wichtig, dass Sie mir bei Veränderungen des Befindens des Fräuleins so schnell wie möglich Bescheid geben.«

Alba sank gegen die Tür. Ihre Gedanken waren wie betäubt. Zwei Jahre. Sie hatte immer gedacht … gehofft, ihr bliebe mehr Zeit. Wenn sie sich überhaupt getraut hatte, über die Zukunft nachzudenken.

Ihr Blick fiel auf die dürren Beine, die unter dem hochgerutschten Saum des Nachthemds wie Zündhölzer hervorragten. Bevor ihr Geist genauso aussah, würde sie ihrem Leben ein Ende setzen. Aber davor würde sie noch einmal fliegen.

KAPITEL 4

Mei kam auf allen vieren über die dicken Kissen auf Rafael zu. Mit dem Rascheln von Seide schmiegte sie sich an ihn und schob sich höher.

Ihre Hände griffen nach seinem Gesicht und weiche Lippen pressten sich auf die seinen.

Ohne zu zögern erwiderte er ihren fordernden Kuss. Ihre Zunge tanzte über seine Zähne, bevor sie tiefer in seinen Mund eindrang.

Rafael ließ sich nach hinten in die Kissen sinken und zog Mei mit sich. Die königsblaue Seide rutschte von ihrer schneeweißen Schulter, deren Haut unter seinen Fingern weich wie Blütenblätter war.

Meis Hand fuhr in seine Hose.

Rafael schloss mit einem unterdrückten Stöhnen die Augen.

Ihre Lippen verlangten gierig nach ihm, und diesmal stieß er seine Zunge zwischen ihren Zähnen hindurch in ihren Mund, um ihn zu erforschen.

Dann biss sie ihn.

Rafael riss die Augen auf. Statt Meis Gesichts sah er die dunkle Holzdecke, von Rauch verschleiert. In seinem Mund schmeckte er Blut. Und in seiner Hose spürte er eine Hand. Seine Hand.

Hastig zog er sie heraus und schob sich ein Stück an dem verschraubten Paravent in die Höhe. Das Separee um ihn herum schwankte leicht.

Er presste die Lider kurz zusammen. Als er sie wieder öffnete, sah er Mei, die nicht auf ihrem Sitzkissen kniete, sondern außer Reichweite neben ihm saß. Ihr sonst gesenkter Blick war auf ihn gerichtet. Für einen Moment glaubte er, etwas Kaltes, ja Berechnendes in ihren wunderschönen Mandelaugen auszumachen.

Rafael setzte sich komplett auf. Das Separee begann sich um ihn herum zu drehen, und sein Kopf fühlte sich wunderbar leicht an. Die Gedanken, die sich gerade geformt hatten, lösten sich auf. Er wusste, dass er besser zu Sinnen kommen und von hier verschwinden sollte. Doch vorher wollte er wissen, ob ihre Lippen wirklich so fordernd und ihre Haut so weich war.

Über die Sitzkissen rutschte er neben Mei und streckte seine Hand nach der königsblauen Seide aus, die ihre Schultern verhüllte. Als sie sich erheben wollte, griff er nach ihrer Hand und zog sie neben sich. Ihr Körper schmiegte sich an ihn. Und der Duft, der von ihr aufstieg …

Etwas Spitzes presste sich in seinen Bauch.

Er sah nach unten. Ein schmales Messer lag in Meis Hand. Die Klinge schimmerte im gedämpften Lampenlicht.

Rafael sah auf. Ihr Blick war wie der Rest ihres Gesichts völlig gefühlsleer. Jians Töchter wussten sich zu schützen. Ein Stich, und er würde zu ihren Füßen verbluten.

Sein Mund wurde trocken, doch statt Angst war da ein Verlangen, das er so nicht kannte.

Sanft entließ er ihre Hand und schenkte ihr ein entschuldigendes Lächeln.

Die Spitze an seinem Bauch verschwand.

Als Mei sich erhob und das Messer wieder in der königsblauen Seide verschwinden lassen wollte, schnellte er vor. Der

Raum schwankte, doch sein Schlag traf Meis Finger. Die Klinge fiel beinahe geräuschlos auf den Teppich.

Rafael gab dem Schwindel nach und ließ sich nach hinten auf die Kissen zurückfallen, wobei er Mei mit sich zog. Sie landete auf ihm, ihr Körper an seinem. Ihre Lippen schwebten direkt über ihm.

Doch bevor er sie küssen konnte, stemmte sie sich gegen seine Brust. In ihren Mandelaugen brannte es kalt.

Hastig schlang Rafael seinen Arm um ihre Taille und krallte die andere Hand in das dicke, dunkle Haar. Ihr Knie bohrte sich in seine Weichteile, doch der Schmerz brachte sein Blut zum Kochen.

Er zog Meis Kopf herab und presste seine Lippen auf ihren Mund, der seiner Zungenspitze jedoch fest verschlossen blieb. Ihre Hände wanderten an seinen Seiten entlang zu seiner Brust, was seiner Kehle einen undefinierbaren Laut entlockte.

Rafael lockerte seinen Griff und strich durch das weiche Haar. Sein Daumen fuhr über Stoppeln direkt hinter ihrem Ohr.

Rafael erstarrte.

Beißende Kälte breitete sich in seiner Brust aus, nahm ihm die Luft und lähmte ihn.

Mei wand sich aus seiner Umklammerung, bevor sie sich mit dem Messer in der Hand aufrappelte. Sie sah auf ihn herab, die königsblaue Seide entblößte ihre Schulter. Dann, mit einem wissenden Lächeln, verließ sie das Separee und verschwand hinter dem Paravent.

Langsam entließ die Kälte Rafaels Körper aus der Lähmung, nicht jedoch seinen Verstand, der nicht wahrhaben wollte, dass Mei ein verdammter Schatten war.

Mit einem Stöhnen rollte sich Rafael auf den Sitzkissen zur Seite und fasste nach der brennenden Brust. Der Stoff unter seiner Hand war feucht, und als er sie hob, lösten sich die letzten Reste Eis in der Nässe auf.

Fluchend zog er sein Hemd hoch. Dort, wo Meis Hände seinen Brustkorb berührt hatten, war die Haut gerötet. Und eiskalt.

Er ließ seinen Kopf auf die Sitzkissen sinken und schloss die Augen. Er, Rafael Carrasco, war auf einen Schatten hereingefallen. Aber woher hatte er wissen können, dass es unter ihnen derart begehrenswerte Geschöpfe gab?

Er zwang die schweren Lider auseinander und schob sich mit dem Rücken zum Paravent in eine sitzende Position. Der Schwindel war schwächer als erwartet, dafür breitete sich Übelkeit in seinem Magen aus. Sein Blick fiel auf die Opiumpfeife, die auf dem Tisch lag. Warum hatte er die überhaupt bestellt? So blöd war er in der Öffentlichkeit sonst nie ... und warum hatte er das Gefühl, dass es in seiner Erinnerung Lücken gab?

Mit einem Stöhnen rieb er sich über den Nasenrücken. Er wusste noch, wie er hierhergekommen war. Wie Jian ihm sofort Mei geschickt hatte. Wie er mal wieder erfolglos versucht hatte, sie zu umgarnen. Wie sie ... ihm kniend die Pfeife anbot?

Sein Kopf sank gegen das Holz. Er wusste, dass er alarmiert sein sollte, doch alles war so weit weg – bis auf die Kälte, die seinen Brustkorb im Griff hatte.

Rafael zog das Hemd noch mal hoch. Von dem Rot war kaum etwas geblieben. Was, wenn er es sich in dem Dämmerlicht nur eingebildet hatte? Wenn Mei doch das liebreizende Geschöpf war, das nur darauf wartete, von ihm erobert zu werden? Und er hatte alles in seiner Ungeduld versaut ...

Er drehte den Kopf, das Holz drückte sich angenehm kühl gegen seine Wangen und klärte seine Gedanken. Das Gemurmel und das Geräusch von Schritten riefen ihm in Erinnerung, dass er nicht allein war.

Karel erschien mit finsterem Blick am Eingang des Separees. »Es ist gerade mal drei Tage her, dass ich dich verwarnt habe, und schon vernachlässigst du deine Pflichten wieder. Wegen einer Frau!«

»Ich …« Er hatte noch genug Zeit gehabt bis zur Anhörung der Bäckermeister wegen zu kleiner Brote. Wie lange war er schon hier?

»Keine Entschuldigung? Nicht mal eine Ausrede?« Karels Gesicht verzog sich abfällig. Sein Blick wanderte von Rafael zu der Opiumpfeife auf dem Tisch und zurück. »Vielleicht ist die Zeit gekommen, dich von deinen Pflichten zu entbinden.«

»Sie ist ein verdammter Schatten«, stieß Rafael hervor.

Karel lachte. »Das ist die dämlichste Ausrede, die ich je von dir gehört habe.«

Rafael schüttelte den Kopf. »Ich schwör es. Bei Mutter.«

In dem Moment, in dem er die Worte aussprach, war er sich plötzlich nicht mehr sicher. Seine Hand fuhr zur Brust, wo der Stoff leicht feucht war, aber jegliche Kälte in seinem Brustkorb fehlte. Vielleicht hatte er nur geschwitzt, hier war es immer viel zu warm.

Karels Gesicht wurde mit einem Schlag ernst. »Und wo ist sie jetzt?«

»Abgehauen. Ich wollte sie aufhalten, aber sie hat verdammtes Eis eingesetzt.«

»Vielleicht solltest du von vorne anfangen.«

Rafael nickte und erzählte, wie er Mei verführt hatte und sie bereitwillig zu ihm gekommen war. Bevor er jedoch zu der Stelle mit dem Kuss kam, trippelte Jian heran.

»Alles wunderbar bei die Herrenschaften?«

»Holen Sie Mei«, sagte Karel, ohne sich zu ihm umzudrehen.

Jians Blick huschte zwischen den Männern hin und her, dann verbeugte er sich hastig. Sein Abgang hatte etwas von einer Flucht.

Karel sah Rafael erwartungsvoll an, also fuhr Rafael fort und erzählte, wie er Mei in den Armen gehalten und ihr einen Kuss gegeben hatte. Wie er zufällig ihre ausrasierten Seiten entdeckt und sie ihn mit der Kälte gelähmt hatte.

»Schau, hier.« Er zog sein Hemd hoch, doch die roten Stellen waren inzwischen verschwunden. Mit einem Achselzucken ließ er den Stoff wieder fallen.

»Und du bist sicher, dass du das nicht ... geträumt hast oder eine Ausrede suchst?«

»Für wie blöd hältst du mich?«

Karels Gesicht verfinsterte sich. »Wenn ich an die letzten zwei Wochen denke ...«

»Mei ist ein verdammter Schatten, Karel!«

»Nehmen wir mal an, dass du recht hast: Hast du irgendwelche Narben gesehen?«

»Nein, aber du weißt doch selbst, dass ein paar von ihnen nicht sichtbar markiert sind.«

»Aber alle uns bekannten Schatten sind es.«

Rafael schnaubte. »Das sind gerade mal fünf. Was, wenn der Rest praktisch unsichtbar unter uns ist? So wie zum Beispiel die Krähe?«

»Dann gibt es immer noch den verdammten Bluttest.« Karel machte einen Schritt zurück, bevor er »Jian!« durch den Raum brüllte.

In der nachfolgenden Stille bemerkte Rafael das leise Pochen hinter seinen Schläfen. Wenigstens war ein Teil des watteartigen Gefühls aus seinem Kopf verschwunden.

Das Gemurmel erhob sich gerade wieder, als Jian zögernd herantrippelte. »Ich kann sie nicht finden. Es tut mir leid.« Er hatte seine dämliche Aussprache fallen gelassen, die wie alles hier nur eine Schau für die Kunden war.

Karel baute sich vor dem Mann auf. »Hattest du bei ihr einen Bluttest gemacht?«

»Natürlich! Die Sicherheit meiner Kunden ist –«

»Und ihr Körper, hast du den gesehen?«

Jian sah Karel mit großen Augen an. »Das sind meine Töchter und keine … keine Huren.«

»Dann hättest du wenigstens keinen verdammten Schatten in der Belegschaft.«

Jian wurde weiß wie der Stehkragen seines Hemdes. Seine Hände krampften sich in den bestickten Stoff seiner Tunika.

»Ich würde an deiner Stelle deine anderen Töchter überprüfen. Sofort!«

Er nickte heftig und eilte davon.

Karel wandte sich zu Rafael um, die Arme vor der Brust verschränkt. »Hast du dich eigentlich gefragt, ob es nicht mehr als ein Zufall ist, dass ein Schatten genau dir den Kopf verdreht?«

Jetzt, wo es Karel aussprach, fragte Rafael sich, warum er nicht selbst darauf gekommen war. Er als Stellvertreter des Grafen war natürlich wichtig und hütete die Geheimnisse der Rothen, wie zum Beispiel –

»Die Ware«, flüsterte er.

»Eben. Und du hörst dich viel zu gerne selbst reden. Also, was hast du ihr erzählt?«

Rafael rieb sich über die pochenden Schläfen. Sie hatten … er hatte über sich gesprochen. Er hatte ihr von seinen Aufgaben bei den Rothen erzählt, doch die Erinnerungen waren nicht mehr vollständig. Er hatte diese Geschichten schon so vielen Frauen erzählt, sie waren unterhaltsam und schlicht und entsprachen nicht unbedingt der Wahrheit.

»Nichts, was die Schatten nicht eh schon wissen.«

»Sicher?«

»Ja, verdammt. Und dann war ich anderweitig beschäftigt.« In ihm keimten leise Zweifel. Da waren viele Lücken und schwammige Erinnerungen. Nur die Bilder von Mei, wie sie ihn geküsst hatte, waren klar.

»Gut.« Karel ließ sich Rafael gegenüber auf die Sitzkissen sinken. Er wirkte ungewohnt alt, als er langsam den Kopf schüttelte. »Wenn die Schatten nun den Bluttest umgehen können, keine sichtbaren Narben mehr haben und auch die Pflicht mit den ausrasierten Seiten ignorieren … das wäre eine Katastrophe.«

»Wenn dem wirklich so wäre, dann wäre Wolf nicht so lange davongekommen. Genauso Wieseltjes Schwarzmarkt. Dann gäbe es keinen mehr von uns.«

»Du magst recht haben, aber selbst ein Schatten wie Mei kann Schaden anrichten.«

»Ich werde mich darum kümmern, dass das nicht passiert.« Sie würde es bereuen, seine Verliebtheit ausgenutzt zu haben!

Gegensätzliche Gefühle huschten über Karels Gesicht, bevor er schließlich nickte. »Das Risiko ist hoch, wenn sie lebt. Beweise, dass du als Stellvertreter würdig bist, und die letzten zwei Wochen sind vergessen.«

»Du kannst dich auf mich verlassen, Karel.« Rafaels Magen krampfte sich zusammen, als er an Mei dachte, still und leblos. Aber vielleicht war es ja nur die Übelkeit.

Alba unterdrückte den Impuls, von dem Sofa aufzuspringen und im Salon umherzugehen. Stattdessen konzentrierte sie sich auf die Nadel und den pfauenblauen Faden. Mit zierlichen Stichen malte sie Feder für Feder den Flügel auf den Stoff. Doch die sonst beruhigende Tätigkeit half heute nicht.

Sie schluckte einen wenig damenhaften Fluch hinunter, entfernte die letzten zwei Stiche vorsichtig und stickte die Federspitze ein zweites Mal. Nach und nach fügten sich die restlichen Federn daneben, bis der Flügel mit all seinen Details fertig war.

Mit einem Seufzer legte sie Nadel und Stickrahmen neben sich auf das Polster, bevor sie sich von dem Sofa erhob und zum Fenster ging. Matschige Schneeflocken rutschten an der Scheibe herunter und verschleierten den Blick hinab in den kahlen Garten. Trotzdem zog es sie hinaus. Sie musste endlich das Irrlicht infusionieren.

Sie sah in den grauen Himmel, dessen Leere sie einzuladen schien. Sie wollte wieder fliegen, dabei würde sie das bisschen Schneeregen sicher nicht aufhalten. Doch das Haus war seit dem Besuch des Doktors zum Gefängnis geworden, auch wenn Alba sich trotz des gelegentlichen Zitterns und der Schweißausbrüche so gesund wie schon lange nicht mehr fühlte. Aber Fiene …

Alba wandte sich zu ihrer Schwester um, die ihr Buch gesenkt hatte und herübersah. In ihren Augen lag eine Sorge, die Alba nicht ausschließen ließ, dass Fiene nicht doch etwas sagen würde, wenn Alba sich fortschliche. Sie musste sich gedulden, irgendwann würde es eine Möglichkeit geben.

Auf halbem Weg zurück zum Sofa blieb Alba unschlüssig stehen. Eigentlich sollte sie den Eisvogel fertigsticken, doch sie konnte nicht mehr sitzen. Lieber wollte sie einen Spaziergang machen – was bei dem Wetter und der letzten Diagnose niemand erlauben würde.

»Albertina, Liebes, nimm doch wieder Platz.« Die Sorge lag auch in der Stimme ihrer Mutter, die am Sekretär saß und von dem Brief aufsah, den sie schrieb. »Du musst deine Kräfte schonen, um wieder gesund zu werden.«

»Doktor Neufville hat gesagt, ich soll mich mehr bewegen.«

»Natürlich. Aber erst, wenn es dir wieder gut geht.«

Alba setzte sich zurück auf das Sofa und griff nach dem Stickrahmen, doch ein schwaches Zittern ging durch ihre Finger. Sie krampfte die Hände in den Stoff ihres Rockes, bis das Beben nicht mehr spürbar war. Ein Schluck Medizin, und es würde schwinden …

Stumm verfluchte sie die Tatsache, dass sich das Glasfläschchen oben in ihrem Nachttisch befand. Und ihre Krankheit. Manchmal bewunderte sie ihre Mutter, die sich einreden konnte, dass Alba irgendwann wieder gesund werden würde.

Sie sah wieder zum Fenster, wo die Schneeflocken gegen die Scheibe klatschten und zu den Sprossen rutschten, die das Gefühl verstärkten, sie säße in einem Käfig.

Ihre Mutter legte die Schreibfeder zur Seite und blies sacht über die Tinte, bevor sie das Papier faltete. Sorgfältig tropfte sie Siegelwachs auf die Kante und presste den schlanken Metallzylinder hinein.

Fiene ließ ihr Buch sinken. »Ist das der Brief an Großmutti wegen ihres Geburtstagsempfangs?«

»Nein, der war an deine Schwägerin mit der Frage, ob sie inzwischen eine Einladung zum Winterball erhalten habe. Dein Bruder und sie waren letztes Jahr auch das erste Mal dabei.«

»Haben wir immer noch keine bekommen?«, fragte Alba.

Ihre Mutter schüttelte den Kopf. »Ich verstehe es auch nicht, Gräfin Gronenhagen hat bereits vor drei Tagen erzählt, dass sie eine hat.«

Fienes Gesicht spiegelte Albas eigene Enttäuschung wider. Sie wäre gern hingegangen, nachdem ihr erster Winterball ein atemberaubendes Erlebnis gewesen war. Nie würde sie vergessen, wie man den Palast der Keyserlingks in einen Märchenwald samt echten Bäumen und Tieren verwandelt hatte. Was wohl dieses Jahr das Thema war?

»Ich hoffe, sie haben uns nicht vergessen«, sagte Fiene.

»Sicher nicht, Liebes. Du wirst am Winterball mit Tizian tanzen können. Herzogin Keyserlingk lässt sicher nicht zu, dass ihre zukünftige Schwiegertochter von einer derart wichtigen gesellschaftlichen Veranstaltung ausgeschlossen ist.«

Fiene errötete. »Noch bin ich nicht mit Tizian verlobt.«

»Er wird sicher bald um deine Hand anhalten.« Ihre Mutter legte Siegel und Brief beiseite. »Soll ich Großmutter von Tizian berichten?«

»Nein, bitte. Warte noch, bis es sicher ist.«

»Sie wäre gewiss entzückt.« Ihre Mutter nahm einen neuen Papierbogen, den sie sorgfältig auf der Schreibfläche glatt strich, bevor sie die Feder in die Hand nahm.

Fiene versenkte sich mit einem kleinen Lächeln in ihr Buch.

Alba griff nach dem Stickrahmen und sah auf den Eisvogel, dem noch Schwanz und Beine fehlten. Auch wenn ihre Finger leicht zitterten, begann sie wieder Stich für die Stich die schillernden Federn zu formen. Besser als nichts tun war es allemal, doch der Drang hinauszugehen blieb.

Draußen im Treppenhaus erklangen Stimmen.

Auch wenn Alba vorgab, sich auf ihre Stickerei zu konzentrieren, sah sie aus den Augenwinkeln, wie Fiene ihr Buch sinken ließ und ihre Mutter die Feder aus der Hand legte. Sie hatte keine Ahnung, wer um die Zeit und ohne eine Ankündigung vorbeikommen mochte.

Dann ging die Tür auf, und ihr Vater trat herein. In den Armen hielt er einen Blumenstrauß aus Schneerosen, Astern und Chrysanthemen, über dem sein Gesicht mit einem breiten Grinsen schwebte.

»Cornelis!« Ihre Mutter sprang auf. »Du bist schon zu Hause?«

»Guten Tag, liebe Familie.« Er hauchte seiner Frau einen Kuss auf die Wange und reichte ihr die Blumen. »Die sind für dich, liebste Feodora.«

Die Augen ihrer Mutter leuchteten auf. »Die sind wunderschön, Cornelis.« Ihre Hand strich vorsichtig über die Blüten.

Vater ging zu Fiene und zog einen in Seidenpapier eingeschlagenen, viereckigen Gegenstand aus der Tasche. »Ganz druckfrisch und angeblich ein richtiger Renner bei den jungen Damen in Aeria.«

Fiene nahm das Geschenk entgegen und wickelte es aus. Ein Buch in einem lindgrünen Leineneinband kam zum Vorschein. Ein Strahlen erhellte ihr Gesicht, dann sprang sie auf und umarmte ihn. »Danke, Papa!«

Alba legte den Stickrahmen aus der Hand, als er auf sie zukam und die Hand in die andere Seite seiner Jacke wandern ließ. Er hielt Alba ein faustgroßes Ei aus Seidenpapier hin, das sie vorsichtig entgegennahm.

Der zierliche Glasvogel, der aus dem Papier in ihre Hand fiel, funkelte schwarz im Licht der Lampen. Sie stellte die Krähe auf ihre Handfläche.

»Cornelis, hättest du ihr nicht einen hübscheren Vogel mitbringen können?«

»Ruben hatte mir verraten, dass unsere liebe Albertina sich zurzeit für Krähen begeistert.«

Sie lächelte ihren Vater an. »Danke, Papa. Das ist genau das Richtige.« Sie erhob sich und setzte den Glasvogel auf die Fensterbank. Sie sah in den Himmel, doch die Krähen kamen selten hierher.

»Es gibt so viele hübsche Vögel«, murmelte ihre Mutter. »Und unsere Tochter mag diese hässlich schwarzen und lauten Viecher.«

Alba sparte sich die Erklärung, wie faszinierend Krähen waren, da ihre Mutter es schon beim letzten Mal nicht hatte verstehen wollen. Ihre Finger fuhren über das geschwungene Glas, das selbst in dem grauen Tageslicht schimmerte.

»Gibt es einen besonderen Anlass?«, fragte ihre Mutter.

»Brauche ich bei meiner Familie einen Anlass, um Geschenke zu verteilen?« Er schmunzelte. »Ich hatte einfach Lust. Seit wir vor einem halben Jahr von Wasserkraft auf Irrlicht umgestellt haben, läuft die Produktion viel gleichmäßiger, wodurch wir wiederum die Qualität und damit die Gewinne steigern konnten.«

»Hach, Cornelis …«

»Und ich hab noch etwas. Für euch alle.« Er machte ein geheimnisvolles Gesicht, als er langsam einen gefalteten Bogen Papier aus der Innentasche hervorzog. Selbst von ihrem Platz aus sah Alba das königliche Siegel. War das –

»Die Einladung!« Ihre Mutter schlug die Hände vor den Mund.

»Die Einladung zum Winterball«, bestätigte ihr Vater.

»Und ich hatte bereits befürchtet, man hätte uns vergessen.«

Ihr Vater bekam einen zerknirschten Ausdruck. »Ich hatte den Brief aus Versehen mit der Firmenpost an mich genommen. Nun lag er zwei Tage dort.«

»Cornelis, wie kannst du uns nur solche Angst machen! Denk doch an die arme Josefine.«

»Es tut mir leid.« Er reichte ihrer Mutter die Einladung, die hastig das Siegel brach und den Inhalt mit wenigen Blicken verschlang.

Vor ihrem inneren Auge sah Alba die Bäume, die von unzähligen Kerzen beleuchtet gewesen waren. Dazwischen die farbenfrohen Lampions, die riesigen Blumengestecke mit beinahe unbezahlbaren Sommerblumen und die Kleider der Gäste, die alles andere in den Schatten gestellt hatten.

»Das Thema ist Eis und Schnee.« Ihre Mutter reichte die Einladung an Fiene weiter. »Da werden wir den Schneider beauftragen müssen. Gerade für dich, Josefine, damit du angemessen für eine zukünftige Keyserlingk gekleidet bist.«

Die Vorfreude ergriff Alba. Sie konnte das Lichterfest und den Ball kaum erwarten.

Vermutlich ihr letzter Winterball.

Die Erkenntnis nahm ihr für einen Moment die Luft. So sehr sie die Diagnose des Doktors auch zu verdrängen versuchte, sie holte Alba immer wieder ein. Sie hatte sich selten erlaubt, über ihren Tod nachzudenken, denn sie hatte immer gewusst, dass sie nicht alt werden würde. Aber so jung …

Sie wandte sich zum Fenster und atmete tief durch, doch der Druck auf ihren Brustkorb schwand nicht. Ihr letzter Winterball. Sie hoffte, dass er den vom letzten Jahr übertrumpfte.

Karel streifte sich den dunkelroten Mantel über und setzte seinen Zylinder auf. Als er sein Notizbuch einsteckte, klopfte es an der Tür.

Bevor er reagieren konnte, betrat Rafael das Arbeitszimmer. Ein breites Grinsen, das Karels Vorfreude weckte, stand auf seinem Gesicht.

»Der Schatten wird keine Gefahr mehr darstellen.«

Unter Karels Erleichterung mischte sich ein ungutes Gefühl. Das war das erste Mal seit gut sechs Jahren, dass einer von ihnen gegen die Schatten vorgegangen war. Damals hatte es nicht nur mit Toten auf beiden Seiten, sondern auch mit dem Verbot des Solviums geendet.

»Du hast hoffentlich ausreichend Sicherheitsvorkehrungen getroffen.«

»Ich habe es über mehrere Mittelsmänner laufen lassen. Keiner kann die Spur zurückverfolgen.«

Ein Teil des unguten Gefühls verschwand, doch sie würden erst in ein paar Tagen wissen, ob die Vorkehrungen ausreichend gewesen waren. Aber das Risiko hatte er auf sich nehmen müssen. Ein nicht erkennbares Irrlichtkind, das womöglich zu viel wusste, war ein noch höheres Risiko.

»Hatte sie Irrlichtnarben?«

Rafael nickte. »Ein paar wenige am Hinterkopf.«

»Also nicht sehr mächtig.« Karel schlug sein Notizbuch auf und suchte die Seite, die mit *Mei* überschrieben war und genauso spärliche Informationen enthielt wie die restlichen Blätter. Er ergänzte eine Notiz über die Narben, bevor er den Eintrag komplett durchstrich.

»Wir können nur hoffen, dass das keine allgemeine Strategieänderung bei den Schatten ist. Es wäre unschön, wenn die für uns nicht mehr erkennbar wären und dann auch noch der Bluttest nicht funktioniert. Warum auch immer.«

Karel klappte das Notizbuch zu und steckte es ein. »Ich werde dem Parlament von dem Tod des Schatten berichten müssen.« Er griff nach dem Gehstock, der am Schreibtisch lehnte. Das Messing des Löwenkopfs lag angenehm kühl in seiner Hand.

»Sie werden nicht begeistert sein.«

»Nein, wobei sie die Informationen mit den … unsichtbaren Schatten weit mehr beunruhigen sollte.« Die Schmerzen in seiner Hüfte ignorierend ging er in Richtung Ausgang.

»Viel Glück.« Rafael öffnete die Tür und trat voraus auf den Gang.

Karel hinkte an ihm vorbei und nickte Grada zu, die bereits auf ihn wartete, bevor er die Tür hinter sich sorgfältig abschloss. »Gute Arbeit, Rafael.«

Dieser grinste breit. »Manchmal kann man sich auch auf mich verlassen.«

Karel sparte sich eine Antwort. Auf Rafael war immer Verlass, wenn es darum ging, seine angekratzte Ehre aufzupolieren. Die erste Frau, die ihn hatte sitzenlassen. Was für eine Schande! Karel konnte ihn verstehen. Es hatte eine Zeit gegeben, da war er nicht anders gewesen als sein Sohn.

Er unterdrückte ein Schmunzeln und ging auf seinen Stock gestützt den Gang hinab, Grada hinter sich wissend. Es war gut zu sehen, dass Rafael sich wieder auf seine Pflichten konzentrierte. Er hätte ihn nur ungern seines Amtes enthoben.

Zusammen mit Grada verließ er das Hauptquartier der Rothen und betrat den Innenhof, den die Fachwerkhäuser wie eine Festung umschlossen. Schneeregen hatte eine Schmiere auf dem Pflaster gebildet, die es noch schwerer für ihn machte, einen weitgehend normalen Gang trotz seines Gehstocks vorzutäuschen. Aber es war nur ein kurzes Stück.

Karel betrat das Vorderhaus und nickte den zwei Männern auf ihren Posten zu, als er an ihnen vorbei durch das massive Holzportal auf die Straße trat. Er mischte sich unter die Passanten, die ihm Platz machten, sobald sie ihn sahen oder das regelmäßige Klacken seinen Gehstocks hörten.

Er nickte grüßenden Männern zu und erwiderte das Lächeln von Frauen und Kindern. Die Unzufriedenheit war hier kaum zu spüren, doch laut Tjard und dem Tagblatt sah es auf der Südseite ganz anders aus. Vor allem seit der Demonstration letzte Woche, auf die es – wie zu erwarten gewesen war – keine Reaktion der Königin gegeben hatte. Wenn er Rothentor so regieren würde …

In Sichtweite der Stadtmauer, die sein Viertel von der Altstadt trennte, bog er in eine schmale Gasse, über die sich die Giebel der Fachwerkhäuser neigten. Nur wenig graues Tageslicht fiel hinab bis auf das Pflaster, das hier nicht nur durch den Schneeregen schmierig war.

Fluchend verlangsamte Karel sein Tempo, um seinen Gehstock bedächtiger zu setzen. Zu seiner Erleichterung war niemand außer Grada zugegen, der den Grafen von Rothentor wie einen alten Mann durch die Gasse hinken sah.

Vor ihnen schälte sich ein Holzschild mit einem ehemals bunten Stiefel aus dem Zwielicht.

Er hielt darauf zu und trat über die ausgetretene Schwelle in den Laden, wo ihn der Geruch nach Leder und Fett einhüllte. Der Schuhmacher hinter seiner Werkbank warf Karel und Grada nur einen kurzen Blick über die Brille hinweg zu, bevor er weiter eine Sohle nagelte.

Als Karel das Hinterzimmer mit den Regalen voller Leder und Werkzeug betrat, erlaubte er sich, sich mehr auf den Gehstock zu stützen und hinter Grada herzuschlurfen. Der Winter fing gerade erst an, aber Karel wünschte sich nichts sehnlicher als die Wärme der Sonne für seine Knochen.

Grada griff nach der Öllampe zwischen den Schuhmachereisen und bückte sich durch die kaum sichtbare Tür neben dem Ofen. Der Lichtschein flackerte über verrußten Putz und sank dann tiefer.

Karel folgte ihr die schmale Stiege in den Keller hinab, immer mit dem Gehstock voraus. Bei jedem Schritt jagte der Schmerz das Bein hinab, und als Karel in dem nach Leder stinkenden Keller ankam, klebte sein Hemd am Rücken.

Grada drehte sich zu ihm um. Eine Spur Besorgnis lag auf ihrem Gesicht, als sie ihn im Schein der flackernden Lampe musterte.

»Weiter.« Beinahe bereute er seinen harschen Ton, aber er war der Graf. Kein Kind, das man bemuttern musste.

Wortlos wandte sich Grada um und drang zwischen Kohle und Holz in die Schatten des Kellers vor, bis sich eine Wand mit einer schon lange nicht mehr gestrichenen Tür aus der Dunkelheit schälte. Dahinter schlugen ihnen klamme Luft und der Geruch nach Moder entgegen.

Schwarzer Schimmel kroch die Wände hoch. Er hatte die Holztreppe zerfressen, die man teilweise durch rostiges Eisen ersetzt hatte. Jede der rutschigen Stufen war ein wortloser Fluch.

Die Treppe endete in einem gemauerten Gang, der regelmäßig die Richtung wechselte und sich genauso regelmäßig teilte. Immer wieder unterbrachen Reste alter Mauern und grob gehauener Steine die Ziegelwände. Aus Korridoren wurden vergessene Keller und Zimmer und Hallen – die dann wieder in einem gemauerten Gang endeten.

Langsam schwand ein Teil des Modergeruchs aus der Luft, und der Geruch von Staub und Alter mischte sich drunter.

Grada verlangsamte die Schritte, bis Karel an ihr vorbeigehen konnte. Sorgfältig strich er seinen Mantel glatt und richtete sich so weit auf, dass der Gehstock kaum mehr nach der Stütze aussah, die er war.

An der nächsten Kreuzung wandte er sich nach rechts, wo der Gang vor einer massiven Eichentür endete. Er hämmerte mit dem Löwenkopfknauf viermal, unterbrochen von einer kleinen Pause, gegen das Holz, das keinerlei Spuren von Verfall zeigte.

Die Luke im oberen Teil der Tür öffnete sich, dahinter war nur Schwärze zu sehen.

Karel schob seinen Zylinder mit dem Stockknauf ein Stück nach hinten, sodass das Licht von Gradas Öllampe auf sein Gesicht fiel.

Scheppernd wurde die Luke geschlossen, dann schwang die Tür auf.

Ohne einen Blick auf die Gestalt im Schatten dahinter zu verschwenden, ging Karel das kurze Stück bis zu einer zweiten Tür, die unter dem Druck seiner Hand geräuschlos aufschwang.

Das Licht von Öllampen und der Geruch von Rauch empfingen Karel in den Parlamentshallen, die hier am Westeingang mit einer kleinen Kammer begannen. Er verließ diese in einen geschwungenen Gang, auf dessen jahrhundertealten Platten sein Gehstock widerhallte.

Von vorn erklangen Stimmen, dann lachte jemand.

Karel betrat den kleinen Saal, in dem eine Handvoll Männer und Frauen saßen und gespannt auf die Würfel in der Tischmitte sahen. Sie schauten nur kurz auf, als Grada sich wortlos dazugesellte.

Das Ziehen in seiner Hüfte ignorierend folgte Karel den zersplitternden Fresken und verblassten Malereien in einen weiteren Saal, an dessen gegenüberliegendem Ende die beiden Türflügel offen standen. Seinen Stock setzte er mit Bedacht auf, ein kaum hörbares Pochen in den verzerrten Stimmen der würfelnden Leibwächter.

Durch das Portal betrat Karel das Herz der Parlamentshallen. Auch hier verzierten Reste von Steinmetzarbeiten und Farben die Wände, wo der Ruß der Öllampen sie nicht geschwärzt hatte. Schatten tanzten an dem Rand des Saals entlang und ließen nur die Mitte frei. Dort stand ein runder Tisch, an dem zwei der anderen Anführer saßen.

Wieseltje, die das Hafenviertel und den Großteil des Schwarzmarkts beherrschte, hatte sich vorgebeugt, als warte sie auf eine Antwort. Ein Raubtiergrinsen entblößte ihre weißen Zähne, die in ihrem ebenholzfarbenen Gesicht geradezu aufleuchteten. Ihr gegenüber saß der junge Wolf, einen finsteren Ausdruck auf seinen kindlichen Zügen, der bei ihm beinahe lächerlich wirkte. Nicht, dass ihm Karel das je sagen würde.

Hinter ihnen waren die Wände wie von einer riesigen Faust zerschmettert. Schutt türmte sich auf, Spalten zogen sich durch den aufgesprungenen Boden. Das einzige Zeichen von den

Gewalten der Erde, die alle paar Jahrhunderte Teile von Ijsstedt verschlangen, die dann praktischerweise von der Obrigkeit vergessen wurden.

Karel versuchte beim Herangehen ein Schlendern zu imitieren.

Wieseltje sah auf, bevor er verstehen konnte, worüber die beiden sprachen. Ihr Raubtiergrinsen wurde breiter. »Der Graf beehrt uns mit seiner Anwesenheit.«

»Ich wollte euer Gespräch nicht stören.«

»Ach, wir hatten eh nur über das Problem gesprochen, einen guten Nachfolger zu finden.« Sie lümmelte sich auf die Armlehne. »Aber du hast ja Glück mit Carrasco.«

Karel zog geräuschvoll einen der Stühle zurück und setzte sich gemächlich, auch wenn er sich am liebsten darauf hätte fallen lassen. Das schmerzende Ziehen in seiner Hüfte wurde zu einem angenehmen Pochen. »Gute Nachfolger sind genauso wie fähige Berater kein Glück, sondern jahrelange Arbeit.«

»Ja, für die man dann als Dank eine Meuterei erhält.«

»Alles eine Sache einer festen Hand und klare Regeln.«

Wieseltje schnaubte. Bevor sie antworten konnte, erschien in der Tür der Rattenfänger mit lautlosen Schritten. Die Herrin der Elendsviertel grüßte mit einem Nicken und drückte ihre massige Gestalt auf einen der Stühle neben Karel.

»Und Vandemer wie immer zu spät«, knurrte Wieseltje.

»Vielleicht wird es mal Zeit, ihm klarzumachen, dass es so nicht weitergeht.« Wolfs gebrochene Stimme passte nicht zu der Kälte in seinen Augen.

Karel hatte den Versuch, Vandemer zu überzeugen, längst aufgegeben. Leute in seinem Alter konnte man nicht mehr ändern. Man konnte sich nur in Geduld üben.

Schweigen senkte sich über den Saal. Aus der Ferne hallte ein verzerrtes Lachen heran.

Karel verlagerte sein Gewicht ein wenig. Damit entlastete er zwar seine Hüfte und sein Bein, doch die harte Sitzfläche drückte sich nun in die andere Seite. Vielleicht sollte er mal Kissen beantragen. Sie wurden alle nicht jünger.

Er unterdrückte ein Grinsen. Der alte Wolf hätte ihm sicher zugestimmt.

Endlich erschien die breitschultrige Gestalt Vandemers in der Tür, die er hinter sich schloss. »Guten Abend.«

»Pünktlichkeit ist eine Tugend.«

Vandemer, der nur für das kleine Diefkreutz zuständig war, lachte. »Bin ich ein verdammtes Fräulein oder was?« Scharrend zog er den Stuhl zwischen Wolf und dem Rattenfänger zurück und setzte sich.

»Dann können wir ja beginnen.« Karel sah zum Rattenfänger.

Diese verschränkte ihre kurzen Finger und lehnte sich ein Stück vor. »Ich nehme an, jeder hat von den Gerüchten gehört, dass die Königin den Schatten eine Art Hausarrest erteilt hat.«

Vandemer nickte, genauso Wieseltje.

»Sie sind leider nicht wahr«, sagte Karel. »Carrasco hatte erst vorgestern einen Zusammenstoß mit einem von ihnen.« In kurzen Worten umriss er Rafaels Begegnung mit Mei.

»Sicher, dass er sich nicht geirrt hat?«

»Ich stecke meine Arbeit sicher nicht in irgendwelche Idioten als Stellvertreter.«

»Und dass Jian beim Bluttest geschlampt hat?«

»Er weiß, wie viel auf dem Spiel steht. Außerdem hat er es mir hoch und heilig geschworen, als ich die Schönheit seiner Töchter bedroht habe.«

Der Rattenfänger schüttelte langsam den Kopf. »Wenn das wahr ist …«

»Scheiße«, murmelte Vandemer.

»Wie lange wollen wir eigentlich noch hinnehmen, dass die ihre eigene Gesetze brechen?« Wieseltjes Augen sprühten Funken. »Erst wurden wir ohne Prozess um die Ecke gebracht, dann trugen die Schatten keine Uniformen mehr, und nun gilt nicht mehr, dass alle Irrlichtkinder klar erkennbar sein müssen, oder was?«

»Dann beschwer dich doch bei der Königin.« Wolf lachte humorlos.

»Ich frag mich eher, wie sie den Bluttest umgehen konnte«, sagte der Rattenfänger. »Sie hängen am Irrlicht wie die Süchtigen am Opium. Die haben damals genug umgebracht, in dem Versuch, einen Teil ausnüchtern zu lassen.«

»Was ist, wenn es kurz ohne geht?«

»Überleben können sie vermutlich, aber ohne Nebenwirkung? Das glaube ich weniger.« Der Rattenfänger sah zu Karel. »Wie hat der Schatten gewirkt?«

»Normal. Kein Zittern beim Tee-Einschenken. Aufmerksam. Gesund.«

»Wir wissen einfach zu wenig über die Schatten«, knurrte Wieseltje. »Keiner von uns hat je mehr als die paar wenigen Fakten und ein Haufen Gerüchte herausgekriegt.«

»Solange keiner von uns einen seiner Leute ins engere Personal im Irrlichthaus bekommt, wird es so bleiben. Und wir müssen weiter raten.«

»Und bis dahin läuft ein Schatten komplett unerkannt rum? Der Rest des Gesocks ist oft schon schwer genug zu erkennen und geht uns tierisch auf die Eier.«

Karel räusperte sich. »Dieser Schatten ist tot.«

Vandemer sprang auf, sein Stuhl polterte zu Boden. »Wer hat dir ins Hirn geschissen, Karel?«

»Es war keine leichte Entscheidung, aber –«

»Es war verdammter Wahnsinn! Du gefährdest uns alle mit so einer Aktion.«

»Und wie gefährlich ist deiner Meinung nach ein Schatten, den man äußerlich nicht erkennt und bei dem der Bluttest nicht anschlägt – warum auch immer?«

»Karel hat recht.« Diesmal hielt Wolfs Stimme. »Vor allem, wenn er so sorgfältig mit der Sache umgegangen ist wie sonst auch.«

»Es wurden alle nötigen Vorkehrungen getroffen.«

»Siehst du. Alle Aufregung umsonst. Und nun setz dich wieder!«

Mit einem Grunzen hob Vandemer seinen Stuhl auf und setzte ihn mit einem Knall ab, bevor er sich darauf niederließ.

»Wer war sie?«, fragte der Rattenfänger.

Karel zog sein Notizbuch raus und blätterte zu der durchgestrichenen Doppelseite. »Schlitzauge. Vermutlich eine der Schiffseskorten, regelmäßige Sichtung an Deck der Transporter, an den Docks und auf dem Weg zwischen dort und der Himmelsbrücke.«

Auch die anderen hatten ihre Notizen hervorgeholt, und ein leises Rascheln erfüllte den Raum.

»Bisher vermutlich kein Schatten«, murmelte Wolf.

»Vielleicht verstärken sie ihre Reihen.«

Die Stirn in tiefe Falten gelegt blätterte der Rattenfänger seine Notizen durch. »Wir haben noch neun weitere Irrlichtkinder ohne Narben. Zwei sieht man hin und wieder bei den Schiffseskorten, einen bei der Brückenwache, aber der Rest könnte genauso gut Irrlichtschmied wie Schatten sein.«

»Neun potenzielle Schatten.« Vandemer spuckte aus.

In Karel wuchs die Gewissheit, dass er die Ware so schnell wie möglich loswerden musste.

»Wir sollten wieder Solvium aufstocken. Nichts hilft besser gegen die Schatten, als ihnen die Grundlagen für ihren verdammten Hokuspokus aus dem Körper zu treiben.«

»Es wurden nach dem Verbot alle fähigen Alchemisten aus Ijsstedt gejagt.«

Ein Grinsen schlich sich über Wolfs Mund. »Und was ist deiner geworden? Apotheker? Gärtner?«

»Das Problem ist ein ganz anderes«, mischte sich Karel ein. »Es bringt uns nichts, unsere Waffen mit Solvium zu präparieren, wenn wir nicht mal wissen, ob der Schatten da ist oder nicht.«

Der Rattenfänger nickte. »Außerdem könnte das Solvium genauso versagen wie der Bluttest. Und ohne Irrlicht im Blut sind es nur gewöhnliche Klingen und Munition.«

»Auch ein Schatten kann nichts gegen einen gut gezielten Stich oder eine genau plazierte Kugel machen.«

Wieseltje schlug die Hände auf den Tisch. »Das reicht alles nicht. Wir müssen etwas gegen die Schatten unternehmen!«

»Hast du eine Idee?«, fragte Karel.

»Nein, aber ich hasse es, wenn mir die Hände gebunden sind.« Sie erhob sich halb vom Stuhl. »Auch wir haben Rechte, verdammt.«

Das Husten der Wache hallte heran.

Kass sah kurz zu dem Unterstand, der sich an eine Gruppe rauchender Schornsteine drückte. Im Zwielicht des späten Nachmittags machte er die Bewegung des Mannes aus, der diesen Abschnitt der Dächer bewachte.

Lautlos ging Kass direkt auf den Mann zu, wobei er sich ein wenig hinter den abgesackten First duckte. Nicht, weil er Angst hatte, entdeckt zu werden, sondern damit ihm die verdammten nassen Schneeflocken nicht ganz so oft in Mund und Nase krochen.

Am Ende des Dachs wärmte er seine Finger kurz mit seinem Atem, bevor er nach der Dachkante ein halbes Stockwerk über ihm griff und sich hochzog. Er blickte direkt in das Gesicht der Wache – die wiederum durch ihn hindurchsah.

Kass umrundete den Unterstand, seine kaum hörbaren Schritte gingen im Lärm der Stadt unter. Trotzdem trat er vorsichtiger auf, denn im Schatten der Schornsteine bildeten Moos und Dreck eine gefährliche Schmiere.

Auf seine Hände gestützt kletterte er das kurze Stück zum First hinauf. Kurz unter diesem rutschte sein Fuß ab und Kass landete auf dem Bauch. Seine Nägel kratzten über den Ton, als er sich an den Ziegeln festklammerte.

Er sah über die Schulter, wo die Wache aus dem Unterstand getreten war und sich umschaute. Als der Mann zurückging, versicherte sich Kass, dass seine Füße einen festen Stand hatten, erhob sich wieder auf alle viere und überwand den Rest zum First.

Kass hielt sich an den gesprungenen Ziegeln fest und kletterte auf die andere Seite des Dachs. Sein Blick suchte die Fachwerkhäuser ab, die sich um einen erstaunlich großen Innenhof drängten, bis er zwischen einer Gaube und einem Doppelkamin das Irrlicht in Menschengestalt sah.

Er bewegte sich vorsichtig über die nassen Ziegel, die hier und da unter seinem Gewicht leise knirschten, und blieb einen Moment oberhalb von Sora stehen. Jeden Schritt setzte er behutsam auf, bis er direkt hinter seinem Freund stand, der an der Dachkante kauerte.

Kass blickte an ihm vorbei in den Innenhof, doch nichts regte sich dort unten in der Dunkelheit, die nur schwach von den erleuchteten Fenstern erhellt wurde. Hinter einem erschallte regelmäßig Gegröle, bis etwas scheppernd zu Bruch ging.

»Danke für den Regenschutz, Kass«, sagte Sora in die nachfolgende Stille.

Er ließ den Irrlichtschleier fallen. »Die Tücken der Unsichtbarkeit.« Neben Sora ging er in die Hocke, sodass der breite Doppelkamin ihm ein bisschen Schutz vor dem Schneeregen bot.

»Was machst du hier?«

»Ich habe Gerüchte gehört.« Kass sah hinüber zu den erleuchteten Fenstern. »Dass Carrasco eine von Jians Töchter als Schatten enttarnt hat.«

Sora starrte auf ein beleuchtetes Fenster knapp unter ihnen im rechtwinklig anschließenden Gebäude, hinter dem Kass nur den Teil eines Tischs sah. »So, sagt man das.«

»Du weißt, dass das mir nicht egaler sein könnte, aber es ist etwas anderes, wenn Dorien oder sogar die Königin davon erfährt.«

»Denen ist das doch so ziemlich alles egal, solange sie denken, sie haben die Kontrolle über uns – unabhängig davon, was sie gesagt oder niedergeschrieben haben.«

»Diesmal ist es anders. Das würdest auch du merken, wenn du ein wenig auf die Herren bei den Untersuchungen und auf Dorien achten würdest. Selbst Valentina hält sich zurück.«

»Oder sie stellt sich nicht so dumm an wie ich«, murmelte Sora. »Und deswegen sitz ich nun im Regen und lass mich nass pissen.«

Kass stützte sich mit der Hand auf dem schmierigen Dach ab und beugte sich vor, um in das Fenster zu sehen. Nun sah er, dass auf dem Tisch mehrere volle und leere Glasflaschen standen. Um eine von ihnen lag die Hand Carrascos, der mit glasigem Blick in die Leere starrte.

»Ist er alleine?«

Sora nickte.

»Was ist denn mit dem los? Jemand gestorben?«

»Das versuche ich noch herauszufinden.«

Kass seufzte. »Ich weiß, dass dir Abbrechen nicht in den Sinn kommt, aber lass wenigstens die Gerüchte erkalten.«

»Ist doch schon zwei Tage her.«

»Was mich zu dem anderen Grund bringt, warum ich hier bin: Du hattest Hisa nach deinem letzten Verschwinden versprochen, nie mehr als eben diese zwei Tage wegzubleiben. Sie malt sich schon wieder das Schlimmste aus.«

Sora löste sich aus seiner Kauerstellung. »Zwei Tage … das war gestern Abend, oder?« Er erhob sich und strich nasse Strähnen aus dem Gesicht. »Gehen wir.«

»Was ist mit ihm?« Kass deutet auf das Fenster.

»Mich wundert, dass er überhaupt noch bei Bewusstsein ist, so wie er sich volllaufen lässt. Der wird in einer Stunde auch noch hier sein.«

»Bist du offiziell weg oder weiß niemand von deinem Ausflug?«

»Offiziell. Wir treffen uns am Roten Tor.« Damit kletterte er in einem Tempo das Dach hoch, das nur dank seiner nackten Füße möglich war.

Kass wischte die Tropfen weg, die aus seinen Haaren ins Gesicht liefen, und setzte seine Kapuze auf. Dann folgte er Sora langsamer, da die weichen Sohlen seiner Schuhe nicht immer griffen.

Verborgen vom Irrlichtschleier verließ er das Hauptquartier der Rothen über den gleichen Weg über die Dächer, den er auf dem Hinweg genommen hatte. Dort, wo eine Mietskaserne die durchgebogenen Firste und schiefen Kamine durchbrach, kletterte Kass über einen eingebrochenen Schuppen nach unten. Ein kurzer Blick in die Runde versicherte ihm, dass die wenigen Menschen zu weit weg waren, um ihn in der hereinbrechenden Dunkelheit zu sehen.

Kass ließ den Irrlichtschleier fallen und folgte der Straße, die noch rutschiger erschien als die Dächer. Mit gesenktem Kopf, die Hände in den Taschen vergraben, mischte er sich unter den Strom der Menschen.

»Ganz neu: Irrlichtkinder ermordet!«, hallte die Stimme eines Zeitungsjungen heran. »Nur jetzt im Abendblatt!«

Kass sah auf. Unter die vage Hoffnung, dass es Franzis oder Dorien erwischt hatte, mischte sich die Angst, dass es jemand anderes sein könnte.

Er schlängelte sich zwischen zwei Karren hindurch zu dem Jungen, der von einer Traube von Menschen umringt wurde, die ihm die Ausgaben beinahe aus der Hand rissen. Gegen eine Münze bekam auch Kass ein Exemplar, auf das er schaute, während er sich wieder entfernte.

»Das Abendblatt! Irrlichtkindermord!«

Kass blieb mitten im Schritt stehen. Den Fluch des Mannes hinter ihm hörte er kaum, als er auf die rechte der beiden Zeichnungen starrte. Das vertraute Gesicht mit dem vertraut zurückhaltenden Lächeln.

Nicht sie. Alle, nur nicht sie.

Schneeflocken klatschten auf das Papier.

Er riss seinen Blick von der Zeichnung los und überflog den Artikel. Heute Mittag, auf dem Heimweg von der Wachschicht. Zeugen hatten vier Männer gesehen, die Gerechtigkeit forderten.

Ein humorloses Lachen entwich Kass' Kehle. Diese Träumer und Idealisten? Nie und nimmer. Eher ging das auf das Konto der Banden, aber das Parlament hatte in dem Zusammenhang eiserne Regeln. Irgendwelche Einzelgänger? Ein Unfall?

Mit steifen Fingern rollte Kass die Zeitung zusammen und zwang sich, weiterzugehen. Warum von allen Irrlichtkindern ausgerechnet sie? Warum Hisa?

Mit jedem Schritt, den er sich dem Roten Tor näherte, wuchs die Ahnung des Warums und legte sich wie ein Stein in Kass' Magen. Er wollte nicht darüber nachdenken. Er wollte es nicht mal in Erwägung ziehen, aber tief in seinem Inneren hatte er gewusst, dass dieser Tag kommen konnte.

Im Schatten des Stadttors blieb er stehen. Menschen eilten an ihm vorbei. Das Rattern eines Karrens auf dem Pflaster hallte zwischen den Mauern wider. Und dauernd sah er die Schlagzeile vor sich, während sich seine Vermutung festigte.

Dann entdeckte er Sora, der hinter einem Kind mit einer Kiepe voller Holz herging. Kass wurde dessen Ähnlichkeit mit seiner Zwillingsschwester so bewusst wie schon lange nicht mehr.

Sora blieb mit einem Grinsen stehen. »Haben sie den Kampfring geschlossen oder was ist los?«

Kass ergriff Soras Arm und zog ihn in eine Gasse, wo an der Hauswand ein zerlaufenes Plakat mit der großen, roten Aufschrift *Gerechtigkeit* prangte. Hisa würde eine bekommen, die sie so nie gewollt hätte.

Wortlos drückte er Sora die Zeitung in die Hand.

Einen Moment später erstarrte Soras Gesicht zu einer Maske. Das Papier in seinen Fingern zitterte, bevor es in den Dreck des Rinnsteins fiel.

»Es ist meine Schuld«, wisperte Sora kaum hörbar über die Geräusche der Stadt hinweg.

Kass verschränkte die Arme vor der Brust. »Was genau ist bei Jian vorgefallen?« Es lag eine Drohung in den Worten, die Kass nicht beabsichtigt hatte. Oder vielleicht doch. Wenn Sora Hisa geopfert hatte für seinen Spaß …

Dieser schüttelte den Kopf. »Das ist nicht mehr wichtig.«

Wut kochte in Kass auf. »Ich hatte dich gewarnt, dass du mit deinen verdammten Spielen früher oder später andere gefährdest.«

»Und diese Vorwürfe bringen nun was? Sie ist tot, Kass!«

»Weil du deinen verdammten Jagdtrieb nie zügeln wolltest.«

Soras presste die Lippen zusammen, dann wirbelte er herum und eilte davon.

Kass' Wut verrauchte so schnell, wie sie gekommen war. Hisa hatte es gehasst, wenn sie sich stritten.

Er sank gegen die Hauswand und sah hinauf in den grauen Himmel. Nasse Flocken klatschen in sein Gesicht, aber er konnte sich nicht überwinden, sie wegzuwischen. Sie waren egal. Wie alles im Moment. Nichts würde Hisa zurückbringen.

Rafael schenkte seinem Gegenüber ein breites Grinsen, obwohl die Karten auf seiner Hand eine klare Niederlage bedeuteten.

Feros Rechte schwebte unentschlossen zwischen seinem Stapel Münzen und seinem Blatt. Über dessen Rand sah er finster zu Rafael. »Ich glaube ja, dass du mich wieder zum Narren hältst, so oft kannst du gar nicht gewinnen …«

»Dann setz dein Geld und mach mich reich.« Er grinste noch breiter, während er betete, dass Fero aufgab.

»Kein Bock.« Fero warf sein Blatt auf den Tisch, wo es sich über die anderen Karten verteilte. Er hätte Rafael haushoch geschlagen.

Rafael deckte seine Hand auf.

»Du kannst mich mal.« Fero ließ sich nach hinten in den Stuhl fallen.

»Na, na, sei nicht so ein schlechter Verlierer.« Lorens stand auf und hob seinen Becher. »Auf den sechsten Sieg des glorreichen Rafael Carrasco!«

Rafael hob seinen eigenen Becher, in dem sich nur Wasser befand. Sein Magen rebellierte schon bei dem Gedanken daran, davon zu trinken.

»Auf meinen nächsten Sieg«, knurrte Fero.

»Das werden wir noch sehen.« Rafael schenkte ihm ein Lächeln, das das Pochen in seinem Schädel verstärkte. Er zog eine Grimasse und rieb sich die Schläfen. Verdammter billiger Fusel.

Lorens lümmelte sich in seinen Stuhl und nahm einen tiefen Schluck. »Das nächste Mal solltest du uns zu deiner kleinen Feier einladen.«

»Wenn es das wenigstens gewesen wäre …« Er hatte vergessen wollen, dass er Mei hatte umbringen lassen, doch nun fühlte er sich nicht mehr nur elend, sondern ihm war kotzübel.

»Hat dich die schöne Mei wieder abblitzen lassen?«

Rafael hatte das Bedürfnis, seinem Gegenüber an die Kehle zu springen.

»Oha, die erste Frau, die den famosen Künsten Rafael Carrascos widersteht.« Lorens legte den Kopf schief. »Sag nicht, du hast aufgegeben.«

»Können wir bitte das Thema wechseln?«

Fero schob die Karten auf dem Tisch zusammen. »Wir könnten auch noch mal spielen, damit ich endlich gewinne.« Energisch begann er zu mischen.

Lorens setzte zwei Münzen. »Wer braucht schon seinen Sold?«

Rafael schob seinen Einsatz in die Mitte und setzte das Grinsen wieder auf.

Fero teilte die Karten sorgfältig aus, während sein Mund stumm mitzählte.

Die Tür ging auf, und einer der Rekruten stürmte herein. »Schon mitbekommen? Zwei Irrlichtkinder wurden ermordet.« In seiner Hand schwenkte er eine Zeitung.

Für einen Moment legte sich Totenstille über den Saal, dann setzten die Stimmen wild durcheinander ein. Und mit ihnen schwoll das Stechen hinter Rafaels Schläfen an.

Fero warf die Karten auf den Tisch und stand ebenso wie Lorens auf. Rafael folgte den beiden zu einer der großen Tafeln, wo der Rekrut, umringt vom Großteil der anwesenden Rothen, die Seiten ausbreitete.

Rafael schob sich neben Jante, der mit tief gefurchter Stirn auf das Tagblatt sah. Die Schlagzeile war nicht zu übersehen.

Mord an Irrlichtkindern

Rafael ballte die Hände, als das Gefühl, einen Fehler begangen zu haben, ihn zu übermannen drohte. Er zwang sich, den Artikel zu lesen, der mit einem knappen Bericht über die ach so grauenvolle Tat begann und dann überging in die tollen Taten der beiden Irrlichtkinder, die so bestialisch auf dem Heimweg von der Wachschicht ermordet worden waren.

Dann fing der letzte Absatz seine Aufmerksamkeit:

Hinweise, denen bereits nachgegangen wird, deuten auf die regierungskritische Gruppierung Gerechtigkeit hin.

Der Fluch, der Rafael rausrutschte, ging in der allgemeinen Diskussion unter. Hatten die Idioten, die er beauftragt hatte, von allen potenziellen Sündenböcken genau diese aussuchen müssen? Karel würde ihm den Kopf abreißen.

Ein Finger deutete auf die beiden Zeichnungen. »Hübsches Ding, oder?«

Auf dem linken Bild war ein hässlicher Typ abgebildet, über dessen Nase, Mund und Stirn sich Irrlichtnarben zogen. Rechts daneben –

Rafaels Herz schlug höher, als er in Meis Gesicht sah.

Dann blinzelte er. So sehr er die wunderschönen Mandelaugen und die filigranen Wangenknochen auch erkannte, war das Kinn doch zu spitz und die Lippen, die er gern noch mal geküsst hätte, zu voll. Entweder hatte der Zeichner geschlampt oder –

Das flaue Gefühl im Magen wuchs. Er taumelte aus der Menge, die um die Zeitung herum saß und heftig spekulierte, welcher Spinner so verrückt gewesen sei, Irrlichtkinder umzubringen.

Rafael ließ sich auf einen Stuhl sinken. Vor seinem inneren Auge sah er Karels wütendes Gesicht. Nicht nur, weil er die Gerechtigkeitsbewegung seiner eigenen Unfähigkeit geopfert hatte, sondern auch, weil er das falsche Irrlichtkind aus dem Weg hatte räumen lassen.

Doch das hieße auch, dass Mei noch lebte.

Er unterdrückte das Lächeln, das sich auf sein Gesicht schleichen wollte. Sein Herz pochte. Dann gab es eine Chance, sie wiederzusehen.

Jante kam auf ihn zu, seine Stirn lag in tiefen Falten. Er setzte sich Rafael gegenüber auf einen Stuhl. »Als ob der Mord zweier Irrlichtkinder nicht schon genug Probleme geben wird …«

»Du meinst die Sache mit der Gerechtigkeit?«

»Unter anderem. Karel wird nicht erfreut sein, wenn seine Arbeit mit verantwortungslosen Taten zunichtegemacht wird.«

Rafael merkte, dass er Jante anstarrte. Er versuchte, sich in ein verwirrtes Blinzeln zu retten. »Wie meinst du das?«

»Einige Gäste von Jian haben angefangen zu reden.«

Es durchlief Rafael eiskalt. Jante war keine Gefahr. Er war Karel gegenüber loyal wie ein Hund. Aber wenn dieses Gerede sich weiter verbreitete, zusammen mit dem Mord …

»Du hast sie hoffentlich zum Verstummen gebracht«, würgte er hervor.

Jante nickte.

Rafael hatte alles, wirklich alles im Zusammenhang mit Mei versaut. Falls bekannt wurde, dass sie noch lebte, dass er, Rafael

Carrasco, versagt hatte ... nein, das konnte er nicht zulassen. Schon gar nicht als Stellvertreter der Rothen.

Er stand schwungvoll auf – das Stechen fuhr sofort in den Kopf. »Ich werde mich darum kümmern, dass die verdammten Söldner erfahren, welche Scheiße sie gebaut haben. Informier du Karel, wenn er wiederkommt. Du kannst das eh besser als ich.«

»Mach ich.« Jante senkte die Stimme. »Du solltest dir trotzdem etwas Zeit lassen, bis du dich hier wieder blicken lässt.«

»Danke. Dafür bin ich dir einen Gefallen schuldig.«

Auf dem Weg zur Tür kam Rafael an Lorens vorbei. Dieser hatte einen nachdenklichen Ausdruck auf dem Gesicht, als sein Blick zwischen Rafael und dem Tagblatt hin und her ging. Er wusste genug von Mei, um die richtigen Schlüsse zu ziehen.

Draußen auf dem Gang empfing ihn angenehme Stille. Er lehnte sich gegen die kühle Steinwand und schloss für einen Moment die Augen. Er würde sich die Söldner vornehmen, doch erst musste er sich um Mei kümmern. Und dafür musste er sie finden.

Rafael öffnete die Augen und rieb sich über den Nasenrücken. Sie war keiner der bekannten Schatten, da gab es nur die Rothaarige, den Einäugigen und das Mädchen. Wobei es auch bei dem Kommandanten und dem Deppen mit dem Schwert recht sicher war, da sie – obwohl sie Uniformen trugen – nie auf einem Wachposten gesehen worden waren. Doch wie so vieles waren auch das nur Vermutungen.

Die Tür neben ihm öffnete sich, und der Rekrut kam mit zwei anderen Rothen heraus.

Rafael tat so, als ob er etwas in seinen Taschen suchte. Falls die ursprüngliche Idee stimmte, dass die Schatten wieder aufgefüllt wurden, dann war jedes Irrlichtkind ein potenzieller Schatten – und die hatte er nicht alle im Kopf. Aber Karel hatte sie aufgeschrieben.

Er stieß sich von der Wand ab und eilte in Richtung Karels Arbeitszimmer. Auch wenn dieser nicht da war und sein Notizbuch sicher bei sich hatte, gab es bestimmt irgendwo eine Kopie.

Vor der Tür, die sich perfekt in die Fachwerkbalken einpasste, blieb er stehen und bückte sich. Sofort fuhr ihm ein Stechen durch den Schädel. Verdammt, so schlimm hatte es ihn schon lange nicht mehr erwischt.

Rafael schob seine Finger in den Stiefelschaft, wo er neben seinen Ersatzdietrichen einen Schlüssel verbarg, von dem Karel nichts wusste.

Schritte eilten heran, und bevor Rafael sich aufrichten konnte, bog Robbe um die Ecke. Seine Augen verengten sich.

Rafael hielt sich den Bauch mit der Hand, die den Schlüssel umklammerte, und stützte sich mit der anderen an der Wand ab. »War … gestern einfach … zu viel.«

Robbes Grinsen erreichte seine Augen nicht. Wenn seine Schwester diese Abneigung wenigstens wert gewesen wäre – aber die Nervensäge hatte einfach nicht loslassen können, nachdem er sie erobert hatte.

»Geht gleich wieder vorbei. Hoffe ich.«

»Dann pass auf, dass du beim Grafen nicht vor die Tür kotzt.«

Rafael nickte schwach, und Robbe ging weiter, nicht ohne noch mal einen Blick über die Schulter zu werfen. Verfluchter misstrauischer Bastard!

Rafael wartete noch einen Moment, bevor er sich aufrichtete und hastig die Tür aufschloss. Ein letzter Blick auf den Gang, und er schlüpfte hinein. Seine Aufmerksamkeit galt dem massiven Schreibtisch, dessen verblasster Glanz sich von dem Rest des kärglich eingerichteten Arbeitszimmers abhob.

Mit wenigen Schritten hatte er ihn umrundet. Links und rechts befanden sich jeweils drei Schubladen, deren Löwengriffe Rafael spöttisch herauszufordern schienen. Er hatte keine Ahnung, wo er anfangen sollte.

Wahllos zog er am ersten Griff. Abgeschlossen.

Rafael fluchte, dann zog er einen der Dietriche aus dem Stiefel und knackte die Schublade, deren Schreiner sich nie ernsthafte Gedanken über Sicherheit gemacht hatte. Ein kurzer Blick ins Innere, und er sah auf eine von Karels Messersammlungen. Die zweite enthielt Verträge, die dritte die Bücher der Buchhaltung.

Er wechselte zur rechten Seite, wo die Löwengriffe noch hämischer zu grinsen schienen. Zwei Atemzüge später sprang auch hier das erste Schloss auf.

Schritte näherten sich.

Rafael erstarrte, die Hand am Griff.

Doch die Person ging vorbei.

Mit feuchten Fingern zog Rafael die Schublade heraus. Im hinteren Teil lag ein in hellblaues Leinen gebundenes Buch. Nicht ganz so abgegriffen wie Karels Notizbuch, ansonsten identisch.

Voller Vorfreude zog es Rafael heraus und schlug es auf. Das blasse Tageslicht fiel auf die halbvolle Doppelseite der Rothaarigen. Valentina.

Rafael blätterte das Notizbuch sorgfältig durch, wobei er auf Geschlecht und Irrlichtnarben achtete. Gerade mal vier Frauen hatte keine sichtbaren Narben: die Tote, zwei Blonde und eine Südländerin. Kein weiteres Schlitzauge. Und Rafael erschien es unwahrscheinlich, dass sie nach gut zehn Jahren nicht alle Irrlichtkinder kannten.

Er blätterte zurück zu der Doppelseite der Toten, die durchgestrichen war. Hatte er irgendwas übersehen? Oder irgendwas vergessen, das Jian gesagt hatte? Es war nicht viel gewesen. Selbst Karel hatte sich kaum zu Mei geäußert, außer dass er ihr Kinn zu kantig gefunden hatte.

Etwas in Rafaels Magen zog sich zusammen. Er wollte es auf die Übelkeit schieben, doch er musste alles in Erwägung ziehen, wenn er die Sache klären wollte.

Er blätterte das Buch ein drittes Mal durch. Im hinteren Drittel stieß er auf eine Doppelseite, die praktisch leer war. Einzig *Schlitzauge, Schatten?* und eine Handvoll Sichtungen bei den Docks waren aufgeführt, mit der kleinen Ergänzung, dass Verwechslungsgefahr mit der toten Schiffseskorte bestand. Und dass er männlich war.

Rafael ließ sich in Karels Stuhl fallen. Konnte das seine Mei sein? Hatte ihn ein verdammter Mann reingelegt? Oh, wenn das stimmte, würde er dafür bezahlen. Dafür musste Rafael diesen vermeintlichen Schatten, der seinem Amt alle Ehre machte, nur finden. Und er hatte keinen blassen Schimmer, wo er anfangen sollte.

KAPITEL 5

Alba ging in die Hocke, bis der Glaswürfel auf der Fensterbank genau vor ihrem Gesicht war. Der feine Schimmer ging im Grau des Nachmittags unter, sodass der Behälter leer wirkte. Sie wusste, dass die Kälte das Irrlicht wieder flüssig machen würde, doch sie wusste nicht, wie lange es dauerte.

Ihr Blick fiel auf die zerdrückten Kekse, die sie vor einer guten Stunde hingelegt hatte. Trotz des Krächzens, das vom Schlachthof her erklang, kam die Krähe nicht. Vielleicht hatte der Vogel das Interesse verloren, nachdem eine Woche lang weder Alba noch Futter da gewesen waren.

Auf dem Boden des Glaswürfels hatte sich eine Pfütze gebildet. Dort war der blaue Schimmer zu sehen, der immer wieder über das Irrlicht lief. Sie konnte dabei zuschauen, wie sich der Behälter zu füllen schien.

Erst als sich nichts mehr veränderte, erhob sich Alba und nahm den Würfel zwischen die Fingerspitzen. Sie eilte zu dem bullernden Kanonenofen, aus dessen oberer Luke die sechs Streben der Flügel ein kleines Stückchen herausragten. So viel sie in der Woche, die sie zu Hause eingesperrt gewesen war, auch jedes kleinste Detail durchdenken hatte können, die Maße des Ofens hatte sie nicht gewusst.

Hastig schälte sie die Metallbänder von dem Irrlichtbehälter, bis sich eine der Seiten löste. Einen Herzschlag zögerte sie, als sie den Glaswürfel über den Ofen hielt. Aber es gab nichts, wovor sie sich fürchten musste. Wenn es schiefging, würde sie nicht weiterhin in ihrem nutzlosen Körper dahinsiechen. Und wenn es klappte, würde sie fliegen.

Sie kippte die schimmernde Flüssigkeit über die Stangen. Das heiße Metall schien das Irrlicht anzuziehen, denn an dessen Oberfläche bildeten sich Schlieren. Träge drehten und wanden sie sich, bis sie die ganze Oberfläche bedeckten.

Auf Albas Gesicht machte sich ein Grinsen breit. Sie hatte es geschafft!

Sie eilte zur Kommode, stellte den Glaswürfel ab und zog aus der Lumpenschublade die dicksten Stoffstücke, die sie um ihre Hände wickelte. Einige weitere nahm sie mit zum Ofen, aus dem sie vorsichtig die Streben zog. Sie starrte den blau schimmernden und beinahe gewichtslosen Stahl in ihren Händen an – bis sie die Hitze durch die Lumpen spürte.

Hastig legte sie die Rohre ab, woraufhin diese schwarze Streifen neben die Kratzer der Kohlenschütte in die Dielen brannten.

Alba wickelte die Lumpen von ihren Händen, die auf der Innenseite gerötet waren. Immerhin sah sie keine Blasen. Sie öffnete die Ofentür und schaufelte die glühenden Kohlen in den Ascheneimer, sah über die Schultern immer wieder zu den Stangen. Sieben ganze Tage hatte sie darauf gewartet. Sieben Tage war sie Fienes Blick nicht entkommen. Doch heute hatte endlich wieder Tee mit Familie Keyserlingk angestanden.

Als sie mit dem Ofen fertig war, fühlten sich die Streben unter ihren Fingern noch warm an. Sie trug die erste hinüber zu ihren Flügeln, die auf dem Boden ausgebreitet waren. Alba setzte die Stange ein und zog das Gewinde mit all der Kraft fest, die sie aufbieten konnte. Bei jeder der folgenden fünf wurde sie langsamer.

Alba wischte sich den Schweiß von der Stirn, bevor sie die Flügel mit kraftlosen Händen zusammenschob. Dann hielt sie den Atem an und hob die Konstruktion langsam hoch.

Ein Lachen entwich ihrer Kehle. Bis auf die Mechanik des Rückenteils wogen die Schwingen praktisch nichts. Es hatte funktioniert. Endlich würde sie richtig fliegen können!

Alba lehnte die Flügel gegen die Wand und steckte die Arme durch die Gurte, schloss mit zitternden Fingern die Riemen um Brust und Hüfte. Sie spürte kaum noch etwas von dem Gewicht, das sonst an ihrem Körper gezogen hatte. Auch wenn die Zeit eigentlich zu knapp war, musste sie die Schwingen testen. Es wäre nicht das erste Mal, dass sie ihre Familie überzeugte, auf einem längeren Spaziergang gewesen zu sein.

Sie griff nach dem Umhang und streifte ihn mit einigen Verrenkungen über, dann zog sie Handschuhe, Schlagring und die Kappe an. Sie steckte eines der beiden Glasfläschchen vom Tisch ein, dann eilte sie zur Tür.

Alba sah hinaus auf das Treppenhaus, wo von unten nur das gedämpfte Quengeln eines Säuglings zu hören war. Sie verließ die Werkstatt, schloss hinter sich ab und eilte – so leise es auf den Holzstufen ging – die Treppe hinab. Wider Erwarten begegnete sie keinem der Nachbarn und auch keiner der anderen Gestalten, die hier oft Zuflucht suchten.

Draußen auf der Straße atmete sie auf und mischte sich unter die Menschen, wo sie sich erstaunlich sicher fühlte – bis ihr einfiel, dass sie Irrlicht mit sich herumtrug.

Hastig sah sich Alba um, doch niemand schien ihr mehr als den gewohnten Augenblick Aufmerksamkeit zu schenken. Eigentlich war es Wahnsinn, mit dem Irrlicht quer durch halb Ijsstedt zu laufen, aber selbst wenn man sie erwischte – sie lebte sowieso nicht mehr lange, und das Risiko war es allemal wert.

Sie wich einem Hundekarren aus und bog in die Hauptstraße ein, die durch Rothentor und über die Thein auf die Südseite führte.

»Mord an Irrlichtkindern!« Die Stimme des Zeitungsjungen mischte sich unter das Gebell. »Ist die Gerechtigkeit wirklich schuld?«

»Wer's glaubt«, murmelte der gebeugte Alte neben Alba.

Sie hatte die Sache nur am Rand mitbekommen. Viel zu sehr war sie darauf konzentriert gewesen, aus dem Gefängnis ihres Zuhauses auszubrechen, und auch jetzt interessierte es sie kaum. Wichtig war nur, dass sie fliegen konnte.

Hinter der Brücke über die Thein bog sie in Richtung Königsgarden ab, sodass sie bald den Trubel und den Dreck hinter sich gelassen hatte. Kurz bevor sie die Passage erreichte, begann das vertraute Kribbeln durch ihre Beine zu kriechen.

Alba zog das Fläschchen aus der Tasche und nahm ohne innezuhalten einen großen Schluck ihrer Medizin, die, als sie das Dach erreicht hatte, alle Taubheit, Probleme und Bedenken aufgelöst hatte.

Den Umhang abgestreift, kletterte Alba auf die steinerne Balustrade. Langsam öffnete sie die Schwingen, deren Streben wie magisch schimmerten. Böen zupften lockend am Leinstoff.

Alba sah hinauf in den Himmel, wo die Krähen dahinschossen.

Sie atmete tief durch und schloss die Augen. Dann ließ sie sich nach vorn fallen.

Der Wind fing sich unter ihren Flügeln, griff nach ihrer Kleidung und riss die Kappe von ihrem Kopf.

Alba streckte das Gesicht in die Böen und gab sich für einen Moment dem Traum hin, ein Vogel zu sein. Schwerelos über Ijsstedt zu fliegen, nie wieder den Boden unter den Füßen zu spüren. Nie wieder in den kaputten und kranken Körper zurückzumüssen.

Mit einem Seufzer öffnete sie die Augen. Sie hatte das verdreckte Dach der Passage hinter sich gelassen. Die Firste und Schornsteine Königsgardens lagen viel tiefer unter ihr als erwartet. Dann bemerkte sie, wie sie langsam höher stieg.

Ein Jauchzer löste sich aus ihrer Kehle. Der Wind riss ihn von ihren eisigen Lippen. Sie war frei!

»Es ist sicher nur ein Missverständnis.« Meret hob beschwichtigend die Hände. »Wir hatten das doch schon gestern besprochen, und ich werde Sander nicht in den Rücken fallen.«

»Das hab ich auch nicht verlangt.« Lucies Augen sprühten Funken. »Aber wenn man uns schon den verdammten Mord unterschiebt, dann sollten wir das ausnutzen. Nun wissen sie, dass wir da sind. Das ist unsere Chance auf Gerechtigkeit, für die wir seit fast drei Wochen kämpfen.«

»Niemand wird sich mit Mördern an einen Tisch setzen«, mischte sich Derk ein, der am Fensterrahmen lehnte und hinausschaute. »Wir müssen erst das Missverständnis aus dem Weg schaffen.«

»Missverständnis.« Lucie schnaubte. »Und was, wenn es doch die Königin ist, die uns das in die Schuhe schiebt, um uns loszuwerden? Dann rennt Sander direkt in die Falle!«

»Es ist ja kein beliebiger Polizist, zu dem er geht, sondern eben der Bruder von Sanders totem Schwager. Der wird, wie wir alle, Gerechtigkeit für –«

Ein schriller Pfiff unterbrach Derk.

Nicht nur Meret erstarrte für einen Herzschlag, dann sprang sie auf die Füße und eilte neben Derk, der sein Gesicht gegen die Scheibe presste. Die Allee unter ihnen lag wie ausgestorben da. Vielleicht hatten sie Glück, und es war nur ein Fehlalarm der Wache, die sie seit neuestem hatten.

»Sehr ihr was?«, fragte Nikolai.

Bevor Meret den Kopf schütteln konnte, hallte ein zweiter Pfiff heran. Und mit ihm entdeckte sie die Bewegung rechts, wo die Häuserzeilen am Platz mit dem leeren Springbrunnen endeten. Nach und nach marschierte ein Dutzend Soldaten ins Blickfeld, gefolgt von einem Mann, über dessen untere Gesichtshälfte sich unübersehbar die leuchtenden Narben zogen.

»Irrlichtkind!«, rief Derk.

Meret wirbelte herum. Sie sah in den meisten Augen der Anwesenden die gleiche Angst, die ihr Magen und Kehle zuschnürte. Sie hatten kein Gesetz gebrochen, und vor allem nichts mit Irrlicht zu tun gehabt. Sie wollten nur Gerechtigkeit!

Derk drückte kurz ihre Hand. »Wir werden uns aufteilen müssen, wenn wir eine Chance haben wollen.« Er sah zwischen ihnen hin und her. »Meret bleibt bei mir. Du und du kommt auch mit. Nikolai übernimmt die zweite Gruppe. Emilian, du gehst mit ihm, genauso wie dein Vetter, und ihr nehmt den Weg über das Stalldach. Lucie, du und der Rest versteckt euch im Salon und versucht dann, vorne rauszukommen.«

Lucie öffnete den Mund.

»Nicht jetzt«, brachte Meret aus ihrer trockenen Kehle heraus.

Die junge Frau blieb wider Erwarten stumm und eilte zum Ausgang des Salons. Dass Lucie auf Meret hörte und ihr damit das Gefühl gab, wenigstens etwas Kontrolle über die Situation zu haben, lockerte den Griff der Angst.

Derk öffnete die Tür ins herrschaftliche Treppenhaus. »Wir treffen uns dann beim Unterschlupf in Rothentor. Viel Glück!«

Lucie stürmte mit weißem Gesicht und dem Rest ihrer Gruppe an ihm vorbei in das Zwielicht, während Nikolai den Salon durch die Tapetentür hinter ihnen verließ. Meret eilte direkt hinter Derk, der Wäscherin und deren Freundin her. Sie wollte nicht sterben oder eingesperrt enden. Sie war noch nicht so weit. Sie hatte noch keine Gerechtigkeit für ihre Familie bekommen.

Sie wischte sich hastig über die brennenden Augen und folgte dem Rest sowie dem Poltern von Lucies Gruppe die geschwungene Holztreppe hinunter ins Erdgeschoss, wo Derk um den Geländerpfosten herumschlitterte und die schmale Tür zum Dienertrakt aufstieß.

Bevor sie den Hinterausgang erreichten, kam ihnen Geertje entgegen. Das Weiß ihrer Augen war im Zwielicht zu sehen, als sie den Kopf schüttelte und mit dem Stock energisch zurück in den Hauptteil des Hauses zeigte.

»Soldaten?«, fragte Derk.

Die Alte nickte heftig.

Ein Hämmern an der Haustür hallte heran.

Derk sah ratlos zwischen ihnen hin und her. »Die Bibliothek.« Er stürmte los.

Meret griff nach Geertjes Arm, doch diese schüttelte entschieden den Kopf und deutete mit dem Stock erst auf Meret, dann auf Derk.

Meret zögerte, dann festigte das zweite Wummern den Griff der Angst wieder. Sie rannte Derk hinterher. Die Befehle von draußen gingen fast im Trommeln ihrer Sohlen unter.

In der Bibliothek, von deren Regalen nur die Umrisse auf der Tapete geblieben waren, stieß sie fast mit der Wäscherin und ihrer Freundin zusammen, die wie erstarrt da standen.

Derk schloss hastig die Tür. »Wir warten. Bis sie drinnen sind.«

Für einen Moment hörte Meret nur das Pochen ihres Herzens. Dann splitterte Holz, und die gebellten Befehle hallten deutlich heran.

Meret stürmte zu dem Fenster und drehte an dem Griff – der sich nicht bewegte. Sie rüttelte mit aller Kraft dran, während ihre Angst zur Panik wurde. Es konnte nicht hier enden. Nicht so.

Das Geräusch von genagelten Sohlen kam näher.

»Meret!« Derk hatte das andere Fenster geöffnet, durch das gerade die beiden anderen Frauen kletterten.

Mit wenigen Sätzen war sie bei ihm und raffte fahrig ihre Röcke hoch, dann stieg sie mit Derks Hilfe auf das Fensterbrett.

Die Tür der Bibliothek flog auf. Das Irrlichtkind und zwei Soldaten stürmten herein.

Derk gab Meret einen Stoß, und sie fiel aus dem Fenster. Die Bauchlandung in dem Blumenbeet trieb alle Luft aus ihrem Körper.

Über sich hörte sie Derk spotten.

Meret drückte sich zwischen den braunen Stängeln auf alle viere und richtete sich neben dem Fenster auf. Sie wollte davonrennen. Sie wollte Derk retten. Aber was konnte sie schon ausrichten? Er hatte sich sicher nicht … geopfert, damit sie die Chance nicht nutzte.

Mit einem Schluchzer wirbelte sie herum und durchquerte den winzigen Vorgarten, kletterte über den Zaun. Ihr Rock blieb hängen, und sie zerrte daran, bis er mit einem Ratschen riss.

Beinahe wäre sie gegen Lucie gestolpert, die sich mit einem blutgetränkten Ärmel an einer Laterne festklammerte.

Meret griff nach der jungen Frau und zog sie mit, die Allee entlang, durch eine kleine Gasse und eine Straße nach der anderen – bis sie nicht mehr konnte. Ihre Hand fiel von Lucies Arm, und sie sank im Rinnstein nieder. Sie erstickte ihr Schluchzen im Ärmel, während die Straße vor ihren Augen verschwamm. Sie wollte nur Gerechtigkeit.

Die vertraute Mischung aus Rauch, Schweiß und Bier hüllte Kass ein. Er wich einer der undefinierbaren Pfützen aus und schlängelte sich zwischen der Theke und einer Gruppe lautstark diskutierender Männer hindurch zum hinteren Teil der Gaststube, wo ein Hüne mit verschränkten Armen vor einer Tür stand.

Dieser entblößte seine fleckigen Zähne zu einem Grinsen. »Warst schon lang nicht mehr hier, Schatten.«

Manchmal war das Offensichtliche die beste Verkleidung. Vor allem, weil sich die verdammten ausrasierten Seiten nicht wirklich gut verbergen ließen.

»Hatte anderes zu tun.« Wie zum Beispiel, um Hisa zu trauern – bis er es im Irrlichthaus nicht mehr ausgehalten hatte.

Der Hüne beugte sich zu Kass herunter. »Ist ein Neuer da. War einer der Lieblinge vom Rattenfänger. Gibt einen Haufen Gerüchte.«

»Mich interessiert nur, was er draufhat.«

Mit einem noch breiteren Grinsen trat der Hüne zur Seite und öffnete die Tür. »Sag Sepp, ich setz auf dich.«

Kass ging an ihm vorbei in die Dunkelheit und stieg die Treppe hinab, für deren ausgetretene Stufen er schon lange kein Licht mehr brauchte. Hisa hatte hiervon nie gewusst. Er hatte nicht gewollt, dass sie diese Seite von ihm kannte. Aber nun bereute er es, sie wegen seiner blauen Flecken und den unzähligen anderen Verletzungen angelogen zu haben.

Am Fuß der Treppe bog er in einen kurzen Gang, an dessen Ende Öllampen unzählige dicht an dicht gedrängte Rücken beleuchteten.

Kass' Puls beschleunigte sich, und sein Körper spannte sich in erwartungsvoller Vorfreude an. Wie erhofft, verdrängte es die Trauer um Hisa, bis er den Schmerz nur noch wie eine Erinnerung tief in sich spürte.

Jubel stieg auf, und vereinzelte Fäuste reckten sich in die Höhe, bevor sich wieder erwartungsvolle Stille über den nach Schweiß stinkenden Kellerraum senkte.

Kass drückte sich hinter der Menge entlang, bis er an einen wuchtigen Tisch kam.

Sepps narbiges Gesicht erhellte sich, und er sprang auf. »Gut, dich mal wieder zu sehen.« Er streckte seine Hand aus, und Kass schlug ein.

»Hab gehört, es gibt einen Neuen.«

Sepp deutete in den Ring, der nur durch eine schmale Lücke in der Menge sichtbar war. Dort tänzelte ein kleiner Kerl mit gefletschten Zähnen um seinen Gegner herum. Dieser blutete aus zwei Wunden am rechten Arm, den er viel zu tief hielt – und prompt kassierte er einen Schlag gegen die Schulter.

Kass wandte sich wieder um. »Bin dabei.«

»Der Schatten gegen die Ratte. Wird spannend.«

Er grinste. »Ich soll dir von oben ausrichten, er setzt auf mich.«

Sepp lachte. »Du warst schon immer sein Favorit.«

Kass ging an dem Tisch vorbei zu einer Reihe Bänke, wo er Jacke und Hemd auszog. Sorgfältig prüfte er den Sitz der Stoffbänder, die er um Unterarme und Hände gewickelt hatte. Erwartung und Erregung pulsierten durch seinen Körper.

Er sah zum Ring, wo der Kleine gerade auf dem Brustkorb des Gegners saß und die Arme in die Luft streckte.

Jubel brandete auf.

Kass ballte seine Hände und beherrschte sich, um nicht sofort in den Ring zu stürmen und der Ratte die Faust in die Fratze zu donnern. All die verdammte Wut – auf Hisas Mörder, auf Soras Jagdtrieb, die Königin und die Idioten vom Rat – wollte raus.

Er atmete tief durch. Gleich.

Am Tisch erhob sich Sepp. »Kann unser nächster Kandidat die Ratte stoppen? Begrüßt unseren alten Bekannten: den Schatten!«

Wieder wurde gejohlt.

Kass schlenderte scheinbar entspannt durch die Menge in den Ring.

Die Ratte begrüßte ihn grinsend und mit blutigen Lippen.

Kass brauchte seine ganze Selbstbeherrschung, ihm nicht dort reinzuschlagen.

»Ein Schatten ohne Fähigkeiten.« Der Kleine spuckte auf den Boden.

»Als ob man die braucht, um eine Ratte zu zerquetschen.«

Aus dem Grinsen wurde ein Zähnefletschen –

– und die Glocke ertönte.

Der Kleine stürmte vor, die Fäuste gleichzeitig schützend und schlagbereit auf Kinnhöhe.

Kass tänzelte zur Seite, das Blut pochte bis in den Kopf, wo es alles außer der Ratte verdrängte. Er deutete einen Angriff an, den er kaum stoppen konnte, doch die paar Sekunden reichten, um zu erkennen, dass der Kleine ein fast ebenbürtiger Gegner war. Aber eben nur fast.

Dann gab er der Wut nach, die jede Selbstbeherrschung fortspülte und Kass vorwärtsstürmen ließ.

Die Schläge der Ratte prasselten nur so auf ihn ein. Sein Körper wusste, was zu tun war, und blockte fast jeden Hieb ab. Der Schmerz derer, die durch Kass' Deckung kamen, gab ihm das Gefühl, lebendig zu sein.

Er deutete einen Schlag mit der Rechten an und scheuerte dem Kleinen eine mit links, als sich dessen Deckung verschob.

Dafür kassierte er einen in die Seite, doch er erwischte die Ratte am Kinn, woraufhin dieser seine Verteidigung komplett fallen ließ und sich mit ausgebreiteten Armen auf Kass warf. Zähne bohrten sich in seine Schulter.

Er donnerte seine Faust auf das Ohr der Ratte. Als sein Gegenüber nach hinten schwankte, packte ihn Kass und schlug ihm in die blutige Fratze. Einmal. Zweimal. Dreimal.

Dann ließ er den Kleinen fallen und trat einen Schritt zurück.

Über das Rauschen seines Blutes hinweg hörte er den Jubel um sich aufbranden.

Drei Männer in Uniform kamen aus der Tür des Vorderhauses.

Alba senkte den Kopf und eilte so schnell es ging an ihnen vorbei. Obwohl sie sonst ein eher positives Gefühl in der Gegenwart von Polizisten hatte, strahlten diese drei eine unterdrückte Aggressivität aus, die Alba beinahe über den Innenhof fliehen ließ.

Hastig drückte sie die Tür zum Hinterhaus auf und schlüpfte in das dämmrige Innere. Sie hatte nicht einmal die Hälfte der Treppe in den ersten Stock erklommen, als die Haustür unter ihr geöffnet wurde. So schnell es das Schwächegefühl in ihren Beinen erlaubte, eilte sie Stufe für Stufe weiter.

An der ersten Kehre warf sie einen kurzen Blick hinab und sah, wie die Polizisten zielstrebig die erste Wohnung ansteuerten.

Alba atmete auf.

Vom ersten Stock drangen zwei Frauenstimmen heran.

Alba zog die Kappe tiefer ins Gesicht und verlangsamte ihre Schritte, sodass es so aussah, als ob sie gemütlich die Treppe hinaufschlenderte. Sie warf einen kurzen Blick auf ihre Hand, die sich zwar um das Geländer klammerte, aber deren weiße Knöchel die fingerlosen Handschuhe verbargen.

»… ist schon wieder schwanger. Kannst du dir das vorstellen? Dabei ist sie fast im Kindbett gestorben!«

»Ihr Mann war da aber auch schon immer rücksichtslos. Würd mich nicht wundern, wenn er die Kinder auf die Straße setzt, wenn sie diesmal stirbt.«

Im ersten Stock stand Hester vor einer der Wohnungen, in deren Tür die gebeugte Frau vom Dach stand. Beide wandten gleichzeitig den Kopf und sahen zu Alba.

»Ah, den jungen Mann hab ich schon länger nicht mehr gesehen.«

Alba murmelte etwas, das eine Begrüßung sein konnte.

»Wir sollten echt mal ein Schwätzchen halten, ich weiß so wenig von Ihnen.«

Alba nickte nur, bevor sie die Stufen hinauf in den zweiten Stock in Angriff nahm. Sie wollte nicht daran denken, wie viele noch vor ihr lagen.

»Eine Schande, dass es nicht noch mehr solcher Nachbarn gibt. Sondern, dass immer die Trunkenbolde und …«

Alba schaltete das Geschnatter ab und konzentrierte sich auf die ausgetretene Treppe. Wenn sie oben angekommen war, hatte sie ihre Wohnung fast erreicht. Nicht mehr lang und sie würde wieder fliegen!

Ein Lächeln stahl sich auf ihre Lippen.

Unter ihr knallte eine Tür, und Schritte hallten auf dem Steinboden im Erdgeschoss.

Für einen Moment senkte sich Stille über das Treppenhaus.

Dann setzten die beiden Frauen ihr Gespräch fort.

Die Vorfreude verblasste mit jeder der Stufen, die schier endlos waren und mit jedem Schritt die Kraft aus Albas Beinen zogen. Sie stolperte beinahe, als sie den letzten Treppenabsatz nahm.

Alba tastete gerade nach dem Fläschchen in ihrer Innentasche, als sie die Gestalt vor ihrer Werkstatt bemerkte. Statt um den Schlagring schlossen sich ihre Finger fester um das

Glas. Dann erkannte sie Corvins Besitzer, und der Großteil der Anspannung fiel von ihr ab. Still verfluchte sie Hester, die ihm vermutlich erzählt hatte, wo der höfliche junge Mann wohnte.

Sie ließ das Fläschchen los und ging direkt auf ihn zu. Was auch immer er von ihr wollte, sie würde es schnell hinter sich bringen.

Alba lehnte sich Corvins Besitzer gegenüber an das Geländer, während ihre Beine am liebsten nachgegeben hätten. »Hab deine Krähe schon lang nicht mehr gesehen.«

»Ich weiß.« Seine Stimme klang matt, und selbst im Zwielicht des Treppenhauses konnte sie die Schatten unter seinen Mandelaugen sehen. Erst wollte sie es auf Müdigkeit schieben, doch es schien tiefer zu gehen. Wie ... Trauer?

Alba schaute ihn aus großen Augen an, während sich ihr Herz zusammenkrampfte. »Ist etwas mit Corvin geschehen?«

Ihr Gegenüber sah sie einen Augenblick verwirrt an, dann schüttelte er den Kopf. »Nein, ihm geht es gut.«

Sie atmete auf und tastete nach dem Stück Früchtebrot in ihrer Tasche, das sie nun wohl selbst essen konnte.

Schwere Stiefel trampelten unten über die Treppe.

Alba blinzelte und setzte einen dümmlichen Gesichtsausdruck auf. »Warum bist du dann hier?« Normalerweise war diese Direktheit nicht ihre Art, aber sie wollte endlich fliegen.

»Ich ... ich dachte, ich gebe dir wegen Corvin Bescheid. Nicht, dass du dir Sorgen machst.« Er log, sie wusste es, aber sie nickte dennoch.

»Danke.« Damit würde er hoffentlich endlich gehen.

Doch er blieb – sichtlich unschlüssig – vor der Tür ihrer Werkstatt stehen. Ein paarmal sah es so aus, als ob er etwas sagen wollte, die Worte kamen aber nicht.

Für einen Moment reizte es Alba, die Geheimnisse hinter den scheinbar offenen Mandelaugen zu erkunden und herauszufinden, wer er wirklich war. Doch die Erinnerung an die Kälte, die sie das letzte Mal unter der Fassade ihres Gegenübers gespürt hatte, hielt sie zurück.

»… vorhin ganz oben gesehen«, hallten Hesters Worte durch das Treppenhaus. »Er wird doch nicht gefährlich sein, oder?«

Männerstimmen antworteten ihr. Dann stiegen mehrere Personen – vermutlich die Polizisten – die Stufen hinauf.

Ihr Gegenüber stand wie erstarrt da, den Kopf leicht schiefgelegt.

Alba sah zwischen ihm und der Treppe hinter sich hin und her. Sie glaubte sofort, dass er gefährlich sein konnte. Aber sie glaubte auch, dass sie gerade nicht in Gefahr war.

Dann erwachte er aus seiner Starre, die Müdigkeit verschwand aus seinen Augen und Zügen und sein Gesicht wurde blank. »Du solltest reingehen.« Er machte einen Schritt zur Seite, in Richtung Treppe.

Die Sicherheit ihrer Werkstatt lockte, doch sie blieb an ihrem Platz, die Hand fest um den Schlagring in der Tasche geklammert. Sobald sie die Tür aufmachte, konnte sie ihn nicht daran hintern, hineinzugehen. In ihr Sanktum. Wo die Schwingen ausgebreitet an der Wand hingen und das Irrlicht in all seiner Pracht schimmerte.

Alba schüttelte den Kopf und schob sich ein Stück am Geländer weiter. Weg von den Polizisten, die nicht wegen ihr kamen. Unsichtbar werden und nicht auffallen, das hatte ihr immer geholfen.

Die drei Männer stiegen die letzten Stufen hoch und kamen näher. Die Aggressivität in ihrer Haltung, die sorgsam gesetzten Schritte und die hungrigen Blicke erinnerten Alba eher an die Streuner in den Straßen als an Polizisten.

Einer von ihnen hielt ein hässlich gezähntes Messer in der Hand.

Alba rutschte noch ein Stück weiter.

Die Augen des Polizisten hefteten sich auf sie. »Halt dich einfach raus, Bürschchen, und dir wird nichts passieren.« Dann sah er zu Corvins Besitzer, der erstaunlich entspannt wirkte, obwohl seine schlanke Gestalt beinahe verloren aussah gegenüber den Männern.

Eine Spur Schuld stieg in Alba auf. Doch die drei kamen sicher nicht grundlos.

Auch der Glatzkopf hielt plötzlich ein Messer in der Hand, während der Dritte, der beinahe den Aufgang mit seinen Schultern blockierte, die Knöchel knacken ließ. Sein Grinsen entblößte eine Reihe fauliger Zahnstummel.

Der mit der gezähnten Klinge stürzte vor.

Corvins Besitzer sprang zur Seite. Stahl blitzte auf.

Noch während der Mann auf Alba zutaumelte, fiel das Messer aus seiner Hand, und er brach vor ihren Füßen zusammen. Sie starrte auf die dunkle Lache, die sich unter ihm ausbreitete und auf ihre Schuhspitzen zukroch.

Alba stolperte zwei Schritte zurück, und ihre Beine gaben nach. Obwohl sie ihren Fall mit einem kraftlosen Griff nach dem Geländer abbremste, trieb der Aufprall ihr die Luft aus dem Körper. Ihr Kopf sank gegen das Geländer, und sie sah in die glasigen Augen des Mannes vor sich. Sie roch seinen sauren Schweiß, konnte seine Bartstoppeln und Pockennarben zählen. Speichel und Blut liefen zwischen seinen Lippen heraus, über das Kinn, auf den Boden und –

Wutgebrüll, das die verdreckten Oberlichter zum Klirren brachte, ließ sie den Blick abwenden.

Der Glatzkopf lehnte an der Wand und drückte die Hand auf die Seite, wo sich seine Uniform dunkel färbte. Dahinter stand der Schrank von Mann. Etwas … Helles kroch seine Knie empor, während er mit dem Rest des Körpers hin und her ruckte. Risse bildeten sich – nur um sich gleich wieder zu schließen. Immer höher wanderte … das Eis?

Albas Blick sprang zu Corvins Besitzer, auf dessen Lippen ein Lächeln lag, während er den Riesen mit schiefgelegtem Kopf beobachtete. Seine linke Hand war um das Geländer geschlossen. Eis zog sich von ihr über die Streben hinab zum Boden und wie eine Spur zu dem Mann.

Panik drückte Albas Brustkorb zusammen. Plötzlich wusste sie, woher Corvin das Irrlicht gehabt hatte. Sein Besitzer hatte zwar keine sichtbaren Narben, aber die ausrasierten Seiten waren Pflicht – und unter den langen Haaren verborgen. War er ihr auf der Spur gewesen? Und ihren Schwingen?

Das wütende Brüllen wurde zu einem Wimmern. Das Eis hatte den Hals des Riesen erreicht und kroch unaufhaltsam weiter. In seinem Gesicht stand Todesangst. Als das Eis seinen Mund erreichte, verstummte er. Nur seine Augen rollten so stark hin und her, dass das Weiße zu sehen war.

Alba wandte den Blick ab. Sie versuchte sich an den Geländerstreben hochzuziehen, doch jegliche Kraft schien aus ihrem Körper gewichen zu sein. Nun war sie wohl an der Reihe. Es spendete ihr Trost, dass sie hatte fliegen können und das langwierige Ende ihrer Krankheit nicht mehr erleben musste.

Corvins Besitzer löste seine Hände von dem Geländer und umrundete mit lautlosen Schritten den Toten, der ihn von Alba trennte. Er sah auf sie herab, in seinen Mandelaugen war etwas, das sie an den Hund ihres Bruders erinnerte, wenn er die Spur eines Kaninchens gefunden hatte.

Sie schloss die Augen und dachte an ihren letzten Flug, der die verbleibenden Lebensmonate wert gewesen war. An die Leichtigkeit. An den Wind im –

»Tut mir leid.« Schritte eilten an ihr vorbei und auf den Dachboden, wo sie bald verklangen.

Alle Anspannung wich aus Alba, und sie sank schluchzend am Geländer zusammen. Sie wollte nur noch weg. Weg von den Toten. Weg von dem Irrlicht. Weg von dem Mörder. Doch ihr Körper ließ sie im Stich.

Rafael spürte den eisigen Wind kaum, der hier oben auf dem Dach in sein Gesicht biss. Er konnte kaum glauben, den Schatten in einer Stadt der Größe Ijsstedts gefunden zu haben.

Kurz steckte er die Hände zum Auftauen in die Taschen. Mei – oder wie er auch immer hieß – war vorsichtig gewesen, als er sich hier und da nach Rafael erkundigt hatte. Aber nicht vorsichtig genug für das Netzwerk an treuen Spitzeln und Kundschaftern, das Rafael aufbaute.

Er legte seine nicht mehr ganz so steifen Finger wieder um das Gewehr, dessen Metallteile kalt wie Eis waren. Es interessierte ihn nur am Rande, denn die angespannte Erwartung hatte seinen Körper im Griff. Niemand, der Rafael Carrasco hereinlegte, entging der gerechten Strafe.

Ein paar Krähen flogen krächzend zwischen den Schornsteinen des Mietshauses von der anderen Straßenseite auf.

Eine Gestalt rannte dort auf das Dach und blieb in dessen Mitte stehen. Schwarzes Haar flatterte im Wind.

Ruhe erfasste Rafael. Er stützte sich mit der Schulter gegen den Schornstein und richtete das Gewehr aus, bis er den Schatten im Visier hatte. Dieser drehte sich langsam um die eigene Achse und sah sich suchend um. Die dunkeln Mandelaugen, die Rafael jede Nacht jagten, schienen einen Moment auf ihm hängen zu bleiben.

Rafael drückte sich enger an den Schornstein. Sein Herz pochte bis in die Kehle. Auch wenn er die nun vermutlich toten

Söldner als Sündenböcke hatte, sträubte sich alles in ihm, Mei hier mitten in Rothentor zu erschießen.

Er ließ das Gewehr sinken, doch sein Blick blieb weiter auf dem Schatten, der ein paar Schritte ging, um sich umzusehen. Da war diese leichte Eleganz, die Rafael beeindruckt hatte, und die Gestalt, die trotz der Männerkleidung weiblich wirkte. Beinahe glaubte er, ihre Hände wieder zu spüren, ihre Lippen und –

Angeekelt schüttelte er sich und versuchte, die Bilder aus seinem Kopf zu verbannen, während sein Körper weiterhin nach der Frau begehrte, die es nicht gab. Und in die er immer noch verliebt war.

Mei setzte sich wieder in Bewegung, erst langsam, dann immer schneller eilte sie zwischen den Schornsteinen hindurch, bis sie – er! – auf einem der Nachbardächer verschwand.

Rafael entließ die angehaltene Luft mit einem Zischen und sank gegen den Schornstein. Der Schatten würde dafür bezahlen. Keiner, der Rafael Carrasco auf diese Weise betrog, verdiente einen schnellen Tod. Er brauchte ihn lebend. Was er mit ihm machen würde, wusste er noch nicht, auch wenn seine Gedanken unzählige Möglichkeiten zeigten, die das pochende Blut noch weiter aufpeitschten.

Er fluchte durch zusammengebissene Zähne. Dann schob er die Gedanken an Mei, so gut es ging, beiseite und legte das Gewehr wieder an. Diesmal schwenkte er es ein Stück nach unten, dorthin, wo sich ein steter Strom an Menschen durch die matschige Straße wälzte.

Vor der Tür des Hauses stand eine Gruppe Frauen und tratschte. Daneben lehnte der vierte Söldner und schmauchte eine selbst gedrehte Kippe, deren Rauch über die Kinder mit den Holztieren hinwegzog.

Rafael drückte ab.

Die Frauen stoben kreischend auseinander, zogen Mädchen und Jungen mit sich.

Dem Mann fiel die Kippe aus der Hand. Seine Finger zuckten zur Stirn, wo ein drittes Auge erschienen war. Seine Lippen formten Worte, die der Lärm der Stadt verschluckte.

Kalte Befriedigung machte sich in Rafael breit, als der Mann in den Straßendreck fiel. Die Rothen duldeten keine Unruhen in ihrem Viertel. Genauso wenig, wie sie den Mord an einem Irrlichtkind geduldet hätten.

Die Haustür schwang auf, und Rafael legte wieder an.

Ein dürrer Bursche stolperte auf die Straße und erstarrte, als er den Toten zu seinen Füßen sah. Dann kotzte er in den Rinnstein.

Rafael ließ das Gewehr sinken. Er musste sicher gehen, dass keiner der drei anderen Söldner noch lebte und womöglich in Karels Hände geriet. Sie wussten, dass Mei nicht tot war. Dass er versagt hatte. Dass ein verdammter Mann Rafael Carrasco verführt hatte!

Unten taumelte der Bursche die Straße entlang.

Karel senkte seinen Blick, als der Soldat mit den beachtlichen Epauletten auf sie zustolzierte. Seine Hände schlossen sich fester um den Rand des Tabletts, anstatt es fallen zu lassen und dorthin zu greifen, wo normalerweise sein Messergurt war.

Der Soldat ging an ihnen vorbei, ohne sie zu beachten.

Karel entspannte seine Finger ein wenig und verfluchte stumm Rafael. Der hatte zwar geschworen, den Söldnern verboten zu haben, den Mord der Gerechtigkeit anzuhängen, aber das half nicht, den entstandenen Schlamassel zu entwirren.

Das Geräusch der genagelten Sohlen auf dem Steinboden verklang.

Karel verfiel wieder in ein kräftesparendes Hinken, das die abgedeckten – und leeren – Schüsseln auf seinem Tablett leise zum Scheppern brachte. Er spürte regelrecht Gradas Blick in seinem Rücken, doch einem Bediensteten nahm man eher eine körperliche Einschränkung als einen Gehstock ab.

Er folgte dem Labyrinth aus schlecht beleuchteten Gängen und beinahe identischen Abzweigungen in die Tiefe des Regierungspalastes, wo ihnen immer wieder Bedienstete entgegenkamen. Insofern es von ihnen überhaupt eine Reaktion gab, dann ein knappes Nicken, das Karel ebenso knapp erwiderte. Er liebte Uniformen und deren Fähigkeit, die Träger unsichtbar werden zu lassen.

Aus dem Gang links von ihnen zog der Geruch von gebratenem Fleisch heran, aber Karel bog in die andere Richtung ab, wo die Öllampen häufiger wurden.

Eine Patrouille Soldaten kam ihnen entgegen.

Karel drängte sich an die Wand und sah wieder auf sein Tablett, während er die Männer aus den Augenwinkeln heraus im Blick behielt. Auch sie marschierten vorbei, ohne dass ihr Gleichschritt einen Moment aus dem Rhythmus kam.

Als die Patrouille hinter der nächsten Abbiegung verschwunden war, merkte Karel, dass sein Herz schneller schlug. Es war ein verdammtes Risiko, das sie hier eingingen. Aber es mussten alle losen Enden und möglichen Beweise beseitigt werden, und nachdem Rafael sich um die Söldner kümmerte, Jantes Gesicht zu viel Misstrauen weckte und sonst niemand von der Sache wusste, war es an ihm, sich dessen anzunehmen.

Karel atmete tief durch und setzte sich mit Grada im Rücken wieder in Bewegung. Ärgerlich war, dass er die ganze Arbeit umsonst in die Gerechtigkeit gesteckt hatte.

An der nächsten Kreuzung verlangsamte er seine Schritte und auf ein kleines Nicken hin überholte ihn Grada. Er folgte dem Saum ihres Kleides, das an ihr ungewohnt war, auf die schwere Tür mit dem vergitterten Sichtfenster zu.

Grada stemmte den großen Tonkrug in die Hüfte und klopfte mit der freien Hand. »Essen für die Gefangenen.«

Die Tür öffnete sich, und die Wache winkte sie sichtlich gelangweilt in den kleinen, kahlen Raum dahinter. Auf dessen anderer Seite ging es eine Treppe hinab.

Karel ignorierte Gradas angebotene Hand und nahm Schritt für Schritt die Stufen. Jede von ihnen jagte ein Stechen in Karels Hüfte, das sich immer weiter in seinen Körper fraß. Und bei jeder von ihnen verfluchte er Rafael, der ihm mit seiner Besessenheit auf Weiber die ganze Sache erst eingebrockt hatte.

Ein Seufzer der Erleichterung entwich seiner Kehle, als er die letzte Stufe nahm. Er unterdrückte das Bedürfnis, sich an die kühle Wand zu lehnen, und hinkte stattdessen Grada hinterher auf die eisenbeschlagene Tür zu.

Seine Leibwächterin hämmerte gegen das Holz.

Für einen Moment war nur Karels keuchender Atem zu hören.

Dann erklang das Scharren eines Riegels, und die Tür schwang auf. Der Gestank von Moder, Schweiß und Pisse schlug ihnen entgegen.

Die Wache schlenderte zurück an den Tisch, auf dem im Schein der Öllampen Karten und Münzstapel ausgebreitet waren. Ein zweiter Mann sah mit gerunzelter Stirn zwischen seiner Hand und dem Geld hin und her.

Karel drückte die Tür mit seiner Schulter ins Schloss, bevor er das Tablett Grada reichte, die ihren Tonkrug bereits abgesetzt hatte. Mit weitgehend normalen Schritten, für die er seine Zähne zusammenbiss, um nicht laut zu fluchen, schritt er an den Wachen vorbei.

»Links, vorletzte Zelle«, rief einer der Männer Karel hinterher.

Er bog in den passenden Gang ein und fiel in ein Hinken, das den Schmerz weitgehend verblassen ließ. Er ging an den schweren Holztüren vorbei bis zu der, die der Wächter genannt hatte. In der oberen Hälfte war ein massives Gitter eingelassen, das Karel einen Blick in die Zelle ermöglichte.

Das schwache Licht der Öllampe, die in einem Käfig an die Decke geschraubt war, reichte kaum aus, um die beiden Männer, die auf den Pritschen lagen, ausreichend zu beleuchten. Während der eine an die Decke starrte, wälzte sich der zweite, dessen Gesicht unter getrocknetem Blut in allen Farben leuchtete, stöhnend hin und her.

Karel klopfte gegen die Tür.

Mit einem Ächzen erhob sich Derk und kam heran. Über seine Augenbraue und Lippe zogen sich rotbraune Krusten, die nur halbherzig entfernt worden waren.

»Was ist mit ihm?« Karel deutete mit dem Kinn auf den stöhnenden Mann.

»Er hat nicht den Mund gehalten, wie es besser gewesen wäre.« Derk rieb sich über die aufgeplatzte Lippe. »Und vielleicht teilen die Wachen auch mehr Schläge als nötig aus.« Sein Blick war fragend, doch Karel ging nicht darauf ein. Auch Derk wusste nicht immer, wann es besser war, keine Fragen zu stellen.

»Hast du weitere Spitzel ausmachen können?«

Derk schüttelte den Kopf. »Ist aber auch schwer. Es kommen regelmäßig Neue, wobei die selten schnell entsprechend Einfluss bekommen. Und im Kern scheint jede Geschichte zu passen. Keine Kontakte oder andere Auffälligkeiten.«

Karel konnte sich nicht vorstellen, dass er der Einzige war, der einen seiner Leute bei der Gerechtigkeit eingeschleust hatte. Eine Bewegung derartiger Größe versprach viele Möglichkeiten, wenn man sie kontrollieren oder wenigstens in die richtige Richtung lenken konnte.

»Werden sie trotz der Mordvorwürfe weitermachen?«

»Ich denke, ja. Viele Idealisten und einige Hinterbliebene haben nichts mehr zu verlieren.«

»Und der friedliche Kurs bleibt?« Unruhe würde er in Rothentor auf keinen Fall dulden. Außerdem brauchte er endlich den ganz normalen, verdammten Alltag zurück – und sei es nur, um das Irrlicht loszuwerden.

»Solange Meret Sanders Posten übernimmt.« Derk sah kurz zu dem Mann auf der Pritsche, der sich hin- und herrollte. »In ihrer Hand wird die Gerechtigkeit friedlich wie ein Lamm bleiben.«

»Gut.« Dann musste er nur noch die Sache mit dem Mordvorwurf klären, damit die Gerechtigkeit erneut Einfluss auf die Bevölkerung ausüben konnte.

Derk sah einen Moment auf seine ineinander verkrampften Finger, bevor er aufblickte. »Kannst du mich hier rausholen?«

Karel schüttelte den Kopf. Derk war ein fähiger Mann, aber das würde zu viel Staub aufwirbeln. Und ein anstehender Prozess würde vermutlich einige Details ans Licht zerren, die Karel lieber im Dunkeln beließ.

»Aber ich werde schauen, was sich machen lässt.« Damit wandte er sich ab und hinkte den Gang zurück, versuchte weitgehend normal zu gehen, als er ins Sichtfeld der Wachen kam.

Vor dem Tisch blieb er stehen.

Die beiden Männer senkten ihre Karten und sahen auf.

»Sorgt dafür, dass er nicht redet.« Ohne auf eine Reaktion zu warten, ging er zu Grada, die ihm das Tablett reichte und dann ihren Wasserkrug wieder aufnahm.

KAPITEL 6

Meret schob die Kapuze ein Stück aus dem Gesicht und legte den Kopf in den Nacken. Der gelegentliche blaue Schimmer, der um die Spitze des Schlots in der Mitte des Eisenturms tanzte, bestätigte ihre Vermutung, dass die Manufaktur ihre Arbeit wieder aufgenommen hatte. Direkt vor ihr erhob sich ein Zaun, der noch höher und noch spitzer als der vorherige war. Das war also die versprochene Sicherheit.

Sie ballte ihre Hände. Sie musste sich nicht umdrehen, um von den Maverankern und Dachplanen zu wissen, mit denen notdürftig die Behausungen unzähliger Familien repariert worden waren, um den Menschen den zurückgekehrten Alltag vorzuschwindeln.

Sie zog die Kapuze wieder ins Gesicht und verließ den Platz der Irrlichtmanufaktur mit schnellen Schritten. Es konnte nicht zu viel verlangt sein, dass die Königin sich entschuldigte und damit wenigstens ein bisschen Anteilnahme heuchelte. Oder vielleicht sogar den Überlebenden unter die Arme griff.

Ein Kerzenzieher, dessen Wagen von einem Hund groß wie ein Bär gezogen wurde, kam Meret entgegen. Er hielt an, als eine Frau mit zwei Buben an der Hand auf ihn zuging und Münzen gegen Kerzen tauschte.

Das Ziehen kehrte in Merets Brustkorb zurück, als sie deren leuchtende Gesichter sah. Es war noch nicht so lange her, da hatte sie Janne versprechen müssen, dass er dieses Jahr die Lichter zum Fest entzünden dürfe, weil er mit sieben ja nun alt genug sei.

Die Kerze in der Hand rannte eines der beiden Kinder voran, während ihm Bruder und Mutter langsamer folgten.

Erst als Meret dem Kerzenzieher ihre Münzen in die Hand drückte und die Kerzen entgegennahm, wurde es ihr bewusst. Sie starrte auf die bleichen Stengel in ihren Fingern. Vier Stück. Für jeden einen. Kerzen für die Toten anstatt zum Lichterfest.

Das Ziehen stieg in ihrem Hals hoch, und so heftig sie auch schluckte, es ging nicht weg. Sie hatte gedacht … gehofft, dass nach gut drei Wochen die Wunden wenigstens geschlossen, wenn auch nicht geheilt waren.

Fahrig stopfte sie die Kerzen in ihre Tasche und eilte davon, während sie nach Atem rang, um den Kloß in ihrer Kehle wegzubekommen. Sie versuchte, sich auf den Matsch und die zertretenen Pferdeäpfel auf dem Pflaster zu konzentrieren, auf den zähen Unrat im Rinnstein, auf jeden ihrer Schritte.

Als sie die Löwenbrücke nach Rothentor überquerte, sanken die ersten weißen Flocken vor ihren Füßen auf die Straße und lösten sich dort im Dreck auf. Nach und nach verschwand das Ziehen, bis es zu dem kaum spürbaren dumpfen Begleiter der letzten Wochen geworden war.

Meret sah regelmäßig über die Schulter, als sie zwischen den Lagerhallen und Schuppen ihren Weg suchte. Langsam fühlte sie sich wie der Verbrecher, der sie sein sollte. Auch wenn Lucie und ein paar andere der Meinung waren, dass die Königin ihnen die Morde angehängt hatte, um sie loszuwerden, wollte und konnte Meret das nicht glauben. Sie waren nur ein paar harmlose Bürger, die Gerechtigkeit forderten.

Sie schlüpfte zwischen zwei Holzwänden hindurch, deren Farbe großflächig abblätterte, und blieb vor einer unscheinbaren Tür stehen. Mit der Faust hämmerte sie den ausgemachten Rhythmus dagegen.

Ein Spalt öffnete sich, und ein blasses Kindergesicht war zu sehen, dann schwang die Tür auf.

Meret ging an dem Mädchen vorbei ins Innere, wo sie einen Moment stehen blieb.

Als sich ihre Augen an das Zwielicht gewöhnt hatten, folgte sie den Kreidezeichen zwischen Stapeln von Kisten und Fässern hindurch, die dem Staub und Dreck nach schon ewig hier standen.

Das Murmeln von Stimmen und der Schein von Lampen sickerten heran.

Andere Symbole mischten sich zu den Kreidezeichen. Jedes von ihnen für einen anderen Fluchtweg – falls die Soldaten sie aufspürten.

Meret umrundete einen der Stapel und quetschte sich durch eine Lücke zwischen zwei übermannshohen Kisten. Dahinter empfingen sie Licht und fast zwei Dutzend Gesichter, die sich ihr zuwandten. Sie schaute jedes einzelne an, doch weder Derk noch Sander waren aufgetaucht, und ihre Hoffnung sank ein kleines bisschen mehr.

Meret zwang ein Lächeln auf ihr Gesicht und nickte Lucie, Emilian und einigen anderen zu, während sie den Raum mit seinen Wänden aus Kisten und Fässern umrundete. Auf einigen der Kanten brannten weiße, schlanke Kerzen. Jede der kleinen Gruppen Flammen stand für eine Familie, die das Feuer auseinandergerissen hatte.

Sie rannte beinahe in die kleine Nische, die nun ihr Zuhause war, und presste den Ärmel auf den Mund. Das letzte Lichterfest erschien noch so nah. Wie sie mit Sophie und Janne am Fenster gestanden hatte, während Godo eines der Lieder sang. Wie nach und nach die unzähligen Kerzen in den Fenstern Ijsstedt aufleuchteten, sobald die Dämmerung hereingebrochen war. Und nun stand sie allein in einer Lagerhalle.

Jemand trat hinter sie und legte ihr eine Hand auf die Schulter. »Das Lichterfest ist dieses Jahr für uns alle nicht einfach.«

Meret blinzelte hastig, bevor sie sich zu Nikolai umdrehte. »Ich kann nicht mehr. Es ist mir zu viel. Ich …«

»Willst du jetzt wirklich aufgeben?« Er machte einen Schritt zur Seite, sodass ihr Blick auf ihre Mitstreiter fiel. »Sie alle hoffen auf dich und die Gerechtigkeit. Sie brauchen dich, Meret. Für viele von uns ist das hier die einzige Familie, die wir noch haben.«

Sie sah in den Gesichtern Entschlossenheit, Wut und Hoffnung. Keiner von ihnen wollte aufgeben, auch wenn man sie wegen Mordes suchte und sie gut zwei Drittel ihrer Mitglieder verloren hatten. So viele Menschen voller Tatendrang, und sie fühlte sich ausgebrannt.

»Ich weiß nicht, wie«, flüsterte sie.

»Du bist nicht allein, Meret.« Nikolai drückte sanft ihre Schulter.

Sie schob ihre Hand in die Tasche und berührte die Kerzen mit den Fingerspitzen. Dann zog sie die vier Wachsstengel heraus. »Sie hätten auch nicht gewollt, dass ich aufgebe.«

»Genauso wenig wie meine Frau.« Er hielt ihr eine brennende Kerze hin.

Nach einem kurzen Zögern entzündete sie die vier Dochte. Für Sophie. Für Janne. Für Godo. Für Gerechtigkeit.

Unzählige Irrlichtlampen brachen sich in den gläsernen Eiszapfen der Kronleuchter, erhellten die Spiegel in den Goldrahmen und brachten die Augen von Gräfin Pelhams Sohn zum Leuchten.

Alba spürte das Lächeln auf ihren Lippen, das jeden ihrer zierlichen Schritte begleitete, bevor sie die Hände des jungen Mannes für einen Moment losließ und sich drehte.

Das Streichquartett verstummte und die letzten Töne der Harfe perlten durch den Saal.

Alba knickste vor Gräfin Pelhams Sohn, der sich galant verbeugte und ihr dann den Arm reichte. Sie hakte sich unter und ließ sich über den polierten Marmor zum Rand des Saales führen, während die Musik weiterhin ihren Kopf erfüllte.

Ihre Mutter empfing sie mit einem wohlwollenden Nicken, das Alba für einen Moment wieder in Erinnerung rief, dass sie den Namen von Gräfin Pelhams Sohn nicht wusste. Doch dann faszinierte sie wieder sein Lächeln, bei dem der eine Mundwinkel sich deutlich höher zog als der andere.

Er ergriff ihre behandschuhte Hand und hauchte einen Kuss darauf, bevor er sich vor Albas Mutter verbeugte. Dann verschwand er in der Menge, und zurück blieb nur der verschwommene Fleck eines Gesichtes, das sie gemocht hatte. Langsam verblasste auch das Gefühl seiner Finger, die sie federleicht im Tanz geführt hatten.

Das Streichquartett hob zu einem Walzer an, doch zu Albas Enttäuschung forderte sie diesmal niemand zum Tanz auf. Ihr Blick fiel auf Fiene, die mit sanften Gesten einen jungen Mann auf den spiegelnden Marmor führte. Trotz des Silberblicks strahlten seine Augen beim Anblick ihrer Schwester.

Alba freute sich für Fiene, die Tizian wirklich zu mögen schien. Mit dem Lächeln auf den Lippen ließ sie sich von der Musik durch die Menge treiben. Der blaue Schimmer des Irrlichts zog sich über die Glaspfaue, deren Schleppen wie Eis über die Sockel schmolzen, und über den Schmuck der Damen, der mit Augen und Seide um die Wette strahlte.

Ein älterer Herr mit kunstvoll gezwirbeltem Schnauzbart forderte Alba zum Tanz auf, als die Musik für einen Moment verstummte.

Sie nahm die dargebotene Hand und schenkte ihm ein Lächeln, das er erwiderte. Das Streichquartett setzte ein, doch die Geigen klangen plötzlich schrill. Mit jedem Schritt und mit jeder Drehung verloren der Schein der Irrlichtlampen und der Glanz der gläsernen Eiszapfen ihre Weichheit. Und dann begann das Kribbeln in ihren Beinen zusammen mit einem Schwächegefühl, das die letzten Takte beinahe zu einem Stolpern werden ließ.

Alba brauchte all ihre Kraft, um zu knicksen. Sie bedankte sich und eilte zurück zum Rand des Saals, wo eine Reihe zierlicher Holzstühle lockte. Zu spät bemerkte sie ihre Mutter, die dort nicht nur mit Frau Keyserlingk, sondern auch mit Gräfin Pelhams Sohn stand, der ein paar Schritte auf sie zumachte.

»Sie sind eine wunderbare Tänzerin, Fräulein Veenstra.« Auf seinem Gesicht lag das charmante schiefe Lächeln. »Würden Sie mir noch einen Tanz schenken?«

Sie ließ ihn einen kurzen Blick auf ihre errötenden Wangen werfen, bevor sie den Kopf senkte. Aus den Augenwinkeln sah sie ihre Mutter, die zusammen mit Frau Keyserlingk herüberschaute.

»Es wäre mir eine große Freude. Aber ich würde mich gerne einen Moment ausruhen.«

»Aber natürlich doch. Darf ich Ihnen etwas zur Erfrischung bringen?«

Sie sah mit großen Augen zu ihm auf. »Das wäre sehr lieb von Ihnen.« Sie hatte nicht erwartet, ihn derart leicht loszuwerden.

Gräfin Pelhams Sohn verbeugte sich und schlängelte sich, hier und da einem anderen Gast zunickend, am Rand der Tanzfläche entlang. Hinter ihm hatten sich die Paare zu einem der langsamen Schreittänze aufgestellt. Alba sah Fiene mit leuchtenden Augen, die immer noch mit Tizian tanzte. Neben den beiden entdeckte sie ein Irrlichtkind, das auf eine ältere Dame zuschritt und sich mit ihr im Rhythmus der Musik drehte. Ein paar von ihnen waren immer bei Festivitäten anwesend, aber hier waren sie weit weg von Albas Irrlicht.

Als sich ihre Mutter und Frau Keyserlingk wieder in ihr Gespräch vertieft hatten, erhob sich Alba mit zitternden Knien und mischte sich unter die Menge. Ihr Blick huschte suchend über Nischen und Ecken, während ihre Finger sich um das Fläschchen in ihrem Beutel am Handgelenk geschlossen hatten.

Die Hitze, geschwängert von Parfum und Rasierwasser, nahm ihr die Luft.

Sie änderte ihre Richtung und ging zum Ende des Saals, wo dieser in eine verglaste Galerie überging. Hinter den verzerrten Spiegelbildern der Irrlichtlampen war es dunkel.

Sie öffnete eine der Flügeltüren und schlüpfte hinaus in die Kälte. Schneeflocken tanzten im Lichtschein, der auf den Balkon fiel und den sie hinter sich ließ. An dem filigranen Eisengeländer mit dem blauen Schimmer blieb sie stehen. Der Wind biss in ihre nackten Schultern.

Vor ihr lag der weiß überpuderte Garten dunkel und still. Hinter den blattlosen Bäumen erahnte sie die Lichter Ijsstedts. Wie das Lichterfest wohl von hier oben aussah? Oder wenn man darüber schweben würde? Ganz weit die Flügel ausgebreitet …

Sie ließ das Fläschchen in ihrem Beutel los und wollte gerade die Arme ausstrecken, als sie das knirschende Geräusch von Schritten im Schnee hinter sich hörte.

Alba wandte sich um. Sie wusste nicht, wen sie erwartet hatte, aber sicher kein Irrlichtkind, das in seiner dunkelblauen

Uniform auf sie zukam. Die Reste des Lichts, die aus dem Palast herausfielen, glänzten auf dunklem Haar, das zu einem Pferdeschwanz gebunden war.

Erst als er vor ihr stand und sich knapp verbeugte, erkannte sie ihn. Corvins Besitzer. Die Kälte, die durch ihren Körper kroch, kam nicht mehr allein von Schnee und Wind.

»Guten Abend, Albertina.«

Einen Moment stockte ihr Atem, dann zwang sie ein Lächeln auf ihr Gesicht. Ihr Name war kein Geheimnis, der Herold hatte sie alle angekündigt. Und wer würde schon einen Arbeiterjungen mit dem Fräulein in Seide und Spitze verwechseln.

Sie deutete einen Knicks an, der sie beinahe aus dem Gleichgewicht brachte. »Guten Abend.«

»Nachdem ich die letzten beiden Male so unhöflich war: Sora, zu deinen Diensten.«

Alba griff nach dem eisigen Geländer, als die Worte ihre Bedeutung entfalteten. Er wusste, wer sie war! Hatte er ihr Irrlicht gespürt? Aber warum hatte er dann bis zum Winterball gewartet? Warum hatte er sie nicht früher –

»Ich möchte mich aus ganzem Herzen bei dir entschuldigen, dass ich dich allein gelassen habe. Es tut mir aufrichtig leid.«

Alba spürte erst Erleichterung, dann ein flaues Gefühl, als sie an den glasigen Blick des Toten und die Panik in den Augen des Riesen dachte. Doch die Bilder hatten während der letzten drei Tage an Kraft verloren. Vielleicht, weil der Tod im Vergleich zu dem siechenden Versagen ihres Körpers immer wie eine Erlösung wirkte.

Sie sah in Soras Gesicht, das vom wenigen Licht kaum erhellt wurde. Sie versuchte hinter seine Fassade zu blicken, deren Zerknirschung ehrlich wirkte. Wusste er von dem Irrlicht und spielte er mit ihr? Nein, sonst hätte er mit ihr auch kurzen Prozess gemacht.

Um seinen Mund entdeckte sie eine Spur von Härte, die sie bei den letzten Malen nicht gesehen hatte. Sie hatte gedacht, es würde sie stören, dass er vor ihren Augen kaltblütig Leben ausgelöscht hatte, aber das Einzige, was zählte, war, dass er ihr Geheimnis, ihr Irrlicht, nicht entdeckt hatte. Dass sie weiterhin fliegen konnte.

»Es … es war wirklich nicht meine Absicht, dich da reinzuziehen«, unterbrach er die Stille. War das Unsicherheit in seinen Mandelaugen?

Alba senkte den Kopf und biss sich auf die Lippe. Auch wenn sie bisher vor ihm den Trottel gespielt hatte, brauchte sie sich hier nicht so zu benehmen. Damit konnte man selten Menschen um den Finger wickeln und ihnen Geheimnisse entlocken.

»Tut mir leid«, sagte sie. »Ich … ich war einfach überrascht, dass du mich wiedererkannt hast.« Sie sah auf und mischte ein leichtes Beben in ihre Stimme. »Die Männer … kommen da Neue?«

Sein Gesicht verdunkelte sich, und er schüttelte den Kopf. »Nicht zu dir. Sie wollten mich.«

Sie musste ihre Erleichterung nicht spielen. Auch wenn es ihr weniger um die Männer als um ihre Schwingen ging.

Er legte den Kopf schief und musterte sie einen Moment. »Ich würde dir gerne etwas zeigen.« Ein Lächeln huschte über seine Lippen. »Um mein Verhalten wiedergutzumachen.«

Alba nickte. Derartige Höflichkeiten lehnte man nicht ab. Außerdem kam ihr Zittern nicht mehr nur daher, dass sie ihrem Körper heute viel zu viel zugemutet hatte. Sie musste wieder in die Wärme und dann brauchte sie endlich ihre Medizin.

Sora bot ihr den Arm an, und sie hakte sich unter. Er führte sie zurück in die stickige Luft und durch die Menge, während sie unzählige Blicke auf sich zogen. Was das wohl für Gerüchte hervorbringen würde?

Als er in Richtung Tanzfläche ging, wallte Panik in Alba auf, denn tanzen konnte sie im Moment wirklich nicht. Sie war schon froh, nicht zu sehr an Soras Seite her zu stolpern. Doch er ging zu ihrer Erleichterung nur am Rand entlang. Auf der anderen Seite der tanzenden Paare, unter denen sie auch Fiene und Tizian ausmachte, hatte sich um ihre Mutter und Herzogin Keyserlingk eine Gruppe Frauen gebildet. Der wichtigste Nachrichtenkanal Ijsstedts, dessen Bedeutsamkeit nicht einmal das Tagblatt erreichte.

Dann sah sie Gräfin Pelhams Sohn in der Nähe der Stühle, wo er sie zuletzt gesehen hatte. In jeder Hand hielt er eines der langstieligen Gläser mit Zuckerrand. Sein suchender Blick fand sie. Enttäuschung machte sich auf seinem Gesicht breit.

Alba setzte eine entschuldigende Miene auf, dann wandte sie sich an Sora: »Ich habe Corvin schon länger nicht mehr gesehen.«

»Er hatte in letzter Zeit wenig Freiflug.« Er steuerte direkt auf eine der Flügeltüren zu, die tiefer in den Palast führten. »Aber ab morgen wollte ich ihn wieder fliegen lassen, da er es nicht so lange am Boden aushält.«

Alba schlüpfte durch die Tür, die er ihr aufhielt, bevor er ihr folgte. Dahinter empfing sie das Licht vereinzelter Irrlichtlampen. Kein Vergleich zu dem eisblauen Leuchten und dem Funkeln des gläsernen Eises im Saal hinter ihnen.

Albas Herz schlug schneller. Ein bisschen vor Aufregung, ein bisschen vor Nervenkitzel, dass Sora doch etwas von ihrem Irrlicht wusste.

Schon bald hatten sie die Musik, die Stimmen und das Gelächter hinter sich gelassen, und nur die starren Blicke von goldumrahmten Gemälden begleiteten sie.

»Verzeih meine Neugier, aber was macht jemand wie du, der unübersehbar in dieser Welt« – Sora deutete auf den prachtvoll ausgeschmückten Gang – »zu Hause ist, in einer schäbigen Mietwohnung in Rothentor?«

Fliegen lernen wäre die richtige Antwort gewesen, stattdessen sagte sie: »Zu all der Schönheit und dem Überfluss gehören unzählige Regeln und Erwartungen sowie tadelloses Benehmen. Dass man davon hin und wieder eine Pause braucht, ist für viele unverständlich.«

»Ich versteh das sogar sehr gut.« Eine Spur Frustration hatte sich in seine Stimme geschlichen. »Unser Leben ist nicht viel anders, außer dass sich die Regeln und der Papierkram nicht ganz so gut unter all dem Luxus verstecken.«

Alba warf ihm einen kurzen Blick zu, doch sein Gesicht war neutral. Sie hatte sich bisher wenig Gedanken über die Irrlichtkinder gemacht. Sie waren wie die Soldaten und Polizisten einfach da und kümmerten sich um die Sicherheit. Aber sonst? Sie hatte keine Ahnung.

»Aber vielleicht ist das auch von Vorteil, da ihr eher Fehler in der Gesellschaft machen könnt und nicht halb Ijsstedt daran interessiert ist.«

»Stimmt wiederum.« Sora öffnete grinsend die Tür zu einem unbeleuchteten Salon. »Sie erwarten es von uns sogar regelrecht.«

Alba folgte ihm auf kraftlosen Beinen, wobei sie sich immer wieder kurz auf den geschwungenen Möbeln abstützte, die nach und nach das wenige Licht, das durch die verglaste Flügeltür fiel, aus der Dunkelheit holte.

Als Sora diese öffnete, tanzten Schneeflocken auf der Kälte herein. Dahinter lag der nächtliche Garten, dessen Schneedecke im Lichtschein des Palasts leuchtete. Hinter ihm verloren sich der spiralförmige Buchsbaum und die akkurat geschnittenen Hecken in der Nacht.

Sora schälte sich aus seiner Uniformjacke und bot sie Alba an.

Sie zögerte, doch der Wind war gnadenlos auf ihren nackten Schultern, und als sie nickte, legte er ihr die Jacke um, die noch ein bisschen warm war.

Sora führte sie über den knirschenden Schnee zu einer Terrasse hinter einem abgedeckten Springbrunnen. Die zwei Stufen davor erschienen im ersten Augenblick als ein unüberwindbares Hindernis, doch das Leuchten hinter der steinernen Balustrade trieb Alba an.

Sie hielt den Atem an, als sie die letzten Meter überwand und ein Meer aus Lichtern sich vor ihr ausbreitete. Selbst das sonst schwarz funkelnde Band der Thein schmückte sich mit den Spiegelbildern.

»Wunderschön«, hauchte Alba und stützte ihre Unterarme auf die steinerne Brüstung, um einen Teil des Gewichts von ihren schwachen Beinen zu nehmen. Sie wollte jetzt nicht zusammenbrechen, sie wollte jedes Detail dieses Bilds einsaugen. Sie wollte ihre Schwingen nehmen und –

»Wenn man jetzt Flügel hätte …«, sprach Sora ihre Gedanken aus.

Als sie zu ihm sah, stand neben ihr wieder der Junge, der nach seiner Krähe gefragt hatte. Und der wie sie anscheinend vom Fliegen träumte.

Alba blickte auf Ijsstedt. Und plötzlich erschien ihr der Winterball so laut und bedeutungslos. Wenn sie am nächsten Lichterfest noch lebte, würde sie fliegen.

Rafael zog an der Klingelschnur. In der Tiefe des Hauses ging eine Glocke.

Er sah auf den feinsäuberlich gefalteten Brief in seinen Händen. Mit bester Sonntagsschrift hatte er den Namen daraufgeschrieben. Menschen nahmen Worte in sorgfältig gemalten Buchstaben auf edlem Untergrund viel eher auf als hingekritzelte Notizen.

Schritte näherten sich, und die Tür schwang auf. Ein Bediensteter in tadelloser Uniform und mit gutmütigem Gesicht erschien. »Guten Tag, wie kann ich Ihnen helfen?«

»Ich habe einen Brief für Fräulein Veenstra.« Er senkte verschwörerisch die Stimme. »Die junge Dame hat meinen Herrn auf dem Winterball ganz verzaubert.«

Ein Lächeln erschien in den Augen des Bediensteten. »Ich werde die Nachricht sofort überbringen.«

Rafael reichte ihm den Brief, als wäre er das Kostbarste der Welt. »Mein Herr ist Ihnen zutiefst dankbar.« Er verbeugte sich. »Einen guten Tag noch.«

»Ebenfalls.« Der Bedienstete schloss die Tür.

Rafael schlenderte unauffällig, aber flink durch die Allee zur Straße. Auch wenn der Bedienstete und dann die Veenstra ihre Zeit brauchten, so hatte er keine Lust, noch erreichbar zu sein, wenn sie den Brief geöffnet hatte. Nur ein kleines Ärgernis, das er so hoffentlich aus dem Weg geräumt hatte.

Er eilte über das saubere Pflaster der ebenso sauberen Straße, wo der Schnee bereits geschmolzen war. Diese Sauberkeit verhinderte, dass er einen seiner Burschen zur Beobachtung ansetzen konnte. Viel zu schnell rief man hier die Polizei oder private Sicherheitskräfte. Aber vermutlich reichte der Brief, um dem hochgeborenen Fräulein einen ausreichenden Schreck einzujagen. Auf diese Weise war er schon mal eine losgeworden, die zu anhänglich geworden war.

Er wich einem älteren Ehepaar mit Mops aus, das ihn zutiefst misstrauisch beäugte. Mit diesem Brief würde endlich die nagende Eifersucht enden, die er spürte, seit er Mei mit der

Veenstra aus dem Saal hatte schleichen sehen. Er teilte seine Liebe … Liebe … Verdammt, Mei war Sora! Und Sora war ein Mann! Und er hatte Rafael Carrasco betrogen.

Er ließ Schönau hinter sich und verfiel in einen Laufschritt. Auf Schleichwegen durchquerte er Rothentor und betrat schließlich außer Atem das Hauptquartier durch einen der vielen Hintereingänge. Nachdem Mei für Karel tot war, gab es für Rafael keinen Grund mehr, unpünktlich zu sein.

Hinter der Tür stand wie erwartet Lorens Wache, der ihm eine übertriebene Verbeugung schenkte. »Wir haben dich vorgestern vermisst. Anissa hat Fero und Robbe ordentlich abgezockt.«

»Ich durfte dafür reiche Schnösel bedienen.« Und dabei seinen Schatten beobachten. Leider war dieser nur kurz da gewesen, und Informationen hatte Rafael auch kaum bekommen.

»Ah, der Winterball.« Lorens machte einige Tanzschritte, gefolgt von einer Pirouette. »Ich hoffe, du hast den Damen die Herzen gebrochen.«

Rafael schnaubte. »Als ob die jemanden, der ihnen den pappsüßen Wein reicht, überhaupt anschauen.« Deswegen hatte er auch nur die Bediensteten ausfragen können, die aber nichts gewusst hatten.

»Tja, sie ahnen einfach nicht, was sie verpassen. Bist du heute Abend dabei?«

»Klar, immer doch.« Rafael nickte Lorens zu. »Man sieht sich.«

Er verließ die Wachkammer und bog in den Gang zu seiner Rechten ein. Er hoffte, dass Karel ihm für heute Abend keinen Auftrag aufs Auge drückte. Aber er war nun mal Stellvertreter und musste sich wieder voll und ganz um seine Pflichten kümmern, um sich nicht zu verraten.

Rafael blieb vor Karels Arbeitszimmer stehen und klopfte an.

Jante öffnete die Tür. »Einen Moment bitte noch.«

Rafael nickte, doch der Mann war schon wieder verschwunden.

Er legte das Ohr an das Holz. Er hörte Karels Stimme, eisig kalt. Dazwischen ein Flehen, das mit jedem Satz höher und hin und wieder lächerlich drohend wurde. Wer sich da auch immer mit Karel anlegte, war entweder dumm oder selbstmörderisch.

Schritte näherten sich, und Rafael lehnte sich hastig an die Wand, als ob er die ganze Zeit dort stünde.

Die Tür ging auf, und gefolgt von Grada kam ein Mann mit rotem Gesicht heraus. Rafael erkannte den Messerschmied, dessen in die Mütze gekrallten Hände zitterten.

Rafael schenkte ihm ein Grinsen, das Hendriks zusammenzucken ließ, dann rannte dieser beinahe den Gang entlang, sodass Karels Leibwächterin ihn am Arm packte und zu langsamerem Tempo zwang.

Rafael stieß sich von der Wand ab und betrat Karels Arbeitszimmer. Dieser saß wie immer hinter seinem Schreibtisch, unter dem er sich das Bein rieb und dann hastig abbrach. Dabei wusste Rafael von den Problemen mit der Hüfte. Zu oft hatte Karel mit seinem Sieg über Wolf beim Messerkampf geprahlt.

»Du wolltest mich sehen?« Rafael lümmelte sich in einen der Stühle, die für besonders angesehene Gäste vorbehalten waren. Er sah kurz zu Jante, der recht entspannt an seinem Platz in der Nähe des massiven Schreibtischs stand. Also gab es wohl keinen Grund, sich Sorgen zu machen.

»Die Sache mit der Gerechtigkeit muss wieder in Ordnung gebracht werden. Es verbreitet zu viel Unruhe in der Bevölkerung, die so noch länger braucht, um zum Alltag zurückzukehren.«

»Du willst einen Beleg, dass die Gerechtigkeit nur zum Sündenbock gemacht wurde?«

Karel nickte. »Die Polizei am Kelternplatz wird unsere Zeugen anhören. Aber ich brauche einen Beweis.« Er beugte sich ein Stück über den Tisch nach vorn. »Ob du mir die Leichen der Versager besorgst, die uns das eingebrockt haben, oder andere, ist mir egal. Aber sorg dafür, dass sie einen passenden Hintergrund haben.«

»Du kannst dich auf mich verlassen.« Nun musste Rafael neue Leichen besorgen, denn die anderen hatte er schon außerhalb Rothentors entsorgt. Er war nicht an Zeugen für Meis Überleben interessiert gewesen.

»Das hoffe ich.« Ein Lächeln zog Karels Mundwinkel in die Höhe. »Gut, dass du deine Arbeit wieder ernst nimmst. Lass dir die nächste Frau bloß nicht wieder so zu Kopf steigen.«

Rafael grinste. »Es wird erst mal keine Neue geben.« Er hatte schließlich immer noch Mei, die er einfangen und bestrafen musste.

Ein blauer Schimmer glühte um die Finger auf und kroch die Unterarme hinauf, wo Narben Metallsplitter umschlossen. Das Leuchten flackerte auf, und Irrlichtfeuer wand sich um die Hände des jungen Mannes, dessen blasses Gesicht sich für einen Moment zu einer Grimasse verzog, bevor die Flammen erloschen.

Wieseltje ging um ihr Irrlichtkind herum. Ihre Hand glitt über seine breiten Schultern und Rücken. »Ist er nicht schön?«

Das Ziehen in seiner Hüfte schien in Karels Magen zu kriechen. So hätte er dieses … Experiment nicht bezeichnet. Dagegen war der Mord an einem Irrlichtkind kaum mehr, als bei einem Taschendiebstahl erwischt zu werden.

Sein Blick wanderte wie von selbst zu den beiden Leibwächtern Wieseltjes, deren trotz der Kälte entblößten Arme zwar voller Narben, diese aber ohne Symmetrie und leuchtende Metallsplitter waren.

»Du bist so still, Karel.«

Er setzte eine nachdenkliche Miene auf und zwang sich, nicht zu Jante und Rafael hinter sich zu schauen. Was Grada davon hielt – oder besser gesagt, nicht hielt –, sah er aus den Augenwinkeln an ihrer Haltung.

Er schluckte, um das trockene Gefühl aus seinem Mund wegzubekommen. »Den alten Wolf hat das Spiel mit Irrlicht das Leben gekostet.«

Ein Raubtiergrinsen teilte Wieseltjes ebenholzfarbenes Gesicht. »Er ist auch größenwahnsinnig geworden.«

»Und das?« Karel deutete mit dem Kinn auf den jungen Mann neben ihr, dessen Metallsplitter verräterisch schimmerten.

»Verteidigung.« Ihr Grinsen erlosch. »Die Schatten werden kommen, Karel. Wir werden ihnen nicht ewig standhalten können. Schon gar nicht, wenn sie für uns nicht mehr erkennbar sind.«

»Was hast du vor?« Eigentlich wollte er es gar nicht wissen. Vielmehr wollte er samt seiner Leute verschwinden, bevor er auch nur ein Wort mehr erfuhr. Aber Wieseltje hatte recht, und deswegen würde er sich jeden Vorschlag anhören.

»Ein endgültiger Befreiungsschlag. Bevor es uns erwischt.«.

Karel zog seine Brauen hoch. »Und da kommst du ausgerechnet zu mir? Vandemer wäre von deinem Plan sicher begeistert.«

Sie schnaubte. »Vandemer ist unfähig. Nein, ich brauche dich, Karel. Du hast das nötige Fingerspitzengefühl, du bist vor allem anderen an der Sicherheit Rothentors interessiert. Und du kannst vermutlich als Einziger den Rattenfänger umstimmen.«

Karel lehnte sich gegen den Parlamentstisch, um sein Bein zu entlasten. »Warum sollte ich für deine Irrlichtkinder –«

Ihre Augen verengten sich. »Verstehst du mich absichtlich nicht?« Sie machte einen Schritt auf ihn zu, und Gradas Hand wanderte unter den Mantel. Karel hielt sie mit einem kaum sichtbaren Kopfschütteln zurück. In den Parlamentshallen zog niemand eine Waffe.

»Ich werde nicht alleine gegen die Schatten gewinnen können, aber wenn jeder seinen Teil dazu beiträgt …«

Es fiel ihm wie Schuppen von den Augen. Das Ziehen schlang sich um seinen Magen und drückte ihn zusammen. »Du verlangst viel von mir.«

Sie zog ihre Brauen hoch. »Ich verlange gar nichts von dir. Ich gebe dir nur ein Mittel in die Hand, das du zum Überleben brauchen wirst.«

»Und was verlangst du dafür?«

Wieder ein Raubtiergrinsen. »Nur das Versprechen, dass deine Irrlichtkinder bereit sein werden, wenn die Zeit gekommen ist.« Deswegen hatte sie ihn ausgewählt. Sein Wort galt etwas.

»Ich werde darüber nachdenken.«

»Mein Angebot gilt nicht ewig.« Damit wandte sie sich zum Gehen.

Karel sah Wieseltjes Irrlichtkind hinterher, das die Ärmel des Hemds sorgfältig über die Unterarme gezogen hatte. Seit wie vielen Wochen oder gar Monaten experimentierte sie schon damit? Und wie viele andere Irrlichtkinder gab es noch?

Als die Schritte von Wieseltje und ihrem Gefolge verklungen waren, ließ sich Karel auf einen der Stühle am Parlamentstisch sinken und rieb sich über den ziehenden Oberschenkel. Er sah zwischen Grada, Rafael und Jante hin und her, deren Ausdruck nicht hätte verschiedener sein können.

»Was denkst du?«, fragte er Jante, der nachdenklich seinen Kopf wiegte.

»Sie bietet uns eine mächtige Waffe. Sieg oder endgültiges Aus – ich sehe beide Möglichkeiten.«

»Ich trau ihr nicht«, zischte Grada. »Zu viele unsichtbare Haken.«

»Einer dürfte die Umwandlung zum Irrlichtkind selbst sein«, sagte Jante. »Bei dem Unfall in der Manufaktur damals haben so wenig überlebt und noch weniger sind erwachsen geworden, ohne einen bleibenden Schaden zu haben.«

»Wir ziehen dafür also eine Spur toter Unschuldiger hinter uns her.«

Jante zuckte mit den Schultern. »Es gibt immer Freiwillige.«

»Ich denke, wir sollten die Chance ergreifen«, mischte sich Rafael ein. In seinen Augen lag ein begeistertes Leuchten, als wenn er sich mit Wieseltjes Angebot all seine Träume erfüllen könnte.

»Wir sollten die Gefahr nicht unterschätzen«, sagte Karel.

»Das sage ich auch nicht. Ja, vielleicht entdecken uns die Schatten und vielleicht nehmen sie dann ganz Rothentor auseinander. Aber früher oder später wird das eh passieren, wenn es so weiterläuft wie bisher.« Sein Blick wanderte zwischen ihnen hin und her, bevor er wieder Karel ansah. »Aber wenn wir nun eine Chance bekommen, dann sollten wir sie auch ergreifen.«

Karel sah auf seine Finger, die um den Löwenkopfknauf seines Gehstocks geschlossen lagen wie die unsichtbare Faust um seinen Magen. Rafael sprach genau das aus, was auch in seinem Kopf Form annahm. Je mehr er es wendete und hinterfragte, desto logischer erschien es ihm. Und dennoch fürchtete er sich vor diesem Schritt.

Er blickte erst zu Grada, deren ganze Körperhaltung Widerwillen ausdrückte. Vermutlich galt ihre Abneigung eher Wieseltje als der Idee an sich. Jante nickte langsam, als Karels Blick auf ihm zu ruhen kam.

Rafael grinste. »Definitiv dafür. Wir werden die Schatten nur mit ihren eigenen Waffen schlagen können.«

»Ich werde in Ruhe darüber nachdenken«, sagte er, obwohl er bereits wusste, dass er Wieseltjes Angebot annehmen würde.

»Ich hätte Edward Pelham trotzdem nicht einfach sitzen lassen. Er schien sehr angetan von dir. Und sein Lächeln, das wirkte so nett.«

»Deine Schwester hat recht, Albertina. Die Irrlichtkinder sind ehrenvolle Männer und Frauen, aber« – ihre Mutter senkte die Stimme – »es sind trotz allem Straßenkinder.«

Alba starrte auf die Stickerei in ihren Fingern, auf der nach und nach ein Schwarm Krähen Form annahm. Sie dachte an den Brief, den sie am Vormittag erhalten hatte. Stammte er wirklich von ihrem Tanzpartner? Oder hatte sie noch einen anderen Verehrer?

»Sobald er die Wahrheit über mich und meine Krankheit erfährt, ist er sowieso nicht mehr interessiert.« Auch wenn es sicher ein schönes Gefühl wäre, das letzte Jahr ihres Lebens auf Händen getragen und geliebt zu werden.

Betretene Stille legte sich über den Raum.

Fienes Augen glitzerten verräterisch, als sie hastig auf die Seiten ihres Buchs sah. Nichts war von dem Leuchten geblieben, das ihre Schwester auf dem Winterball umgeben hatte.

In der Ferne hörte sie ein Krächzen.

Alba sah automatisch zum Fenster, und ihr Blick suchte die kahlen Wipfel der zwei Buchen ab. Doch die Krähe balancierte auf den sich biegenden Ästen des Zierapfels beinahe direkt vor der Scheibe.

Sie legte den Stickrahmen und die Nadel sorgfältig zur Seite, erhob sich und ging zum Fenster.

»Ich meine es doch nur gut mir dir, Albertina«, sagte ihre Mutter mit erstickter Stimme.

»Ich weiß. Und er hat mir nur die Aussicht über die Stadt gezeigt.« Sie wusste nicht, wie viele Male sie das in den letzten drei Tagen gesagt hatte.

Die Krähe flog von ihrem schwankenden Sitzplatz auf und landete auf der Fensterbank direkt vor Alba. Im Schnabel hielt sie ein Stückchen Papier, das sie sorgfältig ablegte.

Ich warte im Garten, stand dort in schlichter Schrift.

Die Krähe legte den Kopf schief, dann flatterte sie auf. Das Stückchen Papier wurde mit in die Tiefe gerissen.

»Albertina, ich hab dir doch gesagt, du sollst diese hässlichen Viecher nicht mehr füttern. Sie verjagen die anderen Vögel.«

Sie sah Corvin hinterher, der zwischen den kahlen Büschen und Bäumen hindurchsegelte, bevor er im hinteren Teil des Gartens bei den immergrünen Hecken verschwand.

»Ich brauche frische Luft. Entschuldigt mich bitte für einen Moment.« Ohne eine Reaktion abzuwarten, verließ sie den Salon und eilte auf ihr Zimmer, wo sie sich die Pelerine überwarf und den Muff umhängte. Kurz sah sie zu ihrem Nachtkästchen, wo sie den Brief zwischen ihren Notizbüchern verborgen hatte, doch sie kannte den Inhalt auswendig.

Alba verließ das Zimmer. Unten an der Treppe wartete ihre Schwester.

»Bitte, geh nicht.«

»Ich geh nur in den Garten, Fiene. So kann ich kaum in meine Werkstatt gehen.« Sie deutete auf den bodenlangen Rock und das weiße Fell des Muffs.

Das Gesicht ihrer Schwester erhellte sich. »Oh, das stimmt natürlich. Möchtest du Gesellschaft?«

»Danke, aber ich brauch kurz ein paar Minuten nur für mich.«

Fiene nickte und trat zur Seite.

Alba ging an ihr vorbei über den dicken Teppich zum Ende des Gangs, wo sie den Frühstückssalon betrat. Durch eine Glastür trat sie hinaus in die Stille des Gartens, die nur durch den leisen Gesang eines Rotkehlchens beim Pavillon unterbrochen wurde. Sie freute sich darauf, Sora wiederzusehen. Jemand, der wie sie vom Fliegen träumte.

Sie ging durch den unberührten Neuschnee, der sich auf die von Pflanzen umrahmten Platten gelegt hatte. Ihr Atem bildete Wolken, die sich in dem trüben Licht auflösten. Der Brief, den sie heute Morgen bekommen hatte, hatte vor Eifersucht getrieft. Der Inhalt selbst war lächerlich, als ob ihr jemand Angst mit Kindergeschichten einjagen wollte. Sie bezweifelte nicht, dass die Irrlichtkinder alles andere als harmlos waren, doch der Brief hatte ihr lediglich vor Augen geführt, dass sie gegen Gesetze verstieß, für deren Einhaltung die Irrlichtkinder zuständig waren.

Alba trat durch die Lücke in der immergrünen Eibenhecke, die zwei steinerne Nymphen flankierten. Sie drehte sich um die eigene Achse, doch der Schnee war in alle Richtungen unberührt. Hatte Corvin irgendeinen Zettel gefunden? War das gar nicht an sie gerichtet gewesen? Aber sie hatte ihn hier landen sehen.

Dann bemerkte sie hinter einer Reihe von kugelrund geschnittenen Buchsbäumen eine Bewegung, und Sora kam auf sie zu. Wie bei ihrer ersten Begegnung trug er ein zerknittertes Hemd und eine Hose, doch diesmal waren seine Haare zu einem Pferdeschwanz gebunden, der die ausrasierten Seiten offenbarte.

»Guten Tag, Alba.«

Sie schenkte ihm ein Lächeln. »Hallo.« Für den Moment erlaubte sie sich, sich zu freuen, ihn wiederzusehen. Hier, weit weg von jeglichem Irrlicht.

»Ich … es tut mir leid, dich zu stören, aber ich bin vorhin einem alten Bekannten gefolgt, und er ist hierhergekommen. Er hat einen Brief abgegeben.«

»Dann weißt du, wer es war?« Und sie wüsste gleich, mit wem sie garantiert nicht mehr tanzen würde.

»Ja, aber ich möchte dich gern aus der Sache raushalten, Alba. Es ist besser für uns beide.« Für einen Herzschlag verdunkelte sich sein Gesicht.

»Eine Frage liegt mir dennoch auf dem Herzen: Es ist nicht Edward Pelham, oder?« Sie fragte, falls ihre Mutter auf gut gemeinte Ideen käme, aus denen es keinen Ausweg gab.

»Nein, er ist es nicht und da gibt es auch keine Verbindungen.« Sora machte einen Schritt auf sie zu, sein Blick hielt sie fest. »Aber ich muss wissen, was in dem Brief stand. Ich will sicher gehen, dass ich dich nicht unbeabsichtigt mit hineingezogen habe.«

»Dieser … Verehrer scheint nur eifersüchtig zu sein. Er möchte anscheinend, dass ich mich von Irrlichtkindern fernhalte, denn er hat versucht, mir Angst einzujagen.«

Er atmete sichtbar auf. »Danke.«

»Ich habe ihm zwar nicht geglaubt, aber ich … du erinnerst dich an die Regeln und Erwartungen, über die wir auf dem Winterball gesprochen hatten?«

Sora nickte und legte den Kopf leicht schief.

Es fiel ihr schwer, die richtigen Worte zu finden. Sie mochte ihn. Sie teilten den Traum vom Fliegen. Aber eben genau diesen Traum konnte und würde er zerstören, falls er von ihrem Geheimnis erfuhr.

»Auf dem Winterball habe ich einen jungen Mann kennengelernt, der für mich eine ideale Verbindung wäre.« Sie sah ihm direkt in seine Augen. »Ich kann dich nicht wiedersehen. Ich … es würde Gerede geben.«

»Ich verstehe.« Dann huschte eine Spur Hoffnung über sein Gesicht. »Was ist mit deinen Ausflügen nach Rothentor?«

»So schwer es mir auch fällt, werde ich damit aufhören müssen. Eine Gattin meines Standes kann sich nicht mehr heimlich in Männerkleidung fortschleichen.«

Ein humorloses Lächeln hing auf seinen Lippen. »Du wirst es nicht schaffen.«

»Ich muss.« Sie war froh, dass sie es nicht musste – jedenfalls nicht länger als ein paar Tage. Schon jetzt würde sie am liebsten losstürmen und ihre Schwingen anlegen.

Sie sah auf den Muff, in dem sich ihre Hände verkrampft hatten. »Es tut mir leid«, flüsterte sie. Einer der wenigen Sätze, die sie genau so meinte.

Von Sora kam keine Antwort.

Sie blickte auf. Er war weg. Nur die Spuren seiner nackten Füße waren im Schnee zurückgeblieben.

KAPITEL 7

An einem vergitterten Schaufenster blieb Alba stehen und sah unauffällig in die Richtung, aus der sie gekommen war. Ihr Blick huschte über die eingefallenen und müden Gesichter der Menschen. Niemand von ihnen schenkte ihr mehr als die flüchtige Sekunde Aufmerksamkeit, die er auch einem anderen Passanten, Streuner oder Laternenpfosten widmete.

Doch das Gefühl, beobachtet zu werden, blieb.

Alba ging weiter, während sich ihre Finger um den Schlagring in der Tasche schlossen. Vermutlich bildete sie es sich einfach nur ein. Sie hatte keinen Zweifel daran, dass die Angreifer neulich nicht an ihr interessiert gewesen waren. Zudem konnte keiner von ihnen mehr von ihrer Anwesenheit berichten.

Der schrille Schrei einer Frau hallte heran.

Alba zuckte zusammen, ihre Schritte kamen einen Moment aus dem Rhythmus. Trotz des Mitleids für die Frau war die Erleichterung groß, dass es nicht sie –

»Alba!«

Sie erstarrte. Niemand hier wusste ihren Namen.

Dann erkannte sie die Stimme ihrer Schwester. Alba wirbelte herum, hastete zurück, stieß gegen Menschen.

Von irgendwo links vor ihr kam ein weiterer Schrei, der sofort abbrach.

Panik wallte in Alba auf. Sie sah in jede Gasse und jeden Hof, selbst hinter einen Stapel Kisten und auf den Karren eines Kohlenhändlers.

Aus einem schmalen Durchgang zwischen einem der neuen Mietshäuser und einem zusammengesunkenen Fachwerkhaus hörte sie einen Schluchzer.

Alba unterdrückte den Impuls hinzustürmen und schlich vorwärts. Das Fachwerkhaus endete nach nur wenigen Metern und machte Platz für einen kleinen Innenhof, in dem sich Holzkisten türmten.

Zwei Männer standen mit dem Rücken zu Alba. Während der Dürre an der Kette um Fienes Hals herumzerrte, drückte der andere sie gegen die graue Wand des Mietshauses. Seine Pranke umschloss die komplette untere Hälfte des Gesichts. Darüber huschten ihre aufgerissenen Augen hin und her.

»Verdammt!«

»Mach hinne, bevor uns die Rothen im Nacken sitzen.«

Fiene wehrte sich schwach, ihre Augen traten fast aus den Höhlen, doch der Dicke presste sie fester gegen die Hauswand.

Alba schlich sich ein Stückchen näher. Ihre Finger hatten sich so fest um den Schlagring gekrampft, dass ein Ziehen durch ihre Hand in den Arm kroch. Sie war sicher, dass dies Gelegenheitsdiebe waren, denn ihre Nervosität und Eile waren nicht zu übersehen.

Der Dürre riss die Kette, ein Erbstück ihrer Großmutter, einfach ab. Für einen Moment hielt er den zierlichen Schmuck in der Hand, der selbst im Zwielicht des Hofes glänzte. Dann stopfte er es in die Tasche, bevor er an dem Dienstbotenumhang zerrte, den Fiene über dem Seidenkleid trug.

Der unstete Blick ihrer Schwester blieb plötzlich auf Alba hängen, und Hoffnung erhellte ihre Augen.

Der Dürre wirbelte herum, ein Messer leuchtete in seiner Hand auf. Ein hässliches Grinsen machte sich auf seinem Gesicht breit. »Verpiss dich, Bürschchen!«

Alba machte einen Schritt zurück, der dem Mann wohl reichte, denn er wandte sich wieder seinem Kumpan zu, der erfolglos versuchte, Fiene aus dem Seidenkleid zu schälen.

»Beeil dich endlich, verdammt!«

»Mach dir doch nicht in die Hosen.« Der Klang seiner Stimme widersprach seinen Worten.

Der Dürre sah über die Schulter zurück, seine Augen verengten sich. »Hatte ich nicht gesagt, du sollst verschwinden?« Er machte zwei drohende Schritte auf Alba zu.

Sie zog den Kopf ein wenig ein und kämpfte gegen den Fluchtreflex an. Über seine Schulter sah sie Fiene, über deren Wangen Tränen liefen. Alba fühlte sich hilflos. Sie konnte einfach abwarten. Sie glaubte nicht, dass die Männer an Fienes Leben interessiert waren. Doch was das mit ihrer Schwester anrichten würde …

Der Dürre machte zwei weitere Schritte auf sie zu. Dann machte er einen Satz vorwärts und packte Alba am linken Arm.

Sie tat das Einzige, was ihr einfiel: Sie schlug zu. Dorthin, wo sie mit ihrer wenigen Kraft ausreichend Schaden anrichten konnte.

Ein Knacken – und der Dürre taumelte einen Schritt zurück, die Hände auf das Gesicht gedrückt.

Schmerzen jagten durch Albas Hand den Arm hinauf. Der Schlagring fiel aus ihren Fingern in den Dreck. Direkt neben das Messer des Dürren.

Mit blutverschmiertem Gesicht stürzte sich der Mann auf Alba und riss sie zu Boden. Sein Gewicht trieb den Atem aus ihren Lungen. Und als sie gerade wieder Luft geholt hatte, schlug er ihr mit der Faust in den Magen.

Alba trat nach ihm, doch er wich mit einem blutigen Grinsen zurück.

Der zweite Schlag traf sie am Kopf.

Alba rollte sich auf die Seite und versuchte, die Arme schützend um ihren Körper zu schlingen, als sie im Matsch etwas Kaltes, Glattes spürte. Das Messer.

Ein weiterer Schlag traf ihre Schulter, und ihre Finger verloren die Waffe.

Das verzerrte Gesicht des Dürren schwebte über ihr, als er eine Reihe Hiebe auf sie niedersausen ließ.

Die Schmerzen gaben ihr das Gefühl zu leben.

Albas Hand tastete sich durch den Matsch – bis sie das Messer wiederfand. Ihre Finger schlossen sich um den schmierigen Griff, und sie stieß es direkt in den Dürren über sich.

Seine Augen weiteten sich vor Überraschung. Seine Hände tasteten fahrig nach seinem Bauch und dem Messer, das dort bis zum Griff steckte. Er zog es heraus. Sein Mund öffnete sich und schloss sich und öffnete sich mit einer Reihe unartikulierter Laute. Dann kippte er zur Seite.

Albas Kopf sank in den Dreck. Sie unterdrückte den Wunsch, die Augen zu schließen, und kämpfte sich auf die Beine. Für einen Moment drehte sich der Hinterhof.

Sie blinzelte –

– und sah direkt in die hässliche Visage des zweiten Diebes.

Er gab ihr eine Ohrfeige, die sie hätte wieder fallen lassen, hätte er sie nicht am Jackenkragen gepackt.

Der Geschmack von Blut breitete sich in ihrem Mund aus.

»Du kleine Ratte! Ertränken sollte man –« Sein Blick ging zu dem Durchgang. Dann stieß er Alba von sich und rannte in die entgegengesetzte Richtung aus dem Innenhof.

Sie taumelte, stolperte über einen Stapel Kisten und fiel in das splitternde Holz. Sie sah direkt in die leblosen Augen des Dürren.

Alba schloss die Lider und atmete tief durch. In ihrem Bauch breitete sich Übelkeit aus. Ihre Knie und Finger zitterten, Taubheit begann, die Schmerzen zu verdrängen. Sie wollte sich in ihrem Bett verkriechen. Doch sie war in einem Hinterhof in Rothentor. Und außerdem war da auch noch Fiene.

Sie hob die schweren Lider und kroch auf allen vieren aus den Kisten, bevor sie sich schwankend erhob und zu Fiene taumelte. Ihre Schwester war gegen die Hausmauer gesunken und hatte anscheinend das Bewusstsein verloren.

Alba sank in die Hocke und tastete Fienes Taschen ab, bis sie das Riechsalz fand. Sie griff nach dem Dienstbotenumhang, der in den Dreck getreten worden war, und legte ihn Fiene um, sodass er den Großteil der zerrissenen Seide verhüllte.

Sorgfältig verbarg sie alle Gefühle und Gedanken in ihrem Inneren, setzte eine neutrale Miene auf und hielt ihrer Schwester das kleine Fläschchen unter die Nase.

Deren Lider begannen zu flattern, bevor sie aufsprangen und Fiene einen kurzen Schrei ausstieß.

Alba griff nach ihrer Hand. »Sch, alles gut.«

Ihre Schwester sah sich hastig um. »Wo … wo …«

»Weg. Es ist alles gut.« Außer die Übelkeit. Und ihr Gewissen.

Fienes Augen glänzten verräterisch. »Es … es tut mir so leid. Ich wollte … doch nur auf … auf … dich aufpassen.«

Alba drückte die kalten Finger. »Das weiß ich doch.« Sie sah über ihre Schulter zu dem leeren Durchgang. »Kannst du aufstehen? Dann bring ich dich nach Hause.« Sie hoffte, dass ihre Mutter noch beim Wohltätigkeitstreffen für das Waisenhaus war.

Fiene versuchte, sich an der Hauswand in die Höhe zu ziehen. Auch wenn es beinahe all ihre Kraft kostete, half Alba Fiene aufzustehen, darauf bedacht, die Sicht auf den Toten zu versperren.

»Komm, Fiene, du musst schon selbst laufen.«

Ihre Schwester nickte, dann setzte sie sich in Bewegung. Einen Schritt vor den anderen, schwer auf Albas Arm gestützt.

Gemeinsam verließen sie den Hinterhof und mischten sich unter die Passanten, die ihnen kaum mehr als die gewohnt flüchtigen Blicke gönnten.

Schon nach wenigen Metern kroch das vertraute Kribbeln durch Albas Körper, während die Übelkeit ihren Magen zusammendrückte. Es würde ein langer Heimweg werden.

Alles an dem Mann schrie regelrecht: Arzt! Die feine Brille, die zum Vorschein kam, als Grada ihm die Augenbinde abnahm. Die weiß gestärkten Ärmel, die unter den Manschetten des halblangen Mantels hervorblitzten, als er seine geölten Haare sorgfältig richtete. Sogar die verdammte ausgebeulte Ledertasche.

Der Mann blinzelte in das Licht der Öllampen, dann verbeugte er sich. »Fräulein Wieseltje schickt mich. Bosman, zu Ihren Diensten.«

»Willkommen in Rothentor.« Karel deutete auf Rafael. »Mein Stellvertreter Carrasco wird Ihnen zur Seite stehen. Zögern Sie nicht, ihn anzusprechen, falls Sie etwas brauchen.«

Bosman sah zu Rafael, der dem Mann ein breites Grinsen schenkte. Er konnte sein Glück kaum fassen, dass Karel ihn zum Verantwortlichen ernannt und er nun freie Hand mit den Irrlichtkindern hatte. All die Möglichkeiten und Pläne, die sich ihm dadurch eröffneten!

Karel zeigte auf die Alchemistin, deren Alkoholfahne Rafael schon die ganze Zeit im Nacken hing. »Vreda. Sie wird von Ihnen den Prozess lernen und Ihnen zur Hand gehen.«

»Freut mich, Sie alle kennenzulernen.«

»Ich würde Sie dann kurz herumführen, damit Sie prüfen können, ob alles zu Ihrer Zufriedenheit ist.«

»Sehr gerne.«

Karel ging mit Bosman voran, Rafael folgte zusammen mit Vreda und Grada. Die Abneigung gegenüber der ganzen Sache war der Leibwächterin anzusehen, und die Blicke, die sie Rafael regelmäßig zuwarf, sagten deutlich, wem sie die Schuld gab. Er schenkte ihr jedes Mal sein bezauberndstes Lächeln.

Sie hielten sich nur kurz an den Zimmern und Kammern auf, die zu beiden Seiten des Gangs in die Ruine des versunkenen Klosters gebaut worden waren. Noch stand der Großteil der massiven Holztüren offen und wartete auf die Bewohner.

Karel trat durch die Tür am Ende des Gangs, hinter der die Decke mit verblassten Malereien einem vollständig erhaltenen Rippengewölbe wich. Schutt und Steine blockierten die leeren Fenster, doch unzählige Öllampen beleuchteten die Reste des Altars, über denen ein massiver Holztisch mit Lederriemen errichtet worden war. Karel konnte sich nicht zurückhalten, dem toten Gott zu beweisen, dass sein Erbe anderweitig nützlich war.

Mit einem Nicken sah sich Bosman in der Kapelle um. Sein Blick wanderte über die Tische, auf denen Flaschen, Tiegel und Werkzeuge sorgfältig aufgereiht waren. Alles so, wie es Wieseltje instruiert hatte.

»Das wird passen. Vielen Dank, Herr Graf.« Der Arzt stellte seine Tasche auf einen der Tische und legte seinen Hut daneben. »Dann werde ich am besten gleich anfangen.«

»Gutes Gelingen.« Mit einem letzten Blick auf Rafael verließ Karel mit Grada den Saal.

Bosman inspizierte die Instrumente und Tiegel. Vreda saß auf einem Stuhl, die Flasche schlecht verborgen hinter dem Körper in der Hand.

Schritte näherten sich, und Lorens betrat den Raum, lehnte sich neben der Tür an die Wand. Das Zeichen, dass Karel weg war.

Rafael schlenderte näher. Die Ungeduld in ihm wollte, dass der Arzt sofort mit irgendwas anfing, was Rafael weiterbrachte. Taten, keine Inspektion.

Bosman drehte sich zu seiner Tasche, in der er etwas suchte.

»Wo fangen wir an, Herr Bosman?«

Der Arzt zuckte zusammen. Seine Hände schlossen sich so fest um den Griff, dass seine Knöchel weiß hervortraten. »Leider gar nicht.« Schweiß erschien auf seiner Stirn. »Ich … ich bin nur ein Bote von Fräulein Wieseltje.«

»Was soll der Scheiß?«, fragte Rafael lauernd.

»Woher soll ich das wissen?« Panik schlich sich in seine Stimme.

»Und was hindert mich dran, Sie hier hochkant rauszuschmeißen?«

»Dann wäre der ganze Handel geplatzt.« Bosman wischte sich mit einem schneeweißen Taschentuch über die Stirn. »Ich soll Sie zum Treffpunkt bringen.«

»Und was gibt es dort?«

Der Mann zuckte mit den Schultern, sein Blick huschte zwischen Rafael und Lorens hin und her.

Rafael starrte Bosman an. Es konnte eine Falle sein. Aber Wieseltje wusste nicht, wer sich um die Sache kümmerte. Und Rafael brauchte das Wissen. Er brauchte die Irrlichtkinder.

»Wo ist der Treffpunkt?«

»Holzmarktplatz.«

Rafael verengte seine Augen, Bosman wich zurück. Da hatte Wieseltje ja eine Pfeife ausgewählt. Immerhin lag der Treffpunkt in Rothentor. Wieseltje wäre lebensmüde, dort etwas zu versuchen.

»Lorens, du hältst ein Auge auf unseren Freund hier.«

»Aber gerne doch.«

Bosmans Mund öffnete sich, doch Rafaels Räuspern reichte, um jegliches Wort zu ersticken. Es war eine lausige Absicherung. Wieseltje schickte sicher niemanden, der was wert war. Aber er hatte niemand anderen als den falschen Arzt.

Rafael sah kurz zu Vreda, deren glasiger Blick ins Nichts ging, dann verließ er den Raum und eilte in den kleinen, behaglich eingerichteten Salon, wo Anissa und Fero in eine Diskussion über die Nützlichkeit der Gerechtigkeit vertieft waren.

»Was ist los?«, fragte Anissa, die ihre Füße auf den niedrigen Tisch gelegt hatte.

»Der verdammte Doktor ist nur ein Bote. Keine Ahnung, was Wieseltje vorhat, aber sie will mich treffen.«

Fero erhob sich, doch Anissa runzelte die Stirn. »Klingt fast nach Falle.«

»Glaub ich nicht. Sie braucht unsere Irrlichtkinder.« Trotz der Überzeugung in seiner Stimme war tief in seinem Inneren mehr als eine Spur Zweifel. Es konnte durchaus sein, dass Wieseltje ihn loswerden wollte. Aber sie wusste nicht, wem Karel die Aufgabe anvertraute. Oder vielleicht ahnte sie es?

»Mir gefällt die Sache nicht.« Anissa spuckte aus. Dann erhob sie sich und griff nach ihrem Degen, den sie an den Gürtel steckte.

Gemeinsam verließen sie die Reste des Klosters, dessen dicke Metalltür Rafael sorgfältig hinter sich abschloss. Während sie durch das Labyrinth aus Kanalisation, Keller und versunkenen Ruinen nach Rothentor eilten, jagten unzählige Ideen durch Rafaels Kopf, wie er Mei einfangen konnte. Er musste ihnen nur eine Form geben und sie zu Plänen schmieden.

Sie stiegen über den Keller des Schuhmachers hinaus in die Kälte der Straße. Nur zwei Kreuzungen weiter erreichten die drei den Holzmarktplatz. Bei einem der alten Fachwerkhäuser stand die Tür offen und die Bretter samt Nägeln, mit denen sie verschlossen gewesen war, lagen neben der Schwelle. Jemand war noch nicht allzu lange hier. Die Frage war nur, wer.

Mit einem Nicken schickte Rafael Fero vor, der mit der Hand unter dem Mantel auf das heruntergekommene Haus zuging und in der Dunkelheit jenseits der Tür verschwand.

Rafael ließ sein Stilett unauffällig in den Ärmel des Mantels wandern, der Griff lag kühl und glatt in seiner Hand. Die Zeit verstrich endlos langsam. Erwartung mischte sich mit Misstrauen und überlagerte die Überlegungen, wie er die eigenen Irrlichtkinder nutzen könnte, um Mei zu ihm zu bringen.

Schließlich kam Fero wieder heraus, die Haltung und die Hände entspannt. »Alles klar. Du wirst erwartet.«

»Wer?«

»Wirst du gleich sehen.«

Rafael rollte mit den Augen. Mit Anissa direkt hinter sich ging er über den Platz und trat an Fero vorbei durch die Tür, das vertraute Gewicht des Stiletts in der Hand. Ein Teil von ihm befürchtete immer noch eine Falle, während der Rest hoffte, dass ihn nicht eine weitere Pfeife wie Bosman erwartete.

Ein Stück des ersten Stocks war in die Wohnküche heruntergebrochen, und zwischen den Trümmern stand Wieseltje.

Rafaels Blick huschte über die Nischen, Winkel und Schatten, wo sich mindestens eine Handvoll Männer verstecken konnte. Vielleicht war es doch ein Fehler gewesen …

»Machst du dir schon in die Hose?«

Rafael verschränkte die Arme vor der Brust, die Klinge wie eine Versicherung an seiner Haut. »Was soll der ganze Scheiß?«

»Schick deine Freundin hinaus, dann erfährst du es.«

Er zögerte einen Augenblick, dann gab er Anissa wortlos zu verstehen, mit Fero draußen zu warten.

Wieseltje kam auf ihn zu. »Braucht ja nicht jeder erfahren, dass ich meine Experimente selber mach. Die Schatten haben überall Ohren.« Ihr Gesicht wurde ernst. »Und es wird unter uns bleiben. Ich hoffe, deine Leute können die Klappe halten.«

»Ich könnte es Karel erzählen.« Es war eine dumme Idee. Karel würde nicht verzeihen, dass Rafael bei dieser Sache ein unnötiges Risiko einging. Er würde es nicht verstehen.

»Könntest du. Aber ich denke, dein geschätzter Herr Vater wird nicht begeistert sein, wenn daraufhin euer kleines Geheimnis ans Licht käme.«

Es brauchte einen Moment, bevor Rafael die volle Bedeutung begriff.

»Der vorbildliche Graf lügt seit Jahrzehnten seine Männer an.« Perfekte kleine Zähne zwischen ihren dunklen Lippen. »Du kannst es gerne riskieren, Carrasco, und mich verpetzen, aber ich würde dann nur ungern in deiner Haut stecken.«

Rafael ballte seine Hände. Niemand drohte oder erpresste ihn. Aber er brauchte sie. Er brauchte die Irrlichtkinder.

»Gut, wie du willst.«

»Schön, aber bevor wir anfangen, brauchen wir noch ein paar Freiwillige.«

Die filigranen Papierblüten zogen sich zwischen benutzten Gläsern, Platten mit Gemüse und einem halb zerlegten Hühnchen dahin. Kass nahm vorsichtig ein Stück Früchtebrot zwischen den Blumen heraus und schlenderte in den Salon.

Weitere Blüten verteilten sich über Fensterbretter, das Bücherregal und den Teppich, wo sie Valentina wie einen Strudel umgaben. So viele gefaltete Blumen hatte Kass das letzte Mal gesehen, als Valentina nach ihrer … Ablehnung eines Verehrers Hausarrest gehabt hatte. Vielleicht hätte er doch an Doriens täglicher Besprechung teilnehmen und sich nicht darauf verlassen sollen, dass dort das gleiche inhaltslose Gerede der letzten Tage stattfände.

Er erwiderte Lilis Lächeln, die summend in der Fensterlaibung saß und eine Papierblüte in ihrer Hand in Flammen aufgehen ließ. Hätte jemand anderes die Blumen auch nur angefasst …

Kass setzte sich in seinen Lieblingssessel, spürte die neuen blauen Flecken und begann, appetitlos das Früchtebrot zu essen, während sein Magen gierig nach mehr verlangte. Hisas Tod hatte ihm die Lust auf so vieles verdorben. Selbst auf die Stille in seinem Zimmer, die ihm zu laut geworden war.

Valentinas Finger, die sich zu langen Krallen verformt hatten, fuhren sorgfältig die gefalteten Linien ab. Ein gleichmäßiger Rhythmus wie ihr Atmen. Nach und nach entstand eine Blüte, die Valentina in das Meer um sich herum setzte. Dann griff sie nach dem nächsten hauchfeinen Papierbogen.

»Schade, dass du vorhin nicht da warst«, sagte Franzis, den Kass bisher geflissentlich ignoriert hatte. »Die Mörder von Hisa wurden gefunden.«

»So?« Eigentlich war es ihm egal. Es würde sie nicht von den Toten zurückbringen. Und es würde nicht den Vorwurf tilgen, der seine und Soras Freundschaft trübte.

Franzis legte seine Schreibfeder sorgfältig zur Seite. »Zeugen haben vier Tote identifiziert, Gelegenheitstäter, die wohl dafür bezahlen mussten, sich in Rothentor nicht an die Gesetze gehalten zu haben.«

Kass hätte am liebsten laut gelacht. Gelegenheitstäter, die aus Lust und Laune zwei offensichtliche Irrlichtkinder überfielen? Das musste doch selbst Franzis und Dorien komisch vorkommen.

»Sora wird sicher froh sein, es zu erfahren.«

Ein Jäger wie Sora hätte sie nicht mit einem schnellen Tod davonkommen lassen.

»Es gibt noch eine kleine Änderung.«

Kass strich sich die Krümel von seiner Hose, bevor er zu Franzis sah.

»Es wurden Schichten für die Patrouillen in Ijsstedt eingerichtet. Mit festen Zeiten, damit man gleich etwas unternehmen kann, falls wieder einem von uns etwas zustoßen sollte.«

»Ich dachte, es waren harmlose Kriminelle, niemand, der hinter uns her ist.«

»Trotzdem ist es besser.« Franzis deutete auf das Papier vor sich. »Ich habe die Verteilung mit Doriens Einverständnis ausgetüftelt, sodass jeder von uns alle zwei Tage für ein paar Stunden mit einem Partner unterwegs sein wird. Als Ausgleich sind die Trainingseinheiten verlängert worden.«

»Diese paar Patrouillen reichen nie. Abgesehen davon muss auch das Irrlicht der Wölfe noch im Umlauf sein.«

»Das hab ich ihm auch gesagt«, murmelte Valentina.

»Lasst es uns doch bitte einfach für ein paar Tage ausprobieren.«

Die gleichen paar Tage, die wir uns seit dem Unfall zurückhalten sollten und die nun zu vier Wochen geworden sind?

»Franzis und Dorien haben keine Ahnung, wie es auf der Südseite aussieht.« Eine halbfertige Papierblüte lag zerquetscht zwischen Valentinas Krallen. »Weil sie viel zu gerne die Altstadt und Rothentor kontrollieren.«

»Dorien und Königin Katriena sind die Probleme durchaus bewusst, aber unsere Sicherheit liegt ihnen am Herzen. Es ist ja nur zu unserem Besten.«

Und du glaubst den ganzen Blödsinn noch.

Valentina schnaubte, dann griff sie nach dem nächsten Papierbogen, der unter ihren Fingern zitterte, und faltete ihn sorgfältig in der Mitte.

»Was ist mit privaten Ausflügen?«

An Franzis' Gesicht konnte Kass die Antwort ablesen. »Leider nur in Ausnahmefällen, aber wir rechnen damit, dass sich die Lage bald beruhigt. Die Proteste unten in der Stadt haben abgenommen.«

»Und nachdem nun Hisas Mörder gefunden sind, wird die Gerechtigkeit freigesprochen, richtig?«

Franzis nickte. »Natürlich.«

»Und es glaubt genau wer, dass die Bevölkerung ihr Anliegen einfach vergessen und zum Alltag zurückkehren wird?«

»Sei doch nicht immer so pessimistisch, Kasimir. Die Gerechtigkeit existiert praktisch nicht mehr und hat ihren Einfluss verloren. Du wirst sehen, in zwei oder drei Wochen ist der Alltag wieder eingekehrt.«

Alba starrte direkt in Doktor Neufvilles Gesicht, der ihr Kinn mit einer seiner behandschuhten Hände anhob. Wo war er nur so schnell hergekommen und wo … sie erkannte die vertraute Seidentapete, ihre Frisierkommode, den filigranen Stuhl, auf dem sie neben dem Bett saß.

Er erhob sich und gab den Blick auf ihre Mutter frei, die beinahe so weiß wie ihr gestärkter Kragen war.

»Wie geht es Ihnen, Fräulein Veenstra?«

Alba wusste nicht, was sie antworten sollte. Sie wusste nicht, wie sie hierhergekommen war. Da waren nur vage Erinnerungen an einen endlosen Weg, Fienes stützender Arm und …

Sie sah sich um, doch ihre Schwester war nicht da. Was hatte sie erzählt? Was wusste ihre Mutter? Dass Alba eine Mörderin war? Dass sie den Mann einfach –

»Fräulein Veenstra?«

Sie zuckte mit den Schultern. Das war immer eine gute Antwort, wenn man weder seiner Stimme traute, noch die Frage mitbekommen hatte.

»Ihre Schwester sagte, Ihnen hätte die Kraft zum Laufen gefehlt.« Er streckte seine Hände aus. »Wenn ich bitten dürfte?«

Ihr Körper gehorchte automatisch, und ihre dünnen Finger in den löchrigen Handschuhen legten sich auf das feine Hirschleder. Dabei fühlten sich ihre Beine zwar taub und schwer an, aber nicht anders als nach fünf Stockwerken Stufen.

»Und einmal bitte drücken.«

Sie wollte ihre Finger um seine Hände schließen, doch das dumpfe Pochen in den Knöcheln der Rechten explodierte. Brennend zog es sich in ihren Armen hinauf – und erinnerte sie daran, dass sie dem Mann die Nase gebrochen hatte. Bevor sie ihn getötet hatte. Wieder spürte sie, wie unerwartet leicht das Messer in seinen Leib eingedrungen war. Die Überraschung in seinem Blick und …

Doktor Neufville legte ihre Hände sanft auf ihren Oberschenkeln ab. Auf der matschverkrusteten Hose. Sie saß in ihrer Straßenkleidung hier. Vor ihrer Mutter, an die sich der Doktor soeben wandte.

Panik kroch in Alba hoch. Man würde sie einsperren. Sie würde nie wieder fliegen können, nie wieder den Wind unter ihren Schwingen spüren. In ihrem sterbenden Körper an den Boden gefesselt.

»… Nervenheilanstalt morgen.«

Ihre Mutter hielt die Hand vor den Mund, ihre Augen waren weit aufgerissen.

»Es ist das Beste, fürchte ich. Fräulein Veenstras Geist beginnt bereits zu nachzulassen.«

Alba drückte sich aus dem Stuhl in die Höhe und blieb schwankend stehen. »Ich werde in keine Nervenheilanstalt gehen.« Ihre Stimme klang rauh und seltsam fremd. »Mein Kopf ist klar, ich bin nur etwas müde.«

Ihre Mutter löste sich aus der Starre und ergriff sanft Albas Hände. »Es ist nur zu deinem Besten, Albertina.«

Sie entzog ihre Finger und stolperte einen halben Schritt zurück, bis ihre Waden gegen den Stuhl stießen. »Und warum fragt ihr hierfür nicht mich? Ich weiß selbst, was mir gut tut und was nicht.«

»Ich widerspreche Ihnen nur ungern, Fräulein Veenstra, aber –«

Sie fuhr herum. »Sie, Herr Doktor, glauben seit Jahren zu sehen, wie mein Verstand nachlässt. Sie haben es sich lange genug eingeredet, bis Ihnen ein scheinbarer Beweis reicht, einen Menschen einzusperren.«

»Albertina!«

»Nein, Mutter, dieser … Mann wird mich garantiert nicht wegsperren, weil ich mich nicht benehme, wie es sich für ein Fräulein geziemt!«

Er hob seine Hände. »Beruhigen Sie sich, Fräulein Veenstra, wir wollen nur Ihr Bestes.«

»Und dafür muss man mich das letzte bisschen meines Lebens einsperren?«

Ihre Mutter schluchzte auf.

So plötzlich wie Albas Wut gekommen war, verrauchte sie. Ihr Körper zitterte, Schweiß lief ihren Rücken hinunter und ihre Hand pochte. Sie ließ sich auf den Stuhl fallen. Die Tränen bemerkte sie erst, als ihre Mutter ihr sanft mit einem Spitzentaschentuch über die Wangen tupfte.

»Hier, trinken Sie das, Fräulein Veenstra, dann geht es Ihnen gleich besser.« Doktor Neufville hielt ihr eines der vertrauten braunen Fläschchen hin.

Sie wollte es ihm aus der Hand schlagen, doch ihre zitternden Finger nahmen es entgegen und setzten es an die Lippen. Bitter und süß zugleich rann die Medizin ihre Kehle hinab.

Auch wenn Alba wusste, dass sie nicht so schnell wirkte, fühlte sich gleich alles besser an.

Ihr Blick folgte der Flasche, die der Doktor auf den Frisiertisch stellte.

»Ruhen Sie sich aus, damit sich Ihr Körper erholen kann.« Er klappte seine Tasche zusammen und griff nach seinem Hut, dann ging er in Richtung Tür. »Bis morgen, Frau Veenstra.«

»Danke, Doktor«, antwortete diese kaum hörbar.

Er schloss die Tür hinter sich.

Für einen Moment kehrte die Stille zurück. Und mit ihr die Erinnerungen an den Toten. An das Töten. Doch diesmal schien es ihr nicht mehr ganz so schlimm. Immerhin hatte sie ja ihre Schwester gerettet, oder?

Ihre Mutter half ihr ins Bett und deckte sie sorgfältig zu. Am Fußende stand ihr Vater, stumm und mit gerunzelter Stirn.

Alba blinzelte. Wann war er hereingekommen? Oder war er die ganze Zeit schon da gewesen? Nicht, dass es wichtig war.

Ihre Mutter beugte sich über sie, strich ihr mit glänzenden Augen über die Haare. »Alles wird gut, Albertina. Doktor Neufville weiß, was er tut.«

Sie presste die Lippen zusammen, um ihrer Mutter keine Widerworte zu geben.

Mit dem Rascheln von Seide löschte ihre Mutter die Irrlichtlampen und folgte ihrem Vater aus dem Zimmer, bevor sie leise die Tür hinter sich schloss.

Als Alba allein in der Schwärze lag, allein mit dem dumpfen Pochen in ihrer Hand, spürte sie irgendwo in der Tiefe den Impuls, aufzustehen und abzuhauen. Doch Wärme, Dunkelheit und Müdigkeit hüllten sie ein. Sie würde sich einfach später darum kümmern …

Karel zog aus seiner Tasche ein Bonbon und reichte es dem Jungen, der fast in seinem Schal versank.

Die Mutter errötete und knickste ungelenk.

Er schenkte ihr ein Lächeln, tippte an die Krempe seines Zylinders und schritt gemächlich die Straße entlang.

Die Menschen wichen zur Seite. Manche grüßten mit Respekt, bei anderen erhellte sich das müde Gesicht für einen Moment. Doch jede dieser Gesten, und war sie noch so klein, erfüllte Karel mit Freude und ließ ihn das Ziehen in seiner Hüfte beinahe vergessen. Auf der anderen Seite stärkte jeder Schritt die Zweifel, ob er das Richtige tat. Das Irrlicht, das er seit drei Wochen im Keller hatte, war nicht nur eine Gefahr für ihn und die Rothen, sondern für das ganze Viertel.

Er sah zu Grada, deren Bedenken hinter einer Maske aus Neutralität und Wachsamkeit versteckt waren. Er verübelte es ihr nicht. Irrlicht war für sie eine Gefahr, die noch weniger greifbar war als die Schatten.

Karel nickte einer jungen Frau zu, die eine Kiepe voller Holz balancierte. Ein Lächeln huschte über ihr Gesicht, dann eilte sie weiter. Vielleicht sollte er die Experimente abblasen, jegliches Irrlicht loswerden und dafür sorgen, dass Rothentor sauber blieb. Vielleicht blieben die Schatten dann weg.

Er unterdrückte ein Schnauben und winkte einer Gruppe Kinder zu, die einen Reifen vor ihm zwischen den Schneeflocken hindurchjagten.

Es war vermutlich der gleiche Irrglaube wie vor zehn Jahren, als niemand erwartet hatte, dass die Irrlichtkinder in das generationenalte Gleichgewicht zwischen Parlament und Königin eingreifen würden.

Karel bog in eine Nebenstraße ab, wo sich vor einer Kneipe eine Gruppe Männer und Frauen versammelte. Daneben hatten sich zwei Polizisten aufgebaut, die Hände an den Schlagstöcken.

Das Ganze war kurz davor, zu einer Schlägerei zu werden.

Karel beschleunigte seine Schritte und stieß den Gehstock lauter auf das Pflaster.

Mehrere Männer drehten den Kopf. Hastig wichen sie ein, zwei Schritte zurück.

Während auf den Gesichtern der Menschen Wut und Unverständnis stand, machten sich auf den Gesichtern der Polizisten Schuldgefühle breit.

»Sorgt dafür, dass unsere lieben Ordnungshüter nicht abhauen«, sagte er zu Robbe und Grada, die aufgerückt waren.

Er hielt den beiden Polizisten zugute, dass sie nicht versuchten wegzurennen.

Karel winkte einen der Anwohner mit finsterem Gesicht heran. »Was ist vorgefallen?«

»Eigentlich nichts, Herr Graf. Wir hatten uns wie jeden Tag hier für unseren kleinen Marsch versammelt, als plötzlich die zwei kamen und uns sagten, dass wir unsere Versammlung sofort auflösen sollen.«

»Nicht auf meine Order hin.«

»Das … das dachten wir schon, Herr Graf.«

»Ihr könnt euren Marsch fortsetzen, ich kümmere mich um unsere beiden Freunde.«

»Vielen Dank!« Der Mann deutete eine Verbeugung an und eilte zurück zu seinen Mitstreitern, auf deren Gesichtern sich nach und nach Erleichterung ausbreitete. Die Männer tippten in Karels Richtung an ihre Kappen und die Frauen lächelten ihm zu.

Robbe und Grada hatten sich neben den Polizisten aufgebaut, die Karel trotzig entgegensahen, doch in ihren Augen lag eine Mischung aus Schuldgefühl und Angst.

»Was sollte das werden?«, verlangte Karel zu wissen.

»Die Königin –«

»– hat hier nichts zu melden. Das solltet ihr in der kurzen Zeit, die ihr hier seid, gelernt haben.« Karel kannte die Gesichter all seiner Polizisten. Diese beiden waren neu.

Der eine reckte das Kinn vor. »Wir haben einen Eid geleistet, den wir –«

»Es gibt zwei Möglichkeiten für euch. Entweder versprecht ihr mir, dass ihr euch anpasst – und das solltet ihr nur machen, wenn ihr euer Wort zu halten gedenkt –, oder ich will eure Gesichter nie wieder in Rothentor sehen.«

Der eine Polizist war ganz weiß geworden und sah zu seinem Kollegen, der Karel hasserfüllt anstarrte. »Wir vertreten das Gesetz Ijsstedts, nicht das irgendeines dahergelaufenen –«

Bevor er seine Beleidigung aussprechen konnte, schlug Robbe ihm in den Magen. Der Mann stolperte nach vorn und wäre gegen Karel gefallen, hätte Robbe ihn nicht am Kragen zurückgerissen.

»Ich … ich pass … mich an«, stammelte der Bleiche.

»Gute Wahl«, murmelte Grada.

»Und du, Freund?«, fragte Karel den anderen.

Es arbeitete sichtlich hinter seiner Stirn. Sein Blick huschte zwischen Karel und Robbe hin und her, seine Hand zuckte mehrfach in Richtung Schlagstock, doch ob es sein besseres Wissen oder Gradas hochgezogene Brauen waren, die ihn zögern ließen, konnte Karel nicht sagen.

Schließlich spuckte er auf den Boden. »Ich auch.«

»Du was?«, fragte Robbe hinter ihm.

»Ich pass mich an«, presste er zwischen den Zähnen hindurch.

»Schön, es freut mich, dass wir zu einer Einigung gekommen sind. Dann noch einen guten Tag, die Herren.« Karel sah den beiden hinterher, als sie flohen.

Er wandte sich an Robbe. »Sorg dafür, dass die beiden unter Beobachtung stehen.« Er musste Jante darauf ansetzen und erfahren, wie viele Königstreue in Rothentor eingeschleust worden waren.

Es ärgerte ihn, dass die Königin sich in seinem Viertel einmischte und die ganzen Versuche Karels zunichtemachte, die Lage zu beruhigen. Zwei Polizisten konnte er einschüchtern, doch wenn irgendwann die Schatten kommen sollten …

Er sah zu der Gruppe von Männern und Frauen, die inzwischen Kerzen in den Händen hielten und langsam in Bewegung kamen. Hin und wieder sahen sie zu ihm. Hier ein kleines Nicken, da die Spur eines Lächelns. Er konnte und wollte seine Leute nicht im Stich lassen. Er hatte sein Wort gegeben, sie zu schützen. Und er würde es auch halten, falls die Schatten kamen.

KAPITEL 8

Die Kälte kroch durch ihre Füße den Körper herauf. Flocken peitschten durch die Dunkelheit, drückten sich in Nase und Mund.

Alba stampfte einige Male auf, um ein bisschen Gefühl in ihre Beine zu bekommen. Sie drehte sich um die eigene Achse, doch sie erahnte gerade einmal die Umrisse der nahen Häuser. Mit gesenktem Kopf kämpfte sie sich zu dem, das am nächsten stand, und drückte sich in den Hauseingang, der etwas Schutz bot.

Die Linke zur Faust geballt, während die Rechte bis in den Arm pochte, blinzelte sie den Schnee aus ihren Augen. Es war eine dumme Idee gewesen, aber was hätte sie sonst machen sollen? Das letzte Jahr bei Ruben und seiner Frau verbringen? Dort würde sie nur auf eine andere Art eingesperrt sein als in der Nervenheilanstalt. Und genauso wenig fliegen können.

Alba sah sich um. Flocken klatschten in ihr Gesicht. Doch selbst wenn sie in die richtige Richtung sah, Schneetreiben und Dunkelheit löschten Aeria aus. Ihre Hoffnung war, dass sie irgendwann auf die Thein oder die Stadtmauer stieß. Sie hätte gern nach dem Weg gefragt, aber um diese Uhrzeit und bei diesem Wetter waren nur Idioten wie sie unterwegs.

Entschieden zog sie sich die Mütze tiefer ins Gesicht und wickelte den Schal um Mund und Nase, bevor sie wieder hinaus in das Schneetreiben trat. Sofort zerrte der Wind an ihrem Mantel und trieb ihr die Flocken in die zusammengekniffenen Augen.

Fuß um Fuß setzte sie voreinander. Hin und wieder hob sie den Kopf, um sich zu orientieren, doch die Umrisse der Häuser hinter dem wirbelnden Weiß und der Verlauf der Straße erschienen ihr fremd.

Ihr Schal dämpfte den Schluchzer, der zwischen ihren klappernden Zähnen hervorkam. Sie wollte doch nur zu ihrer Werkstatt. Sie war den Weg so oft gegangen.

Langsam schwand jegliches Gefühl aus Füßen und Beine. Sie ging trotzdem weiter, aber der Schnee, der sich auf der Straße türmte, kostete sie immer mehr Kraft. Der Gedanke, einfach wieder nach Hause zu gehen, erschien ihr zunehmend verlockend – doch sie wusste genauso wenig, wie sie dorthin kommen sollte.

Schritt für Schritt vorwärts. Irgendwann musste sie etwas finden, das ihr bekannt vorkam. Oder wenigstens ein Gasthaus oder eine Kneipe, die selbst zu den schwärzesten Stunden der Nacht geöffnet hatte. Doch die Schemen der Häuser waren alle still und dunkel.

Dann gaben ihre Beine nach.

Alba stolperte nach vorn und zerrte die Hände aus den Taschen, bevor sie gegen die Hauswand prallte. Schmerz jagte bis in die Schulter – und für einen Moment tat es unheimlich gut, den eigenen Körper wieder zu spüren.

Sie sank gegen den schneeverkrusteten Putz und fummelte mit steifen Fingern das Fläschchen hervor. Sie zwang es zwischen ihre klappernden Zähne und nahm einen großen Schluck.

Die Finger um ihre Medizin geklammert blinzelte sie die Flocken von ihren Wimpern. Sie musste Schutz suchen. Sie wollte nicht hier auf der Straße sterben.

An der Hauswand entlang zwang sie ihre Beine vorwärts. Eine Nische, ein Keller oder ein Treppenhaus erschienen ihr plötzlich luxuriös. Sie stolperte an einem Fachwerkhaus vorbei, das sich nahtlos an ein neues Gebäude anfügte. Auch dessen Tür war verschlossen.

Schritt für Schritt weiter. Wie die Treppe in den fünften Stock.

Die Klinke des nächsten Mietshauses war eisig unter ihren Fingern. Sie drückte gegen die schwere Holztür, die ein Stückchen nachgab. Aber nicht weit genug, dass sie hineinkam.

Sie nutzte ihren ganzen Körper und stemmte sich gegen die Tür. Dann gab diese nach, und Alba torkelte in die Dunkelheit des Treppenhauses. Von irgendwoher kam der Geruch nach Zwiebeln und der Gestank von Urin. Aber vor allem war es warm.

Schwankend blieb sie stehen und wartete unter nicht kontrollierbarem Zittern darauf, dass sie in der Schwärze die gröbsten Schemen ausmachen konnte. Als sie glaubte, die Treppe zu erkennen, schlurfte sie mit ausgestreckten Händen vorwärts, bis sie anstieß. Der Gegenstand nahm unter ihren gefühllosen Fingern keine konkrete Form an, doch es konnte ein Geländer sein.

Alba tastete nach unten, die Streben entlang – und ihre Beine gaben endgültig nach. Ihre Knie schlugen auf dem Steinboden auf. Mit der Rechten durch die Dunkelheit fühlend kroch sie vorwärts. Unter der Treppe fand sie zwischen undefinierbaren Gegenständen eine schmale Lücke, in die sie gerade so hineinpasste.

Ein kostbarer Platz in der Wärme.

Langsam tauten ihre Gliedmaßen auf. Als das Klappern ihrer Zähne endlich verstummte, hörte sie ein Schnarchen direkt neben sich.

Alba erstarrte – bis sie bemerkte, dass das Treppenhaus sie täuschte und einige Gegenstände zwischen ihr und dem Schnarcher standen. Weniger erfreulich war das Husten einer zweiten Person.

Alba zog den Mantel enger um sich und drückte sich tiefer in die Ecke. Ihr Körper begann zu kribbeln, dann stieg die Taubheit von ihren brennenden Fingern und Zehen auf. Ein vertrauter Freund in der Dunkelheit.

Sie lehnte den Kopf gegen die Wand, und ihr fielen die Augen zu. Ihre Überlegungen mischten sich mit wirren Gedankenfetzen, die Bilder gingen ineinander über. Fienes vorwurfsvoller Blick. Doktor Neufville, der sie in eine fensterlose Kammer zerrte. Ihre Mutter, die regungslos danebenstand. Sora, der sie zum Fliegen aufforderte. Ihre Schwingen, zerbrochen am Boden.

Panisch schreckte Alba auf. Durch das zerbrochene Oberlicht über der Tür sickerte graues Tageslicht ins Treppenhaus. Dahinter fiel kein Schnee mehr. Irgendwo von oben erklangen Stimmen.

Sie zwang ihren verkrampften Körper auf alle viere und kroch aus dem Versteck, das inzwischen alles andere als angenehm war. Die Kälte kroch durch den Steinboden in ihre Hände und Knie. Sie richtete sich so weit auf, dass sie mit der Linken nach den Streben des Geländers greifen konnte, während sie die Rechte an den Körper presste. Die Zähne zusammengebissen zog sie sich hoch, doch selbst zum Stehen fehlte ihr fast die Kraft.

Sie tastete nach dem Fläschchen und nahm einen Schluck. Den letzten. Sobald sie herausgefunden hatte, wo sie war, musste sie dringend Nachschub kaufen.

Als die Medizin zu wirken begann, ließ sie vorsichtig das Geländer los und schlurfte in Richtung Tür. Zwei Personen lagen an der Wand in Decken gehüllt. Die eine schüttelte es bei jedem der regelmäßigen Huster.

Alba stemmte die Tür auf, ihre verkrampften Muskeln protestierten. Sie stolperte hinaus auf die Straße, wo sich unzählige Männer und Frauen durch den Schnee kämpften, der in der Morgendämmerung zu leuchten schien.

Sie folgte der Bahn aus Fußspuren bis zur nächsten Kreuzung.

Erkenntnis griff nach ihr, dann Fassungslosigkeit, als sie auf der andere Straßenseite die Apotheke sah und ein Stück weiter die Bäckerei, deren Duft nach frischem Brot die kalte Luft erfüllte. Und gegenüber die vertraute Fassade. Es wäre nur eine Straße weiter gewesen …

Mit neuer Kraft stapfte sie weiter, direkt auf das Mietshaus zu. Sie meinte, schon die Wärme des Ofens zu spüren. Und die harte Matratze in dem Bett, das nie zum Schlafen gedacht gewesen war, aber nun umso einladender erschien.

Das Skalpell in Vredas Händen zitterte.

Rafaels Blick huschte zu dem Burschen, der auf der Liege festgeschnallt war. Dessen glasige Augen starrten ins Nichts. Was auch immer in dem Gebräu gewesen war, es wirkte.

Die Alchemistin legte das Messer weg, wischte sich die bebenden Finger an der fleckigen Schürze ab und griff nach der Flasche neben dem Werkzeug, aus der sie einen tiefen Schluck nahm.

Rafael verschränkte die Arme vor der Brust.

»Nur … Geduld, junger Mann. Wir wollen das ja nicht über… überstürzen.« Die Alkoholfahne begleitete jedes ihrer verwaschenen Wörter. Sie stellte die Flasche zur Seite und wischte sich über den Mund.

Als sie wieder nach dem Skalpell griff, lag es ruhig in ihrer Hand. Sie beugte sich über den Burschen, der sich gestern bei der Rekrutierung als Cecil vorgestellt hatte, und umklammerte dessen Handgelenk direkt neben den breiten Lederriemen.

Die Alchemistin setzte das Skalpell auf der Außenseite des Unterarms an und machte mehrere schnelle und präzise Schnitte nebeneinander.

Cecil stöhnte und gurgelte unter dem Stück Stoff in seinem Mund. Sein Kopf rollte hin und her. Blut lief über den Arm und tropfte zu Boden.

Vreda deutete mit ihren blutigen Fingern in Rafaels Richtung, der ihr das Glas mit den blau schimmernden Metallstücken reichte. Das Geheimnis der Irrlichtkinder. Nur durch diesen Schrott, so vermutete Wieseltje, konnten sie größere Mengen des flüchtigen Irrlichts überhaupt im Körper binden.

Rafael musste wegsehen, als die Alchemistin das Fleisch auseinanderdrückte, um die schimmernden Metallstücke hineinzuschieben. Der Gedanke daran, dass er das vielleicht irgendwann selbst machen musste, wenn er seine Pläne umsetzen wollte, hinterließ einen sauren Geschmack im Mund. Aber wozu hatte er Getreue, die ihm und nicht Karel gegenüber loyal waren?

Er schlenderte hinüber zu einem Tisch und gab vor, die schneeweißen Verbände zu kontrollieren. Er hatte unzählige Ideen, um seinen Schatten einzufangen, doch alle scheiterten am gleichen Problem: Er wusste zwar, wo er Sora finden konnte, aber er brauchte ihn allein. Noch hatte er etwas Zeit, eine Lösung dafür zu finden. Bis die … bis seine Irrlichtkinder bereit waren.

Als die Alchemistin das Glas mit den übrigen Metallstücken beiseite stellte und die Hände an der Schürze abwischte, schlenderte Rafael mit zwei Verbänden in der Hand zu ihr. Er war erstaunt, wie schnell Vreda von Wieseltje gelernt hatte und wie präzise ihre Arbeit trotz allem war.

Mit einer Nadel und einem Faden, den sie von der Spule abbiss, nähte Vreda die Wunden um die Metallstücke herum zu.

Cecils Stöhnen war zu einem leisen Wimmern verklungen. Sein Gesicht war so weiß wie der Verband, den Rafael der Alchemistin reichte. Dann löste er die Handfesseln, darauf bedacht, nichts von dem Blut an seine Finger zu bekommen, denn womöglich hinterließ es Irrlichtspuren.

Während Vreda die Stoffstreifen sorgfältig um die Wunden wickelte, hob Rafael den Deckel der mit Stroh isolierten Kiste und nahm ein Fläschchen aus dem Schnee. Das mit Schnaps verdünnte Irrlicht schimmerte im Lampenlicht blau auf.

Ohne das Fläschchen mehr als nötig zu berühren, trug er es um Vreda herum zu Cecil. Dort löste er den Draht um den Glaspfropfen und ließ die Flüssigkeit vorsichtig zwischen die bleichen Lippen laufen. Es dauerte einen Moment, bevor Cecil schluckte.

Rafael atmete auf, verschloss das leere Fläschchen und legte es zurück in die Kiste, die er sorgfältig verriegelte. Er verstand zwar nicht genau, warum man dem Körper zusätzlich zu dem Schrott Irrlicht einflößen musste – vor allem weil das Zeug verdammt giftig war –, aber Wieseltje hatte mehr als einmal betont, dass es beides für ein funktionierendes Irrlichtkind brauchte.

Rafael sah kurz zu Vreda, die mit dem Verbinden praktisch fertig war, dann ging er zur Tür und öffnete sie.

»Du wirst gebraucht«, sagte er zu Fero, der im Flur an der Wand lehnte und seine Fingernägel sorgfältig mit seinem Messer reinigte.

Mit einem knappen Nicken steckte dieser die Waffe ein und ging in die Kapelle, wo er den Bewusstlosen – wie auch die anderen Patienten – sanft anhob und Rafael hinterhertrug. Sie legten ihn auf das Bett in einer der geräumigen Kammern.

Rafael sah auf Cecil hinab, der sich unruhig hin und her wälzte. Manchmal kam ein Wimmern über seinen Lippen. Mindestens zwei Wochen würde es dauern, bis er sich einigermaßen erholt hatte – falls er es überlebte. Und vier Wochen bräuchte es, bis genug Irrlicht in seinem Körper war, um mit den ersten Übungen anzufangen. Aber wenn er die tägliche Dosis ein bisschen erhöhte …

Mit einem letzten Blick auf den Burschen, der sich mit Versprechungen von Reichtum und Ehre hatte locken lassen, verließ Rafael hinter Fero die Kammer und schloss ab.

Er ging zum nächsten Raum, dessen Tür er leise öffnete. Nummer zwei, deren Namen er nicht mehr wusste, und die Vreda unter Wieseltjes wachsamem Blick bearbeitet hatte, sah ihm vom Bett mit fiebrig glänzenden Augen entgegen. Die dunkle Schwellung zog sich inzwischen bis in ihre Schulter.

Rafael war kein Arzt, doch er war sicher, dass sie heute oder spätestens morgen Nummer eins folgen würde.

Er musste sich zusammenreißen, um die Tür nicht hinter sich zuzuwerfen. Wieseltje hatte ihn davor gewarnt, dass nur jeder Fünfte die Operation überstand. Und davon vertrugen nicht alle die sich langsam steigernde Menge Irrlicht.

Rafael sparte es sich abzuschließen und sah zu Cecils Kammer. Verdammte zwei Wochen, bis er wusste, ob der Bursche überlebte. Sora musste endlich für seinen Betrug bezahlen, dann würde auch dieses verfluchte Verlangen aufhören! Er würde mehr Freiwillige rekrutieren. Wenn sie hier ein paar Tage lang gut zu essen und vielleicht sogar einen Arzt bekamen, dann überlebten hoffentlich auch mehr.

Alba zwang ihre Lider auseinander. Als Erstes sah sie die zerkratzten und abgeschabten Dielen, dann die Beine eines Tischs und zwischen ihnen hindurch die vertraute Truhe. Erleichterung machte sich breit. Sie hatte es doch noch in die Werkstatt geschafft. Sie erinnerte sich nur noch an Stufen, endlose Stufen.

Nach und nach bemerkte sie die Kälte und die Schmerzen, die sich durch ihren Körper fraßen. Alba rollte sich zur Seite, um das Stechen in der Schulter und der Hüfte zu lindern, doch das Brennen und Ziehen schien in ihren Knochen zu stecken.

Sie versuchte, sich hochzustemmen, doch erst gab ihre pochende Rechte, dann der linke Arm nach einem kurzen Zittern nach. Sie robbte sich Stück für Stück vorwärts bis zu dem Hocker, mit dessen Hilfe sie so weit hochkam, dass sie sitzend auf dem Boden davor zusammensinken konnte.

Mit bebenden Fingern fuhr sie über ihren Mantel und fingerte nach dem Fläschchen in der Innentasche. Hastig zog sie es hervor und setzte es an den Mund.

Kein Tropfen der süßen Medizin, nur eine Spur Bitterkeit auf ihren Lippen.

Das Fläschchen fiel aus ihren Fingern. Vage erinnerte sie sich dran, wie sie Nachschub hatte kaufen wollen und sogar die Apotheke gesehen hatte.

Sie tastete fahrig ihre Taschen ab, doch es bestätigte nur, was sie schon gewusst hatte: Sie hatte nur das eine Fläschchen dabei gehabt.

Tränen traten in ihre Augen, und Alba ballte die Hände zu Fäusten. Oder sie versuchte es zumindest, da das Pochen in der Rechten bis in den Ellbogen fuhr. Sie hasste ihren Körper, das Zittern, die Schmerzen. Sie hasste sich selbst, da sie sich hatte ablenken lassen. Doktor Neufville, der sie einsperren wollte.

Sie schluckte Selbstmitleid und Wut hinunter. All das half ihr nicht, ihre Medizin zu bekommen.

Halb kletternd, halb kriechend schob sich Alba auf den Hocker, von wo ihr Blick auf eine Papiertüte auf dem Schreibtisch fiel. Die Linke um die Tischplatte geklammert schob sie sich Stück für Stück vorwärts –

– und ihre Knie gaben nach.

Hastig griff sie nach der Tüte, bevor sie zusammen mit einem Stapel Bücher zu Boden fiel. Weitere Schmerzen fuhren in ihren Ellbogen und ihr Knie, doch all das interessierte sie im Moment nicht. Die Papiertüte war leer.

Mit einem Knurren schlug Alba sie zur Seite und schob sich zu dem leeren Fläschchen, auf dessen Etikett die Inhaltsstoffe standen. Es wäre nicht das erste Mal, dass sie sich selbst Nachschub besorgte.

Sie kroch in Richtung Tür. Es war nur ein kurzes Stück, trotzdem rann ihr der Schweiß über den Rücken, als sie dort ankam. Ein paar Sekunden oder Minuten – sie konnte es nicht schätzen – blieb sie gegen das Holz gelehnt sitzen. Wenn sie die Klinke erreichte, dann konnte sie sich hochziehen.

Sie wollte ihren Arm heben, doch es blieb bei einem Zucken. Sie wollte schreien, doch es kam nur ein Schluchzer aus ihrer Kehle.

Am Ende blieb ihr nichts anderes, als wie so oft ihrem Körper nachzugeben. Sie presste die Wange auf den angenehm kühlen Holzboden, dessen Kälte ein Zittern durch sie jagte. Sie wollte eine Decke, eine Wärmflasche, nach Hause.

Plötzlich erhellte nur noch der Rest des grauen Tageslichts das Zimmer.

Irgendwo krächzte eine Krähe.

Die Dielen bohrten sich in Albas Körper, den ein Zittern nach dem anderen schüttelte. Sie versuchte, sich in die Höhe zu drücken, und ein Stechen fuhr in ihren Schädel. Dann übergab sie sich.

Einen Moment starrte sie auf die Pfütze vor ihrem Gesicht, deren stechender Geruch ihren Magen ein zweites Mal zusammenkrampfen ließ. Mit zusammengebissenen Zähnen rollte sie sich herum, bis sie auf dem Rücken lag. Die Decke über ihr drehte sich.

Tränen rannen heiß über ihre Wangen, liefen kalt in die Ohren und am Hals entlang. So sehr sie sich die Erlösung von ihrer Krankheit auch manchmal herbeisehnte – nun machte ihr das Ende Angst. Sie wollte nicht sterben! Sie wollte fliegen!

Vandemer lehnte sich in seinem Stuhl zurück. »Das Problem war schnell gelöst, nachdem ich die Verräter meinem Viertel bei einer der Demonstrationen präsentierte.«

»Ich kann mir vorstellen, dass die nicht begeistert waren«, sagte der Rattenfänger. »Bei mir haben sie es an ein paar Stellen versucht, konnten aber bisher nicht Fuß fassen. Vielleicht, weil es nur meine Ordnungshüter gibt und keine Polizisten. Und dem einen Pfaffen hört sowieso keiner zu.«

»Zu mir haben sie bisher niemanden geschickt«, sagte Wieseltje. »Aber an den Docks gibt es wenig Leute, die lange genug bleiben, um sich anstecken zu lassen.«

»Und die Arbeiter wohnen bei uns«, meinte Vandemer.

Wieseltje schenkte ihm ein Raubtiergrinsen. »Die bringen aber nicht das Geld und die Waren.«

Karel sah zu Wolf, der still geblieben war. Ein amüsiertes Glitzern lag in seinen Augen. Es war ein Fehler gewesen, sich vor der Sitzung nicht die neuesten Informationen von Tjard geben zu lassen.

»Wie sieht es bei dir aus, Wolf?«

»Bisher ein Dutzend, vor allem Polizisten und zwei oder drei angebliche Arbeiter in gut besuchten Schänken.« Er beugte sich ein Stück vor. »Ich hab sie am Theinufer gegenüber der Regierungsinsel aufgehängt.«

Karel hatte davon gehört. Und er hatte gehofft, dass Wolf nicht so wahnsinnig war.

Vandemer pfiff leise. »Eine nette Geste.«

»Eher eine unnötige Provokation«, sagte Karel. »So etwas ist riskant in Zeiten wie jetzt, wo keiner von uns die Regierung einschätzen kann.«

»Und was sollen sie tun? Wenn sie direkt eingreifen, haben sie einen Aufstand am Hals, dagegen sind die jetzigen Proteste harmlos.«

Karel schaute in die Runde. »Es reicht, wenn sie jedem von uns einen Schatten schicken.«

»Dann lass sie kommen, und wir klären die Sache endgültig.« Vandemers Hand wanderte zu seiner Hüfte. »Ich habe vorgesorgt.«

Der Rattenfänger wiegte den Kopf. »Ich denke nicht, dass sie derzeit die Schatten schicken. Die liegen vermutlich an der kurzen Leine. Wir haben praktisch keine Sichtung mehr. Selbst einige der Brücken- und Schiffswachen sind auf ihren Posten durch gewöhnliche Soldaten ersetzt worden.«

»Ich denke auch, dass wir deswegen keine Bedenken haben müssen«, mischte sich Wieseltje ein. »Aber es ist trotzdem keine schlechte Idee, die Spitzel und Verräter etwas weniger spektakulär zu entfernen.«

Vandemer schnaubte.

»Wir werden sehen.« Wolf lächelte verschlagen, was seinem kindlichen Gesicht etwas Bedrohliches gab. »Außerdem lenkt das die Königin und ihre Hunde ein bisschen ab.«

Karel musste an Tjards Verdacht denken, dass die Wölfe schon wieder mit illegalem Irrlicht herumspielten.

»Ich denke, jeder von uns muss das selbst abwägen«, sagte der Rattenfänger. »Wir sind in einer Situation, die wir seit Generationen nicht mehr hatten. Das Gleichgewicht zwischen uns und der Regierung ist empfindlich gestört. Wir haben so viele Faktoren, die wir nicht mehr einschätzen können … nicht erkennbare Schatten, Verstöße gegen jahrzehntealte Regeln.«

Alle nickten – wie immer, wenn der Rattenfänger das letzte Wort hatte. Aber auch wenn die anderen nicht glauben mochten, dass die Königin die Schatten schickte: Karel traute ihr im Moment recht viel zu. Gerade weil er – beziehungsweise sein Stellvertreter – mit Irrlicht hantierte, brauchte er Ruhe, kein Risiko.

»Zum Thema Gleichgewicht: Die Gerechtigkeit hat sich in Rothentor niedergelassen und blockiert eine meiner wichtigsten Lagerhallen.« Oder besser gesagt eine, die vor vielen Jahren wichtig gewesen war.

»Warum siedelst du sie nicht einfach um?« Wolfs Augen verengten sich.

Auf Wieseltjes Gesicht erschien ihr breites Raubtiergrinsen. »Das fragst du unseren lieben Graf, der so auf Ruhe und Sicherheit in seinem Viertel bedacht ist?«

Vandemer lachte. »Bringt die Jugend zu viele Veränderungen ins Haus?«

Karel lächelte. »Als alter Mann ist das einfach zu viel auf einmal.« Wenn er das nächste Mal Wieseltje sah, würde er ihr für die Rettung danken. Er musste vorsichtiger werden, da Wolf anscheinend die Spürnase seines Onkels geerbt hatte.

»Ich könnte sie aufnehmen. Ich hab noch das eine oder andere leere Gebäude«, sagte Wolf. »Und wie ich schon sagte, so ein bisschen Ablenkung ist nie schlecht.«

»Ich hab keinen Platz«, sagte Vandemer. »Hab meine leeren Gebäude den Obdachlosen des Feuers zur Verfügung gestellt.«

Wolfs Grinsen machte beinahe dem von Wieseltje Konkurrenz. »Prioritäten.«

»Kein Interesse bei mir«, sagte Wieseltje.

»Bei mir auch nicht.« Der Rattenfänger faltete die Hände vor dem dicken Bauch. »Dann ist die Sache entschieden.«

In Karels Magen keimte ein flaues Gefühl auf. Er war zwar froh, dass er die Gerechtigkeit aus dem Weg hatte – und damit hoffentlich alles, was Aufmerksamkeit erregte –, aber ihn beschlich der Verdacht, Wolf in die Hand gespielt zu haben. Die Gerechtigkeit war ein nicht zu unterschätzendes Werkzeug, das er dank Derk leider verloren hatte. Und er war sich sicher, dass zumindest Wolf und Wieseltje einen ihrer Leute bei ihnen eingeschleust hatten.

Der Betrunkene rempelte Kass an.

Dieser ballte seine Hände, die er wie so oft mit Stoffstreifen umwickelt hatte. Die Kapuze verbarg die ausrasierten Seiten, die er sonst als sein Markenzeichen nutzte – nur war er hier weit weg von jedem ihm bekannten Kampfring.

Er ließ den Mann weitertorkeln. Es machte keinen Spaß, mit einem Gegner zu streiten, der nicht im vollen Besitz seiner Kräfte und Reflexe war. Genauso wenig wie Kämpfe mit den seit Jahren gleichen Kampflehrern im Irrlichthaus.

Wahllos bog er in eine der Gassen, die zwischen den Lagerhallen hindurchführten. Hier in den Docks, wo fremde Gesichter nicht auffielen, hoffte er auf irgendeine Schlägerei, in der er seine angestaute Aggressivität abbauen konnte. Die ihn für einen Moment die schmerzhaften Gedanken an Hisa vergessen ließ.

Kass trat nach einem Stück Holz, das der dreckige Schnee freigegeben hatte. Auch wenn ihn die Ausgangssperre nicht aufhielt, so fühlte sich das Irrlichthaus wie ein verdammter Käfig an. Vor allem dank Valentina, die den Salon mit unzähligen Blüten garnierte und explodierte, sobald auch nur ein Hauch Luft das Kunstwerk störte. Dazu Sora, dem Kass nicht verzeihen konnte und der auf seinem Zimmer vor sich hin brütete – wenn er nicht gerade unerlaubterweise unterwegs war.

Die Gasse endete an einem Hafenbecken. Das Wasser, in dem alles mögliche Undefinierbare schwamm, stank nach Kanalisation. Zwei der alten einmastigen Lastkähne waren mit ausgeblichenen Seilen vertäut. Niemand war hier, der einen schnellen und unbemerkten Kampf versprach. Stattdessen zog ihn ein kaum merkbares Locken an die Beckenkante. Ganz schwach sah er um den einen Bug herum das Irrlicht im Wasser.

Ein Grinsen kroch auf sein Gesicht, und die Vorfreude ließ Kass' Blut pochen. Das war besser als alles, was er sich für heute erhofft hatte. Dazu kam der Nervenkitzel, dass er gar nicht hier sein durfte. Aber wenn er keine Spuren hinterließ …

Kass schlenderte zurück in eine Nebenstraße, wo er nach einem kurzen Umsehen den Irrlichtschleier um sich zog. Auf leisen Sohlen eilte er zurück zu dem Kahn und schlich über die Planke an Bord, wo ein Bettler scheinbar pennte – wären da nicht die zwei aufmerksamen Augen unter der tiefgezogenen Hutkrempe gewesen, die Kass nicht sahen.

Weiter hinten entdeckte er eine Luke, die er vorsichtig anhob und hindurchglitt. In der Schwärze fanden seine Füße die Stufen einer Stiege, an deren Ende Kass stehen blieb und seine Kapuze zurückschlug.

Nach und nach schälten sich nicht nur die gröbsten Formen aus der Dunkelheit, sondern auch die schwach leuchtenden Silhouetten von Menschen in den Räumen dahinter.

Wer hätte das gedacht. Nach all den Jahren mal wieder illegale Irrlichtkinder.

Kass tastete sich zwischen Kisten und Fässern hindurch auf die Umrisse einer Tür zu, die er bedächtig einen Spalt weit öffnete. Dahinter erstreckte sich der Hauptteil des Schiffsbauchs, den man mit übermannshohen Holzwänden unterteilt hatte.

Auf dem Gang dazwischen kamen zwei Wachen direkt auf Kass zu.

Leise schloss er die Tür und lehnte sich an das Holz, während er im Kopf den Weg der beiden verfolgte. Kurz bevor sie ihn erreichten, spürte er ein unangenehmes Kribbeln erst über seinen Rücken ziehen, dann über den ganzen Körper.

Solvium. Vielleicht erhöhte es nicht die Herausforderung, aber ganz sicher den Nervenkitzel.

Das Kribbeln kroch in seinen Magen. Er hasste das verdammte Lösungsmittel, das eigentlich für die Metallbearbeitung gedacht gewesen war, bis es die Banden als Waffe gegen seinesgleichen entdeckt hatten. Das Verbot vor ein paar Jahren war eine der wenigen sinnvollen Entscheidungen der Königin gewesen.

Endlich entfernten sich die beiden Wachen, und Kass atmete auf.

Als er sie auf etwa halbem Weg durch den Gang wähnte, öffnete er die Tür und schlüpfte hindurch. An der Trennwand gleich links von ihm zog er sich in die Höhe und sank auf deren Oberkante in die Hocke, sodass die Deckenbretter dicht über seinem Kopf verliefen. Unter ihm lag ein Raum, in dem sich eine Frau auf einer Pritsche hin- und herwälzte. Ihre Arme waren feinsäuberlich verbunden, doch das konzentrierte Irrlicht in den Splittern malte ein Muster in ihr Leuchten.

Kass sah auf seine eigenen Hände, die unter Stoffstreifen und Jackenärmeln versteckt waren. Unter den bruchstückhaften Erinnerungen an die Zeit nach dem Unfall waren auch Bilder der Ärzte, die täglich seine Arme neu umwickelt hatten, während sein Körper wie Feuer brannte. Erst hatte er jedes Essen ausgekotzt, dann nur noch stundenlang gewürgt.

Die Frau unter ihm stöhnte auf. Sie hatte nur wenig Irrlicht im Körper. Höchstens so viel wie die Irrlichtschmiede, und damit viel, viel weniger als der Großteil der Irrlichtkinder. Damit waren ihre Chancen zu überleben deutlich höher, insofern sie die ersten Tage überstanden hatte. Als eine von wie vielen?

Begleitet vom Stöhnen und dem Geruch nach zusammengepferchten Menschen schlich Kass geduckt auf der Oberkante der Wand weiter. Raum an Raum reihte sich aneinander, oft mit mehr als einem Irrlichtkind besetzt. Sie würden irgendwann eine kleine Armee bilden, auch wenn für sie kaum mehr als ein kurzes Irrlichtfeuer möglich sein würde.

Im letzten Raum, der etwas größer war, lag ein großer Bursche auf einem Tisch. Daneben stand eine Frau mit ebenholzfarbener Haut, die mit konzentriertem Gesicht Schnitte auf der Außenseite des festgebundenen Unterarms setzte.

Du operierst also selbst, Wieseltje. Warum wundert mich das nicht?

Ein kräftiger, aber unscheinbarer Mann, dessen Gesicht Kass sofort wieder vergaß, hielt eine Schale mit leuchtenden Metallquadraten. Auch wenn er mehr Irrlicht im Körper hatte als die anderen hier, war es recht wenig. Immerhin reichte es für den blauen Schimmer, der wie ein Schild um seine Brust lag und unregelmäßig auf Wieseltje übersprang.

Diese ergriff einen Splitter nach dem anderen mit einer Zange und setzte sie präzise und schnell in die Schnitte. Wie lang sie diese Experimente wohl schon betrieb? Anscheinend ein Weilchen, wenn er ihren Gehilfen betrachtete. Ein Stück weit beeindruckte es Kass, dass sie es bisher hatte geheim halten können. Die Frage war, was er nun mit ihr machte.

Der Gehilfe stellte die Schale zur Seite und griff nach einem schneeweißen Verband, den er Wieseltje reichte. Kaum berührte er sie, stabilisierte sich sein Schild um sie – während seines verschwand. Bei Elimar waren Jahre vergangen, bis er diese Fähigkeit – vor allem auf Entfernung – beherrscht hatte.

Kass verlagerte sein Gewicht, als sich die Kante schmerzhaft in seinen Fuß drückte. Es wäre ein Leichtes, die Sache hier unbemerkt aufzuräumen, aber seine Aggressionen waren längst der bekannten Gleichgültigkeit gewichen. Warum sollte er der Regierung einen Gefallen tun, wenn diese beschlossen hatte, den Irrlichtkindern das Leben schwerzumachen? Abgesehen davon war er nicht sicher, ob Wieseltjes Experimente ihm nicht vielleicht einmal nützlich werden konnten.

KAPITEL 9

Die Kälte, die durch die Tür hereinkam, kroch unaufhaltsam durch Albas Kleidung, auch wenn der Rest der kleinen Halle warm und stickig war. Über allem lagen das Gemurmel und das Husten der Menschen, die sich an den schlichten Holztischen zusammendrängten.

Wieder ging es einen Schritt vorwärts.

Mittlerweile kannte Alba jeden Fleck und jeden feinsäuberlich geflickten Riss im Mantel der Frau vor ihr, während ihre Fingerspitzen, die weiß und gepflegt um den Blechnapf lagen, kaum sichtbar zitterten.

Ihre Hand wollte automatisch in die Innentasche greifen, doch Alba riss sie zurück und ballte sie zur Faust, was diese mit einem dumpfen Pochen quittierte. Es geschah ihr recht. Keine Medizin mehr. Lieber die Schmerzen als das, was sie die letzten vier Tage durchgemacht hatte. Wenn sie schon die Kontrolle über ihren Körper verlor, dann nicht noch über ihren Willen.

Sie legte die Rechte an das kühle Metall der Schüssel und konzentrierte sich auf die kläglichen Informationen und unzähligen Gerüchte, die sie seit gestern Nachmittag über die Irrlichtkinder gesammelt hatte. Kaum Brauchbares, aber immerhin eine Ablenkung, um dem Drang nach der bitteren Süße der Medizin zu widerstehen. Außerdem war es gut, seinen Feind zu kennen.

Endlich war sie an der Reihe. Sie gab ihre Marke ab und hielt den Napf hin, den die Hagere hinter dem riesigen Topf füllte. Ein Lächeln von Alba und ein »Danke« brachten ihr noch ein kleines Stück alten Brotes ein.

Sie schlurfte zu einem der primitiven Holztische und hielt sich daran fest, bevor sie sich langsam auf die dazugehörige Bank niederließ. Die Suppe war gerade noch lauwarm und schmeckte vorwiegend nach Essig, und doch erschien sie Alba wie die Festessen zu Hause. Eine Erinnerung, die sie hastig beiseiteschob.

Löffel um Löffel schaufelte sie in sich hinein, während sie ihren Blick über die gebeugten und hustenden Gestalten schweifen ließ. Einen oder zwei von ihnen konnte sie später sicher noch ausfragen, auch wenn sie kaum glaubte, hier mehr als die üblichen Gerüchte über die angeblich allmächtigen Schatten zu bekommen. Aber sie brauchte eine Beschäftigung, bis Wind und Schnee nachließen und ihr Körper wieder so zuverlässig war, dass sie fliegen konnte.

Für einen Moment verstummte das Gemurmel um sie herum, dann setzte es erst leise und dann in normaler Lautstärke wieder ein.

Alba folgte dem Blick ihrer Tischnachbarn in Richtung Tür, wo ein Herr mit grauen Schläfen unter dem Zylinder und im dunkelroten Samtmantel sowie eine hochgewachsene Frau mit kalten Augen standen. Trotz des Lächelns und der Grüße hielten die Menschen respektvoll Abstand. Anscheinend jemand, der hier etwas zu sagen hatte.

Sie löffelte die saure Suppe – mehr denn je galt es, in der Menge unsichtbar zu werden, nachdem sie nicht mehr in den Schutz ihrer Familie fliehen konnte. Während sie den Napf leerte, lauschte sie in das Gemurmel. Zwischen den alltäglichen Gesprächen über Familie, Arbeit und die Königin, die ihr Volk ignorierte, hörte sie vereinzelt die Bezeichnung »Graf«. Ein Begriff, mit dem sie hier in Rothentor nichts anzufangen wusste.

Ihr Tischnachbar erhob sich, und sein Platz blieb leer. Als der Mann zu ihrer Rechten abrückte und ihre Gegenüber aufstanden, kroch die Angst ihren Nacken hinab. Ihr erster Reflex war zu flüchten, aber wenn dieser Graf wirklich etwas von ihr wollte, war das sicher keine gute Entscheidung.

Der Herr in Zylinder und Samtmantel blieb auf der anderen Seite des Tisches stehen. »Darf ich Ihnen Gesellschaft leisten, junger Mann?«

Alba nickte, während sie jedes Detail einsaugte. Er mochte etwas älter sein als ihr Vater, die Furchen in seinem kantigen Gesicht waren tiefer. Auch wenn er es gut verbarg, hatte er sichtlich Probleme, sich auf die Bank niederzulassen. Seine Finger krampften sich um den Gehstock mit dem kunstvollen Löwengriff. Die Frau mit den kalten Augen, deren Blick stetig durch den Raum wanderte, blieb hinter ihm stehen. Eine Leibwächterin.

Alba sah auf ihren Napf. »Was … was kann ich für Sie tun?« Sie ließ ihrer Nervosität freien Lauf und fingerte an dem Löffel herum.

»Sie haben mein Interesse geweckt, junger Mann.«

Alles in ihr erstarrte. Auch ihre Hand hielt ein, doch die Finger zitterten.

Sie blinzelte. »Ist das gut oder schlecht?«

»Ich bin nur neugierig.« Ein Lächeln umspielte seine Lippen. »Es kommt selten vor, dass sich jemand so ausgiebig nach den Irrlichtkindern erkundigt.«

»Darf man das nicht?« Innerlich atmete sie auf.

»Natürlich darf man das, aber der Bürger will im Normalfall so wenig wie möglich mit den Schatten zu tun haben.«

»Ich … ich mag keine Unwissenheit.« Und sie musste ihre Schwingen schützen.

»Sie gefallen mir, junger Mann.« Er schmunzelte. »Ich möchte Ihnen ein Angebot machen.«

»Mir?«

»Ich lade Sie ein, heute Abend mit mir zu speisen, und ich beantworte Ihnen Ihre Fragen bezüglich der Irrlichtkinder und Schatten.«

Sie sah ihn ungläubig an, während ihre Gedanken rasten, und sie versuchte, hinter seine Fassade zu sehen. Dieser sogenannte Graf schien einen gewissen Einfluss zu haben. Sein Blick war fest, aber offen und interessiert. Doch dies war Rothentor. Hier bot man Fremden keine Hilfe an.

»Einfach so?«, fragte sie.

»Auch wenn ich gerne so großzügig wäre, möchte ich Sie als Gegenleistung um einen Gefallen in der Zukunft bitten.« Das Lächeln auf seinem Gesicht wich einem ernsten Ausdruck, und er lehnte sich ein Stück vor. »Sie haben mein Wort, dass ich nichts von Ihnen fordern werde, das Sie schädigt.«

Erst jetzt wurde Alba bewusst, dass das Gemurmel im Raum fast erstorben war. Obwohl ihr Gegenüber leise sprach, gab es sicher genug Ohren, die mithörten.

»Und auf Ihr Wort ist Verlass?« Alba stellte die Frage absichtlich etwas lauter als nötig, doch er schmunzelte nur.

»Wenn Sie von hier wären, wüssten Sie, dass es das ist.«

Alba sah wieder auf ihren Napf, der zwischen ihren nun ruhigen Händen stand. Sie kam aus der Sache nicht ohne Weiteres heraus, aber vielleicht musste sie das auch nicht: Sie würde ihm die Informationen aus der Nase ziehen, und sobald er den Gefallen einforderte, zur Polizei gehen.

Sie blickte auf, eine wohldosierte Spur Unsicherheit auf ihrem Gesicht. »Dann … dann nehme ich wohl an.«

Karel nahm einen Schluck von seinem Wein und beobachtete den jungen Mann über den Rand des Glases hinweg. Er wirkte wie schon in der Suppenküche seltsam fehl am Platz und zu zerbrechlich, um in einer Gegend wie Rothentor zu überleben. Auch wenn er es zu verbergen versuchte, wies jede seiner Bewegungen auf eine gute Erziehung hin.

Albert ließ Gabel und Messer sinken. »Sie beobachten mich.«

Karel stellte das Glas ab und lehnte sich in dem Stuhl zurück. »Wie Sie bin ich ein neugieriger Mensch, und ich frage mich, warum Sie sich ausgerechnet für die Irrlichtkinder interessieren.«

»Ich finde es seltsam, dass sie ein Teil unseres Lebens sind, wir aber so wenig über sie wissen.« Albert sah auf seinen Teller, doch Karel erhaschte einen kurzen Blick auf die errötenden Wangen. »Wenn man länger krank ist, hat man zu viel Zeit zum Nachdenken.«

Karel verlagerte vorsichtig das Gewicht in seiner Hüfte. Dass der Bursche krank gewesen war, nahm man ihm sofort ab. Und auch die Fragen, die oft unbeantwortet blieben, kamen Karel bekannt vor. Die Nachbarn, vor allem die Geschwätzige aus dem fünften Stock, hatten wenig über den Burschen gewusst.

»Ich werde Ihnen vermutlich auch nicht alle Fragen beantworten können, da die Irrlichtkinder sich viel zu gerne in ihre Geheimnisse hüllen, aber ich werde mein Bestes geben.«

Albert sah mit leuchtenden Augen auf. »Das wäre toll.«

Er griff nach dem Weinglas und musterte die goldene Flüssigkeit. »Was genau wollen Sie wissen?«

»Ich … Könnten Sie von vorne anfangen?«

Er legte das Besteck sorgfältig neben dem Teller ab und faltete die Hände im Schoß.

»Natürlich.« Karel nahm einen Schluck Wein und schloss die Augen, um den Geschmack zu genießen, aber auch, um die

Gedanken zu sortieren. Das Wissen über die Irrlichtkinder und die Schatten war kein Geheimnis.

»Als man die überlebenden Irrlichtkinder vor über fünfzehn Jahren auszubilden begann, geschah das mit dem Zweck, sie als Wachen für die Manufakturen und die Transporte sowie als Irrlichtschmiede einzusetzen. Etwas, das der Großteil von ihnen heute auch noch tut.« Karel stellte das Glas ab und stützte sich auf die Armlehne. »Aber ein kleiner Teil von ihnen agiert aus den Schatten heraus, jagt Menschen, die gegen die Gesetze verstoßen haben. Alles vorbei an der gängigen Rechtsprechung.«

Interesse flackerte in Alberts Augen auf. »Wie viele von ihnen gibt es?«

»Wenn wir das wüssten. Unsere Schätzungen schwanken zwischen zehn und zwanzig.«

»Dann wisst ihr nicht, wer sie sind?«

Karel schüttelte den Kopf. »Nur von fünfen glauben wir, es zu wissen.«

»Aber man erkennt sie doch, oder? Sie sind sicher regelmäßig unterwegs, wenn sie diese Gesetzesbrecher aufspüren.«

»Schatten tragen selten Uniformen, und die ausrasierten Seiten und Narben lassen sich leicht verbergen.« Beinahe hätte er ihm von den unsichtbaren Schatten erzählt, so sehr bettelte der Blick des jungen Manns nach Wissen.

Kurz schoss es ihm durch die Gedanken, ob Albert ein Spitzel oder sogar selbst ein Schatten war, doch das passte nicht zu dem wenigen, was er über den Burschen erfahren hatte. Und er konnte immer noch einen Bluttest machen lassen, falls er ihn je mit ins Hauptquartier nahm.

»Und was passiert, wenn einer von ihnen illegales Irrlicht aufspürt?«

»Wenn man Glück hat, ist man sofort tot.« So wie der alte Wolf.

»Und wenn nicht?«

»Das Irrlicht hat nicht nur die Körper der Kinder zerstört, sondern auch Teile ihrer Menschlichkeit.« Karel nahm einen großen Schluck Wein. »Einige lieben Folter und den langsamen Tod, andere demontieren ihre Opfer öffentlich oder jagen sie, bis sie sich lieber selbst das Leben nehmen, als weiter davonzulaufen.«

Albert sah ihn aus großen Augen an. »Und dagegen kann man nichts machen?«

»Nein.« Karel nahm einen weiteren Schluck und stellte das Glas ab. »Die einzige Möglichkeit besteht darin, sich vom Irrlicht fernzuhalten.« Wobei Karel nicht sicher war, ob das auch in Zukunft reichen würde. Abgesehen davon, dass er selbst gerade nicht nur illegales Irrlicht im Besitz hatte, sondern mit den Experimenten auch so ziemlich alle Irrlicht-Gesetze brach.

»Was ist mit den Fähigkeiten? Sie können Irrlichtfeuer beschwören. Und es heißt, sie können Irrlicht spüren, richtig?«

Karel suchte das Gesicht des jungen Manns ab, aber da war nichts außer unverhohlener Neugier und Interesse. Vielleicht gelang es einem Außenstehenden eher, die Welt mit anderen, fragenden Augen zu betrachten. Und vielleicht, ganz vielleicht, erkannte er auch eine Lösung, die Karel oder dem Parlament verborgen geblieben war.

»Es stimmt beides«, antwortete er, »aber Details konnten wir noch nicht herausfinden, da wir die Irrlichtkinder nie in Aktion sehen. Wir können bisher nur auf Vermutungen –«

Es klopfte an der Tür.

»Einen Moment, bitte.« Karel erhob sich und ging gerade so schnell, dass er nicht übermäßig hinkte. Trotzdem pochte jeder Schritt durch seine Hüfte. Nur eine Handvoll seiner Leute wusste, dass er sich hier befand. Und nur einen davon würde Grada vorbeilassen.

Rafael stand mit einem Ausdruck reinster Unschuld auf dem Gesicht vor der Tür. »Ich hoffe, ich störe gerade nicht.«

»Nicht, wenn du es schnell machst.«

»Nummer zwei ist ebenfalls gestorben. Allerdings sieht Nummer drei vielversprechend aus.«

»Danke«, antwortete Karel, auch wenn diese Informationen garantiert bis später hätte warten können. Unabhängig davon, dass Vreda in ihrem gestrigen Bericht genau das vorausgesagt hatte.

»Dann will ich dich mal nicht länger stören. Hab gehört, du speist in allem Luxus mit einem Arbeiterbengel.« Rafael machte einen schnellen Schritt zur Seite und sah an Karel vorbei. Überraschung breitete sich auf seinem Gesicht aus.

»Du kennst ihn«, stellte Karel fest.

»Du stellst mich vor und bekommst alles von mir.«

Karel wollte ablehnen, doch seine Neugier war stärker. Er trat beiseite und deutete in den Raum. »Albert, darf ich Ihnen meinen Stellvertreter Rafael Carrasco vorstellen?«

Der junge Mann erhob sich hastig und verbeugte sich. »Es freut mich, Sie kennenzulernen.«

Rafael lächelte charmant, wie er es sonst nur bei Frauen tat. »Die Freude ist ganz meinerseits. Leider muss ich auch schon wieder gehen, da die Arbeit ruft.« Nach einer eleganten Verbeugung wandte er sich ab und ging an Karel vorbei durch die Tür.

»Ich erwarte dich nachher in meinem Arbeitszimmer«, sagte Karel.

Rafael nickte. »Und noch einen schönen Abend mit dem Fräulein.« Damit schlenderte er über den Gang davon.

Karel starrte ihm einen Moment hinterher, bevor er langsam die Tür schloss und sich herumdrehte.

Albert stand neben dem Tisch, das weißblonde Haar sorgfältig unter einer Kappe verborgen, die er vorhin zu Karels Verwunderung nicht abgelegt hatte. Und plötzlich ergab es Sinn, als er unterhalb der Stoffkante am Hinterkopf den Ansatz eines Zopfes bemerkte. Ihr Gesicht war zwar eingefallen und spitz, aber dennoch zu weich für einen Burschen.

»Tut mir leid für die Störung.« Karel schenkte ihr ein entschuldigendes Lächeln.

»Das macht doch nichts.«

Er ließ sich auf seinem Stuhl nieder und unterdrückte ein erleichtertes Aufstöhnen. Während er nach dem Weinglas griff, studierte Karel ihre Züge. Sein Gespür sagte ihm, dass er nicht nur irgendeine Bedienstete vor sich hatte, die sich ein paar gute Manieren angeeignet hatte.

»Wo waren wir stehengeblieben? Ach ja, bei den Fähigkeiten der Irrlichtkinder.«

Sie nickte und nahm ebenfalls ihr Glas, in dem nur wenige Schlucke fehlten.

Die nächsten Stunden sprachen sie über die Irrlichtkinder und die Schatten. Er redete, und sie stellte unaufhörlich Fragen oder ließ sich etwas ein zweites Mal erklären.

Erst als sie ging, wurde ihm bewusst, wie viel er erzählt hatte. Von sich, von den Rothen, selbst von Alicia. Sachen, die er eigentlich niemandem erzählte – und schon gar nicht beim ersten Treffen.

»Das wäre das bescheidene Anwesen.«

Meret sah ungläubig auf das Bauernhaus mit der Scheune und dem kleinen Garten, um das sich schützend eine Mauer aus Mietshäusern schloss. Sie hatte gedacht, sie kenne sich in Lichtemaad aus, doch sie hatte nicht gewusst, dass eines der alten Gehöfte überlebt hatte. Und nun der Gerechtigkeit eine Heimat sein sollte.

»Hübsch«, meinte Lucie hinter ihr.

Meret war überwältigt. Das war so viel mehr, als sie sich erhofft hatte. Erst die Begnadigung und die unerwartete Unterstützung der Bevölkerung, dann Sanders Rückkehr, nun das.

Sie wandte sich an den Mann, unter dessen Mantel eine Livree hervorlugte. »Und Ihr Herr will wirklich nichts dafür?«

»Nein, es steht ganz im Gedenken an seinen Onkel, der im Feuer umgekommen ist. Er möchte nur, dass Sie weitermachen wie bisher.«

»Das verspreche ich gerne. Wir sind schon beim Planen der nächsten Aktion.«

»Ich werde es meinem Herrn ausrichten.«

Meret sah wieder zu dem Bauernhaus, dessen durchhängendes Dach mit frischen Ziegeln geflickt war. Das Tor der Scheune hatte wie die Haustür neue Beschläge, die einladend im letzten Tageslicht schimmerten. Zurück auf der Südseite und damit direkt bei den Menschen, für deren Gerechtigkeit sie vor allem kämpften. Aber sie konnte es nicht allein entscheiden.

»Wir würden uns gerne einen Moment besprechen.«

»Aber natürlich.« Der Bedienstete schlenderte zu dem Gartenzaun und begann dort, vereinzelte vertrocknete Unkräuter herauszureißen.

Meret wandte sich an die neue Führung der Gerechtigkeit, die sich beim Wiederaufbau gebildet hatte. »Was meint ihr?«

»Definitiv annehmen«, sagte Lucie, deren Blick auf dem Gehöft verweilte. »So was bekommen wir nie wieder angeboten. Und die Lagerhalle ist schon seit Tagen zu voll und zu kalt.«

»Wir brauchen eine andere Unterkunft«, sagte Thorben, der sich ihnen mit seiner Gruppe endlich angeschlossen hatte. »Neben dem, was Lucie gesagt hat, wären wir hier auch näher an unseren Familien.«

Emilians Gesicht verfinsterte sich während der Antworten. »Ich trau der Sache nicht. Warum sollte uns jemand so ein

Haus geben, wo immer noch genug Menschen ein Dach über dem Kopf suchen?«

»Weil es vielleicht die einzige Möglichkeit für ihn ist, uns zu unterstützen und Gerechtigkeit für seinen Onkel zu bekommen«, antwortete Meret. »Das ist auch nichts anderes als die Spenden an Essen und Kleidung, die uns die Leute bringen, die selber keine Zeit haben, sich aktiv einzusetzen.«

»Und warum erst jetzt?«

»Es hieß doch, er ist Händler«, sagte Lucie. »Vielleicht war er unterwegs.«

Emilian schnaubte. Die Hände in den Taschen vergraben sah er zwischen dem Bauernhaus, das immer mehr in den Schatten der mehrstöckigen Mietshäuser versank, und dem Bediensteten hin und her.

Meret wandte sich Nikolai zu, auf dessen Arm sich Sander trotz seiner Krücke stützte. Im Dämmerlicht waren die gelben und grünen Flecken, die beinahe sein ganzes Gesicht bedeckten, nicht zu sehen, doch seine Augen leuchteten hell wie immer und weckten die vertraute Zuversicht.

»Ich glaub, es ist das, was wir brauchen«, sagte Nikolai. »Egal, ob wegen Platz oder Wärme, wir können nicht länger in einer vollen Lagerhalle hausen. Wir sind die Gerechtigkeit, keine Verbrecher.«

»Mehr«, murmelte Lucie.

»Was sagst du, Sander?«, fragte Meret.

Dieser nickte sofort. Er sprach nur noch selten, da man ihm im Gefängnis einen Großteil der Zähne ausgeschlagen hatte. Meret konnte nicht verstehen, warum Menschen so etwas taten. Sander war immer zuvorkommend und freundlich gewesen.

»Dann haben wir entschieden.«

Alle nickten. Sogar Emilian, wenn auch zögernd.

Meret ging zu dem Bediensteten, der seine Hände sorgfältig an einem Taschentuch abwischte und ihr entgegenlächelte.

Sie erwiderte sein Lächeln. »Wir nehmen das großzügige Angebot gern an, und wir werden natürlich weiterkämpfen, bis man uns erhört.«

Der Bedienstete zog einen Schlüssel aus seinem Mantel und reichte ihn Meret. »Nicht nur mein Herr, sondern auch meine Schwester und ich sind für Ihre Arbeit sehr dankbar.«

»Wir werden Gerechtigkeit bekommen.«

»Daran zweifle ich nicht.« Er tippte sich an die Hutkrempe und verabschiedete sich.

Sie sah auf den Schlüssel in ihrer Hand.

»Und nun?«, fragte Lucie, die neben Meret trat.

»Ich kann mit Sander alles vorbereiten«, schlug Nikolai vor. »Wenn ihr den Rest geholt habt, erwartet euch ein warmes Feuer.«

»Gut, machen wir es so.« Sie reichte ihm den Schlüssel.

Merets Blick folgte den beiden Gestalten, wie sie langsam auf die Haustür zugingen. Als einer von ihnen Sander vor ihrem alten Unterschlupf gefunden hatte – wenige Tage nach dem Rückzug des Mordvorwurfs durch die Königin –, hatte sie gehofft und zu dem toten Gott gebetet, dass auch Derk auftauchte. Doch Sanders erste Worte, die er hervorwürgte, hatten diese Hoffnung zerstört. Derk war tot.

Die beiden Männer verschwanden im Inneren des Bauernhauses, und Meret folgte Lucie und Thorben. Eine weitere Narbe, deren Schmerz sie täglich spürte. Sie würde für ihn wie für ihre Familie kämpfen. In ein paar Tagen bei der Lichterwache würde Königin Katriena nicht mehr schweigen können.

Kass zog die unterste Schublade der Kommode auf und sah auf die Uniformen, die dort seit mehreren Jahren fein säuberlich gefaltet weggeräumt waren. Er ging nicht auf die richtigen Veranstaltungen für derlei Kleidung, und für die Arbeit hatte er sie nie gebraucht – bis jetzt.

Während er Dorien das unzähligste Mal verfluchte, nahm er die oberste Uniform heraus und schob die Schublade mit dem Fuß wieder zu. Vielleicht sollte er sich noch ein Schild basteln, damit auch garantiert jeder mitbekam, dass Irrlichtkinder unterwegs waren.

Er warf die steife Uniformjacke auf den Tisch und die Hose über den Stuhl. Dann wickelte er die Stoffstreifen von seinem linken Unterarm und der Hand ab, bis die leuchtenden Metallsplitter sichtbar wurden. Nicht nur, dass er nun garantiert nicht mehr zu übersehen war, er fühlte sich auch nackt.

Ich hoff, du erstickst eines Tages an deiner Korrektheit, Dorien.

Er ließ den Stoffstreifen zu Boden fallen und machte am linken Arm weiter, wo neben den Narben ein Meer aus blauen und gelben Flecken erschien. Hoffentlich waren die Ärmel der Uniformjacke lang genug …

Es klopfte, und Sora trat ein. Er warf die Tür hinter sich ins Schloss und lehnte sich mit verschränkten Armen gegen die Wand. »Dank den dämlichen Auflagen geht jeglicher Spaß flöten.«

»Sag bloß.« Manchmal ließ ihn die Normalität fast den Vorwurf vergessen, der immer noch in der Tiefe nagte.

Kass warf den zweiten Stoffstreifen auf den Boden, dann griff er nach der Uniformhose.

Sora zog fragend die Brauen hoch.

»Dorien«, antwortete Kass.

»Du bist mit ihm eingeteilt?«

Kass nickte, während er die Hose anzog.

»Und seit wann brauchen wir den offiziellen Aufzug?«

»Keine Ahnung. Aber er hat gestern Abend mit ausreichend Nachdruck drauf bestanden.«

Sora grinste. »Es gibt Frauen, die stehen auf Uniformen.«

»Wart nur ab, bis du mit Dorien dran bist …«

»Ich war gestern Nachmittag mit Franzis unterwegs. Er kann froh sein, dass er lebend und am Stück zurückgekommen ist.«

Auch Kass grinste. Schadenfreude war etwas Schönes.

»Lass mich raten, ihr habt die Altstadt überprüft.«

»Was sonst. Ein bisschen noch das nördliche Rothentor und die Grenze zu Schönau. Wir sind nicht mal in die Nähe von Carrasco gekommen.«

»Hast du immer noch nichts?«

»Die verdammte Ratte muss sich irgendwo verkrochen haben. Ich hab ihn seit einer Woche nicht mehr bei den Rothen gesehen. Und meine Hände sind dank den tollen Auflagen gebunden.«

Kass griff nach der steifen Uniformjacke und zog sie über. »Deswegen darfst du nun auch Däumchen drehen, während ich mich in der Öffentlichkeit zum Affen mache.«

»Das ist sicher einen Anblick wert.«

»Wenn ich dich oder nur eine verdammte Krähe sehe …«

Sora grinste breit.

Kass schloss den letzten Knopf der Jacke. Das Unbehagen und die Lächerlichkeit der Aktion schienen ein Stück weit die Schwärze zu vertreiben, die ihn seit Hisas Tod verfolgte und die nur die kurzen Momente im Kampfring verdrängen konnten.

»Ich muss los. Dorien wartet sicher schon.«

»Lass mich raten: das Hafenviertel?«

»Da wette ich garantiert nicht gegen.« Damit verließ Kass sein Zimmer und eilte über den Gang in Richtung Treppenhaus. Jeder Schritt erinnerte ihn an die beschissene Uniform, die steif war und seine Bewegungen einschränkte. Auch wenn die Ärmel länger als erwartet waren, fühlten sich seine Hände und Unterarme nackt an.

Er nahm die Stufen hinunter ins Erdgeschoss, wo Dorien wartete.

»Guten Morgen, Kasimir.«

Kass nickte ihm nur zu.

Dorien sah einen Moment lang aus, als ob er etwas sagen wolle, dann wandte er sich jedoch ab und ging zu der schweren Außentür.

Widerwillig folgte ihm Kass, und noch widerwilliger trat er hinaus in den Innenhof des Irrlichthauses, wo ihn nicht nur der Sturm traf, sondern auch das Gefühl, dass sich alle Blicke auf ihn richteten. Dabei schaute weder jemand in seine Richtung, noch waren hier Uniformen ungewöhnlich.

Sie ließen die regungslosen Wachen am Tor hinter sich, und wie zu erwarten nahm Dorien die Prachtstraßen und Alleen anstatt der Schleichwege. Als ob die verdammte Verkleidung nicht schon reichte, starrten die Damen und Herren sie mit einer Mischung aus Verachtung und Interesse an, die sonst Kuriositätenkabinetten vorbehalten war. Es war wohl zu viel verlangt, den Männern und Frauen ein bisschen Anerkennung zu schenken, die einem den Reichtum sicherten.

Dorien schwieg, als sie das Pfeifen in den Dächern, Türmen und Erkern hinter sich ließen und über den Platz der Himmelsbrücke schritten. Er salutierte den Wachen, die die Geste erwiderten, während Kass wie ein artiger Hund hinterherlief.

Seine Finger strichen über das eisige Geländer. Das Wispern und Locken verlor sich beinahe im Heulen der Eisenseile über ihnen, aber Kass widerstand. Er war nicht allein, und Dorien konnte ruhig als Letzter erfahren, dass Kass mehr Irrlicht speichern konnte als die anderen der Einheit.

Er steckte die nackten Hände in die Uniformjacke und zog den Kopf nicht nur wegen des Sturms zwischen die Schultern.

Was würde er gerade für seinen Irrlichtschleier oder selbst für eine verdammte Kapuze geben.

»Was wird das hier eigentlich, Dorien?«

Dieser wandte den Kopf und sah Kass verständnislos an.

»Es hieß, wir sollen uns zurückhalten und nur beobachten, bis die Menschen sich beruhigt haben.« Der Wind riss ihm die Worte beinah von den Lippen. »Aber nun marschieren wir in dieser Aufmachung durch die Stadt?«

»Du verstehst es falsch, Kasimir. Durch unsere Anwesenheit zeigen wir, dass die Gesetze immer noch gelten und die Königin sich nicht einschüchtern lässt. Mehr wird von uns im Moment nicht verlangt.«

»Wir gehen spazieren.«

»Wir tun unsere Pflicht. Wir sind ein Teil der Sicherheit Ijsstedts.«

Indem wir die Hände in den Schoß legen?

Kass biss sich auf die Zunge, um die Worte nicht laut auszusprechen. Stattdessen sah er wieder nach vorne, wo sie sich den beiden Portalen im unteren Brückenpfeiler näherten. Wie ein artiger Hund zu gehorchen war vermutlich die bessere Idee.

Trotzdem salutierte er nicht, als sie an den nächsten Brückenwachen vorbeigingen. Er war ein verdammter Schatten, kaum mehr als ein Auftragsmörder. Kein Soldat und erst recht keine königliche Leibgarde.

Sie ließen die Himmelsbrücke hinter sich, und im Windschatten eines der Fachwerkhäuser am Straßenrand blieb Dorien stehen. »Was schlägst du vor, wo wir anfangen?«

»Südseite?« Es war ihm einfach so rausgerutscht.

Doriens Blick lag einen Moment nachdenklich auf Kass, dann schüttelte er langsam den Kopf. »Ich denke, das ginge entgegen der Wünsche der Königin und des Rats.«

Vor allem wäre es in dieser Aufmachung Selbstmord.

»Dann bleiben nur Rothentor und das Hafenviertel.«

Dorien nickte. »Nachdem der Graf für seine Vorsicht bekannt ist, ziehe ich die Docks vor.«

Kass zuckte mit den Schultern. Etwas anderes hatte er nicht erwartet. So wie Franzis den Norden Rothentors und die Grenze zu Schönau liebte, war es bei Dorien das Hafenviertel. Allerdings nur bis zur Anlegestelle der neuen Lastkähne, obwohl diese extrem gut bewacht waren – nicht nur wegen des Irrlichts für den Export, sondern auch wegen des Irrlichts für den Schaufelradantrieb.

Gemeinsam gingen sie durch das Labyrinth aus Gassen und kaum breiteren Straßen, wo der Sturm über ihnen um die Schornsteine heulte und selten in die verwinkelten Tiefen vordrang.

Dorien nickte den Männer und Frauen zu, die ihn ignorierten. Selbst die Murmel spielenden Kinder sahen nur kurz auf. Das neutrale Gebiet der Altstadt war dem Parlament heiliger als den Priestern ihre Gotteshäuser – und das wussten und schätzten die Bewohner hier.

Kass machte sich nicht die Mühe, nach Irrlicht oder Spuren davon zu suchen. In all den Jahren hatten sie ein einziges Mal Irrlicht gefunden, und darum hatte sich das Parlament schneller gekümmert, als einer von ihnen hatte eingreifen können.

Je näher sie dem Hafenviertel kamen, desto mehr dachte Kass an Wieseltjes Experimente. Es wäre ein Leichtes, Dorien wie zufällig dorthin zu führen und das Ganze auffliegen zu lassen. Doch er gönnte Dorien den Erfolg nicht. Und wo das Unbehagen seinen Kopf von der Gleichgültigkeit klärte, fragte er sich, ob er vielleicht irgendwann einen Nutzen aus dem Wissen ziehen konnte.

Alba sah den tiefhängenden Wolken hinterher, die der Sturm am Schlafzimmerfenster vorbeijagte, wenn er nicht gerade an diesen rüttelte. Nun hatte sie die Freiheit, die sie sich gewünscht hatte – und nach nicht einmal einer Woche hing sie ihr zum Hals heraus.

Sie setzte sich auf und schob die zerschlissene Wolldecke beiseite. Sie musste etwas tun. Irgendetwas. Sonst würde sie trotz des Sturms zu fliegen versuchen.

Entschieden stand sie auf und ging hinüber in die Wohnküche, wo sie unentschlossen verharrte. Selbst der sonst ungeliebte Tee mit ihrer Mutter, den neuesten Gerüchten und den Heiratsgesprächen fehlte ihr plötzlich. Und die Werkstatt, die eine willkommene Abwechslung gewesen war, war nun öder Alltag.

Ihr Blick fiel auf den Tisch und die Notizen, die sie vor zwei Tagen nach dem Abendessen mit Karel angefertigt hatte: das Wissen über die Rothen und die mageren Fakten über die Irrlichtkinder. Sie wusste immer noch nicht, ob ihre Schwingen hier sicher waren.

Schließlich sammelte sie die Entwürfe der größeren Tragflächen aus dem Chaos heraus. Dabei fand sie einige Schalen, die Alba gestern davongesprungen waren, als sie Corvin die Walnüsse geknackt hatte.

Es klopfte an der Tür.

Alba griff nach der Armbrust, deren Gewicht sofort die Schmerzen in ihrer Hand weckte. Die Spitze des Bolzens zitterte, als sie ihn in Richtung der metallverstärkten Tür ausrichtete. Mit einer solchen Waffe würde sie es nicht so direkt fühlen, wenn sie jemanden tötete. Der Gedanke hatte etwas ekelhaft Beruhigendes.

Ein erneutes Klopfen.

»Albert? Rafael Carrasco hier.«

Sie brauchte ein paar Sekunden, bis sie den Namen zuordnen konnte. Nach all dem, was sie vorgestern aus Karel und über die Rothen herausbekommen hatte, wunderte es sie nicht, dass man sie gefunden hatte.

»Moment!« Sie sprang auf, legte die Armbrust auf den Tisch und schob hastig ein paar Papierbögen darüber. Dann griff sie nach ihrer Mütze direkt daneben, die sie über ihre zerzauste Zopfkrone zog, und stopfte die Strähnen hastig mit unter den Stoff.

Alba eilte zu der Wand, wo ihre Schwingen einladend leuchteten – eine Einladung, die das stetige Pfeifen und Rütteln des Winds am Fenster widerriefen. Sie nahm die Flügel ab, klappte sie zusammen und trug sie ins Schlafzimmer, wo sie sie unter der zerschlissenen Wolldecke versteckte.

Dann ging sie zur Tür, wo sie jedoch zögerte. Die Rothen gehörten zu den Menschen, mit denen ein junges Fräulein nichts zu tun haben sollte. Doch Karel schien das Wohlergehen seines Viertels und dessen Bewohner am Herzen zu liegen. Nichts hatte darauf hingedeutet, dass er Alba grundlos schaden würde.

Trotzdem öffnete sie die Tür nur einen Spalt weit.

Rafael Carrasco lächelte ihr entgegen. »Hallo, Albert.« So charmant – und gefährlich – wie bei ihrem ersten Treffen vor zwei Tagen.

»Hab den Schlüssel nicht gefunden. Dabei steckt er in der Tür.« Sie schenkte ihm ein leicht dümmliches Grinsen. Sie war froh, Karels Sohn zu sehen. Oder vielmehr die Ablenkung, die er versprach.

»Du schließt ab, wenn du da bist?« Zufrieden hörte sie eine Spur Unglaube in seinem Tonfall.

»Mama hat gesagt, das macht man so.«

»Darf ich hereinkommen?«

Alba zögerte einen Moment. Rafael Carrasco würde als erster Besucher ihrem Rückzugsort die Unversehrtheit nehmen. Jedoch hatte sie weder eine gute Ausrede, noch wollte sie Hesters Aufmerksamkeit erregen. Deren Neugier trieb seltsame Auswüchse, seit man die drei toten Polizisten vor Albas Wohnung gefunden hatte.

Sie trat zur Seite, und er ging an ihr vorbei. Sie positionierte sich ihm so gegenüber, dass er mit dem Rücken zum Schlafzimmer verharrte. Sicher war sicher. Nicht so wie Karel, der ihr erst seinen Stellvertreter vorgestellt hatte – und dann später sehr emotional von dessen Mutter Alicia gesprochen hatte.

Sein Blick schien jedes Detail aufzusaugen. Von den Büchern und dem Papier, das sich an vielen Stellen türmte, über den Werkzeugkasten bis hin zu den Keksen für Corvin neben der Öllampe. Alba wurde bewusst, wie chaotisch die Wohnung für einen Außenstehenden aussah.

»Was kann ich für Sie tun?«, fragte Alba hastig, als er nach einem ihrer Notizbücher greifen wollte.

Rafael Carrasco ließ die Hand sinken, ein schiefes Lächeln auf den Lippen. »Der Graf hat mich gebeten nachzusehen, ob es dir gut geht.« Die Hinweise auf eine Lüge waren gut versteckt, aber nicht gut genug.

»Oh, das ist aber nett. Danke.«

Sein Lächeln offenbarte eine Reihe weißer Zähne. »Aber wie ich sehe, bist du voll beschäftigt.«

»Ich …« Sie senkte den Kopf, ließ Rafael ein einstudiertes Erröten sehen. »Ich repariere Sachen.« Vielleicht sollte sie damit wirklich ihre Langeweile vertreiben. Bevor ihr letztes Geld zur Neige ging.

»Was hältst du denn davon, für mich etwas zu … reparieren?« Seine Worte, sein Tonfall und seine Körperhaltung – alles drückte eine Beiläufigkeit aus, die Albas Misstrauen verstärkte. Jemand wie Rafael Carrasco kam nicht nur vorbei, um sich nach dem Befinden zu erkundigen.

Sie hob den Kopf und sah ihn mit großen Augen an. »Dafür bin ich sicher nicht gut genug.«

Wieder dieses selbstsichere Grinsen, das seine dunklen Augen zum Leuchten brachte. »Vertrau mir, dafür werden deine Fähigkeiten ausreichen.« Er wusste, wie man Menschen um den Finger wickelte.

»Aber ich muss noch so viel erledigen.« Sie deutete auf einen der Stapel aus Kisten und Baumaterialen, die sie seit der Fertigstellung ihrer Schwingen hatte entsorgen wollen.

Sein Augenrollen stoppte er einen Moment zu spät. »Du bekommst natürlich eine Entschädigung für den Arbeitsausfall.« Es waren die ersten Worte, in denen nicht die Spur einer Lüge lag.

»Geld?«

Er nickte. Seine Ungeduld war beinahe spürbar, als er sie fragend ansah.

Alba musste das angestrengte Überlegen nicht spielen, da sie in absehbarer Zeit Geld brauchen würde. Und Karel hatte nicht nur wie ein Mann des Wortes gewirkt, sondern auch wie jemand, der seine Gefolgsleute – und damit auch seinen Sohn – im Griff hatte.

»Bringen Sie es her, und ich setze mich sofort daran.« Notfalls konnte sie es zum Kesselflicker bringen, wenn sie es nicht schaffte.

Ein Lächeln umspielte seine Lippen, und Alba wusste, dass ihr seine Erwiderung nicht gefallen würde.

»Das ist leider nicht möglich, aber wenn du mit mir kommen magst?« Er ging zur Tür und hielt diese auf. »Es wird dir nichts passieren und es dauert nicht lang. Du hast mein Wort.«

Sie konnte nur hoffen, dass sein Wort so viel galt wie anscheinend das seines Vaters.

Alba nahm ihren Mantel und überprüfte wie beiläufig den Sitz ihrer Kappe, bevor sie die Öllampe ausblies. Sie warf einen kurzen Blick zum Ofen, aber lange würde sie nicht weg sein, also würde sie ihn anlassen und sich nachher über die warme Wohnung freuen.

Rafael Carrasco stand im dämmrigen Treppenhaus, als sie sorgfältig hinter sich abschloss. Dann folgte sie Karels Sohn über die unzähligen Stufen und den Innenhof hinaus in den Sturm. Deutlich weniger Menschen als bei seinem Vater drehten sich um und grüßten. Trotzdem schien auch er beliebt zu sein – vor allem bei den Frauen.

Er ging voraus die Straße entlang. Vorbei an der Bäckerei, an dem Alten in den Kartons, an der Apotheke. Eine Stimme in ihr flüsterte, dass ein Schluck Medizin alles besser machen würde.

Alba ballte ihre zitternden Finger in den Manteltaschen zu Fäusten. Nie wieder. Sie würde weder der Medizin noch der Krankheit ihren Willen überlassen. Eher würde sie selbst ihr Leben beenden, auch wenn dieser drastische Schritt im Moment so weit weg war wie schon lange nicht mehr.

Sie betraten eines der alten Fachwerkhäuser, bei dem der Putz frisch geflickt war. Das Innere war still und leer. Eine einzelne Öllampe leuchtete im Hinterzimmer neben einer schmalen Stiege in den Keller.

Rafael Carrasco hielt ihr ein schmales Tuch hin. »Es tut mir leid, aber da du kein Mitglied der Rothen bist, wirst du das tragen müssen.«

Alba griff nach dem Stoff und band ihn sich vorsichtig um, sodass ihre Kappe am Platz blieb. Jemand wie Rafael Carrasco erlaubte garantiert keine Umkehr. Da musste sie nun durch.

Er griff nach ihrer Hand. »Denk an die Treppe.«

Stufe um Stufe stieg sie in die Tiefe, und mit jedem Schritt wurde sie sicherer.

Bestimmt, aber sanft führte Karels Sohn sie durch die Dunkelheit. Sie roch Staub und Moder. Manchmal hallten die Schritte ewig nach, dann klangen sie wieder ganz nah, genauso wie Rafael Carrascos Geschichten über seine angeblichen Heldentaten. Etwas, das vermutlich besser dafür geeignet war, Frauen zu beeindrucken als einen Arbeiterjungen.

Statt ihm zuzuhören, versuchte sie vergeblich, sich die Richtung zu merken, doch sie hatte keine Ahnung, ob der Weg wirklich so weit war oder ob Karels Sohn sie im Kreis führte. Wobei sie die quietschende Tür erst einmal durchschritten hatten.

Irgendwann begann das vertraute Kribbeln in ihren Beinen und sie gab auf, sich auf mehr als ihre Schritte zu konzentrieren.

»… mich entschuldigen, ein wenig geschwindelt zu haben.«

Sie nickte nur, wie sie es während seiner gesamten Erzählungen gemacht hatte. Dann merkte sie, dass sein Ton sich geändert hatte.

»Ich habe nichts zu reparieren – jedenfalls nicht im eigentlichen Sinne –, sondern ich möchte, dass du zur Genesung eines unserer Mitglieder beiträgst.«

»Oh.« Die Verwunderung in ihrer Stimme täuschte darüber hinweg, dass sie nicht wirklich erwartet hatte, etwas reparieren zu sollen. Doch diese Bitte war seltsam.

»Cecil hat als Einziger seiner Familie das Feuer schwer verwundet überlebt und erholt sich nun langsam. Da dachte ich, ein wenig Abwechslung würde ihm gut tun.«

»Warum gerade ich? Ich bin doch nur ein Niemand, der ein bisschen schrauben kann.«

»Der Graf hält große Stücke auf dich, und du bist nicht in den Tagesablauf der Rothen eingebunden.«

Das ungute Gefühl in ihrem Magen blieb, da sich bei Rafael Carrasco Wahrheit und Lügen derart gut ineinanderflochten, dass Alba sie nicht mehr entwirren konnte. Aber sie sollte ja nur einem Verwundeten Gesellschaft leisten.

Rafaels Mundwinkel begannen zu schmerzen, da das Grinsen nicht mehr von seinem Gesicht weichen wollte. Er konnte kaum glauben, dass das letzte große Puzzleteil für seinen Plan ihm einfach so und vollkommen unerwartet in den Schoß gefallen war.

Rafael drückte die Augen an die zwei Löcher, die in eine Art Salon führten. Dort saß das Fräulein Veenstra, das er nach seinem Brief vollkommen vergessen hatte, bis sie dann vor vier Tagen bei Karel am Tisch gesessen hatte. Falls überhaupt möglich, war sie nun noch kleiner, noch spitzer und noch blasser – an Haaren, Augen und Haut.

Leider konnte er ihre Unterhaltung mit Cecil nicht verstehen, doch die beiden schienen gut miteinander auszukommen. Die Wangen des Burschen waren leicht gerötet, während er irgendwas erzählte. Für den nächsten Besuch musste Rafael die Möbel umstellen, aber heute war es dafür zu spät.

Er machte einen kleinen Schritt von den Löchern weg und ging mit der Hand an der Wand durch die dunkle Abstellkammer, deren Gerümpel nur eine schmale Schneise ließ. Da hatte er das wohlbehütete Fräulein nur ein wenig erschrecken wollen, damit sie sich von seiner Mei fernhielt, und sie war anscheinend gleich abgehauen. Direkt nach Rothentor. Direkt in seine Hände.

Nur mühsam gelang es Rafael, eine neutrale Miene aufzusetzen, als er aus der Abstellkammer trat. Erst ließ ihm Karel komplett freie Hand mit den Irrlichtkindern und verlangte lediglich hier und da einen Bericht, und dann stolperte das Fräulein genau im richtigen Moment herbei. Vielleicht hatte er schon in wenigen Tagen seine Ehre gerettet und Sora in seinen Händen.

Er ging zu der vordersten Kammer, wo Anissa und Fero konzentriert über ihren Karten hockten.

»Unser Gast möchte nach Hause gebracht werden.«

»Ich bin gerade am Gewinnen«, knurrte Fero.

Anissa lachte. »Das glaubst du doch wohl selber nicht. Aber nachdem du bisher so gut verloren hast, gebührt dir die Ehre, das Fräulein zu eskortieren.«

Fero warf mit einem Schnauben seine Karten auf den Tisch und erhob sich.

Anissa griff sofort danach. »Ah, welche Schande, du hättest wirklich gewinnen können.«

Rafael klopfte Fero auf die Schulter und senkte seine Stimme zu einem verschwörerischen Flüstern, während sie die Kammer verließen. »Heute Abend zocken wir sie ab. Versprochen.«

Fero grinste.

Rafael klopfte an die Tür zu dem Salon und trat ein.

Cecil und das Fräulein sahen ihm entgegen, als ob er störte.

»Tut mir leid, der junge Mann muss wieder nach Hause.«

Wie erwartet sah ihn das Fräulein Veenstra aus ihren großen Augen an. Naivität und Dummheit waren in den oberen Schichten bei Heiratskandidaten ja gern gesehen. Ein Wunder, dass sie noch nicht unter der Haube war.

»Cecil, du kannst schon mal vorgehen. Warte auf mich in der Kapelle.«

Das Leuchten auf dem Gesicht des Burschen erlosch ein wenig. Aber wenn er endlich seine Fähigkeiten beherrschen würde, dann müssten sie nicht länger diese verdammten Übungen machen.

Cecil sah zu dem Fräulein. »Danke für deinen Besuch, Albert.«

»Gerne.«

Er ging an Rafael vorbei, der das Fräulein Veenstra heranwinkte und ihr einen Beutel mit dem versprochenen Geld in die Hand drückte. »Ich werde dich die Tage vermutlich noch mal brauchen. Bis dahin wird dich Fero heimbringen.«

»Danke«, murmelte das Fräulein.

Neben der bulligen Gestalt Feros wirkte sie wie ein Kind, das nie genug zu essen bekam. Er konnte kaum glauben, dass das die gleiche junge Dame war, die auf dem Ball mit seinem Schatten getanzt hatte. Und er konnte nicht fassen, dass sie den Müll irgendwelcher Menschen reparierte. Vielleicht hätte er sie testen sollen. Aber er wollte sie auf seiner Seite.

Er wartete, bis Fero und das Fräulein die Räumlichkeiten verlassen hatten, bevor er den Gang entlangging.

Lorens lehnte an der Wand, gegenüber einer offenen Tür von einer der Kammern, und sah auf. »Wieder eine Runde üben?«

»Ja, leider. Wieseltje meinte, wir sollten so schnell wie möglich damit anfangen.« Sie hatte auch gemeint, dass man die ersten zwei oder drei Wochen das neue Irrlichtkind ruhen lassen sollte, aber Rafael wollte ihm die Zeit nicht geben.

In der Kammer stand Vreda neben einem hübschen Ding mit honigblondem Haar, das mit einem Buch in der Hand auf dem Bett saß. Er musste sich dafür loben, dass er es geschafft hatte, sie zur freiwilligen Mitarbeit zu überreden.

Rafael ging weiter, sah kurz in die anderen Kammern, wo weitere Freiwillige warteten. Nach mehreren Tagen guten Essens und der Fürsorge der Alchemistin sahen sie nun richtig gesund aus. Sobald er mit Sora fertig war, würde er sich den Neuen widmen.

Rafael betrat die Kapelle, wo Cecil auf einem der Hocker neben dem Altartisch saß und in seiner Hand einen unterarmlangen Stab hielt. Seine Haltung und auch seine Finger, die sich sonst um das blau schimmernde Metall krampften, wirkten entspannt. Somit hatte der Besuch des Fräuleins mehr gebracht als nur das von Rafael gewünschte Kennenlernen. Wie praktisch.

»Bereit für eine neue Runde?«

Cecil nickte und griff mit den Händen um den Stab, während er die Augen schloss.

Rafael sah auf das Metall. Doch leider verblasste der blaue Schimmer nicht. Viel Zeit blieb Cecil nicht mehr, um zu lernen, Irrlicht aus Gegenständen – oder Personen – herauszuziehen. Das verdammte Verlangen nach einer Frau, die es nicht gab, begann Rafael aufzufressen.

KAPITEL 10

Ich versuch mir immer einzureden, dass ich froh sein sollte, während des Feuers nicht zu Hause gewesen zu sein.« Cecil zupfte an dem Verband herum, der unter den Manschetten des Hemds hervorlugte. »Aber manchmal wünsche ich mir, ich wäre bei ihnen gewesen …«

Alba nickte. Es gab wenig, was sie als naiver Bursche hätte sagen können. Langsam festigte sich ihre Vermutung, die sie schon die letzten zwei Besuche gehabt hatte: Cecil kam von der Südseite.

Warum kümmerte sich Rafael Carrasco so intensiv um ihn? Mehr als eine oberflächliche Beziehung spürte sie zwischen den beiden nicht.

Sie schenkte ihm ein aufmunterndes Lächeln. »Aber du hast deine Freunde hier bei den Rothen. Die sind ja auch fast wie Familie.«

Cecils Blick flackerte zur Tür, bevor er auf seine Finger hinabsah. »Aber sie sind … sie helfen mir und sorgen –«

Es klopfte an der Tür, und Rafael Carrasco trat ein.

Die Angst in Cecils Augen bestätigte Alba, dass sie auf der richtigen Spur war. Genauso wie der Zeitpunkt, an dem sie unterbrochen wurden. Oder die Möbel, die seit dem zweiten Treffen näher an der Wand standen, sowie die unzähligen Gemälde und der Tand, die dort einiges verbergen konnten.

»Es tut mir leid, dass ich heute so früh stören muss, aber ich hab noch was zu erledigen und würde die Untersuchung gern vorher machen.«

»Soll ich so lange warten?«, fragte Alba unschuldig.

Rafael Carrasco schüttelte den Kopf. »Danach wird sich Cecil ausruhen wollen.«

Dieser nickte hastig.

Alba, die in ihrem Leben schon viele Untersuchungen gehabt hatte, bezweifelte, dass man danach wirklich so müde war, dass man sich nicht einmal mehr über Belanglosigkeiten unterhalten konnte.

»Geh schon mal vor«, wandte sich Rafael Carrasco direkt an Cecil.

Dieser sprang auf und hastete aus dem Salon.

»Er macht gute Fortschritte, dank dir.«

Alba ließ ihn ein leichtes Erröten sehen und murmelte ein »Ich mach doch gar nichts«.

»Gespräche sollte man nie unterschätzen.« Er ließ sich ihr gegenüber in dem Sessel nieder, in dem bis eben Cecil gesessen hatte. »Ich würde dich gerne um einen Gefallen bitten, Albert.«

Sie sah ihn aus großen Augen an. »Ja?«

»Ich bin gerade dabei, eine Überraschung zu planen. Und …« Er strich sich scheinbar verlegen durch die Haare. »… vielleicht würdest du mir die Einladung schreiben?«

»Ich kann nicht schreiben«, sagte Alba.

»Wenn ich es nicht besser wüsste, wäre ich darauf reingefallen.« Rafael Carrascos Schmunzeln erreichte seine Augen nicht. »Sie sind eine recht überzeugende Lügnerin, Fräulein Veenstra.«

Es gab Situationen, in denen jeder Versuch, die Sache noch herumzureißen, alles nur noch schlimmer machte. Die letzte war Jahre her, ein zerrissenes Ballkleid, harmlos und schnell vergessen. Gerade spürte sie beinahe das Messer auf der Brust.

»Was soll ich schreiben?« Einen Moment ärgerte es sie, dass ihre Stimme unnatürlich hoch klang, doch eine verängstigte junge Dame unterschätzte man leicht. Solange sie sich selbst nicht noch einmal überschätzte.

Karels Sohn zog ein Stück Papier aus seiner Hosentasche, das er wortlos auf den niedrigen Tisch vor ihr legte, direkt neben Feder und Tintenfass, die ihr vorhin neben dem Stapel Briefpapier sowie einigen Klassikern nicht aufgefallen waren. Seine Handschrift war überraschend elegant. Den Text hätte vermutlich auch ihr Hauslehrer nicht besser formulieren können. Die Anrede fehlte, unter dem Text stand ihr Name. Ihr echter Name.

»Weshalb von mir?«

»Wer hört nicht gerne von einer jungen Dame wie Ihnen?«

Ihr Herz klopfte bis zum Hals, als sie den Kopf schüttelte. »Tut mir leid, aber ich weiß nicht einmal, an wen –«

»Hab ich Depp das etwa nicht gesagt?« Die Zerknirschung auf seinem Gesicht war täuschend echt. »Das ist natürlich für Cecil. Er hat die letzten zwei Tage so große Fortschritte gemacht, da wollte ich ihn belohnen.«

Es war nicht nur das gut versteckte Verlangen in seiner Stimme, sondern auch das ungesunde Leuchten in seinen Augen, das ihr bestätigte, dass sie kein Teil dieser Sache sein wollte.

Sie stand auf. »Würden Sie mich bitte nach Hause bringen?« Auch wenn sie wusste, dass Karels Sohn sie nicht gehen ließ, wollte sie nichts unversucht lassen, hier rauszukommen.

»Sehr gerne, meine Liebe.« Stahl lag unter seinem schmeichelnden Ton. »Aber erst werden Sie die Einladung schreiben.«

»Ich kann es Cecil gerne persönlich ausrichten.«

Rafael Carrasco erhob sich, trat vor sie und hob ihr Kinn sanft an. Sie sah direkt in seine dunklen Augen, die leicht flackerten.

»Oder ich könnte dem Grafen ein paar Kleinigkeiten erzählen. Wie zum Beispiel, dass Sie sich auf dem Winterball prächtig mit einem Irrlichtkind amüsiert haben.« Er ließ ihr Kinn los und trat zurück. »Oder von den drei toten Polizisten, die man vor Ihrer Wohnung gefunden hat.«

Alba musste alle ihre Kraft aufbringen, um ihre Fassade einigermaßen aufrechtzuerhalten. Sie wollte es nicht zugeben, aber es gab kein Entkommen. Ihr Bauchgefühl und ihre Menschenkenntnis hatten sie gewarnt, doch sie hatte sich trotzdem auf Rafael Carrascos Angebot eingelassen.

»Aber wissen Sie was? Weder das noch Sie interessieren mich einen Scheißdreck.« Seine Stimme wurde lauter. »Schreiben Sie einfach den verdammten Brief, und ich verspreche Ihnen, wenn diese Sache erledigt ist, sehen Sie mich nie wieder.«

Alba setzte sich. Abgesehen davon, dass sie keine andere Wahl hatte, glaubte sie ihm. Seine Wut war ehrlich. Und sein Versprechen verlockend. Ruhe haben und fliegen, wenn der Wintersturm sich endlich gelegt hatte.

Ihre Finger zitterten, als sie die Feder ergriff. Tinte tropfte auf die Holzplatte, ein schwarzer Klecks, der langsam zerlief.

Rafael Carrasco beugte sich halb über sie, um ihr einen der Bögen von dem Stapel hinzulegen.

Albas freie Hand legte sich auf das kühle Papier. Die Worte, die unter ihren Fingern entstanden, schienen so harmlos wie das Angebot vorgestern. Eine Einladung zu einem Essen. In jedem Buchstaben die Hoffnung, der Adressant möge kommen. Formulierungen und Sätze, die eher an eine Liebste als an einen nahezu fremden jungen Mann wie Cecil gerichtet waren.

Sie musste innehalten, als die Feder zu stark bebte.

Rafael Carrasco strich über ihre Schulter. Sein Atem kitzelte an ihrem Ohr. »Sch … ganz ruhig.«

Alba atmete tief durch, schrieb den letzten Satz fertig und setzte Grußformel sowie Name darunter. Sie hoffte, nie erfahren zu müssen, für wen dieser Brief bestimmt war.

Karels Sohn nahm ihr sanft die Feder aus den Fingern, dann griff er nach dem Brief. »Sehen Sie, das war doch gar nicht schwer, Fräulein Veenstra.« Er blies über die Tinte, bevor er das Papier sorgfältig zusammenfaltete.

»Kann ich nun bitte gehen?«, brachte Alba hervor.

»Aber natürlich, meine Liebe. Fero wartet schon auf Sie.«

Sie erhob sich mit zitternden Beinen. Hastig steckte sie die Fäuste, die sie gern in Rafael Carrascos Gesicht geschlagen hätte, in ihre Taschen. Verlockend streifte das kühle Metall des Schlagrings über ihre Knöchel.

»Und, Fräulein Veenstra, ich werde Sie morgen abholen lassen.« Sein Lächeln wurde zu einem breiten Grinsen. »Sie wollen doch Ihre Verabredung nicht verpassen, oder?«

»Sie ist in der Gerechtigkeit drinnen. War recht einfach, nachdem es zurzeit regen Zulauf gibt.«

Karel versuchte, weniger offensichtlich zu hinken, als sie in die Nähe des Speisesaals kamen. »Dann muss sie nur noch Vertrauen und Zugang zu Meret und ihren Getreuen finden.«

»Nur noch.« Jante klang freudlos. »Wir konnten immer noch keinen Spitzel von Wolf – oder jemand anderen – ausmachen.«

»Das ist nun auch zweitrangig geworden, nachdem die Gerechtigkeit aus Rothentor raus ist. Wolf ist vor allem an der Ablenkung interessiert, die sie erzeugen.« Der eine oder andere kleine Zweifel an dieser Aussage blieb.

Vor ihnen betrat Lorens den Gang. Er verbeugte sich vor Karel und tänzelte dann eilig vor ihnen her zu der offenen Flügeltür, aus der Stimmen und das Gelächter von Männern und Frauen erklang.

Robbe wartete davor. In seinen Haaren hingen einzelne Schneeflocken. »Die Lagerhalle ist wieder einsatzbereit.«

»Ich nehme an, es sind alle Waren und Spuren entfernt.«

Robbe nickte. »Die Schlösser sind ebenfalls ausgetauscht.«

»Danke.« Karel betrat den Speisesaal, und der Lärmpegel hob sich ein wenig, als ihn seine Leute grüßten. Er schenkte ihnen ein Lächeln, bevor er sich an die Kopftafel neben Rafael setzte.

»Guten Abend.« Die gute Laune, die er ausstrahlte, übertrug sich sofort auf Karel. Noch mehr gute Nachrichten, wenn er es richtig interpretierte.

Das Gerede und Gelächter schwächte zu einem erwartungsvollen Gemurmel ab, in dem das Öffnen der Seitentür umso lauter erklang. Die Küchenjungen trugen ihre Platten zuerst an Karels Tisch, dann zum Rest. Der Duft von gebratenem Fisch erfüllte den Saal.

Karel schaute seine Männer und Frauen an. Die Blicke, denen er begegnete, blieben fest. Er kannte sie alle länger als ein Jahr, die meisten länger als ein Jahrzehnt. Trotzdem hatte er sie alle von oben bis unten auf Narben absuchen lassen, sie einem Bluttest unterzogen und ihnen eine leichte Dosis Solvium gegeben. Keiner von ihnen hatte Karel enttäuscht.

Er nahm sich eine Forelle von der Platte und häufte sich einige Kartoffeln auf, die er mit geschmolzener Butter übergoss. Ein schlichtes, aber gutes Essen zubereitet von einer Köchin, die ihr Handwerk perfektioniert hatte. Genau das, was es zur Feier der guten Nachrichten brauchte.

Rafael lehnte sich ein Stück herüber und schenkte Karel etwas von dem Weißwein ein, der genauso golden leuchtete wie die Soße. »Nummer drei macht gewaltige Fortschritte. Die Genesung schreitet voran und keine der Wunden hat sich entzündet.«

Karel nahm das Glas. »Nimm dir all die Zeit, die du brauchst. Wir sollten das nicht überstürzen.«

»Das hatte ich vor. Und wenn es so weiterläuft, können wir in knapp zwei Wochen mit den Übungen anfangen. Das ist auch der Zeitpunkt, den Wieseltje empfohlen hat.«

»Lohnt sich der Aufwand für eine Person überhaupt?«, fragte Jante, während er Kartoffeln wie einen Feind aufspießte.

»Wir haben noch vier neue Freiwillige, die wir im Moment für einen optimalen Start aufpäppeln. Sie alle sehen sehr vielversprechend aus.«

»Wann willst du bei ihnen beginnen?«

»In einer Woche vielleicht? Dann sollten die Narben von Nummer drei so weit verheilt sein.«

Das Licht in Karels Glas tanzte über die Flüssigkeit. »Gute Arbeit, Rafael.«

Dieser schenkte ihm ein breites Grinsen. Vielleicht hatte Karel sich in seinem Sohn getäuscht. Ein kleiner Ausrutscher konnte immer mal passieren, und Rafael hatte die Sache mit Mei erstaunlich schnell und professionell zu einem Abschluss gebracht.

Er lehnte sich in seinem Stuhl zurück und rieb wie gewohnt unter dem Tisch über sein Bein, doch selbst die Hüfte schien ihm heute einen guten Tag zu gewähren. Es konnte nicht besser sein. Wobei … das Fräulein Veenstra würde den Abend perfekt machen. Nicht nur, dass sie ihn faszinierte und mehr Fragen aufwarf, als er zu beantworten imstande war, sie mochte auch sein Schlüssel zu Aeria sein – falls er sie überzeugen konnte, für die Rothen zu arbeiten.

Alba blieb vor einer der beiden verglasten Flügeltüren stehen, die einladend offen standen. Dahinter zog sich eine Spur aus Kerzen durch das Zwielicht und eine geschwungene Treppe hoch. Ihr Blick wanderte über die schlanke, lindgrüne Fassade zum ersten Stock, wo hinter den Fenstern weitere Kerzen brannten. Es hätte ihr hier sicher gefallen, wenn nicht das ungute Gefühl und Rafael Carrascos Drohungen gewesen wären.

Ein Krächzen ließ sie in die Höhe schauen. Über dem Dach der Häuserzeile kreiste eine Krähe auf der milden Brise, zu der der Sturm heute Nacht abgeklungen war. Endlich hätte sie fliegen können, doch nun war sie hier. Sie würde es so schnell wie möglich hinter sich bringen.

Mit entschiedenen Schritten trat Alba durch die Tür ins Innere. Ihre Augen gewöhnten sich schnell an das Dämmerlicht, und sie folgte den Kerzen in den ersten Stock. Steinerne Nymphen lächelten von den Säulen und der stuckverzierten Decke auf Alba herab. Die Kerzen in ihren Händen und auf den Blumenranken tauchten die filigranen Tische und Stühle in einen goldenen Schimmer.

Rafael Carrasco trat aus dem Schatten eines leise plätschernden Brunnens. »Schön, dass Sie gekommen sind, Fräulein Veenstra.«

Alba erlaubte sich ein kleines, naives Lächeln, wie es von einem Fräulein ihres Stands erwartet wurde.

»Sie können sich gerne schon mal setzen.« Er deutete auf einen der Tische, auf dessen weißer Batistdecke Teller, Gläser und Silberbesteck sorgfältig angeordnet waren. »Ich werde kurz schauen, wo Cecil bleibt.«

Sie ließ sich auf einem der zierlichen Stühle nieder, während sie Karels Sohn hinterhersah, der über die Treppe nach unten eilte. Sie konnte nur hier sitzen und warten und sich hilflos fühlen, da sie kein bisschen Kontrolle über die Situation hatte.

Sie versuchte sich einzureden, dass es Rafael nur um eine Frau ging. Das würde die Wortwahl der Einladung und das fiebrige Leuchten in Carrascos Augen erklären – nicht jedoch Albas Unterschrift und Anwesenheit.

Auf der Treppe zwischen den tanzenden Schatten der Kerzen bemerkte sie eine Bewegung. Doch statt in Cecils oder Rafael Carrascos Gesicht sah sie in das von Sora.

Ein Lächeln huschte über sein Gesicht, als er näherkam. »Alba.«

Sie starrte ihn an wie ein Idiot. Einerseits freute sie sich, ihn wiederzusehen, andererseits ergab seine Anwesenheit überhaupt keinen Sinn.

Er schien ihre Verwirrung zu bemerken, denn er blieb stehen und legte seinen Kopf leicht schief. Dann schnellte er herum –

– und Cecil schoss hinter einer Säule hervor. Er stürzte sich auf Sora, riss ihn zu Boden und umklammerte ihn mit Armen und Beinen, wilde Entschlossenheit auf seinem Gesicht.

Alba sprang auf und machte einen Schritt auf die beiden Kämpfenden zu, ohne zu wissen, was sie dagegen tun konnte.

Eis bildete sich auf Soras Haut und kroch zu Cecil, der eine Hand in Soras Haare krallte und die andere um dessen Hals, wo sich ein feiner, blauer Schimmer bildete.

Sora hielt plötzlich ein Messer in der Hand, mit dem er Cecils Arm aufschlitzte. Cecil schrie auf, doch er ließ Sora nicht los.

Blut mischte sich unter das schmelzende Eis, das auf den dunkelroten Teppich tropfte.

Sora wälzte sich herum, und obwohl er Cecil auf den Boden drückte, behielt dieser beide Hände an Soras Hals. Der zerfetzte Ärmel offenbarte leuchtende, symmetrische Narben.

Alba stolperte ein paar Schritte nach hinten. Cecil war ein Irrlichtkind! Nichts ergab einen Sinn. Warum hatte er Sora angegriffen? Und wer war er wirklich? Und was hatte Rafael Carrasco –

Mit einem kräftigen Schlag löste Sora den Griff an seinem Hals, rappelte sich auf und trat zurück, das blutige Messer immer noch in der Hand.

Cecil drückte sich ein Stück in die Höhe, dann drehte er sich auf die Seite und übergab sich.

Hastig sah sich Alba um, doch von Karels Sohn war keine Spur zu sehen. Sie wollte hoffen, dass er geflohen war, doch sie befürchtete, dass das alles irgendein Plan war. Und sie nur ein Zuschauer.

Sora hatte sich über Cecil gebeugt und sagte etwas, das Alba nicht verstand. Dieser nickte heftig, bevor sich sein ganzer Körper zusammenkrampfte.

Alba ging auf die beiden zu, wollte helfen.

Soras Blick huschte kurz zu ihr. Zwischen all den Fragen erkannte sie dort Bedauern. Dann schnitt er Cecil die Kehle durch.

Alba sah in dessen Gesicht, das erst noch weißer wurde und sich schließlich entspannte. Wieso …?

Sie sah zu Sora, dem sich Rafael Carrasco von hinten näherte, leise und geschmeidig. Das fiebrige Leuchten in seinen Augen strahlte mit den Kerzen um die Wette.

Alba wollte Sora warnen, doch aus ihrer Kehle drang nur ein Krächzen.

Sora sprang auf, doch Rafael Carrasco war schon über ihm. Mit einer Hand umklammerte er Soras Finger, die das Messer hielten, mit der anderen drückte er ein Tuch auf dessen Nase und Mund.

»Noch mal meinen tiefsten Dank, Fräulein Veenstra.«

Soras Augen weiteten sich, bevor sie den Fokus verloren und glasig wurden.

Sanft wie ein Kind oder gar eine Geliebte ließ Rafael Carrasco ihn zu Boden gleiten. Er schaute zu Alba. »Auf Wiedersehen.«

Ihre Füße setzten sich von selbst in Bewegung. Sie stolperte vorbei an Cecils Leiche zu der Treppe, vorbei an Sora, der bewusstlos auf dem dunkelroten Teppich lag. Es war ihre Schuld. Nein, sie hatte keine Wahl gehabt. Karels Sohn hatte sie benutzt. Irgendwann würde er dafür bezahlen.

»Sollen wir in Königsgarden und Schönau auch Zettel verteilen?«

»In Königsgarden definitiv, dort haben einige Südseitler Unterschlupf gefunden. Schönau …« Meret wiegte den Kopf hin und her. »Nein, dort ist unsere Zeit und Energie verschwendet, die wir woanders besser nutzen können.«

Nikolai schrieb, die Zungenspitze zwischen die Lippen geklemmt, etwas auf seinen Block.

Sander saß direkt neben dem Kamin der geräumigen Wohnküche. Seine stille Zuversicht gab ihr das Gefühl, die richtigen Entscheidungen zu treffen, auch wenn er sich nur noch sehr selten einmischte.

Nikolai sah auf. »Dann wär das geklärt, und wir können morgen früh gleich die Jungs und Mädels losschicken.«

»Was fehlt uns sonst noch?«

»Wir brauchen mehr Ausrufer für das Elendsviertel«, sagte Lucie.

Meret nickte. »Kannst du dich bitte drum kümmern?«

»Klar, wird gemacht.«

Es tat gut, dass die junge Frau am gleichen Strang zog. Wie jeder andere auch, war sie wild darauf, die Lichterwache in die Tat umzusetzen. Der Sturm und die damit verbundene Verzögerung hatten jeden von ihnen unruhig gemacht. Auch Meret wollte endlich Taten sehen – nicht nur von ihnen, sondern auch von Königin Katriena.

»Ich werde morgen den Kerzenzieher aufsuchen und –«

Die Tür flog auf, und Emilian stürmte mit einem Schwall Winterluft herein, der sich sogleich in dem allgegenwärtigen Geruch von Farbe und Druckerschwärze verlor.

»Schon wieder … Eingriffe … Polizei«, brachte er zwischen den Atemstößen hervor. »Wir … Wir …«

»Setz dich hin, atme tief durch und erzähl dann in Ruhe.« Meret klopfte mit der Hand neben sich auf das Ende der Eckbank, die in den letzten Tagen zum Zentrum der Planung und zum Mittelpunkt der Gerechtigkeit geworden war.

Emilian ließ sich darauf nieder und schob seine Kappe ein Stück aus dem Gesicht, das – von der Kälte? – gerötet war. Während er nach Luft schnappte, versammelten sich die Männer und Frauen um ihn herum. Jetzt, wo das Heulen und Klappern des Sturms fehlte, war die erwartungsvolle Stille umso lauter.

Emilian holte tief Luft. »Wir waren gerade in der Theinwerkstraße beim Aufhängen der Plakate, als zwei Polizisten kamen und meinten, das sei verboten. An einem seit Jahren zugenagelten und vollgeklebten Haus!«

Die Gesichter verdunkelten sich.

»Er laberte irgendwas von der Königin und dass wir unseren lächerlichen Aufstand sein lassen sollen, weil für unsere Sicherheit ja nun gesorgt sei.«

Gemurmel erhob sich in der Wohnküche, und Meret spürte Wut in sich aufsteigen. Sie alle waren in den Augen der hohen Herrschaften kaum mehr wert als ein Fußabstreifer. Dementsprechend versuchte man auch ihre Rechte zu ignorieren. Dabei würde eine einfache Entschuldigung keinem einen Zacken aus der Krone brechen!

»Dann kamen ein paar kräftige Kerle aus der Kneipe gegenüber und haben die Polizisten weggeführt. Und wir haben unser Plakat gleich mehrfach aufgehängt.«

»Gestern haben sie auch schon in Rothentor Thorben und seine Frau belästigt«, rief einer.

»Es sind aber nicht alle Polizisten so«, sagte Nikolai. »Außerdem hab ich gehört, dass das Parlament mit der Sache alles andere als zufrieden ist.«

»Wir können nicht gegen sie vorgehen.« Meret schluckte ihre Wut herunter. »Wir müssen sie ignorieren –«

»Ignorieren?« Emilian schnaubte. »Sie behindern uns! Sie wollen uns einschüchtern mit ihren Uniformen und ihrem Gerede von irgendwelchen Gesetzen.«

»Sie werden uns nicht aufhalten können.« Meret griff nach seiner Hand und drückte sie. »Die Lichterwache wird stattfinden.«

»Meret hat recht.« Die Unterstützung kam von unerwarteter Seite. Von Lucie. »Selbst wenn sie unsere Plakate abreißen und uns vertreiben, das Wort ist draußen und es verbreitet sich rasend schnell. Wir haben so viel Unterstützung wie noch nie.«

»Und wenn die Königin wieder beschließt, uns zu ignorieren? Was dann?«, hakte Emilian nach.

Lucie beugte sich über den Tisch. »Diesmal wird sie es nicht können, das verspreche ich dir.«

Ihr dunkles Haar fiel über ihr Gesicht, als sie sich mit sanften Bissen über seine nackte Brust nach unten arbeitete. Ihre Lippen verharrten unterhalb des Bauchnabels, von wo aus ihr Atem die Hitze durch Rafaels ganzen Körper jagte.

Mei machte sich an seiner Hose zu schaffen. Dann glitt ihr Mund über den Haaransatz, den der Bund freigab. Ihre Finger wanderten quälend langsam über den Stoff auf der Innenseite seiner Schenkel.

Ein Keuchen entwich seiner Kehle.

Lächelnd bohrte Mei ihre Nägel in das weiche Fleisch.

Mit einem Stöhnen fuhr Rafael hoch. Die Decke rutschte von seinem schweißnassen Körper und entblößte die schlanke Gestalt neben ihm. Schwarzes Haar schmiegte sich an den schlanken Hals und den Brustkorb, der sich langsam hob und senkte. Seine Finger wanderten über ihre weichen Lippen zu dem spitzen Kinn und –

Rafael stieß sie vom Bett.

Mit einem Aufschrei fiel das Mädchen auf den Boden. Sie rappelte sich auf und verschränkte hastig ihre Arme vor den Brüsten, die noch nicht ausgewachsen waren. Wie ein getretener Köter sah sie ihn aus ihren Mandelaugen an.

Er sprang auf und riss sie in die Höhe, dann schob er sie auf den Gang hinaus, schloss die Tür hinter ihr und lehnte sich heftig atmend mit dem Rücken dagegen. Er erlaubte sich, dem Verlangen nachzugeben, und schloss die Augen. Die Spuren ihrer Zähne und Nägel begannen wieder zu brennen und jagten das Blut in seinen Unterleib.

Seine Hände zuckten.

Die Finger in die Handflächen gebohrt, öffnete er die Augen. Er würde sich von keinen Träumen beherrschen lassen.

Mit einem Knurren zog er seine Hose an. Der Stoff rieb über die empfindliche Haut, entfachte das Verlangen erneut.

Er unterdrückte das Stöhnen, griff nach dem königsblauen Kimono auf dem Bettende und eilte zur Tür. Kurz überlegte er, das Kleidungsstück mitzunehmen, warf es dann doch dem auf dem Boden kauernden Mädchen zu.

Rafael ignorierte ihr leises Schluchzen und eilte den Gang entlang in Richtung Kapelle. Er nahm die letzte Tür links, die er sorgfältig hinter sich schloss, bevor er die nächste auf der anderen Seite der leeren Kammer öffnete. Er tastete sich in der Dunkelheit an dem kühlen Stein entlang. Sein Mund war trocken, und sein Herz klopfte mit jedem Schritt stärker.

Durch einen schmalen Spalt in der zweiten Tür zu seiner Rechten fiel Licht auf den Gang.

Rafael presste seine erhitzte Haut gegen das kühle Eisen und sah in die Zelle, die von einer mit einem Metallgeflecht gesicherten Öllampe erhellt wurde.

Mei saß auf dem Bett, die Beine angezogen und den Kopf an die Wand gelehnt. Ihre Augen waren geschlossen, und das dunkle Haar entblößte den Hals, um den ein Eisenband lag. Die dazugehörige Kette schmiegte sich an die helle Haut.

So stark es ging, drückte er seinen Unterleib gegen die Tür, doch von der Kälte war nichts mehr geblieben. Das da vor ihm war ein verdammter Mann, der viel zu weiblich aussah! Das hatte der Schatten ausgenutzt, und deshalb war er hier. Dafür musste er zahlen.

Sora öffnete die Augen, deren trüber Blick umherirrte. Die Hände des Schattens zitterten, als er sich ein Stück in die Höhe schob. Endlich waren da die Anzeichen des Irrlichtentzugs. Wenn auch viel später und schwächer ausgeprägt, als Rafael erwartet hatte. So schwach wie die Narben, die sich über den schlanken Rücken zogen –

Er bremste seine Fäuste, die er gegen die Tür schlagen wollte. Er musste sich konzentrieren. Auf das, was Gemeinwissen war, auf das, was er bei Cecil gelernt hatte, und auf das, was er nun bei Sora lernen musste. Sein Schatten hatte weniger Probleme mit dem Irrlichtentzug, als aufgrund Wieseltjes Informationen zu erwarten gewesen wäre. Sein Schatten war anders.

Bevor er es merkte, hatte er die Klinke hinuntergedrückt und die Zelle betreten.

Sora blieb regungslos sitzen.

Rafael warf die Tür hinter sich zu und lehnte sich mit verschränkten Armen an die kühle Wand daneben. Krampfhaft versuchte er sich einzureden, dass es wissenschaftliches Interesse war, das ihn hierhergetrieben hatte.

»Warum macht dir der Irrlichtentzug so wenig aus? Hast du auf diese Weise den Bluttest umgangen?«

Sein Schatten starrte ins Nirgendwo. Aus der Nähe fielen Rafael die dunklen Wimpern auf, die den perfekten Schwung der Mandelaugen betonten. Der zarte Schatten auf Kinn und Wangen störte die Illusion einer weichen Haut.

»Ich hab dir eine Frage gestellt.« Er drückte sich von der Wand ab und machte einen Schritt auf Sora zu. »Du wirst nicht ewig schweigen können.«

»Warum sollte ich mich auf dein Niveau herabbegeben, Carrasco?«

Ärger loderte in Rafael auf. Vielleicht war es die tiefe Stimme, die ihn einen weiteren Schritt nach vorn machen und ausholen ließ.

Soras Kopf flog zur Seite. Rafael spürte tiefste Befriedigung und das Aufkeimen seines Verlangens.

Dann drehte der Schatten den Kopf langsam zurück und sah endlich Rafael an. Die Wange färbte sich rot. Blut hing im Mundwinkel der Lippen, auf denen ein verächtliches Lächeln lag – das so gar nicht zu Mei gepasst hätte.

Rafael musste sich zusammenreißen, um nicht ein zweites Mal zuzuschlagen, und verschränkte stattdessen die Arme vor der Brust. »In ein paar Tagen wirst du vor mir auf dem Boden kriechen und um Irrlicht betteln.« Schwach und wehrlos würde er Rafael ausgeliefert sein.

»Das sind nur Vermutungen deinerseits.« Soras Stimme war nichtssagend, doch Rafael sah für einen Herzschlag in den Mandelaugen Angst aufflackern. Oder war es nur Wunschdenken?

»Weiß der Graf von deinem Alleingang?«

Rafael wollte einfach gehen, doch er konnte sich nicht aus dem dunklen Blick lösen.

»Nein, er weiß es nicht.« Der Spott in Soras Stimme brach den Bann. »Was sagst du ihm, wenn die Schatten und das Militär Rothentor auseinandernehmen?«

Rafael hob seine Hand. Vielleicht war es der siegessichere Ausdruck auf Soras Gesicht, vielleicht das Gefühl, eine Frau zu schlagen, das ihn innehalten ließ. Er zwang sich, sich umzudrehen und zu gehen, auch wenn er den Blick der Mandelaugen, die ihn nicht mehr nur nachts verfolgten, in seinem nackten Nacken spürte.

Er schmiss die Tür hinter sich ins Schloss, bevor er an der kalten Steinwand zu Boden sank. Sein Rücken brannte, und die Kratzer wurden zu Spuren von Fingernägeln.

Rafael schlug den Kopf gegen die Mauer, und der Schmerz klärte seine Gedanken. Er wollte diesen verdammten Schatten auf Knien um Gnade winseln lassen. Er wollte ihn brechen. Und ihn noch einmal in dem königsblauen Kimono sehen.

KAPITEL 11

Alba fühlte sich seltsam verwundbar, als sie die saubere Straße Schönaus entlang ging. Keine Fassaden, Schatten oder ausreichend Passanten, zwischen denen sie Schutz suchen konnte. Hatten wirklich knapp zwei Wochen gereicht, damit sie sich in ihrer Nachbarschaft fremd fühlte?

Eine Dame mit einem Mops in Karoweste machte einen großen Bogen um Alba.

Diese zog die Schultern höher und senkte den Kopf. Die exakt zusammengefügten Pflastersteine zogen unter ihren abgestoßenen Schuhspitzen hindurch. Sie hatte die Nase voll von Rothentor, von dessen Bewohnern, vom Grafen, dem sie sogar einen Abschiedsbrief geschrieben hatte. Davon, dass das ganze verdammte Viertel sie zu einem Spielball gemacht hatte.

Eine Kutsche, von zwei Rappen mit Federschmuck gezogen, überholte sie.

Alba glaubte Rafael Carrasco, dass sie für ihn uninteressant war, und auch, dass er sie in Ruhe lassen würde. Jedenfalls solange sie sich brav heraushielt. Wieder kroch die Wut in ihr empor, weil Karels Sohn sie mit seinem Wissen über ihre wahre Identität und ihre Familie in der Hand hatte.

Sie schlug nach einem der Buchsschwäne, die sich über den Zaun erhoben. Schnee rieselte von den bebenden Zweigen herab. Irgendwann würde sich die Gelegenheit bieten, es ihm heimzuzahlen. Bis dahin würde sie die Zeit mit ihrer Familie genießen und versuchen, der Langeweile zu entfliehen.

Alba folgte dem Bogen der Straße und stoppte vor dem hohen, schmiedeeisernen Tor, das offen stand. Zwischen der Allee aus winterlichen Linden hindurch sah sie das Haus ihrer Familie. Ihr Zuhause.

Sie zog die Kappe von ihrer Zopfkrone und steckte sie in die Tasche des abgetragenen Mantels, wo ihre Fingerspitzen kurz über den Schlagring streiften. Gleich würde sie dieses Leben hinter sich gelassen haben. Genauso wie ihre Schwingen, die sie an Sora erinnerten. An Cecil. An Rafael Carrasco.

Entschieden schritt sie den säuberlich gefegten Weg hinauf zum Haus und zog an der Klingelschnur.

Nach nur wenigen Schlägen ihres pochenden Herzens, während derer sie nicht ansatzweise passende Worte fand, öffnete sich die Tür.

Das sonst neutrale Gesicht des Butlers erhellte sich. »Fräulein Albertina!«

»Guten Tag«, brachte sie hervor.

»Kommen Sie schnell in die Wärme, Fräulein.« Er trat zur Seite und winkte sie ins Innere.

Alba ging an ihm vorbei und kam nur wenige Schritte weit, bis ihre Mutter mit gerafften Röcken die Treppe heruntereilte.

»Albertina, mein Kind!«

Sofort fand sich Alba in einer Umarmung aus Seide und Sandelholz wieder. Sie war zu Hause. Sie schloss die Augen und genoss für einen Moment das Gefühl, Kind zu sein.

Ihre Mutter schob sie ein Stück weg und strich ihr über die Haare. »Wie konntest du uns das antun, Albertina? Du weißt doch, wie lieb wir dich haben. Aber nun bist du ja da. Alles wird jetzt gut.«

Alba nickte. Jedes Wort schien ihr nichtssagend für all die Gefühle, die in ihrem Inneren tobten. Sie hatte ihre Familie trotz der Diskussionen über das richtige Kleid zum Tee und den ständigen Heiratsgesprächen vermisst.

Ihre Mutter sah über Albas Schulter zum Hauseingang. »Bist du alleine, Albertina? Ich dachte … hatte gehofft …« Tränen schimmerten in ihren Augen.

»Wer hätte bei mir sein sollen, Mutter?«

»Josephine. Sie ist kurz nach … nach dir verschwunden.« Sie zog ein spitzenbesetztes Taschentuch hervor und schniefte hinein. »Sie hatte sich solche Vorwürfe gemacht, weil sie mir von deiner … Werkstatt erzählt hat.«

»Ihr habt geglaubt, dass ich deswegen gegangen bin?« Alba wusste nicht, was sie mehr traf: dass Fiene weg war oder ihre Familie solche Banalitäten als Grund vorschob.

»Warum denn sonst?« Die Verwirrung auf dem Gesicht ihrer Mutter war echt.

»Doktor Neufville wollte mich einsperren!«

»Das … das hatten wir doch nur gut gemeint, Albertina. Du warst so krank.« Der Blick ihrer Mutter huschte mehrmals prüfend über Alba, die sich so gesund wie lange nicht mehr fühlte.

»Mir geht es gut, Mutter.«

»Doktor Neufville sollte dich untersuchen.«

Alba schüttelte entschieden den Kopf. »Tut mir leid, aber dann werde ich wieder gehen.« Trotz der Drohung hingen ihre Gedanken an der Hoffnung, dass sie vielleicht, ganz vielleicht doch noch gesund wurde.

»Aber ein Bad brauchst du, Albertina. Keine Dame trägt Hosen. Du siehst aus wie eine vom einfachen Volk, die sich das von diesen Frauen abschaut, die erst zu den Irrlichtkindern und nun auch ins Militär drängen! Furchtbar!«

Wie ein kleines Kind wurde Alba an der Hand genommen und die Treppe hinauf und über den Gang gezogen. Ihre Gedanken waren allein bei Fiene. Wo steckte sie?

Ihre Mutter schob sie sanft aber bestimmt in das Badezimmer, wo Marieke bereitstand, um Alba aus den Kleidern zu helfen.

»Wo warst du nur, Albertina?«, lamentierte ihre Mutter, die entgegen der sonst so wichtigen Etikette ins Bad gekommen war. »Du bist ja ganz dünn! Musstest du hungern? Und die Kleider … ja, Marieke, verbrenn sie gleich.«

Nackt stand Alba neben der Wanne, die zwei der Mädchen mit dampfendem Wasser füllten. Dessen Wärme erfüllte den Raum und hüllte Alba ein. Sie sah an ihrer Haut hinab, über die sich – trotz aller Versuche, sich mithilfe einer Schüssel zu waschen – Dreckstriemen und Flohbisse zogen.

Ihre Mutter deutete auf das Mädchen, das den letzten Eimer in die Wanne kippte. »Sag der Köchin, dass sie das Mittagessen zwei Stunden vorziehen soll.« Dann wandte sie sich Alba zu. »So etwas darfst du nie mehr machen, Albertina. Wir waren alle ganz krank vor Sorge. Dein Vater hat sogar die Polizei benachrichtigt und eine Anzeige aufgesetzt. Das hat uns zum Gespräch der Woche gemacht!«

»Die Leute reden immer, Mutter.« Damit stieg Alba in die Wanne und ließ sich mit geschlossenen Augen in das nach Rosen duftende Wasser sinken. Für einen Moment erlaubte sie sich den Luxus, alle Gedanken an Fiene zu verdrängen und nur die Wärme zu genießen, mit der die Zeit in Rothentor weit in die Ferne rückte.

»Welches Kleid willst du nachher anziehen? Das neue, das Herr Jansen die letzte Woche fertig gestellt hatte, oder das –«

Alba tauchte unter. Wenn Fiene sich wirklich Vorwürfe gemacht hatte – etwas, das zu ihr passte –, war sie dann Alba suchen gegangen? Hatte ihre Schwester sich trotz allem ein zweites Mal allein nach Rothentor gewagt?

Valentina, das leuchtende Haar unter einem dunklen Tuch verborgen, löste sich aus dem Schatten einer Säule und schlenderte auf Kass zu. »Wohin des Weges?«

»Spazieren. Zu viel schlechte Luft hier.« Vor allem hatte er keine Lust auf Franzis, der sich viel zu wichtig nahm und jeden unzählige Male mit den gleichen Fragen zu Soras Verschwinden nervte, derweil Dorien bei der Königin Rede und Antwort stehen durfte.

Sie trat neben ihn. »Ich denke eher, du gehst Sora suchen.«

Kass öffnete die Tür, durch die vereinzelte Schneeflocken hereintrieben, und ging hinaus in die Kälte. »Ein ganzes Heer an Soldaten hat Aeria gestern durchsucht. Was soll ich da als Einzelner ausrichten?«

»Wir beide wissen, dass er nicht hier oben ist.«

»Abgesehen davon, dass wir nur noch zu den festen Patrouillenzeiten nach unten dürfen, hat keine der Brückenwachen ihn gehen gesehen.«

Auf ihrem Gesicht erschien ein Grinsen, das halb in dem dicken Schal verschwand, der einen Teil ihrer Narben am Kinn verhüllte, doch sie schwieg, bis sie die Wachen am Tor hinter sich gelassen hatten.

»Ich glaube, Sora und du wisst genau, wie man die Wachen umgehen kann.«

Kass hatte keine Lust, ihr zu antworten, er musste sie loswerden.

Nicht nur, dass Sora Hisas Bruder war und Kass sich ein Stück weit für ihn verantwortlich fühlte, es würde in den nächsten Tagen die Hölle losbrechen, wenn er nicht auftauchte. Er konnte für Sora nur hoffen, dass er in echten Schwierigkeiten steckte und nicht das Wohl anderer für seine verdammte Jagd riskierte.

»Was hältst du davon, wenn ich zurückgehe und Franzis von deinen … Spaziergängen erzähle?«

»Willst du wirklich so tief sinken, Valentina?«

Sie sah ihn mit hochgezogenen Brauen an.

»Dann komm.« Lieber band er sich einen Klotz ans Bein, als dass die Königin – und Leute wie Odenvall – Konsequenzen zogen. Ein unkontrolliertes Irrlichtkind – da verstand in Ijsstedt niemand Spaß.

Kass zog die Kapuze über den Kopf. Valentina blieb kurz wie erstarrt stehen, ihr Gesicht angespannt und die Mundwinkel zuckend, dann verschwanden die leuchtenden Metallsplitter unter der Haut.

»Lass mich raten: Davon wissen weder Dorien noch Peters.«

»Nicht nur du hast Geheimnisse«, sagte sie. »Und wenn dir deine lieb sind, wirst du die Klappe halten.«

Und das ist auch meine Versicherung.

Diesmal nahm Kass nicht den direkten Weg zur Himmelsbrücke, sondern eilte durch die Gassen der Bediensteten und Lieferanten in das Herz Aerias. Ohne dass man ihnen mehr als den nötigen Blick schenkte, erreichten sie einen der Paläste, deren zu Ranken geschmiedeter Zaun blau leuchtete.

Im Schutz eines steinernen Pfeilers zog Kass Valentina an sich und hielt sie fest, als sie sich losreißen wollte. »Wir müssen das Irrlicht loswerden.«

Sie starrte ihn an.

Kass legte den Arm um ihre Schulter und schirmte mit ihren Körpern die Hand ab, mit der er nach dem eisigen Metall griff.

Nach einem kurzen Zögern umschloss Valentina ebenfalls eine der Ranken. Das Leuchten breitete sich von ihrer beider

Finger über den Zaun aus, der nicht nur protzig, sondern auch lang war.

Schnell schwand das Wispern des Irrlichts, und auch die Ranken neben ihnen verloren ihren Schein, bis nur der sanfte Schimmer blieb, den ein normaler Mensch sah. Keine Unsichtbarkeit mehr, keine Waffe außer seinen Fäusten.

Valentina löste sich aus der Umarmung. »Mein Kopf fühlt sich komisch an.«

»Das ist normal.« Kass wandte sich ab und eilte weiter durch die Straßen, vorbei an Hintereingängen, Höfen und Ställen zur Himmelsbrücke. Viel Zeit blieb nicht, bevor Valentina, die es im Gegensatz zu ihm nicht gewöhnt war, irrlichtlos zu sein, den Entzug bemerken würde. Dann musste sie an den Brückenwachen vorbei sein. Es war riskant, ausgerechnet jetzt auf die alte Taktik zurückzugreifen.

Auf dem Platz am Eingang Aerias standen nicht mehr nur die Irrlichtkinder, sondern auch gewöhnliche Soldaten. Doch keiner der Männer und Frauen beachtete sie, als sie sich einer Gruppe Wäscherinnen mit prall gefüllten Säcken auf den Rücken anschlossen.

Wie automatisch glitt Kass' Hand über das Geländer und er widerstand dem Impuls, sich zu bedienen. Er meinte, ein leises Locken des Irrlichts zu vernehmen. Doch er war gerade ein normaler Mensch, was ihm das leichte Gefühl hinter der Stirn verriet.

Kass steckte die Hände in die Taschen und senkte das Gesicht, als der Wind ihm die Flocken unter die Kapuze trieb. Aus den Augenwinkeln sah er Valentina, die mit hoch erhobenem Kopf neben ihm herging. Noch war ihr nichts anzusehen, aber die Zeit lief ihnen davon.

Auch am unteren Ende der Himmelsbrücke ergänzten normale Soldaten die Brückenwachen, die ihnen den Rücken zugewandt hatten und die Papiere derjenigen kontrollierten, die nach Aeria wollten. Niemand interessierte sich für die Wäscherinnen oder für sie.

Kass wollte gerade von der Himmelsallee in eine der Seitengassen abbiegen, als Valentina ins Taumeln geriet. Er bugsierte sie wenig sanft in den Schatten der Fachwerkhäuser, wo sie mit weißem Gesicht und bebenden Händen gegen die Hauswand sank.

»Wir haben keine Zeit. Reiß dich zusammen.«

»Du hättest mich warnen können«, zischte sie.

»Hätte ich, ja.« Er genoss ein wenig die Schadenfreude, die ihn das eigene leichte Gefühl im Kopf vergessen ließ. Ein bisschen Irrlicht hatte er versteckt, was den Effekt hoffentlich dämpfte.

»Du bist ein verdammtes Arschloch, Kass.«

»Wenn du fertig bist, können wir dann weiter?«

Wenn Blicke töten könnten.

Kass eilte los, und Valentina stolperte hinter ihm her. Erst durch die engen Gassen der Altstadt, dann die Straßen von Rothentor entlang und über die Thein bis nach Königsgarden. Je weiter sie nach Ijsstedt vordrangen, desto greifbarer wurde der Unmut der Bevölkerung. Selbst hier hatte sich eine Traube von Männern und Frauen in einfacher Kleidung gebildet, deren wütendes Gespräch zwischen den pastellfarbenen und stuckverzierten Fassaden widerhallte.

Ein paar Mal schnappte Kass »Lichterwache« auf, wenn nicht gerade die hohen Herrschaften oder die Irrlichtkinder beleidigt wurden. Eine weitere Demonstration, welche die Königin und der Rat ignorieren würden.

Sie verließen die Allee und näherten sich über eine schmale Straße Kass' Ziel. Schnee überzog die Kisten und aufgequollenen Möbel neben der Tür, durch die er in die Stille des Tanzsaals trat. Valentina folgte ihm stumm über die schwarzen und weißen Fliesen ins Hinterzimmer, von wo aus sie die knarrende Stiege nach oben nahmen.

Der Dachboden lag still und dämmrig vor ihnen. Im Giebel prangte ein runder Fensterrahmen, durch den Kälte und Tageslicht eindrang. Der Raum war leer.

Valentina drehte sich leicht schwankend um die eigene Achse. »Was ist das für ein Loch?«

»Soras Unterschlupf.«

Einer von mehreren.

Kass ging neben dem Kamin voller Asche in die Hocke und löste eines der Wandpaneele, hinter dem fünf Glaswürfel schwach schimmerten. Er griff einen heraus, reichte ihn Valentina, die ihm das Irrlicht beinahe aus der Hand riss, und nahm sich selbst einen. Zu wenig, aber es musste reichen.

Mit bebenden Fingern stellte er die leeren Würfel zurück und zog zwei der Passierscheine aus dem Versteck, die er in seiner Jacke verstaute.

Kass drückte das Wandpaneel zurück in seinen Platz und erhob sich. Langsam verschwand ein Teil des leichten Gefühls hinter der Stirn, aber er spürte, wie sein Körper nach mehr Irrlicht verlangte. Dank des regelmäßigen Austestens seiner Grenzen hatte er jedoch mehr Zeit, bis auch bei ihm die Symptome des Entzugs sichtbar wurden.

Er ließ seinen Blick über das Bett, den schiefen Stuhl und den Umhang an der Wand gleiten, bevor er zu dem Tischchen ging, auf dem ein Stück steinhartes Brot und das Tagblatt von vor gut zwei Wochen lag.

Sag nicht, du hast dich wirklich in ernsthafte Schwierigkeiten gebracht.

»Nichts hier«, sagte Kass.

»Und nun?«

»Gehen wir.«

»Moment.« Valentina stellte sich in seinen Weg. »Du erklärst mir erst, was mit Sora die letzten Wochen los war.«

»Seine Stimmungswechsel?« Kass zuckte mit den Schultern. »Er hat mir nie alles erzählt. Dafür hatte er Hisa.«

Und nicht nur für Sora war sie da gewesen …

»Sie ist aber tot! Und sag nicht, ihr redet nicht, wenn ihr euch heimlich verdrückt.«

»Da haben wir anderes zu tun.«

»Wie zum Beispiel Hisas Mörder jagen?«

»Das tut nichts zur –«

»Glaubst du, ich bin so blöd wie Dorien? Keiner, der bei Verstand ist, überfällt zwei Irrlichtkinder! Und auch wenn es bei Hisa nicht zu sehen war, sah ihr Partner aus wie ein Streuselkuchen. Also verkauf mich nicht für dumm!«

»Valentina, es geht hier nicht nur um Hisas Mörder oder um Sora selbst. Was glaubst du, wird so ein Idiot wie Odenvall an Vorschlägen bringen, wenn angeblich ein gemeingefährliches Irrlichtkind frei und unkontrolliert rumläuft? Was glaubst du, wird das für uns heißen?«

Sie musterte ihn aus schmalen Augen. »Du siehst schon wieder das Schlimmste. Keyserlingk ist viel zu sehr an seinem Irrlicht interessiert, um da irgendwas zuzustimmen.«

»Das werden wir früher oder später sicher herausfinden.« Er schob sie zur Seite und ging an ihr vorbei zur Tür. »Aber solange wir noch ein bisschen Freiheit haben, sollten wir Sora suchen.«

Alba stand in dem konstanten Strom aus Arbeitern, Bediensteten, Straßenkindern und gelegentlichen Betrunkenen und fühlte sich trotz all der Sorgen um Fiene seltsam zu Hause. Sie starrte auf den Durchgang zu dem Innenhof, wo sie ihre Schwester gerettet hatte. Bis hierher kannte diese den Weg.

Alba vergrub ihre Hände tiefer in den Taschen und drehte sich um die eigene Achse. Die Fassaden von Mietskasernen und Fachwerkhäusern schälten sich zusehends aus dem Zwielicht des hereinbrechenden Morgens, das der Rauch aus den unzähligen Kaminen verschleierte. Sie konnte sich gut vorstellen, wie Fiene die Menschen hier nach Albas Werkstatt gefragt hatte, denn für sie selbst war es selbstverständlich, anderen ohne jegliche Hintergedanken zu helfen.

Doch Alba sah kaum eine Chance, ihre Schwester auf diese Weise zu finden. Weder wusste sie, wo Fiene mit der Suche angefangen hatte, noch in welche Richtung diese gegangen war. Zudem waren die meisten hier alles andere als auskunftsfreudig – mit wenigen Ausnahmen wie Hester.

Die Kälte kroch durch Albas Stiefel und Füße hinauf in die Beine. Zu lange stand sie schon hier, aber es war ihr einziger Anhaltspunkt, und Zeit spielte nach über einer Woche vermutlich kaum noch eine Rolle. Sie blockte jeden Gedanken in diese Richtung ab. Sie würde ihre Schwester lebend finden.

Alba zog die Schultern hoch und ließ sich von der Menge mitziehen, damit die Kälte nicht komplett von ihr Besitz ergriff. Sie brauchte Hilfe, um Fiene zu finden. Und diese hieß Karel.

Sie bog an der nächsten Kreuzung zur Suppenküche ab und suchte sich von dort aus durch die Straßen und Gassen den Weg, den sie dem Straßenjungen zum Abendessen mit Karel gefolgt war – bis sie das Fachwerkhaus vor sich sah.

Albas Blick wanderte über die Fassade, hinter deren Fenster im Erdgeschoss Licht flackerte, während der Rest dunkel war. Sie hatte kaum eine andere Wahl, wenn sie Fiene finden wollte, aber sie konnte nicht einschätzen, wie Karel auf sie reagieren würde. Vor allem, falls er – wie Rafael Carrasco – die Wahrheit über sie wusste.

Entschieden schritt sie auf die Tür zu und hämmerte dagegen.

Der Atem hing vor ihrem Gesicht.

Ein hageres Gesicht mit Falten und Stoppelbart erschien. »Ja?«

»Guten Morgen. Würden Sie bitte dem Grafen ausrichten, dass Albert ihn zu sprechen wünscht?«

»Hier wohnt kein Graf.«

»Ich habe vor nicht einmal zwei Wochen hier mit Karel zu Abend gegessen.«

Der Alte brummelte irgendetwas, dann trat er zur Seite. »Sie können dort warten.« Er deutete auf einen Durchgang, der sie in eine niedrige Wohnküche führte. Die Enge ließ nicht vermuten, dass es im ersten Stock einen Saal gab. Vielleicht hatte man dort die Grenzen zwischen den ineinander verwinkelten Fachwerkhäusern entfernt.

Alba setzte sich auf einen Hocker in der Nähe des Kamins, dessen Feuer langsam ihren durchfrorenen Körper auftaute.

Schritte näherten sich, doch statt Karel kam der Alte zurück. Er schlurfte zu dem Kessel, der halb in der Glut stand, und zog diesen mit dem Schürhaken heraus. Mit Hilfe eines Lappens hievte er ihn auf den Tisch. »Tee?«

Alba nickte. Die Wärme war verlockend, und Karel war nicht die Art Mensch, die andere vergiften ließ. Seinem Sohn dagegen traute sie es zu. Und sie hatte bisher nicht daran gedacht, dass sie auch ihm hier begegnen konnte.

»Bin mal was nachschauen. Sie warten hier, Fräulein.«

»Albert«, korrigierte sie ihn.

»Ich bin alt, nicht blind.« Damit schlurfte er aus der Küche, und Alba blieb allein mit der Tasse Tee.

Sie legte ihre Hände um das Porzellan. Die Wärme brachte ihre nackten Fingerspitzen zum Kribbeln, dann kroch sie auch durch den Stoff der Handschuhe. Vorsichtig nippte sie an der

Flüssigkeit, die wie ein frisch gemähter Rasen schmeckte. So ganz anders als der süße Tee zu Hause, wobei sie sich auch in dieser engen Wohnküche beinahe zu Hause fühlte.

Sie hörte das dumpfe Pochen von Karels Gehstock, bevor er den Raum betrat. Er war allein und ließ sich umständlich am Tisch nieder. »Guten Tag, Albertina.«

»Hallo, Karel.«

Er lehnte sich ein Stück in dem knarzenden Stuhl zurück. »Gestern hab ich Ihren Abschiedsbrief erhalten, und heute suchen Sie mich schon auf.«

Sie sah auf ihre Finger, die um die warme Tasse lagen. »Nicht immer läuft es so, wie man es sich erhofft.« Sie sah direkt in sein Gesicht. »Meine Schwester ist verschwunden. Vermutlich ist sie mir vor elf oder zwölf Tagen nach Rothentor gefolgt.«

»Sie wollen, dass ich sie finde.«

Alba nickte.

»Sie wissen, dass Ihrer Schwester durchaus etwas zugestoßen sein mag?«

Wieder nickte sie. »Aber wenn sie noch lebt, sind Sie es, der sie finden kann.«

»Solche Aufträge kosten aber, Albertina.«

»Ich kann Ihnen einen weiteren Gefallen anbieten.« So zuversichtlich die Worte auch klangen – in ihrem Inneren verstärkten sich die Zweifel, ob es richtig war, ihr Leben den Rothen zu verkaufen. Aber sie musste Fiene finden.

»Für ein Abendessen und ein nettes Gespräch ist das ein angemessener Preis, aber wenn ich Ihre Schwester finden soll, kostet das mehr. Beispielsweise Informationen.«

»Was kann jemand wie ich schon wissen, was für Sie von Interesse ist?«

Karel lehnte sich vor. »Was ist zwischen Ihnen und meinem Stellvertreter vorgefallen?«

Noch während sie überlegte, wie sie sich am glaubwürdigsten herausschwindelte, kam ihr eine andere Idee. Eine Chance.

Alba lehnte sich ebenfalls vor. »Unter einer Bedingung: Sie halten meine Familie und mich komplett raus. Niemand wird erfahren, dass Sie die Informationen von mir haben.«

Ein Grinsen, das die Zähne offenbarte und die Ähnlichkeit zu seinem Sohn zeigte. »Sie gefallen mir, Albertina.«

Sie schenkte ihm ein Lächeln. Viel mehr gefiel ihr, dass Rafael Carrasco bezahlen würde. Es mochte ein kleines Risiko geben, aber Karels Wort galt mehr als das Gesetz hier.

»Gut, ich akzeptiere Ihre Bedingung.« Er streckte ihr seine Hand entgegen.

Alba löste die Finger von der Tasse und schlug ein.

Karel hielt ihre Hand fest. »Ich würde Ihnen gerne einen Platz bei den Rothen anbieten, Albertina.«

»Danke für Ihr Angebot, aber ich habe kein Interesse.« Sie fühlte sich geschmeichelt, aber im Grunde wollte sie mit diesen Leuten so wenig wie möglich zu tun haben.

»Ihre Talente wären bei einem Leben in Schönau oder Aeria wirklich verschwendet. Aber ich glaube, das wissen Sie.«

Mei lag auf der Pritsche. Die schwarzen Haare fächerten sich über das Kissen auf und verbargen das Gesicht. Das Hemd war hochgerutscht und offenbarte den schmalen Rücken, dessen Haut Rafael beinahe unter seinen Fingern –

Hastig ballte er die Hände. Es war schlimm genug, dass er überhaupt wieder hier war, obwohl er sich um die Vorbereitung der Freiwilligen kümmern sollte. Doch die Frage, bis wohin sich die Narben mit den nun dunklen Metallsplittern zogen, ließ ihn nicht los.

Rafael bohrte seine Nägel kräftig in die Handflächen. Er hatte gehofft, den Schatten direkt vor seiner Nase zu haben würde das Verlangen nach Mei vertreiben. Stattdessen sah er aber nur sie und nicht den Mann, der sie war!

Ein Zittern lief durch Meis Körper und ließ Schweiß aufschimmern.

Rafael konnte kaum den Moment abwarten, in dem sie ihn endlich um Irrlicht anflehen würde. Auf ihren Knien und mit weit aufgerissenen Mandelaugen. Dann würde sie alles tun, was er von ihr verlangte. Der königsblaue Kimono wartete bereits.

Er streckte seine Hand aus, um die verschwitzten Haare aus dem Gesicht zu streichen, doch stattdessen rüttelte er sanft an der Schulter. Vielleicht war die Zeit schon gekommen …

Mit einem Stöhnen wälzte sich Mei zur Seite. Die Augen blieben geschlossen, die Lippen zitterten leicht.

Er beugte sich vor, wollte nur noch einmal ihren weichen Mund spüren und –

Meis Lider flogen auf und ihr Blick voller kalter Entschlossenheit bohrte sich in Rafaels.

Dann legte sich etwas Kühles um seinen Hals und zog ihn näher heran. Näher an Mei. Bis Rafael merkte, dass ihm die Luft wegblieb.

Hastig stieß er sie von sich, sodass sie auf der Pritsche nach hinten fiel. In ihren bebenden Fingern hielt sie ein Stück der Kette, mit der sie angebunden gewesen war. Ohne zu denken, warf sich Rafael nach vorn und drückte sie mit seinem Gewicht nieder. Der Atem an seinem Hals jagte ihm Schauer über den Rücken, während Meis Hüfte genau zwischen seine Beine drückte, wo –

Finger fuhren über seine Schläfen, und für einen Lidschlag spürte er Kälte, dann wurde alles schwarz.

Mit einem Stechen quer durch seinen Schädel nahm die Decke der Zelle Konturen an. Er fasste nach seinen Schläfen, wo er in etwas Nasses langte. Hastig zog er seine Finger zurück, Wasser klebte auf den Kuppen. Eis. Wie damals bei Jian. Und wie damals hatte er sich von einem verdammten Mann verführen lassen.

Mit einem Fluch rappelte er sich auf und musste sich kurz an der Wand abstützen, als der Schmerz aufloderte. Warum hatte der verfluchte Schatten immer noch Irrlicht gehabt? Er konnte den Entzug nicht gespielt haben, die Metallsplitter waren leer gewesen!

Rafael stolperte aus der Zelle und zurück in die Kammer, deren Tür offen stand. Hatte er sie nicht hinter sich geschlossen gehabt? Er wusste es nicht mehr.

Er hastete auf den Gang und sah zum Ausgang, doch dort war alles wie immer. Stille hing über den Räumen. Seinen Leuten hatte er heute Abend freigegeben, Vreda schlief ihren Rausch aus, und die Freiwilligen hatten schon ihren Schlaftrunk erhalten.

Von links ertönte ein Klirren. Glas.

Ein weiterer stummer Fluch, der dem Geräusch wie auch dem Stechen hinter den Schläfen galt, und Rafael rannte in die Kapelle.

Sora sah ihm entgegen, Berechnung im Blick und die Bartstoppeln unübersehbar. Ein kurzes Stück Kette hing von seinem Halsband, das letzte Glied wie zerschmettert. Zu seinen Füßen lagen die Scherben eines Irrlichtbehälters, seine Hände zitterten stark.

Ein Grinsen stahl sich auf Rafaels Lippen. Wie bei einem Opiumsüchtigen, bei dem es eine kleine Menge nach dem Entzug nur noch schlimmer machte. Dennoch hatte der Schatten nun mehr Irrlicht im Blut. Für den Mist mit dem Eis brauchte er jedoch Körperkontakt. Hoffte Rafael jedenfalls.

Langsam ging er auf den Tisch mit den Werkzeugen, Fläschchen und Tiegeln zu, der ihn von Sora trennte. Er würde die

Sache jetzt zu Ende bringen. Bevor das Verlangen nach einer Frau, die es nicht gab, ihn in den Wahnsinn trieb. Bevor der Schatten seiner Strafe entkam.

Dieser beobachtete jeden seiner Schritte.

Rafael sah sich wie suchend im Raum um. Er war nicht so blöd, einem Gegner, den er nicht einschätzen konnte, seinen Plan zu verraten. Er war vorhin reingefallen, das reichte.

Mit aller Kraft stieß er den Tisch um. Metall schepperte. Glas brach.

Der Schatten stolperte zurück.

Rafael setzte über das Möbel hinweg und stieß ihn mit der Schulter zu Boden, nur um gleich wieder ausreichend Abstand zwischen sich und ihn zu bringen. Schmerz pochte in seinen Schläfen, Scherben knirschten unter seinen Sohlen, als er sich vor Sora aufbaute. »Denkst du, du kannst mir entkommen?«

Dessen Hand schnellte nach vorn.

Rafael wich der Schere aus.

Als das Metall am Boden schepperte, jagten Schmerzen durch seinen Oberschenkel. Dort färbte sich der Stoff rot. In der Mitte steckte eines der Skalpelle.

Das Bein gab nach, und Rafael taumelte. Er griff nach dem umgekippten Tisch. Als er aufsah, hatte sich der Schatten aufgerichtet.

Sora schwankte leicht, doch sein Blick war fest. »Es wäre ein Leichtes, dich einfach umzubringen, Carrasco. Doch es macht es für uns beide spannender, wenn du nicht weißt, wann ich dich holen komme.« Sein Gesicht verdunkelte sich. »So, wie Hisa ihren Tod auch nicht kommen sah.«

Rafael starrte sein Gegenüber an. Er brauchte einen Moment zwischen dem Schmerz und dem Adrenalin, um den Namen zu erkennen. Das Weib, das er hatte umbringen lassen.

Sein Lachen verkam zu einem Gurgeln. »Das war allein deine Schuld!«

Das Gesicht des Schattens verdunkelte sich. Er machte einen Schritt vorwärts – und schwankte dann an Rafael vorbei.

Er drückte sich in die Höhe. Niemand drohte und verführte Rafael Carrasco und entging seiner gerechten Strafe. Vor allem nicht so ein lausiger Schatten! Sie hätten wenigstens jemand Respektables schicken können. Wie die Krähe.

Warm lief es über sein Bein. Er musste mitansehen, wie Sora die Kapelle verließ, während er hastig nach einem der Verbände griff, die zu Boden gefallen waren, um ihn notdürftig um den Oberschenkel zu wickeln, bevor er hinterherhumpelte. Weit würde der Schatten nicht kommen. Der Ausgang war abgeschlossen.

Doch zu Rafaels Entsetzen stand die Tür offen. Das Schloss lag zersprungen am Boden.

Er sah gerade noch eine Bewegung im Gang dahinter, dann war Sora in der Dunkelheit verschwunden.

Rafael stieß eine Reihe Flüche aus und eilte hinterher, so schnell es das verdammte Bein zuließ. Die Schmerzen wüteten, doch er beschleunigte seine Schritte, tastete sich an der Wand entlang.

Als er schon Panik bekam, den Schatten verloren zu haben, sah er nur wenige Meter vor sich das Leuchten von Irrlicht. Er musste grinsen. Er hätte nicht gedacht, dass ihm das mal helfen würde.

Doch die Freude war von kurzer Dauer, denn der verdammte Schatten steuerte direkt auf den Ausgang an der Thein zu. Dorthin, wo es mindestens einen Aufstieg über Eisensprossen gab. Er durfte nicht zulassen, dass er wegen einer Wunde und einer verdammten Leiter versagen würde. Nicht in dieser Sache.

Rafael mobilisierte seine letzte Kraft, die deutlich weniger war als erhofft. Trotzdem holte er langsam auf. Das schwächliche Irrlicht flackerte häufiger. Er würde die Sache beenden. Jetzt hatte er die Chance. Jetzt oder nie.

Er hatte Sora fast eingeholt und erkannte dessen Umriss in dem schwachen Leuchten bereits deutlich, als dieser die Leiter erreichte. Rafael fasste nach den Füßen des Schattens, doch diese waren außer Reichweite. Der Schemen entfernte sich, also griff Rafael entschieden nach den Eisensprossen und zog sich nach oben, wobei er versuchte, sein Bein möglichst wenig zu belasten. Der rasselnde Atem Soras gab ihm die Kraft, trotz der erlahmenden Arme und dem Schmerz in seinem Schenkel weiterzuklettern.

Am oberen Ende angekommen, kippte er nach vorn auf den Bauch.

Als der Tanz der Flecken vor seinen Augen sich beruhigt hatte, sah er dank des kaum sichtbaren blauen Schimmers die Füße des Schattens, der sich Schritt für Schritt an der Rinne mit dem Dreckwasser entlang vorwärtsschleppte. Beinahe in Reichweite.

Rafael stemmte sich von dem schmierigen Boden in die Höhe und humpelte an die Wand gelehnt vorwärts.

Als das Irrlicht erlosch, blieben die Schritte und das Keuchen des Schattens in der Dunkelheit hängen.

Ein Schwall eisiger Luft kühlte Rafaels raue Kehle, und gegen den dunklen Abendhimmel am Ende der Kanalisation hob sich die schwankende Silhouette Soras ab. Rafael würde nicht zulassen, dass der Schatten seiner Strafe entkam.

Doch dieser erreichte soeben die verdammten Stufen, die an der Mauer nach oben führten, die die Thein zähmen sollte.

Rafael ignorierte die Wärme, die an seinem Bein hinunterrann und den Stoff durchnässte. Er humpelte vorwärts über den rutschigen Sims, erklomm mit Hilfe seiner Hände eine Stufe nach der anderen. Er kam den Füßen des Schattens näher.

Als der Schatten die vorletzte Stufe erreichte, konnte Rafael ihn endlich fassen. Seine Hand klammerte sich in die Hose und zog Sora zurück, der zwar Widerstand leistete, aber langsam rückwärts schwankte.

Irrlichtfeuer entflammte an seinen Händen, mit denen er nach Rafael schlug.

Hitze streifte über Rafaels Gesicht, er wich zurück.

Von oben erklangen Stimmen.

Das Irrlichtfeuer erstarb und hinterließ nur ein schwaches Leuchten.

Rafael sprang vorwärts, der Schmerz schoss durch sein Bein und trieb ihm die Tränen in die Augen, doch er bekam den Schatten zu fassen. Der wollte sich losreißen und verlor das Gleichgewicht.

Der Stoff glitt aus Rafaels Händen, und er sah zu, wie Sora an der Mauer entlang in das schwarze Wasser stürzte und mit einem lauten Platschen verschwand.

Die Stimmen über ihnen wurden zu Schreien.

Hastig kroch Rafael rückwärts die Stufen hinab zurück in die Dunkelheit der Kanalisation, während er seine Augen nicht von der Oberfläche der Thein ließ.

Das Licht einer Fackel fiel auf das Wasser. Das blaue Leuchten war genauso erloschen, wie die heraufsteigenden Blasen versiegt waren. Auch wenn Rafael tiefste Befriedigung fühlte, dass der Schatten seine Strafe erhalten hatte, trauerte ein winziger Teil von ihm um Mei.

Es klopfte an der Tür des Salons, den kurz darauf der Butler betrat, mit einem Silbertablett, auf dem ein Brief lag.

Kurz vor dem Tisch blieb er vor Alba stehen und verbeugte sich. »Eine Eilnachricht für das Fräulein.«

Alba legte sorgfältig Messer und Gabel neben dem Teller mit den Resten des Pastinakenpürees ab und nahm mit einem Lächeln den Brief entgegen. In eleganten Buchstaben stand vorn ihr Name, hinten drauf prangte ein dunkelrotes Siegel mit einem verschnörkelten K.

Ihre Finger zitterten kaum merklich, als sie das Wachs brach und das schwere Papier so langsam auseinanderfaltete, wie es sich für eine Dame geziemte. Nur ein Satz stand dort in der gleichen eleganten Handschrift wie auf der Außenseite: *Nun ist es an Ihnen, Ihren Teil des Handels zu erfüllen.*

Sorgfältig faltete sie den Brief zusammen. Dessen Rascheln war das einzige Geräusch, nachdem auch das Klappern des Bestecks ihrer Eltern verstummt war.

»Ist der etwa von Edward Pelham? Er war ja auf dem Winterball so vernarrt in dich.«

Alba tupfte sich den Mund mit der Stoffserviette ab und erhob sich. »Bitte entschuldigt mich.«

»Albertina, wartest du bitte noch das Dessert ab?«

Doch sie drehte sich um und schritt zum Ausgang des Salons.

»Cornelis, willst du deiner Tochter nicht –«

Alba schloss die Tür hinter sich. Sie raffte den Rock und eilte über den dicken Teppich durch den Gang und die Treppe hinauf in ihr Zimmer. Dort zog sie sich so hastig um, dass sie versehentlich die Spitze am Ausschnitt ihres Lieblingskleids zerriss. Egal. Marieke würde es flicken. Fiene war wichtiger.

Als sie ihr aufgestecktes Haar unter die Kappe stopfte, fiel ihr Blick auf Karels Brief, den sie auf den Frisiertisch gelegt hatte. Kurzerhand steckte sie ihn in ihren Mantel. Dann verließ sie den Raum und rannte die Treppe hinab.

Unten stand ihre Mutter, die Hände in die Hüften gestemmt. »Albertina Katrien Veenstra! Ich habe die letzten Tage viel deines Verhaltens durchgehen lassen, aber in einer Hose wirst du das Haus nicht verlassen!«

»Ich geh Fiene abholen.«

Das brachte ihre Mutter zum Verstummen.

Alba ging an ihr vorbei.

»Aber die Nachbarn, Albertina!«, hörte sie ihre Mutter hinter sich, während sie hinaus in die Kälte eilte. Aus Gewohnheit zog sie den Schlagring über ihre fingerlosen Handschuhe, auch wenn die tagelang schmerzende Hand immer noch lebhaft in ihrer Erinnerung war.

Mit gesenktem Kopf wich sie Herren in feinster Wolle und Nase rümpfenden Damen aus und ignorierte den kläffenden Terrier, der an der Leine eines Mädchens zerrte.

Nach und nach sank die Qualität der Kleider an den Passanten. Die Straße unter ihren Stiefeln wurde unebener, bis Matsch, undefinierbare Klumpen und aufgeweichte Flugblätter die Lücken zwischen den Pflastersteinen füllten. Karel hatte nicht geschrieben, wo er sie erwartete, doch gab es nur eine wahrscheinliche Möglichkeit.

Ihre Schritte wurden schneller, je näher sie dem Fachwerkhaus kam, und ihr Herz pochte vor Freude, Fiene endlich wiederzusehen.

Alba hämmerte an die Tür, die kurz darauf von dem Alten mit dem Stoppelbart geöffnet wurde. Er trat zur Seite und winkte sie hinein. »Sie werden oben erwartet.«

Sie eilte die Treppe hinauf in den ersten Stock, wo eine der Türen offen stand. Warmes Licht fiel auf die Dielen.

Alba musste sich zwingen, den kleinen Saal, in dem sie mit Karel gespeist hatte, in einem normalen Tempo zu betreten. Der Graf saß auf einem der Stühle mit der kalten Leibwächterin an seiner Seite. Ihm gegenüber saß eine junge Frau, deren Haar golden im Licht der Lampen leuchtete.

Fiene wandte sich um. »Alba!«

Die sorgfältig zurechtgelegte Begrüßung blieb ihr im Hals stecken. Sie rannte auf Fiene zu und umarmte sie. Das Schuldgefühl, weil ihre Schwester wegen ihr in diese Lage geraten war, fiel von Herz und Schultern.

Ein leises Schluchzen stieg von Fiene auf. »Es … es tut mir so … so leid.«

»Es ist doch nicht deine Schuld, ich bin einfach verschwunden, ohne etwas zu sagen.«

»Doch, ich … ich habe Mutti … alles er… erzählt.«

»Ich bin nicht deswegen gegangen, Fienchen. Weshalb sollte ich dir böse sein, wenn du es nur gut meinst?«

Ein Teil des Leuchtens kehrte in Fienes feuchte Augen zurück. Trotzdem war da eine Härte in ihrem Blick, die so gar nicht zu ihrer Schwester passte.

Alles in Alba drängte danach, Fiene zu fragen, wo sie gewesen und was mit ihr geschehen war. Sie sah gesund aus, war einfach, aber sauber gekleidet. Doch sie wollte die Wiedersehensfreude nicht verderben und drückte ihre Schwester noch einmal. »Dann lass uns nach Hause gehen, Fienchen.«

»Gehen wir nach Hause«, bestätigte diese.

Alba löste sich aus der Umarmung, hielt Fienes Hand fest.

Der Graf trat mit dem leisen Pochen seines Gehstocks und einem Lächeln näher. »Es freut mich, dass ich Ihnen helfen konnte.«

»Ich weiß gar nicht, wie ich Ihnen danken soll, dass Sie mich …« Fienes Gesicht verdunkelte sich und sie sah zu Boden.

»Sie sollten lieber Ihrer wunderbaren Schwester danken, Fräulein Veenstra.« Er sah zu Alba. »Dürfte ich noch ein kurzes Wort mit Ihnen wechseln, Albertina?«

Diese drückte Fienes Hand, die sich beinahe schmerzhaft um Albas Finger gekrampft hatte. »Ich bin gleich zurück, ja?«

Fiene wischte sich über die Augen, sah mit einem bemüht tapferen Gesicht auf und nickte.

Alba folgte Karel zum Fenster, an dem die Eisblumen blühten. »Wo haben Sie meine Schwester gefunden?«

»Das, liebe Albertina, war nicht Teil unseres Handels.«

Alba hätte ihm am liebsten widersprochen, doch er hatte recht. Ihre Schwester würde es sicher erzählen, wenn sie so weit war. Solche Erlebnisse suchten ihren Weg immer nach draußen. Gerade bei Menschen wie Fiene.

Karel stützte sich mit beiden Händen auf den Löwenknauf seines Gehstocks. »Bevor ich Sie und Ihre Schwester heimbringen lasse, hätte ich gerne meine Informationen.«

»Ich nehme an, Sie wissen, dass Ihr Sohn ein Irrlichtkind erschaffen hat.«

Karel wirkte nicht überrascht. Alba hatte bereits vermutet, dass so etwas Großes selbst ein Rafael Carrasco nicht unter der Hand seines Vaters und Anführers umsetzen würde.

»Ich wäre Ihnen sehr verbunden, wenn Sie das für sich behalten, Albertina.« Eine kaum hörbare Drohung lag in seinen Worten. Und damit gab er Alba etwas in die Hand. Etwas, das ihr einen Vorteil gewähren konnte.

Sie hielt das Lächeln zurück, das auf ihre Lippen kriechen wollte. »Aber ich vermute, Sie wissen nicht, dass er dieses Irrlichtkind benutzt und opfert, um echte Irrlichtkinder zu fangen.«

»Und was haben Sie damit zu tun?«, fragte er tonlos.

»Ich lass mich nur ungern für solche … riskanten Sachen einspannen.« Weswegen der Graf nun genug wusste, um Rafael Carrasco zu bestrafen.

»Verständlich. Noch etwas, das ich wissen sollte?«

Alba schüttelte den Kopf. Wenn sie mehr erzählte, würde sicher die Frage aufkommen, was sie selbst mit einem Irrlichtkind zu schaffen hatte.

»Dann danke ich Ihnen für Ihre Ehrlichkeit.«

»Nachdem Sie ein Mann sind, der Wort hält, hoffe ich, dass keine der Drohungen gegen meine Familie und mich wahr gemacht werden.«

»Solange Sie nicht vergessen, dass Sie mir noch einen Gefallen schuldig sind.« Seine Mimik war freundlich wie zuvor. »Sie sollten mein Angebot annehmen, Albertina.«

»Auf Wiedersehen, Karel.« Sie ging zu Fiene, die ihr aus großen Augen entgegensah. Ohne es zu ahnen, war ihre Schwester über Jahre hinweg ein idealer Lehrer gewesen.

Alba griff sanft nach ihrer Hand, und zusammen verließen sie den kleinen Saal.

KAPITEL 12

Das Pochen in seiner Hüfte wechselte sich mit dem Pochen des Gehstocks ab. Trotzdem behielt Karel das Tempo bei, denn er hasste Verspätungen – egal, ob seine oder die von anderen.

Im Licht von Gradas Öllampe nahm Karel an der Kreuzung den linken Gang. Weg von dem Geruch der Kanalisation. Erst hatte er lange auf Fero warten müssen und dann hatte dieser nur einen sehr knappen Bericht geliefert. Nummer drei lebte, alles lief nach Plan.

Er unterdrückte ein Schnauben, während er durch die Gänge in Richtung der Parlamentshallen hinkte. Auch wenn ihn Feros Antworten etwas beruhigt hatten, so glaubte er, dass Albertina ihm die Wahrheit erzählt hatte. Doch vielleicht hatte sie sich in dem, was sie gesehen hatte, getäuscht?

Vor ihm tauchte die massive Eichentür mit der Luke auf. Er würde sich demnächst Zeit nehmen müssen, um selbst nach Rafael und dem Kloster zu sehen, doch zwischen den alltäglichen Problemen der Menschen und deren steigender Unzufriedenheit beschäftigten ihn vor allem die Spitzel der Königin, die er nicht einfach um die Ecke bringen lassen wollte.

Karel klopfte an, das Gewicht auf seinen Gehstock verlagert.

Kurz öffnete sich die Luke, schloss sich wieder, und die Tür öffnete sich.

Karel ging an dem Schatten des Wächters vorbei und durch die zweite Tür, hinter der ihn das Licht von Öllampen und der Geruch von Rauch empfingen.

Sein Gehstock pochte einen steten Rhythmus auf den jahrhundertealten Platten, die ihn durch einen geschwungenen Gang in den kleinen Saal brachten.

Grada löste sich von seiner Seite und gesellte sich zu den anderen Leibwächtern, während Karel sich auf einen gleichmäßigen und aufrechten Gang konzentrierte. Durch den zweiten Saal mit seinen zersplitterten Fresken und verblassten Malereien sowie die geöffnete Flügeltür trat er in das Herz der Parlamentshallen.

Alle anderen saßen schon um den runden Tisch und diskutierten. Sein leerer Stuhl sah ihn beinahe anklagend an. Der Graf war sonst nie zu spät.

Karel ließ sich mit einem entschuldigenden Lächeln nieder. »Guten Tag. Verzeiht meine Verspätung, ich wurde aufgehalten.«

Wolf lehnte sich über eine Zeitungsseite ein Stück nach vorn. »Wir haben gerade über den Angriff auf das Irrlichtkind geredet.«

»Eine ungute Sache.« Nicht nur, weil sie nicht allzu weit entfernt vom Kloster stattgefunden hatte.

Wortlos schob ihm Wolf das bedruckte Stück Papier hin, derweil Karel das Gefühl hatte, dass die anderen drei ihn genau beobachteten.

Er sah auf den Artikel, neben dem eine Zeichnung des Irrlichtkinds zu sehen war. Es sah Mei frappierend ähnlich.

»Der sieht fast aus wie die erste Tote«, wiederholte Wolf Karels Gedanken.

Karel wiegte den Kopf. »Schwer zu sagen. Die Schlitzaugen sehen immer alle gleich aus.«

»Sag ich auch.« Vandemer grinste.

Doch die Blicke von Wolf, Wieseltje und dem Rattenfänger blieben weiter auf Karel hängen.

Der sah in die Runde. »Das letzte Mal hat es euch nicht gepasst, dass ich Ruhe in meinem Viertel vorziehe, und nun wollt ihr mir unterstellen, dass ich Irrlichtkinder – vor Zeugen – ermorden lasse?« Er schnaubte. »Das ist Blödsinn.«

Wolf lehnte sich in seinem Stuhl zurück und zuckte mit den Schultern. »Du bist einmal davongekommen, ohne dass es Rothentor geschadet hat, warum nicht ein zweites Mal?«

»Weil die Situation eine andere ist. Ganz Ijsstedt ist ein Pulverfass, da spiel ich sicher nicht mit dem Feuer.«

»Es wäre möglich, dass sich jemand im Opfer vergriffen hat«, mischte sich der Rattenfänger ein.

»Das glaube ich nicht.« Wolf sah immer noch Karel an. »Das Irrlichtkind hat doch seinen Hokuspokus eingesetzt, sonst hätten es die Zeugen nicht erkannt.«

»Vielleicht war es jemand, der einfach die Schnauze voll hatte und die Sache in die Hand genommen hat.« Vandemers Gesicht hatte sich verfinstert. »War selber schon kurz davor, nachdem es beim Grafen geklappt hat.«

»Nimm doch den armen Karel nicht so ran, Wolf«, sagte Wieseltje, die bis jetzt anscheinend amüsiert und stumm die Diskussion verfolgt hatte.

Wolfs Kopf schnappte herum. »Das hatte sich vorhin aber noch anders angehört.«

Ein Raubtiergrinsen. »Selbst wenn, die Diskussion bringt uns gerade nicht weiter, und die Königin scheint niemandem von uns die Tat in die Schuhe schieben zu wollen.«

Wolf sah sie aus schmalen Augen an, die so gar nicht zu seinen leicht kindlichen Zügen passten. Dann wandte er den Blick ab. »Also nächstes Thema.«

»Lichterwache«, nuschelte Vandemer, der gerade in einer seiner Zahnlücken pulte. »Sieht aus, als ob die Gerechtigkeit ordentlich was auf die Beine gestellt hat.«

»Das Interesse der Menschen an der Aktion ist sehr groß«, sagte der Rattenfänger. »Es dürfte eine hohe Beteiligung geben.«

»Bin gespannt, ob die Königin wieder alles ignoriert«, knurrte Wieseltje.

»Ich hatte überlegt, die Lichterwache zu … unterstützen.« Wolf erstickte ein Husten in seinem Ärmel. »Die Gerechtigkeit tut uns einen Gefallen, wenn sie die Aufmerksamkeit auf sich lenkt und uns damit mehr Spielraum ermöglicht.«

Vandemer schlug mit der Faust auf den Tisch. »Bringen wir etwas Leben in die Sache!«

»Du bist ein Idiot. Was glaubst du –«

»Vorsicht, Welpe.« Vandemer spannte seine massigen Muskeln an.

Wolf lehnte sich sichtlich unbeeindruckt vor. »Was glaubst du, was passiert, wenn wir offen zu Aufständen aufrufen? Die Schatten werden dir schneller beweisen, als dir lieb ist, dass sie keinen Hausarrest haben.«

»Er hat recht«, sagte der Rattenfänger. »Ablenkung ist immer gut, aber offen in die Lichterwache einzugreifen? Das ist Selbstmord.«

»Hab ich offen gesagt?« Vandemer sah sie herausfordernd an. »Wir haben doch alle jemanden in der Gerechtigkeit.«

»Und genau deswegen sollten wir uns gar nicht beteiligen«, warf Karel ein. »Die Schatten sind besser als jeder Bluthund.« Außerdem war ihm das Risiko zu hoch, da er wirklich etwas zu verbergen hatte.

»Och, sei doch kein Spielverderber, Karel. Ein bisschen Zaster, ein paar Männer und Frauen, was kann das schon schaden?«

Ein Ausdruck purer Unschuld erschien auf Wieseltjes Gesicht. »Haben wir denn nicht alle Freunde im Feuer verloren?«

»Es bleibt ein Risiko. Und das dafür, dass die Königin die Gerechtigkeit … uns weiterhin ignorieren wird?«

»Manchmal muss man etwas wagen, um zu gewinnen, Karel.«

Er musste sich zwingen, nicht auf das Schicksal von Wolfs Onkel hinzuweisen.

»Gut, dann ist die Sache beschlossen?«, fragte Wolf.

Alle nickten. Außer Karel.

Fiene starrte ins Nichts. Ihr Gesicht hatte sich umwölkt, und das Buch war ihr auf den Schoß gesunken. Eineinhalb Tage, in denen sie alle krampfhaft versuchten, zum Alltag zurückzufinden und so zu tun, als ob nichts geschehen wäre.

Alba betrachtete ihren Stickrahmen, wo seit ihrer Rückkehr von dem Pfau gerade einmal Kopf und Hals Form angenommen hatten. Wie sehr sie sich auch bemühte, es war zu viel passiert, um weiterzumachen wie früher.

Sie sah zu Fiene, deren Lippen und Finger leicht bebten. Ihre Schwester versuchte mit allen Mitteln, die rissige Fassade zu wahren. Sie hatte heute Vormittag sogar den Schneider kommen lassen und plante nun, Tizian zum Tee einzuladen.

Ihre Mutter legte ihre Sticksachen, die sie nur anrührte, wenn sie Ablenkung brauchte, zur Seite und erhob sich von der Chaiselongue. Mit leisem Rascheln ging sie zum Servierwagen, auf dem ein Teller mit Schnittchen und eine Etagere voller Törtchen standen.

»Josefine, Liebling?«

Fiene zuckte zusammen, dann fokussierte sich ihr Blick und sie zwang sich sichtlich ein Lächeln auf die Lippen, bevor sie sich zu ihrer Mutter umdrehte. »Ja?«

»Möchtest du eine der neuen Kreationen der Köchin probieren?«

»Nein, danke. Später zum Tee vielleicht.«

Alba umklammerte ihren Stickrahmen, den sie am liebsten gegen die Wand geworfen hätte. Sie saßen hier in einem pastellfarbenen Salon in hauchfeinen Batist gehüllt und spielten dieses Spiel, um sich selbst zu täuschen. Dabei war Fiene elf verdammt lange Tage weg gewesen. Nicht zu vergessen ihre eigene Abwesenheit.

»Was ist mir dir, Albertina? Du bist immer noch so dünn.«

Sie schüttelte stumm den Kopf, auch wenn sie so viel sagen wollte. Schon der Gedanke an lavendelfarbenen Zuckerguss ließ Übelkeit in ihr aufsteigen. Vielleicht war es auch das Gefühl der Surrealität dieser Szene.

Ihre Mutter stand noch einen Moment unschlüssig neben dem Servierwagen, dann ließ sie sich wieder nieder und griff nach ihrem Stickrahmen. Auch Fiene sah auf die Seiten ihres Buchs, doch Alba erkannte an den Augen ihrer Schwester, dass diese nicht mehr als ein paar Sätze las.

Das Gefühl, sich übergeben zu müssen, wurde übermächtig. Bedächtig legte sie ihr Handwerkszeug neben sich ab, erhob sich und strich den Rock glatt. »Entschuldigt mich bitte, ich brauche etwas frische Luft.«

Dann eilte sie, so schnell es sich ziemte, aus dem Salon. Sie, die ihr Leben lang anderen Menschen etwas vorgespielt hatte, konnte nicht mehr. Die gespielte Oberflächlichkeit kotzte sie an. Und dabei hatte sie sich auf den Alltag ihrer Familie gefreut. Doch die gestreiften Seidentapeten und das Lichtspiel des Lüsters, der Strauß aus Stechpalme und Schneerosen, Marieke mit ihrem Staubwedel – all das erschien ihr plötzlich abstoßend.

Alba raffte ihre Röcke und rannte die Treppen hinauf in ihr Zimmer, wo sie sich das Kleid vom Körper zerrte und die Straßenkleidung aus dem Schrank riss. Die kunstvoll aufgesteckten Haare stopfte sie schnell unter die Kappe, dann nahm sie den Mantel und verließ das Haus durch den Dienstboteneingang. Das erste Kribbeln seit Tagen kroch ihre Beine hinauf.

Sie schlug das Tor hinter sich zu und eilte durch Schönau, wo vereinzelte Schneeflocken durch die Luft tanzten. Irgendwo überschritt sie die unsichtbare Grenze nach Rothentor und die Häuser um sie herum rückten enger zusammen.

Am Straßenrand entdeckte sie den Kerzenhändler, an dessen Karren die Menschen Schlange standen. Wer bezahlte, bekam Kerzen, die typisch für das Lichterfest waren, nur lag das schon zwei Wochen zurück. Selbst der Winterball war nur noch eine verschwommene Erinnerung an Licht, Eiszapfen und endlose Tanzfiguren. Lediglich die paar Momente, die sie mit Sora über die leuchtende Stadt geschaut hatte, waren klar. Nächstes Jahr würde sie darüberfliegen.

»Drittes totes Irrlichtkind!«, rief der Zeitungsjunge weiter vorn auf der Straße.

Viertes, wisperte ihre innere Stimme. Rafael Carrasco würde sichergestellt haben, dass niemand Cecils Leiche fand. Benutzt und weggeworfen, um Sora –

»Nur jetzt und nur heute, alles im Tagblatt!«

– um Sora zu fangen.

Albas Finger zitterten, als sie dem Jungen die Münzen in die Hand drückte, die Ausgabe entgegennahm und in die Tasche schob.

Sie ging weiter, den Kopf wegen des fallenden Schnees gesenkt. Vor ihr im Dreck lag ein Flugblatt. Sie konnte neben dem morgigen Datum noch die Worte *Lichterwache* und *Gerechtigkeit* entziffern. Dafür waren also die Kerzen. Es war beinahe bewundernswert, welches Durchhaltevermögen und welche Hoffnung die Menschen hatten.

Alba schlängelte sich zwischen den Passanten hindurch über die Kreuzung und eilte die Straße entlang bis zu der verblassten Fassade des Mietshauses, unter dem Vorderhaus hindurch und über den Innenhof, wo ihr blasse Gesichter zwischen Notbehausungen entgegensahen. Auch wenn die Stufen unter ihren Füßen nur so dahinflogen, wurde das Kribbeln mit jedem Schritt stärker.

Außer Atem schloss sie die Tür auf und trat in die Wohnung, deren Kargheit eine Wohltat war. Mit kribbelnden Beinen ging sie zum Tisch, auf dem sie Mantel und Kappe ablegte. Dann griff sie in die ausgebeulte Hosentasche und zog ein Brötchen hervor. Kurz wunderte sie sich, woher sie das hatte, dann fiel ihr die Bäckerlieferung am Dienstboteneingang ein. Manche Sachen wurden schnell zur Gewohnheit.

Sie schob das Fenster auf und wischte die aufgeweichten Brotstücke auf die Straße hinab, bevor sie das frische Brötchen neben die nun sicher sechs Tage alten Nüsse legte. Corvin ließ sein Futter normalerweise nie so lange liegen, aber sie wusste nicht, was mit dem Vogel geschehen war, nachdem Sora …

Sie zog das Tagblatt aus der Manteltasche und legte es vor sich auf den Tisch. Auf der Titelseite prangte eine Zeichnung von Sora.

Albas Herz stockte. Sie zwang sich, die Schlagzeile zu lesen.

Weiteres Irrlichtkind tot!

Meine Schuld …

Sie sprang auf und ballte die Hände. Sie war ein Werkzeug gewesen. Sie hatte weder gewusst, was der Plan war, noch hatte sie eine Wahl gehabt. Sie würde sich die Verantwortung nicht unterschieben lassen, auch wenn Sora ihretwegen gekommen war.

Alba ging zu den Schwingen an der Wand. Sie musste den Kopf frei kriegen. Von Sora, von ihrer Familie, von allem.

Als ihre Finger die schimmernden Streben berührten, wurde ihr bewusst, dass sie nun keine Angst mehr haben musste, dass Sora das Irrlicht entdeckte. Stattdessen wuchs in ihr das Gefühl, dass sie nicht mehr fliegen wollte. Der Preis, den Rafael Carrasco verlangt hatte, war zu hoch gewesen.

Alba drehte den Flügeln den Rücken zu und ließ sich auf den Hocker fallen. Auf ihrem sorgfältig aufgereihten Werkzeug lag das Tagblatt mit der Zeichnung, von der Sora Alba anstarrte. Wut kochte in ihr hoch. Wut auf sich selbst, da sie Sora in eine Falle gelockt hatte. Wut auf Rafael Carrasco, der sie gezwungen hatte, den Lockvogel zu spielen, weswegen sie sich nun schuldig fühlte. Dabei hatte sie mit dem verdammten Krieg nichts zu tun!

Sie schlug mit den Händen auf den Tisch und atmete tief durch. Rafael Carrasco war inzwischen sicher von seinem Vater bestraft worden. Doch so gut sich diese Aussicht vor zwei Tagen noch angefühlt hatte, so unbefriedigend war sie jetzt. Sie hätte es selbst versuchen sollen.

Sie zerrte einen Papierbogen hervor und griff nach dem Bleistift. Dann zeichnete sie ein Gesicht, das zwar nur vage an Rafael Carrasco erinnerte, aber es würde ausreichen.

Mit einem Grinsen befestigte sie die Zeichnung auf dem löchrigen Brett an der Wand, bevor sie zur Truhe ging und ihre Armbrust hervorholte.

Kurz darauf bohrte sich der erste Bolzen knapp neben der Scheibe in die Wand. Sie würde üben müssen, aber wenn sie nun nicht mehr so kraftlos hier in der Wohnung ankam, hatte sie genug Zeit dafür. Das nächste Mal, wenn er hier auftauchte, würde Rafael Carrasco tun, was sie wollte.

Rafael zerknüllte jede der Zeitungsseiten, pfefferte sie durch den Raum und nahm einen großen Schluck von dem Fusel, den er Vreda entwendet hatte. Seit zwei Tagen das Gleiche. Warum konnte er den Triumph nicht genießen? Er hatte Sora ertrinken sehen.

Seine Hände umklammerten die Flasche. Aber man hatte immer noch keine Leiche gefunden. Was, wenn der verdammte Schatten doch überlebt hatte? Dann musste er bereit sein. Und dazu brauchte er neue Irrlichtkinder. Schade, dass er Cecil hatte opfern müssen. Aber er hatte ja noch ein paar Freiwillige …

Die Flasche in der Hand stürmte er aus seinem Zimmer auf den Gang und öffnete die Tür zur Kapelle, die ihn dunkel und stumm empfing. Er entzündete die Öllampen, und sein Blick fiel auf den Tisch, den er im Kampf mit Sora umgestoßen hatte. Daneben lagen Werkzeuge, zerbrochenes Glas und mit unbekannten Flüssigkeiten getränkte und inzwischen getrocknete Verbände.

Rafael stellte seine Flasche auf dem ehemaligen Altar ab, und ohne in die Scherben zu treten, richtete er das umgekippte Möbel auf. Dann entdeckte er das Skalpell mit der blutigen Klinge. Seine Hand wanderte wie von selbst zum Oberschenkel, der nachts immer noch stundenlang pochte. Und ihn an Mei erinnerte.

Vorsichtig sank er in die Knie und hob das Skalpell auf. Matt glänzte das Metall dort, wo es nicht braun verkrustet war. Mit einem Stechen im Oberschenkel erhob sich Rafael und stakste zu dem zweiten Tisch, wo weitere Messer, Nadeln und auch Zangen sorgfältig aufgereiht waren.

Er sah auf das Skalpell in seiner Hand. Mei hatte ihm gedroht, sie würde zurückkommen. Nachts, wenn ihn die Schmerzen wachhielten, hatte er auf sie gewartet. Doch sie war nicht gekommen.

Ein Beben ergriff seinen ganzen Körper und ging in einen Schluchzer über.

Rafael ließ das Skalpell fallen, sank gegen die kalte Wand und dann zu Boden, wo er seinen Kopf in den Armen vergrub. Mei durfte nicht tot sein. Nicht sie. Es war seine Schuld. Er hatte nicht versucht, sie zu retten, sondern sich nur wie eine feige Ratte verkrochen.

Schritte näherten sich.

Rafael taumelte in die Höhe und tat so, als müsse er das eh schon sorgfältig sortierte Besteck ordnen.

»Der Graf kommt«, sagte Anissa, während sie die Kapelle betrat.

»Zeig ihm erst unsere gut genährten und gesunden Freiwilligen.« Der Alkohol verwischte seine Worte.

»Wird gemacht.« Sie stockte kurz. »Ist was passiert?«

»Nur geschnitten beim Aufräumen.« Er tat so, als presste er den Finger gegen die Lippen.

Ihre Schritte entfernten sich, dann wurden Rafael ihre Worte vollends bewusst. Karel würde jede Minute hier eintreffen. Ein persönlicher Besuch, obwohl er sich aus der Sache mit den Irrlichtkindern raushalten wollte.

Draußen auf dem Gang erklangen Stimmen.

Rafael fuhr sich hastig durch die Haare. Dann ging er mit einem Pochen im Oberschenkel in die Hocke und begann die Scherben aufzulesen. Warum war Karel hier? Ahnte er was? Hatte er vielleicht erfahren, dass Mei noch lebte? Aber käme er deshalb persönlich?

Seine Hand war voll mit den Glasbruchstücken, und Rafael horchte auf die Stimmen und Schritte, die erst näher kamen und dann wieder leiser wurden.

Als die Geräusche verstummten, wusste Rafael, wohin Karel gegangen war. Die Zelle, in der er Mei untergebracht gehabt hatte. Hastig überlegte er, ob irgendwas deren jüngste Anwesenheit verriet? Die Essensreste hatte er wie den Pisspott weggeräumt. Die Laken hatte er in sein eigenes Bett mitgenommen, wo sie ihn gerade mal eine Nacht lang über Meis Abwesenheit hinweggetröstet hatten.

Die Stimmen kehrten zurück.

»… benutzen die Zellen nicht«, glaubte er, Anissa sagen zu hören.

Karel antwortete etwas, das Rafael nicht verstand, dann näherte sich das Pochen seines Gehstocks der Kapelle, und Karel schritt herein. Seine Brauen zogen sich zusammen, als sein Blick durch den Raum wanderte und dann auf Rafael hängen blieb. »Was ist hier passiert?«

»Vreda hatte gesoffen und ist gegen den Tisch gefallen.« Er deutete mit dem Kinn zu der Schnapsflasche auf dem Altar, bevor er die Scherben in einen Blecheimer schmiss und sich die Hände an der Hose abwischte. »Du solltest nicht hierherkommen. Es ist zu gefährlich.«

»Ich werde nichts anfassen, daher sollte nichts passieren.«

Rafaels Misstrauen explodierte regelrecht. Karel nahm nie ein Risiko in Kauf, wenn es um Irrlicht ging. »Gibt es einen bestimmten Grund für deinen Besuch?«

»Ich wollte mich erkundigen, wie es läuft. Die neuen Freiwilligen sehen vielversprechend aus. Wann willst du mit ihnen anfangen?«

»Nachher, wenn Vreda nüchtern ist.« Es war keine Lüge.

»Was ist mit Nummer drei? Ich habe ihn gar nicht gesehen.«

Rafael durchlief es heiß und kalt. Gestern erst hatte er den Bericht der Alchemistin durch seinen eigenen ersetzt, dass mit Nummer drei alles hervorragend lief. Verdammte Scheiße.

»Nummer drei hat heute Nacht plötzlich Blut gehustet. Vreda hat noch alles versucht, aber sie war so dicht … Vielleicht hat sie ihn mit ihren selbst gepantschten Mittelchen endgültig umgebracht.«

»Schade, das hatte aussichtsreich geklungen.« Karels Blick bohrte sich in Rafael. »Ich hoffe, seine Leiche wurde entsprechend entsorgt.«

»Die Eisenschmelze. Da bleibt nichts übrig.«

»Gut.« Karel stützte sich mit beiden Händen auf den Knauf seines Gehstocks. »Und was sollte die Sache mit dem Fräulein Veenstra?«

Rafael stockte der Atem. Woher wusste Karel davon?

»Was genau meinst du?« Seine Stimme klang ausreichend irritiert.

»Dass du die junge Dame hier als zukünftiges Irrlichtkind eingesperrt hattest.«

»Es gibt mehr als ein Fräulein Veenstra?« Er starrte Karel an. »Sie lief in der Kleidung einer Bediensteten in Rothentor rum.« Er hatte sie trotzdem sofort wiedererkannt. Sie war auf dem Winterball penetrant oft auf der Tanzfläche gewesen.

»Ich hoffe für dich, Rafael, dass deine Unwissenheit echt ist. Du hast die Verantwortung nicht nur für deine drei Leute und die paar Freiwilligen hier, sondern für alle Rothen.«

»Hältst du mich wirklich für so blöd?«

»Blöd? Nein. Aber du handelst zu oft, ohne dein Gehirn zu nutzten.« Bevor Rafael eine vernünftige Antwort einfiel, sprach Karel weiter: »Ich möchte, dass du die Freiwilligen gehen lässt.«

»Was?« Diesmal war seine Verwirrung echt.

»Heute noch. Die Experimente werden sofort eingestellt.«

»Warum? Wie sollen wir uns gegen die Schatten wehren? Es lief doch so gut.« Und er brauchte die Irrlichtkinder für seine Pläne.

»Das Risiko ist mir zu hoch. Die Stadt ist ein einziges Pulverfass, das schon mit der Lichterwache hochgehen kann.«

»Du kannst nicht –«

»Und ob. Sobald du nüchtern bist, wirst du sie nach Hause schicken und dafür sorgen, dass nicht der kleinste Hinweis zurückbleibt.« Damit wandte er sich ab und ging in Richtung Tür, wo er sich noch mal umdrehte. »Ich werde Jante zur Überprüfung schicken.« Mit dem Klopfen seines Gehstocks verließ er die Kapelle.

Rafael sank auf den Boden. Es war aus. Mei war vermutlich tot, und selbst wenn er sie –

Er sprang auf, was Übelkeit seine Kehle hochjagte. Verdammt, es gab keine Mei! Keine Frau! Und wenn der beschissene Schatten auch nur noch ein kleines bisschen leben sollte, würde Rafael ihn finden. Und diesmal würde er dafür sorgen, dass Sora wirklich starb. Und damit dann hoffentlich auch alle Erinnerungen und Gefühle für Mei.

Meret blinzelte, als das Meer der Lichter zu beiden Seiten der Himmelsallee zu verschwimmen begann. Männer, Frauen und Kinder standen dicht an dicht, um um Gerechtigkeit zu bitten.

Hinter ihr entstand Bewegung, dann hörte sie Nikolai: »Die Menschen stehen bis auf die Regierungsinsel.«

Sie wusste nicht, was sie sagen sollte. Das übertraf alles, was sie sich erhofft hatte.

»Diesmal werden sie uns erhören«, murmelte Sander, der sich neben ihnen auf seine Krücke stützte.

Nikolai nickte. »Das werden sie.«

Meret sah auf die Kerze in ihren behandschuhten Fingern. Einzelne Schneeflocken tanzten um die Flamme, die zusammen mit den tausenden anderen das Grau des späten Nachmittags überstrahlte. Für Janne, für Sophie, für Godo. Für Derk.

Über die schweigenden Menschen hinweg erklang das Klappern von Hufen und Rädern.

Meret sah zur Himmelsbrücke, wo vier Soldaten die Tore nach Aeria bewachten. Nicht nur, dass die Wachen keine Irrlichtkinder mehr waren, auch die gewohnte Schlange an Handwerkern, Bediensteten und Händlern fehlte.

Die zwei Männer am rechten Tor traten zur Seite und ließen eine Kutsche hindurch. Das Gefährt mit den vier tänzelnden Pferden rollte durch das Spalier aus Lichtern, deren Schein sich auf den Beschlägen des Geschirrs und dem zugezogenen Fenster spiegelte. Das mit Irrlicht infusionierte Wappen der Familie Keyserlingk schmückte die Tür.

Unruhe breitete sich unter den Menschen aus und folgte der Kutsche.

Meret tat, was ihr beim Anblick des Kerzenmeers einfiel: Sie stimmte eines der Lieder des Lichterfests an. Während der ersten Töne war ihre dünne Stimme allein, dann fiel Nikolai und sogar Sander mit ein, und nach und nach immer mehr Männer, Frauen und Kinder.

Die Kerzenflammen beruhigten sich wieder, und ein Lächeln lag auf vielen der dazugehörigen Gesichter.

Die Kutsche verschwand, und Meret atmete zwischen zwei Strophen auf.

Nur selten gingen Menschen durch das Spalier. Fast jeder von ihnen ein Bediensteter, der mit gesenktem Kopf und hastigen Schritten von der Himmelsbrücke heruntereilte.

Der letzte Ton des Lieds verklang, und Stille senkte sich über die Himmelsallee. Schneeflocken tanzten durch die Luft, bevor sie sich auf Hüten, Mänteln und der Straße niederließen.

Meret stimmte das nächste Lied an. Godos Lieblingslied.

Kurz vor dem Ende der ersten Strophe breitete sich erneut Unruhe aus, doch diesmal von der anderen Seite. Einzelne, nicht verständliche Rufe erhoben sich über den Gesang.

Meret sang stur weiter, während sie versuchte, im Zwielicht zwischen den Kerzen etwas zu erkennen. Dann sah sie die Gruppe Soldaten, die im Gleichschritt und mit unbewegten Gesichtern näher kam. Zwischen ihnen gingen zwei Irrlichtkinder, deren Narben wie Brandmale leuchteten.

Weitere Rufe und Schreie stiegen auf. Diesmal glaubte Meret, »Mörder!« zu vernehmen.

Sie sang lauter. Die Kälte kratzte in ihrem Hals, und sie hoffte mit aller Kraft, dass es ausreichte. Nie und nimmer würde die Königin sie anhören, wenn die Lage eskalierte. Denn so einfach es auch war, den Männern und Frauen in den blauen Uniformen die Schuld zuzuschieben, sie taten nur ihre Arbeit.

Merets Hände krampften sich um die Kerze, als ihr bewusst wurde, dass das Lied gleich zu Ende sein würde. Noch nie hatte sie sich so sehr mehr Strophen gewünscht.

Beinahe gleichzeitig verstummten alle Singenden mit dem letzten Ton.

Ein Licht flog aus der Menge, bevor die Kerze direkt vor den Füßen der Soldaten aufschlug.

Meret sah in deren Gesichter, doch die Männer und Frauen in Uniform marschierten ohne Unterbrechung weiter.

»Gerechtigkeit!«

Weitere Kerzen zerbrachen auf dem Pflaster, wo sie Wachs und Funken verspritzten.

»Mörder!«

Meret versuchte, das nächste Lied anzustimmen, doch ihre rauhe Kehle versagte. Die Kälte, die vom Stehen in ihren Körper gekrochen war, lähmte sie.

Immer mehr Kerzen flogen.

Sie wollte auf die Straße treten, doch jemand zog sie am Arm nach hinten. Als sie sich umdrehte, sah sie in das Gesicht von Lucie.

»Wir müssen weg, Meret.«

»Ich kann jetzt nicht.« Die Worte waren kaum mehr als ein Krächzen. »Ich muss –«

Lucie schüttelte entschieden den Kopf. »Du musst nur weg. Das hier wird gleich hässlich.«

»Nein, ich … wir müssen das aufhalten.« Dann fiel ihr auf, dass die junge Frau keine Kerze trug. Und dass sie etwa dort gestanden hatte, von wo die erste geflogen war. »Deine Kerze. Wo ist sie?«

»Runtergefallen, als ich den Spinner aufhalten wollte.« Lucie zog an Merets Arm. »Komm.«

Sie entwand sich dem Griff und trat zwischen Nikolai und Sander hindurch auf die Himmelsallee. Die Blicke der Soldaten und Irrlichtkinder, die direkt an ihr vorbeigingen, richteten sich auf Meret. Angst flackerte in ihr auf, doch sie musste es tun. Die Lichterwache musste ein friedlicher Aufruf nach Gerechtigkeit bleiben.

Ihre brennende Kerze fest umklammert blieb sie in der Mitte der Straße stehen. Links und rechts von ihr tanzten die Flammen, bevor sie wie Sternschnuppen auf dem Pflaster verglühten. Sie sah Hoffnung in den Gesichtern der Männer, Frauen und Kinder, aber auch Wut und Zorn.

Sie wollte etwas sagen, doch es kam nur ein heiseres Krächzen aus ihrem Mund.

»Schattenfreund!«, schrie eine Stimme in ihrer Nähe.

Eine Kerze zersprang direkt vor ihren Füßen.

»Gebt uns endlich Gerechtigkeit!«

Die Lichter verschwammen vor ihren Augen. Langsam lösten sie sich aus den Seiten der Himmelsallee und rotteten sich zu einem Schwarm aus Flammen zusammen.

Links von ihr erklangen die Stimmen von Sander und Nikolai, die ein weiteres Lied angestimmt hatten.

»Mörder!«

»Gerechtigkeit!«

Immer mehr Kerzen fielen zu Boden, während die Menge näher kam.

Erneut zogen Hände an Meret.

»Kommen Sie, Sie sind hier nicht mehr sicher.« Sie kannte die Stimmen nicht. Auch die Gesichter der beiden Männer waren ihr unbekannt, doch sie eskortierten Meret mit ihren breiten Körpern von der Straße und in die Anonymität der Menge. Erst im Schatten eines Fachwerkhauses ließen sie Meret mit einem Tippen an die Kappenkrempe allein.

Meret stand einfach da. Es gab keine Möglichkeit, das hier aufzuhalten. Nicht allein. Nicht mit der Handvoll Leute, die in ihrer Reichweite waren.

Durch den Tränenschleier sah sie, wie sich die Menge zum Aufgang der Himmelsbrücke schob. Irgendjemand stieß ihr die Kerze aus der Hand. Nikolais und Sanders Stimmen waren verstummt.

Ein dumpfes Dröhnen, das sich über die Rufe erhob und den Boden zittern ließ, riss sie aus der Starre. Sie wischte sich mit dem Ärmel über die Augen und folgte dem Blick der Menschen hinauf zu dem Brückenpfeiler, wo eines der beiden Tore nun geschlossen war. Auf das andere hielten die Soldaten und Irrlichtkinder im Laufschritt zu, während hinter ihnen die Menge mit ihren erhobenen Fäusten und Rufen schneller wurde.

›Das sind auch nur Menschen, die ihre Arbeit tun!‹, wollte sie rufen, doch sie brachte keinen Ton heraus. Es hätte auch niemanden interessiert.

Hilflos sah sie mit an, wie der Mob aufschloss und der Vorsprung der Soldaten schwand. Dann entdeckte sie Emilian, der mit gerötetem Gesicht ganz vorn mitrannte, seine Aufmerksamkeit allein auf die Irrlichtkinder gerichtet. Sie hatte kein

Blutbad gewollt! Nur eine friedliche Erinnerung, dass sie auf Gerechtigkeit für ihre Lieben warteten.

Eines der Irrlichtkinder wirbelte herum, und ein unmenschlich schriller Schrei gellte heran.

Meret presste die Finger auf die Ohren, doch der Ton hatte sich in ihrem Kopf festgesetzt und bohrte sich immer tiefer, bevor er endlich verklang.

In den Mob kam ein kurzes Stocken, dann stürzte er wieder wie ein ausgehungerter Straßenköter hinter den Männern und Frauen in Uniform her.

Einer der Soldaten war stehen geblieben und griff nach dem Irrlichtkind.

Gemeinsam rannten sie den anderen hinterher, die bereits durch das Tor gestürmt waren.

Da fielen die Flügel mit einem Dröhnen und Beben zu. Den Rücken an das Tor gepresst starrten der Soldat und das Irrlichtkind auf die Menge vor sich.

Ein weiterer Schrei hallte heran.

Erneut verschwamm alles vor Merets Augen. Das war das Ende. Es würde keine Gerechtigkeit mehr geben.

Jemand legte einen Arm um ihre Schulter und drehte sie sanft weg.

»Komm, Meret, lass uns gehen.« Nikolai.

Sie ließ es zu, dass er sie über die zertretenen Kerzen führte und durch die Menschen, die entweder gafften oder ebenfalls gingen.

Über die Rufe und das Gebrüll hinweg hörte sie das gleichmäßige Stampfen unzähliger genagelter Sohlen.

Auf der Straße vor dem Mietshaus hatte sich ein kleiner Auflauf gebildet. Alba erkannte Hester, die ihre Hände in die Hüfte gestemmt hatte, und auch den Einäugigen und die Nachbarin mit dem Säugling auf dem Arm sowie ein paar andere Mitbewohner.

»... anstatt sich endlich einfach mal zu entschuldigen, hat sie Soldaten geschickt!«

»Nur weil ein paar randaliert haben. Die Königin hat echt keine Ahnung von ihrem Volk.«

Alba zog den Kopf zwischen die Schultern und versuchte, sich weitgehend unsichtbar zu machen. Es waren Argumente und Emotionen, die sie auf dem Weg hierher schon mitbekommen hatte, und es wunderte sie nicht, dass ein paar Leute anscheinend die Nase voll gehabt hatten und zur Tat geschritten waren. Auch wenn sie nicht glaubte, dass das irgendetwas gebracht hatte.

»Den Bruder der Hofmeierin haben sie zusammengeschlagen.«

»Mein Schwager konnt' noch rechtzeitig fliehen.«

Hesters Blick über den geröteten Wangen blieb auf Alba hängen. »Ah, unser stiller Nachbar. Kommen Sie von der Lichterwache?«

Alba nickte.

»Die Königin hat se nicht mehr alle, oder?«

Alba nickte erneut, während sie sich an der Gruppe vorbeidrückte. Bevor Hester zur nächsten Frage ansetzen konnte, tippte sie sich an die Kappe und schlüpfte durch die Tür ins Innere. Dort fiel sie in einen Laufschritt, der sie im Nu unter dem Vorderhaus hindurch und über den stillen Innenhof brachte.

Sie betrat das Treppenhaus, wo sie der bekannte Geruch nach gekochtem Kohl und Bohnerwachs einhüllte. Die schwärzesten Stunden der letzten Nacht hatten sie in dem Entschluss bestärkt, dass Rafael Carrasco nie wieder Kontrolle über sie bekommen würde. Das hieß aber auch, dass er ihr nicht das Fliegen vermiesen durfte.

Alba eilte eine Stufe nach der anderen hinauf. Es mochte vorteilhaft für sie sein, dass die Menschen gerade derart mit ihren eigenen Problemen beschäftigt waren, denn dann achtete niemand auf sie. Wie die Stadt im Dunkeln wohl aussah? Sicher nicht so schön wie beim Lichterfest, aber vielleicht konnte sie sich das leuchtende Aeria anschauen. Schon der Gedanke, so weit hoch zu fliegen, ließ alles vor Aufregung prickeln.

Sie erreichte das oberste Stockwerk mit einem kaum merklichen Schwächegefühl in den Beinen. Sie fischte nach dem Schlüssel in ihrer Tasche – und erstarrte mitten in der Bewegung. Jemand saß vor der Tür ihrer Wohnung.

Sie umfasste ihren Schlagring fester und machte einen Schritt rückwärts.

Eine Diele knarrte.

Die Gestalt hob den Kopf, und Alba sah in Soras eingefallenes Gesicht.

Ein Lächeln kroch auf ihre Lippen. Er lebte.

Sora brauchte mehrere Versuche, bis er in die Höhe kam, wo er nur stehen blieb, weil er sich gegen die Tür lehnte. Ein Zittern lief durch seine Finger. Sie wusste genau, wie er sich fühlte.

Alba ließ ihren Schlagring los und ging auf ihn zu.

Soras blutleere Lippen formten Worte, ohne dass ein Ton kam.

Sie wusste trotz der Freude nicht, was sie sagen sollte. Das letzte Mal hatte er sie gesehen, als sie ihn zusammen mit Rafael Carrasco in eine Falle gelockt hatte. Und davor … da hatte sie ihn weggeschickt, weil sie ihr Irrlicht schützen musste. Wie auch jetzt.

»Was willst du hier?«

»Deine Hilfe«, krächzte er.

»Du tötest Cecil und kommst dann zu mir?«

»Das Irrlichtkind? Das lag schon im Sterben, als dein Freund Carrasco es auf mich angesetzt hat.«

»Dieses selbstgefällige, überhebliche Arschloch ist ganz sicher nicht mein Freund«, presste sie zwischen den Zähnen hervor.

»Du hast die Einladung geschrieben und warst vor Ort.«

»Wenn es nach mir ginge, hättest du lieber ihm die Kehle durchgeschnitten.«

»Das werde ich früher oder später auch tun.« Sora klammerte sich an der Klinke fest. »Aber erst brauche ich deine Hilfe.«

Sie schüttelte den Kopf. »Ich kann nicht.«

»Diesmal keine Ausreden von Regeln und potenziellen Ehemännern?« Sein Spott war kaum hörbar.

Dann sackte er zusammen.

Unschlüssig verharrte sie. Ja, sie wollte ihn loswerden, aber sie erkannte auch sich selbst in seinem bebenden Körper.

Schwankend richtete er sich wieder auf. Sein Kopf sank gegen den Türrahmen, bevor er tief durchatmete und sie ansah. »Verdammt, wenn du nicht willst, dass ich hier auf deiner Schwelle verrecke, dann brauch ich deine Schwingen.«

Ihr Herz setzte für einen Schlag aus.

»Wenn ich dein kleines Geheimnis hätte verraten wollen, hätte ich das schon vor Wochen getan. Das Irrlicht spürt man im halben Haus.«

Die Wahrheit seiner Worte beruhigte sie ein wenig. Abgesehen davon konnte er sie in seinem Zustand sowieso nicht verraten.

»Wenn ich dir helfe, dann habe ich etwas gut.«

Er nickte schwach.

»Wofür brauchst du meine Schwingen?«

»Für Irrlicht.«

Sie presste die Lippen zusammen. Sie würde nicht zulassen, dass er ihre Flügel kaputt machte.

»Tut mir leid, aber das geht nicht.«

Er blinzelte, dann huschte Erkenntnis über sein Gesicht. »Nein, das ist zu wenig Irrlicht. Ich muss auf die Türme der Irrlichtmanufakturen gelangen. Dort wird der Überschuss abgeleitet.«

»Wenn du sie mir danach wiederbringst. Unversehrt.«

Ein kleines Grinsen huschte über seine Lippen. »Sogar mit mehr Irrlicht, wenn du möchtest.«

»Gut.« Das ließ sie hoffen, dass er weiterhin nicht vorhatte, ihr Geheimnis zu verraten.

Sora rutschte ein kleines Stück zur Seite, als sie neben ihn trat, um die Tür aufzuschließen. Er roch nach Abwasser und Müll, sein dreckverkrustetes Hemd war aber trocken.

»Wie lange wartest du schon hier?«

Er zuckte mit den Schultern. »Einen Tag?«

Dann war es fast ein Wunder, dass Hester vorhin nichts erwähnt hatte. Vermutlich wegen der Lichterwache.

Alba betrat die dunkle Wohnung, und Sora taumelte an ihr vorbei. An der Wand schimmerten die Streben der Schwingen.

Hastig schloss sie die Tür, tastete sich zum Tisch und entzündete eine Öllampe.

Soras zitternde Finger wanderten über das Metall mit dem Irrlicht und zogen so etwas wie Wellen darüber, bevor der blaue Schimmer verblasste. Dann fuhr Sora mit einer entschiedenen Bewegung über die Stangen, und sie leuchtete wie zuvor.

»Das Irrlicht macht dich kaputt«, murmelte Alba, obgleich sie wusste, dass er im Gegensatz zu ihr und ihrer Medizin keine Wahl hatte.

»Es macht alle kaputt.« Er zuckte mit den Schultern. »Manche sofort, andere erst Jahrzehnte später.«

Alba nahm die Schwingen an den Streben von der Halterung und drückte sie sanft zusammen, bis der Leinstoff das Irrlicht beinahe verbarg. »Dreh dich um.«

Beide Hände an der Wand abgestützt wandte Sora ihr den Rücken zu. Sie klemmte die Schwingen zwischen seinen und ihren Körper, während sie die Gurte festschnallte, ohne zu oft das fleckige Hemd zu berühren, dessen Gestank ihr beinahe die Luft nahm.

Sie trat zurück. »Fertig. Die Riemen an den Armen und den Beinen musst du vor dem Fliegen selbst schließen.«

Mit einer Hand immer noch abgestützt wandte er sich um. »Danke.«

»Von wo willst du starten? In deinem Zustand wirst du nicht einmal die Treppe hinunterkommen.«

»Das Dach. Das sollte noch zu schaffen sein.«

Kurz überlegte Alba, ihm den Umhang zu geben, doch sie hatte vorhin niemanden hier oben bemerkt, der das verräterische Leuchten sehen konnte. Dringender wäre wohl der Gedanke, wer den Flug gleich sah. Trotzdem hielt sie ihm die Tür auf.

Sora schwankte an ihr vorbei und stolperte beinahe über die Schwelle, als er in das inzwischen dunkle Treppenhaus trat.

Im Schein der Öllampe sah sie, wie seine Knie nachgaben und er sich gerade noch am Geländer festhalten konnte.

Alba unterdrückte einen der inzwischen häufig benutzten und wenig damenhaften Flüche, verließ die Wohnung und schloss die Tür hinter sich. Schwärze hüllte sie ein.

Sie machte ein paar Schritte in seine Richtung. »Stütz dich auf mich.«

Er lachte direkt vor ihr. »Du hast doch selbst kaum Kraft.«

»Ich werde nicht zulassen, dass meine Schwingen kaputt gehen.« Vor allem nicht, nachdem er ihr mehr Irrlicht versprochen hatte und die Schwingen komplett schwerelos sein würden.

Seine tastende Hand streifte ihren Arm, dann kroch sie über Albas Schulter nach oben und legte sich um ihren Hals. Das Zittern seines Körpers übertrug sich auf sie.

Sie grinste in die Dunkelheit, als sie sich den Gesichtsausdruck ihrer Mutter bei diesem Anblick vorstellte.

Mit kleinen Schritten ging sie vorwärts und zog Sora mit sich.

»Du stinkst«, murmelte sie.

»Normalerweise nehme ich auch kein Bad in der Thein.«

»Drei Stufen zum Dachboden hinauf.« Alba tastete mit dem Fuß nach der kurzen Treppe. »Was ist passiert?«

Sie betraten den Dachboden, der im Zwielicht, das zwischen den Ziegeln hindurchsickerte, leer vor ihnen lag.

»Carrascos Unterbringung ließ zu wünschen übrig. Da bin ich gegangen.«

»Ich nehme mal an, er ließ dich nicht einfach so hinausspazieren.«

»Nein, aber nachdem ich ihm ein Messer ins Bein gerammt hatte, hatte er Schwierigkeiten, mich daran zu hindern.«

Alba blieb stehen. Nicht nur wegen des Unglaubens, sondern auch, um ihre Kraft zu sammeln. »Ich hätte dem Arschloch das Messer woandershin gerammt«

»Ich will, dass er leidet.«

»Das klingt gut.« Sie gingen weiter. Wieder würde jemand anderes die Drecksarbeit für sie erledigen, denn so unbefriedigend dies auch war: Sobald sie sich selbst einmischte, zog sie auch ihre Familie mit hinein.

Sie erreichten die Eisenstiegen auf der Rückseite des Dachbodens. Eine Weile sahen sie gemeinsam in die Höhe, wo einzelne Schneeflocken durch die immer noch kaputte Luke fielen.

»Du zuerst«, sagte Alba. So konnte sie wenigstens versuchen, das Schlimmste zu verhindern, auch wenn sie nicht glaubte, ihn bei einem Sturz auffangen zu können.

Das Gesicht starr, begann Sora in die Höhe zu steigen. Die ersten Tritte waren noch gleichmäßig, dann sah sie das Zittern durch seine Arme laufen, und er wurde langsamer. Wie Alba in der Nacht des Feuers, als sie Corvin gerettet hatte.

»Immer nur an den nächsten Schritt denken«, rief sie hinauf.

Sora kletterte weiter, und Alba folgte ihm. Auch in ihren Armen begann das Kribbeln. Nur weil sie sich besser fühlte, sollte sie es nicht gleich übertreiben.

Nach einer gefühlten Ewigkeit erreichten beide das Dach, wo Alba auf die Knie sank, während Sora sich gegen den Kamin lehnte. Selbst über ihr Keuchen hinweg hörte sie ihn nach Luft schnappen und sogar den einen oder anderen wütenden Ruf von der Straße unter ihnen.

Alba erhob sich und ging zu Sora, dem sie mit schweren Beinen zur Dachkante half. Unter ihr lag Rothentor, wo bereits die ersten Lampen brannten, und dahinter das schwarze Band der Thein im letzten Tageslicht. Es erinnerte sie daran, dass sie heute eigentlich hatte fliegen wollen.

Sora sah zu ihr. »Versprich mir, niemandem zu erzählen, dass ich noch lebe.«

»Wenn du mir versprichst, dass niemand von meinem Irrlicht erfährt.«

»Versprochen.«

Alba fühlte sich seltsam erleichtert.

Sora machte die letzten zwei Schritte zur Dachkante und breitete die Arme aus.

»Moment.« Alba ging zu ihm, drückte seine Hände nach unten und befestigte dort und an den Beinen die Riemen. »Jetzt kannst du.«

Erneut öffnete er seine Arme und die Schwingen entfalteten sich. Er murmelte etwas, dann ließ er sich nach vorn fallen –

– und ihr fiel ein, dass er nicht gefragt hatte, wie die Flügel funktionieren. Und auch wenn Sora nicht viel größer und vermutlich nicht viel schwerer war als sie, war es vielleicht trotzdem …

Da stieg er über dem Dach des Nachbarhauses auf. Die Bewegung wirkte sicher und kontrolliert und viel eleganter als bei Albas erstem Flug.

KAPITEL 13

Kass zog den Irrlichtschleier um sich, als ihn gerade keiner der Bediensteten, die seit Soras Verschwinden mehr als gründlich schrubbten und wischten, im Blick hatte. Er fragte sich, für wie blöd man sie hielt, nachdem zwei Jahrzehnte das Personal praktisch unsichtbar gewesen war.

Er eilte an einer Rothaarigen vorbei, die die Scheiben im blassen Sonnenlicht polierte, und nahm die Stufen in den ersten Stock. Was ihn gerade aus der Lethargie der letzten Wochen gerissen hatte, war das Misstrauen. Nachdem Valentina und Lili von der Patrouille zurückgekehrt waren, war Franzis nicht wie sonst zur Stelle gewesen, um wie immer alles sorgfältig zu protokollieren. Und an Dorien weiterzugeben.

Kass ging den Gang entlang und auf Franzis' Zimmer zu. Hoffentlich hatte der einfach nur verschlafen.

Leise Stimmen drangen durch eine andere Tür. Doriens Zimmer. Sollte der nicht bei der Ratsversammlung sein?

Mit einem unguten Gefühl drückte Kass sein Ohr an das Holz.

»… hat Gründe.« Dorien.

»Mag ja sein, aber du bist immer noch Mitglied des Rates und das seit über zehn Jahren.« Franzis klang entrüstet. »Da können sie dich nicht einfach ausschließen!«

Scheiße.

»Es ist das gute Recht Königin Katrienas, wenn es um Themen geht, bei denen ich vermutlich nicht ausreichend objektiv sein kann.«

Es geht also um Irrlichtkinder. Zusammen mit der derzeitigen Lage …

»Was machst du nun?«

»Hier warten, bis die Versammlung zu Ende ist. Es ist wichtig, dass der Schein der Normalität gewahrt bleibt.«

Den hat leider schon Franzis angekratzt.

Kass entfernte sich von der Tür, aus der kurz darauf Doriens Stellvertreter ohne nach links und rechts zu schauen eilte.

Als Franzis im Treppenhaus verschwand, rannte Kass zu seinem eigenen Zimmer. Er musste wissen, was der Rat besprach. Die Königin und ihre lieben Ratsmitglieder verzichteten bei der derzeitigen Lage vielleicht auf eine große Suchaktion nach Sora, aber sonst traute Kass ihnen alles zu.

Er griff gerade nach seiner Jacke, als er auf dem Balkon eine Bewegung ausmachte. Etwas Schwarzes bewegte sich träge im blassen Sonnenlicht.

Mit einem Grinsen öffnete Kass die Tür und hob die Krähenfeder auf. Im Gegensatz zu Valentina, die ihm trotz der Suche alle Schuld zuwies, hatte er nie wirklich an Soras Tod geglaubt. So beschissen der Zufall auch sein mochte, jemand wie der ertrank nicht einfach.

Kass schob die Feder zwischen das Papier auf dem Schreibtisch und verließ sein Zimmer, während er die Jacke überzog. Eine Spur Neid stieg in ihm auf, dass Sora es geschafft hatte, der Totalüberwachung zeitweise zu entkommen.

Keiner sah ihn, als Kass nicht nur das Klappern des Eimers, sondern auch erst das Irrlichthaus und dann Aeria und die Himmelsbrücke hinter sich zurückließ. Auf dem Pflaster unter seinen Füßen klebten Reste von Kerzenwachs. Er konnte die

Menschen verstehen, dass sie genug gehabt hatten von Liedern und hoffnungslosem Warten. Es wäre sicher interessant geworden, wenn sie Aeria erreicht hätten.

Er überquerte den Nebenarm der Thein auf die Regierungsinsel, wo der klobige Kasten mit seinen eleganten Nebenflügeln thronte. Auf den linken ging er zu und schaute kurz in den Innenhof, wo die königliche Leibgarde von normalen Soldaten verstärkt wurde. Traurig, wenn man seinen treusten Männern und Frauen nicht mehr traute.

Dort, wo der schmiedeeiserne Zaun in der Fassade verankert war, kletterte Kass an den arschkalten Streben und Spitzen empor. Der Stein der Fassade darüber war etwas wärmer, sodass seine Finger nicht so schnell steif wurden. Über einen schmalen Sims schob er sich zum nächstgelegenen Fenster im ersten Stock, bei dem er mit einem dünnen Metallstück durch den Schlitz im Rahmen den Riegel anhob.

Er sah zu den Soldaten unter sich. Die standen immer noch regungslos da, den Blick starr auf den Platz mit einer Handvoll stumm protestierender Menschen gerichtet.

Und ihr glaubt wirklich, dass das nach der Lichterwache noch irgendwas bringt?

Kass drückte das Fenster auf, ließ sich in den Thronsaal gleiten und legte den Riegel wieder leise vor. Es roch staubig und abgestanden hier drinnen, da die Königin seit dem Feuer keine Audienz mehr gegeben hatte. Jedenfalls nicht hier unten für das Volk.

Er verließ den Saal und durchquerte die ebenso stillen Vorräume. Unter dem strengen Blick unzähliger Porträts wichtiger Persönlichkeiten schlüpfte er hinaus auf den Gang, an dessen Ende zwei Wachen standen. Nicht die Leibgarde, die ihm hätte gefährlich werden können, sondern normale Soldaten.

Stets auf seine dank des Irrlichtschleiers schwer vorhersehbaren Schatten bedacht, folgte er dem Gang wenige Meter in die andere Richtung, bevor er einen Salon in Weinrot und Gold betrat. Früher hatten hier Höflinge und Adlige ihre Zeit verbracht, doch diese verließen Aeria kaum noch, und so konnte Kass in aller Ruhe zu der Empore hinaufsteigen, wo man die bunten Glasfenster der alten Burg so wunderbar hervorgehoben hatte.

Er eilte zum vorletzten, dessen verrostete Angel er in einer Nacht vor vielen Jahren gelöst und geölt hatte und das immer noch lautlos aufschwang.

Verzerrte Stimmen hallten heran.

Kass stieg auf die meterbreite Fensterlaibung und zog das Fenster hinter sich zu. Im schwachen Schein der Irrlichtlampen von unten ließ er sich auf einen der dicken Holzquerbalken sinken, die das bemalte Gewölbe des alten Ratssaals trugen, und schlich Schritt für Schritt vorwärts, bis er sich genau über dem runden Tisch befand.

Die Stühle fast vier Meter unter ihm waren wie erwartet nicht komplett besetzt. Nicht nur Dorien fehlte, sondern auch der Hauptmann der Leibgarde, die Verkörperung der Loyalität schlechthin. Aber er war ein Irrlichtkind.

»… werden sich früher oder später auf die Seite des Pöbels schlagen.« Odenvalls Gesicht war selbst im blauen Schein des Irrlichts hochrot. »Das verspreche ich Ihnen.«

»Warum sollten sie?« Keyserlingk rieb sich über das rasierte Kinn. »Sie bekommen von uns alles, was sie wollen. Wir haben sie aus dem Elend geholt.«

»Eben! Aber die Straße klebt an ihnen. Sie sind nicht wie wir.«

Glücklicherweise.

»Und was ist mit der Leibgarde?«, fragte Gronenhagen.

Die sind so loyal, dass sie selbst in der Farbe der Krone scheißen.

»Sie arbeiten doch mit Pferden, lieber Graf. Aus einem jahrelang falsch erzogenen Tier bekommen Sie die Fehler nie komplett raus.«

Kass hätte ihn am liebsten an eines dieser Pferde gebunden und durch die Stadt schleifen lassen. Aber man war ja nun modern und fortschrittlich …

»Wenn wir uns mit der Gerechtigkeit an einen Tisch setzen, könnten wir dann nicht alle Probleme auf einmal lösen?« Die dünne Stimme der Königin. Von hier oben sah Kass vor allem die protzige Krone über den aufgetürmten Haaren.

»Eure Hoheit, das halte ich für keine gute Idee.«

Keyserlingk nickte. »Da muss ich Baron Odenvall leider zustimmen. Wir haben vor zwei Tagen erst wieder gesehen, dass diese Leute an keiner friedfertigen Lösung interessiert sind.«

»Die Wogen werden sich bald glätten, Majestät«, stimmte Gronenhagen zu.

Dagegen nehme ich gerne noch Wetten an.

»Gibt es eigentlich schon etwas Neues über das womöglich ertrunkene Irrlichtkind am Theinufer?«

»Wir untersuchen weiterhin die Möglichkeit einer Flucht.« Odenvall mit seiner – ausnahmsweise berechtigten – Paranoia. »Er war außerhalb der vorgegebenen Patrouille unterwegs, und es gibt keine Zeugen dafür, dass er Aeria verlassen hat.«

»Ich halte Ihre Theorie ehrlich gesagt für Unsinn, lieber Baron«, mischte sich Winterberg-Martinek mit einem Kopfschütteln ein. »Jemand ermordet systematisch Irrlichtkinder in Ijsstedt. Oder halten Sie es für einen Zufall, dass es sich nun um den Bruder der ersten Toten handelt?«

»Und was ist mit der Toten beim Aufstand an der Himmelsbrücke?«

»Das wollen Sie doch nicht wirklich mit den Morden vergleichen, lieber Baron. Die Frau hatte einfach Pech.«

Keyserlingk lehnte sich ein Stück vor. »Ein weiterer Grund, warum wir uns nicht mit der Gerechtigkeit an den Tisch setzen sollten: Die Irrlichtkinder wären sicher nicht begeistert, wenn wir mit ihren Mördern verhandeln.«

Das war ein Argument, das selbst Kass sprachlos machte. Nein, kein Argument, ausgemachte Dummheit. Und die hatte die Menschen überhaupt erst wütend gemacht.

»Und was tun wir, damit es keine weiteren Übergriffe auf sie gibt?« Winterberg-Martinek war Kass beinahe sympathisch. Beinahe.

»Die Irrlichtkinder werden bis zur Beruhigung der Lage von ihren Pflichten entbunden.« Die Königin faltete ihre feingliedrigen Hände mit den protzigen Ringen. »Wir können ihnen nur noch in Aeria Sicherheit gewähren.«

Odenvall sprang auf. Sein Kopf war noch röter geworden. »Was ist, wenn sie aufbegehren? Was ist dann mit uns? Meiner Familie?«

»Es ist zu ihrem Schutz. Warum sollten sie da aufbegehren?«

»Das sind Straßenkinder. Waisen. Pöbel!«

Der Drang, Odenvall voller Irrlicht zu pumpen, war übermächtig in Kass.

»Ich muss gestehen, ich verstehe die Bedenken des Barons«, meinte Gronenhagen. »Ich würde daher eine Begrenzung auf das Irrlichthaus vorschlagen. Temporär, versteht sich.«

Und gleich noch den Rest der Idioten dazu.

Kass klammerte seine Hände um den Holzbalken. Man würde ihn zwar nicht erwischen, aber irgendjemand würde schnell die richtigen Schlüsse ziehen – und dann würden alle Irrlichtkinder dafür bezahlen.

»… wir brauchen die Irrlichtkinder.« Keyserlingk hatte sich über den Tisch gebeugt und die Handflächen auf die polierte Tischplatte gepresst. »Ijsstedt ist auf den Export des Irrlichts angewiesen. Da können wir die Manufakturen und den Transport nicht ohne Schutz lassen.«

»Sie werden so lange die Lücken mit den Männern und Frauen des Heers füllen, Herzog«, sagte Königin Katriena. »Die Lage wird sich sicher bald beruhigen, und wir alle können zum Alltag zurückkehren.«

Alba sah kurz ins Nebenzimmer. Sora schlief immer noch. Auch wenn sein Gesicht inzwischen eine gesündere Farbe angenommen hatte, verklebte Schweiß seine Haare, und ein gelegentliches Zittern ging durch seine Hände.

Erst hatte sie Sora nur eine Nacht bleiben lassen wollen, nachdem er ihre Schwingen leuchtend vor Irrlicht zurückgebracht hatte. Aber nach dem ersten Flug gestern und dem zweiten heute Mittag hatte sie erkannt, was für ein Geschenk er ihr damit gemacht hatte. Eine unbeschreibliche Schwerelosigkeit.

Mit einem Stöhnen und einigen unverständlichen Worten wälzte er sich auf die andere Seite.

Alba ging in die Wohnküche und nahm ein Stück Papier vom Tisch. Sie schrieb eine kleine Notiz, dass sie nach Hause – sie stockte bei dem Wort – ginge und vermutlich erst morgen wiederkäme.

Dann griff sie nach ihrem Mantel und der Kappe, die sie sich zusammen mit ihren fingerlosen Handschuhen überstreifte, bevor sie in das Treppenhaus trat. Blasses Sonnenlicht fiel durch die verdreckten Oberlichter und offenbarte die Kratzer und den Dreck auf den Stufen, die sie hinabeilte.

Alba drückte die Tür zum Innenhof auf, den sie mit einem kaum spürbaren Kribbeln durchquerte, und trat unter dem

Vorderhaus hindurch auf die Straße. Sie ließ sich vom Strom der Passanten tragen, vorbei an diskutierenden Gruppen und neuen Plakaten. Auch wenn sich die Stimmung ein bisschen beruhigt hatte, so lag Aggressivität in der Luft. Alba wollte nicht hier sein, wenn sich die entlud.

In Schönau lösten spazierende Frauen und Kinder die Arbeiter und Bediensteten ab. Eine Gouvernante wich Alba aus und zog zwei Knaben hastig hinter sich her. Keiner hier hatte eine Ahnung, was sich im Rest der Stadt zusammenbraute. Das konnte demnächst ein böses Erwachen geben.

Bald drückte sie das schmiedeeiserne Tor zum Haus ihrer Familie auf und lief den Pfad hinauf zum Dienstboteneingang. Drinnen schreckten zwei der Mädchen auf und huschten mit gesenkten Köpfen in Richtung Küche, während Alba die Stiege nach oben nahm.

Die letzten Meter über den vom Irrlichtfeuer erhellten Gang schlich sie. In ihrem Zimmer breitete sie die Arme aus und ließ sich auf das Bett fallen. Mit geschlossenen Augen träumte sie davon, wie der Wind sie getragen hatte und wie selbst Aeria unter ihr zu Spielzeug geworden war.

Ein ungewohntes Geräusch erklang von nebenan aus Fienes Zimmer.

Alba setzte sich auf und lauschte.

Kurze Zeit später wiederholte es sich, und sie erkannte ein Schluchzen. Unschlüssig blieb sie sitzen.

Fiene selbst hielt ihre Fassade mit aller Kraft aufrecht und blockte alle Hilfsangebote ab, aber irgendwann musste der Damm ja brechen. Und Alba wollte wissen, was eigentlich passiert war.

Sie erhob sich vom Bett und ging über den Gang zur nächsten Tür. Sacht klopfte Alba an. Als ein weiteres Schluchzen erklang, trat sie ein.

Fiene saß mit roten Augen auf der Bettkante, ihre Finger krampften sich um ein nasses Spitzentuch.

Alba schloss die Tür und setzte sich neben ihre Schwester, strich sacht über deren Rücken. »Willst du darüber reden?«

»Ich … ich will dich nicht damit belasten.«

»Wir haben doch von klein auf unsere Sorgen geteilt. Du hast mir all die Jahre immer Mut gemacht, Fienchen, nun kann ich dir endlich etwas zurückgeben.«

Ihre Schwester fixierte das Taschentuch in ihren Fingern, dann sah sie auf. Das Unschuldige fehlte im Blau ihrer Augen. Selbst in dem fahlen Sonnenlicht erschienen sie zu dunkel und voll des Gesehenen.

»Ich bin freiwillig mit, weil er … er mir versprochen hatte, er hört sich als Gegenleistung nach dir um. Er hat mich … uns gut behandelt. Wir bekamen Essen, und … und eine Frau hat sich nach uns… unserer Gesundheit erkundigt.«

Alba wartete ab, Fiene rang nach Luft.

»Aber da waren Schreie«, wisperte sie. »Und eine Frau, deren Arme … aufgeschnitten waren. Ich hab sie gesehen, Alba, wie man sie weggetragen hat.«

Alba zog ihre Schwester an sich und nahm sie in den Arm. »Das ist nun alles vorbei.«

»Ich … ich weiß ja! Aber … ich höre und sehe es. Jede Nacht.«

»Lass dir heute Abend einen Schlaftrunk geben.«

Doch Fienes Blick ging ins Nirgendwo. »Er hat uns erklärt, dass das die Opfer der … der Irrlichtkinder sind. Wie … wie können sie das nur mit den Menschen machen? Ich … ich dachte immer, sie helfen uns!«

Eine dumpfe Ahnung stieg in Alba auf, als sich die Erwähnung der aufgeschnittenen Arme mit den Lügen über Irrlichtkinder und Karels schnellem Erfolg bei der Suche zusammenfügten.

»Ich glaube nicht, dass das wahr ist«, sagte Alba sanft.

Fiene nickte heftig. »Ich habe es gesehen und gehört. Die Splitter, die sie aus den … den Toten gezogen haben, die haben geleuchtet. Wie Irrlicht.«

Schlimmer als die Bestätigung ihrer Ahnung war der Umstand, dass Fiene in ihrer Gutmütigkeit glaubte, was Rafael Carrasco ihr mit seiner offenbar sympathischen Art eingeredet hatte.

Alba nahm Fienes Hände in die ihren. »Kann ich dich ein Weilchen alleine lassen? Ich müsste noch etwas erledigen.«

In den Augen ihrer Schwester stiegen Tränen auf, doch sie nickte. »Wenn du versprichst, so schnell es geht zurückzukommen.«

»Das werde ich.« Alba stand auf und befreite ihre Finger sanft aus Fienes Griff. Dann verließ sie das Zimmer. An Rafael Carrasco würde sie nicht so einfach herankommen, aber bei Karel lag der Fall etwas anders.

»Seit gestern gibt es in den Straßen beim ehemaligen Wolfsbau Aktivitäten.« Tjard senkte seine Stimme, obwohl sie allein waren. »Und heute Mittag kam das erste Mal seit dem Feuer Ware.«

»Danke. Nimm einen der vertrauenswürdigen Botenjungen für das nächste Mal. Ich möchte nicht, dass du deinen Posten ausgerechnet jetzt riskierst.«

Tjard nickte hastig. Dann verbeugte er sich knapp und verließ den Audienzsaal.

Bevor die Flügeltür zufiel, schlüpfte Jante herein. »Simeon ist immer noch nicht da.«

»Die Ratten verlassen immer als Erste das sinkende Schiff.« Karel seufzte. »Wolf spielt wieder mit dem Irrlicht, so wie es aussieht.«

»Nichts gelernt vom Tod seines Onkels.«

»Die Gier wird auch ihn früher oder später umbringen.« Karel stützte sich auf die linke Armlehne, um seine Hüfte zu entlasten. »Aber er gefährdet halt nicht nur sich, sondern ganz Ijsstedt damit. Eine Kleinigkeit passiert, und wir haben endgültig einen Aufstand.«

»Genau das wird er doch wollen. Als Ablenkung von seinem Irrlichtdiebstahl und -schmuggel.«

Karels Hände schlossen sich um die Armlehnen. Warum hatte er Wolf nicht gefragt, wie genau dessen Unterstützung der Gerechtigkeit aussehen sollte? Nur weil dieser sich gegen Vandemers idiotischen Vorschlag zur offenen Einmischung gestellt hatte, hieß es noch lange nicht, dass er das Ganze nicht raffinierter aufzog.

»Du siehst aus, als ob du gleich jemanden erwürgen willst.«

»Wolf«, knurrte Karel. »Der Idiot hat vermutlich die Ausschreitungen bei der Lichterwache angezettelt.«

»Als ob das die Schatten ablenkt …«

»Deswegen wollte er die Gerechtigkeit vermutlich auch in seinem Viertel. Von wegen Großzügigkeit!«

»Aber so ganz passt es nicht, die sind ja eigentlich eher von der friedlichen Sorte. Außer …«

Karel nickte. »Wenn er es schafft, Kontrolle über die Gerechtigkeit zu bekommen, haben wir ein Problem.« Er beugte sich ein Stück vor. »Wir hatten doch Meret bei der Lichterwache zwei Aufpasser geschickt. Ich möchte, dass du zwei oder drei Leute in die Gerechtigkeit einbringst und sie schützen lässt.«

»Das ist ein hohes Risiko, falls Wolf Wind davon bekommt, dass ausgerechnet wir uns ihm in den Weg stellen.«

»Wir müssen es eingehen, Jante. Meret kann die Gerechtigkeit und die Bevölkerung ein bisschen zügeln. Wenn eine von Wolfs Marionetten ihren Platz einnimmt, dann gute Nacht.«

»Ich befürchte, dass die Menschen, die an einer friedlichen Lösung interessiert sind, immer weniger werden. Schau dir die Lichterwache an. Hör dich auf den Straßen um.«

»Aber die Menschen wissen nicht immer, was – gerade längerfristig – für sie die bessere Wahl ist.«

»Stimmt natürlich. Ich werde es in die Wege leiten.« Damit verließ Jante den Saal, und mit dem Zufallen der Tür war Karel allein.

Er stemmte sich aus dem hochlehnigen Stuhl in die Höhe und humpelte zum Fenster, durch das er trotz des bunten Glases auf einen von Rothentors belebtesten Plätzen sah. Er wusste, dass Meret allein die drohenden Eskalationen nicht verhindern konnte. Doch vielleicht vermochte sie diese lange genug hinauszuzögern, bis die verdammte Königin endlich einsah, dass etwas getan werden musste.

Am abgedeckten Brunnen hatte sich wie jeden Tag seit der Lichterwache eine Gruppe Menschen versammelt. Selbst von hier oben sah Karel ihre geröteten Gesichter und die aggressiven Gesten. Männer und Frauen, die auf ihn vertrauten, auch wenn sie die Dummheit begingen und sich auflehnten. Karel fühlte sich hilflos. Und das erste Mal seit langem wünschte er sich Alicia zurück an seine Seite.

Er stützte sich auf die Fensterbank, als das Stechen seiner Hüfte sich bis hoch in den Brustkorb bewegte. Er konnte nicht ganz Ijsstedt retten. Er wusste nicht mal, wie er sein Viertel aus dem drohenden Chaos raushalten sollte.

Er hinkte zurück zu seinem Stuhl und ließ sich auf das dicke Kissen fallen, auf das Grada bestanden hatte. Für einen Moment erstarben die Schmerzen, und die Situation sah nicht mehr ganz so düster aus. Er musste sich auf Rothentor konzentrieren, um davon das Schlimmste abzuwenden. Sobald er das Irrlicht mit Simeons Hilfe losgeworden und das Kloster mit allen

Beweisen geräumt war, würde er ruhiger schlafen. Dann bliebe nur noch Rafael.

Er schlug auf die Armlehne. Sein verdammter Sohn. Was ging nur in ihm vor? Karel glaubte Albertina, dass das Irrlichtkind am Theinufer der Gefangene gewesen war. Nicht nur, dass die Absturzstelle nah am Kloster lag, sondern auch die Ähnlichkeit zu der toten Mei stützten diese These. Es bestärkte seine Entscheidung, die Experimente zu beenden und ein Auge auf Rafael zu haben, sobald dieser im Kloster fertig war.

Es klopfte an der Tür, und Grada trat ein. In ihren Bewegungen erkannte er Abneigung.

»Dein Fräulein ist hier. Sie will über ein Angebot von dir reden.«

Alba ging an der Leibwächterin vorbei, deren eisige Blicke sie wie Messerstiche im Rücken spürte, und durch den Saal auf Karel zu. Dieser saß scheinbar lässig in einem hochlehnigen Stuhl, doch seine Schultern wirkten verkrampft.

»Schön, Sie wiederzusehen, Albertina. So bald hätte ich nicht mit Ihnen gerechnet.«

Alba blieb knapp vor dem einstufigen Podest stehen. »Es gibt Sachen, die nicht warten können.«

»Ich hab gehört, Sie wollen über mein Angebot sprechen.«

»Tut mir leid, aber das war eine kleine Notlüge, um zu Ihnen vorgelassen zu werden.«

Karel blickte kurz zu dem Rascheln hinter Alba, und er schüttelte kaum merklich den Kopf, bevor er wieder zu ihr sah. »Wie kann ich Ihnen dann helfen?«

»Sie könnten mir zum Beispiel erzählen, wie lange Sie schon wussten, dass Ihr Stellvertreter meine Schwester hat.« Es gab Situationen, in denen es ungünstig war, Erkenntnisse auszuplaudern. Wie zum Beispiel, dass Rafael Carrasco sein Sohn war.

Er verbarg seine Überraschung gut, aber nicht gut genug. »Ihre Schwester hat versprochen zu schweigen. Und wie Sie vielleicht ahnen, kann ich Wortbrecher nicht leiden.«

»Sie hat niemanden verraten, aber es gab Details in ihren Schilderungen, die mich meine eigenen Schlüsse haben ziehen lassen.«

Ein Grinsen, das sie von Rafael Carrasco kannte, breitete sich auf Karels Gesicht aus. »Auch wenn Sie deswegen nicht hergekommen sind, Albertina: Es würde mich sehr freuen, wenn Sie mein Angebot annehmen.«

»Und mich würde es freuen zu hören, dass Sie so gerecht sind, wie Sie sich geben, und Ihren Stellvertreter entsprechend bestraft haben.«

Jegliche Freundlichkeit wich aus Karels Gesicht. »Meine Regeln und Gesetze gelten für alle. Auch für Rafael Carrasco.«

»Dann ist er also bestraft worden?«

»Das, liebe Albertina, ist eine Sache, die ich nicht mit Ihnen diskutieren werde.«

»Vergessen Sie das nicht, wenn Sie je Ihren Gefallen einfordern.« Damit drehte sie sich um und ging in Richtung Tür. So ruhig ihre Stimme auch klang, in ihr brodelte die kalte Wut.

Die Leibwächterin, die sich köstlich zu amüsieren schien, öffnete die Tür und verabschiedete Alba mit einem winzigen Lächeln, das alles andere als freundlich wirkte.

In dem Vorraum wartete neben einer Handvoll Männer und Frauen der Alte, der sie hergebracht hatte und der auf dem Rückweg schwieg.

Vor dem Fachwerkhaus atmete Alba tief durch, bis die rauchgeschwängerte Luft in ihrem Hals kratzte. Karels Sohn hatte nie und nimmer eine gerechte Strafe erhalten. Vermutlich hatte er sich rausgewunden wie die Schlange, die er war.

Alba vergrub die Hände in den Taschen und setzte sich in Bewegung. Sie sollte bei Fiene sein, aber da würde sie keine

Ruhe finden, um einen Plan zu entwickeln, wie Rafael Carrasco bezahlen würde.

Sie verließ die Hauptstraße, die nach Schönau führte, und eilte zu dem blassen Mietshaus, vor dem sich heute kein Auflauf gebildet hatte. Stattdessen schallte Hesters Stimme aus der Bäckerei gegenüber.

Der Durchgang unter dem Vorderhaus, der Innenhof und selbst die Stufen bis hinauf in den fünften Stock flogen nur so unter ihren Füßen dahin.

Nur wenig außer Atem kam sie an ihrer Wohnung an, sie hatte sich noch nie derart voller Energie gefühlt. Vielleicht war es die Wut, die sie antrieb.

Alba ging ins Schlafzimmer. Sora war nicht da. Sie ließ sich auf das zerwühlte Bett sinken, in dem noch der Abwassergeruch klebte. Sie wusste, dass sie Rafael Carrasco nicht so einfach bekommen würde – schon gar nicht, wenn er unter Karels Schutz stand. Aber Rafael Carrasco hatte viele menschliche Schwächen, die ihn angreifbar machten.

Das Gejammer des Säuglings, das Poltern auf der Treppe und die Stimmen von der Straße nervten sie. Sie brauchte Ruhe. Sie musste hier weg.

In der Wohnküche hingen ihre Schwingen. Es tat ihr leid, dass sie die schimmernden Streben mit Lederstreifen umwunden hatte, doch das Irrlichtleuchten war zu auffällig.

Im Nu hatte sie Flügel angelegt und befestigt. Durch das Treppenhaus schlich sie hinauf auf das Dach bis zur Kante. Vor ihr erstreckte sich das Meer aus Straßenschluchten, Dächern und Schornsteinen, hinter dem die blasse Scheibe der Sonne gerade in der Decke aus Rauch und Dunst versank.

Von dem Schlachthof her ertönte das ewige Lied der Krähen, die wie bei einem Tanz mal aufstiegen, mal in der Luft kreisten und auf den First sanken.

Alba entfaltete die Schwingen und ließ sich fallen. Trotz der fehlenden Brise stieg sie sofort in die Höhe, und mit jedem Meter verschwand ein Teil der kalten Wut aus ihrem Bauch.

Bald lag Rothentor, dann ganz Ijsstedt klein und unbedeutend unter ihr. Wie ein bemaltes Spielbrett. Hier hatte sie die Ruhe, um die Strategie sorgfältig zu planen, bevor sie den ersten Zug machte.

Mit einem Krächzen schoss eine Krähe heran und umkreiste Alba. Sie wusste nicht, ob es Corvin war, doch der Vogel brachte sie auf eine Idee: Allein würde es schwer werden, gegen Rafael Carrasco vorzugehen, aber sie kannte jemanden, der das gleiche Ziel verfolgte.

Eigentlich hätte Rafael sich längst von der Pritsche erheben müssen, um die letzten Handgriffe der Räumung zu überwachen. Aber er wollte nicht gehen. Er wollte in dieser Zelle bleiben, wo er Mei so nah gewesen war. Wo er sich der Illusion hingeben konnte, dass sie existierte.

Es klopfte an der Metalltür.

Rafael öffnete die Augen und rappelte sich auf.

Lorens trat ein. »Warum versteckst du dich hier hinten?«

»Was gibt's?«, fuhr ihn Rafael an.

»Eine Nachricht für dich.« Lorens präsentierte einen Brief. »Von Unbekannt.«

Der Rest Hoffnung, den Rafael nie aufgegeben hatte, flammte auf. Er riss Lorens das Stück Papier aus der Hand und klappte es auseinander.

Ich lebe. Vergiss mich nicht.

Mehrere Herzschläge lang starrte er auf die Buchstaben. Er fühlte sich wie früher am Lichterfest, als es Geschenke gegeben hatte. Doch aus der Freude, dass Mei noch lebte, wurde die Gewissheit, dass Sora büßen musste.

Mit einem Grinsen sah er zu Lorens auf. »Bring mir Fero und Anissa. Ohne dass Vreda etwas merkt.«

Dieser zog die Brauen hoch, dann eilte er davon.

Rafael steckte die Nachricht ein und versuchte, sein zerknittertes Hemd sowie die zerzausten Haare halbwegs in Ordnung zu bringen, bevor er in den Vorraum ging und dort wartete.

Anissa kam als Erste, dicht gefolgt von Fero und Lorens.

»Hab gehört, du hast was vor.«

Rafael nickte. »So könnte man es nennen. Was haltet ihr davon, einen Schatten zu fangen? Nicht nur irgendeinen, sondern die Krähe.«

Seine Leute sahen ihn überrascht an. Nicht, dass Rafael glaubte, dass Sora mit seinem bisschen Irrlicht die Krähe war, aber der Zweck heiligte bekanntlich die Mittel.

»Was ist mit dem Verbot des Parlaments?« Lorens zog die Brauen hoch. »Karel wird dir den Hals umdrehen, wenn er erfährt, dass du es brichst.«

»Soll ich euch in ein kleines Geheimnis einweihen?« Rafael trat einen Schritt näher und senkte die Stimme verschwörerisch. »Der Mord an den ersten beiden Irrlichtkindern, das habe ich in Auftrag geben. Mit Karels Einverständnis.«

Anissa schüttelte den Kopf. »Erzähl keinen Scheiß!«

»Ihr erinnert euch an die Gerüchte mit dem Schatten bei Jian? Das war die Hübsche der beiden Toten. Sie war unserem Irrlicht auf der Schliche.«

Lorens' Brauen wanderten höher. »Und das ist die Wahrheit?«

Rafael nickte. »Ich schwör es auf meine Mutter.«

»Wir jagen also die Krähe.« Auf Feros Gesicht breitete sich ein Grinsen aus. »Und wenn jemand einen Plan dafür hat, dann du.«

»Eben, und die eine oder andere Idee habe ich schon.« Er verschränkte die Arme. »Also, wer ist dabei?«

»Das fragst du?«, erwiderte Fero.

Anissa und Lorens nickten zustimmend.

»Gut«, Rafael sah zu jedem einzelnen von ihnen. »Sind die Kisten gepackt?«

»Alles wie befohlen.«

»Lorens, kümmere du dich um Vreda. Versprich ihr alles, damit sie in unsere neue Unterkunft mitkommt.« Er senkte seine Stimme verschwörerisch. »Und erwähn ruhig, dass Karel vom Verschwinden des Irrlichts gar nicht begeistert sein wird und ihr womöglich Mitschuld gibt.«

Dieser salutierte. »Wird gemacht.«

»Anissa, du nimmst die kleine Truhe aus der Kapelle mit. Fero, du hilfst mir.«

Rafael ging voran in sein Zimmer, in dem nur noch die sperrige Kiste mit dem Irrlicht stand. Gemeinsam schleiften sie den schweren Behälter durch das Labyrinth aus Kanälen, Kellern und Gängen in Karels Rückzugshaus in der Altstadt, das nur in Notfällen zu nutzen war. Wie jetzt.

Staub und abgestandene Luft begrüßten die beiden, während das Licht der Fackeln die Räume aus der Dunkelheit riss. Wahllos gingen Rafael und Fero nach links, wo sie die schwere Kiste neben einem Tisch absetzten.

»Sag Anissa, sie soll die Truhe in einer der Kammern oben abstellen.«

Kaum war er allein, öffnete er den Deckel und schob die Holzwolle zur Seite. Sacht strich er über die Glaswürfel mit dem Irrlicht. Der einzige Weg, um einen Schatten zu fangen.

Er schloss die Kiste und trat auf den Flur, wo Lorens Vreda am Arm hielt. Ihre Augen waren verbunden.

»Wohin?«

Rafael deutete mit dem Kopf die schmale Treppe hinauf und ging voran.

Vor der letzten Kammer wartete Anissa mit verschränkten Armen. »Und nun?«

»Ich bereite alles vor, und ihr macht euch einen letzten schönen Abend. Morgen geht es an die Arbeit.« Er warf Fero, der am nächsten stand, seine Geldbörse zu. »Und lasst euch nicht von Karel erwischen.«

»Oh, ganz der Großzügige heute. Danke.«

»Ihr habt es euch verdient.«

Die drei brauchten lange, bis sie das Rückzugshaus endlich verließen.

Rafael bugsierte Vreda sanft in die Kammer und nahm ihre Augenbinde ab.

Dann öffnete er die kleine Truhe und nahm unter dem fragenden Blick der Alchemistin Verbände, Werkzeug und schließlich das Glas mit den restlichen Irrlichtsplittern heraus.

Er erhob sich. »Du wirst ein weiteres Experiment vornehmen.«

»Und dann bekomm ich, was mir versprochen wurde?« Gier leuchtete in Vredas Augen auf.

Rafael schenkte ihr ein Lächeln. »Natürlich. Aber wie immer kommt die Arbeit zuerst.«

»Und wo ist der Glückliche?«

»Hier.« Rafael zog sein Hemd über den Kopf.

Die Alchemistin sah ihn glasig an. »Sicher?«

»Absolut sicher.« Damit legte er sich auf das Bett und malte sich aus, wie er den Schatten bestrafen würde, sobald er ihn in den Händen hatte. Wie er ihn genauso quälen würde, wie das Verlangen Rafael quälte.

»Soll … soll ich das Metall wie bei den anderen einsetzen?«

Rafael sah auf seine nackten Arme. Nein, das wäre zu offensichtlich und primitiv. Erinnerungen an metallene Sprenkel, die sich über einen schmalen Rücken zogen, drängten sich auf.

»Rücken«, sagte er und drehte sich auf den Bauch. Dann schloss er die Augen. Er wollte nichts von der Prozedur sehen. Er wollte keine Zweifel bekommen. Er wollte den verdammten Schatten. Er wollte Mei. Er glaubte, ihre Lippen auf seinen zu spüren, doch es war nur ein Stück Leder, das ihm Vreda zwischen die Zähne steckte.

Dann spürte er Kälte, die zwischen seinen Schulterblättern zitterte, bevor sie in Schmerzen explodierte. Erst konnte er seine Schreie noch bei sich behalten, doch jeder Schnitt schien schlimmer als der vorherige, bis ein Wimmern seinen Lippen entkam. Sein ganzer Rücken stand in Flammen – und nicht mal die Erinnerung an Meis feines Lächeln half.

Irgendwann wurde er auf die Seite gedreht und das Leder zwischen seinen verkrampften Zähnen herausgezogen. Etwas Kühles berührte seine Lippen, dann brannte der Geschmack von Schnaps durch seine Kehle.

Rafael zwang seine Lider auseinander und sah den blauen Schimmer der Flüssigkeit, von der er gerade die letzten Schlucke nahm. Er spürte die angenehme Wärme, die sich in seinem Magen ausbreitete und die Schmerzen etwas dämpfte.

Dann kam die Übelkeit. Sein Körper krampfte sich zusammen, Säure stieg in seinen Hals. Doch er musste das Irrlicht bei sich behalten. Nur so konnte es ins Blut gelangen. Nur so würde er stark genug werden.

Vreda legte ihm ein kühles Tuch auf die Stirn.

Er schluckte die Flüssigkeit in seinem Mund wieder herunter, während eine unsichtbare Faust seinen Magen malträtierte. Er presste seine Lider zusammen, um nicht mehr das sich drehende Zimmer zu sehen.

Rafael wusste nicht, wie lang er gegen die Übelkeit ankämpfte und wie oft die Alchemistin das Tuch austauschte, doch irgendwann blieben nur noch Schmerzen, der saure Geschmack im Mund und das dumpfe Pochen im Hinterkopf.

Er blinzelte die Tränen fort und entspannte seine verkrampften Hände, bevor er sie mehrfach zu einer kraftlosen Faust ballte. Aber es musste reichen. Er konnte nicht warten. Er durfte dem Schlaf nicht nachgeben.

Seine Hand fand das Skalpell, das er zuvor eingesteckt hatte, doch seine Finger hatten kaum die Kraft, sich um den Griff zu schließen. Noch mehr Kraft kostete es ihn, sich auch nur ein winziges Stückchen aufzurichten. Schmerzen brannten auf und jagten durch seinen Rücken. Ein Wimmern entwich ihm.

Vreda griff nach dem feuchten Tuch hinter sich und beugte sich vor. Ihr Pech.

Rafael stieß ihr das Messer in den Hals. Blut spritzte auf sein Gesicht und seine Brust.

Er sah die Alchemistin mit den Händen um die Kehle noch fallen, dann schloss sich die Schwärze über ihm.

Die Gespräche in der geräumigen Wohnküche verstummten, als Meret eintrat. Männer und Frauen sahen auf ihre Finger, auf ihre Schuhspitzen oder an ihr vorbei. Ein Mädchen drehte sich mit roten Wangen hastig weg.

»Das Tagblatt war ganz angetan von unserem Aufruf gegen Gewalt«, sagte sie gegen die Stille.

Einige Köpfe nickten, sonst kamen keine Reaktionen.

Meret sah sich nach Sander und Nikolai um, doch keiner der beiden war hier. Dafür erhob sich Emilian, der sich mehrfach bei ihr entschuldigt hatte, dass er sich von der Situation hatte mitreißen lassen.

»Nikolai wartet oben auf dich.«

Sie schenkte ihm ein Lächeln. »Danke.«

Als sie mit gerafften Röcken die schmale Stiege in den ersten Stock hinaufstieg, hörte sie, wie hinter ihr die Stimmen leise einsetzten. Nikolai konnte ihr dieses Verhalten sicher erklären.

Sie ging zur letzten Kammer am Ende des Gangs, die sie sich zu viert teilten, und öffnete die Tür. Die Öllampe auf der Kiste, die ihnen als Tisch diente, warf Schatten auf Wände und Betten, und durch das Fenster, durch das Meret die Lücke sah, wo auch ihre Wohnung gewesen war, sickerte der letzte Rest Tageslicht.

Hinter ihr fiel die Tür zu.

Meret drehte sich um. »Nikolai, was –«

Ihr gegenüber stand Lucie. »Hallo, Meret. Schön, dass du zurück bist.«

»Hast du Nikolai gesehen?«

»Nein, aber er wird sicher bald kommen, wenn er hört, dass du ihn suchst.«

»Ist was passiert, während ich weg war? Das war gerade ganz seltsam da unten.«

»Die Gerechtigkeit hat ihren Kurs geändert.« Der Ausdruck in den Augen der jungen Frau war hart. »Weniger reden, mehr handeln.«

»Das könnt ihr doch nicht einfach ohne mich beschließen! Sander und Nikolai hätten das nie –«

»Tut mir leid, Meret, aber deine Zeit ist abgelaufen.«

Lucie sprang vorwärts, und ein Reflex ließ Meret einen Satz zur Seite machen. Die Klinge schlitzte ihren Ärmel auf. Sie sah ein, zwei Herzschläge auf den schimmernden Dolch in Lucies Hand, dann in das steinerne Gesicht der jungen Frau.

»Was hab ich getan?«

»Nichts. Genau das ist dein Problem.«

»Hör mir zu, Lucie«, stieß Meret hervor, während sie mit erhobenen Händen rückwärts ging. »Ich weiß, dass du gerne mehr Taten hättest, aber wir können nicht unsere noch lebenden Verwandten, Freunde und Kollegen in Gefahr bringen. Und keiner der Toten hätte –«

»Du redest wieder nur. Merkst du das selbst gar nicht mehr?« Mit dem Dolch, der Meret sehr edel erschien, kam Lucie auf sie zu. »Deswegen muss ich wohl oder übel die Gerechtigkeit für meine Eltern selbst in die Hand nehmen.«

Meret spürte in ihrem Rücken die Fensterbank. Sie saß in der Falle. Aber sie konnte nicht aufgeben.

Auf Lucies Gesicht lag ein kaltes Lächeln.

Meret täuschte ihre Flucht nach links an, Lucie folgte ihrer Bewegung, und Meret rannte rechts an ihr vorbei auf die Tür zu. Sie griff nach der Klinke –

– und Schmerzen explodierten in ihrer Seite. Sie sah an sich hinab, wo nur noch der kunstvolle Griff des Dolchs aus ihrem Körper ragte. Der gestreifte Stoff des Kleids, das Godo so geliebt hatte, färbte sich rot.

Merets Knie gaben nach, und sie fiel auf den Dielenboden. Sie wollte nach der Wunde greifen, doch jegliche Kraft war aus ihrem Körper gewichen.

Lucies Gesicht erschien über ihr. Sie streckte die Hand aus und legte sanft etwas auf Merets Brust, die sich schnell hob und senkte. Eine Krähenfeder. Sie hatte von einem Irrlichtkind gehört …

»Was glaubst du, wird Nikolai machen, wenn er dich findet?« Lucie legte den Kopf schräg. »Ermordet von einem Schatten?«

»Das … kannst du … nicht machen!« Meret schmeckte Blut in ihrem Mund. Das Entsetzen war stärker als die Schmerzen, stärker als die Angst. Es gab ihr die Kraft, die Hand zu heben.

Lucies Stiefelabsatz grub sich in Merets Ellbogen und presste ihn auf den Boden. »Das lassen wir mal schön bleiben.«

Meret versuchte, den anderen Arm unter ihrem Körper hervorzuziehen, derweil sich die Kammer vor ihren Augen drehte. Sie hatte Lucie ihr Vertrauen geschenkt. Sie hatte Emilian vergeben, der doch nur ein dummer Junge war. Sie hatte sich geirrt.

Sie spürte, wie etwas Heißes über ihre Wangen rann, während in ihre Arme und Beine die Kälte kroch. Und sie begann, sich ganz leicht zu fühlen …

Schritte näherten sich der Tür, die sich gleich darauf öffnete und Lucie dahinter verbarg. Nikolai stand im Rahmen.

»Meret!« Er fiel neben ihr auf die Knie und umfasste ihr Gesicht. »Was … was ist passiert? Meret!«

Hinter ihm schlich Lucie mit einem Lächeln aus der Kammer.

Meret wollte etwas sagen. Wollte ihre Hand heben. Doch ihr Körper reagierte nicht mehr.

Nikolai ergriff ihre Hände. Sie waren so schön warm …

Sein Aufschrei riss sie zurück.

In seinen Fingern hielt er die Krähenfeder. »Warum? Was hat Meret euch getan?«

›Nichts‹, wollte sie rauswürgen, doch es kam nur ein Stöhnen.

Nikolai ließ die Feder fallen und presste ihre Hände an seine Brust. »Ich werde mich um den Schatten kümmern.« Tränen rannen über seine Wangen. »Ich verspreche dir Gerechtigkeit.«

Sie wollte den Kopf schütteln, doch der fiel kraftlos nach links. Das Lampenlicht tanzte über die Wände und formten sich zu Janne, Sophie und Godo. Sie kamen näher und umringten sie, hießen sie willkommen.

»Meret, bleib bei mir!« Nikolais Stimme klang weit entfernt. Die Worte ergaben keinen Sinn. Sie bedeuteten ihr nichts mehr.

Es würde keine Gerechtigkeit geben.

KAPITEL 14

Der Bolzen bohrte sich mit einem dumpfen Knall direkt neben Rafael Carrascos Ohr in das Brett.

Alba fluchte. Das Treffen war immer noch eine Glückssache. Konnte sie das nicht schneller lernen?

Von der Straße hallten wütende Rufe empor, die der Schnee nur wenig dämpfte. Es interessierte sie herzlich wenig, dass die Anführerin der Gerechtigkeit ermordet worden war. Sie wollte im Moment nur eines.

Alba spannte die Armbrust und legte einen neuen Bolzen ein, mit dem sie auf die Zeichnung Rafael Carrascos zielte. Direkt auf den Punkt zwischen den Augen. Sie glaubte nicht, dass es Zufall gewesen war, dass er Fiene gefangen gehalten hatte. Auch nachdem er von Alba bekommen hatte, was er wollte.

Diesmal traf sie die Wand neben dem Brett, wo bereits einige Löcher von ihren Zielfähigkeiten sprachen. Mit etwas musste sie sich die Zeit vertreiben, bis Sora eine Spur oder sogar Rafael Carrasco fand.

Alba spannte erneut und legte den nächsten Bolzen ein.

Schritte näherten sich, und sie zielte auf die Tür.

Ein Schlüssel erklang im Schloss.

Sie senkte die Armbrust, und Sora betrat die Wohnung. Dicke weiße Flocken hingen in seinen dunklen Haaren und auf dem Mantel.

»Und?«

Sora schloss die Tür hinter sich, streifte den Mantel ab und setzte sich auf den dreibeinigen Stuhl. »Ich hab das Versteck unter der Altstadt wiedergefunden. Aber es war geräumt.«

»Gab es keine Spuren?«

Er schüttelte den Kopf. »Weder von Carrasco noch von dem geklauten Irrlicht.«

Sie stöhnte auf.

Sora lachte leise. »Nur Geduld. Du musst lernen, die Vorfreude und die Jagd selbst zu lieben. Nichts ist langweiliger als ein Opfer, das du sofort erlegst.«

»Dann würde er aber endlich bezahlen.«

»Oh, das tut er schon. Er weiß, dass wir kommen.« Ein Lächeln huschte über seine Lippen. »Außerdem: Wenn du Carrasco bekommen hast, ist es vorbei. Was dann?«

Sie zuckte mit den Schultern. Aber sie verstand, was er meinte.

Dann hob sie die Armbrust, und der Bolzen traf den Hals.

»Du hältst sie falsch.« Sora stand auf. »Wenn du die Arme nicht so weit von dir streckst, sondern eher an den Körper anlegst. So …« Er griff von hinten nach ihren Unterarmen und zog sie an ihren Körper. Er roch nach Kohle und Torf – wie immer, wenn er über die Dächer kam. »Damit hast du mehr Stabilität beim Schießen und triffst das, was du willst.«

Sie senkte die Armbrust, spannte die Sehne und legte einen neuen Bolzen ein. Dann legte sie die Waffe erneut an.

Mit sanftem Fingerdruck korrigierte Sora ihre Haltung, bevor er zurücktrat.

Alba traf Carrasco mitten zwischen die Augen.

Sie schenkte Sora ein Lächeln. »Danke.«

»Und du solltest die Waffe nicht gespannt liegen lassen, das tut ihr nicht gut.« Er verschränkte die Arme. »Du bist dir hoffentlich im Klaren darüber, dass es etwas anderes ist, auf einen echten Menschen zu schießen.«

Sie legte die entspannte Armbrust auf den Tisch und ging zur Zielscheibe. »Es wäre nicht mein erster Toter.« Die herausgedrehten Bolzen in der Hand, wandte sie sich zu ihm um.

Sora hatte sich auf ihrem Hocker niedergelassen und sah sie undefinierbar an. »Du bist die seltsamste junge Dame, die mir je begegnet ist.«

Sie zuckte mit den Schultern. »Man wollte mich auch schon in die Nervenheilanstalt stecken.«

»Das wäre eine Verschwendung.« Er lehnte sich gegen die fleckige Wand. »Ich werde Carrascos Spitzel glauben lassen, dass sie mich gefunden haben. Vielleicht wird er dann sogar direkt zu uns kommen.«

»Dafür, dass du vorhin von einer Jagd gesprochen hast, klingt das … langweilig.« Doch auch schneller, was sie im Moment vorzog.

»Dir sei versichert, so einfach wird es nicht. Nicht bei Carrascos Gerissenheit.«

»Ich lass mich gerne überraschen. Und nun muss ich leider gehen. Tee trinken mit wichtigen Herrschaften.« Sie griff nach Mantel, Kappe und Handschuhen. »Falls er kommen sollte … ich will ihn lebend.«

»Ich werde ihm deine herzlichsten Grüße ausrichten.«

Es war dunkel, doch Rafael hörte das leise Rascheln von Stoff.

Meis kühle Finger strichen über seine brennenden Wangen und kamen auf seinen Lippen zum Ruhen. Viel zu schnell hob sie ihre Hand, die sich dann auf seine Stirn legte.

Etwas Kaltes lief über seine Schläfen und Ohren.

Er zwang die Augen auseinander. Die feinen Züge gehörten zu einem männlichen Gesicht, das blonde Locken umrahmten.

Lorens nahm den feuchten Lappen von Rafaels Stirn und ein besorgtes Lächeln lag auf seinem Mund. »Endlich bist du wach.«

»Wie … lang …«, krächzte Rafael.

»Zwei Tage.« Lorens tupfte mit dem Tuch über Rafaels trockene Lippen. »Wie kommst du auf die bescheuerte Idee, dich zum Irrlichtkind machen zu lassen? Ohne uns Bescheid zu geben?«

»Plan …« Für mehr Worte hatte er keine Kraft.

»Dich umzubringen? Eine deiner Wunden hat sich entzündet. Anissa macht sich Vorwürfe, weil wir dich allein gelassen haben und …«

Rafael interessierte das nicht. Er wollte nur schlafen.

Seine Lider fielen von selbst zu. In seinem Magen spürte er eine latente Übelkeit.

Dann strich Mei wieder über seine Stirn, und er sah ihr Lächeln. Ob sie auf ihn warten würde? Ganz sicher würde sie das.

Alba starrte in die Dunkelheit ihres Zimmers. Die Aussagen Herzog Keyserlingks hatten ihre Geduld strapaziert. Es war schwer gewesen, den Mund zu halten, als er wie beiläufig den Hausarrest für Irrlichtkinder erwähnte und seine einzige Sorge dem fehlenden Schutz seines Irrlichts galt.

Sie drehte sich auf die Seite und zog die Decke höher. Immerhin gab es für Sora keinen Hausarrest. Sie konnten ungestört –

Es klopfte leise an der Tür, die sich öffnete, ohne eine Antwort abzuwarten.

Fiene trat mit einem Kerzenhalter in der Hand ein. »Alba, bist du wach?«

Sie stützte sich auf den Ellbogen. »Ja, bin ich.«

Ihre Schwester schloss die Tür und kam näher. Sie trug nur ihr besticktes Nachthemd, über das ihre golden schimmernden Locken hingen.

Behutsam stellte sie den Kerzenhalter ab, bevor sie sich mit dem Rücken zu Alba auf dem Bett niederließ. »Ich … ich kann nicht schlafen.«

Alba schlüpfte unter der warmen Decke hervor und setzte sich neben ihre Schwester. »Ich dachte, Doktor Neufville hat dir einen Schlaftrunk dagelassen?«

»Schon, aber …« Fienes Gesicht sah selbst im Kerzenlicht fahl aus. »Herzog Keyserlingk hat heute über die Irrlichtkinder gesprochen.«

»Das hab ich mitbekommen.«

»Man hat sie eingesperrt.« Sie sah Alba an. Ihre Augen waren groß und dunkel. »Sie machen mir Angst. Was, wenn sie mit ihrem Irrlicht entkommen? Wenn … wenn sie uns allen die Arme aufschneiden?«

»Sch …« Alba legte den Arm um die Schultern ihrer Schwester und zog sie heran. »Das ist nicht, weil die Irrlichtkinder gefährlich sind, sondern weil Menschen ihnen weh tun wollen.«

»Weil sie ihnen weh getan haben!«

Die Heftigkeit erstaunte Alba. »Das glaube ich nicht. Ich denke –«

»Ich habe es gesehen, Alba.« Tränen schimmerten in ihren Augen. »Ich hab ge… geträumt, sie kommen zu … zu mir. Schneiden … meine Arme auf.«

Sie strich ihrer Schwester über die Haare. »Niemand wird in deine Nähe kommen, Fienchen. Niemand wird dir etwas tun.« Sie schob Fiene ein Stück weg und sah ihr fest in die Augen. »Ich verspreche es.«

»Du wirst … wirst sie ver… verjagen wie die … die Diebe?«

Alba nickte. »Das werde ich.«

Fienes Augen verloren einen Teil der Dunkelheit. »Darf … darf ich heute Nacht bei dir schlafen?«

»Natürlich.« Sie wandte sich um und hob die Decke an, unter die Fiene schlüpfte. Dann blies sie die Kerze aus, bevor sie selbst ins Bett kroch.

Fienes kalte Hand griff nach der ihren.

Alba drückte die Finger ihrer Schwester. »Warum bist du heute beim Gespräch mit Tizian eigentlich so rot geworden?«

»Es ... Tizian hat ...« Fiene holte tief Luft. »Er hat versucht, ein Gedicht zu schreiben. Über mich. Es war nicht besonders gut, aber ... so etwas hat noch nie jemand für mich gemacht.«

»Er wird dich auf Händen tragen, Fienchen.«

»Das hat sein ältester Bruder ihm auch gesagt, und Tizian ...« Sie kicherte leise. »Tizian dachte, er müsse mich in Zukunft wirklich tragen. Seine Unbeholfenheit lässt meine Zuneigung nur noch wachsen.«

Nie war Alba glücklicher gewesen, das Geplapper über die Vorzüge und Qualitäten Tizians zu hören. Und Rafael Carrasco würde nie wieder in Fienes Nähe kommen.

»Verdammt, Karel, wie oft soll ich dir noch sagen, dass ich nicht meine Finger im Spiel hatte?«

Karel lehnte sich über den Tisch. »Erst holst du die Gerechtigkeit zu dir, dann sprichst du von Unterstützungen, die du nicht näher definierst, und dann ist Meret plötzlich tot?«

Wolfs Augen wurden schmal. »Darf ich mir denn nicht die gleiche Gerechtigkeit für meinen Onkel wünschen wie jeder andere da draußen auch?«

»Natürlich. Aber ich frage mich, wie diese Gerechtigkeit genau aussieht.«

»Und unterstellst, dass ich jemanden umbringe, obwohl es Beweise gibt« – Wolf unterdrückte ein Husten und spuckte aus – »dass es die verdammte Krähe war?«

»Eine Krähenfeder, die jeder von der Straße aufsammeln kann.«

»Und ein Messer, das nach Oberschicht riecht«, knurrte Vandemer. »Nur weil du Glücklicher in deinem Viertel noch nie mit der Krähe zu tun hattest, brauchst du deren Existenz nicht anzuzweifeln.«

»Das tue ich gar nicht. Aber warum sollte ein Schatten ausgerechnet Meret ausschalten, die sich für Gerechtigkeit und friedliche Demonstrationen einsetzt? Und hat einer von euch irgendwas von dem üblichen Spiel der Krähe mitbekommen?«

»Bei meinem Bruder gab es auch keinen Grund.« Wieseltjes Augen glitzerten gefährlich.

»Dein Bruderherz hatte mehr Geheimnisse als wir alle zusammen.«

»Deswegen hätte man ihn trotzdem nicht wochenlang durch seine Verstecke jagen müssen, bis er sich aufhängt!«

Wolf zog lautstark die Nase hoch. »Dann sind wir uns also uneinig, ob es die Krähe gewesen ist?«

Wieseltje und Vandemer schüttelten die Köpfe.

»Was denkst du?«, wandte sich Wolf an den Rattenfänger.

»Schwer zu sagen.« Sie wiegte ihren Kopf hin und her. »Bis jetzt ist die Krähe immer nur hinter unseren Leuten her gewesen. Aber die Situation ist im Moment sehr … speziell.«

»Nehmen wir mal an, die Krähe, die trotz allem im Dienst der Königin steht, hat Meret aus dem Weg geräumt.« Karel sah von einem zum anderen. »Was erhofft sich die Königin davon?«

»Vielleicht glaubt sie, dass sich die Gerechtigkeit und damit auch die Proteste auflösen.«

Vandemer lachte. »Das würde zu ihr passen. Keinen Bezug mehr zu ihrem Volk.«

»So wie die Stimmung in den Straßen ist, hätte sie damit aber genau das Gegenteil erreicht«, sagte Karel. Nach den Aktionen der letzten Wochen traute er der Königin so ziemlich alles zu, aber war sie wirklich so blöd? Und wenn ja, würde der Rat das unterstützen?

»Wer übernimmt denn nun die Gerechtigkeit?«, fragte Vandemer.

»Meinen Informationen nach könnten es Lucie und Nikolai sein.«

»Gehören die zu uns?«

Jeder sah den anderen an, doch die Stille wurde erst durch Wolfs Hustenanfall unterbrochen.

Vandemer knallte seine Pranken auf den Tisch. »Haben wir ausreichend Einfluss auf die beiden?«

»Wie weit brauchen wir den gerade?«, fragte der Rattenfänger. »Lucie wie auch Nikolai haben zu Merets engsten Vertrauten gehört, da werden sie sicher den friedlichen Kurs der Gerechtigkeit beibehalten.«

»Darauf sollten wir uns nicht verlassen. Über Nikolai weiß ich zu wenig, aber Lucie war vor allem während der Anfänge der Gerechtigkeit eine Frau der Taten.« Und außerdem glaubte Karel Derks Worten, dass nur Meret ihre Leute ausreichend bändigen konnte.

»Wollen wir überhaupt, dass die Gerechtigkeit weitermacht wie bisher?« Wolfs Stimme war rauh.

Karel richtete sich langsam auf. »Ohne den beschwichtigenden Effekt der Gerechtigkeit wird es zu Ausschreitungen kommen und Ijsstedt im Chaos versinken. Das wird uns allen schaden.«

Wolf lehnte sich vor. »Wird es das wirklich? Oder ist es die Chance für uns, eine neue Stadt zu schaffen? Wir haben grade halb Ijsstedt hinter uns, die Gerechtigkeit in der Hand, und die Schatten sind weggesperrt.« Seine Augen glänzten nicht mehr allein wegen seines Fiebers.

»Das ist Wahnsinn.« Karel schüttelte den Kopf. »Ein Aufstand dieser Größe … Keiner kann abschätzen, was das für uns heißt.«

»Angst vor Veränderungen, alter Mann?«

»Wenn ich nicht weiß, was sie bringen, dann ja, verdammt.« Die Schmerzen in seiner Hüfte waren nicht mehr zu ignorieren.

»Stillstand wird uns früher oder später das Leben kosten. Wir können abwarten, Ijsstedt wird sich irgendwann beruhigen und die Schatten werden zurück sein. Jedes Jahr verschieben sie das Gleichgewicht, das über Generationen bestand, ein Stückchen mehr in ihre Richtung. Wir werden nicht mehr lange dagegenhalten können, Karel.«

Der Rattenfänger nickte.

»Recht hat er.« Vandemers Fäuste donnerten auf den Tisch. »Vor allem, wenn die doch noch auf die Idee kommen, neue Irrlichtkinder zu machen.«

»Das riskieren sie nicht. Das darauf folgende Handelsembargo würde die hohen Herrschaften viel stärker treffen als uns hier unten.«

»Lukrative Abkommen haben solche Drohungen schon immer gerne verpuffen lassen«, stellte Wieseltje fest, die sich im Stuhl zurückgelehnt hatte und sich sichtlich amüsierte.

Karel wandte sich an Wolf, während er krampfhaft die aufrechte Haltung beibehielt. »Aber die Lösung ist sicher nicht, dass wir Ijsstedt ins Chaos stürzen, ohne zu wissen, was dabei herauskommen wird.«

»Und was schlägst du stattdessen vor? Wie viel Jahre suchen wir schon einen Weg, um uns endlich von den Schatten zu befreien? Ein Aufstand der Bevölkerung kann da genau der richtige Deckmantel sein.«

»Früher oder später werden wir auch einen finden, ohne die Bevölkerung zu opfern.«

Wolfs Lachen ging in ein Husten über. »Du … du bist ein Träumer, Karel. Jetzt ist unsere Chance. Jetzt können wir etwas erreichen.«

Karel sank zurück in seinen Stuhl, um die verdammte Hüfte zu entlasten. Die Schmerzen ließen alles verschwimmen. Er biss die Zähne zusammen, was wenigstens nach außen hin zu der Situation passte. Viel lieber hätte er Wolf übers Knie gelegt.

»Ich denke, Wolf hat recht.« Jedes Wort des Rattenfängers hörte sich wohlüberlegt an. »Ijsstedt präsentiert uns eine Gelegenheit, die wir so nie wieder bekommen werden. Ja, das Risiko ist groß, aber meiner Meinung nach ist es noch größer, wenn wir untätig abwarten.«

Wolf warf ihr eine Kusshand zu. »Vielen Dank für deine wunderbaren Worte.«

Vandemer lachte. »Endlich bekommen wir unseren Spaß.«

Mit ihrem Raubtiergrinsen nickte auch Wieseltje.

Karel fühlte sich plötzlich als der alte Mann, den ihn Wolf genannt hatte. Er hatte gewusst, dass er allein nicht ganz Ijsstedt vor dem Chaos retten konnte, trotzdem hatte er das Gefühl, versagt zu haben. Genauso wie bei seinem eigenen Viertel. Auch, wenn er sich einzureden versuchte, dass Rafael mit dem Irrlicht hatte untertauchen müssen, wusste er, dass sein Sohn den ungünstigsten Zeitpunkt für eine Meuterei gewählt hatte. Trotzdem, er vermisste ihn.

Der erste Tropfen Blut klatschte in die Schüssel.

Kass spürte bereits das feine Ziehen. Doch vielleicht bildete er es sich auch nur ein, weil er wusste, dass es früher oder später kommen würde.

Dann begannen die Fragen von Peters unter den wachsamen Blicken des Sekretärs und Gronenhagens, der heute nicht eine Sekunde seine Augen von Kass ließ. Er schien jede Regung, jedes Wort und jeden Tonfall in sich aufzusaugen. Aber das Verhör war seit Jahren das gleiche, und die Antworten kamen automatisch.

Kass dachte an Sora, der untergetaucht war. Sein Freund hatte schon immer die Leute an der Nase herumführen können, manchmal hatte er sogar Kass getäuscht, wenn er sich als seine Schwester ausgab. Die Erinnerung an Hisas Kichern, wenn er hereingefallen war, versetzte ihm schmerzhafte Stiche.

Er bemerkte Peters erwartungsvollen Gesichtsausdruck.

Kass erhob sich und entkleidete sich. Wie viel er für einen Zwilling geben würde, der ihn bei dieser Bloßstellung hier vertrat. Kein Verhör mehr. Keine Totalüberwachung.

Peters ergriff Kass' rechten Arm und begutachtete ihn von allen Seiten. Früher hatte Kass manchmal nach Menschen Ausschau gehalten, die ihm ähnlich sahen. Aber es brachte nichts. Er war ein Irrlichtkind, ein Schatten. Kein normaler Mensch.

Der Geruch des kochenden Bluts füllte den Raum und verursachte ein flaues Gefühl in seinem Magen. Vielleicht auch deshalb, weil er seit Tagen zu wenig Irrlicht im Körper hatte.

Mit kalten Fingern fuhr Peters über die Narben. Etwas, das leider nicht auf einen anderen Menschen übertragbar war. Wobei …

Mühsam unterdrückte er das Grinsen.

»Kasimir?« Peters stand auf halbem Weg zwischen Kass und dem Tisch.

Kass blinzelte, dann griff er nach seinen Kleidern. »Tut mir leid, ich schlafe zurzeit schlecht.«

»Verständlich. Sie und Hisa standen sich ja recht nah.«

Jegliches heimliches Grinsen zerbrach.

Schnell zog sich Kass an und verließ das Untersuchungszimmer. So einfach hätte er Hisa aus den Fängen der Regierung befreien und vor dem Tod retten können … aber er hatte sich viel zu stark auf sinnlose Möglichkeiten konzentriert, welche die Botschaften der Nachbarländer bieten könnten.

Mit der Faust schlug er gegen die Wand. Schmerzen jagten durch seine Hand. Nur einen verdammten Doppelgänger hätte er für sie gebraucht! Und vielleicht einen Unfall, der die Leiche etwas entstellte, da der Rat misstrauisch war. Es wäre so einfach gewesen.

Mit jeder Stufe der geschwungenen Treppe wuchs jedoch die Erkenntnis, dass es nicht so leicht gewesen wäre. Hisa wäre nie allein mit ihm untergetaucht. Sie hätte andere retten wollen.

Er floh vor der allesverschlingenden Schwärze in seinem Inneren in Richtung Salon, vorbei an dem den Boden scheuernden Kraftprotz. Als er die Tür öffnete, stand Franzis schon pflichtbewusst bereit, um als Letzter zur Untersuchung zu gehen.

Kass machte einen großen Bogen um die symmetrischen Kreise aus Papierblüten, die fast täglich in der Mitte des Salons um Valentina herum entstanden. Er nickte Elimar zu, der auf dem Sofa fläzte und sich Trauben in den Mund warf.

Kass ließ sich in seinen Lieblingssessel fallen. Ihm gegenüber saß Lili in der Fensterlaibung und beobachtete vielleicht die Schneeflocken, vielleicht auch Dinge, die nur sie sah. Hisa hätte Lili gerettet, genauso wie Valentina und auch Elimar. Doch sie war tot – und er suhlte sich in der Trauer, anstatt den anderen zu helfen, wie sie es gewollt hätte.

Kass' Hände umklammerten die Armlehnen. Er konnte nicht abschätzen, ob es funktionieren würde. Er hatte keine Ahnung, wie lange Vorbereitungen, Operation und rudimentäre Heilung dauerten. Vorausgesetzt, er fand jemand Passendes für jeden von ihnen, und die Probanden überlebten die ganze Prozedur.

Unter dem Knacken des Kaminfeuers und dem Rascheln von Valentinas Papier glaubte er Hisas Stimme zu hören, die ihn wegen seiner Eigenbrötlerei neckte. Sie wäre enttäuscht, wenn sie ihn jetzt sehen könnte.

Er hatte gerade den Entschluss gefasst, den ersten Doppelgänger erschaffen zu lassen, als nach der Standarddauer einer Untersuchung Dorien und Franzis den Salon betraten. Sie hielten mehr Abstand als nötig zu den Blüten und blieben in der Nähe des Durchgangs zum Speisesaal stehen.

»Danke für eure Zusammenarbeit.« Dorien fühlte sich sichtlich unbehaglich. »Leider gibt es eine kleine … Änderung. Familie Keyserlingk hat dank des Feuers und der verzögerten Inbetriebnahme der neu aufgebauten Manufaktur deutlich weniger Irrlicht fördern können, als benötigt wird. Da wir zur Zeit von unseren Pflichten entbunden sind, wurde unsere Versorgung hintenangestellt.«

Kass konnte sein Schnauben nicht unterdrücken.

Elimar setzte sich auf. »Ist diesen reichen Schnöseln eigentlich klar, dass uns das fehlende Irrlicht weh tut, während sie sich ihren Pisspott infusionieren lassen?«

Valentina faltete sorgfältig die nächste Blüte, auch wenn ihre Krallen ziemlich sicher länger als vorhin waren.

»Ich habe Peters wie auch Graf Gronenhagen auf unsere Lage hingewiesen. Doch wie ihr alle wisst, ist die Situation in Ijsstedt gerade nicht einfach.«

»Königin Katriena hat sicher gerecht entschieden und uns –«

»Du kannst dir deine Schleimerei sparen, Franzis.« Eine zerrissene Papierblüte lag vor Valentina. »Wir alle wissen, dass wir der Königin und dem Rat am Arsch vorbeigehen, wenn wir nicht gerade deren Wohlstand sichern.«

»Wie kannst du nur –«

»Halt einfach die Klappe. Da kommt eh nichts Sinnvolles raus.«

»Valentina, bitte.« Dorien trat gefährlich nah an die erste Reihe Blüten. »Es ist für uns alle eine schwierige Zeit, aber wir kommen gemeinsam besser durch, als wenn wir uns gegenseitig zerfleischen.«

Sie stieß ein Zischen aus, dann griff sie nach dem nächsten Stück Papier.

»Es tut mir wirklich leid, aber ich kann an unserer Lage momentan nichts ändern.«

Das nahm Kass Dorien ausnahmsweise ab. Und es bestätigte seinen Entschluss, das mit dem Doppelgänger für die Flucht zu versuchen. Er musste nur noch Wieseltje von seinem Plan überzeugen.

Seine Hände krampften sich um den unterarmlangen Metallstab, doch der blaue Schimmer schien Rafael auszulachen. Er sah das verdammte Irrlicht nicht nur, er spürte es auch. Trotzdem blieb es immer gerade so außer Reichweite.

Er atmete durch und lockerte den Griff. Laut Wieseltje müsste es einfacher werden, je größer die Menge Irrlicht in seinem Körper und in dem Gegenstand war, aus dem er es ziehen wollte. Aber in dem beschissenen Metall war schon deutlich mehr Irrlicht als bei diesem Versager Cecil!

Der Stab entglitt seinen feuchten Fingern, und er sackte auf dem Bett zusammen. Er hatte jedes der lächerlichen Hilfsbilder ausprobiert, die bei Nummer drei eine Reaktion hervorgebracht hatten.

Die Pfeife hatte es geschafft, und er, Rafael Carrasco, versagte. Er kam schon ins Schwitzen, wenn er einen dämlichen Metallstab anstarrte!

Zu allem Überfluss juckte sein Rücken da, wo der Verband eng um seinen Körper lag. Er wollte kratzen, doch schon die erste Berührung ließ die Schmerzen aufflammen.

Mit einem Fluch drückte er den Rücken leicht gegen die kühle Wand und schloss die Augen. Eine kurze Pause, dann würde er das verfluchte Irrlicht aus dem Stab ziehen. Und danach würde er den verdammten Schatten finden, damit es endlich endete. Er wollte nicht mehr jede Nacht in diesen Mandelaugen versinken, wollte nicht, dass diese Lippen heiße Spuren auf seinem Körper hinterließen …

Ein Stöhnen entfuhr ihm. Rafael versuchte, die Bilder zu verdrängen und die Augen zu öffnen, doch Mei hielt ihn fest. Ihre Haare kitzelten sanft über seine Brust, als ihre Lippen tiefer wanderten.

Ein Klopfen rettete Rafael aus den Träumen, kurz bevor Mei unten angekommen war. Hastig zog Rafael seine Decke über den Unterleib und krächzte ein »Herein«.

Lorens betrat den Raum und sein Blick tastete kurz Rafael ab. »Du siehst immer noch scheiße aus.«

»So fühl ich mich auch.«

»Oh, gleich wirst du dich besser fühlen.« Lorens grinste. »Wir haben, wie du vermutet hast, eine Spur. Es könnte sein, dass der Schatten bei Karels Arbeiterjungen ein und aus geht.«

Die Schmerzen waren wie weggeblasen. »Das ist … er. Da bin ich mir sicher.« Unter die Hochstimmung mischte sich eine Spur Eifersucht, dass die Veenstra nun bei Sora war.

»Wir werden ihn unter Beobachtung halten, bis du bereit bist.«

»Versucht herauszufinden, was er so treibt.« Er musste alles über den Schatten erfahren, nur so hatte er eine Chance.

Lorens nickte, dann verblasste sein Grinsen. »Der Graf lässt dich suchen. Und das Irrlicht.«

Rafael hatte es nicht anders erwartet. Die Ware war mal wieder wichtiger als der eigene Sohn. Doch es war ihm egal. Karel war ihm egal. Gerade zählte nur das Irrlicht, das er meistern musste. Und dass er Sora in die Finger bekam. Dass es endete.

KAPITEL 15

Alba fuhr mit der Hand über die eisblaue Seide des Kleids, das sie sich für den morgigen Geburtstag ihrer Großmutter vom Schneider hatte machen lassen, bevor sie es mit Mariekes Hilfe ablegte.

»Kann ich noch etwas für das Fräulein tun?«, rief Herr Jansen von der anderen Seite des Paravents.

»Sie können etwas von der Seide beiseitelegen für den nächsten Auftrag.« Alba stieg in ihr schlichtes Tageskleid und Marieke begann, die Knöpfe und Bänder zu schließen.

»Das werde ich gerne tun. Ich dachte mir, dass Ihnen der Farbton gefällt.«

Alba trat hinter dem Paravent hervor. »Danke für Ihr kurzfristiges Kommen.« Sie hatte diese Anprobe angesetzt, denn ihr war nicht nach Teetrinken mit den Keyserlingks zumute.

Herr Jansen verbeugte sich. »Immer gerne doch.«

»Marieke, wärst du so nett, den Herrn zur Tür zu bringen?«

Das Dienstmädchen ließ sich für einen Augenblick ihre Verwirrung ansehen, dann geleitete sie den Schneider aus dem Salon hinaus.

Alba wartete kurz und eilte leisen Fußes auf ihr Zimmer. Nun konnte sie doch der mühsam aufrechterhaltenen Normalität entfliehen, die sie noch weniger ertrug, seit ihre Schwester fast jede Nacht zur ihr ins Bett kam.

Am Ende des Gangs fiel das blasse Gold der Nachmittagssonne herein, das sie auch in ihrem Zimmer empfing. Dort saß Sora in ihrem Lesesessel beim Fenster, die dreckigen Füße auf dem polierten Parkett ausgestreckt. Er wirkte hier so fremd, wie sie sich fühlte.

Hastig schloss Alba die Tür. »Was machst du hier?«

»Du bist heute und gestern nicht gekommen, da dachte ich, ich bring dir die Neuigkeiten.«

»Hast du ihn gefunden?« Vorfreude rieselte durch ihren Körper.

Sora schüttelte den Kopf. »Aber so, wie es aussieht, sind die Rothen ebenfalls auf großer Suche nach ihm.«

»Ich nehme an, du wirst es erfahren, wenn sie ihn finden.«

»Natürlich.« Er grinste. »Ich habe auch weitere Spuren gelegt, falls Carrasco hinter mir her sein sollte.«

Alba ließ sich auf dem Fensterbrett nieder, das sich dank der blassen Sonne ein bisschen warm anfühlte. »Das heißt, weiterwarten.«

»Und dabei lernen, die Jagd zu lieben.«

»Jagd?« Sie zog die Brauen hoch. »Bisher ist das Hände-in-den-Schoß-Legen. Nichtstun.«

»Du siehst die Sache falsch, Alba.« Er lehnte sich ein Stück vor. »Gerade jetzt hast du Zeit zu überlegen, was du mit ihm machen willst, wenn wir ihn gefunden haben. Wenn wir ihn in den Händen haben.«

»Glaub mir, da habe ich bereits unzählige Ideen, und es werden jeden Tag mehr.«

Ein Lächeln breitete sich auf Soras Gesicht aus. Dann legte er den Kopf leicht schief.

In der Ferne durchdrangen Stimmen die Stille des Hauses. War ihre Familie so früh zurückgekehrt?

»Wie bist du hereingekommen?«

Sora deutete mit dem Kinn auf das Fenster hinter ihr.

Alba drehte sich um und sah über die kleinen Eisblumen hinaus in den Garten, dessen Schnee selbst im Licht der schwachen Wintersonne zu leuchten schien. »Das sind zwei Stockwerke.«

»Aber ein Balkon, ein Blauregen und mehr als genug Simse.«

Stumm verfluchte sie ihre Krankheit, die zwar für den Moment ruhte, aber ihrem Körper jede Kraft geraubt hatte, auf diesem Weg das Zimmer zu verlassen. Wie viel ihr das erspart hätte.

Alba erhob sich. »Ich wollte gleich in die Wohnung kommen.«

Sora stand ebenfalls auf. »Dann kannst du mir ja von deinen Ideen für Carrasco erzählen.«

Schritte erklangen im Treppenhaus.

»Warte vorne an der Kreuzung. Ich zieh mich kurz um und komm dann –«

Die Tür flog auf.

»Alba! Tizian will bei Vati um meine Hand –« Fiene stoppte mitten im Schritt. Ihr Blick sprang zwischen Alba und Sora hin und her, während sich Entsetzen auf ihrem Gesicht ausbreitete.

Dann drückte sie die Hand vor den Mund, wirbelte herum und rannte aus dem Zimmer.

»Was war das?«

Alba zuckte hilflos mit den Schultern. War es die Anwesenheit eines Mannes in ihrem Zimmer? Oder hatte Fiene ihn erkannt? Auf dem Winterball war er in seiner Uniform und mit dem strengem Pferdeschwanz ein komplett anderer Mensch gewesen. Oder war es etwas, das dieses Arschloch Rafael Carrasco angerichtet hatte?

Sie sah zu Sora. »Geh schon mal. Ich muss mich erst um meine Schwester kümmern.«

Er öffnete das Fenster und sprang mit einem Satz auf die Fensterbank. »Bis gleich, Alba.« Behende kletterte er in die Tiefe.

Sie legte den Riegel vor und ging durch die offene Tür auf den Gang hinaus zum Zimmer ihrer Schwester, wo sie sanft anklopfte. »Fienchen?«

»Lass mich bitte allein.«

»Du wolltest mir aber erzählen, dass Tizian um deine Hand anhalten will.«

Ein Moment Stille.

»Ich möchte nicht mir dir reden. Geh bitte.«

Entschlossen drückte Alba die Klinke herunter, trat ein und schloss die Tür sanft hinter sich. Fiene saß vor ihrem Frisiertisch, den geröteten Blick in das Nichts jenseits des Spiegels gerichtet, während ihre Hände sich um ein Taschentuch krampften.

»Was ist los, Fienchen? Was habe ich falsch gemacht?«

Ihre Schwester sah sie lange an, der Mund öffnete und schloss sich mehrfach, bevor sie tonlose Worte fand: »Denkst du wirklich, ich weiß nicht, wer er ist?«

»Ich halte dich nicht für blöd, Fiene!« Alba sank vor ihr in die Hocke und griff nach den Händen ihrer Schwester. »Ich schwöre dir, es ist nichts und es wird nichts zwischen uns passieren.« Es war nur einen Vorstoß ins Blaue, auch wenn sie ihre Schwester in letzter Zeit oft nicht wiedererkannte.

Fiene zog die Hände zurück. »Es geht nicht darum, dass er ein Mann ist, sondern dass er ein Irrlichtkind ist.«

Alba fiel ihr Versprechen ein, dass sie Fiene vor drei Tagen gegeben hatte, um diese zu beruhigen. Sie hatte nie gedacht, dass es je mehr als eine symbolische Bedeutung haben würde. »Ich weiß, was er ist, aber er ist ein Freund und wird niemandem weh tun.«

Ein harter Zug wurde um Fienes Mund sichtbar, den Alba noch nie gesehen hatte. »Wie fühlt es sich an, seine eigene Schwester anzulügen, Alba?«

Sie fühlte vor allem Wut auf sich selbst. Weil sie es sich selbst eingebrockt hatte. Weil Rafael Carrasco ihre Schwester ihretwegen entführt hatte, um Fiene all die Lügen und Alpträume einzureden.

Alba legte ihre Hände auf Fienes Knie und setzte eine verletzte Miene auf. »Willst du den Worten deines … Entführers wirklich mehr Glauben schenken als deiner Schwester?«

»Hältst du mich wirklich für so dumm?« Sie erhob sich mit dem Aufleuchten waldgrüner Seide. »Als ich vor drei Wochen nach deinem Aufenthaltsort gesucht hatte, habe ich den Beweis ausgerechnet bei dir gefunden, liebe Schwester.«

Plötzlich hielt Fiene einen Brief in der Hand, den Alba wiedererkannte. Genauso wie die Schrift und das Briefpapier, auf das sie die Einladung für Sora hatte schreiben müssen. Der Brief ihres angeblichen Verehrers war von Rafael Carrasco gewesen.

Alba erhob sich aus der Hocke. »Der Brief ist von deinem Entführer. Deswegen erzählt er die gleichen Lügen.«

Fienes Augen verrieten, dass sie es nicht glaubte.

»Mein Entführer war nicht Edward Pelham!« In ihrem Gesicht lag eine Kälte, die Alba Angst machte. »Ich will deine Lügen nicht mehr hören. Geh bitte.«

»Fiene, es tut mir –«

»Verschwinde, Alba!« Damit wandte Fiene ihr den Rücken zu.

Alba blieb einen Moment hilflos stehen, bevor sie das Zimmer verließ. Kaum hatte sie die Tür geschlossen, hörte sie einen gedämpften Schluchzer.

Sie sank gegen das Holz und konzentrierte sich auf den Staub, der im hereinfallenden Sonnenlicht tanzte. So sehr sie auch versuchte, durchzuatmen, die Wut in ihrem Inneren wuchs. Nicht mehr auf sich selbst, sondern auf Rafael Carrasco, der sie nicht mehr nur erpresst hatte, sondern ihr Leben kaputtmachte. Sie würde ihm keinen schnellen Tod gönnen.

Jeder Schritt jagte das Stechen seiner Hüfte durch den ganzen Körper, doch der Ärger dämpfte den Schmerz und gab Karel die Kraft, durch die Straßen zu eilen. Nur am Rande bemerkte er, wie sich selbst hier in der Altstadt, wo er weniger bekannt war, Männer an die Hauswände drückten und Frauen Kinder zur Seite zerrten. Dabei galt sein Ärger nicht ihnen, sondern allein Rafael.

Mit Grada und vier weiteren Getreuen bog er in eine Gasse, die trotz der blassen Wintersonne im Schatten lag. Er war sich immer noch nicht im Klaren darüber, was er mit seinem Sohn machen sollte. Übers Knie legen konnte er ihn schlecht, aber es sollte etwas sein, was Rafael empfindlich in seinem Stolz traf.

Eine Gruppe Frauen mit zusammengerollten Stoffbannern kam ihnen entgegen. Wie bei so vielen Menschen stand die Wut auf die Königin, Merets Tod, die Krähe oder alles zusammen auf ihren Gesichtern, als sie an Karel vorbeimarschierten. Wenigstens war sein Irrlicht sicher, seit die Schatten – angeblich zu ihrem Schutz – Hausarrest hatten.

Karel betrat die Sackgasse, an dessen Ende sich ein Fachwerkhaus zwischen die anderen Gebäude duckte. Die Fluchtwege in die Keller und die Kanalisation sowie durch den Hintereingang und über das Dach hatte er abriegeln lassen. Blieb nur noch der Haupteingang.

Mit dem Griff seines Stockes hämmerte Karel gegen das Holz. Das Stehen schien das Stechen zu verstärken und bis in seinen Kopf zu jagen. Alles nur, weil sein verdammter Sohn jetzt den Aufstand probte!

Es dauerte eine Weile, bis sich die Tür einen Spalt weit öffnete und er in Lorens' Gesicht blickte. Somit hatte der Straßenjunge, der gegen eine Unterkunft seinen Arbeitgeber verraten hatte, recht gehabt.

Die Tür schwang auf, und Lorens trat zur Seite. Auch wenn er sich betont lässig gegen die Wand lehnte, wirkte er erstarrt. Wenn er wusste, dass er tief in der Scheiße steckte, dann hatte sich Rafael hier nicht nur mit dem Irrlicht verkrochen.

Zwei seiner Männer positionierte Karel am Ausgang, bevor er sich in der Wohnküche umsah. Auch wenn hier und da Ausrüstung herumlag und auf dem Tisch Becher zwischen Spielkarten standen, so zeigte sich an vielen Stellen der Staub des seit Jahren ungenutzten Rückzugshauses. Und so hätte es eigentlich auch bleiben sollen.

Mit einem Kopfschütteln zeigte ihm Grada, dass die kleine Nebenkammer leer war. Die zweite war abgeschlossen, doch unter Robbes fachkundigen Händen sprang das Schloss nach nur wenigen Sekunden auf. Dahinter lagerten mehrere Fässer und Kisten, die mit einer Schicht Grau überzogen waren. Dazwischen stand eine Karel bekannte Kiste.

Er wandte sich zu Grada um. »Versenk die Kiste in der Thein. So weit weg, wie es geht.«

Seine Leibwächterin nickte und packte die Kiste. Er wusste, dass sie nicht reinschauen würde.

Stumm fluchend und auf seinen Gehstock gestützt stieg er langsamer als beabsichtigt die Treppe hinauf. Es schmerzte ihn, so viel Geld zu vernichten, aber er wollte zurzeit keinerlei Risiko eingehen.

Oben auf dem Gang standen Fero und Anissa. Bei Anissa hatte Karel es nicht anders erwartet, doch dass der Breitschultrige ebenfalls mit seinem Sohn unter einer Decke steckte, enttäuschte Karel.

Fero sah auf seine Schuhspitzen, als Karel an ihm vorbeiging, während Anissas Blick regelmäßig zu dem letzten Zimmer huschte. Karel signalisierte seinen Leuten, die anderen drei Räume zu durchsuchen, während er durch die hinterste Tür trat.

Rafael stand neben dem Bett und klammerte sich an dessen Pfosten, neben dem ein frischer Fleck die Dielen dunkel verfärbte. Seine zerknitterte Kleidung war genauso untypisch wie die Blässe in seinem Gesicht. Kurz wollte Karel glauben, dass sein Sohn krank war. Aber Kranke flohen nicht mit Irrlicht in ein Rückzugshaus.

»Hallo Karel.« An Rafaels Grinsen hatte sich nichts verändert.

»Du hast eine Chance, mir eine verdammt gute Ausrede zu liefern.«

»Bringt doch eh nichts.« Schweiß stand auf seiner Stirn.

Karel zog die Brauen hoch. »Du willst nicht mal einen Versuch unternehmen, deinen Arsch zu retten?«

Wut leuchtete in Rafaels Augen auf. »Weil es sinnlos ist. Du hast dir doch eh schon deine Meinung gebildet. Lass es uns einfach schnell hinter uns bringen.«

»Wie du willst. Du bist ab sofort von all deinen Ämtern und Ausnahmeregeln enthoben. Du wirst wieder ganz unten anfangen.«

»In Ordnung« war alles, was von Rafael kam.

Die fehlenden Widerworte fachten Karels Misstrauen an. Sie waren hier in der Altstadt und Grada würde schon bald das Irrlicht entsorgt haben. Und trotzdem … die Sache bereitete ihm Unbehagen, gerade jetzt, wo Ijsstedt kurz vor ernsthaften Ausschreitungen stand.

Auf dem Gesicht seines Sohns stand der gleiche Trotz, der Karel bei Alicia oft zur Weißglut getrieben hatte. Er sah sich im

Zimmer um, doch die karge Einrichtung war genau so, wie er es vor vielen Jahren in Auftrag gegeben hatte. Dann entdeckte er Vredas Tasche, fast verborgen hinter Rafaels Beinen und dem Bett. Dabei hatte er vermutet, dass die Alchemistin wie so oft ihren Sold unter den nächsten Tisch soff.

Plötzlich ergab der dunkle Fleck auf den Dielen Sinn. Ebenso wie Rafaels seltsame Krankheit, deren Symptome er schon mal gesehen hatte. Bei Wieseltjes Irrlichtkind.

Automatisch suchte er Rafaels Hände und Unterarme ab. Er wollte aufatmen, als er nichts Verräterisches entdeckte – bis er das Weiß unter dem schludrig geknöpften Hemd hervorblitzen sah.

Er machte einen Schritt nach vorn und riss mit seinem Gehstock das Kleidungsstück in die Höhe, was ihn fast das Gleichgewicht kostete. Es reichte, um unter dem hochgehobenen Hemd den Verband zu sehen. Hastig wich er zurück, bevor er sich wieder aufstützte. »Wer hat dir ins Hirn geschissen?«

»Ach, jetzt interessierst du dich plötzlich doch für mich?«

»Verdammt Rafael, du bringst nicht nur dich selbst in Gefahr, sondern uns alle!«

»Okay, ich vergaß, es geht nicht um mich, sondern wie immer nur um alles andere.« Seine Finger klammerten sich so fest um den Bettpfosten, dass seine Knöchel hervortraten.

»Wenn du nichts anderes mehr zu sagen hast, gut.« Karel machte eine kurze Pause, um Kraft für die nächsten Worte zu finden. »Hiermit bist du ausgestoßen. Ich will weder dich noch einen deiner Kumpanen je wieder in Rothentor sehen.«

»Einfach so? Deinen eigenen Sohn?«

»Ich habe keinen Sohn mehr.« Die Worte taten ihm mehr weh, als er je zugeben würde.

»Dann verschwinde und lass mich allein!« Rafaels Stimme klang heiser.

Hastig drehte sich Karel herum und stakste aus dem Zimmer, während er vergeblich versuchte, die Zweifel hinunterzuschlucken. Er hatte keine Wahl, wenn er wenigstens Rothentor retten wollte. Vielleicht hätte er eine gehabt, wenn er viel früher härter durchgegriffen hätte. Aber jetzt war es dafür zu spät.

Jeder Schritt – vorbei an Fero und an Anissa sowie seinen eigenen Leuten – setzte seinen Körper unter Feuer. Diesmal hieß er den Schmerz willkommen, denn er ertränkte alles andere.

Rafael sank mit zitternden Beinen gegen die Hauswand und rang nach Luft, sodass der scharfe Qualm tief in seiner Kehle kratzte. Er musste husten und drückte hastig den Arm vor Mund und Nase. Doch der verdammte Gestank hing schon im Stoff.

Er sah über die Giebel der Häuser zu der schwarzen Wolke. Flammen schlugen dort aus dem Dachstuhl des ehemaligen Rückzugshauses. Er hatte gehofft, zwei oder drei Tage nach der Räumung zurückkehren zu können. Wenigstens, bis er bei Kräften war.

Rafael verfluchte Karel. Nie hätte er geglaubt, dass sein Vater ihn verstoßen würde. Klar war er nicht immer der Sohn gewesen, den Karel sich gewünscht hatte, aber verdammt … sein eigener Sohn! Und der beschissene Rauch, der seine Augen tränen ließ!

»Wir sollten weitergehen«, sagte Lorens neben ihm. »Die Gegend bekommt gerade zu viel Aufmerksamkeit.«

Wie um seine Worte zu bestätigen, rannte eine weitere Gruppe Männer und Frauen mit Eimern an ihnen vorbei.

Rafael stützte sich auf den Arm, den Fero ihm hinhielt. Einen Fuß vor den anderen setzend schlurfte er die Straße entlang. Vielleicht musste er es einfach nur von einer anderen Seite betrachten. Karel hatte ihn zwar verstoßen, aber dadurch war er nun frei. Er konnte sich voll und ganz auf die Jagd des Schattens konzentrieren.

Wahllos schlug er eine der engen, dämmrigen Gassen zu seiner Linken ein. Zuerst musste er einen Unterschlupf finden, in dem er sich erholen konnte und Ruhe bekam, um das Irrlicht zu beherrschen – dann fiel ihm ein, dass Karel auch die Kiste mitgenommen hatte.

Panik stieg in ihm auf. Er brauchte es! Er hatte den Entzug bei Sora gesehen. Und dann gab es da noch diese grauenhaften Geschichten, als man vor zwei Jahrzehnten versucht hatte, die Irrlichtkinder zu heilen.

»Irrlicht«, krächzte er. »Wir brauchen Irrlicht.«

»Wo willst du das herbekommen?« Lorens hatte an der anderen Seite aufgeschlossen. »Auch wenn die Irrlichtkinder nicht mehr die Manufakturen und die Transporte bewachen, ist das Irrlicht immer noch mehr als ausreichend von den normalen Soldaten abgesichert.«

»Und den Schwarzmarkt kontrolliert Wieseltje«, sagte Fero.

Rafaels Panik stieg. Und wenn er es nicht an der Quelle versuchte, sondern bei der Verwendung? In Schönau hatten genug der reichen Schnösel Irrlicht in ihren Villen. Aber dort gab es auch mehr als genug Wachpersonal. Hier unten war man nicht so sorglos und unbekümmert wie in Aeria. Aeria …

»Wir gehen nach Aeria.«

»Die Soldaten passen an der Brücke gerade auf wie Schießhunde.«

»Aber ihre Nasen sind nicht so gut. Ich kenn da noch jemanden, der mir den einen oder anderen Gefallen schuldet.« Bis zur Brücke war es nicht weit und der Aufgang lag in der Altstadt, die immer noch neutrales Gebiet war.

An der nächsten Kreuzung bog er in Richtung Hauptstraße ab. Seine Schritte wurden zu einem Stolpern. Als die Gewissheit wuchs, dass er es nicht schaffen würde, griff Fero ihm so stark unter die Arme, dass er Rafael beinahe trug und dessen Füße gerade noch das Pflaster berührten.

Im eigenen Schweiß gebadet sank Rafael schließlich gegen die Tür unter dem Schild mit den fetten Trauben. Er atmete ein paar Mal tief durch, dann richtete er sich ein Stück weit auf. Sein Arm, den er heben wollte, versagte jedoch.

Er nickte Lorens zu, der mit der Faust gegen das Holz hämmerte.

Rafael fiel fast gegen den Dürren mit den riesigen Ohrringen, als dieser die Tür aufriss.

»Verdammt, Karim, musst du deine Kunden so erschrecken?«

»Verzeihen Sie, mein Herr.« Der Weinhändler verbeugte sich mit komplizierter Geste. »Ich war gerade ein wenig in Eile. Wie kann ich Ihnen helfen, Herr Carrasco?«

»Ich brauche eine Mitfahrgelegenheit.«

Karim erbleichte ein wenig. »Das ist gerade ein eher ungünstiger Zeitpunkt. Ich war erst vorgestern drüben und die Wachen an der Brücke ... die kontrollieren uns ehrliche Händler wie Verbrecher!«

»Vielleicht interessiert sie ja, wie ehrlich du wirklich bist, Karim.«

Dessen Mund öffnete und schloss sich wie bei einem Fisch auf dem Trockenen.

»Wie viele?«, würgte er schließlich hervor.

»Vier.« Anissa würden sie unterwegs einsammeln.

»Zu riskant. Für uns alle. Einen. Vielleicht zwei.«

»Gut, dann zwei. Sofort.«

Karim schluckte, dann trat er zur Seite.

Rafael schlurfte an ihm vorbei in die Halle, wo zwischen Türmen aus Fässern ein leerer Wagen stand. Aus den Verschlägen auf der rechten Seite kam ein Rascheln und Schnauben.

Er lehnte sich scheinbar lässig an eine der Holzsäulen und zwang seine Beine, nicht nachzugeben. Nur halb bekam er mit, wie Karim Fero und Lorens anwies, zwei der Fässer aus der dunkelsten Ecke auf den Wagen zu laden.

Noch während Karim die Seile festzurrte, kam Lorens auf Rafael zu. »Wen willst du dabeihaben?«

»Dich. Wer soll mich sonst bemuttern?« Er brachte sogar ein Grinsen zustande.

»Dann fang ich mal damit an, dich zu deinem äußerst luxuriösen Reisegefährt zu bringen.« Lorens bot seinen Arm an. Trotzdem kostete es Rafael alle Kraft, die paar Meter zu dem Wagen möglichst normal zu überwinden. Falls Karim etwas auffiel, ließ er es sich nicht anmerken.

Rafael stieg mit Feros Hilfe auf die Ladefläche, wo er auf die Knie sank und rückwärts in das nach Wein stinkende Fass kroch. Dann ließ er sich einfach auf die Seite fallen. Noch nie war ihm Holz so gemütlich erschienen.

Er wollte gerade die Augen schließen, als sich Karims Gesicht vor die Fassöffnung schob. »Wo genau soll ich Sie hinbringen, Herr Carrasco?«

Rafael brauchte einen Moment, bis er die Frage verstand. Er hatte keine Antwort. Irgendwohin, wo er freien Zugang zum Irrlicht hatte. Und wenig Zeugen. Und weit weg von den Schatten. Also eher am Rand, dort wo die neuen Prunkschlösser entstanden. Die Baustellen! Im Winter war da sicher nichts los.

»In den Osten Aerias, in die Nähe von dem Brunnen mit den drei Nackten.« Das war der einzige Anhaltspunkt, von dem er in der Gegend wusste und der weit genug weg war, um Karim nicht das wahre Ziel zu verraten.

»Der Platz der tanzenden Grazien? Verstanden.« Dann setzte Karim den Deckel auf das Fass, und Schwärze umschloss Rafael. Er gab seiner Erschöpfung breitwillig nach und schloss die Augen. Ein kurzes Nickerchen …

Einige Erschütterungen gingen durch das Fass, und das Holz rieb über Rafaels Rücken, der sofort zu jucken begann.

Mit einem Stöhnen wälzte sich Rafael das kleine Stück zur Seite auf den Bauch. Nun stieß seine Schulter zwar bei jeder Bewegung des Wagens gegen das Fass, aber es war ihm egal. Alles war ihm egal, als der Schlaf ihn in die willkommene Umarmung zog.

Das Wispern des Irrlichts riss ihn wieder heraus. Es war überall um ihn herum und lockte aus allen Richtungen.

Rafael wollte danach greifen, doch es zierte sich und blieb außerhalb seiner Reichweite. Dabei wollte er so gern ein Teil des Leuchtens sein. Darin aufgehen und schweben. Weit, weit weg …

Kerzenlicht schimmerte auf dem Lack des Pianofortes und in den Augen von Patricia Keyserlingk, als sie die sehnsuchtsvolle Arie des einsamen Wandermanns darbot. Ihr Blick schweifte dabei regelmäßig zu ihrem Ehegatten, der mit stolz geschwellter Brust in der ersten Reihe stand.

Alba gab vor, nichts zu sehen, und machte ein paar Schritte nach rechts. Weg von Edward Pelham, der beim letzten Lied neben ihr aufgetaucht war und eigentlich auf dem Geburtstag ihrer Großmutter nichts zu suchen hatte. Aber es wunderte sie nicht, dass er trotzdem eine Einladung erhalten hatte.

Der letzte Ton schwebte noch einen Moment lang im Salon, und unter dem Applaus der Zuhörer knickste Tizians Schwester.

»Vielen Dank, meine Liebe.« Albas Großmutter schenkte der jungen Frau ein huldvolles Lächeln. »Du hast eine wunderbare Stimme.«

Die Wangen von Tizians Schwester erröteten leicht, und sie machte einen weiteren Knicks.

Ihr Bruder trat vor. »Würdest du noch das Abendlied singen? Für meine liebste Fiene?« Sein Silberblick erinnerte an einen bettelnden Welpen.

Patricia nickte und stellte sich mit artig gefalteten Händen erneut neben ihre jüngere Schwester, die am Pianoforte saß. Die ersten Töne perlten durch den Salon, und Alba erkannte eines der Wiegenlieder, die man Kindern zum Einschlafen vorsang.

Sie schlenderte zu einem der Bediensteten, die mit ihren Tabletts am Rand des Salons die Vorführung abwarteten, und nahm sich lächelnd eines der langstieligen Gläser.

Als sie sich umdrehte, stand Edward Pelham vor ihr. »Fräulein Veenstra, wie schön, Sie endlich wiederzusehen. Erlauben Sie mir zu sagen, dass Sie ganz bezaubernd aussehen.«

Alba errötete dezent und hauchte ein »Danke«.

»Haben Sie gestern auch die Sonne genossen? Man dachte wirklich schon, das Grau schwindet gar nicht mehr.«

»Ich war ein wenig spazieren und habe den Vögeln zugeschaut.« Sie sah ihm in die Augen. »Wissen Sie, ich finde Krähen ganz faszinierend.«

»Krähen, Fräulein Veenstra? Verzeihen Sie mir, aber diese Vögel haben weder eine schöne Stimme noch ein buntes Federkleid.«

»Das mag sein, aber ist das alles, was einen Vogel ausmacht?«

Edward Pelham sah sie irritiert an.

Patricia verstummte, und Klatschen erfüllte den Salon.

»Sie ist eine begabte Sängerin, finden Sie nicht?«

Als Nächstes würde er ihr ein Kompliment über ihr Kleid oder dessen Farbe machen. Er war nett und höflich und gut aussehend – all das, was eine Dame von ihrem Ehemann erhoffte –, aber Alba erkannte an ihm nicht eine Spur eines interessanten Charakters. Zudem hatte sie schlichtweg die Nase voll von Oberflächlichkeit.

Neben einer Bodenvase mit Kirschblütenzweigen entdeckte Alba Ruben. »Würden Sie mich bitte entschuldigen? Ich glaube, mein Bruder möchte noch etwas wegen unserer Überraschung später besprechen.« Sie lächelte entschuldigend.

Edward Pelham nickte. »Ich würde mich freuen, wenn wir nachher unser Gespräch fortsetzen könnten.«

Ohne darauf einzugehen, schritt Alba an ihm vorbei und auf Ruben zu, der sie mit einem Grinsen empfing.

»Mutter wird sicher sehr erfreut sein, wenn sie sieht, wie der gute Herr versucht, dich zu umgarnen.«

»Ja. Manchmal hatte die Krankheit doch ihre Vorteile …«

»Sag so etwas nicht, Alba. Du weißt gar nicht, wie froh ich bin, mir nicht mehr ständig Sorgen um dich machen zu müssen.«

»Dafür macht sich Mutter nun Sorgen, mit wem sie mich verheiraten kann.«

Ruben zwinkerte. »Sie will halt nur das Beste für ihre Töchter.« Er sah an Alba vorbei und sein Blick blieb an etwas haften, verdunkelte sich. »Sie sieht so glücklich aus und doch … sie ist nicht mehr dasselbe Mädchen.«

Alba drehte sich um. Ihre Schwester stand zusammen mit Tizian, Patricia und zwei ihrer Freundinnen neben dem Pianoforte. Auf Fienes Gesicht lag ein Lächeln, sobald sie Tizian ansah.

Dann schien sie Albas und Rubens Blicke zu spüren, denn sie schaute herüber. Das Lächeln verschwand und in ihren Augen stand der Vorwurf, der Alba seit gestern verfolgte und sich immer tiefer in ihr Gewissen fraß.

Hastig wandte sie sich ihrem Bruder zu. »Die Entführung hat sie schnell erwachsen werden lassen.«

»Aber weder Tizian noch der Rest seiner Familie scheinen davon etwas zu merken.«

»Ich bin nur froh, dass sie die Geschichte geschluckt haben, dass Fiene die Zeit bei Großmutter gewesen sei.«

Ruben nickte. »Es hätte Fiene das Herz gebrochen, wenn die Verlobung gelöst worden wäre.«

»Nachdem ihre Ehre noch intakt ist, sollte auch einer Hochzeit nichts im Weg stehen.«

»Hat sie dir inzwischen erzählt, was passiert ist?«

»Ja, aber sie muss es dir selbst erzählen.« Früher wäre es kein Problem gewesen, Ruben alles zu sagen, aber die neue Fiene war eine Fremde. Vor allem nach ihrem Streit gestern.

Ihr Bruder sah sie forschend an. »Was ist zwischen euch vorgefallen, Alba?«

»Nur eine kleine Meinungsverschiedenheit.«

»Das nehme ich dir nicht ab, liebe Schwester. Ich habe gesehen, wie ihr euch aus dem Weg geht, und mir sind auch Fienes Blicke aufgefallen.«

»Sie zieht es vor, den Lügen eines Fremden zu glauben statt der eigenen Schwester.«

Die Fragen standen offen auf Rubens Gesicht. »Du musst ihr Zeit geben, Alba. Die Entführung war und ist viel zum Verarbeiten. Sie wird dir sicher bald wieder vertrauen.«

So sehr Alba sich dies wünschte, sie hatte ihre Zweifel. Fiene mochte zwar nicht mehr Rafael Carrascos Lügen hören, aber Herzog Keyserlingk schien sie mit seinen abwertenden Aussagen über Irrlichtkinder zu bestätigen.

»Das wird alles wieder. Du wirst schon sehen.« Ruben schenkte ihr ein aufmunterndes Lächeln, bevor er sich entschuldigte und zu ihrem Vater hinüberging.

Alba konzentrierte sich auf die zarten Blüten der Kirschzweige und die feinen Staubgefäße und die dunkelroten Markierungen – doch sie spürte Fienes stummen Vorwurf im Rücken.

Sie ballte ihre freie Hand. Sie hatte genug davon, tatenlos herumzusitzen, obgleich sie mehr als genug Zeit und Langeweile hatte. Vielleicht wurde es Zeit, dass sie Karels Angebot annahm.

Er erwachte mit einem Brummschädel und einem furchtbaren Geschmack im Mund.

Kurz überlegte Rafael, warum er sich gestern besoffen hatte, dann stieg ihm aus den Kleidern der beißende Gestank nach Rauch in die Nase, und er erinnerte sich: der Brand, Karels Rauswurf, Karims Karren, das Irrlicht.

Er setzte sich auf, und ein protziger Salon drehte sich um ihn herum. Sein Magen krampfte sich zusammen, und Rafael würgte. Er ließ den Kopf gegen die kühle Wand sinken und sah an die Decke, wo Unmengen Stuck kitschige Blumen und hässliche Weiber in Bettlaken umrahmte.

Jemand lachte laut. Fero.

Rafael senkte seinen Blick zum vorderen Teil des Salons, wo ein Feuer in einem Kamin brannte, der sich noch im Rohzustand befand. Dort stand Fero in der Livree eines Bediensteten. Neben ihm Lorens, dessen Gesicht ein breites Grinsen einnahm. Ihnen gegenüber war Anissa, deren finstere Miene so gar nicht zu dem altrosa Kleid mit den unzähligen Stickereien passte. Anscheinend versuchte sie gerade vergeblich, die Knöpfe am Rücken zu lösen.

»Wenn ihr euch genug amüsiert habt, könnt ihr Arschlöcher mir helfen.«

»Und wenn du uns so aber gefällst, edelstes Fräulein Anissa?«

»Dann schneid ich euch heute Nacht eigenhändig die Kehlen durch.« Ihre Hände, mit denen sie an dem Kleid herumgezerrt hatte, fielen herab. »Oder ich fahr das nächste Mal auf dem Wagen mit, und Lorens darf dieses beschissene Kleid anziehen.«

Der wischte sich gerade mit dem Ärmel über die Augen und versuchte, sein Grinsen unter Kontrolle zu halten. Dann schnitt er kurzerhand die Knopfleiste von Anissas Kleid mit seinem Dolch auf, sodass die Knöpfe über das staubige Parkett sprangen.

An die sorgfältig verputzte Wand gestützt stand Rafael schwankend auf und blieb mit zitternden Beinen stehen. Warum war er immer noch so schwach? Er hatte doch sicher mehr als genug geschlafen.

Ein feines Beben fuhr durch seinen ganzen Körper bis in die Finger. Ein ziehendes Gefühl breitete sich von seinem Magen aus, das nichts mit der Übelkeit zu tun hatte. Es fühlte sich beinahe wie Hunger an. Hunger nach … Opium? Alkohol? Irrlicht! Er brauchte Irrlicht.

Rafael fuhr sich durch die nass geschwitzten Haare und strich sein fleckiges Hemd etwas glatt, bevor er in Richtung seiner Leute schwankte.

Lorens grinste. »Willkommen zurück von den Toten.«

»Er stinkt aber immer noch so«, knurrte Anissa, die nur noch ein langes Unterhemd über ihrer ledernen Hose trug.

»Auch schön, dich wiederzusehen.« Rafaels Stimme kratzte im Hals. »Wie lang war ich weg?«

»Ziemlich genau einen Tag.«

»Ist kurz nach Mitternacht.« Anissa beugte sich zu dem Korb neben ihren Füßen herab, riss das rosafarbene Spitzentuch herunter und zog Hemd und Weste hervor.

»Gibt es was Neues aus der Stadt?«, fragte er möglichst beiläufig.

»Karel hat deinen – und unseren – Ausschluss offiziell gemacht.« Lorens spuckte aus. »Ansonsten scheint die ganze Stadt nur auf den nächsten Zug der Gerechtigkeit zu warten.«

»Und die Krähe?«

»Die taucht relativ regelmäßig in der Nähe des Arbeiterjungen auf.«

»Gut, aber bevor ich irgendwas tu, brauch ich Irrlicht. Am besten direkt aus der Leitung.« Er vergrub seine zitternden Finger in den Hosentaschen. »Das Zeug ist schlimmer als Opium.«

»Hier im Haus gibt es leider keines«, sagte Lorens.

»Warum sind wir dann hier und nicht da, wo es was gibt?«

»Weil da Handwerker beschäftigt sind und hier anscheinend gerade nicht. Wir können froh sein, dass wir überhaupt ein Haus mit Fenstern gefunden haben.« Er deutete auf das Glas, das mit farbverspritzten Tüchern abgehängt war. »Zwei weiter, Richtung Mitte, das sah ausreichend fertig aus.«

Rafael schlurfte zu seinem Schlafplatz, der aus einer kratzigen Wolldecke und einem luxuriösen Teppich bestand. Wo auch immer Lorens den herhatte. Dort entdeckte er seinen Mantel, den er über sein leicht feuchtes Hemd zog.

»Wer kommt mit?«, fragte er.

Fero und Anissa, die sich inzwischen komplett angezogen hatte, nickten.

»Und ich hau mich eine Runde aufs Ohr.« Lorens gähnte übertrieben.

Rafael schlurfte voraus zu dem Durchgang, in dem die Tür fehlte. Dahinter erfüllte ein kaum sichtbares blaues Leuchten die Schwärze, doch Rafael konnte nicht sagen, ob es von draußen hereinfiel oder hier oben in Aeria Irrlicht in der Luft hing.

Fero kam aus dem Salon und Anissa folgte ihm, eine Laterne in der Hand. Der Schein trieb die Schatten hinter das geschwungene Holzgeländer zurück, mit dessen Hilfe Rafael Stufe für Stufe hinunter ins Erdgeschoss stieg. Die wuchtige Eingangstür schwang lautlos auf, und ein Schwall eisiger Luft schlug ihm entgegen. Und mit ihr das Wispern des Irrlichts.

Rafael zog den Mantel enger um sein verschwitztes Hemd und trat hinaus in die Kälte. Ein feines blaues Licht hüllte Aeria ein und zupfte an Rafael. Er streckte die Hand aus, doch wie schon die letzten Tage blieb es gerade so außer Reichweite.

Vergeblich versuchte er, den Ärger herunterzuschlucken, und schlurfte vorwärts. Er war noch keine zehn Schritte gegangen, als ihn die volle Wucht des Irrlichts von hinten traf.

Taumelnd drehte er sich um, wobei sein Blick automatisch in die Höhe gezogen wurde. Dorthin, wo blau schimmernde Balkone und Geländer die Fassade des Hauses zierten, bis hinauf zu den eleganten Türmchen auf dem Dach.

Das Leuchten lockte – und Rafael wollte von hier unten danach greifen. Doch wieder tanzte es gerade so außer Reichweite um seine Finger. Wenigstens blieb es nicht nur für ihn verwehrt. Laut Wieseltje war es unmöglich, Irrlicht über Entfernung zu entziehen. Und er war ja schon zu unfähig für den dämlichen Metallstab!

»Geh'n wir oder frieren wir uns nur einen ab?«, fragte Anissa hinter ihm.

Ohne zu antworten, setzte sich Rafael in Bewegung und schlurfte zwischen quadratisch geschnittenem Grünzeugs zur Straße. Keine Menschenseele sah ihn, als er einen Fuß vor den anderen in die Richtung ging, die ihn näher ans Zentrum brachte.

Eine Einfahrt durchbrach die ungewohnt niedrigen Mauern und auch der Zaun des nächsten Prunkschlosses war kein echtes Hindernis. Genauso wenig wie das schmiedeeiserne Tor, das nicht abgesperrt war.

Der Weg zum Haus hinauf machte einen unnötigen Bogen, der Rafael viel Atem kostete. Die Kälte kratzte im Hals, als er am Haus ankam, und das eisige Metall der Klinke fraß sich in seine Hand. Die Tür war abgeschlossen.

Rafael griff nach seinen Dietrichen, doch der Platz, an dem er sie für gewöhnlich verstaute, war leer. Selbst in seinen Stiefeln fand er keine. Hatte er sie im Rückzugshaus vergessen? Oder lagen sie drüben im Salon?

Er trat zur Seite und deutete mit dem Kinn auf die Tür, woraufhin Fero in wenigen Sekunden das Schloss geöffnet hatte. Im Inneren entkamen sie nicht nur der Kälte, auch das Locken des Irrlichts sank zu einem Wispern.

Anissa hielt die Laterne in die Höhe und holte damit Teppiche für Farbenblinde, mit Schnitzereien überladene Holzsockel und viel funkelndes Kristall aus der Dunkelheit.

»Hier.« Fero deutete auf einen überladenen Wandlüster, dessen dünne Metallzuleitung auf der hässlich gestreiften Seidentapete beinahe unsichtbar war.

Rafael zog seinen Ärmel über die Hand und fegte den geschmacklosen Prunk zu Boden. Mit zitternden Fingern drehte er an dem kleinen Ventil, doch kein Irrlicht kam heraus. Oder sah er es in diesen kleinen Mengen nicht? Aber er müsste es wenigstens spüren.

»Nichts. Es kommt nichts!«

Anissa zuckte mit den Schultern.

Feros Stirn legte sich in Falten. »Gibt vielleicht einen Haupthahn. Wie beim Wasser.«

»Dann steh hier nicht rum, beweg deinen Arsch!«

Anissa drückte Fero die Laterne in die Hand, der wortlos in der Tiefe des Hauses verschwand, wobei er mehr von dem Protz offenbarte, der sicher für zehn Villen reichte.

Im schwindenden Lichtschein sah Rafael, wie Anissa sich mit verschränkten Armen vor ihm aufbaute.

»Wir sind dir freiwillig in die Verbannung gefolgt, Rafael. Das solltest du nicht vergessen.«

»Mach ich doch nicht.«

Er wusste, dass sie die Brauen in der Dunkelheit vielsagend hochzog. Statt der erwarteten Erwiderung hörte er jedoch, wie sich ihre Schritte entfernten.

Rafael sank gegen die Wand, gab den schweren Lidern nach – und sofort fielen die Bilder von Mei über ihn her. Er spürte, wie sein Herz stärker pochte und das Blut zwischen seine Beine pumpte.

Mit einem Knurren riss er die Augen auf. Manchmal wünschte er sich, der Schatten würde kommen und die Sache einfach beenden. Verdammt, er hatte es damals versprochen!

Rafaels Hand fuhr in Tasche seiner Hose, wo er die zerknitterte Notiz berührte.

Ich lebe. Vergiss mich nicht.

Sein Blut kühlte sich ab. Leere Drohungen.

Ein leises Zischen ertönte.

Dann spürte er ein Kribbeln auf der Haut.

Rafael drückte sich ein Stück von der Wand ab, wo sich neben ihm ein Leuchten in der Schwärze gebildet hatte. Kurzerhand hielt er seinen Kopf hinein und atmete durch Mund und Nase kräftig ein. Ein Beben ging durch seinen Körper, jagte eine Gänsehaut über seinen Körper und zog alle Kraft aus Rafaels Beinen.

Er klammerte sich an die Zuleitung, von der nun ebenfalls ein feines Leuchten ausging, das wie eine Liebkosung über seine Hände strich. Seine Finger wanderten ein Stück über das Rohr, glatt wie die Haut einer Frau. Er glaubte sogar, ihre Wärme unter seinen Fingerkuppen zu spüren. Vielleicht …

Er konzentrierte sich auf das Bild, das viel zu schnell zu Meis schmalem Rücken wurde – und tatsächlich verstärkte sich das Leuchten unter seinen Händen. War es wirklich so einfach?

Immer weiter wuchs das Leuchten an und kroch über seine Arme nach oben.

»Wenn wir nicht entdeckt werden wollen, solltest du das Licht ausmachen«, durchbrach Anissa die Stille.

Rafael blinzelte. Er konnte sie in dem blauen Schein gut erkennen, obwohl Fero die Laterne mitgenommen hatte.

Ein ersticktes Lachen, das beinahe zu einem Schluchzer wurde, entstieg Rafaels Kehle. Licht, er konnte Licht machen! Wie sollte ihm das helfen, einen Schatten zu fangen?

KAPITEL 16

Karel sah hinunter auf den Platz, wo die Menschen dick vermummt durch den gefrorenen Schlamm hasteten. Zwischen ihnen schwenkte ein Zeitungsjunge die Seiten in der Luft. Auch wenn seine Stimme hier oben nicht zu hören war, vermutete Karel, dass sich die neueste Schlagzeile um die verdammte Gerechtigkeit drehte.

»Ich hätte nicht gedacht, dass sie zum Krieg aufrufen.« Seine Worte schlugen sich an der Scheibe nieder.

»Vor allem nicht in Merets Namen«, antwortete Jante.

Karel wandte sich vom Fenster ab, hinkte unter Gradas aufmerksamem Blick zu seinem Arbeitstisch und ließ sich auf das Kissen sinken. Aber es half nicht viel.

»Ich glaube nicht, dass die Krähe irgendwas mit dem Mord zu tun hat.«

Jante rieb sich über den Narbenwulst am Kinn. »Ja, ist unwahrscheinlich. Gibt weder einen Grund noch das vorhergehende Spiel.«

»Aber wir haben keine Hinweise.« In dem Moment kam ihm ein Gedanke. Was, wenn er die Krähe suchte … nein, eher um ein Gespräch bat?

»Ich kenne diesen Gesichtsausdruck, Karel.«

»Nur eine dumme Idee, die sich gleich wieder auflöste.« Denn niemand würde derzeit einem Irrlichtkind glauben. »Was ist mit dem Rest? Hat der Rattenfänger schon reagiert?«

Jante schüttelte den Kopf. »Scheint noch abzuwarten, wobei wir an einer Stelle mehr Neurekrutierungen als gewöhnlich beobachteten.«

»Und Vandemer mischt schon gewaltig mit?«

»Wie zu erwarten. Zwar nicht wirklich offen, aber er gibt sich kaum Mühe, es zu verheimlichen.«

»Wieseltje?«

»Um ehrlich zu sein, habe ich keine –«

Es klopfte an der Tür, und nach einem »Herein« von Karel betrat Robbe das Arbeitszimmer. Sein finsteres Gesicht sprach Bände.

»Tjards Junge war gerade da. Die Gerechtigkeit hat Lichtemaad fast vollständig in der Hand. Wolf unterstützt sie mit Geld, Platz, Leuten und womöglich sogar Waffen.«

Karel ballte die Hände. »Der Idiot will wirklich alles riskieren, was wir über Generationen aufgebaut haben.«

»Der alte Wolf war da aber nicht viel anders.«

»Aber er war raffinierter. Er hätte nie einen derart direkten Angriff gewagt.«

»Nelie war übrigens auch da.«

»Sag nicht, dass Rafael sich nicht mal um Piet gekümmert hat.«

»Schlimmer. Die Gerechtigkeit drängt über die Thein und hat unter anderem versucht, einige von Nelies Ältesten zu rekrutieren.«

Karel haute seine Faust auf den Tisch. »Sie werden ihren Krieg nicht nach Rothentor bringen, verdammt! Such dir zwei oder drei unserer fähigsten Leute, Robbe, und sorg dafür, dass die größten Unruhestifter verstummen. Bitte mit Fingerspitzengefühl.«

»Wird gemacht.« Nach einem Nicken verließ er das Arbeitszimmer.

Karel sank in den Stuhl, doch inzwischen half nicht mal mehr eine Gewichtsverlagerung. Die verdammte Kälte hielt die Schmerzen Tag und Nacht in seiner Hüfte, von wo aus sie sich weiter vorfraßen.

»Zurück zu Wieseltje …«

»Keiner unserer Männer konnte etwas in Erfahrung bringen. Sie scheint sich komplett aus allem rauszuhalten und nur mit sich selbst beschäftigt zu sein.«

Karel wollte gern glauben, dass sie sich allein auf ihre Irrlichtkinder konzentrierte, aber auch sie hatte bei der letzten Parlamentssitzung Wolf zugestimmt.

»Wolf ist das Hauptproblem. Er treibt die Gerechtigkeit und den Rest des Parlaments an.«

»Er hat keine Nachfolger«, sagte Grada plötzlich hinter ihm. »Zu viel Angst vor Konkurrenz.«

»Das heißt, wenn Wolf etwas zustößt …«, spann Jante den Gedanken weiter.

Karel seufzte. »Und genau da liegt unser Problem. Wir können nicht warten, bis ihn seine schwächliche Gesundheit irgendwann hinwegrafft.«

»Wenn man nachhelfen könnte …«, murmelte Jante. »Aber wir wissen nicht, ob er einen Arzt oder so was hat.«

Jetzt hätte Karel Rafael gebrauchen können. Pläne ausdenken – wenn auch nicht ausführen – war dessen Stärke. Aber sein verdammter Sohn hatte sich ja zum Irrlichtkind machen lassen! Er hatte gelogen und betrogen. Er hatte das Vertrauen missbraucht.

Hastig verdrängte Karel den Gedanken an seinen Sohn. Er schmerzte noch immer.

»Wir müssen endlich rausfinden, wo der neue Wolfsbau ist.«

Alba hatte ihr Ziel fast erreicht, als direkt über ihr das Geräusch von Flügelschlag ertönte. Mit einem Krächzen landete Corvin auf ihrer Schulter.

Langsam drehte sie den Kopf, bis ihr Gesicht beinahe das dunkle Gefieder streifte. Sie fühlte sich seltsam geehrt von der zutraulichen Geste und hätte sich am liebsten nicht mehr gerührt, aber es war ein ungünstiger Zeitpunkt

»Ich muss gerade etwas Wichtiges erledigen. Tut mir leid.« Sie versuchte, den Vogel sanft herunterzuschieben, doch dieser hatte sich fest in den Mantelstoff gekrallt. Als sie mit beiden Händen nach ihm greifen wollte, hackte er in Richtung ihrer Finger.

Alba sah den Vogel an, der mit seinen schwarzen Augen regungslos zurückstarrte. Dann begann er, sein Brustgefieder zu sortieren.

Mit einem Seufzer setzte sich Alba in Bewegung. Einige der Passanten sahen ihr nach, als sie mit Corvin auf der Schulter und den Händen in den Taschen auf das bekannte Fachwerkhaus zuging. Schneller als erwartet spürte sie das Gewicht des Vogels, aber das Ziehen war eine Ablenkung von dem Kribbeln in ihren Beinen.

Alba hämmert gegen die Tür.

Es dauerte eine ganze Weile, in der ihr Atem sichtbar vor ihrem Gesicht stand und die Kälte durch die Sohlen kroch, bis die Tür aufschwang. Das stoppelbärtige Gesicht des Alten wurde sichtbar. »Ja?«

Dann entdeckte er Corvin und machte einen Schritt zurück, während sein Gesicht eine Mischung aus Unglaube und Zweifel widerspiegelte.

»Guten Tag. Ich möchte gerne mit dem Grafen über sein Angebot sprechen.«

Sein Blick wanderte zwischen ihr und dem aufgeplusterten Vogel hin und her. Sie hatte gehört, dass manche Leute vor

Krähen Angst hatten, weil diese angeblich lebenden Menschen die Augen aushackten.

»Der Graf hat keine Zeit«, sagte der Alte schließlich.

Er wollte die Tür schließen, doch Alba schob ihren Fuß dazwischen. »Bitte, es geht um das Angebot des Grafen.«

»So wie das letzte Mal, oder?«

Sie schüttelte den Kopf. »Das … es tut mir leid. Aber es ging um das Leben meiner Schwester!«

Die Augen des Alten verengten sich zu Schlitzen, doch er versuchte nicht mehr, die Tür zuzudrücken.

»Richten Sie bitte dem Grafen aus, dass ich mein Verhalten wirklich bedaure.« Sie ließ ihre Augen ein wenig glänzen. »Aber … aber wenn es um die eigene Familie geht, können wir nicht immer so handeln, wie wir wollen.« Sie schniefte leicht.

Der Zwiespalt war deutlich auf dem hageren Gesicht zu sehen. Schließlich machte er einen Schritt zur Seite.

Alba trat in den dämmrigen Flur und wartete, bis der Alte die Tür geschlossen hatte. Dann schlurfte er voran, nicht in die Wohnküche, sondern auf die Treppe zu.

»Niemand mag Krähen«, hörte sie ihn murmeln, als sie hinter ihm die Stufen hinaufstieg.

Er brachte sie in den kleinen Saal, in dem sie damals mit Karel gespeist und später Fiene abgeholt hatte. »Sie warten hier.« Damit verschwand er aus dem Raum, und sie hörte, wie er den Schlüssel im Schloss umdrehte.

Alba bewegte die Schultern, was das Ziehen nur verstärkte. Kurzerhand beugte sie ihren Kopf nach vorn und scheuchte Corvin über ihren Nacken auf die andere Seite. Er schüttelte sein Gefieder, und sie spürte seine Krallen durch den Mantelstoff drücken.

Sie setzte sich auf einen der Stühle am Tisch, während Gesicht, Finger und Füße langsam auftauten. Corvin begann, jede seiner Federn sorgfältig durch den Schnabel zu ziehen. Sie wünschte sich, sie hätte seine Ruhe, doch sie hasste Ungewissheit. Vor allem dann, wenn sie keine Kontrolle über die Situation hatte und auf andere angewiesen war.

Die Zeit schien sich endlos zu ziehen, bis sich endlich Schritte näherten.

Der Schlüssel wurde im Schloss gedreht. Statt Karel oder dem Alten betrat die Leibwächterin mit den kalten Augen den Raum. Jede Faser deren Körpers drückte aus, wie gern sie Alba umgehend vor die Tür setzen würde.

Sie stellte unsanft eine glasierte Tonschüssel auf den Tisch. »Deine Hand.« Ihre Stimme war so eisig wie ihr Gesichtsausdruck.

Alba verbiss sich ein »Warum?« und reichte der Leibwächterin ihre Hand, um die diese ihren eisernen Griff legte. Mit der anderen schob sie ruppig Ärmel und Handschuh auseinander und entblößte Albas dürre, weiße Unterarme.

Dann hielt sie plötzlich ein Messer in der Hand, dessen Klinge im hereinfallenden Sonnenlicht scharf und sauber glänzte.

Corvin hackte mit leicht abgespreizten Flügeln in Richtung des Messers.

»Wenn das Vieh sich nicht benimmt, dreh ich ihm eigenhändig den Hals um.«

Alba legte die freie Hand beruhigend auf Corvins Rücken, obwohl ihr Herz wie verrückt pochte.

Sie sah den Schnitt knapp über ihrem Handgelenk, bevor sie das Brennen spürte.

Die Leibwächterin verdrehte den Arm, sodass das Blut in die Schüssel tropfte. In eisiger Stille starrten sie auf die rote Flüssigkeit, die sich dort ansammelte.

Als der Boden des Tongefäßes gut bedeckt war, ließ die Leibwächterin Albas Arm los und nahm die Schüssel mit aus dem

Raum. Auch diesmal wurde Alba eingeschlossen. Sie hatte keine Idee, wofür das gut sein sollte, aber wenn sie auf diese Weise an Rafael Carrasco herankam, sollte es ihr recht sein.

Aus dem Schnitt quoll immer noch Blut, aber Alba hatte nichts, um die Wunde sauber zu verbinden.

Sie knöpfte ihren Mantel auf und schob Weste und Hemd hoch, bis sie an ihr Unterhemd kam. Sie hinterließ einige rote Flecken, als sie von dem feinen, weißen Stoff einen Streifen abriss und ihn mit Hilfe des Munds um das Handgelenk band, während Corvins schaukelndes Gewicht auf der Schulter lastete.

Endlich kam die Leibwächterin zurück, doch ihre finstere Miene verriet nichts. Wortlos hielt sie Alba einen Stoffstreifen hin. Diese streifte ihren Ärmel zurück und zeigte ihren behelfsmäßigen Verband.

»Nicht dafür, für deine Augen!«

Zögernd nahm Alba das Tuch entgegen.

Kaum hatte sie den Knoten festgezogen, wurde ihre Hand ergriffen und die Leibwächterin zog sie hinter sich her. Corvins Krallen gruben sich fester in ihren Mantel.

»Stufen.«

Trotz der Warnung stolperte Alba, fand aber mit der freien Hand Halt am Geländer. Unten angekommen ging es um ein paar Ecken, bevor sie eine weitere Treppe hinunterstiegen. Muffige und feuchte Luft umhüllte sie, als sie stehen blieben. Dann das Geräusch einer Tür.

Immer weiter ging es. Manchmal hallten die Schritte endlos wider, dann streiften Albas Schultern rauhe Mauern. Wasser tropfte, und der Geruch nach Moder war allgegenwärtig. Die Angst wisperte in ihr. Mit jedem Meter pochte Albas Herz lauter und ihre Hände wurden unter den Handschuhen feucht.

Sie hatte das Zeitgefühl verloren, als es eine Treppe nach oben ging und Wärme sowie der Geruch nach Menschen und Feuer alles andere verdrängten.

»Wir sind da.«

Aus der Ferne erklangen Stimmen und Gelächter.

Alba griff um Corvin herum und nahm das Tuch ab, das ihr die Leibwächterin beinahe aus der Hand riss. Sie blinzelte in das Licht, bis sie den Gang eines alten Fachwerkhauses klar sah. Direkt vor ihr befand sich eine Tür.

Die Frau klopfte an und trat sofort ein. Zögernd folgte ihr Alba in ein Zimmer, das von einem wuchtigen Schreibtisch dominiert wurde, hinter dem Karel saß. Er sah ihr düster entgegen. Alba hoffte, dass dies anderen Problemen geschuldet war und nichts mit ihr zu tun hatte.

Neben ihm stand ein Mann mit einem vernarbten Gesicht, durch das er verschlagen aussah, auch wenn die Körperhaltung mit den verschränkten Armen entspannt wirkte.

Alba setzte ein kleines Lächeln auf.

»Hallo, Karel.«

»Ich hoffe für Sie, dass Sie diesmal wirklich wegen meines Angebots gekommen sind, Albertina.«

Sie war sich recht sicher, dass er sich trotz seines harschen Tons freute.

»Das bin ich. Und …« Sie sah auf ihre Schuhspitzen. »… und um mich zu entschuldigen. Ich wollte nur das Beste für meine Schwester und habe dabei wohl meine Manieren vergessen.«

»Wenn Sie ein Mitglied der Rothen werden wollen, kann ich weitere Aufführungen dieser Art nicht dulden.«

»Es wird nicht wieder vorkommen.«

»Gut. Aber was hat Sie nun dazu bewogen, mein Angebot doch anzunehmen?«

»Ich … meine Mutter will mich verheiraten, und Sie hatten recht: Mir reicht dieses Leben nicht. Es langweilt mich zu Tode.« Es war nicht einmal gelogen.

»Dann willkommen bei den Rothen, Albertina.« Ärger und Schärfe waren fast komplett aus seiner Stimme verschwunden. Als sie aufsah, lächelte Karel sogar ein bisschen. Trotzdem wirkte er deutlich älter und vor allem müder als beim letzten Mal.

»Danke.«

Der Narbige grinste, was sein Gesicht noch verschlagener aussehen ließ, doch Alba spürte, dass es ehrlich gemeint war.

»Jante«, stellte er sich vor. »Wenn du was brauchst, bin ich deine Anlaufstelle.«

»Und das ist Grada«, stellte Karel die Leibwächterin vor, die wie eine der Glasstatuen des Winterballs neben Alba stand.

»Und ich möchte Sie warnen, dass nicht jeder hier die Anwesenheit Ihres … Haustiers positiv aufnehmen wird.«

»Oh, danke, aber Corvin wird sicher ganz brav sein.« Ihr wäre lieber gewesen, er wäre erst gar nicht mitgekommen.

»Sie müssen nicht mich, sondern meine Leute davon überzeugen.«

Alba nickte. »Und ich … ich würde mich auch gerne bei Rafael entschuldigen. Unser Streit tut mir ehrlich leid.«

Karels Gesicht verschloss sich. »Tut mir leid, Albertina. Mein Stellvertreter ist nicht mehr ein Teil der Rothen. Er hat uns verlassen.« Hörte sie da Schuldgefühle? Das passte zu dem, was Sora in Erfahrung gebracht hatte. Das machte es nicht einfacher, an Rafael Carrasco heranzukommen. Aber der erste Schritt war getan.

Der Tisch mit den Lederriemen war diesmal leer, doch die dunklen Flecken auf dem Boden erzählten genug.

Hinter ihm, wo vier der Irrlichtkinder Würfel spielten, erhob sich leises Gelächter, das für einen Moment das Stöhnen und Ächzen übertönte.

Kass sah sich kurz nach den beiden Wachen um. Die hatten fast das Ende des Gangs erreicht. Er ließ sich hinab in den Vorraum vor der Kajüte am Heck. Durch die Wand erkannte er ein Irrlichtkind, dessen Leuchten heller war als das der Würfelspieler. Die breiten Schultern passten zu Wieseltjes Gehilfen.

Er umrundete eine der Kisten, die sich auch hier auftürmten, schloss die Augen und drückte das Ohr gegen die Tür. Nichts war in dem Raum dahinter zu hören. Aber so wie der Gehilfe in der Mitte des Raums stand, war er vermutlich nicht allein.

Er sah über die Schulter. Die beiden Wachen kamen in seine Richtung. Sicher war es keine gute Gesprächsbasis, wenn er direkt zwei von Wieseltjes Leuten umbrachte, also zog sich Kass, so weit es ging, auf eine der Kisten in die Ecke zurück. Er brauchte das verdammte Kribbeln des Solviums kein weiteres Mal.

Die Wachen blieben eine Weile vor der Tür der Kajüte stehen, und ihr Blick wanderte aufmerksam in alle Richtungen. So gut wie der Lastkahn abgesichert war, würde Alarm geschlagen werden, lange bevor man Wieseltje erreichte. Die dann ziemlich sicher schon weg wäre. Es wäre nicht das erste Mal, dass sie eine ihrer Aktionen ohne jegliche Hinweise auf sich selbst zurückließ.

Die beiden setzten sich wieder in Bewegung und gingen den Gang in Richtung Lagerraum zurück.

Kass verließ seinen Platz auf der Kiste und ging zu der Kajüte. Da Wieseltje von seinem Besuch nicht angetan sein würde, brauchte er keine Gedanken auf Höflichkeiten zu verschwenden.

Kass trat ein. Als er die Tür schloss und seinen Irrlichtschleier fallen ließ, hatte sich bereits ein flackernder Schild um den Oberkörper von Wieseltje gelegt. Die sprang vom Tisch auf und stürmte auf eines der mit Pergament bespannten Fenster zu. Sie war schmal genug, um da durch zu entkommen.

Er jagte eine größere Menge Irrlicht in ihren Körper.

Wieseltje stolperte ein paar Schritte, dann sank sie außer Reichweite des Fensters in die Knie und kotzte auf den teuer aussehenden Teppich. Manchmal liebte Kass seine Fähigkeit.

Ihr Gehilfe sprang mit einem Messer in der Hand vor und baute sich zwischen ihnen auf.

Kass entzog ihm sicherheitshalber das Irrlicht, bevor er auf blöde Ideen kam oder eine eklige Fähigkeit aus dem Ärmel zauberte. Ohne den Gehilfen weiter zu beachten, ging er um den Tisch herum, auf dem Karten von Ijsstedt lagen, zu Wieseltje.

Vor ihr sank er in die Hocke. »Ich möchte, dass du dir meinen Vorschlag anhörst.«

Sie spuckte aus. Der Großteil blieb an ihrem Kinn hängen. »Ich mach keinen Handel mit der Krähe.«

»Das bin ich nicht.«

»Dann eben einer der anderen Hurensöhne«, würgte sie hervor.

Kass erhob sich und blieb mit verschränkten Armen stehen. »Du kannst wie ein erwachsener Mensch mit mir reden – oder ich kann dem einen oder anderen von deinen Experimenten hier berichten.«

Sie lachte rauh, doch er sah die Angst in ihren Augen aufflackern. »Damit gibst du zu, euren Hausarrest gebrochen zu haben. Glaub nicht, dass das der Königin gefallen wird.«

Er zog die Augenbrauen hoch. Sie würde das Risiko nicht eingehen.

Wieseltje spuckte ein zweites Mal aus. Diesmal traf sie ihn beinahe. Schwankend kam sie in die Höhe, schlang die Arme um den Bauch. »Dann red.«

Kass zog das Irrlicht aus ihrem Körper, damit die Giftigkeit nicht seine volle Wirkung entfaltete. Der Gehilfe, der gegen den Tisch gesunken war, musste dagegen noch ein Weilchen durchhalten.

»Du wirst ein Irrlichtkind nach meinen Vorgaben erschaffen.«

Wieseltje wischte sich mit dem Ärmel über den Mund. »Lass mich raten: Das Risiko ist meins, falls die Sache hier auffliegt.«

Er zuckte mit den Schultern. »Was macht schon einer mehr? Du hast so oder so ein Problem, wenn dich jemand findet.«

»Glaubst du, ich bin so blöd und bleib jetzt noch hier?«

»Nein, das nicht. Aber wie willst du sicher sein, dass ich dich und deine Leute nicht auch woanders beobachte?«

»Auch du kannst nicht überall gleichzeitig sein, Schatten«, stieß sie zwischen aufeinandergebissenen Zähnen hindurch.

»Du kannst es gerne testen. Oder einfach meinen Vorschlag akzeptieren.«

»Und was springt dabei für mich raus?«

»Dass ich deine kleine Aktion hier nicht verrate.«

Sie presste die Lippen zusammen, dann nickte sie abgehackt. »Unter einer Bedingung.«

»Und die wäre?«

»Du sorgst dafür, dass keiner deiner Freunde in die Docks kommt, und wenn doch, bekomm ich Bescheid.« Ein Raubtiergrinsen huschte über ihr Gesicht. »Denn mich werden sie bestimmt nicht kriegen, aber dein Irrlichtkind wird garantiert draufgehen.«

Einfacher als gedacht.

Kass hielt ihr die Hand hin. »Einverstanden.«

Sie musterte ihn aus verengten Augen, dann schlug Wieseltje mit schweißnassen Fingern ein.

Karel deutete mit dem Gehstock auf Rafael. »Du hast meine Ehre besudelt und Rothentor in Gefahr gebracht.«

»Es tut mir leid, Vater. Bitte verzeih mir!«

»Du bist nicht mein Sohn!« Karel wuchs und wuchs, bis er die Decke durchstieß.

Rafael rannte davon, so schnell er konnte, und versteckte sich im Keller hinter dem Kohlenhaufen, wo ihn nie jemand suchen kam.

Er spürte Arme um sich herum und sah auf in das verschwommene Gesicht seiner Mutter. Die dunklen Augen mit den langen Wimpern und die ebenso dunklen Locken, die um ihr gebräuntes Gesicht lagen.

Lächelnd strich sie ihm über den Kopf. »Sch …«

Rafael spürte etwas Feuchtes auf seinen heißen Wangen.

Von irgendwoher kam eine Stimme. Nicht die seiner Mutter. Hatte Karel ihn gefunden? Nein, jemand anderes. Jemand, den er kannte?

Rafael zwang die verklebten Augen auseinander. Schatten flackerten über den hässlichen Kitsch, der sich über ihm erstreckte. Er war nicht zu Hause, aber er spürte noch die Arme seiner Mutter, federleicht und sanft.

»… Fero immer noch weg?«

»Jap. Sollte aber bald wiederkommen.«

»Ich hab die alte Zeitung auftreiben können. Der Schatten, den wir jagen, sieht wirklich so aus wie die erste Tote.«

»Frag mich manchmal echt, ob wir wirklich die Krähe jagen.«

»Ich hab es dir doch gleich gesagt. Und ich hab keinen Bock auf Lügen.«

Die Worte ergaben keinen Sinn. Aber er wollte nicht weg aus den Armen seiner Mutter. Nicht zurück zu Karel.

Rafael wollte es sagen, doch kein Laut kam aus seinem trockenen Mund. Stattdessen krampfte sich sein Magen zusammen. Er zog die Knie an. Schweiß brach aus und sickerte in das bereits feuchte Hemd.

»… mit dem Irrlicht was bei ihm durchgebrannt.«

»Pst, nicht so laut, Anissa. Du weißt nicht, wann er aufwacht.«

»Wenn er überhaupt noch mal aufwacht. Der liegt da nun schon fast einen Tag ohne Bewusstsein rum.«

Kälte kroch über den nassen Stoff in Rafaels Körper und jagte ein Schütteln hindurch. Jemand … er zog die Decke höher, schloss die Augen, versuchte die Stimmen auszublenden, die ihm Kopfweh verursachten, und dachte wieder an seine Mutter, die ihm einen Kuss auf den Scheitel hauchte. Dann wanderten ihre Lippen hinter seinem Ohr den Hals herunter.

Haare fielen über seine Schulter, blauschwarz und glatt wie die seidige Haut der weißen Finger, die nach seinen Händen griffen.

Mei saß plötzlich vor ihm, sah ihn vorwurfsvoll aus großen Mandelaugen an. »Warum lässt du mich warten, mein Geliebter?«

»Das ist nicht meine Absicht. Ich will dich.«

»Dann sag es mir.«

Rafael fuhr auf.

»Sag es mir«, wisperte Meis Stimme.

Er zerrte mit zitternden Fingern die Decke zur Seite, die sich um Hüfte und Beine gewickelt hatte. Er musste nach Rothentor. Zu Mei. Ihr sagen, was er für sie empfand. Dass er sie liebte.

Schwankend kam er in die Höhe und stützte sich an der Wand ab, als sich der Salon um ihn drehte. Die Kälte kroch durch seine verschwitzte Kleidung, in seinen Körper und hinter seine Stirn, wo sich die letzten klebrigen Traumfetzen auflösten.

Rafael atmete tief durch. Er verstand nicht, warum er dieses Verlangen spürte. Keine Frau hatte ihn je so lange beschäftigt.

Aber Mei war auch die Einzige, die er nie erobert hatte. Und sie war ein verdammter Mann!

Rafael ballte die Hände und schlug seinen Kopf gegen die Wand. Säure stieg in seiner Kehle hoch und breitete sich im Mund aus, doch er schluckte sie runter. Er würde den Schatten garantiert nicht kriegen, wenn er rumlag und träumte.

Einen Schritt vor den anderen setzend wankte er auf den Kamin zu, wo Anissa und Lorens saßen.

Anissa sah mit einem angegessenen Apfel in der Hand auf. »Mann, du siehst ja scheiße aus, solltest dich echt noch mal hinlegen.«

»Ich hab genug geschlafen. Ich will endlich Taten –« Dann gaben seine Beine nach. Er taumelte, sank in die Knie und kippte bäuchlings auf das Parkett.

Anissa sah auf ihn runter. »Du stinkst.«

Rafael blieb liegen, als der Salon sich wieder drehte und ihm seltsam leicht im Kopf wurde. Verdammt, in dem Zustand würde er keinen Schatten fangen. Vielleicht sollte er sich doch noch mal hinlegen.

»Komm, hoch mit dir.« Lorens zog Rafael in die Höhe. Auf ihn gestützt schlurfte Rafael zurück zu seinem Lager, auf dem ihn Lorens ablud und sogar zudeckte.

Rafael presste ein »Danke« hervor, während die Decke die Kälte vertrieb und er schläfrig wurde. Aber er wollte nicht schlafen. Er hatte die Nase voll von Mei und seinem Verlangen!

Seine Augenlider wurden schwerer und auch die Leichtigkeit aus seinem Kopf verschwand. Er kniff sich erst in den Arm, dann biss er sich in die Wange – was er schnell wieder sein ließ, denn er spürte nur wieder Mei. Dann setzte sie sich neben ihn und strich ihm über die Haare.

»Ich warte auf dich, Liebster. Ich warte auf dich.«

Robbe studierte sie ebenso wie Alba ihn. Er war gut, das musste sie ihm lassen, doch sein siegessicheres Grinsen fehlte in den Augen. Abgesehen davon, dass er angespannt wirkte.

Mit einem Lächeln schob Alba weitere Münzen in die Mitte.

Fluchend warf Robbe seine Karten auf den Tisch. »Du gewinnst.«

Klatschen erhob sich um sie beide herum. Jemand schlug Alba so heftig auf die Schulter, dass Corvin beinahe herunterfiel.

»Ich trink für euch mit, wenn ich das Geld auf den Kopf hau.« Alba sammelte die Münzen ein und steckte sie in ihre gefüllte Tasche.

»Du hast mehr Glück als Verstand, Bursche«, meinte Robbe.

»Noch eine Runde?«, fragte jemand hinter Alba.

Sie schüttelte den Kopf. »Ich lass euch auch mal eine Chance.«

Gelächter erhob sich.

Als sie aufstand, besetzte sofort eine Frau mit grauem Zopf den Stuhl und warf ein paar Münzen als Einsatz in die Tischmitte.

Alba schlenderte zu dem Fenster, hinter dem die dicken Flocken auf das Hauptquartier der Rothen fielen. Der viele Schnee war ein guter Vorwand gewesen, heute Nacht hier zu bleiben, um Informationen zu sammeln. Bisher war die Ausbeute mager. Rafael Carrasco war zusammen mit drei seiner Kumpanen ausgeschlossen worden, weil sie mehrfach gegen Karels Befehle verstoßen und ihr Wort gebrochen hatten. Etwas, das hier wohl schwer wog.

Jante betrat den Saal und setzte sich nach einem kurzen Nicken in die Runde an eine der langen Tafeln. Dort faltete er eine Zeitung auf und begann zu lesen. Das erste Mal seit Albas Anwesenheit war die rechte Hand des Grafen allein, in Reichweite und nicht bis zu den Ohren in Arbeit vertieft.

Alba ließ sich Jante gegenüber nieder. »Stör ich?«

Er sah vom Tagblatt auf. »Du? Nie.«

»Es ist ein tolles Gefühl, hier willkommen zu sein.« Sie schenkte ihm ein Lächeln. »Ich wollte mich bei Karel bedanken, aber mit den Aufständen der Gerechtigkeit ... er hat so viel zu tun.«

»Ich bin mir sicher, für dich hat er immer Zeit.«

»Und ich kann einfach so zu ihm gehen?«

»Er wird dir schon sagen, wenn er zu beschäftigt ist, und ein bisschen Aufmunterung kann er gerade gebrauchen.« Jantes Sorge schwang vollkommen offen in seinen Worten mit.

»Danke. Dann lass ich dich weiterlesen.« Mit Corvin auf der Schulter, der sich nur selten von dort entfernte, verließ sie den Saal. Bevor sie jedoch Karel besuchte, musste sie etwas überprüfen.

Sie ging nach rechts und stieg eine schmale Stiege in das Erdgeschoss hinunter. Abgesehen von diversen uninteressanten Geschichten hatte sie zwar praktisch nichts über Rafael Carrasco erfahren – hinsichtlich Grada sah die Sache aber anders aus. Es hieß, dass diese nur ihre Arbeit machte, trainierte und schlief.

Zu Albas Freude befand sich die Leibwächterin in dem Übungsraum, der beinahe so groß wie der Saal oben war. Mit schnellen Fausthieben bearbeitete sie einen der Sandsäcke und hielt inne, als sie Alba entdeckte.

»Hast du zufällig Robbe gesehen?«

Grada schüttelte den Kopf, sah sie einen Moment eisig an und begann dann wieder, auf den Sack einzuschlagen.

Alba unterdrückte ein Grinsen, verließ den Raum und rannte die Stufen beinahe hinauf. Sie eilte zu Karels Arbeitszimmer, wo sie ein Lächeln aufsetzte und anklopfte.

Es dauerte eine ganze Zeit, bevor das »Herein« erklang.

Alba trat ein.

Karel saß hinter seinem Schreibtisch, auf und vor dem unzählige Papiere ausgebreitet waren. Seit ihrer Aufnahme gestern waren die Furchen auf seiner Stirn tiefer und die Ringe unter seinen Augen dunkler geworden.

»Guten Abend, Karel.«

»Albertina, wie schön, Sie zu sehen.« Er lehnte sich in seinem Stuhl zurück, und kurz erstarrte sein Lächeln zu einer Grimasse. »Womit kann ich Ihnen behilflich sein?«

Alba blieb neben einer Karte von Rothentor voller Markierungen stehen. »Ich … ich wollte mich eigentlich nur bedanken, dass Sie und Ihre Leute mich so herzlich aufgenommen haben. Es tut gut, nicht mehr nur als höfliche Hülle wahrgenommen zu werden.«

»Das freut mich zu hören. Ich wusste, es würde Ihnen bei uns gefallen. Und was Jante erzählt, haben Sie sich bereits tadellos in die Reihen der Rekruten integriert und die Ihnen zugewiesenen Aufgaben vorbildlich erfüllt.«

»Danke.« Sie errötete ein wenig, sah dann auf die Schuhspitzen. »Ich glaube, er macht sich Sorgen um Sie.«

Karel lachte. »Die alte Glucke macht sich schon Sorgen, wenn ich nur niese oder zu lange im Verschlag hocke.«

»Verzeihen Sie meine Direktheit bitte, aber so wie Sie aussehen, hat er vielleicht recht. Und das ist auch kaum verwunderlich mit den Aufständen und der Sache mit Ihrem Sohn.«

Sein Gesicht versteinerte sich. »Woher wissen Sie von meinem Sohn?«

»Von … von Ihnen. Beim ersten Abendessen.« So ganz stimmte das zwar nicht, aber es war auch ohne direkte Worte klar gewesen.

Er lehnte sich ein Stück vor und blickte sie fest an. »Das werden Sie bitte für sich behalten, Albertina.«

Sie nickte scheinbar eingeschüchtert.

Karel rieb sich über das Gesicht und wurde wieder zu dem erschöpften, alten Mann. »Wenn Sie schon hier sind, hätte ich gerne Ihre Meinung zu einer Sache.« Er deutete auf den Stuhl vor seinem Tisch. »Sie als Außenstehende haben vielleicht eine Idee.«

Alba ließ sich nieder und Corvin tippelte auf die andere Schulter. »Wie kann ich Ihnen helfen?« Es ärgerte sie, dass Karel das Thema so schnell abgeblockt hatte.

»Wie Sie sich sicher denken können, gibt es nicht nur die Rothen, sondern auch weitere … Gruppierungen. Eine davon macht uns zurzeit schwer zu schaffen.« Karel hielt kurz inne, als er beinahe bedächtig das Gewicht verlagerte. »Deren Anführer will die Aufstände und die Gerechtigkeit nutzen, um Ijsstedt ins Chaos zu stürzen.«

»Und Sie wollen das verhindern?«

»Natürlich. Es wird nicht nur den Rothen oder unserem Viertel schaden, sondern der ganzen Stadt.«

»Haben Sie schon versucht, mit diesem Anführer zu reden?« Alba wusste, dass der Vorschlag so naiv war, wie er sich anhörte.

»Auf der letzten Parlamentssitzung, ja. Aber ich hatte leider keinen Erfolg.« Die Erinnerung verärgerte ihn sichtlich.

»Könnte man diesen Anführer entführen, bis sich die Lage beruhigt hat?« Dieser Vorschlag war fast genauso schwachsinnig wie der erste. Aber sie brauchte Zugang zu Karel, und den bekam sie, wenn sie ihn in seinen Ideen bestätigte.

»Das birgt ein Risiko, das ich bei der jetzigen Lage nur ungern eingehen würde. Ein winziger Fehler könnte die ganze Sache noch schlimmer machen.«

Alba blickte auf ihre Finger und flüsterte, als ob sie sich die Worte nicht auszusprechen wagte: »Dann müssen Sie ihn wohl aus dem Weg räumen.«

Karel schwieg.

Als sie aufsah, war seine Stirn gefurcht und seine Mimik erstarrt. Er sah besiegt aus. Wie erwartet war es das, was er hatte hören wollen.

»Ein Unfall«, sagte Alba. »Sie haben doch gute Leute.«

»Wir wissen nicht, wo sein Versteck ist.«

»Oh, dann ist es natürlich schwierig.« Doch Karel hatte mehr als genug Männer und Frauen, die diesen Anführer woanders abpassen konnten. Dann fiel ihr noch etwas ein. »Sie sehen ihn doch bei diesen Parlamentssitzungen, oder?«

»Morgen, ja.« Sein Tonfall verriet, dass er sie nicht verstanden hatte.

»Dann müssen Sie sein Versteck nicht suchen.«

»Das kann ich nicht! Wir alle haben einen Eid geschworen, niemanden in den Parlamentshallen mit mehr als dem Wort anzugreifen.«

»Ich habe nur einen Vorschlag gemacht«, sagte sie besänftigend. »Sie müssen entscheiden.«

»Ich …« Er riss sich sichtlich zusammen. »Ich weiß Ihre Mühen zu schätzen, aber diesen Weg kann ich nicht gehen.«

»Wie Sie meinen. Aber manchmal muss man Opfer bringen, um seine Ziele zu erreichen.« Sie lächelte. Es musste viel geschehen, damit ein Mann wie Karel seinen Eid brach. Aber wenn er dazu bereit war, dann war er vielleicht auch bald so weit, dass er ihr Rafael Carrascos Aufenthaltsort verriet.

»Die letzten Arschlecker der Königin hab ich schon vorgestern aus meinem Viertel geschmissen.« Vandemers Fäuste donnerten auf den Tisch. »Diefkreutz ist mehr als bereit.«

»Gut, dann werd ich dir einen meiner Männer zur gemeinsamen Koordination –« Wolf begann zu husten. Sein Gesicht hatte jegliche Farbe verloren. Oder bildete sich Karel das nur ein, da er darauf wartete, dass Wolf etwas passierte?

Mit einem Röcheln holte Wolf Luft. »Ich werde dir heute noch jemand schicken.« Seine Stimme war rauh. »Wie sieht es bei dir aus, Rattenfänger?«

Karel konnte nicht anders, als weiterhin Wolf anzusehen, während seine Übelkeit wuchs. Er wusste, dass er das einzig Richtige tat. Aber es machte ihn krank zu wissen, dass er seinen Eid und damit sein Wort gebrochen hatte. Ausgerechnet er.

»Karel?«

»Entschuldigung, ich war in Gedanken, weil die Spitzel und Getreuen der Krone nun vermehrt nach Rothentor drängen.«

»Kommst du mit ihnen klar, oder brauchst du Hilfe?« Vandemers Grinsen machte klar, was ihm lieber war.

»Ich habe seit der letzten Sitzung rekrutiert. Das sollte reichen.« Er würde die Leute der Königin entfernen lassen, da sie mit ihren vermutlich gut gemeinten Absichten alles nur schlimmer machten.

Ein weiterer Hustenanfall schüttelte Wolf, er presste seinen Ärmel vor den Mund. Als er den Arm sinken ließ, sprenkelte Rot den Stoff, die Lippen und sogar den Tisch.

Alle starrten auf das Blut.

Wolfs Augen füllten sich mit Angst.

Karel hätte sich am liebsten übergeben.

»Wir machen morgen weiter«, krächzte Wolf und sprang auf. Sofort sank er röchelnd auf seinen Stuhl zurück. »Heins, holt mir … Heins.«

Erst rührte sich niemand, dann erhob sich Vandemer und eilte zu der Flügeltür.

Karel riss seinen Blick von Wolf. Beim Rattenfänger war keine Gemütsregung zu erkennen. Wieseltje dagegen schien tief in Gedanken versunken zu sein, die ihr Gesicht verdunkelten. Niemand würde ihn verdächtigen, das wusste Karel. Nicht ihn, der angeblich lieber verreckte, als sein Wort zu brechen. Aber er hatte keine Wahl gehabt.

Er schmeckte die Säure in seinem Mund, als sein Magen rebellierte. Das war also der Preis, um Ijsstedt zu retten. Nicht Wolfs Leben, sondern dass Karel sich selbst nicht mehr ertrug.

Heins stürmte herein. Auf dessen grobschlächtigem Gesicht stand die Sorge einer Mutter. Mit seinen riesigen Pranken half er Wolf, der so weiß wie der Schnee draußen war, in die Höhe und führte ihn langsam in Richtung Ausgang.

Stuhlbeine scharrten, und der Rattenfänger hievte seine massige Gestalt in die Höhe. »Wir werden uns darauf einstellen müssen, ohne ihn weiterzumachen.«

»Das können wir dann morgen in Ruhe besprechen.« Karel würde alles tun, um zu verhindern, dass Wolfs Kurs fortgesetzt wurde. Noch bestand die Hoffnung, die ganze Sache herumzureißen.

Kurz vor der Tür brach Wolf zusammen. Sein Leibwächter nahm ihn vorsichtig auf die Arme, sodass er wie das Kind wirkte, das er eigentlich noch war, und verließ den Saal.

»Wir sehen uns morgen.« Damit schritt auch der Rattenfänger auf den Ausgang zu.

Karel umklammert seinen Gehstock und versuchte, möglichst normal aufzustehen, auch wenn die Schmerzen beinahe unerträglich waren. Wenigstens entkam er so dem stundenlangen Sitzen auf dem harten Stuhl.

»Auf ein Wort, bitte.« Wieseltje hatte sich ebenfalls erhoben und kam um den Tisch auf Karel zu. »Ich hab gehört, du hast deinen Stellvertreter rausgeworfen.«

»Ich kann niemanden in meinen Reihen dulden, der sein Wort und mein Vertrauen bricht. Vor allem, wenn er mit so wichtigen Aufgaben betraut ist.«

»Vor ein paar Wochen hast du noch anders geklungen.«

»Ich bleibe trotzdem dabei.« Denn er hatte nicht nur als Graf von Rothentor, sondern auch als Vater versagt.

»Und was ist mit den Experimenten?«

»Die musste ich leider abbrechen. Weder habe ich im Moment die Ressourcen, noch möchte ich in der jetzigen Situation ein Risiko eingehen.« Es verwunderte ihn nicht, dass es ihr genau darum ging. Immerhin würde sie Wolf nicht mehr als Ersatz einspannen können.

»Das ist schade, wirklich schade.«

Schritte näherten sich. In der Tür erschienen Grada und Wieseltjes Irrlichtkind. Auch wenn der Gesichtsausdruck von Karels Leibwächterin unnahbar wirkte, so wusste er, dass sie mit dem Mord nicht einverstanden war – nicht hier in den Parlamentshallen, wo Karel sein Wort brechen musste.

Er gab ihr mit einem Nicken zu verstehen, dass alles in Ordnung war, auch wenn er am liebsten geflohen wäre. Doch es würde keinen Ort auf der Welt geben, wo er sich vor der Verachtung seiner selbst verstecken konnte.

Mit einem letzten Blick zu Wieseltje drehte sich Grada um und ging zurück, dicht gefolgt von dem Irrlichtkind.

Wieseltje sah ihnen hinterher, bis sie verschwunden waren, dann wandte sie sich mit ihrem Raubtiergrinsen an Karel. »Aber es hat Spaß gemacht, mit dir zusammenzuarbeiten.« Dann trat sie gegen seinen Gehstock.

Klappernd fiel dieser zu Boden, und Karel griff hastig nach der Tischkante. Bevor er auch nur einen Gedanken fand, legte sich etwas um seinen Hals.

»Tut mir leid, Karel«, hörte er Wieseltje an seinem Ohr. »Aber da Wolf nun praktisch tot ist, bist du nur noch ein Hindernis.«

Karel versuchte, sich aus der Schlinge herauszuwinden, die sich immer fester zog, doch Wieseltje hielt ihn eisern im Griff.

Er tastete nach seinem Messergurt, während die ersten Sterne vor seinen Augen tanzten. Er bekam eine seiner Klingen zu fassen und stach an seinem Körper vorbei nach hinten. Sein Messer fand Widerstand.

Wieseltje fluchte.

Die Schlinge lockerte sich, und er schnappte nach Luft, während er sich nach vorn warf. Sein rechtes Bein knickte ein, und Karel stolperte mehrere Schritte, bevor er die Tischkante zu fassen bekam. Er wollte nach Grada rufen, doch nur ein heißeres Krächzen kam aus seiner Kehle.

Karel flehte seine Hüfte an, dann wirbelte er herum, ein zweites Messer in der Linken.

Wieseltje sprang leichtfüßig auf den Tisch, war mit einem Satz hinter ihm –

– und die Schlinge legte sich erneut um seinen Hals.

Unerbittlich drückte sie ihm die Luft ab. Die tanzenden Lichtflecken kamen zurück und das Gefühl, dass etwas auf seiner Brust saß. Der Saal und die Fresken verblassten und dann versank alles in Dunkelheit.

Das war die Strafe für seinen Eidbruch.

KAPITEL 17

Alba klappte das Notizbuch zu und rieb sich über die Augen, die seit Stunden tränten. Sie wünschte sich nichts sehnlicher als Irrlichtfeuer statt den Öllampen. Und endlich etwas über Carrascos Aufenthaltsort zu finden.

Sie verstaute das Notizbuch in der Schublade von Karels Schreibtisch, bevor sie das nächste, gebunden in hellblaues Leinen, hervorzog. Alba schlug es auf, blinzelte den Schleier weg und begann zu lesen. Eine Auflistung von Irrlichtkindern und dazugehörige Informationen. Eine Handvoll war als Schatten markiert.

Aus Neugier suchte sie nach Sora, doch entweder war er nicht erfasst oder er verbarg sich hinter dem möglichen Schatten, den Karel als Schlitzauge bezeichnete. So oder so gab es keine Infos.

Alba wollte das Buch schon zuklappen, als ihr Blick auf die letzte Seite fiel. *Rafael Carrasco* stand dort. Darunter eine kurze Anmerkung, dass sich die Narben vermutlich auf Brust oder Rücken befänden sowie ein letzter Aufenthaltsort: Eine Adresse in der Altstadt, die durchgestrichen war.

Sie sank in Karels Stuhl. Sie konnte es nicht fassen. Carrasco war nun ein Irrlichtkind? Ob es ein Unfall gewesen war? Oder ob er es selbst gewollt hatte? Sie traute es ihm durchaus zu – wenn es ihm einen Vorteil brachte.

Ein Lächeln kroch auf ihre Lippen. Damit hatte er sich vermutlich selbst ein Grab geschaufelt, denn mit Irrlicht im Körper konnte ihn Sora viel einfacher aufspüren. Bald hatten sie Carrasco.

Schritte näherten sich.

Alba legte das Notizbuch hastig zurück in die Schublade, schob diese schnell zu und beugte sich über die Papiere mit endlosen Warenlisten, wobei ihr das fehlende Gewicht Corvins bewusst wurde. Der Vogel hatte sich seit der Nachricht von Karels Tod nicht mehr sehen lassen.

Jante betrat das Büro. Seine Augen waren so rot wie vermutlich auch ihre, und ein Stoppelbart überzog die eingefallenen Wangen. Sein Gesicht hellte sich ein wenig auf, als er die Tür hinter sich schloss und zu ihr trat. »Du bist wirklich eine große Hilfe.«

»Ich bin froh, wenn ich mich etwas nützlich machen kann, nachdem Robbe mir das Kampftraining erlassen hat.«

Jante sah auf die Abschrift, die sie gerade anfertigte. »Deine Schrift ist ein Kunstwerk. Es wäre dumm von mir gewesen, dein Angebot nicht anzunehmen.«

»Ich bin auch gleich damit fertig, dann brauch ich eine Pause.« Sie musste ihr Gähnen nicht vorspielen. Sie war schon viel zu lange hier, weil Jante den Großteil des Tages das Arbeitszimmer nicht hatte verlassen wollen.

Dieser ließ sich auf dem Stuhl nieder, neben dem zwei kleinere Holzkisten standen. Zu Albas Enttäuschung hatten sie nur diverse Aufzeichnungen von Geheimgängen, Kennwörtern und Listen von Leuten, die Karel einen Gefallen schuldeten, enthalten. Nützlich für den nächsten Anführer der Rothen.

Alba schrieb die letzten Zeilen ab, dann erhob sie sich. »Die Kopie der Warenbestände ist auch fertig.«

»Vielen Dank. Das wird die Sache hoffentlich schneller über die Bühne bringen, sobald wir jemand Neues haben.« Er rieb sich über das Gesicht. »Karel ist so unerwartet von uns gegangen.«

Sie berührte ihn sanft an der Schulter. »Das konnte keiner vorhersehen.« Ein bisschen vermisste sie Karel, aber sein Tod hatte ihr in die Hand gespielt. Jante war kein Anführer. Er war es nicht gewohnt, Entscheidungen zu treffen, und hatte immer ein Ohr für Gegenvorschläge. Gerade von ihr.

»Mir ist klar, dass Rafael Carrasco ausgeschlossen wurde, aber hat ihm jemand Bescheid gesagt?« Sie knüllte den Hemdsaum zwischen ihren Händen. »Er will doch sicher erfahren, dass sein Vater tot ist.«

»Hat Karel dir das anvertraut?«

Sie nickte. »Ich glaube, er hätte trotz allem gewollt, dass sein Sohn es erfährt.«

»Ja, das hätte er.« Jante seufzte. »Das Problem ist … wir wissen nicht, wo sich Rafael aufhält.«

»Oh.« Enttäuschung machte sich in ihr breit. »Vielleicht solltest du ihn suchen lassen.«

»Ich bin nicht der Anführer der Rothen – und will es auch gar nicht sein –, also kann ich eine solche Entscheidung nicht alleine treffen. Und die anderen halten sich an das, was Karel vielleicht am wichtigsten gewesen war: sein Wort.«

»Natürlich, ich verstehe. Wenn du mich für noch etwas brauchst, sag Bescheid.«

Müde nickte er.

An der Tür blieb sie noch einmal stehen. »Jante …«

Er sah sie fragend an.

»Eine Sache, die mir noch eingefallen ist: Wenn Rafael Carrasco ausgeschlossen wurde, wie verhindert man, dass er die Geheimnisse der Rothen verrät?«

»Sein Wort. Da Karel ihm vertraut hat, sollten wir das auch.«

»Das möchte ich auch gar nicht anzweifeln, aber die Rothen sind gerade in einer schwachen Position. Könnte das nicht die … Konkurrenz nutzen?«

»Wolf ist ebenfalls tot.«

»Was ist mit Wieseltje?«

»Ich glaube nicht. Sie ist viel zu beschäftigt damit, die Wölfe zu übernehmen.«

»Und warum hat sie dann diesen heiligen Eid gebrochen, um Karel umzubringen, wenn Wolf praktisch schon tot war? Das ist doch kein Zufall, oder?« Selbst mit Albas wenigem Wissen und geringem Einblick sah das nach einer Machtergreifung aus.

Jante wurde blass. »So hab ich das noch gar nicht betrachtet.«

Alba wunderte sich nicht. Hier hatte sich jeder immer darauf verlassen, dass Karel alles richtig entschied.

»Ihr solltet Rafael Carrasco wirklich suchen, Jante«, sagte sie sanft. »Karel hätte nicht gewollt, dass jemand Fremdes die Rothen übernimmt. Schon gar nicht, wenn seine Mörderin seinen eigenen Sohn zwingen sollte, die Geheimnisse zu verraten.«

Jante sank in dem Stuhl zusammen. »Ich bin einfach kein Anführer.«

Sie schenkte ihm ein Lächeln. »Du hast ja auch noch Robbe und Grada. Ich kann sie holen, dann könnt ihr die Sache besprechen.«

»Übernimmst du nun meine Rolle?« Er grinste sie schwach an.

»Ich versuch dir nur zu helfen.« Und damit sich selbst.

Er richtete sich auf und die Unsicherheit fiel von ihm, sodass die rechte Hand der Rothen wieder vor ihr saß. »Gut, hol die beiden.«

Sie nickte und verließ das Zimmer.

»Danke«, rief er ihr hinterher, als sie die Tür gerade schloss.

Mit einem Lächeln, das sie nach wenigen Schritten hinter einer ausdruckslosen Maske verbarg, eilte sie durch das seit zwei Tagen unnatürlich ruhige Hauptquartier.

Sie fand Robbe bei einer Würfelrunde, über der drückende Stille statt Gelächter lag. Er bedankte sich mit einem traurigen Blick und beendete sein Spiel, bevor er mit Alba den Saal verließ.

Sie machte sich ohne ihn auf die Suche nach Grada, die wie so oft auf die Sandsäcke einschlug. Und sie machte keinen Hehl daraus, wen sie für Karels Tod mitverantwortlich machte. Wieseltje hätte Alba wirklich einen Gefallen getan, wenn sie die Leibwächterin – aus welchen Gründen auch immer – nicht hätte leben lassen.

Zu gern wäre sie hinter den beiden mit ins Büro geschlüpft, aber Grada hatte im Gegensatz zu den anderen beiden einiges dagegen. Das gewünschte Ergebnis würde dennoch ziemlich sicher bei dem Gespräch herauskommen. Robbe war für sachliche Argumente immer zu haben, und die Leibwächterin würde kein Sicherheitsrisiko eingehen, das Karels Erbe gefährdete.

Alba kehrte dem Gang zum Arbeitszimmer den Rücken und stieg die schmale Stiege zum Dachboden nach oben, wo sie sich zwischen Kisten, Truhen und Möbelstücken zu einer niedrigen Tür hindurchschlängelte. Dahinter fielen einzelne Lichtstreifen auf leere und verwahrloste Käfige, weiß schimmerten Balken und Boden.

Sora saß auf einer Decke, den Rücken an die Bretterwand des Taubenschlags gelehnt, und sah zu ihr auf. »Ich dachte schon, du würdest gar nicht mehr kommen.«

Alba ließ sich ihm gegenüber nieder. »Ich musste noch dafür sorgen, dass die Rothen endlich ein Suchkommando nach Carrasco und seinen Getreuen ausschicken.«

»Willst du mir nun Konkurrenz machen?«

»Wenn du so fragst …« Ein Grinsen breitete sich auf ihrem Gesicht aus. »Wir werden ja sehen, wer als erstes Erfolg hat.«

Er lehnte sich ein Stück vor. Seine Augen leuchteten wie die eines kleinen Jungen am Lichterfest. »Du hast keine Chance, Albertina Veenstra.«

Sie lehnte sich ebenfalls vor, sodass ihre Gesichter direkt voreinander schwebten. »Du bist nicht der Erste, der mich unterschätzt, Schatten.«

Sora steckte seine Hand aus. »Möge der Bessere gewinnen.«

Alba schlug ein. »Und um deine Chancen zu erhöhen: So wie es aussieht, ist Carrasco nun ein Irrlichtkind.«

Rafael klatschte mit dem Bauch auf dem Boden auf. Das Parkett fraß sich kalt durch den durchnässten Stoff und ließ seinen Körper zittern. Als ob seine Arme und Beine nicht schon genug bebten.

Er ließ die Stirn auf das Holz sinken und schloss die Augen. Allein das Wissen, dass er den Schatten bald der gerechten Strafe zuführen würde, gab ihm einen Teil seiner Kraft zurück.

Rafael atmete tief durch und drückte sich in die Höhe – bis seine Oberarme nachgaben. Erneut klatschte er auf das Parkett, was ihm die Luft zum Fluchen aus den Lungen trieb. Mit einigen Flüchen und zitternden Muskeln kam er taumelnd in die Höhe, wo er eine Weile einfach nur stehen blieb, während der Schweiß ihm den Rücken herunterlief. Er brauchte eine Pause. Es half niemanden, wenn er seinen Körper in die Erschöpfung trieb.

Er schwankte zu Lorens und Fero, die vor dem Kamin auf Decken saßen und Karten spielten und seine Übungen ignoriert hatten. Was auch besser für sie war.

Fero schleuderte eine Karte auf den Stapel in der Mitte.

Mit einem Grinsen offenbarte Lorens seine Hand.

»Du Bastard!« Fero pfefferte seine restlichen Karten zu Boden.

Lorens grinste. »Dein Gesicht kann jeder wie ein Bilderbuch lesen.« Er sah zu Rafael hoch. »Willst du mitspielen?«

»Und euch abzocken? Sicher.« Seine Muskeln protestierten, als er sich niederließ. Gerade erst war er mühsam aufgestanden …

Fero teilte mit finsterem Gesicht die Karten aus, die Rafael auf der Hand auffächerte. Das Blatt sah überraschend gut aus. Die Frage war, ob es für Lorens ausreichte. Der hatte immer viel zu viel Glück beim Spielen.

Kälte kroch Rafaels Rücken hoch. Er zerrte einhändig eine der Decken, die am Boden lagen, über sich.

Lorens sah von seinem Blatt auf. »Du siehst immer noch beschissen aus. Solltest dich vielleicht mehr ausruhen.«

»Das macht mich nur zu einem alten Mann.«

»Deine Entscheidung.« Mit einem Grinsen warf er die erste Karte in die Mitte. Fero folgte ihm sofort, während Rafael das Gesicht seiner Männer studierte. Wenn Lorens müde war, hatte er seine Mimik nicht immer ganz so gut im Griff.

Aus den Augenwinkeln bemerkte er eine Bewegung. Als er den Kopf wandte, sah er jedoch nur das Licht des Kaminfeuers über den Putz flackern. Er wollte sich schon wieder auf seine Karten konzentrieren, als ihm klar wurde, dass er nichts sah, sondern vielmehr spürte. Irrlicht. Und es bewegte sich.

Rafael rappelte sich auf, Karten und Decke fielen zu Boden. »Irrlichtkind!« Er griff nach seinem Stilett, doch es war nicht da.

»Scheiße!« Fero hielt statt bemaltem Karton plötzlich Stahl in der Hand.

Lorens kam in einer flüssigen Bewegung auf die Beine, sein Degen schimmerte im Feuerschein. »Wo?«

»Treppe.«

Fero eilte in den hinteren Teil des Salons, wo er an der zweiten Tür herumfuhrwerkte.

Lorens zog Rafael mit sich, während das Irrlicht schnell und zielstrebig näher kam.

»Klemmt«, fluchte Fero.

»Lass mich –«

»Guten Abend, die Herren.«

Rafael erkannte Wieseltjes Stimme sofort. Er wäre vielleicht erleichtert gewesen, wenn sie sich nicht die Mühe gemacht hätte, ihn hier oben in Aeria aufzuspüren.

Langsam drehte er sich um, ohne zu zeigen, wie beschissen unsicher er auf den Beinen war. »Was willst du hier?«

Ihr dunkles Gesicht verschmolz beinahe mit der Dunkelheit, doch die weißen Zähne leuchteten. Um ihren Brustkorb herum lag eine flackernde Spur Irrlicht wie ein Schild. Hinter ihr stand der Mann mit dem unscheinbaren Gesicht, das Rafael bekannter vorkam, als es nach dem einzigen Treffen vor ein paar Wochen möglich sein sollte.

»Nur ein bisschen mit dir unterhalten.« Sie ließ sich auf der Decke nieder, auf der gerade eben noch Lorens gesessen hatte, und nahm seine Karten auf, bevor sie sie mit »Drecksblatt« fallen ließ.

Rafael blieb stehen. Er wusste nicht, ob er überhaupt einen Schritt machen konnte, ohne dass sein verdammter Körper ihn verriet. Also beschränkte er sich darauf, die Arme vor der Brust zu verschränken.

»Recht ungemütlich für eine Plauderei.« Wieseltje zog die Beine zum Schneidersitz an und sah zu Rafael auf. »Dann kommen wir eben gleich zur Sache: Ich will dein Wissen über die Rothen. Zugangswörter, Gänge, Verstecke, Rückzugsorte.«

Er wollte seinen Kopf schütteln, doch er schuldete den Rothen nichts mehr. Und sein Eid war nur Karel wichtig. Karel, der seinen eigenen Sohn verstoßen hatte.

»Das ist alles?«

»Alles?« Sie grinste. »Ich denke, das ist bereits eine ganze Menge.«

»Und dann lässt du mich in Ruhe?«

»Was soll ich mit dir anfangen, Carrasco? Du bist am Ende.«

»Gut, wo soll ich beginnen?«

Wieseltjes Gesicht wurde finster. »Wenn du mich verarschen willst, dann wird dein Leben gleich noch viel miserabler.«

»Ich will nur, dass du so schnell wie möglich verschwindest.« Bevor sie etwas erwidern konnte, begann er alles abzuspulen. Vor allem die Dinge, die nur Karel und er gewusst hatten, wie das Rückzugshaus in Schönau oder der Weg zum Hauptquartier über die alten Keller. Oder welche hochrangigen Beamten mit welchen Dingen geschmiert werden konnten.

Sein verräterischer Körper begann zu zittern, trotzdem erzählte er weiter, bis seine Kehle rauh und jede kleine Information draußen war.

»Danke.« Ein Raubtiergrinsen. Dann sah sie zu ihrem Irrlichtkind, das nach einem kurzen Nicken in ihre Richtung ein kleines Buch und einen Stift zurück in den Mantel steckte.

»Dann verschwinde jetzt.« Ihm war kalt und alles tat weh. Er wollte sich nur noch hinlegen.

»Nicht so schnell, Carrasco.« Sie erhob sich geschmeidig und kam ein paar Schritte auf ihn zu. »Woher soll ich denn wissen, ob du die Wahrheit erzählt hast?«

»Warum sollte ich lügen?«

Sie sah ihn an, als ob er den Verstand verloren hatte. »Ich werde es erst überprüfen müssen.« Sie sah zu Fero. »Sorg dafür, dass er die nächsten Tage brav hier auf mich wartet.«

Lorens wirbelte herum, richtete den Degen auf Fero. »Du Hurensohn verkaufst uns?«

Fero grinste nur. Und Rafael fiel auf, wie sehr er Wieseltjes Irrlichtkind glich.

Rafael nickte Lorens zu. Er konnte keine Verräter gebrauchen, die ihn davon abhielten, seine Liebe zu finden.

»Moment, Lorens.« Wieseltjes Blicke bohrten sich in ihn. »Ich zahl dir das Doppelte für die zwei oder drei Tage, die ich brauche, um die Informationen zu überprüfen.«

»Er ist nicht bestechlich!« Rafael spuckte vor ihre Füße.

Doch Lorens zögerte, dann senkte er seinen Degen und schob ihn in den Gürtel, bevor er zu Rafael sah. »Wenn ich mir so überlege, was du gerade – ohne auch nur einen Heller zu verlangen – an Geheimnissen verraten hast, dann schon.«

»Du hast verloren, Carrasco.« Auf Wieseltjes Gesicht stand der Triumph. »Aber ich hab gehört, ein paar Tage Bettruhe würden dir gut tun.«

»Verpiss dich endlich!« Selbst seine Stimme ließ ihn im Stich.

Wieseltje warf ihm eine Kusshand zu. »Danke.« Damit drehte sie sich um und stolzierte mit dem Irrlichtkind in Richtung Ausgang, wo sie sich noch mal umdrehte. »Falls du es noch nicht gehört hast, Karel ist tot.«

Als die Bedeutung der Worte Rafael klar wurde, war Wieseltje verschwunden. Er starrte auf seine Hände, die wie der Rest seines Körpers zitterten. Karel war tot.

Er versuchte sich einzureden, dass es seinem Vater recht geschah. Dass es der herzlose alte Mann verdient hatte.

Auf seiner Wange spürte er etwas Nasses, das er hastig wegwischte.

Karel war tot.

Zwischen Lorens und Fero hindurch, die ihn seltsam ansahen, schlurfte er zu seinem Lager, wo er sich einfach fallen ließ.

Er zog mit zitternden Fingern die Decke über den Kopf, die noch schlimmer als er stank, dann verließ ihn alle Kraft.

Karel war tot.

Zu dem Zittern gesellte sich das Schütteln der lautlosen Schluchzer. Er konnte seinen Vater nicht mehr um Verzeihung bitten.

Alba nahm die letzten Stufen hinauf in den fünften Stock und zu ihrer Wohnung, aus der sie das Nötigste holen wollte, um bei den Rothen einzuziehen. Sie würde jede Möglichkeit nutzen, Sora einen Schritt voraus zu sein.

Sie fischte in ihrer Tasche nach dem Schlüssel, als sie Schritte hinter sich hörte. Sie sah über die Schulter, doch statt Sora oder Hester kam Grada die Treppe hinauf.

Ihr kalter Blick verhieß nichts Gutes, und diesmal lag eine beinahe lauernde Haltung dahinter, die Alba Angst einjagte.

Hastig schloss Alba auf, huschte in ihre Wohnung und warf ihr ganzes Gewicht gegen die Tür.

Das erwartete Einrasten blieb aus.

Sie spürte, wie Grada auf der anderen Seite dagegendrückte und die Tür aufschob. Und dass ihr eigener Widerstand die Kraft aus den Beinen saugte. Panik stieg in Alba auf.

»Sora!«

Für einen Moment stoppte die Tür.

Nur Stille antwortete.

Albas Blick jagte zum Werkzeugkoffer, dessen Inhalt zwischen Notizen und Büchern auf dem Tisch ausgebreitet war. Daneben lag ihre Armbrust, die sie vergessen hatte wegzuräumen – und zu entspannen.

Grada schob. »Du zögerst es nur heraus, Mörderin.«

»Wieseltje hat Karel getötet, nicht ich!«

»Die ist als Nächstes dran. Wenn ich mit dir fertig bin.«

Alba drückte noch einmal, so fest sie konnte, gegen die Tür, dann machte sie einen Satz nach vorn und griff nach der Waffe, die sie ausrichtete, noch während sie herumwirbelte.

Grada stolperte vom eigenen Schwung getragen in die Wohnung.

Der Bolzen bohrte sich in ihre Schulter.

Alba hatte keine weitere Munition in Griffweite.

Sie ließ die Armbrust fallen und brachte den Tisch zwischen sich und die Leibwächterin. Sie hatte den einzigen Schuss versaut. Sie hatte keine Chance gegen Grada. Sie musste an die Sandsäcke denken.

Mit langsamen Schritten kam Grada um den Tisch herum, während sie Alba fixierte. Ein dunkler Fleck bildete sich an ihrer Schulter, wo der Bolzen steckte.

Alba schob sich rückwärts, bis sie an das kleine, aber scharfe Ledermesser zwischen ihrem Werkzeug heranreichte. Ihre Finger schlossen sich um den Griff, während sie weiter zurückwich. Kurz sah sie zu der Wohnungstür, die immer noch offen stand.

Grada sprang vor.

Alba machte einen Satz nach hinten, doch die Faust erwischte sie am Wangenknochen. Für einen Herzschlag sah sie nur Sterne, dann schloss sich eine Hand um ihre Finger, mit denen sie das Messer hielt. Immer fester wurde der Druck, bis der Schmerz unerträglich wurde.

Alba ließ das Messer fallen und versuchte, sich aus Gradas eisernem Griff zu winden. Doch es war vergeblich. Es war aus. Sie hatte verloren.

Grada stieß Alba vor die Brust. Sie stolperte nach hinten und prallte mit dem Rücken gegen das Fensterbrett.

Die Leibwächterin presste sie gegen das knirschende Glas. »Das ist für Karel, der wegen dir seinen Eid gebrochen hat.«

Die Faust traf Alba am Kinn und schmetterte ihren Kopf gegen das Fenster, wo klirrend die Scheibe zu Bruch ging. Schneeflocken klatschten auf ihr pochendes Gesicht, und sie schmeckte Blut.

Irgendwo krächzte eine Krähe.

Splitter bohrten sich in ihre Schultern, als Grada sie an der Kehle nach hinten drückte. »Das ist dafür, dass deine giftigen Ideen ihn umgebracht haben, als ich nicht bei ihm war.«

Der nächste Schlag landete in ihrem Bauch.

Mit einem Keuchen sackte Alba zusammen und fiel in die Glassplitter, die sich durch die Kleidung in den Körper bohrten. Sie kroch zur Seite. Weg. Einfach nur weg.

»Das ist dafür, dass du Jante manipuliert hast.« Gradas Stiefel grub sich in Albas Seite und trieb die Luft aus den Lungen. Die Scherben schnitten tiefer, hinterließen brennende Spuren.

»Und dass du auch Rafael in deine Finger kriegen willst.«

Weitere Tritte folgten, und so gern Alba sich einfach zusammengerollt hätte, sie konnte nicht aufgeben. Sie wollte nicht sterben, nachdem sie das erste Mal in ihrem Leben das Gefühl hatte, eine Zukunft zu haben. Sobald sie ihre offene Rechnung beglichen hatte.

Durch den Tränenschleier hindurch versuchte sie, nach der Leibwächterin zu greifen, doch ihr Arm fiel herab, ohne etwas zu erreichen. Unter ihrer Hand spürte sie die kühlen Scherben.

Albas Finger schlossen sich um das Glas. Sie ignorierte die Schmerzen, ihre Schluchzer. Und den nächsten Tritt.

Dann warf sie sich nach vorn, so weit es ihre Bauchlage erlaubte.

Die Scherbe bohrte sich in Gradas Schienbein.

Alba griff fester, das Glas schnitt brennend in ihre Hand und zog es nach unten, bis es aus ihren blutigen Fingern glitt.

Die Leibwächterin taumelte mit einem Zischen nach hinten.

Auf allen vieren kroch Alba über die Scherben auf den Tisch zu.

Hände zogen sie an ihrer Zopfkrone in die Höhe. Sie schrie auf und schlug um sich. Sie traf etwas Weiches, dann die Tischkante, die im Unterarm Schmerzen explodieren ließ.

Grada presste Albas Kopf auf das zerkratzte Holz. »Je mehr du dich wehrst, desto länger werde ich mir Zeit lassen.«

Alba trat nach hinten aus. Sie traf und der Griff in ihren Haaren lockerte sich. Sie stolperte zwei Schritte zur Seite. Verschwommen sah sie ihre Skizzen vor sich, ihr Werkzeug. Grada, die auf dem Boden hockte und die Scherbe aus dem Bein zog.

Ihre Finger tasteten über den Tisch, und das Erste, was sie zu fassen bekam, war die Rohrzange. Sie holte aus und schmetterte diese mit aller Kraft auf den Kopf der Leibwächterin. Der Aufprall jagte Schmerzen durch Albas Hände und Arme, und das Werkzeug polterte zusammen mit Grada zu Boden.

Dann verließ die Kraft Albas Beine. Die lange Krankheit half ihr, kontrolliert zu fallen. Sie rollte sich auf den Rücken. Glas knirschte. Über ihr drehte sich die Zimmerdecke.

Sie drückte die pochende Wange auf die kühlen Dielen und schloss die Augen. Die Schmerzen vertrieben die Taubheit und das Kribbeln. Und wie diese würden sie irgendwann abebben …

Schritte näherten sich der Wohnung.

Alba tastete mit der brennenden Hand über den Boden, doch ihre Finger gehorchten ihr nicht mehr.

Die Tür fiel leise ins Schloss. So ungern sie Hester sehen wollte, die Frau würde sicher Hilfe holen. Oder war Grada nicht allein gewesen? Es gab bei den Rothen noch mehr, die –

Die Glassplitter neben ihr knirschten, dann legten sich kühle Finger an ihren Hals.

»Alba?«

Sie öffnete die Augen und sah in Soras Gesicht, auf dem sich Erleichterung ausbreitete.

Er half ihr auf und brachte sie zum nächsten Stuhl, wobei mehr als ein Stöhnen ihren zusammengebissenen Zähnen entschlüpfte.

Sora legte den Kopf schief. »Wie geht es dir?«

»Ich hab mich schon schlimmer gefühlt.« Die Worte klangen verwaschen.

Sanft nahm er ihr Gesicht in die Hände und legte seine Daumen auf ihr Kinn. Für einen Moment war es angenehm kühl, dann brannte und biss die Kälte auf ihrer Haut.

»Das sollte ein bisschen gegen die Schwellung helfen.« Als er ihr Gesicht losließ, kehrte die Hitze zurück.

Er griff nach ihrer rechten Hand. So vorsichtig er auch den fingerlosen Handschuh auszog, der Stoff klebte in der Wunde.

Alba biss sich auf die Lippe, um nicht zu schreien, aber ein Wimmern konnte sie nicht verhindern.

Er drehte die Handfläche gegen das Licht und betrachtete sie. »Hast du eine Pinzette?«

»Im Werkzeugkasten.«

Sora legte die Hand auf ihren Beinen ab, dann erhob er sich und stieg über Grada, in deren eng an den Kopf geflochtenen Zöpfen Blut klebte.

»Was ist mit ihr?«

»Ich kümmere mich drum, wenn es dunkel ist.« Er zog die Pinzette hervor, bevor er zu der Kommode ging und einen sauberen Stoffstreifen herausnahm. Kurz fragte sie sich, woher er das wusste, aber er war ja nun schon eine ganze Weile hier.

Er kniete vor ihr nieder, hielt ihre Hand ins Licht und zog vier Splitter heraus, die er zwischen die Scherben auf dem Boden fallen ließ.

Ihre Rechte schien in Flammen zu stehen.

»Moment.« Sora erhob sich und kam gleich darauf mit dem Schwamm der Waschschüssel zurück. Er sank in die Hocke und tupfte sanft das Blut von ihrer Hand. Als diese weitgehend sauber war, umwickelte er sie mit den Stoffstreifen, bis nur noch die rot verkrusteten Finger aus dem Verband schauten. »Du hattest verdammt viel Glück.«

»Ich kann dich ja nicht gewinnen lassen«, brachte sie undeutlich hervor.

Mit einem kleinen Lächeln sah er auf. »Ohne einen ebenbürtigen Gegner macht es auch keinen Spaß.«

Gerechtigkeit für unsere Kinder!

Kass ließ die weißen Buchstaben, die in der hereinbrechenden Dunkelheit fast leuchteten, hinter sich und eilte weiter. Sogar seinen Irrlichtschleier hatte er abgelegt, um schneller voranzukommen. Auch wenn er deutlich länger unterwegs gewesen war als geplant, Wieseltje hatte den Doppelgänger. Zusammen mit der Skizze seiner Narben sollte sie anfangen können.

Er lief durch die Gassen, aus deren Kneipen und Schenken Stimmen voller Aggression drangen. Manchmal fragte er sich, wie die Königin und der Rat so blind sein konnten. Aber vielleicht sah man das Offensichtliche nicht, wenn man sich auf einen abwegigen Aufstand der Irrlichtkinder konzentrierte.

Kurz vor der Himmelsallee zog Kass den Irrlichtschleier um sich. In ausreichendem Abstand zur Brücke hatte sich wieder eine Gruppe Menschen mit ihren Kerzen und Liedern versammelt. Jeden Tag wurden sie weniger, und die neue Gerechtigkeit mehr.

Kass schlüpfte durch das Tor für den Gegenverkehr, wo nur noch normale Soldaten standen – wenn auch in doppelter

Anzahl –, und fiel in einen leichten Trab die Himmelsbrücke hinauf. Auch oben standen keine Irrlichtkinder mehr, wobei hier die Wachen nicht verstärkt worden waren.

Er eilte durch die Gassen Aerias, wo in der Dämmerung kaum noch Bedienstete und Lieferanten unterwegs waren, zum Irrlichthaus. Dessen Tor stand wie gewohnt offen, auch wenn Kass jeden Tag darauf wartete, dass es nach all den Jahren zum ersten Mal geschlossen wurde.

Kass verlangsamte sein Tempo, um das Geräusch seiner Schritte zu dämpfen –

– und spürte ein Kribbeln.

Solvium.

Verdammte paranoide Idioten!

Er schlich zwischen den Soldaten hindurch, während sich das Kribbeln durch seine Haut fraß. Bevor es seinen Magen erreichte, hatte er die Wachen hinter sich gelassen.

Kass atmete tief durch, während sein Blick wie gewohnt zu dem dunklen Fenster im zweiten Stock wanderte. Doch sie würde nicht auf ihn warten. Nie wieder.

Hastig lenkte er seine Gedanken auf das Solvium in den Waffen der Soldaten. Brach der Rat nun seine eigenen Gesetze? Dass das Parlament eigene Regeln beschloss, war die eine Sache, aber der beschissene Rat?

Er eilte um das Irrlichthaus herum bis zur Waschküche, wo selbst bei Eis und Schnee immer eines der Fenster offen stand. Er schlängelte sich zwischen Körben und zwei in Bottichen stampfenden Frauen hindurch in den Gesindetrakt und stieß fast mit einer Patrouille zusammen.

Und was kommt als Nächstes? Das bewaffnete Kindermädchen?

Er wich den Soldaten aus und schlich mit mehr Vorsicht durch die Gänge. Sacht öffnete er die Tür in den Nebenflügel, sah in das Treppenhaus und schlüpfte hindurch. Auch hier am Ausgang gab es neue Wachen.

Kass näherte sich den Soldaten, doch das Kribbeln blieb aus. Also wurde das Solvium nur dort eingesetzt, wo es die Irrlichtkinder dank des Hausarrests nicht erfuhren. Ob die Wachen draußen überhaupt wussten, was sie verwendeten? Vermutlich nicht.

Auf dem Gang im ersten Stock überholte er drei Bedienstete, die sicher das dritte Mal in dieser Woche die Fenster putzten.

Schlechte Tarnung.

Kass wartete einen Moment ab, in dem niemand in seine Richtung sah, dann schlüpfte er in sein Zimmer, schloss hastig die Tür und ließ den Schleier sinken.

Er spürte das Irrlicht einen Sekundenbruchteil eher, dann schloss es ihn ein und lähmte seinen Körper.

Dorien. Scheiße.

Kass kämpfte gegen den Widerstand des unsichtbaren Gefängnisses, doch er konnte nicht einmal seinen kleinen Finger rühren. Aus den Augenwinkeln sah er, wie Dorien auf ihn zukam und vor ihm stehen blieb. Enttäuschung und Wut hatten sich auf dessen Gesicht breitgemacht.

»Vor einer Stunde habe ich Königin Katriena noch geschworen, dass keiner von uns den Hausarrest bricht und die Krähe ist, die den Kopf der Gerechtigkeit ermordet hat.«

Noch etwas, was man bequem den Irrlichtkindern in die Schuhe schieben konnte. Vermutlich steckte Odenvall oder einer seiner Freunde dahinter.

»Und nicht nur, dass ich das hier finde« – er hielt eine schwarze Feder hoch – »sondern du besitzt auch noch eine ungemeldete und mehr als mächtige Fähigkeit.«

Am liebsten hätte Kass gelacht, so abstrus war die ganze Situation. Aber er brauchte einen kühlen Kopf. Er musste hier irgendwie rauskommen, sonst hatte vermutlich nicht nur er ein Problem, sondern auch seine Einheit.

»Hast du gar nichts zu sagen? Willst du nicht wenigstens versuchen, mich zu überzeugen, dass du unschuldig bist?«

Damit du die Königin nicht angelogen hast?

Weder sie noch der Rat würden hiervon erfahren. Es würde keinen weiteren Bericht von Dorien geben.

Er senkte seinen Blick.

Bringen wir es schnell hinter uns.

»Es enttäuscht mich wirklich, dass du nicht nur mich, sondern uns alle hintergangen hast.«

Willst du eine Entschuldigung?

»Tut mir leid, Kasimir. Aber dir waren die Folgen bekannt.« Er trat noch einen Schritt näher. »Wo ist dein Werkzeug?«

»Stiefel.«

Dorien sank in die Hocke und zog das schmale Lederetui heraus. »Noch etwas?«

»Nein.«

Trotzdem tastete ihn Dorien ab, während Kass stur auf den speckigen Holzdrachen mit den Glubschaugen und den abgebrochenen Schnurrhaaren sah. Hisa hätte das, was er vorhatte, nicht gemocht. Aber sie hätte ihm zugestimmt, dass es der einzige Ausweg war – nachdem sie ihn für seine Unvorsichtigkeit gescholten hätte.

Dorien machte einen Schritt zurück und blieb unschlüssig stehen, dann verließ er das Zimmer mitsamt der Mischung aus Wut und Enttäuschung auf dem Gesicht.

In dem Moment, in dem die Tür zufiel, konnte Kass sich wieder rühren. Dorien hatte anscheinend immer noch nicht gelernt, mit seinen Fähigkeiten das Sichtfeld zu überwinden, was die Sache entschieden leichter machen würde.

Ein Schlüssel im Schloss erklang.

Kass schnaubte, während er zu seinem Bett eilte.

Als sei ich ein unartiges, kleines Kind.

Er ging auf die Knie und pulte aus dem Ritz zwischen Wand und Dielen den Ersatzschlüssel sowie einigen Dreck und Staub heraus. Als hier Türen eingebaut worden waren, an denen man sich eher die Hand abbrannte, als ihnen mit Irrlicht beizukommen, hatte er vorgesorgt.

Auch wenn es ein großes Risiko mit all den putzwütigen Bediensteten draußen auf dem Gang war, schloss er auf, zog den Irrlichtschleier um sich und drückte sich durch einen möglichst schmalen Spalt hinaus. Dorien hatte fast sein Zimmer erreicht. Wenn er erst einmal drinnen war, würde es die Sache enorm erschweren.

Kass sprintete los. Das Geräusch seiner Schritte verlor sich in dem Teppich. Falls Dorien seine Fähigkeiten wirklich nur mit Sichtkontakt einsetzen konnte, würde der Irrlichtschleier helfen. Wie auch dabei, dass Dorien Kass' Irrlicht gerade nicht spürte.

Dorien schloss auf und öffnet die Tür.

Mit ausreichendem Abstand bremste Kass ab, überwand das letzte Stück mit sorgfältig gesetzten Schritten. Er hielt die Luft an und hielt sich dicht bei Dorien, um mit durch die Tür zu gelangen. So oft er es auch schon gemacht hatte – es blieb ein Risiko, gerade bei einem ausgebildeten Soldaten.

Alle Sinne angespannt, tauchte er an Dorien vorbei, als dieser sich umdrehte, um die Tür zu schließen.

Kass wartete, bis Dorien hinter seinem Schreibtisch und damit möglichst weit weg von ihm war.

Dann begann er, dessen Irrlicht zu entziehen.

Dorien wirbelte mit geweiteten Augen herum. »Kasimir!«

Der Nachteil einzigartiger Fähigkeiten: Man wurde sofort erkannt.

Kass blieb in Bewegung. Aus den Augenwinkeln sah er die verzerrten Schatten des Irrlichtschleiers, die über die Wände tanzten und von seinem echten Standpunkt ablenkten.

»Bitte, lass uns reden, das ist doch sinnlos.«

Wenn ich du wäre, würde ich abhauen. Ganz schnell, bevor du kein Irrlicht mehr hast.

Als wenn Dorien die Worte gehört hätte, rannte er mit gezogenem Degen auf die Tür zu.

Kass stellte ihm ein Bein.

Als dieser stolperte, zog Kass Dorien mit einem Arm fest an seinen eigenen Körper heran, während er mit der freien Hand Nase und Mund zudrückte. Etwas, das man in der offiziellen Ausbildung nicht lernte. Genauso wenig, wie man davon freikam.

Dorien wehrte sich unkontrolliert, schlug um sich und wand sich in Kass' Griff, doch sein Todesurteil war gefällt.

Langsam wurde Doriens Widerstand schwächer, doch Kass hielt ihn weiter umklammert. Er ging heute sicher kein weiteres Risiko ein.

Schließlich ließ er Dorien sanft zu Boden gleiten. Dessen Gesicht hatte sich entspannt. Dem Geruch nach zu urteilen auch sein Darm.

Kass nahm die Krähenfeder, die aus Doriens Hand gefallen war. Er hätte sich schwerlich in eine beschissenere Lage manövrieren können. Alles was er getan hatte und nun tun musste, würde den Rat gefährlicher machen und damit die Situation für alle Irrlichtkinder verschärfen.

Weil ich Idiot nicht vorsichtig genug gewesen bin.

Er steckte die Feder in Doriens Tasche. Sie würde hoffentlich für ausreichend Verwirrung sorgen.

KAPITEL 18

Alba schreckte hoch. Dunkelheit umschloss sie, doch das Fenster, an dem der Schneesturm rüttelte, war genauso fremd wie der Geruch der Bettdecke.

Das Pochen in ihrer rechten Hand erinnerte sie an den Kampf mit Grada. Und dass sie bei den Rothen untergekommen war. In Jantes Zimmer. Weil außer ihm und Grada immer noch niemand wusste, wer der Arbeiterjunge Albert wirklich war.

Sie schob sich ein Stück in die Höhe und lehnte sich gegen das hölzerne Kopfende. Vorsichtig tastete sie über den Verband um ihre Rechte. Die Haut neben dem Stoff war warm, aber nicht mehr heiß und dick wie die letzten beiden Tage.

Sora, der sich neben ihr auf dem Boden ausgestreckt hatte, rührte sich. »Hat es sich erneut entzündet?«

»Ich glaube nicht.«

Sie sah eine Bewegung in der Dunkelheit, dann spürte sie, wie er sich zu ihr auf das Bett setzte. Seine Hand berührte ihren Arm, fuhr hinunter zur Handinnenfläche. Alba zuckte zusammen, als er ein wenig Druck ausübte.

»Die Schwellung ist weg, das ist gut.« Dann wurde die Haut unter seinen Fingern kalt, und das Pochen ließ nach. Auch wenn Jante dafür gesorgt hatte, dass sich jemand um ihre Wunden kümmerte, so hatte Soras Eis – vor allem in den langen Nächten – mehr geholfen.

»Danke«, murmelte sie. Wie so oft die letzten Tage.

Ein Teil der Wärme kehrte ohne die dumpfen Schmerzen zurück, als Sora ihre Hand losließ. Still und regungslos blieb er neben ihr sitzen.

Alba schloss die Augen, doch sie war hellwach. Es war vermutlich die dunkelste Stunde der Nacht und sie saß zusammen mit einem Mann auf einem Bett. Doch Sora war kein Fremder mehr.

»Was ich nicht ganz verstehe …« Sie durchbrach die Stille. »Warum willst du tot bleiben?«

Sora verlagerte sein Gewicht. »Du erinnerst dich an die Regeln, den Papierkram und das unter Luxus verborgene Gefängnis, über das wir gesprochen hatten?«

Sie nickte, ergänzte dann ein »Ja«.

»Dieser Käfig ist die letzten Jahre für Irrlichtkinder – und uns Schatten im Speziellen – immer enger geworden. Ich denke, einige meiner Einheit würden viel dafür geben, offiziell tot und damit frei zu sein.«

Für einen Moment hörte sie nur das Pfeifen des Schneesturms.

»Aber wenn du nun deine Freiheit hast, warum machst du dann deine Arbeit weiter?«

»Weil ich meine Aufgabe nicht mittendrin abbrechen kann, weil ich nichts anderes gelernt habe und …« Er stockte. »Und weil ich Hisas Mörder nicht ungestraft entkommen lasse.«

»Hisa?« Sie glaubte, den Namen schon einmal gehört zu haben, konnte ihn aber nicht zuordnen.

»Meine Schwester. Das erste tote Irrlichtkind.«

»Oh … tut mir leid.« Sie erinnerte sich vage an die Zeichnung mit der lächelnden Frau, die Sora sehr ähnlich gesehen hatte.

»Das muss es nicht. Es war meine Schuld.« Eine Spur Bitterkeit lag in seiner Stimme. »Ich bin gewarnt worden, aber es hat mich nicht interessiert.«

Alba konnte das verstehen. Sie selbst hatte vor kurzem ihr Bauchgefühl bezüglich Carrasco der Geldgier geopfert.

»Aber sag mir, Alba, was machst du mit deiner Freiheit? Wir sitzen hier immerhin zu zweit.«

»Carrasco für das zerstörte Leben meiner Schwester bezahlen lassen«, antwortete sie ehrlich. »Und außerdem weiß ich nicht, was ich sonst mit meiner Zeit anfangen soll.«

Sora lachte leise. »Ich glaube, wenn das vorbei ist, sollten wir ernsthaft unsere Leben überdenken.«

»Dafür macht es uns beiden viel zu viel Spaß.«

»Aber es macht nicht wirklich frei. So wirst du nie zu dem Vogel, von dem du –« Sora brach mitten im Wort ab.

Alba hielt den Atem an, doch sie hörte keine Schritte. Jante würde sicher alles andere als erfreut sein, einen Schatten in seinem Zimmer zu entdecken, aber noch weniger erfreulich wäre es, wenn das mühsam aufgebaute Vertrauen verschwände.

»Was ist?«, wisperte sie.

»Unter uns ist jemand mit Irrlicht.«

»Carrasco?« Vorfreude prickelte durch ihren angespannten Körper.

»Es ist keiner von uns, aber jemand, der wusste, wie er hier ungesehen reinkommt.« Soras Gewicht verließ die Matratze, und das Geräusch seiner nackten Füße entfernte sich ein Stück.

Alba schob die Decke zur Seite und erhob sich ebenfalls. Ihre unzähligen blauen Flecken und Schnitte schmerzten, als sie sich in der Dunkelheit zu Sora tastete.

»Kann er – oder sie – dich auch spüren?«

»Nein, es ist zu wenig Irrlicht in seinem Körper, als dass er sensibel genug dafür wäre.«

»Dann haben wir die Überraschung auf unserer Seite.« Ihr Atem beschleunigte sich genauso wie ihr Puls. »Lass mich vorgehen und nachschauen.«

Sora lachte leise. »Damit du gewinnst?«

»Vielleicht.« Sie musste grinsen. »Aber ein einziges Mal hast du einen Nachteil, das sollte ich doch ausnutzen.«

Alba tastete sich zurück zum Bett und nahm die Kappe vom Bettpfosten, die sie überzog. Dann sank sie in die Hocke und griff selbst in der Schwärze zielsicher nach der Armbrust. Genauso blind spannte sie die Waffe, in der bereits ein Bolzen lag. Auch bei den Rothen gab es den einen oder anderen, der eine Abneigung gegen sie hegte, aber diesmal würde sie kein Risiko eingehen.

»Was machst du?« Ein feines, blaues Leuchten holte die gröbsten Umrisse aus der Dunkelheit.

»Vorsorgen.« Sie richtete sich auf, die Armbrust lag ungewohnt in ihrer linken Hand.

»Falls es Carrasco ist, erschieß ihn bitte nicht sofort.«

»Die Freude werde ich ihm garantiert nicht machen.« Wobei unvorhersehbar war, wie sie reagierte, wenn sie wirklich vor ihm stand.

Das Leuchten um Soras Hand verblasste, als Alba die Tür öffnete.

»In der Nähe des Übungsraums«, flüsterte er hinter ihr.

Vereinzelte Öllampen brannten auf den Gängen und aus der Richtung des Saals war eine leise Stimme zu hören. Vielleicht der Wachwechsel.

Sie schlich die Treppe ins Erdgeschoss hinunter und ausgerechnet jetzt kehrte das wohlbekannte Kribbeln in ihre Beine zurück. Mit jeder Stufe kroch es ein Stückchen höher, und Alba verfluchte ihre Krankheit, die sie für die zwei Tage Bettruhe zu strafen schien.

Sie ließ den Treppenabsatz hinter sich und wechselte die Armbrust in die rechte Hand, hielt das Gewicht aber hauptsächlich mit links. Was, wenn es wirklich Carrasco war? Dann war in Kürze alles vorbei. Und dann? Entschieden schob sie die Gedanken beiseite.

Der Vorraum war leer, so weit es der flackernde Schein der einzelnen Öllampe zeigte, und die Tür zum Übungsraum geschlossen. Alba glaubte nicht, dass jemand, der sich nachts hereinschlich, dort irgendetwas suchte.

Schritt für Schritt ging sie vorwärts, bis sie in den Gang gegenüber sehen konnte. Dort beleuchtete eine weitere Öllampe einen Teil der geschlossenen Türen und schwarzen Durchgänge. Auch wenn der Sturm, der durch Ritzen und Spalten eindrang, die Schatten zum Zucken brachte, schien sich niemand in ihnen zu verbergen.

Alba schlich zum ersten Durchgang, hinter dem ein wenig hereinfallendes Licht die Umrisse von der Hobelbank und mehreren Kistenstapeln aus der Dunkelheit holte. Sie ging lautlos ein Stück vor, horchte in die Stille zwischen dem Scheppern und Pfeifen des Winds. Doch außer dem Geruch des Sägemehls gab es hier nichts.

Das Gewicht der Armbrust drückte auf ihre Wunde, die wieder zu pochen begonnen hatte, was jedoch im Gefühl der Anspannung unterging. Dies war eine ganz andere Art des Spiels als die höfliche Manipulation beim Teekränzchen. Etwas, das ihr dank ihres Körpers und ihres Umfelds bisher verwehrt gewesen war. Sie hatte etwas verpasst.

Sie schlich zurück auf den Gang –

– und erhaschte eine Bewegung. Dann legte sich etwas um ihren Hals und schnürte die Luft ab.

Die Armbrust fiel zu Boden, und Alba versuchte sich zu befreien, während sie vergeblich nach Luft schnappte.

»Halt deine Klappe, und ich lass dich los«, zischte eine Frauenstimme. »Schrei, und du bist tot.«

Alba nickte hastig.

Die Schlinge lockerte sich.

Alba stolperte zwei Schritte vor, hustete und rang nach Luft. Dann drehte sie sich um. Ihr gegenüber stand eine zierliche Frau mit ebenholzfarbener Haut. Sie wäre sicher hübsch gewesen, wäre da nicht dieses raubtierartige Grinsen, das ihre Zähne entblößte. Dahinter stand ein unscheinbarer Mann. Kein Carrasco. Aber einer der beiden war das Irrlichtkind.

Alba ließ die Schultern hängen und machte sich noch etwas kleiner, während sie den Blick scheinbar unsicher zwischen den Gesichtern hin und her springen ließ. Ihr Herz raste.

»Was hältst du davon, Bursche, wenn du mir ein paar Fragen beantwortest?«

Wieder nickte Alba. Sie hatte keinen Schimmer, wer die Fremde war und was sie wollte, aber vielleicht bekam man etwas aus ihr raus.

»Du bist Mitglied der Rothen?«

Alba bejahte.

»Und was hast du hier mitten in der Nacht zu suchen?«

»Hab Mist gebaut.« Alba sah zu Boden. »Muss Schnee schippen.«

»Dann sollte ich dich wohl nicht aufhalten.« Ihr Grinsen war regelrecht hörbar. »Gibt es immer noch keinen Nachfolger für den Grafen?«

Alba schüttelte den Kopf.

»Was ist mit Jante? Oder Grada?«

Dafür, dass diese Frau ziemlich sicher kein Mitglied der Rothen war, wusste sie gut Bescheid. Müsste Alba raten, würde sie auf den Anführer einer anderen Bande tippen. Jemand, der an Karels Erbe interessiert war. Und der vielleicht etwas wusste.

»Die wollen nicht.« Alba hob den Kopf so weit, dass sie das Gesicht der Frau sah. »Hab gehört, Rafael Carrasco soll es werden.«

»Das glaube ich eher nicht.« Sie schien sich köstlich zu amüsieren.

Alba hätte am liebsten mit ihr gelacht. Alles – das unbemerkte Eindringen, ihre Aussage, Albas Gefühl – deutete darauf hin, dass die Frau einiges über Carrasco wusste. Vielleicht sogar, wo er sich aufhielt.

»Was hältst du davon, Bursche, für mich zu –«

Der Leibwächter zuckte plötzlich zusammen, und sein Blick verlor einen Moment den Fokus, bevor er zu der Frau trat und ihr hastig etwas ins Ohr flüsterte.

Diese griff nach Albas Arm. »Warum ist hier ein Irrlichtkind?«

»Mir erzählt doch niemand was.« Alba blinzelte ein paar Tränen ins Auge.

Der Kopf des Leibwächters folgte einer unsichtbaren Spur. Wenn Sora im ersten Stock war, würde er den hinteren Weg an Karels Arbeitszimmer vorbei wählen. Und damit den beiden die Fluchtmöglichkeit nehmen.

»Schatten«, flüsterte das Irrlichtkind mit einem fast panischen Gesichtsausdruck.

»Verschwinden wir.« Die Frau gab Alba einen Stoß, der diese gegen die Wand stolpern ließ.

Die beiden hatten beinahe das Ende des Lichtscheins erreicht, als der Leibwächter die Frau hinter sich zog und zusammen mit ihr langsam vor der Dunkelheit zurückwich. Auch wenn er ein Messer kampfbereit in der Hand hielt, verriet die ganze Haltung seine Angst.

»Guten Abend, Wieseltje«, ertönte Soras Stimme.

»Zeig dich, Hurensohn!«

Alba sank bedächtig in die Hocke und griff nach der Armbrust und dem Bolzen hinter ihr. Sie erhob sich mit kribbelnden Beinen, legte den Bolzen ein und richtete ihn auf Karels Mörderin aus. Dann hatte sie ja mit ihrer Lüge gegenüber Jante, dass Wieseltje die Rothen übernehmen könnte, nicht einmal falsch gelegen.

Diese sah über die Schulter zu Alba und auf ihrem Gesicht erschien wieder dieses bedrohliche Grinsen. »Glaubst du, deine lächerliche Waffe hilft dir?«

»Sicher mehr als der halblebige Schild deines Wächters.« Sora trat auf der anderen Seite der beiden aus den Schatten und schlenderte näher. Er hatte seine Haare zu einem Pferdeschwanz gebunden, der die ausrasierten Seiten offenbarte.

»Dafür, dass ihr Hausarrest habt, seid ihr viel unterwegs.«

Alba vernahm einen Hauch Furcht unter dem Spott. Wieseltjes Leibwächter hatte sich nicht so gut im Griff. Selbst in dem schlechten Licht war sein Gesicht leicht grün.

»Er wiegt dich immerhin genug in Sicherheit, dass du dich zusammen mit deinem Freund aus deinem Loch herausgetraut hast.«

»Was willst du von mir?«

»Dass ihr auf Nimmerwiedersehen verschwindet«, antwortete Alba und hielt die Armbrust ohne jegliches Zittern auf Wieseltjes Brust gerichtet. »Die Rothen gehören uns.«

»Du hast den Burschen gehört«, sagte Sora.

Wieseltjes Augen verengten sich, ihr Blick wanderte zwischen ihnen hin und her. »Du willst mir nicht allen Ernstes erzählen, du lässt mich einfach gehen. Trotz … Beweis.« Sie deutete auf ihren Leibwächter, der gerade so aussah, als ob er den Schutz dringender brauchte.

»Für den Moment vielleicht.«

Wie aus dem Nichts schwebten zwei Krähenfedern vor Wieseltjes Füße.

»Dann stell dich mal auf eine Herausforderung ein, wie du sie noch nicht erlebt hast.« Ihre Worte klangen blass. »Ich bin nicht wie mein feiger Bruder, der sich wegen dir selbst aufgehängt hat.«

»Das hoffe ich. Er war ein Spielverderber.«

Wieseltjes Hände zitterten, und sie sah trotz allem aus, als ob sie Sora gleich an die Kehle springen würde. Stattdessen eilte sie davon, eng an die Seite des Ganges gedrückt. Der Leibwächter rannte ihr hinterher.

Alba ließ die Armbrust sinken, und das Pochen, das sich bis in ihren Ellbogen zog, drängte sich in den Vordergrund. Doch viel wichtiger war, dass diese Wieseltje vermutlich eine Spur war: Sie wusste etwas über Carrasco.

Die Tür des Salons flog auf, und Franzis stürmte herein. Ihr neuer Anführer. Ein Nachteil, den Doriens Beseitigung mit sich gebracht hatte. Vermutlich hatte Franzis gerade seine offizielle Beförderung bekommen, oder die Königin hatte ihn gelobt. Ein dressierter Welpe, mehr war er nicht.

Kass wollte gerade weiterlesen, als ihm der verräterische Glanz in Franzis' Augen auffiel. Eine ungute Ahnung stieg in ihm auf.

»Sie … sie haben Dorien gefunden. Er ist … ist tot.«

Zu schnell. Viel zu schnell!

»Das war zu erwarten.« Elimar setzte seinen Springer um. »Was anderes wäre nicht zwischen ihn und seine Pflichten gekommen.«

Auf Lilis bleichen Lippen stand die Spur eines Lächelns, dann wurde ihr Gesicht wieder ernst, als sie auf das Spielbrett sah.

»Sie verdächtigen ihn, die Krähe zu sein!«

Valentina, die im Fenster saß und den Schneesturm beobachtete, lachte auf. »Wer hat denen ins Hirn geschissen?«

»Sie haben eine Krähenfeder bei ihm gefunden.«

»Die sind nicht gerade schwer zu bekommen.«

»Er ist … war auch nicht die Krähe!«

Solange der Rat auch dieser Überzeugung war, sollte es den ganzen Prozess hinauszögern und Kass etwas Zeit verschaffen. Vielleicht sollte er möglichst bald mit den Doppelgängern für den Rest beginnen …

Franzis schritt in die Mitte des Salons, Entschlossenheit auf seinem Gesicht. »Wir alle wissen, dass er genau das im Zusammenhang mit Merets Mord versucht hatte herauszufinden.« Er sah jeden von ihnen an, ohne ihnen in die Augen zu schauen. »Einer von uns ist die Krähe. Einer von uns ist ein Mörder.«

Lili bewegte zwei ihrer Soldaten mit einem hörbaren Klacken.

Valentina drehte sich betont langsam um. »Wir sind alle Mörder. Das ist unsere Arbeit.«

»Du weißt sehr wohl, dass ich das nicht meine.«

»Weißt du, Franzis, wenn du nicht nur Dorien in den Arsch gekrochen wärst und dich mit Menschen statt mit Papier beschäftigen würdest, dann wüsstest du seit Jahren, wer die Krähe ist.« Sie schenkte ihm ein zuckersüßes Lächeln. »Wie alle anderen.«

»Ich weiß, dass du mich nie mochtest, Valentina, aber mit Doriens Tod zu spaßen, das ist selbst unter deinem Niveau.«

»Erkenntnis ist der erste Weg zur Besserung.«

»Sora war die Krähe.« Elimar schob mit gerunzelter Stirn einen seiner Soldaten vorwärts.

Franzis' Mund klappte sprichwörtlich auf.

Wer wohl Anführer wird, wenn auch dir etwas zustößt?

»Und das wusste jeder hier?«

Alle nickten, und selbst Lili neigte für einen Moment ihren Kopf, bevor sie mit einem Lächeln einen von Elimars Soldaten entfernte.

»Und ihr denkt, es ist lustig, Dorien und mir das zu verheimlichen?«

Valentina lachte auf. »Lustig ist, dass ihr es nie gemerkt habt, obwohl Sora kein Geheimnis draus gemacht hat.«

»Es hätte uns auch einfach jemand sagen können.«

»Wirklich? Damit kommst du jetzt? Die Sache ist doch eh erledigt.«

»Wo kommen dann die Geschichten her, dass die Krähe Meret ermordet hat? Und warum hatte Dorien die Feder in der Tasche?«

Elimar drehte sich halb auf seinem Stuhl um. »Sora wurde offiziell für tot erklärt. Lass die Sache einfach ruhen.«

»Seine Leiche wurde nie gefunden. Er könnte –«

»Wenn du weiterredest, reiß ich dir persönlich die Kehle raus.« Eindrucksvolle Krallen wuchsen aus ihren Fingern.

»Ich dulde keine Drohungen, Valentina. Ich bin dein Kommandant.«

Sie zog eine ihrer perfekt geschwungenen Augenbrauen hoch. »Und ich dulde keine Beleidigung meiner Freunde.«

Franzis' Blick wanderte von Valentina zu Kass und zurück. »Wer von euch hat die Nachfolge angetreten?«

Vollidiot.

»Du erinnerst dich daran, dass wir Hausarrest haben?« Kass legte sein Buch betont langsam zur Seite. »Ich würde eher unsere geschätzte Königin fragen, ob sie nicht Dorien aus dem Weg hat schaffen lassen, weil er ihr unangenehm wurde. Wie übrigens auch Meret.«

»Deine abstrusen Verschwörungstheorien tun hier nichts zur Sache, Kasimir.«

Kass schenkte ihm ein Lächeln. »Mehr als deine Vertrauensseligkeit in die Königin.«

»Ich …« Franzis stand einfach da. Die Unschlüssigkeit in Person.

»Auf Wiedersehen, Franzis«, sagte Valentina, ohne vom Polieren ihrer Krallen aufzusehen.

Dieser öffnete den Mund, dann schloss er ihn und stolzierte aus dem Salon. Die Tür knallte hinter ihm zu.

Kass nahm sein Buch wieder auf. Bis er unauffällig verschwinden konnte, gab es nichts zu tun, außer sich von den häufigen Gedanken an Hisa abzulenken. Gerade an Tagen wie heute fehlte ihre ruhige Gelassenheit, die Kass' Überlegungen am Boden gehalten hatte.

Elimar bewegte seinen Marschall, doch Lili setzte ihn sofort sanft neben das Spielbrett und schob dafür ihren Springer vorwärts.

In die Stille hinein hallte das charakteristische Bellen von Befehlen aus der Tiefe des Hauses. Ziemlich sicher nicht Franzis.

Valentina und Elimar sahen zur Tür, Lili hielt mit schräg gelegtem Kopf in ihrem Zug inne.

Erneut ertönten die unverständlichen Worte. Treppenhaus, schätzte Kass. Hatte er mit Doriens Tod zu viel losgetreten? Aber eine so schnelle Reaktion vom Rat, der sonst wochenlang alles tot diskutierte? Unrealistisch.

»Ich geh nachschauen.« Kass erhob sich und ging zum Ausgang. Valentina schloss sich ihm wortlos an. Als er die Tür öffnete, hatten sich auch Elimar und Lili zu ihnen gesellt.

Gemeinsam traten sie auf den Gang, der still und leer vor ihnen lag. Das Personal, das die letzten Wochen das Irrlichthaus geschrubbt und poliert hatte, war nirgends zu sehen. Eigentlich sollte es Kass freuen, doch es machte ihm Sorgen. Und nicht nur ihm, wie er an dem Misstrauen auf Valentinas Gesicht und an Elimars gerunzelter Stirn sah.

Auch das Treppenhaus lag wie ausgestorben vor ihnen. Selbst die Wachen an der Tür fehlten. Beinahe wirkte es wie die Freiheit, die sie früher mal genossen hatten.

Sie stiegen in die Eingangshalle hinab und traten hinaus in den Innenhof, wo der fallende Schnee die Geräusche Aerias ausblendete.

Das Erste, was Kass auffiel, war das Tor, das aus dem gleichen gehärteten Stahl wie die Türen im Hausinneren bestand. Es war geschlossen. Zum ersten Mal, seit sie hier oben untergebracht waren. Außerhalb des Tors stand eine Reihe von Soldaten mit den Rücken zu ihnen – und trotzdem war Kass sicher, dass ihre Aufmerksamkeit dem Irrlichthaus und dessen Bewohnern galt.

Aus dem Ausgang des anderen Flügels traten Irrlichtkinder. Wächter, Eskorten, Irrlichtschmiede und einige Mitglieder der königlichen Leibgarde. Der Großteil von ihnen hatte gerade mal genug Irrlicht im Körper, um ein bisschen Irrlichtfeuer zu erzeugen. Das reichte, um den Menschen Respekt einzuflößen, aber es war nicht genug, um ernsthaft eine Gefahr darzustellen.

»Was soll das werden?«, fragte Valentina.

Elimar zuckte mit den Schultern. »Eine Bedrohung von außen?«

»Dann geh mal ein Stückchen vor«, schlug Kass vor.

Während Elimar ihn noch fragend anschaute, war Valentina schon unterwegs zum Tor. Auf halbem Weg erstarrte sie, wirbelte herum und kam mit Funken sprühenden Augen zurück. »Solvium!«

»Wer hat dem Rat ins Hirn geschissen, dass sie das illegale Zeug wieder einsetzen?«

»Und was willst du machen? Dich förmlich beschweren?«

Elimar schüttelte den Kopf. »Abwarten und auf der Hut sein. Vielleicht ist das nur eine Kurzschlussreaktion auf Doriens Tod.«

Kass bezweifelte es. Er hatte das Gefühl, dass ihm die Zeit davonlief.

Rafael starrte auf das leere Papier vor sich. Die Schreibfeder lag regungslos in seiner Hand. Er fand einfach nicht die richtigen Worte. Zu viele falsche lagen schon zusammengeknüllt um ihn herum, aber um den Schatten anzulocken, war nur das Beste genug.

Er tunkte die Feder ein, doch als er sie aufsetzte, erschien ihm die sorgfältig zurechtgelegte Formulierung dämlich und kitschig.

Rafael sah zu Lorens, der bedächtig im Feuerschein seinen Degen schliff, während Fero hinter ihm pennte. Er verfluchte die beiden Verräter, die, ohne mit der Wimper zu zucken, Wieseltjes Geld angenommen hatten. Vor allem Lorens! Sie waren zusammen mit Anissa wie Geschwister aufgewachsen. Und nun war sie die einzige Getreue, die Sora für ihn beschattete.

Er schob Papier und Feder zur Seite und kam schwankend auf die Beine. Auch wenn er die zwei Tage, die er hier schon eingesperrt war, für Übungen genutzt hatte, war er immer noch zu schwach. Außerdem juckte sein verdammter Rücken, wo sich der Schorf abschälte.

Rafael ging zu Lorens, der mit dem Schleifen innehielt und aufsah. »Was gibt's?«

»Wann kommt Wieseltje wieder?«

Der Verräter zuckte mit den Schultern. »Hat nichts gesagt. Aber die Krähe wartet sicher auf dich. Oder wen auch immer wir da angeblich jagen.« Er grinste breit.

Rafael hätte ihm sein Stilett am liebsten mitten in die Fresse gerammt. Doch er konnte es wahrscheinlich nicht mal mit einem von beiden aufnehmen. Er brauchte Geduld. Es würde eine Chance geben. Vielleicht heute Nacht, wenn die Müdigkeit die Wache lang werden ließ.

»Gut, dann hau ich mich eben aufs Ohr.« Er drehte sich um und schlurfte übertrieben langsam zu seinem Lager. Er kickte zwei der Papierknäuel weg, bevor er sich hinlegte und die Decke über sich zog.

Das gleichmäßige Geräusch von Lorens Schleifen und die Wärme unter der Decke lullten Rafael ein. Immer wieder fielen ihm die Augen zu, aber er musste wachsam bleiben.

Irgendwann begann Fero zu schnarchen.

Rafael wusste nicht, wie viel Zeit verstrich, da sich die Mischung aus grauem Zwielicht und Feuerschein genauso wenig änderte wie das Pfeifen des Winds im Kamin. Mit den Erinnerungen an Karel, wie dieser ihn ausgeschlossen hatte und wortlos gegangen war, schaffte Rafael es, sich die Bilder von Mei vom Leib zu halten. Auch wenn es dabei in seiner Brustgegend zog.

Im Halbschlaf entging ihm beinahe, dass das Schleifgeräusch verstummte. Durch leicht geöffnete Lider sah er zu Lorens, der Stein und Degen sorgfältig verstaute. Als dieser herüberblickte, schloss Rafael hastig die Augen.

Über das Knacken des Feuers und das Jammern des Winds hörte er das leise Rascheln von Kleidung. Rafael zählte bis zehn, bevor er vorsichtig ein Auge öffnete. Lorens verließ gerade den Salon.

Er wartete noch einige Augenblicke, dann warf er die Decke zur Seite. Unter seinem wenigen Hab und Gut zog er das Stilett hervor, das er vorgestern wiedergefunden hatte, und steckte es sich in den Hosenbund. Nicht bequem, aber falls er auf Lorens stieß …

Er griff nach seinem Mantel, den er über sein widerwärtig fleckiges Hemd zog, und fuhr sich kurz durch die Haare, bis er die Stoppeln des Bartes berührte. Er sah aus wie ein verdammter Penner.

Der Wind brachte die Scheiben zum Scheppern.

Rafael fuhr sich noch mal über das Kinn. So schlimm war es bestimmt gar nicht, vielleicht ungewohnt, aber schlecht hatte er damit noch nie ausgesehen. Manche Frauen mochten das Verwegene. Doch er wollte den Schatten. Er wollte, dass die verdammte Besessenheit endlich endete.

Auf Zehenspitzen schlich er, ohne Fero aus dem Blick zu lassen, zu dem türlosen Ausgang. Er fühlte sich seltsam leicht und euphorisch, als er durch das Treppenhaus voller grauem Zwielicht eilte. Bald war es vorbei. Bald war er frei.

Er öffnete die Haustür –

– und stand Lorens gegenüber, der mit der Hand am Hosenlatz erstarrte. Dann machte dieser einen Schritt vor und stieß Rafael zurück ins Haus.

»Schön hier geblieben, Rafael.«

»Du hast einen Eid mir gegenüber abgelegt. Vergiss das nicht!«

Mit einem Knall zog Lorens die Tür ins Schloss. »So wie du, und trotzdem hast du alles ausgeplaudert. Deswegen dürfen wir hier nun auch brav warten, bis Wieseltje zurückkommt.«

»Du mieser Verräter!« Wut stieg in Rafael auf.

Lorens zuckte mit den Schultern.

Rafael machte ein paar Schritte ins Haus zurück. Nein, er würde jetzt nicht klein beigeben und untätig rumsitzen, während sein Verstand jedes Mal, wenn er die Augen schloss, dem Wahnsinn näherrückte.

Er zog sein Stilett und stach damit nach Lorens. Der sprang zur Seite, sodass die Klinge durch die Kleidung in seinen Oberarm schnitt.

»Hurensohn!« Rafael stach ein zweites Mal nach ihm, doch Lorens tänzelte zur Seite.

»Du bist viel zu kaputt. Gib auf.«

Rafaels Hand schloss sich fester um den Griff der Waffe. Wenn Lorens glaubte, dass er nicht mehr kämpfen konnte, dann käme ihm das vielleicht zupass.

Rafael täuschte einen Angriff an, der in einem scheinbar hilflosen Taumeln endete. Wie erwartet blieb Lorens grinsend stehen.

Dann sprang Rafael vor. Das Stilett zog eine schimmernde Spur durch das Zwielicht, doch Lorens wich ihm spielend aus.

Die Wut in Rafael kochte. Wut auf Lorens, der ihn aufhalten wollte. Wut auf seinen Körper, der viel zu schwach war. Wut auf das Irrlicht, das ihn im Stich ließ. Wut auf den verdammten Schatten.

Lorens tänzelte um Rafael herum und versetzte ihm einen Tritt in die Kniekehle. Den Fall konnte Rafael nur mit einem Stolpern nach vorn auffangen. Als er herumwirbeln wollte, donnerte ihm Lorens den Ellbogen in den Rücken, und Rafael fiel zu Boden.

Dann war Lorens über ihm, drückte ihn auf die Fliesen und bog das Handgelenk, bis Rafael widerwillig die Klinge fallen ließ.

Rafael ruckte herum und seine Hände griffen nach Lorens' Kehle. Er nutzte den Schwung und das Gewicht des anderen Körpers, um Lorens unter sich zu bringen. Er zwang alle seine verbliebene Kraft in die Finger, die sanft zu leuchten begannen – und das Grinsen auf Lorens' Gesicht aus der Dunkelheit holten.

Etwas brach in Rafael. Die Wut raste ungezügelt durch seinen Körper, brannte durch die Arme und die Finger, wo sie zu

Irrlichtfeuer wurde, das um Lorens' Hals züngelte. Aus dem Grinsen wurde Panik.

Rafael umklammerte den Hals. Seine Hände schmerzten und brannten, die Flammen fraßen sich in die Haut. Er würde Lorens töten, hier und jetzt.

Aus den Augenwinkeln sah er eine Bewegung, dann donnerte eine Faust gegen seine Schläfe. Das Irrlichtfeuer erlosch.

Bestellungen, Schuldscheine und dazwischen die eine oder andere Drohung, die durch Albas elegante Handschrift einen interessanten Unterton bekam. Sie hätte nie gedacht, dass es bei den Rothen so viel Papierkram gab. Das war fast so viel wie in der Manufaktur ihres Vaters – wobei die Leitung des Viertels eher etwas von einer Regierung hatte.

Kurz schloss sie Augen, um diese zu entspannen. Das Hauptquartier der Rothen war wie die ganzen letzten Tage unnatürlich still, weshalb sie die wütenden Stimmen von der Straße vernahm. Die Gerüchte um Karels Tod und den fehlenden Nachfolger hatten nun auch in Rothentor die Unruhen aufleben lassen.

Alba öffnete die Augen, legte die Dankesbezeugung für einen hochrangigen Beamten zu den anderen fertig geschriebenen Dokumenten und streckte ihre Beine unter dem Tischchen, das ihr Jante in die Ecke von Karels Arbeitszimmers hatte stellen lassen. Dieser saß selbst über einen Stapel Papier auf Karels Schreibtisch gebeugt und rieb sich die Schläfen. Auch wenn er es nicht wahrhaben wollte, so war er schon fast der neue Graf – und er fraß Alba beinahe aus der Hand.

Mit einem Schmunzeln griff sie nach einem der Protokolle über die Irrlichtexperimente. Nichts, was sie kopieren musste, aber was sie vor der Vernichtung hatte retten können. Doch es enthielt nichts von Interesse. Nichts, was auf Carrascos Aufenthaltsort schließen ließ.

Sie rieb vorsichtig die pochende Hand. Auch Sora hatte gestern keinen Erfolg gehabt und nichts über den Verbleib von Wieseltje erfahren.

Es klopfte an der Tür, und eine der Kundschafterinnen trat nach dem »Herein« von Jante ein.

Alba sank möglichst unauffällig tiefer in ihren Stuhl.

»Wir haben Anissa gefunden. Gooiseweg, Altstadt.« Die grauhaarige Frau ergänzte eine kurze Beschreibung eines Fachwerkhauses mit grünen Fensterläden.

Alba unterdrückte ein Grinsen. Sie gewann doch noch.

»Ist sie alleine?«

»Nur ihre Familie. Von Lorens und Fero weiterhin keinerlei Spur.«

»Ich nehme an, der Kundschafter ist noch in Position.«

»Im Haus gegenüber. Ich hab einen zweiten ein Haus weiter untergebracht.«

»Danke. In der Küche müsste noch was vom Essen übrig sein. Und schick Robbe zu mir, sobald er zurück ist.«

Seit Gradas Verschwinden vor drei Tagen schien Jante nicht mal mehr die Entscheidung, was er heute anziehen sollte, selbst zu treffen. Weshalb auch Robbe beinahe ständig um ihn war.

Mit einem Nicken verließ die Kundschafterin das Arbeitszimmer, und die Tür fiel ins Schloss.

Alba legte die Feder zur Seite und streckte sich mit einem hörbaren Gähnen.

»Du solltest mal eine Pause machen«, sagte Jante. »Du bist schon viel zu lange hier.«

»Die Schuldscheine sind aber noch nicht fertig.«

»Mach dir da keine Gedanken. Ohne dich müsste ich das alles selber machen, da ist jedes bisschen schon eine Hilfe. Geh ruhig.«

»Danke, Jante.« Alba erhob sich und streckte sich übertrieben, bevor auch sie das Arbeitszimmer verließ. Sie eilte zu ihrer

Schlafkammer, griff nach den Handschuhen und der Armbrust, befestigte sie am Gürtel. Sie warf sich ihren Mantel über, steckte ein paar der Bolzen ein und trat auf den Gang.

Vor der Treppe zum Dachboden sah sie sich um, dann rannte sie die ausgetretenen Stufen hinauf und weiter in den Taubenschlag. Sora war nicht da. Dafür erklang von draußen ein Krächzen. Für einen Moment hoffte sie auf Corvin, der sich die letzten Tage praktisch gar nicht hatte blicken lassen. Dann fielen weitere Krähenstimmen mit ein.

Sie zog das gewachste Tuch von ihren Schwingen, die ihr Sora gestern Nacht gebracht hatte. Schnell legte Alba diese an und knotete den ausgebleichten Umhang, der auf einem der Käfige hing, um ihre Taille sowie die Armbrust.

Als sie die wacklige Tür zum Dach öffnete, stoben krächzend Krähen auf. Albas Blick folgte den kräftigen Flügelschlägen der Vögel, die mühelos den starken Wind bezwangen. Das hatte sie bis jetzt noch nie gewagt. Aber sie musste erfahren, was Anissa wusste.

Im Schatten des Taubenhauses eilte sie geduckt auf die Dachkante zu. Zwei Wachposten gab es hinter ihr, aber deren Unterstände waren so ausgerichtet, um vor einer Gefahr von außen zu schützen.

Sie stieß sich von dem rutschigen Dach ab und öffnete die Flügel gerade so weit, dass sie auf Höhe des Firsts blieb. Unter ihr zog eine der unzähligen Gassen dahin, von wo die wütenden Stimmen heraufhallten und einige Finger in die Höhe zeigten. An der Kreuzung am Ende breitete sie die Schwingen voll aus und gewann schnell an Höhe.

Der Wind peitschte ihr ins Gesicht und riss ihr die Kappe vom Kopf, um dann pfeifend unter die Schwingen zu fahren. Krähen tanzten um sie herum, beäugten sie misstrauisch und neugierig zugleich, schossen dann mit einem Gurren weiter.

Alba schloss die Augen und ließ sich tragen. Der Geruch von Schnee füllte ihre Nase, die gierig mehr von der Kälte einsaugte. Frei wie die Krähen – und nun würde sie Carrasco finden.

Sie öffnete die Augen und steuerte in einem weiten Bogen tiefer. Die Straßen der östlichen Altstadt lagen beinahe leer unter ihr. Hier und da hatten sich Gruppen gebildet, doch das sonst gewohnte Treiben und die Demonstrationen fehlten. Hatte sich die Lage beruhigt? Sie hatte in den letzten Tagen kaum mehr als Karels Arbeitszimmer gesehen.

Als sie recht sicher war, dass sie gerade niemand beobachtete, landete sie in einem engen Hinterhof im zertretenen Schnee und faltete die Flügel. Mit vor Kälte steifen Fingern fummelte sie die Riemen an Armen und Beinen auf, bevor sie den Umhang entrollte und überwarf. Hastig strich sie die vom Wind gelösten Haarsträhnen hinter das Ohr, dann trat sie hinaus auf eine der unzähligen Gassen der Altstadt.

Der Schnee hatte hier durch Schuhe, Ruß und anderen Dreck jegliches Weiß verloren. In die zusammengeschobenen Haufen am Rand hatten sich zerbrochene Eiszapfen gebohrt, zuweilen hatte sich jemand an einem dreckigen Schneemann versucht.

Alba fragte eine Gruppe balgender Jungs nach der Richtung. Während die sich über die Frage nach dem besten Weg in die Haare bekamen, setzte Alba mit ausreichend Informationen ihren Weg fort.

Als sie den Gooiseweg betrat, krümmte sie ihren Rücken etwas, damit die Flügel wie ein Buckel aussahen. Zusammen mit den hellen Haaren hielten sie die Kundschafter der Rothen aus der Ferne hoffentlich für eine alte Frau.

Alba erreichte das Haus mit den dunkelgrünen Läden, auf das die Beschreibung der Kundschafterin passte. Durch die Tür hindurch hörte sie gedämpftes Kinderlachen, das sofort verstummte, als Alba an das Holz hämmerte.

Die Tür öffnete sich einen Spalt, und ein ebenmäßiges Gesicht mit hartem Zug um den Mund erschien. »Ja?«

»Guten Tag, ich bin Albertina. Sind Sie Anissa?«

Die Augen der Frau verengten sich zu Schlitzen. »Und wenn?«

»Jante schickt mich.«

»Sag ihm, ich will nichts mehr mit den Rothen zu tun haben.« Sie wollte die Tür schließen, doch Alba schob den Fuß dazwischen.

»Wir haben nur ein paar Fragen, dann werden Sie nichts mehr von uns hören.« Alba schenkte ihr ein Lächeln. »Und Ihre liebe Familie auch nicht.« Für einen kurzen Moment fragte Alba sich, was mit ihr passiert war, dass sie Kinder bedrohte.

Anissa riss die Tür auf und ein Gewehr richtete sich auf Alba. »Wenn du Schlampe noch mal meine Familie bedrohst …«

»… wird dich der Rest meiner Leute zu Jante zurückschleifen. Zusammen mit den Kindern.«

Der Blick der Frau suchte die Gasse ab, dann senkte sie die Waffe und funkelte Alba an. »Dann los.«

»Wir brauchen den Aufenthaltsort von Rafael Carrasco.«

»Keine Ahnung. Interessiert mich auch nicht mehr.« Sie log. Gut, aber nicht gut genug.

»Wessen Schutz ist dir mehr wert?«

Anissas Augen verengten sich und ihre Hand krampfte sich um das Gewehr.

Albas Finger legten sich um die Bolzen in der Tasche. Am Gürtel unter dem Mantel, dem Umhang und den Schwingen spürte sie das Gewicht der Armbrust. Das musste sie für das nächste Mal optimieren.

»Ich hab ihm Treue geschworen«, zischte sie. »Auch als ehemalige Rothe halte ich mein Wort.«

»Deswegen hältst du dich auch hier auf und nicht bei ihm.«

Die Frau presste die Kiefer zusammen.

»Was glaubst du, wird die Königin oder werden gar die Schatten sagen, wenn sie erfahren, dass du ein illegales Irrlichtkind schützt?«

»Fick dich!« Anissa spuckte aus. »Im Osten Aerias. Eine neue Villa mit hässlich geschnittenem Grünzeugs.«

Alba unterdrückte das Grinsen. Endlich hatte sie Carrasco.

»Und was macht er dort?«

Sie zuckte mit den Schultern. »Halb tot rumliegen? Er ist am Ende.«

Das klang immer besser.

»Ist er allein?«

»Fero und Lorens sind vielleicht noch bei ihm.«

»Kann er etwas mit seinem Irrlicht?«

»Ein bisschen Licht machen. Glaube, er hat davon mehr erwartet. Aber das ist nicht mehr meine Sache. Ich bin raus.«

»Danke, Anissa.«

»Richte Jante aus, wenn noch mal einer seiner Leute auftaucht, schieß ich ihm die Birne weg.«

»Als persönlicher Dank für die Informationen: Seine Leute sind im Haus hinter mir, der andere gleich rechts neben dir.«

Anissa hatte sich gut unter Kontrolle. Dann knallte sie die Tür vor Albas Nase zu.

Diese schlurfte wie eine alte Frau davon, ohne einen Blick zurück oder nach oben zu werfen. So wie sie Anissa einschätzte, würde diese mit ihrer Familie alsbald abhauen – und niemand würde Jante verraten, dass Alba vor ihm da gewesen war.

Sie vergrub die Hände in den Taschen, richtete sich langsam auf und schlenderte durch die ruhigen Straßen. Am liebsten würde sie direkt nach Aeria fliegen, doch sie war nicht allein bei der Jagd. Sie hatten sich geschworen, dass sie bei einem Hinweis auf Carrascos Versteck dem anderen Bescheid gaben. Das hieß, sie musste bis heute Abend oder Nacht warten. Aber immerhin hatte sie die Wette gewonnen.

Männer und Frauen in Uniform und mit grimmigen Gesichtern standen um den Lastkahn herum, der diesmal ohne eine Spur Irrlicht im trüben Wasser lag. Zwei muskelbepackte Hünen kamen mit einer Kiste an Deck und trugen sie über die Planke an Land, wo ein halbbeladener Karren stand.

Kass schlich sich näher. Beinahe glaubte er, sein pochendes Herz würde ihn verraten. Er wollte nicht glauben, dass man ausgerechnet jetzt Wieseltjes Experimente entdeckt hatte.

Das Kribbeln von Solvium kroch über seine Haut, als er sich den Männern und Frauen näherte.

Das sind keine Wachen.

Es waren die Details – die nicht sitzenden Uniformen und das sichtliche Unbehagen des einen oder anderen –, die sie verrieten.

Für wen ziehst du diese Schau ab, Wieseltje?

Kass folgte den beiden Hünen über die Planke an Deck, wo diese über die Haupttreppe in den Bauch des Bootes hinabstiegen. Keiner der vorgeblichen Bettler lungerte heute hier oben rum. Dafür entdeckte Kass die aufgeplusterte Krähe auf der Spitze des Mastes.

Er eilte hinter eine der niedrigen Aufbauten und duckte sich. Als er sicher war, dass ihn niemand sah, ließ er für nur einen Herzschlag den Irrlichtschleier fallen.

Mit einem Krächzen, das eine der Wachen zusammenzucken ließ, flog die Krähe auf und segelte hinüber zum Kai, wo sie in einer der Gassen verschwand.

Kass eilte dem Vogel hinterher, vom Kahn hinunter und über das Hafengelände in die Schatten zwischen zwei Lagerhallen. Er sah sich kurz um, bevor er sich sichtbar machte, und wartete.

Nun war klar, was Wieseltje in Aufruhr versetzt hatte. Immerhin gab es keine direkte Gefahr für seinen Doppelgänger.

Er spürte das Leuchten von Irrlicht, das sich ihm näherte.

Dann schälte Sora sich aus dem Zwielicht. »Hallo, Kass.«

»Warum hatte ich eigentlich geglaubt, du machst dir ein schönes Leben?«

Sora grinste. »Tu ich doch. Eine herausfordernde Jagd und eine Wette mit einer jungen Dame, die mir ernsthaft Konkurrenz macht.«

»Wehe, es bleibt bei den zwei Brocken.«

Er lachte. »Wir sind beide auf der Suche nach Carrasco. Die Ratte hat sich verdammt gut verkrochen.«

»Respekt. So lange hat sich noch keiner vor dir verstecken können, oder?«

»Ja, dafür hätte er beinahe eine zweite Chance verdient.« Sora rieb sich über die nackten Arme. »Aber es ist wohl mehr Glück als Können, da er bei den Rothen rausgeflogen ist, weil er sich zum Irrlichtkind hat machen lassen.«

»Der Idiot hat was?« Einen Moment ließ Kass diese Neuigkeit sacken. »Und er hat überlebt?«

»Vermutlich. Und Wieseltje weiß ziemlich sicher, wo wir ihn finden können. Noch hat sie zu viele Irrlichtkinder um sich herum, aber auf der Flucht machen Menschen gerne Fehler.« Seine Augen leuchteten erwartungsvoll.

»Du willst nur die Informationen, nicht Wieseltje?«

Sora nickte. »Ich hab eine Wette zu gewinnen.«

So gern Kass nachgefragt hätte, sein Doppelgänger war wichtiger.

»Ich besorg dir, was du benötigst, und du lässt dich vorläufig nicht mehr bei ihr sehen. Ich brauch sie nämlich noch.«

»Du arbeitest mit Wieseltje zusammen?« Der Unglauben war deutlich zu hören.

»Die Zeiten haben sich geändert. Man hat uns eingesperrt, es gibt offiziell kein Irrlicht mehr für uns, die Wachen vor dem Haus sind mit Solvium ausgerüstet, und die Stimmen, die uns am liebsten endgültig aus dem Weg räumen würden, werden immer lauter.«

»Sicher, dass du mit deinem Misstrauen nicht übertreibst?«

»Ich war im Regierungspalast und hab es selbst gehört. Ich befürchte eher, dass ich die Lage noch viel zu positiv sehe. Die Zeit läuft uns Irrlichtkindern davon.«

Soras Gesicht verdunkelte sich. »Was hast du für einen Plan? Ist der auch für Val, Lili und Elimar?«

»Wieseltje hat einen Doppelgänger erschaffen, der eine überzeugende Leiche abgeben wird. Wenn ich ihr versichert habe, dass die Krähe sie in Ruhe lässt, wird sie mir noch Weitere machen.« Insgeheim bezweifelte er, dass die Zeit für sein eigenes Irrlichtkind reichte. Wenigstens ein bisschen mussten die Wunden verheilt sein.

»Hinterlass am Fenster im Tanzsaal eine Nachricht, wenn du Hilfe brauchst oder sich eure Lage weiter verschlechtert.«

»Dann viel Glück bei der Jagd. Und wegen deiner Wette …«

Sora grinste. »Das nächste Mal.« Seine nackten Füße machten kaum ein Geräusch im Schnee, als er im Zwielicht der engen Gasse verschwand.

Kass zog den Irrlichtschleier um sich, eilte zurück an den Kai und von dort aufs Schiff, aus dem gerade die beiden Hünen mit einer massiven Truhe traten. Das charakteristische Muster der Irrlichtbehälter war trotz des Solviums deutlich zu spüren, als sie an Kass vorbeigingen.

Er kletterte über die hintere Luke hinunter in den Laderaum, der von mehreren Öllampen erhellt wurde. Irgendwo schob jemand Kisten und Fässer hin und her, doch Kass eilte direkt zur Tür, die offen stand.

Zwei Patrouillen kontrollierten den Gang, an dessen anderem Ende sowie am Fuß der Haupttreppe eine Handvoll der falschen Soldaten stand.

Kass zog sich an einer der Trennwände empor und schlich auf der schmalen Oberkante vorwärts. In den ersten Kammern waren keine Irrlichtkinder mehr, sondern bis an die Zähne bewaffnete Söldner. Einige rasierten sich die Seiten aus, andere klebten sich Metallsplitter ins Gesicht.

Amüsant, was du alles wegen der Krähe betreibst, Wieseltje.

Aber Soras Stärke war die Geduld. Er wartete auf den einen Fehler, den man in solchen Situationen immer machte. Wobei ihn diese falschen Irrlichtkinder keinesfalls täuschen würden.

Was machst du hier also?

Unter Kass ging eine Patrouille vorbei, und Kribbeln kroch über seine Haut. Einmal, vor vielen Jahren kurz vor dem Verbot des Solviums, war er bei Vandemers Vorgänger damit in Berührung gekommen. Das Gefühl der Hilflosigkeit, als sich das Irrlicht aus seinem Körper gelöst hatte, war immer noch präsent.

Kass hastete weiter. Auf dem letzten Drittel waren die Kammern wie bei den letzten Malen belegt: mit blassen Männern und Frauen, die auf ihren Pritschen kauerten oder am Boden saßen. Die Narben waren unter dicken Verbänden und Mänteln verborgen. Auch sein Doppelgänger war unter ihnen.

Erleichterung machte sich in Kass breit. Egal, was für Dummheiten Wieseltje plante, seine Lebensversicherung würde erst mal sicher sein.

Im letzten Raum hatten weitere Söldner ihr Lager aufgeschlagen. Von ihnen wie von den falschen Soldaten am Ende des Gangs ging das eklige Kribbeln des Solviums aus. Doch viel wichtiger war, dass die Tür zu Wieseltjes Kajüte offen stand und lebhafte Stimmen herausdrangen.

Verdammt, ich brauch dich allein.

Kass ließ sich an der Wand hinab, machte einen Bogen um eine Frau mit Pockennarben und schlich vorwärts, bis er durch die Tür sehen konnte. Vier Personen saßen mit Wieseltje um den Tisch voller Papiere und Karten und diskutierten heftig. Es sah nicht danach aus, als ob sie bald fertig seien.

»… verdammte Krähe endlich gesehen. Schlitzauge. Männlich. Keine Narben am Kopf. Und ziemlich sicher der, der in der Thein ersoffen sein soll.«

Vandemers Faust donnerte auf den Tisch. »Ha, endlich kriegen wir das Arschloch.«

Die dicke Frau direkt vor Kass zog ein dünnes Buch hervor und blätterte schnell durch die Seiten, wobei sie bei manchen kurz verharrte.

Er umrundete den Tisch ein Stück, um ihr Gesicht zu sehen. Der Rattenfänger. Hier saßen mindestens drei Parlamentsmitglieder friedlich zusammen und planten … was? Er hatte keine Ahnung. Vor allem nicht, warum sie hier waren und nicht in ihren Hallen unter der Altstadt.

»Es gibt nur fünf Schlitzaugen unter den Irrlichtkindern und nur einen, der in Frage käme: der Tote vom Theinufer. Aber wenn die Krähe offiziell für tot erklärt ist, warum zeigt sie dann nun plötzlich ihr Gesicht?«

»Eben, da müssen die Königin und der Rat mit drinhängen.« Wieseltje beugte sich über den Tisch. »Und als ob das nicht reicht, sind die Schatten auch stärker, als wir je vermutet haben. Meine Irrlichtkinder sind verglichen mit ihnen kaum mehr als normale Menschen.«

So extrem vielleicht nicht, aber die Richtung kommt hin.

Vandemer klang herausfordernd. »Dann mach sie stärker!«

»Das wären für ein Irrlichtkind fünfzig Tote oder mehr.«

»Aber du bist dir sicher, dass es die Krähe war?« Kass kannte die junge Frau mit den leuchtenden Augen nicht. Vermutlich

Wolfs Nachfolgerin. Von den Rothen sah er niemanden. Die hielten sich ja gern raus, wobei er auch Gerüchte gehört hatte, dass Karel tot war.

»Ja.« Wieseltje knallte zwei Krähenfedern auf den Tisch. »Wäre es nur eine Vermutung, wäret ihr nicht hier.«

Der Gehilfe hinter ihr nickte heftig, und Angst flackerte in seinen Augen auf.

»Wir können nicht erlauben, dass er weiter Menschen wie Meret tötet. Er muss endlich für seine Taten zahlen.«

»Nicht nur die Krähe, Lucie, alle Schatten!« Vandemer haute ein weiteres Mal auf den Tisch.

Immer die größten Töne spucken, aber am Ende doch am Rockschoß der anderen Anführer hängen.

Wieseltje beugte sich ein Stück vor. »Darum brauchen wir den Plan. Wir können nicht einfach dorthin marschieren und einen Kampf mit den Irrlichtkindern anfangen, wenn unsere so schwach sind.«

Vor allem jetzt nicht, wo das Irrlichthaus besser als jedes Gefängnis abgesichert ist.

Kass spürte, wie Bewegung in eben diese Irrlichtkinder kam. Er sah aus der Tür in den Gang. Mehrere falsche Soldaten führten die Männer und Frauen, die nicht alle sicher auf den Beinen waren, zu der Haupttreppe. Sein Doppelgänger war unter ihnen.

Die Diskussion der Tischrunde verlagerte sich auf die Bewachung und Tore der Himmelsbrücke.

Kass verließ die Kajüte und eilte der Gruppe hinterher. Er musste erfahren, wohin sie seine Lebensversicherung brachten.

KAPITEL 19

Die rot gestrichene Haustür war abgeschlossen, genauso wie die anderen, die Alba probiert hatte. Die verdammten Fachwerkhäuser boten keine Gelegenheit, um auf die Dächer zu kommen. Sie wollte so schnell wie möglich zurück zu den Rothen, in der Hoffnung, dass Sora dort wartete.

Eine Gruppe Männer und Frauen kam ihr entgegen, als gehöre ihnen die Straße. Nicht nur, dass sie bis zum Anschlag bewaffnet waren, unter ihnen waren auch zwei Irrlichtkinder. So wie diese aussahen, waren sie sicher keine Vertreter der Krone.

Alba drückte sich an die Hauswand und senkte den Kopf so weit, dass sie gerade noch etwas sah. Ihr fiel auf, dass die Splitter im Gesicht der beiden Irrlichtkinder nicht leuchteten und wie aufgeklebt aussahen.

Alba sah der Gruppe hinterher, die in Richtung Himmelsallee marschierte. Die Lage hatte sich anscheinend nicht beruhigt, aber wie passten solche Leute zur Gerechtigkeit? Zu den Protesten? Sie schob die Überlegungen beiseite. Sollten die sich ihretwegen gegenseitig die Köpfe einschlagen – sie wollte nur Carrasco.

Sie ging in die entgegengesetzte Richtung und suchte die Straßen und Gassen der Altstadt nach etwas anderem als nutzlosen Fachwerkhäusern ab. Sie musste endlich in die Luft kommen.

Wieder kamen ihr Menschen entgegen, diese trugen die gewohnten Tafeln und Banner mit dem Aufruf nach Gerechtigkeit. Jedoch verbargen Tücher und Schals die unteren Gesichtshälften.

Alba ließ auch diese Gruppe passieren, bevor sie weiter über das vom Schnee schmierige Pflaster eilte. Vor ihr endete die Straße an einer steinernen Balustrade, hinter der die schwarze Thein lag. Nicht viel, aber genug Tiefe, um die Flügel zu entfalten.

Sie ging ein Stück nach rechts, wo sich die Fachwerkhäuser bis fast an die Brüstung drängten, und schnallte die Riemen um Arme und Beine. Dann legte sie ihren Umhang ab und band diesen um Taille und Armbrust. Vorsichtig stieg sie auf die Brüstung. Unter ihr klatschte das trübe Wasser gegen den Stein.

Mit einem Ruck öffnete sie die Schwingen und ließ sich nach vorn fallen.

Ein Schrei erschallte hinter ihr.

Dann trugen sie Wind und Irrlicht in die Höhe, wo die tiefhängenden Wolken über den Himmel jagten. Als sie weit genug über dem Meer aus schiefen Dächern und rauchenden Schornsteinen war, schloss sie die Schwingen ein wenig und zog einen Bogen über die Regierungsinsel und die Altstadt.

Von hier oben sah sie, wie aus allen Richtungen unzählige Menschen heranströmten. Ihr Ziel war die Himmelsallee, auf der sich vor der Brücke schon eine große Menge gebildet hatte. Sie hörte nur das Pfeifen des Winds, doch sah sie die in die Luft gestreckten Fäuste und das Glänzen von Metall.

Mit einem Krächzen schoss eine Krähe heran und schwebte mit angewinkelten Flügeln neben Alba.

Unten geriet die Menge in Bewegung, erst langsam, dann unaufhaltsam wie ein Thein-Hochwasser. Die Menschen strömten auf die Brücke und verschluckten die Soldaten, bevor diese beide Portale schließen konnten.

Alba folgte in sicherer Höhe der Spitze des Mobs, die schon bald Aeria erreichte und sich dort in alle Richtungen auffächerte. Klingen und Werkzeug glänzten im fahlen Tageslicht, und selbst hier oben waren Rufe nach Gerechtigkeit zu hören. Wenn man sein Volk ignorierte, nahm es sich über kurz oder lang selbst, was es forderte. Eigentlich sollte das die Geschichte Königin Katriena gelehrt haben.

Als die ersten Gruppen nach Osten vorstießen, wurde Alba bewusst, dass die Unruhen auch Carrasco aufschrecken konnten. Vielleicht würde er fliehen. Das konnte sie nicht zulassen. Damit blieb keine Zeit mehr für einen Umweg über das Hauptquartier und Erklärungen für Sora.

Sie segelte am Rand der Klippe mit ihren Balustraden, Balkonen und Terrassen entlang. Mit der Krähe auf Höhe ihres linken Flügels ging sie ein Stück tiefer und glitt über die Villen, bis sie zu den Baustellen kam. Anissa hatte von hässlichem Grünzeug gesprochen – und prompt fiel Alba ein Garten ins Auge, dessen Hecken, Büsche und Bäume zu exakten geometrischen Formen geschnitten waren.

Alba umrundete das Gebäude, das fast fertig wirkte. Die Fenster waren dunkel und im Schnee waren keine Spuren. Sie zog eine weitere Runde, entdeckte jedoch nichts Auffälliges. Sicher gab es noch andere Gärten, die Anissa als hässlich empfand.

Mit einem Krächzen schoss die Krähe davon.

Alba folgte dem Vogel über das Dach der Villa hinweg und –

– aus einem der Kamine stieg Rauch, den der Wind sofort zerstob.

Ein Lächeln huschte über Albas taube Lippen.

Auf der Südseite, wo der Garten eine ovale Terrasse direkt am Rand der Klippe einrahmte, landete sie. Ihre Finger waren so eisig, dass sie es nicht schaffte, die Riemen von Beinen und Armen zu lösen. Sie suchte die schwarzen Fenster nach einer Bewegung ab, während sie mit klappernden Zähnen auf die Villa zuging.

Die verglasten Flügeltüren des dahinterliegenden Ballsaals waren verschlossen. Da der rauchende Kamin eher nach Nordwesten lag, schlug sie kurzerhand eine Scheibe ein. Dank der Schwingen war es nicht ganz so einfach, die Klinke zwischen den Streben hindurch zu erreichen.

Endlich schwang die Tür auf, und Alba ließ Wind und Kälte hinter sich. Spiegel in Goldrahmen und farbenfrohe Malereien vertrieben das Grau des Nachmittags. Das war also der Ort, den Carrasco aufgesucht hatte, um sich zu verkriechen und seine Wunden zu lecken. Es war ihr abwegig erschienen, dass sich jemand wie Rafael Carrasco von seinen ganzen Vorteilen trennte. Aber am Ende würde auch dieses Versteck ihn nicht retten.

Kristalllüster schimmerten in dem Luftzug, der Alba gefolgt war. Sie rieb ihre Finger, bis sie ein wenig Gefühl darin wahrnahm. Hastig löste sie die Riemen der Schwingen, die sie vorsichtig auszog, in die dunkelste Ecke des Ballsaals stellte und mit dem Umhang abdeckte. Damit ging es endlich los.

Alba spannte die Armbrust und durchquerte auf leisen Sohlen den Ballsaal. Sie drückte eine mit Intarsien verzierte Tür ein Stück auf und lauschte mit angehaltenem Atem. Bis auf das gelegentliche Pfeifen des Winds herrschte Stille. Ihr Blut pochte in ihren Ohren und jagte ein Prickeln, das nicht von der Kälte herrührte, durch ihren Körper. Carrasco war womöglich nicht allein, und sie hatte wahrscheinlich keine Chance, nachzuladen. Sie brauchte einen Plan.

Die Armbrust in der Hand trat sie durch die Tür in den nächsten Saal. Jedes Wandpanel, jede cremefarbene Fliese und jede Stuckrose war von erlesenem Geschmack und strahlte eine zurückhaltende Eleganz aus, in deren Gegenwart sich Alba in ihren abgetragenen und geflickten Kleidern fehl am Platz vorkam.

Mit jedem Schritt wuchs die Anspannung. Mit jedem Schritt kam sie ihm näher. Sie schlich zu den beiden Nebenzimmern und sah kurz hinein, doch hier unten war alles ruhig.

Alba trat durch eine weitere Tür mit floralen Intarsien in eine eindrucksvolle Eingangshalle, die ihrer Mutter sicher die Luft genommen hätte. Wieder lauschte sie in das Dämmerlicht, das durch ein Oberlicht in Form einer Blüte fiel. Sie spürte eine leichte Ungeduld, als ihr weiterhin nur die Stille des Hauses antwortete.

Langsam ging sie weiter, während ihr Blick der Treppe und dem geschwungenen Geländer hinauf in den ersten und dann in den zweiten Stock folgte. Weder Licht noch eine Bewegung verrieten Carrasco. Sie glaubte nicht, dass er sich in den Dienstbotenquartieren verkrochen hatte. Er musste hier irgendwo sein!

Schritt für Schritt schlich sie weiter, die Armbrust fest in ihrer Hand.

Dunkle Flecken verzierten die Fliesen unweit der Treppe.

Mit pochendem Herz sank Alba in die Hocke und befeuchtete ihren Daumen, mit dem sie über den braunen Fleck rieb. Er färbte die Fingerspitze, was Farbe ausschloss. Vielleicht Blut.

Sie erhob sich, rieb den Daumen am Mantel ab und sah hinauf in den ersten Stock. Irgendwo dort oben –

Eine Hand legte sich auf ihren Mund.

Albas Finger umklammerten die Armbrust fester.

»Sch … ich bin es.« Damit ließ Sora sie frei.

Sie drehte sich um. Mit leuchtenden Augen stand er vor ihr, nur mit einer schlecht sitzenden, aber teuren Hose bekleidet, und sah an ihr vorbei auf die Treppe.

»Carrasco ist oben.«

»Dann lass es uns beenden.«

Kass rannte zwischen vereinzelten Demonstranten, die sich an ihren Kerzen festhielten, auf die Himmelsbrücke zu. Vor den offenen Portalen lagen die Soldaten mit zerrissenen Uniformen am Boden. Ihre Gesichter waren eingetreten, die Glieder standen in unnatürlichen Winkeln ab.

Ohne einen zweiten Blick auf die Toten zu verschwenden, hastete er die Brücke hinauf, wo ihm der Wind den Schnee in Nase und Mund trieb. Doch er rannte weiter. Er musste den Mob einholen, bevor es zu spät war.

Kass ließ seine Hand über das Geländer gleiten und zog Irrlicht aus dem Metall, während ihm die ersten Flüchtenden aus Aeria entgegenkamen. Es waren größtenteils gefasste Bedienstete, aber auch hohe Herrschaften in Seide, Pelz und Perlen mit schreckgeweiteten Augen.

Auf dem Platz am Eingang Aerias lagen die zerschmetterten Körper weiterer Soldaten, und aus der Straße vor ihm – die zum neuen Palast der Königin führte – hörte er Rufe nach Gerechtigkeit.

Kass bog nach rechts ab und jagte durch die Gassen. Es war ihm egal, ob man seine Schritte hörte oder seinen Schatten sah. Es war seine Schuld, dass er so spät war. Anstatt aufzupassen, was Wieseltje, die Banden und anscheinend auch die Gerechtigkeit planten, hatte er nur an den Doppelgänger gedacht.

Ein umgekippter Wagen, um den sich Demonstranten mit zwei Bewaffneten prügelten, blockierte die Gasse.

Kass stieß einen der Männer zur Seite und hetzte weiter, während er versuchte, Wieseltjes Irrlichtkinder zu spüren. Doch die riesigen, massiven Paläste und das allgegenwärtige

Irrlicht machten es fast unmöglich. Das schmierige Pflaster flog unter seinen Füßen dahin. Die Kälte fraß sich zwischen seinen zusammengebissenen Zähnen hindurch die Kehle hinunter, und der Wind riss ihm die Kapuze vom Kopf.

Immer mehr Flüchtende kamen ihm entgegen, wo nicht gerade eine Gruppe von wütenden Menschen Scheiben einschlug und sorgfältig getrimmte Hecken niedertrampelte.

Dann endlich spürte er vor sich Irrlichtkinder.

Nur zwei Straßen von dem Park entfernt, der an das Irrlichthaus grenzte, holte er sie ein. Sie hatten sich im Windschatten einer Villa zusammengerottet und beratschlagten mit leisen Stimmen, während das Solvium Kass unter die Haut kroch. Sie hatten den Vorteil, dass sie – im Gegensatz zu ihm – nur wenig Irrlicht im Körper hatten.

Die Bruchstücke ihrer Pläne, die er vernahm, bestätigten seine Vermutung: Man brauchte keine Irrlichtkinder für einen Aufstand, jedoch für einen Angriff auf das Irrlichthaus – und die Machtunterschiede würde man mit Solvium und Sprengstoff ausgleichen.

Kass ließ Wieseltjes Leute hinter sich zurück und rannte weiter. Der Park lag still und weiß vor ihm. Dahinter ragte der graue Klotz des Irrlichthauses auf, dessen Fahnen sich um die Stangen gewickelt hatten. Das Tor darunter stand offen, und die Soldaten fehlten.

Kass stieß einen Fluch aus. Niemand verließ seinen Posten wegen dem bisschen Pöbel, der sich möglicherweise hierherverirrte.

Vier der Soldaten standen direkt vor dem Eingang des rechten Flügels.

Kass jagte Irrlicht in ihre Brustkörbe und eilte die wenigen Stufen zur Tür hinauf, bevor er das Irrlicht aus den leblosen Körpern zog. Drinnen stieß er fast mit den nächsten Wachen zusammen, die mit ihren Waffen – und dem Solvium – auf die sich wie von Geisterhand öffnende Tür zielten.

Kass ließ sich fallen, dann nahm er auch ihnen das Leben.

Von irgendwoher ertönten Stimmen.

Er eilte lautlos die Treppe hinauf und sah auf halbem Weg zum Salon eine weitere Gruppe. Er hoffte, dass Elimar, Lili und Valentina sich dort aufhielten wie in den vergangenen Tagen.

Nur ein Teil der Truppe vor ihm waren Soldaten, der andere bestand aus Demonstranten – das glaubte er, bis er näher heranging und sah, dass die Kleidung zu neu und die Waffen zu teuer waren. Er sollte dem Rat gratulieren, dass er die Chance nutzte, um die Irrlichtkinder loszuwerden.

Auch sie sahen ihn nicht kommen, als sie in die Knie sanken und die Körper gegen die Unmengen Irrlicht revoltierten. Aber Kass merkte langsam, wie das ungewohnt viele Irrlicht auch von seinem Körper Tribut forderte und die Übelkeit seine rauhe Kehle emporkroch.

Er stieß die Tür zum Salon auf.

Bis auf eine Spirale aus Papierblüten war der Raum leer.

War er zu spät? Er sah keine Spuren des Kampfes und kein Blut.

Das verdammte Zusatztraining, das uns beschäftigt halten sollte!

Kass rannte den Gang wieder zurück und hinab ins Erdgeschoss. Irgendwo in der Ferne erklangen Schreie.

Kurz darauf riss er die nächste Tür auf.

Elimar sah von der Mitte der Sandfläche herüber. Valentina trat ihm gegen das Schienbein, was ihn nach hinten stolpern ließ, wobei er nach Valentinas Handgelenk griff und sie mit sich zog.

Lilis Blick bohrte sich mit einem winzigen Lächeln direkt in Kass. Erleichterung breitete sich für einen Moment in ihm aus.

Dann entdeckte er Franzis. Die arschkriechende Made würde er garantiert nicht retten.

Im Zickzack hetzte er quer über die Sandfläche auf den neuen Kommandanten zu und jagte all das Irrlicht, das er nicht für seinen Schleier brauchte, in ihn rein. Irrlicht war auch für seinesgleichen giftig. Es brauchte nur deutlich mehr.

Franzis sah mit aufgerissenen Augen umher, während sich die Messer auf dem Tisch neben ihm sowie einer der Übungsschilde in die Luft erhoben. Dann zog er sein Schwert und wich langsam zurück. Das Metall begann zu leuchten, als er versuchte, Irrlicht loszuwerden.

Kass erwischte ihn mit der Schulter direkt im Magen, bevor er Franzis vor die Brust stieß, sodass dieser nach hinten taumelte.

Eines der Messer zischte auf Kass zu.

Er warf sich nach vorn und riss Franzis mit Schwung zu Boden, drückte den Unterarm auf dessen Kehle.

Dann riss ihn jemand nach hinten, und Krallen bohrten sich in seinen Oberarm.

»Zeig dich, feiger Hund.«

Kass ließ den Irrlichtschleier fallen. »Hallo, Valentina.«

»Was soll das?« Sie deutete mit ihren Krallen auf Franzis, der nach Luft rang, sich in den Sand übergab und gekrümmt liegen blieb. Gleich war es vorbei.

»Euer Leben retten.« Er erhob sich und zog ein Teil des Irrlichts wieder aus Franzis. »Man will uns aus dem Weg räumen.«

»Dieser Möchtegern?« Valentina lachte. »Das hätte ich gerne gesehen.«

»Nicht er. Die Banden, die Gerechtigkeit, der Rat, die Königin – such es dir aus.«

»Sie sollen es nur versuchen!«

Franzis rollte sich halb herum. Dann entspannte sich sein Körper.

Elimar sah von ihrem Kommandanten zu Kass. »Du hättest ihn vielleicht nicht gleich umbringen müssen.«

»Vielleicht.« Kass zuckte mit den Schultern. »Aber er hätte auf Gesetze, Regeln und die Königin vertraut, bis wir hier alle tot im Sand gelegen hätten.«

»Dann sollten wir auch endlich verschwinden«, sagte Valentina.

Elimar warf einen kurzen Blick auf Franzis' leblosen Körper und nickte dann. »Gehen wir.«

Zu viert verließen sie den Trainingsraum im Laufschritt und rannten durch den kurzen Gang in das Treppenhaus. Von oben hallten Befehle und Stimmen heran.

»Nebenausgang«, sagte Kass.

Er hatte keine Lust, mit Wieseltjes Irrlichtkindern zusammenzustoßen.

Als sie den Hauptflügel erreichten, kamen ihnen fünf Soldaten entgegen.

Ihre Kugeln prallten an dem Schild ab, den Elimar errichtete. Dann war Valentina heran und riss zweien mit Krallen und Zähnen die Kehle auf, bevor die sorgfältiger dosierte Menge Irrlicht von Kass ihre Wirkung entfalten konnte.

Nicht weit entfernt hörten sie Schreie und Weinen. Jemand flehte um Gnade, dann ein Schuss.

»Verdammte Schweine«, murmelte Elimar.

Sie rannten durch den verlassenen Gesindetrakt. Die Soldaten am Ausgang hatten sie schnell erledigt, dann flohen sie über den Innenhof und durch das Tor, das auch sperrangelweit offen stand.

In den Schatten einer Villa am Rand des Parks blieben sie stehen und sahen zurück. Flammen leckten aus einigen Fenstern. Ob das auf Wieseltjes Konto ging oder auf das der Soldaten, konnte Kass nur raten.

Er zog sich die Kapuze über den Kopf, und auch Lili, Elimar und Valentina hatten im Nu ihre Narben verborgen. Etwas, das all die Jahre zur Selbstverständlichkeit geworden war wie Kass' verbundene Hände und Arme.

»Ich bring sie um.« Valentinas Krallen schimmerten rot im grauen Tageslicht. »Banden, Gerechtigkeit, Rat, Königin. Alle.«

»Meinetwegen«, sagte Kass. »Aber erst einmal sollten wir von hier verschwinden, bevor es ungemütlich wird.«

Das Kratzen der Schreibfeder auf dem Papier war neben dem Pfeifen und Rütteln des Winds zu einem vertrauten Geräusch geworden. Manchmal begleitet vom Schnarchen Feros oder Lorens', manchmal von deren Gesprächen, die ihn ausschlossen.

Rafael sah auf die Buchstaben, die die Tinte im Schein des Kaminfeuers formte. Jedes Wort hatte er unzählige Male in seinem Kopf und stumm im Mund hin und her gewendet, um die perfekte Liebeserklärung zu finden. Auch wenn er sich versuchte einzureden, dass er dies nur schrieb, um den verdammten Schatten zu kriegen, sah er bei jedem Federstrich Mei vor sich.

Ein lautstarkes Gähnen riss ihn aus dem Fluss. Er warf Fero, der gegen die Wand gelehnt saß, einen bösen Blick zu. Dieser zog nur belustigt die Braue hoch, bevor er den Mund ein zweites Mal geräuschvoll aufriss.

Rafael würde ihn am liebsten dort reinschlagen. Fero und Lorens hielten ihn schon den vierten Tag hier fest. Und die Träume verfolgten ihn nicht mehr nur nachts. Nicht mal die Erinnerungen an Karel und den Rauswurf halfen mehr dagegen.

Hastig tauchte er die Feder in die Tinte und schrieb die Wörter nieder, die wie aus dem Nichts auftauchten, als er an Meis Lächeln dachte. Jeder einzelne Buchstabe würde sie umgarnen und seine Liebe ausdrücken …

Doch er schrieb immer noch einem verdammten Mann!

Er knüllte das Papier zusammen und schmiss es zu den anderen Versuchen in der Salonecke. Scheiße. Er, Rafael Carrasco, schrieb ernst gemeinte Liebesbriefe. Er musste den Schatten so schnell wie möglich kriegen. Ein schneller Tod, keine Bestrafung, keine Folter.

Rafael streckte den schmerzenden Rücken und rieb sich über die Schläfen, wo sich die Schmerzen penetrant hielten. Weil ihm das Arschloch Fero eines übergezogen hatte, als er endlich das Irrlichtfeuer beherrscht hatte.

Die Feder in seiner Faust knirschte leise, und schnell lockerte Rafael seinen Griff. Er hatte keine zweite. Und er musste die richtigen Worte finden, damit der Schatten zu ihm kam.

Er beugte sich über das Blatt Papier, das unschuldig weiß vor ihm lag. Mit einem Lächeln auf den Lippen malte er sorgfältig einen Buchstaben nach dem anderen. Nicht zu übertrieben und voller ehrlicher Gefühle.

Als ihm gerade das perfekte nächste Wort auf den Lippen lag, störte ein Gefühl am Rand seines Bewusstseins. Vermutlich war Lorens aufgewacht und starrte ihn an, wie so oft seit gestern mit einer tiefen Falte auf der Stirn.

Dann spürte er das Leuchten, das sich im Treppenhaus bewegte.

Das Wort war mit einem Schlag vergessen. Sein ganzer Körper erstarrte. Irrlicht. Nicht das bisschen von Wieseltjes Leibwächter. Mehr. Viel mehr.

Rafael ließ die Feder fallen und taumelte in die Höhe. Nicht jetzt. Nicht bevor er Mei wiedersah.

Er stolperte zu Fero, der sich mit finsterer Miene erhob.

»Schatten!«

Fero grinste. »Guter Versuch, Carrasco, guter Versuch.«

»Das ist kein Fluchtversuch, verdammt! Er oder sie ist im Treppenhaus.« Er deutete dorthin, von wo das Leuchten unerbittlich näher kam.

»Mit dem Mist brauchst du mir gar nicht zu kommen. Die haben Hausarrest.«

»Ich lüge nicht!« Rafael schrie fast.

Lorens, der vor dem Kamin gepennt hatte, richtete sich auf. »Was soll der Lärm?«

»Carrasco sieht Schatten.«

Lorens' Lachen klang heiser, bevor er sich mit schmerzverzogenem Gesicht an den Verband um den Hals fasste. Der Idiot hatte es so gewollt.

Mit einem Fluch wirbelte Rafael herum und wankte zu dem zweiten Ausgang. Doch er war wie auch vor drei Tagen verschlossen. Und seine Dietriche hatte Fero ihm zusammen mit dem Stilett abgenommen.

Rafael presste den Rücken an die Tür und starrte zu dem Durchgang auf der anderen Seite des Salons. Das Leuchten sickerte regelrecht durch die Wand und lockte, während es näherkam.

Seine Augen brannten. Er würde Mei nie wiedersehen.

Eine Gestalt erschien im Durchgang, betrat den Salon und –

Freude und Erleichterung durchströmten Rafael, dessen Herz wie wild zu klopfen begann. Mei, sie hatte ihn gefunden!

»Verdammte Scheiße.« Fero schob sich mit einem Messer in jeder Hand vor Rafael.

Dieser blinzelte. Das, was auf sie zukam, war nicht Mei. Die Konturen waren zu grob, und die Lippen zu schmal. Und um sie herum lag der Schatten eines Barts.

Dann bemerkte er die Frau daneben. Die Veenstra. Mit einer Armbrust in der Hand und den verblassten Zeichen einer Schlägerei im Gesicht. Wo war das schüchterne Mädchen geblieben, das er hatte beeinflussen können?

Plötzlich schienen die Kopfschmerzen seinen Schädel zu sprengen.

Rafael drückte seine Handballen gegen die Schläfen und presste die Lider zusammen, bis Lichtflecken in der Schwärze tanzten und zu einem eisblauen Leuchten wurden, das ihn einhüllte und ihm schmeichelte.

Hastig riss Rafael die Augen auf, und der Blick der Veenstra bohrte sich in ihn. Er versprach Rache. Wofür?

Durch das Wispern und Locken des Irrlichts hindurch vernahm er undeutlich, dass Fero etwas sagte.

Der Schatten grinste nur.

Lorens hob die Hände und wich zurück. Dann floh die feige Sau.

Das erste Messer von Fero flog, direkt gefolgt vom zweiten.

Doch Mei … der Schatten tänzelte zur Seite. Etwas Weißes breitete sich unter seinen Füßen aus bei jedem seiner Schritte, die er näher kam.

Fero hielt ein weiteres Messer in der Hand und federte leicht in den Knien.

Rafael konnte nur da stehen, während sein Blick immer wieder das Gesicht suchte, das Mei so ähnlich sah. Das so vertraut und doch so fremd war. Er wollte vor ihr auf die Knie fallen, aber das Lächeln, das ihn in den Träumen verfolgt hatte, machte ihm plötzlich Angst.

Die Veenstra hob die Armbrust.

Der Schatten sprang vor. Ein Aufblitzen, während sich das Weiß um Fero legte.

Dann spritzte etwas Warmes in Rafaels Gesicht.

Fero ging mit einem Stöhnen in die Knie, kippte nach vorn und eine Pfütze aus schmelzendem Eis und Blut bildete sich unter ihm.

Mit schiefgelegtem Kopf musterte der Schatten Rafael. Wie Mei. Die es nie gegeben hatte.

Seine Beine gaben nach, und er sank an der Tür nach unten. Die Metallsplitter drückten sich schmerzhaft in seinen Rücken. Warum hatte er überhaupt erlaubt, einer Frau – die nicht mal existierte! – so viel Macht über ihn zu erlangen? Und deshalb hatte er sich mit Karel zerstritten? Wegen einer eingebildeten Besessenheit?

»Nach der guten Jagd, die du uns ermöglicht hast, Carrasco, bin ich nun wahrlich enttäuscht.« Die Stimme eines Mannes. Natürlich.

Ein Lachen kam über Rafaels Lippen. Er konnte es nicht verhindern.

Die Veenstra starrte ihn an, dann zuckte sie mit den Schultern und senkte die Armbrust. Als wenn der Salon ihr gehörte, schlenderte sie näher, während ihr Blick über sein Lager und seine Sachen streifte. Er hätte sie erledigen sollen, nachdem er sie nicht mehr gebraucht hatte.

Sie sank in die Hocke, hob einen der Briefe auf und strich ihn grob glatt.

Er ballte die Hände. Sie spielten mit ihm. Wie sie mit seinem Kopf gespielt hatten. Aber Rafael Carrasco ließ nicht mit sich spielen.

»Diese Mei scheint es ihm ja richtig angetan zu haben.«

Rafael presste die Lippen zusammen.

»Verliebt in eine Illusion.« Erneut legte der Schatten den Kopf schief. So wie es Mei getan hatte.

Die Veenstra sah interessiert zu ihm, ihre Lippen kräuselten sich. »Die Geschichte möchte ich irgendwann hören.«

Rafael wollte ihr etwas ins Gesicht schleudern, doch stattdessen kam die Wut. Brennende Wut.

Carrasco stemmte sich mit dem Rücken an der Tür in die Höhe. Alba erkannte sofort, wie kaputt sein Körper war. Es zerstörte einen Teil ihrer Vorfreude.

»Ihr habt mich vor der ganzen Stadt zum Idioten gemacht.« Seine Stimme war tonlos. »Ihr habt mein Leben zerstört.«

»Da machst du es dir aber zu einfach.« Alba ließ den Brief vor seine Füße segeln. »Aber glaube mir, wir werden es dir nicht einfach machen.«

Mit geballten Händen kam er auf sie zu. »Willst du mir drohen, Schlampe?«

Alba hob die Armbrust. Und lächelte.

»Du solltest an deinen Umgangsformen arbeiten.« Sora stand entspannt in der Blutlache des Toten. »Vielleicht gewinnst du damit auch deine Angebetete.«

Ein Schrei, und Carrasco stürzte nach vorn. Seine gekrümmten Finger griffen nach Sora, der zur Seite tänzelte und Carrasco einen Stoß in den Rücken gab.

Dieser taumelte vorwärts, an Alba vorbei, und stolperte über die Decken und Spielkarten, die vor dem Kamin auf dem Parkett lagen.

Unerwartet schnell kam er wieder in die Höhe und wirbelte herum.

Der Degen in seiner Hand leuchtete im Feuerschein auf, während sich ein blauer Schimmer um Carrascos Finger legte und die Arme hinaufwanderte.

»Wer will zuerst?« Carrascos Blick war wütend, aber klar.

Die Aufregung in Alba verstärkte sich. Das war schon eher das, was sie sich erhofft hatte. Nicht diese Trauergestalt am Boden.

Sora legte den Kopf schief. »Irrlicht, wie hübsch.« Auch wenn er unbewaffnet und nur mit einer Hose bekleidet verwundbar wirkte, hatte seine ganze Haltung etwas Lauerndes.

Carrascos Augen verdunkelten sich, etwas brach in ihm. Dann veränderte sich sein Leuchten, und er begann zu … brennen. Das Irrlichtfeuer loderte höher und zog sich den Arm hinauf, wo sich die eisblauen Flammen in Kleidung und Haut fraßen.

Alba senkte die Armbrust. »Willst du uns die Arbeit abnehmen und dich selbst umbringen?«

Der Degen klapperte am Boden, und Carrasco kam mit brennenden Händen auf Alba zu. »Dich nehme ich mit, Schlampe!«

Der Geruch von verbranntem Fleisch erfüllte ihre Nase. Der verdammte Idiot verbrannte sich selbst. Hier, direkt vor ihren Augen.

Eis gefror das Blut unter Soras Füßen und wanderte leise knisternd auf Karels Sohn zu, wo es sich um dessen Füße legte.

Carrasco stieß ein unwilliges Knurren aus. Dann begannen auch seine Füße zu leuchten. Die eisblauen Flammen fraßen sich durch seine Hosenbeine, durch das Eis und die Decken am Boden. Orangefarbene, natürliche Flammen mischten sich dazu.

»Weißt du, sie hat gar nicht so unrecht mit der Vermutung, dass du dich mit dem Irrlichtfeuer selbst umbringst.«

Ein schmerzverzerrtes Grinsen breitete sich auf Carrascos Gesicht aus. Er machte ein paar Schritte hin und her und verteilte das Irrlichtfeuer über das Lager.

Dann drehte er sich herum und taumelte zum Ausgang des Salons.

Alba hob die Armbrust und zielte auf seine Beine.

Sora schüttelte den Kopf. »Gib ihm einen Vorsprung. Gib ihm die Hoffnung, entkommen zu können.«

Carrasco verschwand im Treppenhaus, wo der Schein des Irrlichtfeuers das Zwielicht vertrieb.

»Und dann? Was soll ich mit seiner verkohlten Leiche?«

»Er kommt nicht weit. Sein Irrlicht ist so gut wie verbraucht.« Eis kroch über die brennenden Decken und erstickte das Feuer.

Rauch brannte sich in Albas Kehle, und sie musste husten. Hastig verließ sie den Salon. Sie hatte Carrasco nicht unbedingt tot sehen wollen. Sie hatte gewollt, dass er litt und dass er jede verdammte Minute seines jämmerlichen Lebens an seine Taten erinnert wurde und sie bereute! Doch nun hatte er ihr auch das genommen.

Alba trat an das seidig schimmernde Holzgeländer.

Carrasco taumelte auf die Haustür zu, blutige Fußabdrücke hinter sich herziehend, nicht mehr brennend. Die Klinke fast in Reichweite drehte er sich um, und sein Blick traf den ihren.

Mit einem Lächeln, das nur ihm galt, zielte Alba.

Der Bolzen traf ins Bein.

Carrasco stolperte, dann klatschte er auf den Bauch. Er wälzte sich zur Seite und versuchte, nach dem Geschoss zu greifen, doch seine Arme fielen nutzlos auf die Fliesen.

Sora trat neben sie. »Ein enttäuschendes Ende.«

»Noch ist es nicht zu Ende.« Alba eilte die Treppe hinunter.

Carrasco kroch Stück für Stück in Richtung Tür. Welch jämmerlicher Anblick, wenn sie an die ersten Begegnungen mit ihm dachte. Sie verstand Soras Enttäuschung.

Alba ging vor ihm in die Hocke, sodass er innehalten musste.

Aus trüben Augen sah er sie an. »Zufrieden?«, würgte er hervor.

Alba beugte sich zu ihm hinab. »Noch lebst du. Noch kann ich zuschauen, wie du stunden- und vielleicht sogar tagelang dahinsiechst. Rafael Carrasco, der Sohn des Grafen, elendig verreckt und vergessen.«

Panik und Schmerzen verzerrten sein Gesicht.

»Ich hoffe, du fühlst dich so hilflos wie die Menschen, die du benutzt hast.«

Sie spürte, wie Sora herankam.

Carrasco sah nach oben. Ein Flehen legte sich in seine Augen.

Sora stieß den Degen in Carrascos Rücken. »Für Hisa.«

Der bäumte sich auf und hustete Blut auf Alba.

Sie sprang auf. »Er hat keinen schnellen Tod verdient!«

»Nein, hat er nicht. Aber meine Schwester hätte das hier nicht gewollt.«

Albas Widerworte blieben ihr im Hals stecken. Fiene hätte es auch nicht gewollt. Aber Alba hatte es gewollt.

Sie sah auf Carrasco hinunter, der noch einmal zuckte und dann still lag.

War es ihr je um Fiene gegangen? Es war egal. Es war vorbei. Alba fühlte sich leer.

Demonstranten kamen ihnen entgegen.

Elimars Schild schloss sie ein, und Kass spannte sich an. Zu gern hätte er seinen Schleier um sie alle gezogen, doch er hatte es nie geübt und bezweifelte, dass er dafür noch genug Irrlicht in sich hatte.

Die Menschen zogen mit vereinzeltem Nicken an ihnen vorbei. Ausnahmsweise schien es Vorteile zu haben, dass sie ihre Gesichter versteckten.

Sie stiegen über die zerbrochene Statue der Königin. Schnee legte sich still auf das unnahbare Gesicht.

Schreie gellten heran.

Eine Frau in flatternder Spitze stürmte auf die Straße. Gehetzt sah sie sich um, ihr Blick fiel auf Elimar, dann auf Kass, Val und Lili. Sie presste ihre Hand vor den Mund, dann rannte sie barfuß davon.

Kass zuckte mit den Schultern, und sie liefen weiter durch Aeria, immer in Richtung der Himmelsbrücke, zu der sie schon mehr als einen Umweg gelaufen waren.

In der Nähe klirrte Glas.

Ein ganzes Stück vor ihnen kam eine Gruppe Demonstranten grölend und lachend aus einer Gasse und blieb mitten auf der Straße sehen. Unter ihnen waren auch zwei Irrlichtkinder.

»Hier!« Elimar ergriff Lilis Hand und zog sie zwischen schneebedeckten Buchsbaumkugeln zur offen stehenden Tür eines Palastes. Kass folgte ihnen, Valentina blieb direkt hinter ihm. Er sah kurz über die Schulter, die Irrlichtkinder hatten sie nicht bemerkt.

In der Eingangshalle zogen sich Dreckspuren und bunte Glasscherben über den hellen Marmor, auf dem ihre Schritte widerhallten.

»Wir hätten sie einfach aus dem Weg räumen sollen«, sagte Valentina.

»Keiner von uns weiß, was die können.«

Sie schnaubte. »Die hatten kaum genug Irrlicht für Feuer.«

Auf Lilis Gesicht erschien ein Lächeln. Im Türrahmen blieb sie stehen, senkte den Kopf und ihre dürren Schultern hoben sich, als sie tief durchatmete. Kaum sichtbar begannen um sie herum die in der Luft allgegenwärtigen Spuren des Irrlichts zu schimmern und sich vor ihr auszubreiten.

Kass sah aus dem eingeschlagenen Fenster. Das feine Leuchten schlang sich um die Türme, Spitzen und Dächer, legte sich auf die Straßen und kroch in jede Ritze, bis es die Nachbarschaft komplett eingehüllt hatte.

Irrlichtfeuer flammte im sicheren Abstand um sie herum auf. Während es in der Luft sofort verbrannte, fraß es sich in das infusionierte Metall und erhellte das Grau des Nachmittags.

Lili drehte sich um. Ein blaues Leuchten lag in ihren Augen, die vor kindlicher Freude strahlten.

Kass' Blick wanderte von ihrem Gesicht zu den vernarbten Fingern, die aus ihren Ärmeln herausschauten, und zurück. »Wozu hast du dir all die Jahre die Finger verbrannt, Lili?«

Sie sah auf ihre Hände und ein breites Grinsen teilte ihren Mund. Sie alle hatten ihre Geheimnisse.

Valentina sah mit schmalen Augen zwischen ihnen hin und her. »Noch jemand Fähigkeiten, die er für sich behalten hat?«

»Ich kann seit zwei Wochen einen neuen Kartentrick …«

Sie funkelte Elimar an.

Kass ging zur Tür. »Wir sollten lieber verschwinden.« Hier und da hatte sich unter das Irrlichtfeuer erstes Orange gemischt. Statt der Demonstranten waren nun die Anwohner auf den Straßen und rannten panisch in Richtung Brücke. Sorgfältig einstudierte Manieren und Benehmen waren genauso vergessen wie die korrekte Kleidung für außer Haus.

Kaum einer von ihnen bekam mehr mit als die eigene Flucht, auch wenn einige auf dem Platz vor der Himmelsbrücke stehen blieben und mit Unglaube zurück zu den Palästen und Villen sahen, die nach und nach vom Feuer ergriffen wurden. Aber selbst wenn Aeria ganz niederbrennen würde, in ein paar Wochen war es garantiert wieder aufgebaut. Noch protziger und noch größer.

Zu viert eilten sie die Brücke hinab, deren Holzbohlen unter unzähligen Füßen vibrierten.

Mit einem Krachen stürzte der erste der Türme zusammen. Bruchstücke fielen hinab auf die Altstadt und durchschlugen Dächer.

Der Wind trug Schreie heran.

Und immer bezahlen auch die, die nichts mit der Sache zu tun haben.

Am unteren Pfeiler standen die Soldaten, auf die Kass die ganze Zeit gewartet hatte. Vor ihnen sammelten sich all die Flüchtenden, die flehten, drohten oder schwiegen, doch die Männer und Frauen des Heers hielten ihre Position.

Verdammter Mist.

»Sie können uns hier nicht festhalten!« Die befehlsgewohnte Stimme gehörte einer älteren Frau, die trotz aller Eile korrekt gekleidet war. »Herzog Keyserlingk wird nicht erfreut sein, zu hören, dass Sie seine Schwester behindert haben.«

Kass sah über die Schulter. Immer mehr Menschen strömten heran. Noch waren keine Irrlichtkinder unter ihnen.

»Dann fangen wir mal an«, murmelte Elimar.

Einer der Soldaten taumelte, als hätte er einen unsichtbaren Schlag erhalten, und stieß gegen seinen Kameraden. Das bisschen Unruhe reichte aus, dass die Menschen zu drücken begannen und gegen die Soldaten drängten.

Kass jagte sein restliches Irrlicht in zwei der Männer direkt in der Mitte, und endlich brach die Blockade. Männer, Frauen und Kinder drängten durch die Portale und auf die Himmelsallee.

Kass ließ sich mit der Menge treiben, während er das Leuchten der drei anderen im Blick behielt. Erst als sich der Schwung der Menschen verlor und sie alle in verschiedene Richtungen strömten, blieb er am Straßenrand stehen.

»Was nun?«, fragte Elimar.

»Was auch immer wir wollen.« Kass grinste. »Wir sind nun frei.«

»Und sitzen wie Bettler auf der Straße«, zischte Valentina. »Ohne Irrlicht!«

»Was denkst du, wie schnell der Schwarzmarkt jetzt aufblühen wird? Die Förderung des Irrlichts wird nicht eingestellt, so abhängig wie Ijsstedt von dessen Export –«

Das Geräusch unzähliger genagelter Sohlen hallte aus Richtung Regierungsinsel heran.

Sofort liefen die vier los, die Straße entlang, bis sich eine der schmalen Gassen auftat, in deren Dunkelheit sie eintauchten. Immer weiter eilten sie zwischen den schiefen Fachwerkhäusern und den gefrorenen Schneehaufen hindurch, bis sie die Altstadt hinter sich ließen.

Kass verlangsamte sein Tempo.

Rothentor lag ruhig vor ihnen. Menschen eilten, nur mit sich selbst beschäftigt, über das unebene Pflaster, vorbei an den schiefen Fachwerkhäusern und schlichten Mietskasernen. Das Leben hier ging weiter, als stünde über ihnen nicht Aeria in Flammen. Ideal zum Untertauchen.

Vereinzelte Schneeflocken wirbelten Alba entgegen, als sie die Flügeltür des Ballsaals öffnete und hinaus in den Windschatten der Villa trat. Sie schob die Hände in die Manteltaschen und atmete tief die kalte Winterluft ein, um den Geruch nach verbranntem Fleisch aus ihrer Nase zu bekommen.

Sora, der sich in ihren dünnen Umhang gewickelt hatte, stellte sich neben sie und sah sie fragend an. »Was nun?«

Alba zuckte mit den Schultern. Sie hatte keine Pläne. Nichts. Das Leben lag vor ihr, und sie wusste nicht, was sie damit anstellen sollte.

»Fühlt man sich immer so leer, wenn es vorbei ist?«, fragte sie schließlich.

»Meistens, ja.« Ein flüchtiges Lächeln huschte über seine Lippen. »Deswegen wollte ich, dass du die Jagd an sich schätzen lernst.«

»Ich hatte trotzdem irgendetwas erwartet. Genugtuung, Freude, Erleichterung … aber da ist nichts. Es ist einfach vorbei.«

»Das Einzige, was ich fühle, ist meine Schuld an Hisas Tod.« Seine Worte vergingen beinahe im Pfeifen des Winds in den Erkern und Türmen über ihnen.

Alba sah über Ijsstedt, das hinter der Terrasse im Dunst lag. Soras Gedanken waren auch ihre. Wegen ihr war Fiene überhaupt erst verletzt worden.

»Was für ein wunderbares Paar wir abgeben«, murmelte sie.

Sora lachte. »Ein Trauerspiel, oder?«

»Du hattest recht, wir sollten ernsthaft unser Leben überdenken.«

»Ich glaube, deine Mutter wird das liebend gern für –«

Aus den Augenwinkeln sah Alba ein Flirren, das sich von Westen aus über die Wolken auszubreiten schien.

Sora packte ihre Hand und zog sie über die verschneite Terrasse bis zur steinernen Brüstung, wo er in Richtung Himmelsbrücke sah.

Alba folgte seinem Blick. Nicht nur ein paar Villen weiter stand das Metall der filigranen Türme, Spitzen und Geländer in eisblauen Flammen, sondern bis beinahe vor zum Himmelsplatz brannte das Irrlicht von Aeria. Gefährlich und wunderschön.

»Wie ist das passiert?«

»Eine Beherrschung des Irrlichts, die ich in dem Ausmaß noch nie gesehen habe.« Verwunderung lag in Soras Stimme. »Es kann nur einer von uns gewesen sein.«

Unter das Blau des Irrlichts mischte sich Orange und Gelb. Hier und da stieg schwarzer Rauch empor, den der Wind sofort zerriss. Aus der Villa jenseits des halbfertigen Gartens stürmte eine Gruppe Menschen, die Arme voll mit Bildern, Brokatvorhängen und Waffen. Sie blieben stehen und starrten auf das brennende Viertel.

»Lass uns verschwinden«, schlug Alba vor.

»Flieg, ich finde dich.« Damit lief Sora zurück durch die offene Flügeltür, wo ihn das Zwielicht verschluckte.

Alba befestigte die Riemen ihrer Schwingen an Armen und Beinen, bevor sie auf die Steinbrüstung stieg. Sie ließ sich vom Wind in die Tiefe reißen und entfaltete die Flügel. Ein Ruck ging durch die Konstruktion und ihren Körper, dann stieg sie in die Höhe.

Beinahe kreisförmig breitete sich das Flammenmeer auf den Dächern nahe der Himmelsbrücke aus. Menschen rannten durch die Straßen, in alle Richtungen, bloß weg von dem Inferno. Vielleicht war es nicht das, was die Bevölkerung gewollt hatte, doch es war auch Gerechtigkeit.

Mit einem Krächzen schoss die Krähe heran. Sie zog mehrere Kreise um Alba, bevor sie mit schiefgelegtem Kopf und in den Wind gestellten Flügeln hinabsah.

Alba zog ihre Schwingen ein Stück zusammen und ließ sich von dem eisigen Wind, der ihre Zähne zum Klappern brachte, in die Tiefe nach Ijsstedt tragen. Sie hatte genug gesehen. Das war nicht ihr Kampf.

Sie flog einen lang gezogenen Bogen nach Schönau, das mit seinen verschneiten Gärten, Dächern und Türmchen völlig unberührt da lag. Ihr Blick wanderte wie von selbst zu dem Anwesen an der schnurgeraden Allee. Dort unten wartete ihre Familie auf sie. Mutter, Vater – und Fiene. Carrascos Tod würde ihren Vorwurf nicht gelöscht haben.

Alba sah zu den erleuchteten Fenstern des Salons, ein warmer Schimmer im Grau des Nachmittags. Sie konnte und wollte hoffen, dass Ruben recht hatte: Ihre Schwester würde ihr früher oder später verzeihen. Dann war sie ihre Schuld los –

– und dann band sie nichts mehr. Die Leere in ihrem Inneren wich einem neuen Hochgefühl.

Sie ließ sich vom Wind in die Höhe tragen, wo die Krähe sie mit einem Gurren empfing. Die Spitzen der schwarzen Federn berührten beinahe Albas Schwingen. Gemeinsam überquerten sie die unsichtbare Grenze zwischen Schönau und Rothentor, dessen verschneites Dächermeer unberührt unter ihnen lag.

Ein Grinsen breitete sich auf Albas Gesicht aus, dass die spröden Lippen schmerzhaft einrissen. Sie war frei. Wie ein Vogel.

PERSONEN

Königin Katriena Theodore de Lagrenet

DER RAT

Graf Gronenhagen
Herzog Keyserlingk
Baron Odenvall
Graf Winterberg-Martinek

IRRLICHTKINDER

Dorien Kommandant der Schatten
Elimar Mitglied in Doriens Einheit
Franzis Doriens Stellvertreter
Hisa Soras Zwillingsschwester
Kass Mitglied in Doriens Einheit
Lili Mitglied in Doriens Einheit
Sora Mitglied in Doriens Einheit
Valentina Mitglied in Doriens Einheit

FAMILIE VEENSTRA

Albertina »Alba« Katrien
Cornelis Albas Vater
Feodora Albas Mutter
Herr Jansen Schneider der Familie Veenstra
Josefine »Fiene« Daniek Albas Schwester
Marieke Bedienstete
Doktor Neufville Arzt der Familie
Ruben Albas Bruder

FAMILIE KEYSERLINGK

Patricia älteste Tochter
Tizian jüngster Sohn

FAMILIE PELHAM

Edward Pelham interessiert sich für Alba

DAS PARLAMENT

Karel / der Graf kontrolliert Rothentor
Der Rattenfänger kontrolliert das Elendsviertel
Vandemer kontrolliert Diefkreutz
Wieseltje kontrolliert das Hafenviertel
Wolf kontrolliert Lichtemaad

DIE ROTHEN

Alicia Rafaels Mutter
Anissa Mitglied
Cecil Irrlichtkind
Fero Mitglied
Grada Karels Leibwächterin
Jante Karels rechte Hand
Lorens Rafaels Getreuer
Nelie Straßenmädchen
Piet Straßenjunge und Anführer der Flussratten
Rafael Karels Stellvertreter und Sohn
Robbe Mitglied
Tjard Spitzel
Vreda Alchemistin

DIE GERECHTIGKEIT

Derk Mitglied
Emilian Mitglied
Fleur Merets Arbeitskollegin
Geertje Mitglied
Godo Merets Mann
Janne Merets Sohn
Lucie Mitglied
Meret Mitglied
Nikolai Mitglied
Sander Anführer
Sophie Merets Tochter
Thorben Merets Nachbar, Kopf einer kleineren Gruppierung

SONSTIGE

Bosman Wieseltjes Bote
Cho Jians Tochter
Hendriks Messerschmied
Hester Albas Nachbarin
Jian Opiumhöhlen-Besitzer
Karim Weinhändler
Mei Jians Tochter
Peters behandelnder Arzt der Irrlichtkinder
Sepp Organisator eines Kampfrings
Simeon selbständiger Schmuggler

DANKSAGUNG

Ein Buch wie »Irrlichtfeuer« entsteht nie alleine im stillen Kämmerlein, deswegen geht mein Dank an meine ehemaligen Agentinnen Julia Abrahams und Natalja Schmidt, die trotz aller Anfangsschwierigkeiten an mich geglaubt haben; an Bastian Schlück sowie Kathrin Nehm, die meine Vertretung unkompliziert und zügig übernommen haben; an Droemer Knaur, allen voran Hannah Brosch, die mich herzlich willkommen geheißen und unterstützt haben; und an meine Lektorin Hanka Jobke, die noch offene Fragen, wirre Sätze und Grammatikfehler gefunden hat.

Außerdem möchte ich mich bedanken bei Anke für das schicke Cover, die Verschönerung meiner Karte und das tägliche Hörnchen-Foto; bei meinen Testlesern Christian, Lisa, Silva und vor allem Nina, die zu fast jeder Tageszeit für meine Grübeleien, Probleme und Nachfragen da war; bei Christoph für all die Tipps und die Hilfe; und auch bei meiner Familie und meinen Freunden, die an mich geglaubt haben und mir zur Seite standen.

Danke auch an alle Leser, für die »Irrlichtfeuer« das stille Kämmerlein überhaupt erst verlassen hat.